Barbara NOACK

Eine Handvoll Glück

Ein Stück vom Leben

Barbara NOACK

Eine Handvoll Glück

Ein Stück vom Leben

Zwei Romane

Langen Müller

Eine Handvoll Glück
Erstveröffentlichung 1982

Ein Stück vom Leben
Erstveröffentlichung 1984

Schutzumschlag: Bernd und Christel Kaselow,
München,
unter Verwendung des Gemäldes »La Liseuse«
von Auguste Renoir
(Archiv für Kunst und Geschichte, Berlin)
Druck und Binden: Mohndruck
Graph. Betriebe GmbH, Gütersloh
Printed in Germany 1994
ISBN: 3-7844-2514-3

Lieber eine Handvoll Glück
als ein Haufen Verstand.
Russisches Sprichwort

1

Jeden Morgen, wenn ich darauf warte, daß der Toast nach Toast zu riechen beginnt und das Wasser für den Tee kocht, schaue ich aus dem Küchenfenster auf die Endvierziger in leuchtend bunten Trimmdichanzügen, die am Haus vorüberjoggen. Sie stoßen keuchend Dampf in die Morgenluft wie eine alte Lok aus meiner Kinderzeit; ihre Füße platschen bleiern über das Pflaster, sie können schon nicht mehr, aber sie geben nicht auf. Und wenn sie tot umfallen, sind sie wenigstens gesund gestorben.

Mein Vater, mit Ende Vierzig, hielt nicht auf Figur, sondern auf Würde. Jede Art von unnatürlicher Beschleunigung war ihm verhaßt. Er trug Bauch, das stand ihm zu, und einen Gehpelz – das Wort besagt es schon –, dazu Melone, Spazierstock und graue Gamaschen über den Schuhen. Wofür, habe ich nie begriffen, denn oben auf dem Fuß friert man am wenigsten. Mir jedenfalls wurden immer zuerst die Zehen klamm, und bis zu denen reichten die Gamaschen nicht. Vor allem habe ich nie begriffen, wie eine um zwanzig Jahre jüngere, hübsche Frau wie meine Mutter sich in so einen würdigen Herrn verlieben konnte. Aber sie sah in einem Mann wohl etwas anderes als ich, darum ist ihre Ehe auch so gutgegangen.

Sie heirateten in Berlin, kurz nach Beendigung der Inflation. Auf die Hochzeitsreise wurde sie allein geschickt; mein Vater wollte nachkommen, sobald er ein geeignetes Zuhause für sie gefunden hatte – ein schwieriges Unternehmen in Anbetracht der großen Wohnungsnot. Bisher hatten beide möbliert gelebt, meine Mutter bei einer Gesangslehrerin im

Hinterstübchen, mein Vater bedeutend komfortabler bei einer Dame, die sich Hoffnungen auf ihn gemacht hatte und nun Gift und Galle spuckte wegen meiner Mutter, dem jungen Ding.
Ziel der einteiligen Hochzeitsreise war das Rittergut Mayden bei Ludwigslust. »Gediegenes Herrenhaus. Ende 17. Jahrhundert. Schöne Pappelallee. Guck mal nach, Charlotte, ob das Taubenhaus noch steht.« Mein Vater hatte auf Mayden glückliche Ferien verbracht bei seinem Onkel Wilhelm, inzwischen zweiundneunzig, aber noch immer gut beisammen, zumindest seine Schrift in dem Brief zu ihrer Hochzeit, wie gestochen.

Onkel Wilhelm hatte versprochen, meine Mutter persönlich am Bahnhof in Empfang zu nehmen. Damit sie ihn auch gleich erkennen konnte, zeigte ihr mein Vater eine kartonierte Fotografie, aufgenommen anläßlich einer Familienfeier im Jahre zwölf. Vorn sitzen die Tanten, unmenschlich ernst vor lauter Würde und Rechtschaffenheit und wohl auch wegen dem angereisten Fotografen. Damals lachte man selten auf Fotografien, nicht nur wegen der Zahnlükken. Auch Kinder lachten nicht, sondern guckten wie hypnotisierte Kaninchen in die Kamera.
Hinter den Tanten standen stocksteif die männlichen Anverwandten. Zwischen all den hellen Dickschädeln mein damals noch zierlicher, schwarzlockiger, schnauzbärtiger Vater. Onkel Wilhelm mit seinen Einsneunzig überragte sie alle. Sein rundes Gesicht unter dem viel zu kleinen Hut sah aus wie das Zifferblatt einer Kirchturmuhr.
»Du wirst ihn mögen, Lotte«, sagte mein Vater zu meiner Mutter. »Kavalier der alten Schule. Unverheiratet. Ist ihm gelungen, sich erfolgreich gegen das Verkuppeltwerden mit überzähligen Gutstöchtern aus der Nachbarschaft zu wehren. Überhaupt ein Einzelgänger. Hat sich nie in die Karten

schauen lassen, auch nicht von der Familie. Von der schon gar nicht. Und bitte, sag nichts gegen Bismarck, Lotte. Onkel Wilhelm war ein großer Verehrer von ihm. Hat ihm zu Lebzeiten immer Kiebitzeier zum Geburtstag geschickt.«
»Warum?« fragte ich später meine Mutter, von der ich die Geschichte ihrer seltsamen Hochzeitsreise erfahren habe. »Warum Kiebitzeier?«
Das wußte sie auch nicht genau. »Vielleicht, weil sie ihm besser schmeckten als Hühnereier.«

Sie sah Onkel Wilhelm sofort auf dem Perron stehen, als der Zug in Ludwigslust einfuhr. Er ragte noch immer über seine Mitmenschen hinaus, nur sein dicker Bauch war fort, als ob man die Luft aus ihm gelassen hätte, und sein Gesicht war noch enger um den zahnlosen Mund zusammengeschnurrt.
Er empfing sie mit formvollendetem Handkuß, anerkennend nuschelnd: »Dunnerlitjen, der Franz hat einen guten Geschmack!«, und überreichte ihr eine entblätterte Rose.
Zur Feier ihrer Ankunft hatte er seinen Bratenrock angelegt, der von oben bis unten bekleckert war und an den Kanten abgestoßen, genau wie sein schmuddeliger Umlegekragen.
Meine Mutter hatte sich während der Reise die Kutschfahrt nach Mayden vorgestellt: Rechts und links abgeerntete Felder und Wiesen unter schleierhaft weißen Herbstnebeln. Am Ende der entlaubten Pappelallee das Herrenhaus. Dicke Mamsell mit weißer, gestärkter Schürze zur Begrüßung. Kaminfeuer. Und eine schöne heiße Tasse Bouillon.
Es wartete aber keine Kutsche vorm Bahnhof. Der mürrische Hausbursche eines Gasthauses nahm ihren Koffer auf die Schulter.
Onkel Wilhelm reichte meiner Mutter den Arm. So schritten sie gravitätisch über das Kopfsteinpflaster einem Gasthaus zu, in dem er ein Zimmer für sie reserviert hatte.
Onkel Wilhelm begleitete sie bis vor ihre Tür. »Sobald du

dich frisch gemacht hast, liebe Charlotte, erwarte ich dich auf Nummer Neun. Ich habe dort einen Imbiß für dich vorbereitet.« Meine Mutter machte sich frisch und begriff nicht: Warum hier? Warum fuhren sie nicht nach Mayden? Das Zimmer Nummer Neun ging zum Hof, es war eng wie ein Karzer, weil mit viel zu wuchtigen Eichenschränken vollgestellt. Das Schlimmste war der Mief. Es war der Mief eines uralten Mannes, der nichts von Waschen und Frischluft hält. Nur der Wunsch, einen guten Eindruck vor Franz' Lieblingsonkel zu machen, hielt meine Mutter davon ab, ohnmächtig hinzusacken. Onkel Wilhelm führte sie zu seinem einzigen Backensessel: Nimm Platz, liebe Charlotte.
Aus dem Wärmerohr des Ofens holte er eine Biedermeierkanne und stellte eine Blechschachtel mit versteinerten Lebkuchen auf den Tisch. Die hatte ihm eine Verwandte einmal zu Weihnachten geschickt. In welchem Jahr das gewesen war, fiel ihm nicht mehr ein, aber wenn man sie lange genug eintunkte, waren sie noch recht schmackhaft, meinte Onkel Wilhelm.
Während sie Kakao tranken und Lebkuchen einstippten, stolzierten seine Komplimente steifbeinig über den Tisch zu meiner Mutter. Er pries ihren sanften Liebreiz, fand sie jedoch zu mager: Komm, trink noch eine Tasse, Charlotte, damit du was auf die Rippen kriegst.
Meine Mutter hatte zwar vorgehabt, sich auf dem Lande ein bißchen herauszufuttern, sie hatte dabei nur nicht an klütrigen, im Rohr gewärmten Kakao gedacht.
Irgendwann – im Laufe der schleppenden Unterhaltung – grinste Onkel Wilhelm zahnlos verschmitzt: »Ich habe eine Überraschung für dich, Charlotte, aber erzähl nur ja nichts den Verwandten, vor allem nicht deiner neidischen Schwägerin Ida, sonst kommen sie angereist und wollen mich anpumpen.« Er senkte die Stimme, als ob die Verwandten bereits, in Zimmerschränken versteckt, nach seinem Vermö-

gen geierten, und gab endlich sein großes Geheimnis preis: »Ich bin ein reicher Mann, ich könnte ganz Mecklenburg aufkaufen.«

»Oh, das freut mich für dich«, sagte sie herzlich, »aber wann fahren wir nun endlich nach Mayden?«

»Ich habe es verkauft.« Onkel Wilhelm nahm Haltung an: »Vor dir, Charlotte, sitzt ein vielfacher Billionär.«

Meine Mutter, mit der – laut Dostojewskij – »Kurzsichtigkeit einer schönen Seele« ausgerüstet, begriff noch immer nicht, bis Onkel Wilhelm sein schreckliches Unterbett anhob und ihr einen Blick auf viele, viele plattgelegene Bündel mit Inflationsgeld gewährte. Jetzt dämmerte es auch ihr.

»Wann hast du verkauft, Onkel Wilhelm?«

»Vor zwei Monaten. Den Bankern kann man ja nicht trauen, das sind alles Filous. In meinem Bett vermutet niemand das Geld, und du darfst es auch keinem sagen, Charlotte.«

»An wen hast du verkauft?« fragte sie, und er: »Schnakeberg heißt der Mensch, aus Hannover. Keine Kiste, aber liquide. Zahlte aus dem Koffer. Seinen Notar – sehr seriös, ehemaliger Herrenreiter – hatte er gleich mitgebracht. Sie haben den ganzen ollen Klumpatsch« – er meinte die hundertfünfzigjährige Einrichtung des Hauses – »mit übernommen. In Bausch und Bogen. Nur paar Möbel aus dem Comptoir habe ich behalten«, er wies auf die eichernen Riesen, die das Zimmer verdüsterten und mit ihren Ausmaßen die Platzangst in demselben förderten. »Na, Charlotte, da staunst du, was?«

Ja, da staunte Charlotte. Mit einem blassen Gefühl in den Knien fragte sie, ob sie heruntergehen und Franz telegrafieren dürfe, daß sie gut angekommen sei.

»Ja, tu das, mein Kind«, sagte Onkel Wilhelm gemütlich und zündete sich eine von den Brasilzigarren an, die sie ihm aus Berlin mitgebracht hatte.

In der Gaststube erwartete sie bereits der Wirt mit einem Bündel unbezahlter Rechnungen.

»Ist man höchste Zeit, gnä Frau, daß mal einer nach dem ollen Herrn guckt. Ich wollte schon schreiben, aber wußte ja nicht wohin, und sagen tut er ja nischt. Zwei Monate is er all hier — wenn ich geahnt hätte, was ich mir mit dem aufladen tu. Meine Schwester Mine ist schuld, die war mal Mamsell auf Mayden. Sie hat gesagt, ich muß ihn aufnehmen. Das wäre Menschenpflicht. Aber was hat Mine davon? Er ist kiebig zu ihr und läßt sie nicht in sein Zimmer zum Saubermachen. Der Gestank, gnä Frau, und nachtens rumort er — meine andern Gäste können nicht schlafen.«
»Zahlt er nicht seine Miete?« unterbrach ihn meine Mutter, auf die vielen Rechnungen weisend, die in der Wirtshand vor ihrer Nase wedelten wie ein Fächer vor einer, die ohnmächtig werden will.
»Zahlen tut er. Pünktlich auf die Minute, aber man bloß mit Inflationslappen, die nicht das Schwarze unterm Nagel wert sind. Daß wir inzwischen Rentenmark haben, geht nich mehr in seinen alten Kopp. Wenn die gnä Frau vielleicht Richtigkeit machen wollen?«
»Ich möchte ein Telegramm aufgeben«, sagte meine Mutter, »mein Mann muß sofort kommen.«

Mein Vater machte den Fehler, seine Schwester Ida zu benachrichtigen, die wiederum alarmierte die übrigen noch lebenden Verwandten. Sie reisten alle am nächsten Tag an und wollten nicht begreifen, daß der ganze große schöne Besitz dahin war, unwiderruflich dahin, für wertlose Papierfetzen verscherbelt an einen cleveren Spekulanten.
Sie jammerten und rangen die Hände und schimpften auf Wilhelm im Backenstuhl nieder. Ein Referendar aus Wolfenbüttel klagte: »Oh, hätten wir Onkel doch rechtzeitig entmündigen lassen!«
Mißtrauisch-verstört, wie verhagelt, hockte er da, langsam begreifend, daß mit seinem Billionengeschäft etwas faul sein

mußte. Das volle Ausmaß seiner Wahnsinnstat erreichte sein Bewußtsein nicht, und das war gut so. In seinem zweiundneunzigjährigen, mit Hypotheken und Mißernten belasteten Landwirtsleben hatte er sich zum erstenmal zwei Monate lang als sorgenfreier Mann gefühlt. Bedürfnisse hatte er keine mehr, es genügte ihm, einmal pro Nacht sein Unterbett zu lupfen, die Billionen zu kontrollieren und sich an seinem immensen Reichtum zu freuen.

»Aber die Elbwiesen müssen doch noch da sein«, fiel Tante Ida ein. »Die gehörten ja nicht zum Gut.«

»Die Elbwiesen«, überlegte Onkel Wilhelm, »ja, die sind wohl in der Summe mit drin.«

Idas Mann, der Professor, erlitt einen Herzanfall, den nur meine naive Mutter ernst nahm.

Das Erbe war futsch. Nur der Erbonkel war noch da. Wohin mit Onkel Wilhelm? Wo fand man so schnell für ihn einen Platz im Altersheim? Und wo sollte er inzwischen aufbewahrt werden? Der Gastwirt lehnte ab, die Verwandten lehnten ab. Niemand wollte den alten Mann.

Einzig mein Vater erinnerte sich noch an seine Jugend voller Freiheit und Abenteuer auf Mayden.

Meine Eltern holten ihre Hochzeitsnacht in knarrenden, durchgelegenen Gasthofbetten nach. Eine Hochzeitsnacht zu dritt, denn Erbonkel Wilhelm lag die ganze Zeit dabei auf ihrem Gewissen herum.

»Liebe Charlotte«, sagte mein Vater endlich im Dunkeln. »Wo es mir doch gelungen ist, eine Bleibe für uns im Grunewald zu finden – es wäre ja auch nur vorübergehend... aber wenn du nicht willst...«

Meine Mutter kam ihm zu Hilfe. »Ja, Franz, wir nehmen ihn mit.«

Immer die Anständigen sind die Dummen.

Mein Vater zahlte Onkel Wilhelms Schulden und die Reno-

vierung seines Gasthofzimmers. Meine Mutter packte indessen Onkels Habseligkeiten, die noch zum Mitnehmen lohnten, in seine schäbige Reisetruhe. Dazu gehörten sein Jagdanzug, genauso bekleckert wie der Bratenrock, zwei Paar zerknitterte Zugstiefel, Familienbilder, sieben bleischwere Bücher über Otto von Bismarck, eine KPM-Fischschüssel, groß genug für einen mittleren Hai, zwei Zinnkrüge, die Biedermeier-Kakaokanne, seinen Säbel mit Portepee und natürlich die Billionen. Von denen wollte er sich partout nicht trennen. Wer weiß, vielleicht würden sie eines Tages wieder aufgewertet.
Auf der Fahrt nach Berlin, als der Zug in Neuruppin hielt, betrachtete meine Mutter beklommen das Mitbringsel von ihrer idyllischen Hochzeitsreise: Onkel Wilhelm. Er schnarchte hinter der braunen Fenstergardine, die er über seinen Schlaf gezogen hatte.
»Was machen wir mit ihm, wenn die Geheimrätin, bei der du gemietet hast, kündigt, weil sie den Onkel in ihrer Wohnung nicht haben will?« fragte sie meinen Vater.
Er wußte es auch nicht.

Die Wohnungsnot damals war katastrophal. Eigene, abgeschlossene vier Wände konnten sich nur Kapitalisten leisten. Mein Vater war kein Kapitalist. Er konnte sich schon gar nicht einen Erbonkel leisten. Ihm blieb nur die Untermiete in ehemaligen Herrschaftswohnungen übrig, deren Besitzer patriotischen Sinnes ihr Vermögen in Kriegsanleihen angelegt, ihr »Gold für Eisen« gegeben und den Rest in der Inflation verloren hatten. Nun ließen sie ihre Untermieter täglich dafür leiden, daß sie untervermieten mußten.
Die Räume, die mein Vater bei der Geheimratswitwe im Grunewald gefunden hatte, bestanden aus einem Speisezimmer 6 × 10 m im Ritterstil der Makartzeit, ein knarrender Alptraum für 24 Gäste, wenn man die Tafel auszog. Der

Spiegelaufsatz des Buffets wurde rechts und links von kastellartigen Gläserschränken mit vorspringenden Altanen für Nippes gestützt. Neuschwanstein war schlicht dagegen. Jedesmal, wenn die Straßenbahn 76, vom Roseneck kommend, Richtung Wittenbergplatz und retour am Haus vorüberfuhr, entstand eine Erschütterung, die ausreichte, um das ebenso trutzige wie blödsinnige Buffet in klirrende Hysterie zu versetzen. Das Parkett ächzte bei jedem Schritt, die Stühle knarrten. Hinter der mit einem Bucharateppich verhängten Schiebetür zum angrenzenden Herrenzimmer hörte man die Geheimrätin rumoren. Unterhaltungen fanden deshalb im Flüsterton statt. In dieser anheimelnden Umgebung – auf Notbetten hinter einem chinesischen Lackparavant, der das Schlafabteil vom Rittertum abtrennte – begann der Honigmond meiner Eltern.

Onkel Wilhelm wurde im zweiten gemieteten Zimmer untergebracht, einem Biedermeiersalon. Die Geheimratswitwe hatte wider alle Befürchtungen den Onkel in ihrer Wohnung akzeptiert, weil er ein Herr von Stand war, ein Rittergutsbesitzer a.D., den sie zum Tee bitten und ihm dabei von den Glanzpunkten ihres Lebens erzählen konnte. Sogar bei Hofe hatte sie verkehrt.

Meist schlief Onkel Wilhelm, pfeifend und sägend, über ihren langatmigen Erinnerungen ein, aber das kränkte die Geheimrätin nicht. Wenn er nur dasaß – inzwischen leidlich sauber, mit geputzten Stiefeln. In ihrer beider Alter führte man sowieso keine gehaltvollen Gespräche mehr, sondern hielt Monologe über die eigene Vergangenheit. Zwischendurch tranken sie Tee, mümmelten eingeweichten Zwieback und hatten beide persönlich den Eisernen Kanzler gekannt.

Wenn ich mir diese Flitterwochen in einem Ritterzimmer mit einem soviel älteren Mann, Tür an Tür mit einer achtundachtzigjährigen Geheimrätin und einem zweiundneunzigjährigen Erbonkel, vorstelle... spätestens nach drei Tagen wäre ich davongelaufen. Nicht so meine Mutter. In ihr war kein Aufruhr. Sie hatte meinen Vater geheiratet, weil sie ihn von Herzen liebte, und nahm die Umständlichkeiten, die er ihr präsentierte, sanften Gemütes hin. Sie wollte ihre gutbürgerliche Ehe, und dafür war sie duldsam bis zur Selbstaufgabe.

Dann wurde sie schwanger in diesem Altersheim. Und dachte immer zielstrebiger an das Biedermeierzimmer mit der lilagestreiften Tapete und den weißen Scheitelgardinen, das Onkel Wilhelm ramponierte.

Zum erstenmal erwachte Egoismus in ihr für das werdende Kind. Ihr Kind durfte nicht in dieser Umgebung sein Dasein beginnen. Das Kind würde sich dort einen lebenslänglichen Ritterschaden holen.

»Entweder Onkel Wilhelm zieht aus, oder wir müssen uns was anderes suchen, Franz«, sagte sie zu meinem Vater und erlebte zum erstenmal seine Begabung, sich vor Entscheidungen zu drücken: Er versprach »Jaja« und begab sich auf Geschäftsreise. Im Verlaufe ihrer achtzehnjährigen Ehe würde er nie da sein, wenn dringend gebraucht. Meine Mutter mußte alle Entscheidungen allein treffen. Aber das hatte auch einen Vorteil: Sie bildete sich dadurch frühzeitig zur selbständigen Witwe.

Mein Vater ging also auf Reisen, meine Mutter ging auf Wohnungssuche. Ihr Kind sollte es sonnig und freundlich haben. Ich habe es sonnig und freundlich gekriegt. Dafür sorgte Onkel Wilhelm.

Eines Morgens, an einem 1. April, als sie auf den Markt gegangen war, legte er seinen Jagdanzug an und bat die Geheimrätin um ein Kursbuch der Eisenbahn. Nach langem Suchen fand sie eins aus dem Jahre 1912, aber das störte unseren Onkel nicht. Preußische Abfahrts- und Ankunftszeiten änderten sich seiner Meinung nach nicht, auch wenn inzwischen ein Weltkrieg stattgefunden hatte. Selbigen hatte Onkel längst aus seinem Gedächtnis verdrängt. Er wollte nach Friedrichsruh fahren, um seinem Kanzler eigenhändig zum Geburtstag zu gratulieren, wühlte im Kursbuch herum, notierte sich einen Zug, verabschiedete sich formvollendet von der Geheimrätin mit der Versicherung, übermorgen zur gemeinsamen Teestunde wieder zurückzusein. Ehe die alte Dame, in ihre Korrespondenz vertieft, sein absurdes Vorhaben begriffen hatte, war es bereits zu spät, ihm nachzueilen und ihn einzufangen.

Onkel Wilhelm trottete zielbewußt auf sein Lebensende zu. Nach Aussagen des Chauffeurs, dessen Taxi er am Roseneck bestieg, wollte er zum Bahnhof gefahren werden.

»Zu welchem, Opa, wir haben ne janze Menge in Berlin.«

Onkel Wilhelm soll darauf ratlos geblickt haben. In Ludwigslust, wo er die meiste Zeit seines Lebens in Züge gestiegen war, hatte es ja bloß einen gegeben.

Der Taxifahrer zählte ihm geduldig einige zur Auswahl vor: »Anhalter, Lehrter, Stettiner, Schlesischer – und wie wär's mit dem Bahnhof Zoo?«

»Fahren Sie zum Zoo«, entschied Onkel Wilhelm, »aber'n bißchen Trab! Der Kanzler wartet.«

Nun wundert sich ein Berliner Taxichauffeur schon seit der Zeit, als er noch Pferdedroschke fuhr, so ziemlich über gar nichts mehr. Hauptsache, der Kunde verunreinigt die Polster nicht und zahlt.

Onkel Wilhelm wollte am Bahnhof Zoo mit Inflationsgeld zahlen, von dem er ein dickes Bündel aus seiner Manteltasche zog, aber der Chauffeur war damit nicht einverstanden.

»Opa, wenn Se mir verscheißern wollen, uff die Tour nich.« Und hielt ihn sicherheitshalber am Ärmel fest, als er verstört enteilen wollte.

Onkel ließ den Mantel sausen, es war ihm ja jedes Kleidungsstück längst drei Nummern zu weit. Der Chauffeur hielt den Ärmel in der Hand und konnte es nicht verhindern, daß Onkel Wilhelm geradewegs in den Stadtverkehr hineinflüchtete.

Ein Lieferwagen konnte leider nicht mehr bremsen.

Am nächsten Tag stand es in der BZ und im 12-Uhr-Blatt.

Der Taxifahrer drückte meiner Mutter sein Bedauern aus: »Ick hab ja schon beim Einsteigen jemerkt, daß der olle Krauter 'n bisken plemplem is. Aber wer ahnt denn so wat!«

Onkel Wilhelm starb zwei Tage später im Krankenhaus, bis zuletzt bei vollem Bewußtsein und in großer Sorge, der Kanzler könnte ihm übelnehmen, daß er, wenn er schon keine Kiebitzeier schickte, nicht persönlich zu seinem Geburtstag in Friedrichsruh angetreten war.

Meine Mutter, an seinem Krankenbett geduldig ausharrend, beruhigte ihn: »Bismarck ist dir bestimmt nicht böse. Der Kanzler ist doch lange tot.«

»So«, wunderte sich Onkel Wilhelm. »Ist er also gestorben. Wann war denn das?«

»Am 30. Juli 1898, abends zehn Uhr.« Was ihr einmal in der Schule eingedrillt worden war, das saß in ihrem Gedächtnis auf Abruf parat.

Onkel Wilhelm erschütterte diese Mitteilung sehr. Er drehte sich zur Wand. »Ich bin müde, Charlotte. Geh nach Haus.« Und als sie sich entfernte, nuschelte er hinter ihr her: »Aber bring es der Geheimrätin schonend bei.«

Die Geheimrätin erschütterte Bismarcks Tod im Jahre 1898 weit weniger als das Ableben Onkel Wilhelms.

Schließlich hatte er ihre lang verwelkte Weiblichkeit zu einer Spätblüte angeregt.

Ihr lieber teurer Freund, der Rittergutsbesitzer a.D., war viel zu früh (dreiundneunzigjährig!) von ihr gegangen und mit ihm der letzte Handkuß eines Kavaliers der alten Schu-

le. Nun war sie auch lebensabendmüde und voller Sehnsucht nach einem stillen Damenstift.
Sie bot meinen Eltern an, ihre Fünfeinhalbzimmerwohnung zu übernehmen, sofern sie bereit waren, die Einrichtung derselben käuflich zu erwerben.
Was blieb meinem Vater anderes übrig, als einen Kredit aufzunehmen, um all die bombastischen Alpträume aus Kirschholz, Eiche und Mahagoni zu kaufen, die im Jahre 1879 für die Aussteuer der Geheimrätin von Hand angefertigt worden waren. Dazu der von ihren Großeltern ererbte Biedermeiersalon.
Nun war mein Vater zwar verschuldet, aber Hauptmieter einer geräumigen Wohnung im Grunewald, in der sich seine Lotte in Ruhe, mit zwei Stiefmütterchenbalkonen, auf ihre wichtigste Lebensaufgabe vorbereiten konnte: Mutter zu werden. Meine Mutter.

2

Alma Schippke: 24 Jahre, schwerknochig, untersetzt, ein grobes, aggressives Gesicht, die dünnen Haare im Dutt zusammengezurrt. In all ihren Zeugnissen wurde ihre Kinderliebe hervorgehoben. Das gab den Ausschlag für ihre Einstellung. Monatsgehalt 80 Mark. Das halbe Zimmer unserer Fünfeinhalbzimmerwohnung war die Mädchenkammer neben der Küche.

Alma besaß ein Kleid und einen roten Barchentunterrock, als sie zu uns kam. Meine Mutter kaufte ihr zwei blaue Hauskleider, einen Mantel und ein schwarzes Servierkleid mit weißer Rüschenschürze und passendem Häubchen. (Alma in Rüschen sah eher nach Kostümfest aus als nach Bedienung.)

Außer ihr wurde nach meiner Geburt noch eine Säuglingsschwester engagiert. Sie hielt es nur vierzehn Tage mit Alma aus. Auch die nachfolgenden jungen Mädchen, Haustöchter genannt, vergraulte sie rigoros.

Sie wurde zur Bestie, sobald jemand in mein Kinderbett griff. Gerade meine Mutter ließ sie noch an mich heran. Sieben Jahre sollte ich unter ihrer Fuchtel leiden, unter ihrem brachliegenden Gluckentrieb. Ich war der Ersatz für ihre beiden unehelichen Kinder. Den Jungen hatte ein Fischer auf der Insel Rügen adoptiert. Almas Tochter war ein halbes Jahr älter als ich, aber kleiner, weshalb sie meine Kleider erben konnte. Sie hieß Hedwig und lebte gegen Kostgeld bei der Obstpflückerin Frau Martha Böckmann in Werder.

Zur Knubberkirschenzeit nahm mich Alma mit, wenn sie Hedwig besuchte. Bereits mit vier Jahren entwickelte sich

mein Suchtverhältnis zu dieser Frucht. Ich fing an und konnte nicht mehr aufhören, Kirschen in mich hineinzuschaufeln. Anschließend führte mich Alma schnauzend zum Plumpsklo im Hof, gefolgt von Frau Böckmann mit einer Rolle Toilettenpapier. Davon zählte sie drei Blatt für mich ab, weil ich »besserer Leute Kind und das so gewohnt war«. Weniger gute Leute als ich mußten sich mit Zeitungspapier, in kleine Quadrate gerissen, auf einen krummen Nagel gespießt, begnügen.
Anhand des Werderschen Klopapiers wurde mir zum erstenmal bewußt, daß es soziale Unterschiede gibt. Bisher hatte ich mir darüber noch keine Gedanken gemacht.

Ich kriegte keine Geschwister mehr. Der Arzt hatte es meiner Mutter verboten. Somit hatten sie und Alma kein anderes Spielzeug als mich. Habe ich Alma oft gefragt, ob sie sich nicht mal mit jemand anderem beschäftigen könnte als nur mit mir, ich wollte ja schließlich auch mal meine Ruhe haben, aber nein, nichts zu machen.
Wenn schon keine Geschwister, dann wollte ich wenigstens einen Hund. Mein Vater hätte auch gern einen gehabt, er hatte früher immer einen, aber meine Mutter sagte »Gotteswillen«. Aus hygienischen Gründen.
Wenn schon keinen Hund, dann wünschte ich mir wenigstens einen Laubfrosch im Glas. Wieso einen Laubfrosch, fragte meine Mutter, warum nicht einen Kanarienvogel oder eine Schildkröte?
Weil Kanaries und Schildkröten keine Kronen wuchsen, darum. Kronen wuchsen nur Fröschen, sofern sie verwunschene Prinzen waren.
Das war der Einfluß von Grimms Märchen, die meine Mutter schon damals als Lektüre für ihr Töchterchen ablehnte, weil sie so grausam waren. Sie kaufte mir unendlich geschmackvolle, künstlerisch wertvoll illustrierte Kinderbü-

cher mit erzieherischem Wert. Ich blätterte sie höflich durch und legte sie beiseite. Was sollte ich mit dem harmlosen Kram? Kaum hatte sie das Haus verlassen — sie war gottseidank recht oft unterwegs —, mußte Alma die fettfleckigen, eselsohrigen Brüder Grimm aus ihrem Versteck holen und las — ihr rissiger Zeigefingernagel hielt dabei die Zeile — mit leiernder, über schwierige Worte stolpernder Stimme den »Froschkönig« vor, »Aschenputtel«, »Die Gänsemagd« — das Märchen mit dem abgeschnittenen Pferdekopf, der sprechen konnte. Oh, du Falada, da du hangest...

Am liebsten hatten wir »Die Sterntaler« — »von wejen den villen Zaster, wo dem armen Jör vom Himmel in sein uffjehaltnes Hemde klickert. Stell dir ma vor, Mulleken, so ville Jeld wie Sterne am Himmel!«

Geld sagte mir damals gar nichts. Trotzdem stand ich mit Alma an sternklaren Abenden auf dem Balkon, wir hielten unsere Schürzen auf, aber es rührte sich nichts am Himmel. Die Sterne klebten irgendwie fest. Und meinem Laubfrosch wuchs auch keine Krone. Mal saß er oben auf der Leiter, mal unten im Glas und zweimal täglich in Almas abgearbeiteter, roter Hand, wenn sie lebende Mehlwürmer in ihn hineinstopfte.

»Bei solchem Fraß kann ja keinem Frosch eine Krone wachsen«, sagte ich, aber Alma meinte: »Von irgendwat muß det Luder doch leben.«

Einmal las sie mir Andersens »Mädchen mit den Schwefelhölzern« vor und fing an zu schimpfen: »Det soll nu 'n Märchen sind? Det is jenau wie damals bei uns ßu Hause. Wir Jören mußten ooch bei Wind und Wetter Schnürsenkel vakoofen, und wenn det nich klappte, mußten wa betteln oder lange Finger machen, wir konnten ja nich mit leere Hände nach Hause kommen. Sonst setzte es Keile. Stücker neun warn wa, Mulleken, von fünf vaschiedene Väta, allet Suff-

köppe det, und alle hamse sich französisch vadrückt und ham Muttan und uns Bälger sitzenjelassen. Und imma ham wa Kohldampf jeschoben. Nee, det is keen Märchen, det.«
Alma liebte Märchen wie »Aschenputtel«: vom Küchenherd zum Königsthron.
Ihr Schicksal waren leider keine Königssöhne, sondern die Hausierer mit Bürsten und Ansichtskarten, die über die hintere Wendeltreppe – »Dienstbotenaufgang« – in ihr Leben wendelten und, wenn meine Eltern nicht zu Hause waren, auch in unsere Küche. Sie kriegten Klappstullen und einen Topf Kaffee und zwickten Alma zum Dank in die Röcke. Dann kreischte sie froh.
Ich wußte von Almas Hintertreppenverhältnissen, auch von den Knutschereien, wobei der Hausierer unsere Alma rückwärts über den großen, frei im Raum stehenden Küchenherd schmiß, aber ich erzählte meinen Eltern nichts davon. Ich hatte es ja gut, wenn Alma mit einem Hausierer ging, dann war sie weniger hinter meiner Sauberkeit her. Dann schrumpfte das abendliche Bad zur Katzenwäsche, weil sie nicht schnell genug zu ihrem »Rangdewuh« kommen konnte.
Meistens dauerte ihre Seligkeit nicht lange. Der Bräutigam ließ sie sitzen, sobald er ihren Monatslohn in Form von Präsenten kassiert hatte und ihre Hingabe und ihr Drängen nach »Ehrlichmachen« leid war.
Er zog weiter zur nächsten einsamen Köchin und raspelte ihr dasselbe Süßholz vor, auf das schon Alma hereingefallen war.
Schlimm war die Zeit nach so einem verdufteten Freier. Alma scherbelte das Meißen beim Abwaschen entzwei und giftete um sich herum.
Mein Vater meinte, nun wäre es aber genug. Man könnte sich von diesem Frauenzimmer nicht alles bieten lassen, es würde ja immer schlimmer mit ihr, und außerdem würde ich niemals anständige deutsche Grammatik lernen, solange Alma im Hause war.

Meine Mutter telefonierte darauf mit dem Arbeitsamt. An Almas freiem Mittwochnachmittag stellten sich diverse Nachfolgerinnen vor. Meine Mutter fand an jeder einen Haken – schon aus Sorge, Alma zu verlieren, denn sie war inzwischen perfekt in Haushalt und Küche und hielt ihr den Kopf, wenn sie ihre schweren Migränen hatte, sie hütete mich wie ihren Augapfel, und sie war treu. Alma blieb.

Ich mochte keine Puppen. Sie waren mir zu niedlich und zu ausdruckslos mit ihren Klappaugen und den zwei Hasenzähnchen im leicht geöffneten Puppenmund. Selbst wenn ich sie verprügelte, um ihren Widerstand herauszufordern, schauten sie süß und dumm. Ich drosch auf ihre rosa Zelluloidpopos ein, bis mir die Hand weh tat. Der Puppe Ulla stopfte ich alte Münzen in den Mund, davon ging er kaputt. Ulla kam in die Puppenklinik und kriegte einen neuen Kopf. Zu jedem Fest schnitt ich ihnen die Haare ab aus Rache dafür, daß man mich zum Friseur geschleift hatte. Darauf verdrosch mich meine Mutter und Alma anschließend noch einmal. Dann bekamen die Puppen neue Perücken und neue Kleidchen mit passenden Höschen und saßen schon wieder unterm Weihnachtsbaum.
Heute wäre man gewiß mit mir zum Kinderpsychologen geeilt und hätte meine sadistischen Triebe unters Mikroskop geschoben und nach ihren Ursprüngen geforscht.
Dabei war es doch so einfach: Ich mochte keine Puppen, und ich mochte schon gar nicht eine liebe Puppenmutti sein. Als man das endlich einsah und die Ärgernisse an Hedwig verschenkt wurden, versiegte abrupt meine brutale Ader. Ich habe auch nie wieder versucht, jemandem den Mund gewaltsam mit Münzen vollzustopfen.

Almas Einfluß blieb lange Zeit stärker als der schöngeistige meiner Mutter.

Ich lernte nicht nur Küchendeutsch, sondern auch Küchengeschmack, Küchenphantasie und Küchenmelancholie.
Almas Lieder, beim Abwasch mit schriller, zittriger Stimme gesungen, gingen mir mehr ans Herz als jedes Kinderlied. »Waldesluhuhust, Waldesluhuhust, o wie einsam schlägt die Brust! Meinen Vater kenn ich nich, meine Mutter liebt mich nich, und sterben mag ich nich, bin noch so jung!«
Meistens handelten die Lieder von der Ausweglosigkeit armer, geschändeter, verjagter Dienstmädchen. Ich begriff die Texte nicht so recht, wohl aber die Schwermut in ihnen und die Einsamkeit. In einem hieß es: »Ich weiß nicht, was ich will. Ich möcht am liebsten sterben, dann wär's auf einmal still.« Das war richtig zum Weinen.

Mindestens einmal im Jahr kam Alma von ihrem Mittwochnachmittagausgang frühzeitig nach Hause und legte sich sofort aufs Bett.
Ihr Stöhnen hörte man auf dem Flur, manchmal sogar bis in seinen vorderen Teil, der sich ausweitete wie eine Schlange mit einem Karnickel im Bauch und als Diele tituliert wurde. Dort hing auch das Telefon.
»Fräulein, bitte geben Sie mir sofort Hubertus 243579«, rief meine Mutter hinein. Das war die Nummer unseres Hausarztes.
Anschließend eilte sie in die Mädchenkammer und setzte sich zu Alma, die unter Ächzen auf den »verfluchten Saukerl« schimpfte, »dieses hundsgemeine Mistvieh«. »Spuckt jroße Töne, daß er mir heiraten wird – hat sein Vajnüjen – und wat hab ick? Aba ick doofe Nuß muß ja uff jede Hose rinfallen, gnä Frau, ick werd und werd nich klüger. Schad ma janischt.«
In den Schatten des Flurschrankes gedrückt, hörte ich die bekümmerte Stimme meiner Mutter »Alma« seufzen, »war-

um haben Sie mir nichts vorher gesagt? Diese Engelmacherinnen bringen Sie eines Tages noch um.«
Engelmacherinnen – das Wort gefiel mir. Eine Frau, die Engel macht. Mit Flügeln aus Rauschgold?
»Was sind Engelmacherinnen?« fragte ich Alma, als sie zwei Tage später schon wieder die Küche schrubbte.
Alma, den Scheuerlappen mit roten Händen über dem Eimer auswringend, sah mich erschrocken an. »Dumme Jöre, wo haste det Wort her? Haste jelauscht, wa?«
»Kannst du mich zu denen mal mitnehmen, wenn du hingehst?«
Sie schmiß ihr Wischtuch nach mir und drohte: »So wat sachste nie wieda, vastanden? Nie wieda! Sonst dreh ick dir den Kragen um!«

Einmal ging es der Alma nach dem Besuch bei einer solchen Engelmacherin so schlecht, daß meine Mutter nicht nur den Hausarzt, sondern derselbe auch noch das nächste Krankenhaus alarmierte.
Zwei Sanitäter kamen und versuchten, sie aus ihrer Mädchenkammer zu tragen, aber der Zwischenraum zwischen Bett und gegenüberliegendem Spind war zu schmal für die Bahre, so daß sie erst in der Diele zusteigen konnte. Ich sah, wie meine Mutter tröstend über Almas Haare strich, diesen dünnen, in blaßbraune Fäden aufgelösten Dutt, und versprach, sie zu besuchen.
Sonst gingen sich die beiden aus dem Wege wie Hündinnen, die eine Beißerei vermeiden möchten. Aber wenn es hart auf hart kam, waren sie ernsthaft umeinander besorgt.
»Sagen Se bloß nischt Herr Direktor«, wimmerte Alma.
Nein, meine Mutter sagte meinem Vater nichts davon. Häuslichen Ärger hielt sie von ihm fern.
Eine Woche lang blieb Alma im Krankenhaus. Eine Woche lang war ich ihre tyrannische Liebe los. Niemand knutschte

mich knallend ab, stopfte mich voll Gemüse und schrubbte mich rot.
Eine sanfte, heitere Woche ganz allein mit meiner Mutter. Ich kam früher vom Spielen heim als sonst und hörte mir ihre neueste Schallplatte aus der Operette »Liselott« an. Gustaf Gründgens und Hilde Hildebrand sangen: »Gräfin, wie sind wir beide vornehm, o Gott, wie sind wir vornehm ...«
Meine Mutter mußte mir den Inhalt des Stückes erzählen, ich schnitt fotografierte Menschen aus alten Magazinen aus, darunter Mussolini, Geige spielend, und die Tanzkünstlerin La Jana in einem Pyjama aus gelbem Crêpe de Chine und was sonst noch in der Größe zu ihnen paßte, und spielte die Operette mit diesen Figuren auf dem Teppich nach. Gemeinsam mit meiner Mutter schaute ich mir Kunstbücher an. Klassische Malerei. Mich interessierten dabei vor allem die nackten Heiligen.

Aus dem Krankenhaus entlassen, erholte sich Alma noch eine Woche in Werder bei ihrer Tochter Hedwig. Beladen mit Obstkörben und düsteren Neuigkeiten kehrte sie zu uns zurück. Zwei davon beeindruckten mich tief. Böckmanns Willy hatte die »Motten«. Er hatte sie nicht im Kleiderschrank wie wir kürzlich, sondern in der Brust, und es handelte sich bei ihnen um Löcher in seiner Lunge.
Alma hatte immer gehofft, aus Willy und ihrer Hedwig würde später mal ein Paar, aber nun war damit wohl nichts.
Zweite Nachricht: Was die Kusine von Hedwigs Ziehmutter ist, die kennt den Bräutjam von einem toten Frollein aus Caputh. Und nu kommt's: Wie die im Grabe lag, ist sie wieder aufgewacht und hat gegen den Sargdeckel gebummert, weil sie nämlich nicht tot, sondern bloß scheintot gewesen war. Auf die Idee zu fragen, woher man denn gewußt hat, daß sie im Grabe wieder aufgewacht ist, wenn keiner ihr Pochen gehört hat, kam ich nicht. Logik lag mir noch fern.

Der Caputher Scheintod belastete fortan meine Phantasie so stark, daß ich nicht mehr ohne Licht einschlafen konnte. Ich kannte ja ländliche Friedhöfe mit ihren schiefen Eisenkreuzen und bröckelnden Steinen im abendlichen Nebel. Da waren sie schon oberhalb der Erde graulig genug. Aber erst unter ihrem Efeu, tief in der Erde ganz allein in einem Sarg — !!!
»Lieber Gott, laß mich nie scheintot sein! Bitte, bitte nicht!«

Durch Alma erlebte ich alle größeren Unglücksfälle im Grunewald mit. Wir standen immer in der ersten Reihe der Schaulustigen, um ja nichts zu verpassen.
Am tiefsten beeindruckte mich die Villa eines Chemikers, die dank seiner Kellerexperimente in die Luft geflogen war. In den Bäumen hingen Betten und Gardinenfetzen. »So was sieht man nicht alle Tage«, versicherte mir Alma.
Als wir eine Woche später eine Frau beschauten, die sich im Ätherrausch wälzte, stand ein Junge mit rötlichen Haaren neben uns, älter als ich, schon mit Mappe. Er gefiel mir. Täglich zweimal radelte er auf seinem Schulweg an unserem Haus vorbei. Manchmal wartete ich ihn ab und produzierte mich, wenn er vorüberfuhr, er sah mich an und durch mich durch: Blöde Gans.
Von Alma, die doppelt so lange Zeit zum Einholen brauchte wie meine Mutter, aber dafür über jede Familie im Umkreis bis ins Schlafzimmer hinein orientiert war, erfuhr ich, daß er der einzige Sohn der reichen Degners war und in der schönen großen, gelben, von einem Bühnenarchitekten erfundenen Villa wohnte. Da sah ich ihn ab und zu im oberen Stock mit baumelnden Beinen im Fenster sitzen und Papierflieger segeln lassen. Zehn Jahre später, als wir uns liebten, war er bereits auf Jagdmaschinen umgestiegen.
»Sein Vater is'n feiner Mensch«, wußte Alma, »aba seine Mutter is'n Satan. Sie hat den Zaster und die Hosen an, und keiner hält et länger wie'n Vierteljahr bei sie in Stellung aus.«

Hans hieß der Junge. Nach ein paar Wochen stellte ich meine Verehrung für ihn ein, denn es war mir nicht gegeben, langfristig einer Hoffnungslosigkeit nachzuträumen.

War ich ein fröhliches Kind? Zumindest hatte ich keinen Grund, nicht fröhlich zu sein.
Es war wohl mein Mitleid, das mir das Leben so traurig machte. Ich litt mit allen – mit Blinden, Kranken, unglücklich Liebenden, mit bettelnden Kindern und herrenlosen Hunden, mit Gartenlokalen an einem verregneten Sonntag, mit der alten Blumenfrau, die ihre Veilchen nicht loswurde, und mit den Veilchen, die keiner haben wollte. Der Tag war mir verdorben, wenn ich einen Kutscher sein Pferd schlagen sah. Ich litt mit der Maus in der Falle und wohl auch darunter, daß ich anders war als meine zahlreichen Spielfreunde. Sie dachten viel blonder und blauäugiger als ich und nicht so kompliziert. Meiner Phantasie konnten sie nicht folgen. Es war wohl auch nicht die Phantasie eines behüteten Mädchens. Grimms Märchen, Almas trostlose Jugend und ihre Schauergeschichten hatten sie tief beeinflußt.
Eines Abends begann ich, Geschichten zu erfinden und mir halblaut vorm Einschlafen zu erzählen, wurde richtig süchtig darauf. Aber es funktionierte nur, wenn es dunkel war. Somit wurde ich wohl zum einzigen Kind im Grunewald, das nicht früh genug ins Bett gehen und das Licht löschen konnte.

Und wohl kaum ein Kind hat so schnell schreiben gelernt wie ich. Nun konnte ich meine konfusen Geschichten endlich zu Papier bringen.
Der Versuch, meine Mutter für meine Werke zu erwärmen, blieb ein einmaliger. Sie hatte so einen ganz anderen Geschmack als ich. »Kind, warum denn nur Schauermärchen?

Schreib doch mal was Nettes über eine Blume oder ein Tier, zum Beispiel einen Zitronenfalter.«
Ich lehnte ihre Anregung dankend ab. Mich interessierten keine Zitronenfalter, höchstens die Motten in der Lunge eines jungen schönen Grafen.
Vor Alma dagegen hatte ich keine Scheu, meine Dramen vorzutragen. Den geflochtenen Flickenkorb auf ihren breiten, kurzen Schenkeln, Fadengitter in schüttere Sockenhakken über ihrem Stopfpilz ziehend, hörte sie mir aus vollem Herzen zu.
Aus ihren Erzählungen und Küchenliedern kannte ich das Leben außerhalb meiner behüteten, mit rosa Bärchen tapezierten Kinderwelt – zum Beispiel den vierten Hinterhof; Almas wechselnde Väter, die am Freitag die Lohntüte versoffen, wenn Mutter nicht rechtzeitig am Fabriktor stand, um sie ihnen abzunehmen. Brüder, die der Reihe nach in der »Plötze« einsaßen. Mit vierzehn ging Alma bei einem Bäkker in Stellung und hatte zum erstenmal ein eigenes Bett für sich, das sie mit keinen Geschwistern und Schlafburschen, an die es tagsüber für ein paar Groschen vermietet wurde, teilen mußte. Mit sechzehn bekam sie ihr erstes, vaterloses Kind. Rausschmiß aus der Geborgenheit der Bäckerei, herzzerreißende Trennung von ihrem Baby. Und immer diese Sehnsucht nach einem verwunschenen Prinzen, der ihr eine ordentliche, trockene Bleibe mit Wohnküche, Spitzengardinen und Nähmaschine bescheren würde.
Für Alma erfand ich das Drama von Hulda dem Dienstmädel, das vom schönen, edlen Grafen Joachim von Harenfeld geliebt wurde. Weil aber seine Mutter, die böse Gräfin, dagegen war, flüchteten beide aus dem kalten Osten Richtung Braunschweig, wobei sie von Wölfen verfolgt wurden und sich aus den Augen verloren. Erst sollten die Wölfe das brave Kutschpferd fressen. Weil mir aber das Pferd zu leid tat und weil die Geschichte ja auch traurig enden sollte, mach-

ten sich die Wölfe an Hulda ran. Der Graf Joachim von Harenfeld wollte ihr zu Hilfe kommen, brach jedoch im Eise ein und versank tödlich.
Alma hatte mir atemlos zugehört und war zufrieden. Wenn sie schon nicht glücklich miteinander werden konnten, dann lieber alle beide tot, auch der reiche Graf, nicht bloß immer das arme Dienstmädchen. Das war Gerechtigkeit.
»Mach, dasse beede in een Jrab unterkommen, Mulleken, ja?« verlangte sie von mir und: »Mach, daß seine Mutter, det falsche Aas, ooch krepiert, aber schön langsam, damit se orntlich wat von hat.«
Alma sagte immer »Mach, daß...« zu mir, als ob ich der liebe Gott wäre.
Schicksale erfinden war ja auch wie Lieber-Gott-Spielen.
Ich schrieb schwarz in schwarz. Die Guten mußten sterben, die Bösen wurden dafür umgebracht. Alles Miese rächt sich im Leben.
So wollte es Alma.

Nach der letzten, lebensgefährlichen Abtreibung hatte sie die Hoffnung auf eine Aschenputtelkarriere endgültig aufgegeben und fing an, Heimatlieder zu singen: »Heimat, süße Heimat, wann werden wir uns wiedersehen?« oder: »Nach der Heimat möcht ich eilen...«
Was war das bloß für eine Heimat? Hatte sich der vierte Hinterhof mit Prügel und Kohldampf in ihrer Erinnerung in ein sonniges, geblümtes Familienheim verklärt? Setzte bei Alma langsam das Gedächtnis aus?
Erst später begriff ich, daß es Sehnsucht war. Alma sehnte sich nach einer ordentlichen Insel in ihrer Vergangenheit, an die sie sich klammern konnte. So schuf sie sich nachträglich »im kühlen Wiesengrunde« die »Bank am Elterngrab«.

Während ich für sie Geschichten von der verlorenen goldenen Heimat schuf — was dabei herauskam, muß noch abenteuerlicher gewesen sein als meine Liebesdramen —, fanden in unserer nächsten Umgebung einschneidende Veränderungen statt.

Innerhalb eines halben Jahres zogen vier Mieter aus. Ohne Krach und Rumoren im großen, mahagonigetäfelten Treppenhaus. Es ging alles sehr gedämpft, fast heimlich vonstatten, als ob die Räumenden die Miete nicht bezahlt oder sonstwie ein schlechtes Gewissen hätten.

Zuerst verschwand Professor Gumkowski mit seiner spindeldürren, seltsamen Frau. Solange ich denken konnte, hatte sie nie ihre vier Wände verlassen. Wir Kinder kannten sie von der Wohnungstür. Manchmal klingelten wir aus einem dummen Grund, nur damit sie öffnete und wir sie ansehen konnten.

Meine Mutter besuchte sie ab und zu. Ich schnappte auf, wie sie zu meinem Vater sagte, Frau Gumkowski sei morphiumsüchtig. Was ist Morphium, wollte ich wissen.

»Ein Mittel gegen Schmerzen, Kind, Frau Gumkowski ist sehr krank«, sagte meine Mutter.

»Eene olle polnische Schlampe isse«, erfuhr ich von Alma.

Wir warfen Kiesel auf ihren Balkon, wenn wir ihren dunklen, gebeugten Kopf über vertrockneten Blumen auftauchen sahen. Ihre morbide, kranke, süchtige Erscheinung reizte unsere gesunden Instinkte zu kleinen Brutalitäten.

Einmal erwischte mich meine Mutter beim Steinchenschmeißen und schleppte mich zu Frau Gumkowski. Sie mußte mir ihren mageren, vom Spritzen zerstochenen Arm zeigen. Meine Mutter sagte, das wären Wunden von unseren Kieseln, und ich sollte mich gefälligst entschuldigen. Nie wieder habe ich geschmissen, nie wieder. Und die anderen Kinder auch nicht.

Nun hieß es, Gumkowskis seien nach Warschau verzogen.

Horwitzens aus der zweiten Etage waren die nächsten, die

unser Haus mit ausländischem Ziel verließen. Mir war es nur recht. Mit ihren Töchtern hatte ich in ständigem Krieg gelebt.
Eines Vormittags stieg dann mein bester Freund Beppo Adler mit seinem Bärchen im Rucksack und vielen, vielen Koffern in eine Taxe. Seine Mutter, eine große, bildschöne Blondine, umarmte meine Mutter zum Abschied. Beide weinten, denn sie waren Freundinnen. Adlers zogen nach Amsterdam.
Die Villa nebenan, die Manasses gehörte, leerte sich, und gegenüber, im Garten des berühmten Verlegers, fanden keine Feste mehr statt. Selbst das verwachsene Fräulein, das täglich – ein Plaid über den Schultern – zwischen den Rosenrabatten spazieren gehumpelt war, ließ sich nicht mehr sehen.
Zuletzt reisten Rosenbergs aus der dritten Etage ab. Nach New York. Der älteste Sohn war schon drüben und versuchte, für sich und seine Eltern eine neue Existenz aufzubauen. Er war Fotograf wie sein Vater, der war sogar Hoffotograf gewesen. Alle konventionellen Kinderbilder von mir im gesmokten Sonntagskleid mit Wadenstrümpfen und Spangenschuhen, die in unserer Wohnung und bei den Verwandten herumstanden, hatte der alte Rosenberg verbrochen. Seiner Frau fiel der Abschied vom Grunewald unsagbar schwer. Sie hatte auch, vom Stammbaum her, keine Veranlassung auszuwandern, aber ich hörte, wie sie zu meiner Mutter sagte: »Nach 25jähriger glücklicher Ehe kann ich meinen Dikken doch nicht allein im rücksichtslosen New York vor die Hunde gehen lassen.«

Vier von den acht Wohnungen wurden in unserem Hause frei. Neue Mieter zogen ein, lauter Erwachsene, bis auf einen Günther in meinem Alter. Er trug lange Strümpfe mit Strumpfhaltern, die aus seinen Bleylehosen hervorguckten.

Ich mußte ihn verkloppen, sobald er das Pech hatte, mir zu begegnen. Ein Junge mit Strumpfhaltern und so schnell weinerlich. Immer ging er zu seiner Mutti petzen, und die kam dann zu meiner Mutter petzen, und dann mußte ich zur Strafe Klavier üben, aber ich konnte es nicht lassen. Ich schlug immer wieder zu.

Auch in meiner Klasse leerten sich die Schulbänke. Herzlieb, Irene, Eva, Ruth, Anita und die wilde Joan, die mir beim Topfschlagen mit der Kelle beinah das Nasenbein zertrümmert hatte – sie alle blieben plötzlich vom Unterricht fern. Zuerst sah es so aus, als ob sie aus Krankheitsgründen fehlten, aber sie kamen nicht wieder.
»Warum?« fragte ich meine Mutter. »Warum ziehen so viele plötzlich aus dem Grunewald? Hier ist es doch schön!«
»Das liegt an ihrer Religion«, sagte sie.
»Anita hat an unserm evangelischen Unterricht teilgenommen.«
»Trotzdem, sie sind Juden und nicht mehr in Deutschland erwünscht.«
»Bei wem nicht und warum nicht?«
»Kindchen, das versteh ich selber nicht.«
»Ich will es aber verstehen.«
Das Wort Jude hatte ich in letzter Zeit öfters gehört. Es war ein Schimpfwort.
Ich ging zu Alma in die Küche. Sie säbelte gerade Scheiben vom Knochenschinken.
»Alma, was sind Juden?«
Alma wußte es von dem Korbflechter, mit dem sie seit Wochen ging. »Man hört schlimme Sachen über ihnen. Sie verdienen den Christenmenschen det Jeld aus der Tasche und legen jeden uff't Kreuze, der nich jenau uffpaßt – jeschäftlich betrachtet. Et is allens ihre Schuld.«
»Was, Alma?«

»Na, ebend allet, wo se ihre krummen Neesen rinstecken. Die hamse von die Hexen jeerbt.«
»Hans Rosenberg und Beppo und Anita hatten aber keine krummen Nasen.«
»Ick weeß. Frau Adler sah so blond und sauba aus wie det Meechen uff de Nivea-Reklame. Aber det täuscht. Det besacht janischt. Manchen wächst det Böse ebend nach innen und is unsichtbar. Aber im Charakta kommts eenes Tages doch raus, da könnse machen, wasse wolln. Müssen wa Jott uff Knien danken, Mulleken, det wa Aria sind.«
»Was sind Arier?« fragte ich.
»Na, ebend keene Juden, Mohren, Polacken und Chinesen. Ebend wir, die Herrenrasse!«
»Und woran erkennt man die?«
»Ans anständje Blut. Anständjes, arisches Blut, schon von Uromas Kindesbeene an. Det will ooch der Führer.« Sie gab mir ein Stück Schinken vom Knochen, das hatte ich am liebsten, weil es ein bißchen verkommen schmeckte. Danach schob sie den Schinken in seinen Leinensack, verstaute ihn in der Speisekammer und kehrte zu meiner Ratlosigkeit zurück. »Solln wa froh sein, Mulleken, det det Jesindel freiwillig abhaut.«
Ich begriff das alles nicht. Ich war unter Juden aufgewachsen, ohne zu wissen, daß sie Juden waren. Sie waren unsere Nachbarn, unser Hausarzt, Beppo und Anita sind meine besten Freunde gewesen, ihr plötzlicher Ausfall noch nicht durch neue beste Freunde ersetzt. Und auf einmal waren sie laut Alma Gesindel.
»Schreib mal ne Jeschichte über Juden«, forderte sie mich auf.
Ich ging in mein Zimmer, holte mein Kalikoheft und schrieb: »Es war einmal ein Jude.« Aber dann fiel mir nichts zu diesem Thema ein, was Almas Herz freudig erschüttert hätte.

Eines Morgens, während der Herbstferien, hielt wieder ein leerer Möbelwagen vor unserem Haus. Ich sah ihn zufällig vom Balkon aus und überlegte, wer denn nun noch von den alten Mietern ausziehen mußte, weil er kein Herrenmensch war. Da klingelten die Ziehmänner in ihren blauweißgestreiften Hemden an unserer Wohnungstür. An unserer Tür! Also auch wir! Nein, bittebittebitte, nicht wir auch. Ich wollte nicht fort. Ich wollte im Grunewald bleiben, und warum hatten mir meine Eltern nichts gesagt? Haben Horwitzens und Adlers ihren Kindern vorher auch nichts vom Auswandern erzählt?
Und wer von meinen Eltern war kein Herrenmensch? Mein Vater mit seiner gebogenen Nase und den schwarzen Lokken? Meine Mutter? Der wuchs das Böse nicht mal unsichtbar nach innen.
Weswegen mußten wir denn nun auswandern? Und wohin??
Es war niemand da, an den ich mich in meiner Not wenden konnte. Mein Vater im Büro, meine Mutter in der Stadt, und Alma hatte auch kein Ohr für meine Not.
Sie schäkerte mit den Möbelträgern.
Nun ade, du mein lieb Heimatland,
lieb Heimatland, ade!
Ich ging in mein Zimmer und holte meine vollgeschriebenen Romanhefte aus ihrem Versteck und meine liebsten Bücher aus dem Regal und etwas zum Anziehen. Während ich alles zusammenpackte, wurde im Eßzimmer das Ritterbuffet abgebaut und herausgetragen und dann der Rest und auch das bleischwere Renaissanceherrenzimmer der Geheimratswitwe. Die Träger fluchten und ächzten unter der Last.
Plötzlich stand Alma in der Tür zum Kinderzimmer und staunte: »Wat machste denn, Mulleken? Willste verreisen?«
Ich blickte Alma stumm an — Almas plumpes, breites Gesicht mit der eingedrückten Nase, die formlose Figur auf

kurzen, stämmigen Beinen in Makkostrümpfen. Alma gehörte zur Herrenrasse, und ich war plötzlich ein ausgestoßenes Kind.
»Wo ist Mutti, Alma? Wann kommt sie wieder?«
»Keen blassen Schimmer. Wenn se uff Auktion is und Porzellan steigern kann, verjißt se Zeit und Raum. Dabei ham wa nu wirklich jenuch Fijuren rumstehn, die kaputt jehn, wenn man se bloß scharf ankiekt.«
In mir keimte Hoffnung. »Aber die Möbelleute?«
»Die holn die ollen Trümmer ab. Dafür kriejen wir lauter neue Sachen.«
»Dann wandern wir also nicht aus?«
Nun guckte Alma dumm. »Wie kommst'n dadruff? Haste schlecht jeträumt?«
Der Eisenring, der mein Herz umklammert hatte, zerbrach und fiel aufs Parkett, ich hopste drauf herum, lachte unbeschreiblich erleichtert und froh!
Alma fragte, ob bei mir eine Schraube locker wäre, als sie mich wie Rumpelstilzchen hüpfen sah.
Gegen Mittag kam meine Mutter von der Kunstauktion zurück. Sie hatte ein Meißen-Marcoliniservice mit Sepiamalerei erstanden, das wäre beinah zu Bruch gegangen unter meiner heftigen Umarmung. Zärtlichkeiten überschwenglicher Art waren in unserer Familie nicht üblich, aber dies war ein Ausnahmefall.
Wie leicht hätte mich der Storch damals bei Horwitzens oder Adlers oder Rosenbergs oder Gumkowskis abgeben können, anstatt bei meinen Eltern. Wie leicht hätte er sich in der Etage irren können. Dann wäre ich jetzt ein jüdisches, verbotenes Kind!
Mein Blut war vom rassischen Standpunkt aus sauber, weil meine Vorfahren, egal, ob sie menschlich etwas getaugt hatten, arisch gewesen waren. Ich durfte bleiben.
Diese halbe Stunde tiefer Verzweiflung und Ratlosigkeit, in

der ich glaubte, auch wir hätten zu den Unerwünschten gezählt, die, ohne eine Straftat begangen zu haben, auf einmal nicht mehr zur anständigen, menschlichen Gesellschaft gehörten, werde ich nie vergessen. Ich begriff auf einmal, wie den Mädchen in meiner Klasse, wie Anita und den gräßlichen Horwitzkindern und meinem Freund Beppo zumute gewesen sein muß... das heißt, Beppo wanderte ganz gerne aus. Erstens bewahrte es ihn vorm Sitzenbleiben, und zweitens wollte er immer Seemann werden, um die Welt kennenzulernen. Von Amsterdam war das bestimmt leichter als von Berlin aus, wie ich inzwischen auf dem Atlas festgestellt hatte.

Wenige Monate später verließ uns Alma. Sie hatte per Heiratsannonce einen Eberswalder Witwer kennengelernt, der dringend eine Putzfrau und vor allem eine neue Mutter für seine vier unmündigen Kinder suchte.
Ihre Hedwig wollte der neue Herr nicht haben. Sie blieb in Werder bei Frau Böckmann und erbte weiterhin meine Kleider.

3

Einmal im Jahr, in den Sommerferien, bin ich vollkommen glücklich.
Das ist, wenn der Personenzug, von Stendal kommend, auf der kleinen Station hält. Der Bahnhof liegt weit vom Dorf entfernt. Auf dem Perron steht mein Onkel Claus. Bestimmt gibt es in der Altmark keinen hübscheren, besser duftenden Landwirt als ihn. Und keinen phantasievolleren.
An sich sollte er nach zwei Söhnen ein Mädchen werden und wurde auch von Anfang an so erzogen.
Hinter vorgehaltener Hand – Luise, geh mal raus! – wurde zuweilen über das Schicksal seiner beiden Brüder getuschelt. Ich hörte trotzdem zu, ich hatte ja fabelhafte Ohren für das, was ich nicht hören sollte.
Unnatürlichen Todes, hörte ich, erschossen – totgesoffen – frühzeitig zerbrochen an der unmenschlichen Strenge ihres Vaters. Nur Onkel Claus, der ein Mädchen hatte werden sollen, überlebte und erbte Landwirtschaft, Getreidegeschäft und Bankhaus.
Onkel Claus sammelte Porzellan wie meine Mutter. Er war kein Jäger. Nicht mal reiten konnte er.
Für seine Nachbarn muß er eine unerschöpfliche Quelle des Klatsches gewesen sein – allein seine zwei mißglückten Versuche, sich mit jungen, gebildeten Damen zu vereinen! Beide Male kniff er einen Tag vor der Hochzeit. Dafür hielt er musischen Kontakt mit dem Dorfarzt und einem Museumsdirektor, der zuweilen anreiste.
Ich glaube, Onkel Claus war ein bißchen schwul, aber so was unvorstellbar Schlimmes kam selbstverständlich nur in

der Großstadt vor, niemals in Landwirtskreisen, und schon gar nicht in unserer Familie.
Onkel Claus hatte eben ein Mädchen werden sollen, und darum war er jetzt ein bißchen weicher veranlagt. Basta. Eine dürre, schwarzgekleidete Krähe namens Tante Linau führte ihm den Haushalt. Als wir das erste Mal anreisten, wies sie uns das Zimmer zu, in dem sich sein Bruder totgesoffen hatte. Das war noch gar nicht lange her, deshalb graulte sich meine Mutter in dem Bett, in dem er gestorben war. Ich schlief auf der Chaiselongue, unter der man nach seinem Tod zahllose leere Schnapsflaschen gefunden haben soll.

Morgens beim Aufwachen höre ich Taubengurren und den Hahn krähen und Hufegetrappel auf dem Kopfsteinpflaster. Die Pferde werden aus dem Stall geführt. Kettenrasseln und das Quietschen der Deichsel beim Anspannen. Wagen rumpeln nacheinander vom Hof.
Wenig später die Stimmen der Ferienkinder. Ihre polternden Schritte in viel zu großen, geerbten Stiefeln. Jedes Jahr sind andere aus der Großstadt da zum Aufpäppeln.
Meine Mutter deckt mit dem Hausmädchen den Frühstückstisch, der einen Lindenstamm im Vorgarten wie eine weiße Halskrause umschließt. Ich hole Onkel Claus aus dem Comptoir ab und schenke ihm mein nur halb gelutschtes Bonbon.
Hand in Hand gehen wir über den Hof.
»Onkel Claus, an meinem Bett steht ein goldenes Stühlchen, wo hast du das her?«
»Ach, das hat mir die Prinzessin Linderhof geschenkt zum Dank, daß ich ihrem Lieblingsschwan einen Knoten aus dem Hals geknibbert habe.«
»Onkel Claus, an der Scheune steht oben R.W. Was bedeutet das?«

Es handelte sich um die Initialen seines verstorbenen Vaters, aber er weiß eine bessere Antwort: »Das bedeutet Richard Wagner, es ist unser Festspielhaus. Du müßtest mal hören, wenn Kutscher Laube mit seinen Harmonikas aufspielt.«
Leider spielen sie nie, wenn ich da bin. Für einen Landwirt hat Onkel Claus eine blühende Phantasie, ich glaube ihm blindlings alles. Bei Tisch darf ich neben ihm sitzen. Er tauscht sein gesprenkeltes Ei gegen mein weißes. Ich liebe ihn.
Nach dem Frühstück renne ich, gefolgt vom Dackel und den Ferienkindern, in eine unbeschreibliche Freiheit. Außer Geschichten schreiben gibt es nichts Besseres, als erfundene Geschichten in die Wirklichkeit umsetzen. Die Ferienkinder machen alles mit.
Wir verkaufen das zum Einmachen bestimmte Obst an der Dorfstraße, freunden uns mit Zigeunerkindern an und bringen sie mit ins Haus. Danach kann mich Tante Linau nicht mehr leiden. Alles, was sie von nun an vermißt, hat die Zigeunerbrut gestohlen, und ich bin schuld.

Hoch auf dem Heuwagen durch einen trägen Mittag rumpeln, über mir unendlich viel Himmel mit schwingenden Schwalben und reifen Kirschen an den Chausseebäumen, ich brauche nur nach ihnen zu greifen. Im sonnenwarmen, duftenden Heu hin und her schaukelnd, bin ich zum erstenmal bewußt glücklich.Ich möchte nie mehr in die Stadt zurück.
Der Wagen biegt in den Hof ein. Da steht schon Onkel Claus, hübsch und jung, und breitet die Arme aus. Ich plumpse in sie hinein. Unsere Stirnen stoßen gegeneinander, wir lachen.
»So fällt Luisann vom Himmel«, sagt er. Aus meinem Vornamen Luise hat er Luisann gedichtet. Ist das nicht hübsch?
Hinter ihm steht Tante Linau und murmelt: »Satansbra-

ten!« Sie sieht mich eben anders: Die zerbrochenen Fensterscheiben im Gartenhaus. Die Schlittenfahrt in der Scheune auf Heuballen immer von oben runter und das übrige Heu uns nach. Beinah wäre Ferienkind Bruno darunter erstickt. Alles geht auf mein Konto.

Aber ich habe schon neue Ideen. Wir bauen uns zwischen den Mehlsäcken im Speicher ein Haus und werden dort übernachten.

Einen Abend lang suchen alle Gutsleute zuerst mit bloßem Auge, dann mit Laternen und Fackeln nach uns. Wir schauen aus der Dachluke zu, wie die Lichter immer weiter in die Nacht hineinschwanken und die Rufe leiser werden. Im Hof steht meine Mutter und grämt sich. Onkel Claus beschimpft seinen Dackel, der partout in den Speicher will, er weiß ja, wo wir sind.

Gegen elf Uhr werden die Mäuse munter, es knispert und huscht über den Speicher, den Ferienkindern wird bange ums Herz. Sie geben auf. Feiglinge. Aber allein übernachte ich auch nicht in dem dusteren Spuk.

Einen unwiederbringlichen Sonntag lang werde ich von Tante Linau zu Stubenarrest verdonnert. Durch die Eisengitter vor meinem Fenster sehe ich die Ferienkinder im Hof herumlungern, denn ohne meine Regie wissen sie nicht, was sie anstellen sollen. Zu essen kriege ich auch nichts. Ogott, ist so ein eingesperrter Tag lang. Tante Linau hat die Zimmerschlüssel in ihrer Schürzentasche. Alle haben Angst vor ihr, selbst meine Mutter.

Onkel Claus schleicht sich gegen Abend mit einer Schüssel voll gezuckertem Obst unter mein Fenster und reicht sie herauf. Meine Mutter schleicht mit der Schlagsahne nach und wird von Tante Linau erwischt: »Das habe ich mir beinah gedacht! Prügel hätte deine Tochter verdient, aber nicht was Süßes! Das muß mal gesagt werden, Charlotte,

wenn du dieses böse Kind nicht strenger erziehst...«
»Meine Luise ist gut erzogen«, begehrt meine Mutter auf. »Ich weiß auch nicht, was hier in sie gefahren ist.«
Ich weiß es selber nicht. Es muß wohl daran liegen, daß ich mich auf dem Lande so frei und glücklich fühle wie sonst nie — ein junger Hund, der vor lauter Weite und Düften und Übermut das Parieren vergißt.
Meiner Selbstentfaltung steht in Berlin meine Schüchternheit spielverderbend im Wege. Meine Phantasie hat nur auf linierten Heftseiten freien Lauf. Hier, bei Onkel Claus, lebe ich mich aus.
Aber wer kann denn ahnen, daß das, was so alles in mir drinsteckt, nichts als Mißfallen erregt, wenn es herauskommt?
Dann ist Schweineschlachtetag. Ich habe noch das herzzerreißende Gequieke vom letzten Jahr im Ohr, es war unerträglich traurig.
Im Morgengrauen schleiche ich mich aus dem Haus, öffne die Stalltür und die Koben. Damit ist das Maß voll.
Während Onkel Claus und alle Knechte über Land sind, um die Schlachtopfer einzufangen — man vergißt ja immer wieder, wie schnell Borstenvieh flitzen kann, sogar das gemästete, und was es auf seiner Flucht an Flurschaden anrichtet —, während also Onkel Claus seinen Schweinen nachwetzt, beschließt Tante Linau unsere unverzügliche Abreise. Und ich darf nie mehr wiederkommen. Meine Mutter fügt sich, zermürbt von meinen Einfällen.
Tante Linaus einbeiniger Sohn — das andere hat er verraucht, zumindest sollen an seinem Verlust die Zigaretten schuld sein — fährt uns mit dem Wagen zur weit entfernten Bahnstation. Trägt unsere Koffer auf den Perron voller Grasbüschel und sagt kühl »Adieu, Charlotte« zu meiner Mutter, zu mir gar nichts.

Nun sitzen wir im Bummelzug nach Stendal.
»Sie hätten lieber Tante Linau schlachten sollen«, heule ich aus dem Zugfenster.
Und meine Mutter: »An mir bleibt alles hängen. An meiner Erziehung! Kind, warum mußtest du mir das antun!«
»Er holt uns bestimmt zurück«, versichere ich schluchzend. »Er hat mich doch lieb. Wenn er hört, daß die alte Hexe uns verjagt hat, setzt er sich ins Auto und braust nach Stendal — es ist ja schneller als der Zug.«
In meiner Vorstellung ist Onkel Claus zu allem fähig — in meiner Vorstellung hat er auch Flügel, wenn er will.
Vielleicht möchte er uns wirklich zurückholen, aber er darf ja nicht wegen Tante Linau. Er steht nicht auf dem Bahnsteig, als wir in Stendal aussteigen und eine Stunde lang auf den Eilzug nach Berlin warten. Bis zuletzt hoffe ich noch immer...
Er läßt es zu, daß ich aus meinem Paradies vertrieben werde, und lädt mich nie wieder ein.
Onkel Claus wird zur ersten männlichen Enttäuschung in meinem Leben.

So.
Ich habe bisher nur von den Hartwigs und meinen ersten Lebenserfahrungen als ihre Tochter Luise erzählt. Es wird nun Zeit, von den Genthins und Jolandes Kinderjahren zu berichten bis zu dem Tag, an dem sie in meine Klasse kam und unsere lange, ereignisreiche Freundschaft begann. Denn dies ist die Geschichte unserer gemeinsamen Jugend.

4

Es begann mit einer geschenkten Theaterkarte.
Johanna Körner, Oberprimanerin, ein Garçonnetyp mit Bubikopf – so rötlich blank wie eine frisch aus ihrer Verpackung geplatzte Kastanie –, saß zum ersten Male im Parkett. Bisher kannte sie Opern- und Theateraufführungen nur aus der Vogelperspektive des »Olymp«.
Es war auch das erste Mal, daß sie eine Premiere miterlebte, mit Schwalbenschwänzen, Paillettenkleidern und Kritikerpäpsten.
Uraufgeführt wurde ein Stück von Arnolt Bronnen, »Vatermord«. Grausames und Demütigendes aus dem Kleinbürgermilieu. Am Schluß bringt der Sohn den Vater um und schläft mit seiner Mutter, nachdem er sich einem homosexuellen Freund verweigert hat.
Das Stück hatte bestimmt einen Symbolgehalt und einen tieferen Sinn, der Hanna verborgen blieb. Ihre dramatische Bildung beschränkte sich auf Klassiker, dafür sorgte ihre gestrenge Mutter, Musiklehrerin an einer Steglitzer Volksschule. Vom geschenkten »Vatermord«, Reihe 12, ahnte diese nichts. Offiziell war ihre Tochter in »Carmen«, dritter Rang.
Neben Hanna saß ein Herr Mitte Dreißig mit dezentem Profil, der seine Fingerknöchel zuweilen knacken ließ, was als Unmutsäußerung, das Stück betreffend, zu werten war. Mehrmals mußte er sich bücken, um Hannas Programm aufzuheben – ein Leben lang glitt ihr alles vom Schoß.
Sie sah verlegen auf seinen gebückten Kopf mit dem aschblonden, glatt zurückgekämmten Haar, während er den Bo-

den nach ihrem Programm abfingerte. »Oh, vielen Dank«, sagte sie und er, nach dem dritten Aufheben: »Gnädiges Fräulein, hören Sie lieber weg, das Stück ist wirklich nichts für eine junge Dame.«

Wie kam der Mensch dazu, ihr Vorschriften zu machen, und woher wußte er überhaupt, ob sie eine junge Dame sein wollte? Hanna hielt von jetzt ab das Programm mit beiden Händen fest, damit er keinen Grund mehr hatte, sie anzusprechen.

Nach dem Ende des letzten Aktes fiel das Publikum bravorufend, buhend und schlüsselpfeifend über den sich verbeugenden Autor und den Regisseur des »Vatermordes« her. Die Meinungsverschiedenheiten setzten sich beim Verlassen des Zuschauerraumes vor den Garderoben fort und wuchsen sich zu privaten Tätlichkeiten aus, die Hanna leider verpaßte, weil sie zu weit entfernt nach ihrem Mantel anstand. Erregten Augenzeugenberichten zufolge sollen sich zwei Herren geschlagen haben. Der eine hatte sich über die Sittenverderbnis des Stückes empört, über die Zerstörung aller Moralbegriffe und bürgerlichen Normen, der andere verteidigte dagegen seinen künstlerischen Wert. Darauf brüllte der erste »Judensau«, als Antwort ging sein Monokel zu Bruch. (Arnolt Bronnen widmete zehn Jahre später sein dramatisches Werk der Verherrlichung nationalsozialistischer Ideologien, so ändern sich Zeiten und Autoren.)

Der Eklat war leider vorüber, bis sich Hanna, Mantel überm Arm, zum Tatort durchgedrängelt hatte.

Dennoch war sie herrlich erregt von diesem ihrem ersten erwachsenen Abend. Premiere. Kluge, illustre Köpfe im Parkett. Ein runder Theaterskandal. Eine Schlägerei im Frack. Die Ernüchterung setzte wenig später ein, als sie ihre Manteltaschen vergebens nach dem abgezählten Fahrgeld durchsuchte. Es war nicht mehr da.

So sah sie ihr Platznachbar und Programmaufsammler im

sich leerenden Foyer stehen: knabenhaft schmal im schwarzen Sonntagskleid mit Spitzenkragen – während sie immer ratloser ihre Taschen durchkämmte. Sie bezauberte ihn.
»Gnädiges Fräulein, darf ich Ihnen helfen?«
»Mein Mantelfutter hat ein Loch – mein Fahrgeld – was mach ich denn nun?«
Er stellte sich ihr als Joachim Genthin vor und fragte, ob er sie nach Hause begleiten dürfe. Hanna betrachtete ihn mißtrauisch – nein, wie ein Mädchenverführer sah er nicht aus, eher wie ein preußischer Offizier in Zivil. Um ihr letztes Mißtrauen abzubauen, ließ er seinen Wagen stehen und brachte sie in einer Taxe nach Steglitz.

Bei seiner anschließenden Werbung wählte Achim Genthin den Weg über Hannas Mutter, die Musiklehrerin. Er lud beide Damen zu Konzerten ein, führte sie danach zu Horcher oder Habel. Für Sonntag vormittag sah er Museumsbesuche vor und Spaziergänge zu dritt im Grunewald. Seine Assiette: Er stammte aus einer Bankerfamilie und war selbst Juniorpartner einer renommierten Anwaltsfirma, die unter anderem deutsche Niederlassungen amerikanischer Firmen vertrat.
Hannas Mutter schwebte in Wolken. Was für ein feiner Mensch, und diese vornehme Erscheinung! »Wenn du dir den entgehen läßt! So einen findest du nie wieder!«
Für sie war er der Märchenprinz. Und ihre Tochter hatte ihn ja auch furchtbar gern. Es würde in Hannas Leben ein spürbares Vermissen geben, wenn er plötzlich nicht mehr käme. Aber warum ging er so schonend mit ihr um? Nur Lokale für erwachsene Herrschaften, warum nicht einmal eine Künstlerkneipe oder das »Kakadu« mit mondänem Barbetrieb? Oder die Transvestiten. Sie war siebzehn und neugierig auf Schlimmes. An seiner Seite konnte ihr doch gar nichts dabei passieren.

Eines Sonntags – sie waren inzwischen per du – führte er sie bei seinen Eltern am Großen Wannsee ein. Es war alles ganz zwanglos geplant. Und betörend umständlich.
Anstatt ganz einfach mit dem Auto vor dem Haustor vorzufahren, wünschte sich der alte Genthin ein beiläufiges Zusammentreffen auf dem Seewege.
Es erschien ihm weniger verpflichtend, wenn sein Sohn mit dem von ihm erwählten Mädchen auf einer Kahnpartie am elterlichen Steg wie zufällig anlegte. Gefiel die Besagte der versammelten Familie nicht, brauchte man sie anschließend wenigstens nicht ins Haus zu bitten. (Oje, der alte Genthin! Seitdem er pensioniert war, trug er selbst in die Bügelstube Komplikationen!)
Das zufällige Anlegen am Steg war für vier Uhr nachmittags vorgesehen, dabei waren nicht die Mucken des Leihboot-Außenbordmotors einkalkuliert. Er wollte nicht. Hanna schaute interessiert zu, wie Achim vergebens mit ihm kämpfte.
Statt um vier Uhr erreichten sie den Steg rudernd so gegen Viertel vor fünf. Da stand der alte Genthin nicht mehr rein zufällig am Ufer, sondern als Mahnmal, mit der aufgeklappten Taschenuhr in der Hand. Die Obsttorte schmorte unter einer Käseglocke, wegen der Wespen, die Schlagsahne war flüssig. Achims Schwager Heinrich Bode hatte sich ins Haus verzogen. Seine Mutter und Schwester Henny, des Wartens müde, blinzelten mißgestimmt auf das Boot, das endlich – unter schleifenden Weidenarmen hindurch – den Steg erreichte.
Gleich darauf stand allen dreien die Überraschung ins Gesicht geschrieben: Mein Gott, was war diese Person jung, die da an Land sprang! Beinah noch ein Kind. Gertenschlank, kastanienbraune Knabentolle, mit dem Blick eines Welpen, der – gerade käuflich erworben – zum erstenmal sein neues Zuhause betritt, halb ängstlich, halb neugierig, mit ungewissem Wedeln.

Aber nach dem ersten Stück Obsttorte (Hannas Mutter: Vergiß ja nicht, den Kuchen zu loben!) und der Erkenntnis, daß zumindest die alten Genthins sie nicht ablehnten, gewann Hanna an Sicherheit.
Ob sie sich den Garten einmal anschauen dürfe?
Die andern blickten ihr nach.
»Sie liebt Blumen so sehr«, sagte Achim.
»Was war ihr Vater?« fragte seine Schwester Henny.
»Kunstmaler.«
»Etwa modern?«
»Nein — impressionistisch. Es hängen Bilder von ihm in ihrer Wohnung.«
»Hatte er Ausstellungen?«
»Er ist bei Verdun gefallen«, beendete Achim das Thema.
»Achgott, dieser schlimme Krieg«, seufzte seine Mutter.
»War er Offizier?« fragte Henny.
»Hör zu«, sagte Achim, »ich liebe das Mädchen, und ich werde sie heiraten, wenn sie mich nimmt.«
»Ja, wenn du meinst.« Henny sah ihren Bruder an, als ob sie das Scheitern dieser Verbindung schon jetzt vorausahnen würde.

Die Trauung fand in der Gedächtniskirche statt — der Altar über und über mit weißen Blumen und grünen Zweigen geschmückt. Hanna liebte weiße Blumen, also kriegte sie weiße Blumen, obgleich die Familie meinte, es sähe aus wie bei einem Kinderbegräbnis.
Anschließend war ein Empfang im Adlon — zweihundert geladene Gäste, die meisten fremd für Hanna Genthin. Ihre eigenen Verwandten, außer ihrer stolzen Mutter, standen ein bißchen verloren zwischen soviel Eleganz.
Sie mußte Hände schütteln — lasche, magere, behaarte, fette, sensible, Hände wie Eisenklammern, Hände voll blitzender Klunkern. Nahm Glückwünsche aus lächelnden Mün-

dern entgegen und registrierte die Blicke darüber: Neugier, Skepsis, männliches Abschätzen, distanziertes Betrachten, manchmal ein herzliches Akzeptieren. Sie glaubte durch einen Gesellschaftsroman zu schweben und wäre so gern Gast auf dieser Hochzeit gewesen. Mit ihren Schulfreundinnen am Rand stehen und staunen und lästern, ja, das wäre lustig.

Der schlanke, edel aussehende Herr an ihrer Seite war nun ihr Mann – ein ganzes Leben lang ihr Mann – einen besseren findest du nicht. Sagten alle. Mehr Schwein als Verstand hast du gehabt, sagten ihre Freundinnen.

Schon wieder ein Glas Champagner. »Du mußt es nicht austrinken«, raunte Achim ihr zu, »es genügt, wenn du daran nippst.«

Hanna merkte sich keinen Namen und kein Gesicht. Mußte sie von jetzt an mit all diesen Menschen verkehren? Hatte sie die mitgeheiratet?

»Ich wünschte, wir wären schon im Zug.«

»Ich auch, mein Herz. – Da kommen Steinbergs.«

»Steinbergs, wie immer zu spät!« hörte sie die Stimme ihrer Schwiegermutter. »Und wen haben sie denn da mitgebracht? Kennst du den Menschen, Karl-Ernst?«

»Nee, nie jesehn«, sagte der alte Genthin. »An sich ne Unverschämtheit. Und nich mal im Abendanzug! Ist ja schließlich hier keine öffentliche Veranstaltung. Aber Steinberg kann sich's ja leisten, so einen mitzubringen.«

Bankier Steinberg, den Achim nun auf sie zuführte, erinnerte Hanna an ein aus dem Nest gefallenes Vogeljunges. Für seine Gattin – plump wie ein Brauereipferd – mußte es ein leichtes sein, ihn mit einem ihrer fleischigen, rosagepuderten Arme in die Höhe zu stemmen. Eine glitzernd bestickte Zakkenkappe klemmte schräg über ihrem guten Bulligesicht. Es erforderte schon Heldenmut von Steinberg, mit seiner Hedi in diesem lachsrosa, für eine schicke Magere gedachten, perlenbestickten Hänger von Gerson öffentlich aufzutreten – oder sehr viel Liebe.

Ehe Achim sie miteinander bekanntmachen konnte, eilte Hedi mit ausgebreiteten Armen auf Hanna zu: »Das ist sie also! Jottedoch, so ein Hämeken! Als ich meinen Männe heiratete, war ich genauso dünn wie Sie, Kindchen, und nu platze ich aus allen Nähten.« Hanna verschwand in Hedi Steinbergs Armen, fühlte sich umwogt von puderduftender fleischiger Wärme, hörte herzhafte Küsse auf ihre Wangen knallen. »Kindchen, 'tschuldige, aber ich freu mich so für den Achim. Er ist ein guter Mann – ich kannte ihn schon, als er noch grün hinter den Ohren war.« Und zu Achim gewandt: »Gratuliere, Junge. Die Kleene is süß!«

Achim Genthin küßte ihr zum Dank die Hand, aber Hanna spürte, daß ihm ihre ungeniert laute Herzlichkeit peinlich war. Nachdem auch Steinberg mit einem gewissen gravitätischen Zauber die Braut begrüßt hatte, zog er aus dem Hintergrund den jungen Mann, den sie uneingeladen mitgebracht hatten.

Es handelte sich um einen Bär im knittrigen Sonntagsanzug. Intelligente dunkle Augen unter schweren Lidern schauten Hanna unentwegt an. Ohne diese Augen hätte sie sein grobzügiges Gesicht als häßlich bezeichnet, zumindest als faszinierend häßlich.

»Das ist Olrik Barris, ein junger Freund aus dem Baltikum. Er möchte in Berlin sein Glück als Kunstkritiker machen«, stellte Steinberg vor und gab ihm einen leichten Schubs.

Da endlich erinnerte der sich daran, daß er die Braut nicht nur anstarren, sondern auch begrüßen mußte. »Viel Glick, Frau Jenthin«, murmelte er.

Seine Stimme blieb ihr im Ohr, nicht nur wegen dem ostischen Dialekt. Sie hatte noch nie so eine tiefe Stimme gehört. Danach begrüßte er ihren Mann und zog mit Steinbergs weiter.

»Wahrscheinlich einer seiner vielen Schützlinge«, überlegte Achim neben Hanna.
»Wieso Schützlinge?«
»Steinberg sammelt junge Talente um sich und fördert sie. Aber daß er eins von ihnen zu meiner Hochzeit mitbringen muß — meine Eltern sind außer sich.«
Später, beim Tanzen, sah Hanna diesen Barris allein an einer Säule stehen. Er nahm ein Champagnerglas von einem herumwandernden Tablett, kostete mißtrauisch, das Zeug schmeckte ihm offenbar nicht.
Achim, mit dem sie tanzte, erinnerte sie daran, daß es Zeit war, heimlich zu verschwinden.
Venedig wartete auf sie.
Als sie noch einmal an der Säule vorübertanzten, war Barris nicht mehr da.

Nach Venedig, dem Ziel ihrer zweiwöchigen Hochzeitsreise, fing der Alltag an.
Achim Genthin ging morgens in seine Kanzlei, und Hanna hatte sehr viel Zeit. Sie las alles, was ihr unter die Finger kam, von Tolstoi bis Pitigrilli, kannte jedes Bild in jedem Museum, bummelte durch die Straßen, ging ins Kino, traf sich mit ihren ehemaligen Schulfreundinnen, die sich aufs Abitur vorbereiteten, und stellte bei jedem Treffen fest, daß sie sich immer weniger zu sagen hatten. Sie lebten in verschiedenen Welten. Sonntags verabredeten sich die Freundinnen mit gleichaltrigen Jungen, während Hanna mit Genthin zu den Schwiegereltern nach Wannsee fuhr.
Um der Langeweile der Kaffeetafel zu entgehen, verzog sie sich in den Garten. Malte Blumen, Bäume, zwei kleine Jungen, die mitten auf dem See in einer Nußschale im Kreise paddelten — sie malte gerne, aber natürlich brauchte sie Unterricht, um sich zu vervollkommnen.
»Lieber Achim, hättest du etwas dagegen, wenn ich auf die

Kunstakademie ginge, ich meine, nur so lange, bis wir ein Kind haben?«

Genthin liebte sie viel zu sehr, um ihr etwas abzuschlagen.

Von nun an lebte Hanna zwei Leben. Tagsüber war sie siebzehn Jahre jung unter jungen Malstudenten. Abends war sie Frau Genthin mit gesellschaftlichen Verpflichtungen, Theater- und Opernpremieren.

Sie besaß inzwischen vier Abendkleider.

Einmal gelang es ihr, Achim zu einem Atelierfest zu überreden. Er gab sich alle Mühe, ungezwungen zu sein. Vergeblich. Als es so gegen elf richtig lustig zu werden versprach, schaute er auf die Uhr.

»Ich weiß, mein Herz, du möchtest noch gerne bleiben... aber ich habe morgen um neun eine wichtige Verhandlung...«

Wäre Hanna noch gerne geblieben? O ja, und wie gern! Aber es mußte ja nicht sein, bestimmt nicht. Sie richtete sich ganz nach ihrem Mann.

Als sie Achim Genthin heiratete, war der Wille ihrer Mutter zu dieser Verbindung und gleichzeitig ihr eigener Wunsch, dem mütterlichen Zwang und ihrem engstirnigen Milieu zu entkommen, mit ausschlaggebend gewesen. Von der kurzen mütterlichen Leine wechselte sie an die lange Longe eines Mannes, dessen großzügiges Vertrauen sie niemals enttäuschen wollte. Sie hatte Genthin von Herzen lieb.

(Ihre Schwägerin Henny: »Dieses kleine raffinierte Biest! Was hat sie in ein paar Monaten aus unserm Achim gemacht? Einen Trottel! Erlaubt ihr alles! Was weiß er denn, was sie auf der Akademie treibt? Auch der Nachmittag hat schöne Stunden. Wunderte mich gar nicht, wenn er eines Tages die Rechnung präsentiert kriegt für seine fahrlässige Gutgläubigkeit!«)

Hanna wußte um ihre starke Anziehungskraft auf Männer. Kein Kunststudent, der, im Aktsaal hinter ihr sitzend, nicht in Versuchung gekommen wäre, statt des Modells Hannas graziös gebeugten Nacken zu zeichnen.
Hübsch war sie nicht mit ihrer ein wenig zu großen gebogenen Nase, aber sie hatte etwas Besonderes. Allein die Art, wie sie ging. Die Schmiegsamkeit ihrer Bewegungen. Und vor allem ihre heitere Gelassenheit.
Diese heitere Gelassenheit, mit der sie jede männliche Anfechtung von sich abwischte wie Fusseln von ihrem Ärmel, ohne dabei Gefühle oder Eitelkeiten zu verletzen! Ihr größter Reiz: Sie war verführerisch und gleichzeitig dem Mann, dem sie sich zugehörig fühlte, unbeirrbar treu.
Nach fünfmonatiger Ehe teilte Achim Genthin seiner Familie mit: »Mein Kind ist schwanger.« Er sagte wirklich »mein Kind«.
Wenn es ein Junge würde, sollte er Konrad, nach dem Großvater mütterlicherseits, heißen. Dagegen hatte niemand etwas einzuwenden.
Aber Hanna wünschte sich eine Tochter und wollte sie Jolande taufen.
»Jolande!« stöhnte Henny auf. »Wie entsetzlich! Aber typisch Hanna. Immer exzentrisch!«
»Und stellt euch mal vor, das Kind kommt mit *dem* Namen in die Schule! Wenn du das zuläßt, Achim!« kopfschüttelte seine Mutter.
Genthin fand ihn ja auch nicht gut, aber wenn Hanna ihn zärtlich vor sich hinsagte, klang er zumindest musikalisch. Jolande...
»Vater, sag du doch mal!« wandten sich die Frauen an den alten Genthin.
»Schwachsinn, purer Schwachsinn«, versicherte er, jedoch nicht so rigoros, wie es sonst seine Art war. (Naja, das junge Ding hatte ihn auch längst eingewickelt.) »Vielleicht sollte

man, wenn es ein Mädchen wird, ihm noch einen zweiten Namen geben, auf den es im Notfall zurückgreifen kann«, meinte er. »Vielleicht Olga.«
So hatte seine früh verstorbene Lieblingstochter geheißen.

Hanna Genthin gebar ein Mädchen, das sie auf die Namen Jolande, Olga, Hedi tauften — Hedi nach seiner Patentante Steinberg.

5

Sobald Achim Genthin morgens das Haus verlassen hatte, um in seine Kanzlei zu fahren, setzte sich Hanna an ihre Staffelei. Jolande spielte zu ihren Füßen. Später holte sie ihr Kindertischchen und einen Hocker in das große Zimmer, das sie Atelier nannten, und ließ eine Orgie von Tuschfarben auf einem Bogen Papier durcheinanderfließen.
Besonders gelungene Schmierereien pinnte Hanna zwischen ihre eigenen Bilder an die Wand. Das machte Jolande stolz.
»Meine Malmädchen«, nannte Achim die beiden. »Rembrandts werden sie alle beide nicht, aber es macht ihnen soviel Spaß.«
Hanna wußte selbst, daß ihr Talent begrenzt war, dennoch ärgerte sie manchmal Genthins väterliche Beruhigung: »Hauptsache, die Kinder spielen schön.«
Sie war inzwischen vierundzwanzig.

Jolande hatte eine freundliche, buntgetuschte Kinderzeit. Eine Mutter, die jung war wie eine ältere Schwester, einen liebevollen Vater. Wochentags gingen sie in den Zoo, und am Sonntag fuhren sie nach Wannsee zu den Großeltern.
Zuweilen nahm Hanna sie mit zum Jour fixe bei Steinbergs, der jeden Freitag stattfand. Außer einem vorzüglichen Imbiß wurden dort Maler, Bildhauer, Wissenschaftler, bekannte Journalisten und Schauspieler herumgereicht. Steinbergs wußten, was sie ihren Gästen schuldig waren. Damit Jolande sich nicht allzusehr unter den Erwachsenen langweilte, wurde sie mit Spielen und Süßigkeiten überhäuft. Wie alles im Leben, übertrieb Hedi Steinberg auch ihre Patenschaft.

An einem solchen Jour fixe nahm eines Nachmittags ein Journalist teil, der gerade aus Amerika zurückgekommen war. Er schrieb Artikel für hochgestochene Kunstzeitschriften.
Jolande drehte sich auf dem Klavierschemel und hörte zu, wie Onkel Steinberg den Journalisten einem Herrn vorstellte, den er mit »lieber, verehrter Herr Professor« anredete. So sieht also einer aus, der schon mal in Amerika gewesen ist, überlegte sie, zwei Blümchenbonbons auf einmal im Mund – ihr Gaumen war schon ganz wund davon.
Schön war er nicht. Ziemlich breit. Um seine schwarzen Augen bildeten sich bereits Polster, dabei war er bestimmt noch nicht sehr alt, höchstens Anfang Dreißig. Die Pfeife in seinem Mundwinkel verströmte einen süßen Duft nach Feigen.
Während er sich mit Onkel Steinberg und dem Professor unterhielt, schaute er unentwegt zu dem Sofa hinüber, auf dem ihre Mutter mit einer Schauspielerin zusammensaß. Warum glubscht er Mami so komisch an, überlegte Jolande. Jetzt ging er auch noch auf sie zu und sprach sie über einen chinesischen Lacktisch hinweg an.
»Ich war damals auf Ihrer Hochzeit, Frau Jenthin.«
Hanna sah auf. »Ach, wissen Sie, da waren so viele –«
»Ich war der einzig Nichjeladene«, half er ihr nach. »Ich heiße Barris.«
»Richtig, Sie kamen mit Steinbergs«, erinnerte sich Hanna. Er schob sich einen Sessel an ihre Seite, ohne zu fragen, ob es ihr recht war.
»Schön, Sie wiederzusehen«, sagte er. »Damit habe ich nicht mehr jerechnet. Wissen Sie iebrijens, daß ich damals den Tränen nahe war?«
»Ach nein – wie das?« lachte Hanna.
»Weil ich zu spät jekommen bin. Hätte ich Sie nur paar Stunden frieher kennenjelernt, hätte es keine Hochzeit jejeben.«

Obgleich er grinste, klang es so, als ob ihm ernst wäre, was er sagte. »Ich hätte Sie entfiehrt.«
»Und wohin, bitte?« amüsierte sich Hanna.
»Darüber habe ich mir damals keine weiteren Jedanken jemacht. Ich dachte bloß: *Die* Frau haben und ein Ende mit weg sein.«
Jolande hatte atemlos zugehört, jetzt stieg sie vom Drehschemel und stellte sich streng zwischen ihre Mutter und diesen Barris. »Mami, wir müssen nach Hause. Papi wartet!«
»Ja, ich komme.« Hanna erhob sich sofort, griff nach ihrer Tasche, nickte in seine Richtung: »Leben Sie wohl, Herr Barris. Es war nett, Sie wiederzusehen.«
Steinberg ließ sie in seinem Wagen nach Hause fahren.
»Dieser Barris – wie der spricht!« fing Jolande an, neben ihrer Mutter im Fond sitzend, durch eine Glasscheibe vom Chauffeur getrennt.
»Er ist Balte. Darum.«
»Ich meine, was er zu dir gesagt hat.«
Hanna schaute aus dem Wagenfenster auf das mit nassen braunen Blättern übersäte Pflaster. »Ach, das war doch alles Unsinn.«
»Aber warum sagt er dann so was? Vor der Hochzeit entführen! Und unser Papi?«
»Wenn ich dir sage – es war ein Scherz!«
»Ich mag solche Scherze nicht. Sie sind dumm und gemein!« regte sich Jolande auf.

In den nächsten Monaten veränderte sich ihre Mutter. Saß kaum noch an der Staffelei, und wenn, warf sie nach kurzer Zeit den Pinsel hin. So würde das Bild, das sie von Jolande malte, niemals bis zu Genthins Geburtstag fertig werden.
Wenn man sie ansprach, hörte sie nicht zu. Oft stand sie am Fenster und schaute hinaus, ohne etwas zu sehen – einfach so. Dabei qualmte sie wie ein Schlot.

Sobald das Telefon läutete, griff sie voll nervöser Spannung zum Hörer: »Hallo?« Manchmal wurde ihre Stimme dann tief und sanft, und das, was sie zärtlich sagte, bestand aus »Ja« oder »Nein« und »Gern« und »Wann?«
Dann ging sie bald darauf fort und duftete nach Nelkenparfum und war manchmal noch nicht zurück, wenn Jolandes Vater aus der Kanzlei nach Hause kam. So etwas hatte es früher nie gegeben.
»Wo ist Mami?« fragte Genthin seine Tochter, aber sie wußte es auch nicht.

Jolande wurde eingeschult. Zwischen all den matronenhaften Müttern, die ihre Kinder zur Aufnahmefeier in die Aula begleitet hatten, wirkte Hanna wie ein junges Mädchen. Jolande war stolz auf sie und auch auf ihren gutaussehenden, eleganten Vater, der sie nach der Feier abholte und mit »seinen Mädchen« zu Kempinski essen ging. Neben ihren Stuhl stellte sie ihre große Schultüte, damit jeder sehen konnte, daß sie kein Kind mehr war, sondern eine Schülerin. Was für ein bedeutender Tag!
Jolande konnte nicht einschlafen an diesem Abend. Sie mußte soviel denken, und außerdem hatte sie zuviel gegessen und getrunken. Auf dem Weg zur Toilette kam sie an der halbgeöffneten Wohnzimmertür vorbei und hörte ihre Eltern mit leisen und traurigen Stimmen miteinander reden.
Jolande sah sie weit voneinander entfernt im Raum stehen, mit dem Rücken zur Tür. Da, wo ihre Mutter stand, stieg Zigarettenrauch auf.
Ihr Vater legte beide Hände um seine Schläfen und sagte: »O mein Gott, Hanna, was soll nun werden...«

Am nächsten Sonntag fuhren sie ohne Mami zu den Großeltern nach Wannsee. Jolande wurde mehrmals aus dem Zim-

mer geschickt, und man achtete darauf, daß die Tür auch richtig zu war, wenn sie es verlassen hatte.
Als sie einmal früher als erwartet zurückkehrte, hörte sie ihren Großvater »Dieses undankbare Frauenzimmer!« schimpfen. Großmutter fuhr ihm mahnend in den Zorn: »Attention, Karl-Ernst, la petite!«
»Ich hab Hunger«, sagte Jolande.
»Dann geh zu Frau Schult. Sie soll dir Würstchen heiß machen, Kartoffelsalat ist auch noch da, nun geh schon, Liebling!«
»Immer schieben sie mich heute ab«, klagte Jolande zu der langjährigen Wirtschafterin, als sie beide am Küchentisch saßen. »Was ist denn los? Warum sind alle so komisch? Weißt du was, Frau Schult?«
»Mir sagen sie ja nichts Genaues, weil sie denken, ich trag's im Ort herum. Als ob ich jemals was weitererzählt hätte! Aber ich kann mir beinah denken, was es ist. Ich darf es dir nur nicht sagen, Jolachen.«
Und dann sagte Frau Schult ihr doch, was sie vermutete.

Auf der Heimfahrt an diesem Abend blieb Jolande stumm. Achim Genthin war viel zu sehr mit seinen eigenen Gedanken beschäftigt, um ihr Schweigen zu bemerken. Vor der Haustür setzte er sie ab und fuhr zu einem Kollegen weiter.
Jolande fand Hanna zum erstenmal seit langer Zeit an der Staffelei, mit dem Porträt ihrer Tochter beschäftigt.
»Frau Schult sagt, du willst dich scheiden lassen.«
Hanna fuhr ebenso erschrocken wie ärgerlich herum. »Frau Schult ist eine Schwätzerin!«
»Aber es stimmt doch, oder?«
»Ja, Kind, nur wollte ich es dir selber sagen.«
»Du hast es mir aber nicht gesagt.«
»Ich wollte es morgen tun«, versicherte Hanna.

»Aber warum? Wir haben es doch schön zusammen — Papi, du und ich. Papi hat dich sehr lieb.«
»Ich ihn ja auch, Kindchen.«
»Warum laßt ihr euch dann scheiden?«
»Komm mal her —«
Aber Jolande wollte nicht eingefangen werden, sie wollte Begründungen für das Unglück, das auf sie zukam. »Papi tut dir doch nichts!«
»Nein, im Gegenteil, er ist der beste, liebste Mann —«
»Warum vertragt ihr euch dann nicht wieder?«
»Wir sind ja nicht böse miteinander«, versicherte Hanna.
»Aber traurig«, sagte Jolande.
»Ja, sehr —«
»Es ist wegen einem andern Mann, sagt Frau Schult.«
Hanna widersprach nicht.
»Und ist dir der Mann wichtiger als wir?«
»Bitte, komm her zu mir —« Sie streckte die Arme aus, Jolande schob sich rückwärts bis zur Zimmerwand. Hanna versuchte zu erklären: »Glaub mir, ich hab's mir nicht leicht gemacht —«
Das wollte Jolande nicht wissen. »Frau Schult sagt, wenn du dich scheiden läßt, können wir nicht mehr zusammen wohnen.«
»Das ist richtig.«
»Und was wird dann aus mir?« Sie kämpfte mit den Tränen. »Wo soll ich hin?«
»Das — das muß noch entschieden werden.« Hanna hatte es sich schwer vorgestellt, nun war es noch viel schlimmer.
»Auf alle Fälle werden Papi und ich die beste Lösung finden, die es für dich gibt.«
»Dann laß uns alle zusammenbleiben, Mami, bitte.«
»Es geht nicht —«
»Weil du nicht willst.«

»Es hat nichts mit Wollen zu tun — wenn ich's dir nur erklären könnte — ich —«
»Und wenn ich deinen neuen Mann nicht mag, heiratest du ihn dann auch?«
»Ja«, sagte Hanna nach kurzem Zögern, es hatte keinen Sinn, dieses Kind zu belügen.
»Es ist der Barris, nicht wahr?« Jolande wandte sich zur Tür. »Ich geh jetzt in mein Zimmer.« Und sah sich noch einmal um. »Die Liebe macht selten froh, sagt Frau Schult, und du machst uns alle unglücklich. Aber wenn du das endlich eingesehen hast, ist es zu spät, sagt sie.«
Hanna lief ihr nach, Jolande hatte ihre Zimmertür bereits von innen verriegelt.
»Bitte — Liebling — versteh doch. Wenn Papi und ich zusammenbleiben, macht das auch keinen glücklich. Ich — ich war zu jung damals, als wir geheiratet haben. Wie sollte ich mit siebzehn Jahren wissen, ob meine Liebe für deinen Vater ein ganzes Leben ausreicht?«
Jolande, nah auf der anderen Seite der Tür: »Ich werde immer wissen, wen und was ich will!«
Du Kindskopf, dachte Hanna verzweifelt, mit sieben Jahren sagt sich das so leicht.

Großmutter Genthin rang die Hände. Großvater und Schwester Henny bezeichneten Achim als einen Trottel, noch immer dieser kleinen Hexe verfallen, die rücksichtslos eine glückliche kleine Familie zerstörte, wegen einem Abenteurer, einem Habenichts mit ungesicherter Existenz.
»Und so einer Person willst du deine Tochter überlassen? Ich denke, du bist Jurist. Weißt du, was du bist? Ein Vollidiot!«
»Nennt mich, wie ihr wollt«, begegnete Achim Genthin ihren Angriffen, unendlich müde vom Diskutieren. »Das Mädchen ist in einem Alter, wo es vor allem seine Mutter

braucht. Später soll Jolande selbst entscheiden, bei wem sie leben möchte.« Er verabschiedete sich, um nach Berlin zurückzufahren.
»Ach, dieser Junge«, jammerte Oma Genthin hinter ihm her. »Viel zu anständig für diese schlechte Welt! Wenn man ihm nur helfen könnte, aber er läßt sich ja nicht —! Er grämt sich noch um seinen Verstand wegen diesem Weibsbild.«
»Hat er schon, hat er schon«, giftete Henny. »Sonst würde er ihr nicht sein eigen Fleisch und Blut überlassen.«

Nach der Scheidung zog Jolande mit ihrer Mutter nach Halensee und fuhr jeden Morgen mit der Straßenbahn in ihre alte Schule. Jeden Mittwoch holte ihr Vater sie dort ab und aß mit ihr in einem Restaurant zu Mittag. Die Wochenenden verbrachten sie gemeinsam bei den Großeltern in Wannsee.
Beinah täglich besuchte Olrik Barris ihre Mutter. Anfangs sprach Jolande kaum ein Wort mit ihm, es wäre ihr wie Verrat an ihrem Vater vorgekommen, und Barris akzeptierte ihre Zurückhaltung. Er wartete ab.
Obgleich sie in ihrer Gegenwart Zärtlichkeiten vermieden, spürte Jolande die Intensität ihrer Beziehung zueinander, diese Liebe, die so stark war, daß sie sich zuweilen ausgeschlossen fühlte. Und eifersüchtig. Sie war nicht mehr die Hauptperson im Leben ihrer Mutter.
Aber es ließ sich nicht abstreiten, daß das Zusammenleben mit Barris bedeutend amüsanter war als das mit ihrem Vater, der seine Heiterkeit verloren und eine unsichtbare Mauer um sich errichtet hatte. Jolande liebte ihn voller Anhänglichkeit und Mitleid, weil er nun allein war. Später kam an Gefühlen noch ein schlechtes Gewissen hinzu. Denn beim besten Willen gelang es ihr nicht, sich Barris' tiefer, herzlicher Fröhlichkeit auf die Dauer zu entziehen. Und dann

brachte er auch noch den herrenlosen Hund aus Italien mit ... Letzte Eisschöllchen schmolzen dahin.
Jolande hatte nun nichts mehr dagegen, daß Olrik Barris ihre Mutter heiratete. »Aber du brauchst keine Sorge zu haben, Vati«, versicherte sie Achim Genthin, »er will bestimmt nicht Stiefvater bei mir werden, nur mein Freund!«
Trauzeuge wurde Onkel Steinberg.

Mit vielen Büchern, scheußlichen Bildern und Manuskripten zog Barris bei ihnen ein. Und weil er auch noch seine Unordnung mitbrachte und seine vielen Freunde, wurde die Wohnung zu klein. Sie wuchs einfach zu.
Hanna Barris suchte ein Jahr, bis sie endlich das Passende gefunden hatte. Eine Atelierwohnung im fünften Stock in der Teplitzer Straße im Grunewald.

6

Jolande war neun, als sie nach den Osterferien in unsere Klasse kam.

Neue hatten es bei uns anfangs nicht leicht. Sie wurden mißtrauisch beäugt und links liegengelassen, es sei denn, sie gaben uns Anlaß zu Hänseleien. Und wenn sie darauf mit Tränen reagierten, hatten sie von vornherein verspielt. Flennsusen konnten wir nicht gebrauchen.

Um vom Gros der Klasse akzeptiert zu werden, durften sie auch keine Streber sein. Durchschnittsverstand und sportliche Leistungen waren gefragt. So wollte es Inge Schlüter, die bei uns den Ton angab.

Optisch fiel Jolande Genthin nicht weiter auf. Sie trug Blusen mit Bubikragen, Pullover und Faltenröcke wie die meisten von uns. Ihr kurzes, seitlich gescheiteltes, von einer Spange gehaltenes dunkelblondes Haar umrahmte ein feines, etwas fades Gesicht. Nur die Augen fielen auf. Sie waren breitgeschnitten und sehr hell.

Wenn sie dennoch aus der Reihe tanzte, so lag das an ihrem Namen. Vier Mädchen in unserer Klasse hießen Inge, zwei Ingrid, drei Ulla und drei Helga. In einer Zeit, wo wir den größten Wert darauf legten, uns der Masse anzupassen und nur ja nicht durch Originalität aufzufallen, war der Name Jolande eine schwere Belastung. Jolande hieß keine an unserer Schule. Deshalb schrieb sie auch nur Jola Genthin auf das Etikett ihrer Klassenhefte. Jola, das ging gerade noch.

Was uns einerseits freute, andererseits irritierte: sie bemühte sich überhaupt nicht um unsere Freundschaft. Als ob sie uns

nicht brauchen würde. Es gelang ihr, so wenig aufzufallen, daß wir sie zeitweise vergaßen.
Auf dem Pausenhof stand sie bei irgendeiner Gruppe als Anhängsel herum — niemals allein. Das hätte ja ihre Einsamkeit dokumentiert. Am Unterricht beteiligte sie sich nur, wenn sie aufgerufen wurde.
Was mich ungemein fuchste — die Neue schaffte spielend die Welle am Reck, während ich zum Gaudi der Klasse wie ein zappelnder Sack daran hing. Aber dafür war ich im Völkerball besser als sie.

Als Jola einen Monat in unserer Klasse war, fiel es auch meinen Busenfreundinnen Sigrid und Romy auf, daß sie meine Nähe zu suchen begann.
Was will die denn von dir??
»Weiß ich auch nicht.« Und drehte ihr den Rücken zu, denn wenn sich unsere Blicke zufällig trafen, hob ein Lächeln ihre Mundwinkel, zumindest der Versuch eines Lächelns, auf das ich mit Abwehr reagierte.
Von allen Schülerinnen unserer Klasse fühlte sie sich ausgerechnet zu mir hingezogen! Sie spürte wohl, daß ich unter meiner forschen Oberfläche anders war als die übrigen Mädchen, auch wenn ich mich heftig bemühte, genauso zu denken und zu reagieren wie sie.
Ein Outsider erkennt sehr bald einen anderen Outsider und fühlt sich zu ihm hingezogen.
Aber ich wollte diese Jola nicht, ich hatte genug Mühe, aus meinem eigenen phantasiegeladenen Abseits herauszukommen, und wünschte nichts mehr, als meinen augenblicklichen Beliebtheitsgrad in der Klasse zu erhalten.
Persönliches war über Jola nicht bekannt. Wir wußten nur, daß sie mit ihrer Mutter und deren zweitem Mann in der Teplitzer Straße wohnte. Und jeden Mittwochmittag holte sie ihr richtiger Vater von der Schule ab.

Eines Mittwochs goß es wie aus Kübeln auf meinen ungeschützten Heimweg, ich rannte, über blasige Pfützen hopsend, und merkte erst, als ich angerufen wurde, daß ein Wagen langsam neben mir herfuhr.
»Dürfen wir dich mitnehmen?« fragte Jola aus dem heruntergekurbelten Seitenfenster, »du hast ja keinen Schirm.«
Ich kletterte in den Fond des Adlers und weichte seine Polster auf.
Vor mir erhob sich der Hinterkopf von Jolas Vater, schmal und glatt, sein manchmal sichtbares Halbprofil erinnerte mich an den Grafen Joachim von Harenfeld aus meinen literarischen Frühwerken. Er fragte nach meiner Adresse und freute sich, daß wir Freundinnen so nah beieinander wohnten.
Freundinnen!!
Jola spürte meine Verlegenheit und sagte rasch: »Wir gehn bloß in dieselbe Klasse.«
Die Fahrt dauerte knapp zwei Minuten, dann stieg ich vor unserem Hause aus.
Beim Hochziehen am Treppengeländer zu unserer im ersten Stock gelegenen Wohnung überlegte ich, ob ich nun verpflichtet war, zu Jola freundlicher zu sein als vor der Autofahrt. Ich sprach am nächsten Tag in der Zehnuhrpause mit meinen Intimfreundinnen darüber. Sie lehnten strikt ab, die Neue in unseren Kreis aufzunehmen.
So blieb alles beim alten, also beim Wegschauen – jedoch nicht ohne einen Anflug von schlechtem Gewissen meinerseits.

Jola fehlte seit ein paar Tagen. Keiner von uns vermißte sie. Am fünften Tag rief mich unsere Klassenlehrerin zum Katheder.
»Du kommst doch auf deinem Heimweg bei Jola Genthin vorbei. Bring ihr das Aufsatzheft und die Schulaufgaben,

damit sie nicht allzuviel Pensum versäumt. Und sag ihr gute Besserung von mir.«

Auf dem Weg blätterte ich in ihrem Heft und war empört: Eine rote 1 ohne Kommentar, nur mit Unterschrift und Datum, prangte unter ihrem Aufsatz. Wie kam diese graue Maus zu einer Eins, während mein schriftstellerischer Höhenflug mit einer Drei und der Kritik »Anschaulich erzählt, nur leider am Thema vorbei. Weniger Phantasie und mehr Konzentration auf das Wesentliche wären angebracht!!!« abgekanzelt worden war.

Zum erstenmal hatte jemand in roter Sütterlinschrift dokumentiert, was ein Leben lang der Unterschied zwischen Jolande und mir sein würde: Sie dachte auf Anhieb wesentlich, ich brauchte dazu viele Umwege. Sie wußte immer, was sie zu tun hatte, ich wußte es meistens erst hinterher, wenn es zu spät war.

Ihre Wohnung lag im fünften, atemlos erklommenen Stock. Links war die blecherne Bodentür, und rechts ging es zu »Barris-Genthin«.

Bei meinem ersten Besuch funktionierte die Klingel noch, später mußte ich mit dem Hacken gegen die Tür bummern, wenn ich hineinwollte, denn auf die Idee, etwas nicht Lebenswichtiges reparieren zu lassen, kam bei Barris keiner. Ein Hund schlug an, konnte gar nicht mehr aufhören.

Jola hat eine Eins im Aufsatz und einen Hund, dachte ich neidisch.

»Machst du auf, Hanna?« hörte ich eine tiefe Männerstimme rufen und darauf eine Frau: »Kann nicht. Hab die Hände voll Mehl. Geh du!«

Es dauerte dann noch eine Weile, bis endlich die Tür geöffnet wurde.

Ich dachte, ich sehe nicht richtig.

Vor mir stand ein kräftiger Mann in einem braunen Bademantel, unter dem Pyjamahosen ziehharmonikaartig auf angekaute Pantoffeln fielen – anscheinend benutzten er und der Hund sie abwechselnd. Mit einer Hand hielt er den Bademantel zu, mit der anderen das randalierende Tier am Halsband zurück.

»Schweig still, Benita.«

Um ein Uhr mittags noch im Pyjama! Ob der Mann krank war? Im ersten Augenblick fürchtete ich mich vor seinem unrasierten, kräftigen Gesicht, in das schwarze Locken fielen. Dann nicht mehr, als er lachte.

»Komm ruhig rein, der Hund tut nichts. Er hört sich nur so jerne bellen.«

Die Stimme des Mannes klang wie ein voll angeschlagener Baßakkord auf dem Klavier, nur heiserer, weil übernächtigter als ein Klavier.

Er ließ den Hund los und gab mir die Hand. »Ich bin Barris. Wer bist du?«

»Luise Hartwig. Ich soll das hier für Jola abgeben.«

»Jollichen«, rief er hinter sich, »du kriegst Besuch.«

Herr Barris ging vor mir her in einen großen Raum voller Regale, deren Bretter unter der Last ihrer tausend Bücher durchhingen. Möbel hatten wegen der Regale keinen Platz an den Wänden, sie standen mitten im Raum, beladen mit Manuskripten, Katalogen und Zeitungen. An einem Sessel lehnten gerahmte bunte Kleckse.

Und dann war da noch ein Bild, ganz grell und alles durcheinandergezeichnet – widerliche dicke Männer mit Stehkragen und Kneifer auf der Nase und häßliche Frauen, die alles sehen ließen, igitt, aber interessant.

»Erbarmung!« rief Barris, als er den Telefonhörer vom Schreibtisch baumeln sah, und nahm ihn auf: »Erik! Ich hab dich völlig verjessen. Eine Freundin von Jolly ist jekommen«, und zu mir: »Die rechte Tür.«

»Danke«, sagte ich und ging an einer merkwürdigen weißen

Skulptur vorbei. Vor dem von Kiefernwipfeln verdunkelten Fenster leuchtete sie wie ein Spuk.

Zum erstenmal betrat ich ein richtiges Atelier mit großem Nordfenster. Auf der Staffelei stand ein Bild mit einem ganz hübschen Mädchen, das eine Schachtel Zigaretten in der Hand hielt. Das sollte wohl eine Zigarettenreklame werden, bloß die Schrift fehlte noch.

Das größte Möbel im Raum war eine quadratische niedrige Couch mit Federbetten, in denen der Hund Benita, der mir gefolgt war, mit einem Satz versank. Außer ihm lag noch Jola darin — Hals und Brust im Prießnitzwickel.

»Luise!« krächzte sie überrascht.

»Ich bring dir dein Aufsatzheft und die Hausaufgaben, und gute Besserung von Fräulein Reichmann.« Das war unsere Klassenlehrerin.

»Danke. Leg es da irgendwo hin.«

Verlegenheit auf beiden Seiten und kein Stuhl in der Nähe, aber ich wollte ja auch nicht bleiben.

Jola schob ihr Deckbett ein bißchen vom verkrumpelten Laken. Unsicher: »Magst du dich setzen?«

Mit einer Pobacke nahm ich zögernd Platz.

»Geht's dir denn?«

»Och danke, schon wieder besser.«

Verlegenheit noch immer, ein Glück, daß der Hund zwischen uns lag und am Bauch gekrault werden wollte.

»Was ist das für eine Rasse?« fragte ich.

»Keine Ahnung, Barris hat Benita aus Mailand mitgebracht. Da gehörte sie niemandem. Sie heißt Benita nach Benito Mussolini, weil sie doch Italienerin ist.«

»Aha.« Ich sah mich um. Sah viele Tuschzeichnungen über der Couchwand pinnen — auf einigen erkannte ich Jola und Benita und Herrn Barris in seinem Morgenrock.

»Wer malt denn bei euch?«

»Meine Mutter. Es ist ihr Atelier. Ich liege hier bloß, solange ich krank bin. Mein Zimmer ist neben der Küche.«
»Macht sie das beruflich?«
»Früher nicht, jetzt ja. Illustrationen für Magazine und Reklameentwürfe.«
Eigentlich sollte ich jetzt wirklich gehen, aber es war so schön, einen Hund zu kraulen.
»Wohnt ihr schon länger hier?«
»Seit einem Jahr. Bis Ostern bin ich noch in meine alte Penne nach Charlottenburg gefahren.«
Jetzt erst bemerkte ich den Wandschrank. Durch seine verglasten Türen staunten bleiche Gesichter – eines neben dem anderen.
»Das sind ja alles Puppen!«
»Meine Mutter sammelt sie. Soll ich sie dir mal zeigen?«
Jola sprang aus dem Bett und öffnete die Türen. Ein seltsamer Geruch kam uns entgegen – Staub, Weihrauch, Lavendel, Mottenkugeln –, ein längst gestorbener Geruch.
»Die da ist aus Nürnberg – aus dem 15. Jahrhundert. Damals hießen Puppen noch Dochen. Und das ist Nelly, eine der ersten Gliederpuppen aus England. Die hier stammt aus Frankreich. Ihr Kopf ist aus Bisquit und der Körper aus Guttapercha«, was mir nichts sagte. »Hat sie nicht ein schönes Kleid an?«
»Darfst du mit ihnen spielen?«
»Nein«, sagte Jola, schloß die Glastüren und hopste in ihr Bett zurück. Benita grunzte unwillig, als sie zur Seite geschoben wurde. »Ich möchte auch gar nicht mit ihnen spielen. Barris sagt, es klebt soviel an ihnen – Küsse und Tränen und Krankheiten –, eben das Schicksal der kleinen Mädchen, denen sie einmal gehört haben und die schon lange tot sind.«
»Ich habe meine Puppen alle der Hedwig geschenkt. Das ist die Tochter von unserem früheren Mädchen. Sie lebt in Werder. Kennst du Werder?«

»Ich war mal mit den Großeltern zur Baumblüte da. So viele Besoffene auf einem Haufen habe ich noch nie gesehen.«
Pause.
»Hier ist dein Aufsatzheft. Du hast ne Eins.«
»Au fein. Ich schreibe nämlich furchtbar gern. Am liebsten Tagebuch«, sagte Jola.
»Ich auch«, entfuhr es mir.
»Schreibst du auch Tagebuch?«
»Lieber noch Romane und so was.« Welch ein Bekenntnis vor einer Fremden! Nicht einmal meine besten Freundinnen ahnten etwas von meinen vollgekritzelten, unterm Schrank versteckten Kalikoheften.
Jola sah mich hingerissen an: »Du schreibst Romane!«
»Ach, das habe ich bloß so gesagt«, schwächte ich ab, erschreckt durch ihr Interesse. »Aber wehe, du erzählst es in der Klasse.«
»Großes Ehrenwort.«
Nun hatte ich mit Jola ein Geheimnis. Das paßte mir gar nicht. »Ich muß jetzt nach Haus«, sagte ich und stand auf.
»Danke für deinen Besuch.«
»Das war kein Besuch. Ich sollte dir bloß die Schulaufgaben bringen.«
»Ja, ich weiß, vielen Dank.«
Barris war nicht mehr im Wohnraum, dafür begegnete ich einem jungen Mädchen in schwarzen Hosen, ein Tablett vor sich hertragend.
»Hallo«, sagte sie erfreut, »hast du Jola besucht? Das ist nett. Ich bin ihre Mutter.« Sie sah zum Fenster. »Meinst du, daß es regnen wird?«
Ich schaute auch zum Fenster, das mußte dringend mal geputzt werden. »Weiß nicht.«
»Wenn es nicht regnet, könnten wir auf dem Dachgarten essen. Magst du zum Essen bleiben?«
»Nein danke. – Auf Wiedersehen.«

»Wiedersehen. Komm mal wieder vorbei, wenn du Lust hast.«

Unser Mädchen Else öffnete mir. »Da bist du ja endlich! Die Bouillon habe ich schon abgetragen. Wasch dir die Hände, aber fix!«
Es war Besuch da – ein Wasserbaudirektor Aschmoneit mit Frau, den Else mit vollem Titel anzureden hatte, und mein Patenonkel Dr. Hintze, der mir zu jedem Geburtstag und Weihnachten einen silbernen Teelöffel schenkte.
Ich kam gerade noch zu Spargel mit Schinken zurecht. Leider, muß ich sagen, denn der erste, den ich aufnahm, war zu dünn geschält und somit außen strohig und innen sehr, sehr heiß. Ich durfte ihn nicht mit dem Messer schneiden, das gehörte sich nicht, sondern über einer Gabel hängend in einem Stück, Zentimeter für Zentimeter durchkauend, in meinen Mund schieben – eine Tortur bei verbranntem Gaumen und der Ratlosigkeit: Wohin mit dem ausgekauten Gestrüpp in meinen Backentaschen unter mahnend forschenden Erwachsenenblicken. (Ist was, Kind?) Warum durfte Kind nicht ausspucken, was sich nicht schlucken ließ? Immer diese gute Erziehung!
»Nun, Luise«, sprach mich mein Patenonkel an. »Was macht die Schule?«
Er hatte viele Schmisse im Gesicht, selbst auf der Glatze, und zwischen den Schmissen wuchsen wilde Fleischhügel. Ich mochte gar nicht hinsehen. Aber Onkel Hintze war stolz auf seine Trophäen vom Paukboden. »Wir Frankonier«, sagte er immer.
Ich begriff nicht, wieso das ein Zeichen von Mut sein sollte, wenn man sich sein Gesicht vom Gegner zersäbeln ließ. Ein guter Fechter müßte doch alles daran setzen, sein Gesicht vor feindlichen Hieben zu schützen, oder?
Ich mochte die meisten Bekannten meiner Eltern nicht. Titel

und wo einer herkam waren ihnen das Wichtigste, wie ich ihren Gesprächen entnahm. Frau Aschmoneit erzählte ausgiebig von einer Bekannten. Kein Wort über ihr Aussehen oder ihren Charakter, nur daß sie eine geborene Soundso wäre. Das sagte alles, fand Frau Aschmoneit. Und man merkte ihr an, wie sehr es sie wurmte, daß sie selbst kein Trittbrett vorm Namen hatte.
Ich mußte immerzu an meinen Besuch bei Jola Genthin denken. Ihre Mutter trug Hosen wie ein Junge. Naja, so waren Malerinnen wohl. Und diese Unordnung bei ihnen. Diese getürmte Sorglosigkeit – ob das Bohèmewirtschaft war, oder wie man das nannte? Am besten hatte mir Barris gefallen. Es war so, als ob seine tiefdröhnende Herzlichkeit mich einfach – ohne Rücksicht auf meine Schüchternheit – in die Arme genommen hätte. Es war alles so ungezwungen und natürlich bei ihnen. Mit zähem Spargel quälten sie sich bestimmt nicht herum. Und ob einer einen Titel hatte, war ihnen sicher piepegal. Vielleicht gehe ich mal wieder hin.

Ich ging wieder hin.
Denn es war das geschehen, was ich von Anfang an befürchtet hatte: Jola und ich verstanden uns gut.
Als wir das erste Mal nach ihrer Krankheit gemeinsam zur Schule rannten, fielen mir auf den letzten hundert Metern meine Freundinnen Sigrid und Romy ein. Was würden sie zu meiner neuen Bekanntschaft sagen?
Als ob sie meine Gedanken erraten hätte, blieb Jola plötzlich stehen. »Luise, ich muß mit dir reden.«
Wie entsetzlich! »Was ist denn?«
»Wir haben den gleichen Schulweg, das ist schön. Aber wir müssen nicht auch noch in der Pause zusammen sein.« Innerlich hopste ich vor Erleichterung, gleichzeitig meldete sich mein Charakter zu Wort, spät, aber immerhin. »So'n Quatsch. Warum denn nicht?«

»Ich mag deine Sigrid und Romy nicht. Darum. Tschüs du, bis nach Schulschluß.«
Sie lief vor mir her und kannte mich nicht mehr, aber ich glaubte ihr nicht. Was hatte sie gegen Sigrid und Romy? Sie wußte nur, daß die beiden etwas gegen sie hatten.
Sie wollte wohl unsere beginnende Freundschaft nicht aufs Spiel setzen. Jola wußte ja immer genau, was richtig war. Und nun wußte ich es auch und rannte hinter ihr her: »Mensch, warte doch.«
Das Verhältnis zu Sigrid und Romy kühlte zwar ab, die Klasse tuschelte über meinen engen Kontakt zu der Neuen. Ich verlor etwas an Ansehen, aber dafür gewann ich die wichtigste Freundin meiner Jugend und Barris und ihre Mutter Hanna und Benita und ihren herzlichen, unkonventionellen Lebensstil dazu.

Wir hätten uns morgens vor der Haustür treffen können, aber nein, ich rannte die fünf Treppen hinauf, die letzten beiden mit heißen Knien – ich wollte das Morgenchaos bei Barris miterleben.
Benita warf mich fast um vor Freude. Endlich hatte ich einen Hund zum Liebhaben, zwar nur gepumpt, aber immerhin. Jola fegte meistens noch auf Socken durch die Wohnung, sie wurde ja nie rechtzeitig fertig. Ihre Mutter stand im Halbschlaf in der Küche, Pausenbrote schmierend, während auf dem Herdrand ihre Morgenzigarette verqualmte. In der Wohnung hing der Duft von frischgemahlenem Kaffee und Nelkenparfum.
Barris' heisere, weil verkaterte Stimme sang: »Komm auf die Schaukel, Luiiise!« Ich durfte nie fortgehen, ohne ihm Guten Morgen gesagt zu haben.
Meistens schlief er in einer kleinen, schrägwandigen Kammer, auch diese mit Büchern und Bildern vollgestopft, aber oft lag er auch in Hannas Bett im Atelier.

Um zu ihm zu gelangen, mußte ich über Pumps, eine glänzende Hemdhose, über seine Hosen und Schuhe steigen. Alles lag, wie eilig abgestreift, auf dem Boden herum.
Barris im Bett zu begrüßen, fand ich inzwischen ganz natürlich, aber die herumliegenden Kleidungsstücke hörten nicht auf, mich zu genieren. Nicht ihre Unordnung, sondern die Eile ihrer Unordnung und die Tatsache, daß die Barris nicht ständig zusammen schliefen wie meine Eltern in geflammten Birkenbetten mit Nachttöpfen in den Nachttischen.
Barris waren genauso verheiratet wie meine Eltern, aber anders. Sie waren nicht nur ein gutgehendes Ehepaar — sie waren vor allem ein Liebespaar.

Ein einziges Mal war Barris bereits rasiert und komplett angezogen, mit noch vom Duschen feuchtem Haar, als ich Jola morgens abholte. Er trug seinen einzigen dunklen Anzug, weil er zu einer Beerdigung nach Grünau fahren mußte.
Mit welch leichtfüßiger Eleganz sich dieser schwere Mann bewegte, wenn er es eilig hatte.
Seine Verabschiedung von Hanna war nicht bloß »Tschüs, Mutti« und flüchtiger Kuß auf die Wange, so wie bei uns zu Hause. Hanna legte die Arme um seinen Hals und küßte ihn lange auf den Mund. Es war viel mehr als ein Abschiedskuß, weil noch voll Erinnerung an die vergangene Nacht — was ich damals natürlich noch nicht wissen konnte. Ich spürte nur die schöne, nachträgliche Sinnlichkeit zwischen den beiden.
Barris verließ mit uns das Haus und blinzelte staunend auf die vorüberfahrende vollbesetzte Straßenbahn, auf eilige Passanten, Fahrräder und Autos. Einen frühen geschäftigen Morgen kannte er eigentlich nur noch vom Hörensagen, da er selten vor Mittag aufstand.
Er sah uns deshalb verwundert an. »Müssen die alle zum Begräbnis?«

7

Olympiade in Berlin! Etwas Großartigeres, Aufregenderes hatten wir noch nie erlebt.

Jolande und ich hockten auf dem Fußboden zwischen zerschnittenen Illustrierten und Zeitungen, übersät mit Schnipseln – selbst Benitas Fell war voll davon –, die Fingerspitzen verklebt von marzipanduftendem Pelikanol. Noch nie hatten wir eine Hausaufgabe so freudig ausgeführt wie das Herstellen eines Olympiabuches mit Fotos und selbstgemachten Texten auf DIN-A4-Bogen, die gelocht und mit einer Kordel zusammengebunden wurden.

In uns blähte sich ein nie gekanntes Gefühl nationaler Bedeutung. Wir kamen uns auserwählt vor, weil wir dabei sein durften, als »die ganze Welt auf Berlin blickte«.

So bunt und international war unsere Stadt nie gewesen. Wunderbar gewachsene Neger wiegten sich aus den Hüften über den Kurfürstendamm. Neben den zarten, traumschönen Inderinnen in bunten Saris kam ich mir wie ein Dorftrampel vor. Warum sah ich bloß nicht indisch aus? Ich stand vor einer Drogerie mit schwarzen Haarfärbemitteln, aber Jola zog mich weiter. »Laß man, das gibt nur Prügel zu Hause, und außerdem müßtest du auch deine Augen schwarz färben, und selbst dann sähst du nicht indisch aus, bloß angemalt.«

Das kränkte.

Mein Idol war Jesse Owens. Ich hatte ihn von der Stadiontribüne im Hundert-Meter-Lauf siegen sehen. Wenn er rannte, konnte man glauben, seine Beine wären Speichen eines sich schnell drehenden Rades.

Jola und ich erreichten die Schule so pünktlich wie noch nie, weil wir den ganzen Weg um die Wette rannten. Wer das Milzstechen länger ertrug, war Sieger.
Jeden Abend betete ich: Lieber Gott, mach, daß ich von der Drei in Turnen runterkomme!
Sportliche Leistungen zu vollbringen, erschien uns jetzt das höchste Lebensziel. Wer waren schon Goethe und Bach im Vergleich zu einem Olympiasieger!
Olympiasiegerinnen in Leichtathletik entzweiten mich mit meinem Vater. Er sagte, solche Muskelweiber fände er abscheulich. Was verstand der schon von Sport.
Jola schrieb in ihr Olympiabuch: »Es lebe die nordisch blonde, sportgestählte deutsche Jugend!« und: »Dieses große olympische Erlebnis haben wir allein unserm Führer zu verdanken. Er ist der wirkliche Sieger dieses Ereignisses von historischer Bedeutung!«
»Wieso«, staunte Barris, »hat denn der Adolf mitjeturnt?«
Statt dumme Witze zu machen, sollte er lieber das Rauchen und Weintrinken lassen und Sport treiben, dann müßte er nicht so japsen beim Treppensteigen!
Ich begann einen Roman über einen Fünfkämpfer: Rittmeister Harro von Kapolski. Er ritt wie der Teufel, traf beim Schießen nur ins Schwarze, durchschwamm jedes tosende Gewässer, säbelte sich mit seinem Degen aus feindlicher Übermacht frei und lief seinen Verfolgern wie ein Blitz davon. Und sah dabei immer edel und unverschwitzt aus. Alle Mädchen liebten ihn, aber er war nur seiner stämmigen braunzöpfigen Luise treu.
Jola gefiel meine Geschichte auch sehr gut. (Seit Alma war sie die erste Person, der ich ab und zu etwas vorlas.) Sie meinte nur, ich sollte Harro von Kapolski auf alle Fälle noch den Führerschein machen lassen.
Sie dachte eben immer viel praktischer und weitsichtiger als ich.

Jola war es auch, die eines Tages zu mir sagte: »Ein deutsches Mädchen gehört zu den Jungmädeln. Wir dürfen bei heroischen Aufmärschen nicht abseits stehen.« Sie sprach schon wie die Jugendbücher, die sie zur Zeit im Dutzend fraß.
»In den Jungmädelverein!« heulte Barris auf, als er von Jolas Absicht erfuhr. »Du träumst wohl. Luischen tritt doch auch nicht rein, oder?«
An sich wollte ich nicht gerne, schon wegen der vielen Heimabende und Veranstaltungen, die mich um freie Nachmittage und Wochenenden bringen würden. Außerdem fand ich die schwarz-weiß-kackbeige Kluft nicht schön. Weil aber Jola den stärkeren Willen von uns beiden hatte und auch noch von ihrem Vater Genthin in ihrem Entschluß bestärkt wurde, knöpfte ich nun jeden Mittwoch und Samstag nachmittag die weiße Bluse an den schwarzen Rock, schlang das schwarze Halstuch durch den geflochtenen Lederknoten, zog die Kletterweste über und gehörte dem Führer. Die Heimabende bestanden aus Listen-Herstellen, Namen-Aufrufen, Lieder-Singen und Vorträgen ab und zu, aus denen ich entnahm, daß ich selber nichts war und mein Volk alles. Es wurde von Menschen »guten Blutes« gesprochen und von der »Scholle«, die kein Fisch war, sondern heimatliche Erde — thh! Wo wir Märker doch bloß Sandboden hatten und davon immer staubige Schuhe!

Einmal gingen wir auf Fahrt nach Buckow bei Berlin in eine Jugendherberge, in der es muffelte. Die Decken kratzten, das Mädchen im Oberbett pupte in einem fort, eine andere schrie laut im Schlaf nach ihrer Mutti. Unsere Führerin konnte mich nicht leiden, weil mir das Forsche beim Marschieren abging, ich kam auch so leicht aus dem Tritt, so geht das doch nicht, Mädel, reiß dich zusammen!
Nachts holte sie sich die Wimpelträgerin ins Herbergebett,

weil sie ihr Liebling war. Sie kicherten miteinander und lutschten Bonbons.

Als alle schliefen, kroch ich zu Jola unter die Decke. »Ich pack meinen Affen und fahr nach Hause.«

»Auja«, stimmte sie mir zuerst aus vollem Herzen zu, aber dann dachte sie nach. »Es geht nicht. Wir dürfen nicht aus der Reihe tanzen.«

»Aber es fällt mir so schwer, *in* der Reihe zu tanzen.«

»Dann mußt du es eben lernen. Willst du etwa wie Barris werden? Er kriegt kaum noch Aufträge, weil er nicht linientreu schreibt. Du willst doch mal Schriftstellerin werden. Was ist, wenn man eines Tages deine Bücher nicht druckt, weil du dich nicht unserer Zeit anpassen kannst?«

Ja, wie das mal werden sollte, war mir auch noch schleierhaft. Jola fand sich viel besser mit dem Zwang ab als ich. Was sein muß, muß eben sein. Basta, sagte sie.

Ich kann mich nicht leiden.

Ich bin so gar nicht mein Typ und auch nicht der von anderen Leuten. Niemals hat mich jemand – außer meinen Eltern – so richtig niedlich gefunden. Niemals habe ich gehört, daß ich süß bin.

»Olle Zoppjule«, rufen die Jungs hinter mir her.

Manchmal nimmt mich meine hübsche Mutter wie tröstend in den Arm. Dann denkt sie wohl: Du armes, häßliches Entlein du.

Wahrscheinlich kriege ich keinen Mann ab. Wahrscheinlich bleibt mir nichts anderes übrig als das Erfinden von Liebesgeschichten. Aber wie soll ich ein Leben lang erfinden, was ich nie erlebt habe? Bloß immer aus anderen Büchern abschreiben oder nach Filmen?

Es ist soviel Sehnsucht in mir. Am liebsten wäre ich ganz woanders, aber wo –? Und meine Trampligkeit würde mich ja doch überallhin begleiten.

Nur Barris behandelt mich immer so, als ob ich ein attraktives Mädchen wäre. Ich möchte ihm so gerne glauben. Vielleicht werde ich schöner, wenn ich meine Zöpfe los bin. Ich spreche mit meiner Mutter darüber. Sie sagt, sie will mit meinem Vater drüber reden. Er sagt, meinetwegen. Ihm ist mein Kopf so egal. Hauptsache, ich maule bei Tisch nicht mehr wegen meiner Haare herum.

Nun durfte ich endlich! Mit einer Filmpostkarte von Greta Garbo als Königin Christine bewaffnet, ging ich zu einem Friseur nach Schmargendorf. »So bitte möchte ich die Frisur haben.«

»Wird jemacht«, versprach er forsch und brauchte beide Hände, um meine dicken Zöpfe in Schulterhöhe durchzusäbeln.

Zum erstenmal durchlitt ich die Tortur einer heißen Dauerwelle. Dann wurden meine Haare eingerollt, getrocknet und frisiert. Anschließend sah ich im Spiegel mein krebsrotes Gesicht mit Korkenzieherlocken drumherum, die sich wie Drahtverhaue anfühlten.

Das war nicht Königin Christine, das war eine verkorkste Shirley Temple.

Noch nie hatte ich so doof ausgesehen. Ich tat mir entsetzlich leid.

Ein Glück, daß es schon dunkel war, als ich nach Hause rannte, unterm Arm meine Zöpfe, in einen »Völkischen Beobachter« eingerollt. Als ich zu Hause ankam, war bloß noch einer im Zeitungspapier.

Else klatschte die Hände um ihr Gesicht, als sie mir öffnete. »Du grüne Neune! Was hamse denn mit dir gemacht?«

Wenigstens meine Eltern blieben mir an diesem Abend erspart, sie hatten Staatstheaterabonnement.

In meiner Verzweiflung rief ich bei Barris an. Jola war am Apparat.

»Wie sieht's denn aus?« fragte sie interessiert.
»Furchtbar! Lauter Locken. Ich trau mich nie mehr unter Leute.«
Jola kicherte erst — das hätte ich an ihrer Stelle auch getan —, dann sagte sie: »Reg dich nicht auf. Geht ganz leicht weg. Du mußt nur deinen Kamm naßmachen. So kämmt Barris auch immer seine Locken glatt.«
Dankbar für ihren Rat setzte ich die Korkenzieher unter Wasser. Rief anschließend heulend ein zweites Mal bei Jola an. »Jetzt habe ich Negerkrause!«
»Auweia«, sagte sie, »das hätte ich nicht erwartet.«
Am nächsten Morgen mußte sie allein zur Schule gehen.
Meine Mutter, nach einem kurzen Blick auf meinen Kopf, beschloß: »Ich schreibe dir einen Entschuldigungszettel.« Und rief sofort ihren eleganten Friseur am Kurfürstendamm an. Damit er rettete, was noch zu retten war.
Viel war da nicht zu machen bei der starken Dauerwelle in meinem starken Haar. »Das muß erst mal rauswachsen.«
Das Rauswachsen dauerte Monate. Nun war ich zwar meine Zöpfe los, aber nicht meine Komplexe, im Gegenteil. Ich hatte noch einen dazu bekommen.

8

Eines Mittags gab es Teltower Rübchen mit Schweinebauch bei uns, ein Grund, nicht nach Hause zu gehen, sondern zu Barris, in der Hoffnung, bei ihnen mitessen zu können.
»Fein, daß ihr kommt«, sagte Hanna. »Ihr könnt gleich aufdecken. Aber vorher schmeißt Barris aus dem Bett.«
»Mir ist ja so koddrig!« stöhnte er, als wir vor ihm standen.
»Wo?« fragte Jola streng.
»Im Magen.«
»Dafür ist Haferschleim gut«, erinnerte ich mich.
»Haferschleim? Steh ich lieber freiwillig auf. Bringt mir meine Schlorren und meinen Morjenmantel!«
»Mittagsmantel, meinst du«, verbesserte Jola und ging ins Bad, um ihn zu holen, ich hinterher.
In der auf Löwenfüßen thronenden Wanne saß ein fremder Mann und seifte sich den Kopf ein. »Verzeihung«, stotterte Jola und rannte in die Küche. Ich hinterher.
»Nun?« fragte ihre Mutter. »Steht er auf?«
»In unserer Wanne sitzt wer!!!«
»Ach so – das ist Kaspar Christ. Wir haben ihn bei Herweghs getroffen. Er hat uns heute nacht nach Hause gefahren. Ich bin dann ins Bett gegangen und habe die beiden mit ›paar feinen Pullchen Wein‹ sitzenlassen, wie Barris sagt. Das war wohl ein Fehler.«
»Ist mir das vielleicht peinlich!« stöhnte Jola.
»Was ist dir peinlich?«
»Er war nackicht!«
»Aber er hatte die Knie angezogen«, setzte ich der Ordnung halber hinzu. »Man hat nichts gesehen.«

Hanna erinnerte sich: »Meine Großmutter behielt beim Baden das Hemd an.«
»Mami, sei doch mal ernst!« beklagte sich Jola. »Wie sollen wir ihm nachher bei Tisch begegnen? Am besten, wir essen nicht mit.«
»Warum nicht?« fragte ich erschrocken, denn es gab Kartoffelklöße mit gebratenem Speck und Backobst, so was mochte ich gern.
»Wie ihr ihm begegnen sollt? Ganz natürlich«, sagte Hanna Barris. »Im Strandbad seht ihr doch auch nackte Männer und findet nichts dabei.«
»Es hat bestimmt bloß an der Wanne gelegen«, versicherte ich Jola.

Wir deckten den Tisch auf dem Dachbalkon. Kein Teller paßte zum anderen, auch kein Besteck. Großmutter Genthin hatte bei der Scheidung Service und Tafelsilber zurückverlangt, und ehe sich Barris Geschirr kauften, kauften sie lieber ein Buch. Hanna kam mit dampfender Schüssel und den beiden Männern heraus.
Wir betrachteten Kaspar Christ verstohlen von den Füßen bis zur Haarwurzel – das war eine lange, lässige Strecke. Jola notierte später in ihrem Tagebuch: Sein Gesicht ist schmal. Beim Lachen hat er lange Kerben um den Mund wie ausgeleierte Grübchen. Seine Schönheit ist dunkel und energisch. Seine Nase ist etwas gebogen. Hoffentlich ist er nicht jüdisch.
Barris, Hanna und Kaspar Christ unterhielten sich beim Mittagessen über Barris' Malerfreunde, die inzwischen Lehr- und Ausstellungsverbot hatten, weil ihre Arbeiten als »entartete Kunst« bezeichnet wurden.
»Und was machen sie jetzt?« wollte Christ wissen.
»Sofern sie nicht ausgewandert sind, sind sie als Anstreicher für Feinarbeiten untergekommen. Manche zeichnen auch

Textilentwürfe oder arbeiten im Malersaal des Staatstheaters. Sie wurschteln sich eben so durch.«
»Haben Sie noch Kontakt zu ihnen?«
»Aber ja«, sagte Hanna. »Barris bringt mir jeden an, der auf der schwarzen Liste steht.«
»Und Sie haben nichts dagegen?«
»Nein — warum sollte ich?«
»Sie sind eine wunderbare Frau«, sagte Christ. »Barris ist zu beneiden.«
Ich glaube, er war ein bißchen verliebt in sie. Der auch. Alle Männer waren in Hanna verliebt. Selbst auf der Straße schauten sie ihr nach — nicht direkt, eher verwundert — da war doch eben was —!? Dabei war sie nicht mal besonders hübsch mit ihrer zu großen Nase und meistens unordentlich frisiert. Mehrmals im Gespräch strich sie herunterhängende Haarsträhnen hinters Ohr zurück. Diese Bewegung war sehr typisch für sie.
Kaspar Christ flirtete sie an, das machte Jola eifersüchtig. Zum erstenmal gefiel ihr ein junger Mann, und dann sah er nur ihre Mutter. Sie trat Barris, der trotz angeblicher Magenbeschwerden mit Behagen Klöße aß, auf den Fuß: »Stört dich das nicht?«
»Zu was, Jollichen?« kaute er. »Laß ihn ruhig balzen.« Barris war sich seiner Frau so sicher. Und mit einem Grinsen in Kaspar Christs Richtung: »Er ist eben ein *homme à femmes.*«
»Ein was?«
»Schirzenjäger.«
»Ist das Ihr Beruf?« fragte ich Herrn Christ.
Die Erwachsenen lachten. Ich wurde rot.
»Ja, was tun Sie überhaupt?« wollte Jola wissen.
»Ich bin Psychiater.«
Schon wieder so ein Fremdwort.
»Nervenarzt«, übersetzte Barris für mich.

»Zur Zeit arbeite ich in der Heilanstalt in Bernau«, sagte Christ.
Jola wußte im Vergleich zu mir sofort Bescheid und war maßlos enttäuscht. »In einer Klapsmühle!«
Klapsmühle – der Begriff sagte mir etwas. Also, das hätte ich diesem fabelhaft aussehenden Mann auch nicht zugetraut. Ich hätte eher auf Schauspieler oder Architekt oder Pianist getippt.
»Wie sind Sie denn darauf gekommen?«
»Es liegt in der Familie. Mein Vater war Neurologe, mein Onkel –«
»Ich kenne auch eine Irre«, fiel mir ein. »In Prenzlau, wo meine Großeltern wohnen. Sie heißt Rieka Paaschen und trägt ausgelatschte Männerschuhe, wo ihre Strümpfe drüberhängen. Sie stinkt, weil sie immer in Müllkästen wühlt und hat einen Leiterwagen, den zieht ihr Hund –«
Ich spürte das mäßige Interesse am Tisch für meine Geschichte und genierte mich, nur Barris machte mir Mut. »Erzähl weiter, Luise.«
»Ja, also – wenn Rieka Paaschen kommt, rufen die Kinder: ›Rieka, kannst du tanzen?‹ Dann hebt sie ihre vielen Lumpenröcke hoch und dreht sich im Kreis und singt: ›Riiietsch, Mudder, de Landwehr kümmt. Nimmt Tüffel in d' Hand und löpt up Strümp!‹ Dann kreischen die Kinder vor Lachen und Rieka freut sich. Sie wird nur böse, wenn man ihren Hund ärgert. Ihr Hund ist der einzige Mensch, den sie hat. Nachts wärmen sie sich aneinander, sagt mein Großvater.«
Man schaute mich an, ob ich noch mehr erzählen wollte, aber ich war schon zu Ende mit meiner Geschichte.
»Unser Dorftrottel hieß Olrik«, erinnerte sich Barris. »Ich heiße auch Olrik.«
Wir saßen nach dem Essen noch eine Weile zusammen, dann schaute Christ auf seine Uhr und erhob sich. »Vielen Dank für Ihre Gastfreundschaft, Frau Barris.«

»Sie wollen schon gehen?«
Er sagte, er hätte bis morgen dienstfrei und die Absicht, nach Potsdam zu fahren. Da wäre er schon lange nicht mehr gewesen. »Früher hatten meine Eltern ein Haus am Heiligen See – herrliche Zeiten für uns Kinder. Ich möchte es wiedersehn. Wollen Sie nicht mitkommen?«
»Mechten schon –« sagte Barris, aber er mußte leider einen Artikel schreiben, und Hanna war mit ihrer Mutter verabredet.
»Aber wir haben Zeit, nicht wahr, Luise?« beschloß Jolande, »wir kommen gerne mit nach Potsdam und nach Sanssouci.« Ich zupfte hemmend an ihr und zischelte: »Er will uns doch gar nicht.«
Jola zu Christ: »Wollen Sie uns wirklich nicht mitnehmen?«
Nein, er wollte nicht, man sah es seiner gequälten Miene an, erinnerte sich jedoch rechtzeitig an die Barrissche Gastfreundschaft, an das zu kurze nächtliche Sofa für seine zu langen Beine, an das Mittagessen und entschloß sich zu resignieren. »Na gut«, sagte er.
Hanna war die zielstrebige Aufdringlichkeit ihrer Tochter peinlich, mir auch, sie sah sich hilfesuchend nach Barris um. Der biß grinsend auf seinen Pfeifenstiel, anstatt Christ zu Hilfe zu kommen. Die Vorstellung, der *homme à femmes* mit zwei Gören im Park von Sanssouci, erheiterte ihn ungemein.
»Aber ich muß erst noch meine Mutter anrufen, ob ich darf«, fiel mir ein.

Sanssouci.
Gewimmel von Ausgehuniformen. Schulklassen, schwatzend durch hohe Alleen trabend. Krampfadrige Einsamkeit mit schlenkernder Handtasche. Wurststullenkauen auf einer Steinbank. Erstes Stolpern an Muttis Hand mit tiefhängendem Windelpaket. Heiter verrenktes marmornes Rokoko.

Windrauschen in Laubkronen um weite frischgemähte Wiesen. Und überall Liebespaare Hand in Hand. Wer verliebt ist, fährt nach Sanssouci.
Jolande ist in Kaspar Christ verliebt.
Hätte ich bloß nicht heute früh die neuen Schuhe von Leiser angezogen. Vorne drücken sie, und am Hacken brennen Blasen. Ich bleibe immer mehr zurück. Wenigstens Jolande könnte sich einmal nach meinen lauten »Auas« umgucken. Aber sie will mich nicht hören. Sie schwatzt unermüdlich am unwillig schweigenden Christ empor auf dem Wege zum chinesischen Teehaus. Hat noch die historische Mühle auf dem Programm und die Gräber vom Lieblingspferd des Alten Fritz und seinen Windspielen. Eins davon hieß Biche, glaube ich. Am Fontänenbassin unterhalb der Schloßterrassen muß er sich auf den Marmorrand hocken, damit Jola ihn mit ihrer Agfabox knipsen kann. Es laufen ihr ständig Soldaten mit geblümten Mädchen vors Objektiv. Inzwischen sprüht die Fontäne seinen langen, gebeugten Rücken naß. Sein Fotografierlächeln ist längst erstorben. Es ist nur noch blanke, ungeduldige Mißstimmung auf seinem Gesicht: Nu knips schon endlich!
»Jetzt!« sagt Jolande. Erleichtert steht er auf.
»Eigentlich wollte ich nicht nach Sanssouci, sondern an den Heiligen See«, erinnert er sich.
»Kommen wir schon noch hin«, verspricht ihm Jolande. »Aber vorher müssen wir zu Rabien. Da gibt's den besten Kuchen von ganz Potsdam!«
»Ich will keinen Kuchen«, sagt er.
»Ich will auch keinen«, sage ich, um ihm zu gefallen.
»Luise und ich wollen keinen Kuchen«, sagt er beim Weitergehen und legt dankbar die Hand auf meine Schulter. Darunter juckt mich ein Mückenstich, aber ich wage nicht, ihn zu kratzen aus Angst, er könnte seine Hand fortnehmen. Ich bin ja auch in ihn verschossen.

Natürlich gehen wir zu Rabien. Wenn Jola sich etwas in den Kopf setzt, erreicht sie es auch.

Und da wir nun einmal dort eingekehrt waren, suchte ich mir eine Napoleonschnitte, ein Stück Kirschtorte und einen Liebesknochen am Buffet aus.
Kaspar Christ bestellte sich einen Kaffee und einen Cognac. Verbittert unsere Freßlust betrachtend, kippte er aus Versehen seinen Kaffee statt dem Cognac in einem Zug und verbrannte sich den Schlund. Wir haben auch noch gelacht.
Ältere Damen mit Schleierhütchen suchten vom Nebentisch seinen Blick, um mit ihm gemeinsam über den Appetit seiner reizenden kleinen Begleiterinnen zu lächeln. Er stierte aggressiv zurück.
Dann betrat eine hochgewachsene Blondine die Konditorei und wählte Kuchenstücke zum Mitnehmen aus. Während sie eingepackt wurden, schaute sie flüchtig um sich und begegnete Kaspar Christs intensivem Interesse. Einen Atemzug lang sprangen Funken über, dann nahm sie ihr Kuchenpaket in Empfang, zahlte und verließ mit einem kurzen, bedauernden Lächeln in seine Richtung die Konditorei, schritt leichtfüßig und hochbeinig aus seinem Leben – und nur, weil er uns Gören am Hals hatte.
Die Lust auf einen Besuch des ehemaligen elterlichen Hauses am Heiligen See war ihm vergangen. Er fuhr uns direkt und stumm in den Grunewald zurück, setzte uns vor Barris' Haustür ab, bestellte Grüße und fuhr sofort weiter, ohne sich noch einmal umzusehen.
»Ich glaube, der hat uns satt«, sagte ich und sah Jolande an. »Du hast noch einen Schokoladenbart.«
Sie spuckte in ihr Taschentuch und wischte ihn ab. »Weg?«
»Ja«, sagte ich, und sie, ihre gekränkte, abgeblitzte Weiblichkeit aufrichtend: »Im Grunde bin ich sogar froh, daß ich für ihn noch zu jung bin. Ich müßte mich ja sonst vor ihm in

acht nehmen. Wo er doch ein Ommafamm ist! Außerdem heirate ich sowieso nur einen blonden Mann.« Und damit kippte sie ihre erste Verliebtheit in den Müll wertlos gewordener Gefühle. Nun ja, sie hatte auch nicht seine Hand auf ihrer Schulter gespürt, so wie ich. Es war die erste männliche Berührung, die mir durch und durch gegangen war.
»Was machst du heute abend?« fragte sie mich beim Abschied.
»Schreiben«, sagte ich.
»Worüber?«
»Weiß ich noch nicht.«
»Das weißt du nicht?« wunderte sie sich. »Wie soll was Vernünftiges draus werden, wenn du nicht weißt, was du schreiben willst?«
»Es wird ja auch nichts Vernünftiges draus«, sagte ich. Natürlich wußte ich, worüber ich schreiben wollte: eine Geschichte über den Ommafamm.

Namen für meine Helden suchte ich mir aus dem Stammbuch oder von Kalenderblättern. Ich entschied mich an diesem Abend für den 13. November, den Namenstag des heiligen Stanislaus. Stanislaus klang nach blanken Operettenstiefeln und schwarzen Haaren.
»Stanislaus war der Sohn von Seppl Schwertkauf aus Tirol. Von ihm hatte er die Bräune und das wilde Blut. Von der Mutter einer geborenen von Voss aus Potsdam hatte er die hohe Figur und das Vornehme. Durch Umstände nach Tirol verschlagen wuchs er als Bergbauernbub auf.«
Tirol und Bergbauernbub gefielen mir plötzlich nicht mehr. Ich riß die Seite heraus und versuchte einen neuen Anfang, ohne langes Aufhalten mit Familienverhältnissen:
»Stanislaus war ein großer schöner dunkler Mann. Er hatte Arzt studiert und kümmerte sich um die armen Irren. Außerdem mochte er die Frauen, eine nach der anderen.

Aber eines Tages hatte er Urlaub und besuchte Freunde im Grunewald. Wie er bei denen in der Badewanne saß kamen zwei Mädchen herein. Weil er nicht abgeschlossen hatte. Eins von den Mädchen war Luise. Sie war keine Schönheit aber grundanständig. Wie sie Stanislaus ansah mit ihren guten großen Augen ging eine Wandlung in ihm vor. Er spürte es deutlich in sich. Das war kein Mädchen wie die anderen. An diesem Tage vergaß er für alle Zeiten, daß er ein Ommafamm war und legte seine Hand auf Luises Schulter.«
Ein Handlungsstillstand trat ein. Bei der Überlegung, wie es nun mit Stanislaus und Luise weitergehen sollte, fiel mein sinnender Blick auf den Stundenplan auf meinem Schreibtisch. Heiliges Kanonenrohr: Morgen in der zweiten Stunde schrieben wir Geschichte, und ich hatte noch nichts dafür gelernt!
Das Kalikoheft mit dem schönen Stanislaus zischte wie ein Geschoß in sein Versteck unterm Schrank zurück.
Den Rest des Abends widmete ich den alten Griechen.

Ach, Stanislaus! Nie kamst du dazu, die Hand von Luisens Schulter zu nehmen ...
Die Geschichte vom Ommafamm blieb ein Fragment, zu dem mir auch später nichts Passendes mehr einfiel. Vielleicht hatte ich wirklich nicht mehr als den Augenblick, da er die Hand auf meine Schulter legte, festhalten wollen – für ihn eine Geste ohne Bedeutung, für mich eine erste weibliche Erschütterung.
Ein Schmetterling in Zement gegossen.
Daß ich ihm in diesem Leben noch öfter begegnen sollte, ahnte ich damals nicht.

9

Eine Schwester meines Vaters starb. Leider nicht die giftige Ida aus Hannover. Spät hatte sich ein pensionierter Lateinprofessor ihrer erbarmt, der dringend eine Dame für seine Restpflege benötigte. In der Familie wurde gemunkelt, daß Ida ihm ihre fünfzigjährige Jungfernschaft in die Ehe mitgebracht hätte, ein Zustand, an dem der Professor nicht mehr zu rütteln wagte. Immerhin machte er sie zur Frau Professor, und das stieg ihr zu Kopfe.

Es starb nicht die Ida, sondern die Marie in Zürich. Immer die Guten putzt es zuerst weg.

Meine Eltern mußten zur Beerdigung und Testamentseröffnung hinreisen, ich durfte indessen mit meinen Betten zu Barris ziehen. Zusammen schlafen, das hatten wir Mädchen uns schon lange gewünscht. In Jolas Zimmer wurde ein Ziehharmonikabett für mich aufgestellt. Wir schwatzten die halbe Nacht, es war ja niemand da, der uns daran gehindert hätte. Barris gingen meistens abends aus und kamen selten vor Mitternacht heim.

Einmal, als ich nicht schlafen konnte, erlebte ich ihre Rückkehr mit.

Barris hatte eine schwere Zunge und gähnte wie ein Raubtier.

Hanna sagte zu ihm: »Benita steht an der Tür, sie muß noch mal runter.«

Und er: »Ojes, Benitachen, tu mir das nicht an! Jeh zum Oleander!«

»Auf dem Balkon macht sie nicht.«

»Also ich an ihrer Stelle wirde!«

»Ja du, Barris' Benita ist ein anständiges Mädchen.«
Ich hörte ihn fluchen und stöhnen. »Sollte ich je zu Jeld kommen, kriegt der Hund einen Diener, der mit ihm pinkeln jeht.«
»Solange kann er nicht warten«, sagte Hanna.
»Ich kann ja mit ihm gehen«, sagte eine fremde Frauenstimme. Sie hatten also Besuch mitgebracht.
Barris wehrte ab: »Du bleibst, Ruthchen. Benita, komm!«
Die Tür des Schrankes quietschte, in dem Hanna die Gästebetten aufbewahrte.
»Ich mache euch Umstände!«
»Red nicht, wir freuen uns, daß du da bist.«
»Zu Hause wäre ich verrückt geworden vor Sorge.« Die Frau, die Ruth hieß, fing an zu weinen. »Wenn ich bloß wüßte, wo sie ihn hingebracht haben!«
»Barris ruft morgen früh in Tegel und Moabit an, da kennt er die Pfarrer, und am Alex hat er auch einen Informanten.«
»Rudi hat nicht mal einen Mantel mit!« schluchzte die Frau.
»Bestimmt braucht er keinen«, tröstete Hanna. »Sie werden ihn verhören und feststellen, daß alles ein Irrtum war. Morgen ist er wieder da.«
»Ich glaub nicht dran.« Ruths Stimme klang ohne Hoffnung. »Wenn ich bloß wüßte, wer ihn angezeigt hat.«
Eine Tür ging zu, nun war es still. Ich lag noch eine Weile wach und dachte über dieses Gespräch nach.

Am nächsten Morgen schliefen die Erwachsenen noch, als wir in der Küche standen, Milch aus der Bolleflasche tranken und schiefe Scheiben vom Kümmelbrot säbelten.
»Kennst du eine Ruth?«
»Ruthruthruth?« überlegte Jola. »Wieso?«
»Sie haben heute nacht eine mitgebracht, die hat geheult. Irgend jemand hat ihren Rudi abgeholt, und nun weiß sie nicht, wo er ist.«

Jola war plötzlich sehr ärgerlich: »Seit wann lauschst du?«
»Ich habe nicht gelauscht, Ehrenwort! Sie haben so laut gesprochen. Sollte ich mir die Ohren zuhalten?«
Nein, das war zuviel verlangt, sah auch Jola ein.
»Warum haben sie den wohl abgeholt?« fragte ich. »Und wer? Ist es politisch?«
Jola zog die Schultern hoch vor lauter Abwehr. »Keine Ahnung. Ich will es auch lieber gar nicht wissen. Und du redest mit niemand drüber, versprich mir das – beim Leben deiner Mutter.«
Wenn sie mir einen so starken Schwur abverlangte, wußte sie vielleicht doch mehr, als sie zugeben wollte.
Als wir aus der Schule kamen, war diese Ruth nicht mehr da, auch Barris nicht. Hanna hockte rauchend vor ihrer Staffelei und malte einen toten Pekinesen nach einer Fotografie, das heißt auf der Fotografie hatte er noch gelebt, mit Schleifchen im Haar. Wir fanden ihn süß. Aber Hanna litt darunter, solche Aufträge annehmen zu müssen, um Geld zu verdienen. Geld war knapp bei Barris, das hatte ich schon gemerkt.
Am nächsten Tag, einem Sonntag, holte uns Jolas Vater ab, um mit uns nach Wannsee zu den Großeltern zu fahren.

Zum erstenmal betrat ich das Haus am Großen Wannsee, das Jolandes Großeltern gehörte: eine hohe Turmvilla mit einem Eingangsportal, würdig einer nationalen Gedenkstätte.
Die Wohnhalle war dunkel getäfelt mit Deckengemälden und Butzenscheiben. Hier hätten sich unsere ehemaligen Rittermöbel bestimmt wohl gefühlt. Auf den schweren Tischen lagen Teppiche. (Wieso Teppich auf dem Tisch? Das verstand ich nicht.) Es war alles sehr ernst, auch die lederbezogenen steifen Stühle und die Ölgemälde in ihren geschnitzten Goldrahmen. Der einzig freundliche Raum im

Erdgeschoß war das Gartenzimmer, in dem wir endlich zum Kaffeetrinken kamen, nachdem wir dabei auf der Terrasse eingeregnet waren.
Außer den Großeltern waren Jolas Tante Henny und ihr Mann Heinrich Bode zu Besuch. Er trug ein Monokel im feisten Gesicht, das ich im Laufe der Jahre noch hassen sollte. Immer wenn er betrunken war, fiel ihm die Scherbe aus dem Auge. Dann mußten wir Mädchen im Dunkeln die Straße nach ihr absuchen. Sobald es unter der Fußsohle knirschte, hatten wir sie gefunden.
Zwischen Großmutter Genthin, ihrer Tochter Henny und Jola bestand große Familienähnlichkeit. Alle drei hatten dasselbe feine Profil und diese ein wenig fade Blässe, die kaum Sonnenbräune annahm.
Da uns die Gespräche der Erwachsenen nicht interessierten, starrten wir Mädchen auf Großvater Genthin. Er stippte seinen Streuselkuchen in Milchkaffee ein, danach war dieser schön sämig. Den durchweichten Teig schlabberte er in seinen leeren Mund, ich konnte gar nicht wegschauen.
Dabei hatte er ein neues Gebiß, das trug er in einem Etui in der Tasche seiner Hausjoppe.
»Na, hab ich dir zuviel versprochen?« fragte mich Jola, als wir vom Kaffeetisch aufstehen durften. In ihrem Turmzimmer im zweiten Stock schauten wir aus dem Fenster auf den aufgewühlten, graphitgrauen See, von dem das Gewitter alle Boote verscheucht hatte.
»Was machen wir nun? Wollen wir Geschichten erfinden oder lieber ›Mensch ärgere dich nicht‹ spielen?«
»Geschichten erfinden«, sagte ich und sie: »Du fängst an.«
»Also, es war einmal ein alter General, der hieß Wutsiwitsch. Er war sehr reich, aber so geizig, daß er nicht mal sein Gebiß benutzte und alles Eßbare in Milchkaffee einstippte, selbst Rinderbraten. Eines Tages waren Räuber in seinem Haus. Aus Angst, sie könnten ihn beklauen,

schluckte er seine Geldscheine. Weil er aber keinen Milchkaffee zum Nachspülen hatte, mußte er daran ersticken.«
»Jetzt ich«, sagte Jola und spann die Geschichte weiter: »Wie der General Wutsiwitsch tot war, kamen seine Erben, um zu erben. Sie fanden aber kein Geld und auch nicht seine Edelsteine, nur sein Gebiß. Vor lauter Zorn warfen sie es auf die Straße.«
Sie sah mich an: »Du bist dran.«
»Da kam ein kleines Mädchen vorbei und hob es auf. Das Mädchen wohnte mit seiner Mutter und seiner Oma und seinen sieben Brüdern in einem feuchten Keller. ›Wenn man dich schon betteln schickt‹, höhnten die Brüder. ›Statt was zum Beißen, bringst du ein Gebiß nach Haus, das nicht mal der Oma paßt ...!‹«
Nichts zum Beißen, dafür ein Gebiß – fand Jolande gut.
»Der älteste Bruder war gewalttätig«, fuhr sie fort. »Er mußte immer alles kaputtmachen. Mit einem Hammer zertrümmerte er das Gebiß, und siehe, aus den kaputten Zähnen kollerten die Edelsteine des Generals. Auf dieses Versteck waren die Erben nicht gekommen. Nun hatte alle Not ein Ende, und das kleine Mädchen mußte nie mehr betteln gehen.«
»Ist noch nicht gesagt«, überlegte ich. »So wie ich mir die Brüder vorstelle, haben sie bestimmt in kurzer Zeit das ganze Vermögen vermacht.«
»Aber so endet kein Märchen, Luise.«
Da hatte sie nun wieder recht.
Wir sahen einen Sterndampfer vom Bahnhof Wannsee kommend über den See nach Heckeshorn fahren. Über Kladow zog das Gewitter ab.
Unten im Haus wurde eine Terrassentür geöffnet. Großmutter Genthin und ihre Tochter Henny traten heraus: »Hach, diese herrliche Luft nach dem Gewitter! Riech doch mal, Hennylein.«

»Papa baut doch mächtig ab«, sagte Henny. »Das ist mir heute so richtig aufgefallen.«
»Das Ärgste ist sein Mißtrauen«, klagte Großmutter. »Hat er heute früh tatsächlich behauptet, Frau Schult stiehlt ihm seine Leibwäsche. Karl-Ernst, habe ich gesagt, das ist doch Unsinn. Was soll Frau Schult mit deinen altmodischen Unterbuxen! – Putzlappen macht sie draus, wußte er. Nun schnüffelt er schon in unseren Haushaltsschränken herum und stänkert egalweg mit Frau Schult. Wenn das so weitergeht, macht sie nicht mehr mit. Nach siebzehn Jahren! Sie ist zwar eine Schwätzerin, aber so eine gute Stütze. Eine Neue hält es nicht drei Tage mit Papa aus.«
»Das ist ja furchtbar«, sagte Henny.
»Und das ist noch nicht das Schlimmste. Gestern war der Klempner da; stellt er sich doch neben ihn und schimpft auf den Führer. Was der mit den Juden macht!«
»Guter Gott, Mutter, er bringt euch noch an den Galgen! Nimm bloß den Liebermann ab«, flehte Henny, »nimm ihn ab, Mutter!«
»Aber es ist so ein gutes Porträt von Papa!«
»Dann übermal wenigstens die Signatur!«
»Meinst du?«
»Unbedingt!!«
»Wer ist Liebermann«, fragte ich Jola.
»Ein Maler. Er hat hier am Wannsee gewohnt. Er war Jude.«
Großmutter sagte: »Ich schneide dir noch Flieder, Hennylein. Der gefüllte ist in diesem Jahr besonders schön.«
»Ich möchte auch welchen.« Jola schloß das Fenster. »Komm!«
Wir rannten die Treppen hinunter, über die Terrasse in den tief abfallenden Garten, wo Großmutter gerade den Regen aus den Büschen schüttelte, bevor sie Zweige mit starken dunkellila und lavendelblauen Dolden schnitt.
»Darf ich auch welchen haben, Omi?« fragte Jola.

»Natürlich, Schätzchen, aber nimm vom japanischen.«
»Nie kriege ich gefüllten«, ärgerte sich Jola, »weil sie weiß, daß er für Mami bestimmt ist.«
»Mag deine Omi sie nicht?«
»Du stellst vielleicht Fragen, wo sie doch meinen Vater unglücklich gemacht hat! Und dann der gesellschaftliche Skandal!«
»'tschuldige, daran hab ich nicht gedacht. Ich hab mir ne Scheidung noch nie so richtig vorgestellt, ich kenne auch keinen sonst, der geschieden ist.«
Die Sonne schob sich durch die Wolken und streckte einen ihrer Strahlen bis zum Genthinschen Steg aus.
»Wollen wir runterlaufen?« fragte Jola. »Vielleicht sind Wasserratten da.«
Wir hatten Glück, es huschte wirklich eine über den hellen, gerippten Sandboden des Sees.
»Oma und Opa fragen nie nach Mami. Wenn ich mal aus Versehen von ihr und Barris erzähle, kriegen sie einen strengen Mund. Nur Frau Schult läßt Mami immer grüßen, wenn's keiner hört, und packt mir Kuchen ein und Knochen für Benita. Frau Schult versteht viel von der Liebe anderer.«
»War das schlimm für dich, wie deine Eltern sich haben scheiden lassen?«
»Ja, erst ziemlich schlimm«, sagte Jola, »aber dann nicht mehr so sehr. Ich konnte ja meinen Vater weiter sehen und kriegte Barris und Benita dazu. Die Großeltern wollten natürlich, daß ich bei ihnen wohne, aber Vati hat gesagt, ein kleines Mädchen braucht seine Mutter. Aber wenn ich eines Tages lieber bei Vati sein möchte, muß Mami mich freigeben. Es ist alles meine Entscheidung.«
Ich war tief beeindruckt. »Hat dein Vater wirklich gesagt, du kannst selbst entscheiden?«
»Ja.«
»Und würdest du das tun?«

»Am liebsten würde ich mit Mami, Vati, Barris und Benita hier am See wohnen. Aber das geht ja leider nicht.«
Herr Genthin rief: »Jolande! Luise! Wo steckt ihr? Wir fahren jetzt!«
Jola drückte mir den japanischen Flieder in die Hand, weil er ihr zu naß war. Mir auch.
Wir rannten die Serpentinenwege hinauf, um das Haus herum zur Einfahrt, wo Genthins neues Horch-Kabriolett parkte — silbergrau mit rotem Lederpolster, es roch wie frische Schulmappe. Frau Schult hatte zwei Päckchen auf den Rücksitz gelegt, bevor sie ins Kino gegangen war.
In solchem Wagen schauten uns die Jungen nach, als ob wir plötzlich andere Mädchen wären — älter und schöner.
Kleider machen eben Leute. Und Autos wie der Horch machten aus seinen Insassen etwas Beneidenswertes. Darum wollte Jola auch nicht aussteigen, als der Wagen vor ihrem Haus in der Teplitzer Straße hielt. Sie schaute aus dem Fenster, ob nicht wenigstens eine Klatschbase die Gardine wakkeln ließ oder sich über ihre geilen Balkonstiefmütterchen beugte. Es genügte ja eine — dann wußten es alle im Haus, was Jolas Vater für einen tollen neuen Wagen hatte.
»Hup mal«, bat sie.
Er tat ihr den Gefallen.
Da endlich guckte Herr Noske aus dem dritten Stock. Befriedigt küßte sie Achim Genthin auf die Wange und stieg aus. Er schenkte ihr noch fünf Mark.
»Tu sie in deine Sparbüchse.«
Wir zogen uns am Geländer in den fünften Stock hinauf, bummerten mit den Hacken gegen die Tür — die Klingel funktionierte ja immer noch nicht.
Es dauerte eine Weile, bis Barris öffnete. »Ach, ihr schon?« sagte er freundlich abgelenkt und wollte wieder in sein Zimmer, aber Jola hielt ihn mit Fragen zurück.
»Mami nicht da?«

»Nein.«
»Magst du Kuchen? Schön klietschigen?«
»Später.«
»Hast du Besuch?«
»Ja, Jollichen.«
»Wer ist denn da?«
»Onkel Steinberg. Möchtest du ihn bejrießen?«
»Nein, danke, lieber nicht«, sagte Jolande und ging mißgestimmt vor mir her in die Küche. Stellte den Flieder in einen Eimer im Ausguß, ließ Wasser hineinlaufen, sprach kein Wort.
Nahm eine Himbeerbrause mit auf den Dachbalkon. Wir legten uns in die wackligen Liegestühle. Sie öffnete die Flasche, die warme Brause sprudelte ihr übers Gesicht, während sie den Flaschenhals an den Mund setzte. »Ach, Mist«, sagte sie plötzlich und gab die Flasche an mich weiter. »Ich hab ihn ja mal richtig gern gehabt, wie ich noch klein war.«
»Wen?«
»Na, Onkel Steinberg. Er war auch immer nett zu mir – seine Frau war meine Patentante, nu ist sie tot. Er –« sie sah mich warnend an. »Was ich dir jetzt erzähle, mußt du für dich behalten. Schwöre! Schwör beim Leben deiner Mutter!«
Ach, wie oft mußte ich bei ihrem Leben schwören!
»Also – mein Großvater, du kennst ihn ja nun, hatte mal eine Privatbank. Mit der ging irgendwas furchtbar schief – irgendwas mit Speku-Spe-Spekulatius oder so ähnlich – mein Opa dachte schon, er müßte sich erschießen. Da hat ihm Onkel Steinberg aus der Patsche geholfen. Er hat seine Bank aufgekauft und ihn als Direktor behalten. Onkel Steinberg war ja auch Bankier und Mäzen.«
»Was macht denn so einer?« erkundigte ich mich.
»Er tut viel Geld in Maler und solche stecken. Als Barris nach Berlin kam und über Kunst schreiben wollte, hat ihn

Onkel Steinberg mit allen wichtigen Leuten zusammengebracht, damit er Beziehungen kriegte. Er ist aber auch schuld, daß Mami Barris kennengelernt hat.«

»In eurer Familie passiert schon eine Menge«, stellte ich neidisch fest. »Bei uns passiert nie was Aufregendes.«

»Sei froh«, sagte Jolande und biß einen Nietnagel von ihrem Zeigefinger ab.

In der fundierten Bürgerlichkeit meiner Eltern gab es keine Skandale, Zweifel, Emotionen. Bei uns zu Hause gab es höchstens Krisen, wenn meine Mutter alle Jahre einmal die Wohnung total umräumte, wenn meines Vaters Bett plötzlich da stand, wo vorher das Buffet gewesen war. Mein Vater haßte Veränderungen. Meine Mutter wäre nie auf die Idee gekommen, innerhalb der Familie welche vorzunehmen. O nein, niemals. Sie stellte bloß Möbel um, denn irgendeine Abwechslung um sich herum brauchte schließlich auch sie.

Wir hörten die Haustür klappen.

»Gottseidank, jetzt ist er weg«, atmete Jola erleichtert auf. »Hoffentlich sieht ihn keiner im Haus, sonst heißt es wieder, bei Barris verkehren Juden.«

Über uns hing die lavendelblaue Dämmerung zwischen den Kiefernwipfeln. Erste Sterne flimmerten auf.

Dann wurde es rasch dunkel und kühl. Wir ließen die halbgeleerte Brauseflasche zwischen den Liegestühlen stehen und gingen in Barris' Arbeitszimmer.

Hanna war gerade heimgekommen. Noch im Mantel hatte sie ein gerahmtes Aquarell aufgenommen, das auf dem Schreibtisch lag, und betrachtete es verzückt: »Mein Gott, Barris, wo hast du diesen herrlichen Klee her?«

Wir schauten uns nun auch das Bild an — sahen lauter schwarze Krakel und Pünktchen und Striche auf einem farbig verschwimmendem Hintergrund. Nun begriff ich, warum Jola unser »Schloß Heidelberg im Abendsonnenschein«

so gut gefallen hatte. Das hier war doch keine Malerei. Aber Hanna betrachtete sie so andächtig wie – na, zum Beispiel Dürers Hände.

»Wo hast du das her?« fragte sie noch einmal.

»Steinberg war hier. Er hat es mitjebracht. Es ist das letzte Bild aus seiner Sammlung«, sagte Barris, seine Pfeife stopfend.

»Ach, tut mir das leid, daß ich ihn verpaßt habe«, bedauerte Hanna. »Wie geht's ihm denn?«

»Er sah immer aus wie ein aus dem Nest jefallenes Vegelchen. Heute hatte ich den Eindruck, sein Kerper pariert seinem Wunsch, unscheinbar zu sein«, sagte Barris.

»Worüber habt ihr euch unterhalten?«

»Ieber die letzte Nummer vom ›Kunstspiegel‹, die wejen meinem Artikel von der Münchner Kunstausstellung einjezogen worden ist. Wegen meiner Kritik an Kunstformen, die der Verherrlichung der Bewejung und der Sippe dienen.«

»Liebling, das weiß ich doch alles«, erinnerte ihn Hanna.

»Aber Steinberg wußte es nicht. Und weißt, was er dazu jesagt hat? ›Lieber, junger Freund, warum errejen Sie sich so sehr? Jede Diktatur wählt sich die ihr jenehme Kunstform als Ausdruck ihrer selbst. Was sollten wohl die augenblicklichen Herrn mit einem Heckel, Klee, Grosz oder Beckmann anfangen? Solche Malerei ist morbide und dekadent in ihren Augen. Ihre Weltanschauung verlangt nach heroischem, Staat und Sippe verherrlichendem Naturalismus.‹«

Hanna sagte nach einer Weile: »Früher war Steinberg ironischer...«

»Eijentlich tangiert ihn nichts mehr. Seine Kinder weiß er sicher in New York und Paris – er akzeptiert das Schicksal ohne Ausweg, das ihn hier erwartet. Er sagt, er wäre ein alter Kater, der an seiner langjewohnten Umgebung hängt, auch wenn er dieselbe rassisch verunreinigt. Seine Worte. Er hat hier fast siebzig Jahre jelebt, seine Hedi liegt auf dem

Friedhof in Wannsee. Wie könnte er nach so einem schönen, erfillten Leben die Flucht in die Fremde antreten? Er eignet sich nicht zum Emijranten, sagt er. Steinberg liebt dieses Land. Er hat sich entschieden. Im Jrunde fiehlt er viel patriotischer als manche Nazis.«

»Ach, das ist alles so traurig«, sagte Hanna.

»Mittwoch kommt er zum Essen zu uns. Wenn du ihm eine Freude machen willst, dann koche ihm eine Linsensuppe.«

Ich spürte, wie Jola zusammenzuckte: Onkel Steinberg schon wieder hier! Und die Leute im Haus? Aber sie sagte nichts.

»Was ist mit dem Bild?« fragte ihre Mutter, den Klee auf den Schreibtisch zurücklegend. »Warum hat er ihn uns gebracht?«

»Ja, das bedrickt mich«, sagte Barris. »Er hat ihn uns jeschenkt. Sogar mit eidesstattlicher Versicherung, daß er uns jehören soll — damit seine Kinder nicht eines Tages darauf Anspruch erheben kennen. Er sagt, Jolande wäre das liebste Patenkind seiner Hedi jewesen —«

»Ich will das Bild nicht«, begehrte Jola auf. »Gib's ihm zurück.«

Barris sah sie an. »Er muß jeniegend Demietijungen einstekken. Willst du ihn auch noch kränken?«

Nein, das wollte sie natürlich nicht. Und im Grunde war ihr ganz miserabel zumute. Warum wanderte Onkel Steinberg nicht aus? Dann könnte sie ihn endlich aus ihrem Gewissen löschen.

Am nächsten Tag kamen meine Eltern aus Zürich zurück. Jola half mir, Betten und Koffer heimzutragen, Benita begleitete uns, an jedem Baum schnüffelnd.

»Schade, daß du schon wieder nach Hause mußt«, sagte Jola plötzlich. »Ich wünschte, du könntest immer bei uns schlafen. Dann wäre ich abends nicht so allein. Mami und

Barris gehen ja ständig weg. Das würden deine Eltern nie tun.«
»Du kannst gerne bei uns schlafen, Jola, immer wenn du allein bist«, schlug ich ihr vor.
»Dann müßte ich jeden Abend bei euch schlafen.« Sie stand ein bißchen verloren da. »Aber ich habe ja noch Benita. Tschüs, Luise — bis morgen...«
Ich sah den beiden nach und begriff plötzlich, daß es nicht immer ein Vergnügen war, bei Barris Kind zu sein.

10

Wir spielten Völkerball.
Jola kam zu spät aus dem Umkleideraum. Das Gummiband ihrer Turnhose war gerissen. Sie hatte die Hose mit einer geborgten Sicherheitsnadel zusammengesteckt und reihte sich als letzte in die Aufstellung ein. Wir rissen den Arm in die Höhe und brüllten »Heil Hitler«, was wie »Heila« klang vor ständiger Abnutzung.
Vor uns standen die Mannschaftsführerinnen Inge Schlüter und Ilse Korn. Inge – stramm, blondzöpfig, blauäugig, im Turnen eine Eins, wegen ihres Mundwerks mehr gefürchtet als geliebt. Dennoch bemühten sich gerade die grauen Mäuse in unserer Klasse um ihre Gunst.
Inge Schlüter und Ilse Korn wählten mit kühlen Mienen die Spielerinnen für ihre Mannschaften aus.
Dieses Ausgewähltwerden war minutenlanges Martyrium für die Angetretenen, denn es bedeutete ein sportliches Werturteil. Wer zuerst gewählt wurde, war Elite. Ich gehörte zur Mittelklasse. Wer dann noch in der stark gelichteten Reihe übrigblieb, war Ausschuß, der sich deshalb schämte und sich untereinander nicht die vorletzten Plätze gönnte, um nicht zu den allerletzten zu gehören so wie Jola.
Ich merkte, wie sie Inge Schlüter hypnotisierend in den Blick stierte, der mehrmals überlegend auf ihr geruht hatte, dann weiterwanderte und sich auf die erleichtert aufatmende Ute Müller heftete. Ute trat schon siegesgewiß vor, da rief Inge Jolas Namen.
Das war einer von den Späßen, an denen sich ihr Machtbewußtsein halbtot freuen konnte.

»Bist du verrückt«, zischte Helga Neumann ihrer Freundin Inge zu. »Jola ist schlechter als Ute!«
»Das ist meine Sache!«
»Ich weiß schon, warum du sie ausgewählt hast«, ärgerte sich Helga. »Weil ihr Vater dich in seinem Horch nach Hause gefahren hat. Dir imponiert das Auto!«
Inge trat Helga wütend gegen das Schienbein, weil sie recht hatte.

Unsere Partei spielte zuerst gegen die Sonne. Ich war in meiner Höchstform, schoß zwei Gegnerinnen ab. Dazu sagte Inge Schlüter nichts, aber als es Jolande gelang, Ute Müller, die wie ein Huhn in Not im Gegenfeld herumflatterte, mit dem Ball am Po zu treffen, lobte Inge sie laut.
»Das war schon sehr gut. Du mußt nur schärfer schießen. Sieh mal, sooo!« Sie machte es Jola vor.
Die keuchte selig: »Ich werd's versuchen, Inge!«

Beim Seitenwechsel sprach ich sie einmal an, aber Jola hörte mich nicht; Auge, Ohr und Sinne waren ganz auf Inge Schlüter gerichtet.
Meine beste Freundin übersah mich. Aber das gab's doch nicht! Nach dem Spiel rannte ich als erste in den Umkleideraum, zog mich hastig an und ließ die Schulmappe auf den Boden fallen, um dadurch Jolas Aufmerksamkeit zu erringen. Sie saß mir gegenüber mit Inge Schlüter, streifte die Turnschuhe von ihren Hacken, lachte mit Inge, schaute nicht einmal auf meine Mappe.
Ich ging zum Ausgang, auf ihr ungeduldiges »Nun warte doch!« hoffend. Aber nichts.
Meine beste Freundin vergaß mich, weil unsere Klassenanführerin sich zum erstenmal um sie bemühte.

Am Nachmittag verließ ich nicht die Wohnung, um nahe

beim Telefon zu sein, wenn Jola anrief. Aber sie rief nicht an, kam auch nicht vorbei.
Ich war so enttäuscht. Außerdem fühlte ich mich miserabel, hatte Schüttelfrost und Halsschmerzen. Mochte auch nichts zu Abend essen, obgleich frisch ausgelassenes Griebenschmalz auf dem Tisch stand.
»Schreibt ihr morgen eine Arbeit?« forschte meine Mutter.
»Ich hab wirklich Halsschmerzen.«
Darauf schob sie mir einen Löffel tief in den Rachen bis zu der Stelle, wo einem speiübel wird. Ich kehlte widerwillig »Aaa –«, und weil ich dabei schlotterte, mußte ich das Fieberthermometer in die Achselhöhle stecken.
»Achtunddreißig fünf. Du bist ja wirklich krank«, erschrak meine Mutter und stopfte mich ins Bett.

Der Hausarzt tippte auf Mumps.
Im Bett liegend dachte ich an nichts anderes als an Jolas Verrat. Wenn sie wenigstens einmal angerufen hätte –! Sie wußte doch, daß ich krank war.
Meine Temperatur turnte auf der Quecksilbersäule des Fieberthermometers steil herauf und wieder runter. Ich konnte nicht mehr schlucken.
»Ich fürchte, es ist ernster, als ich anfangs vermutet habe«, hörte ich den Arzt zu meiner Mutter sagen. Er kam nun täglich zweimal.
Ich war also ein ernster Fall. Vielleicht würde ich sterben. Schadete Jola gar nichts, wenn ich starb, machte sie sich ein Leben lang Vorwürfe.
Danach verlor ich mich in konfusen, seltsam leuchtenden Phantasien, und alles Denken hörte auf.

Jolandes Tagebuch

5. März 1938
In der letzten Stunde hatten wir Turnen. Völkerball.
Ich habe Ute Müller getroffen. Inge Schlüter hat mich gelobt und war überhaupt wahnsinnig nett zu mir. Luise spielte deshalb die beleidigte Leberwurst. So ein Quatsch. Wir müssen doch nicht ständig zusammenhocken. Sie hat ja auch andere Freundinnen außer mir. Nun habe ich Inge Schlüter als Freundin. Wir sind nach der Schule noch zusammen rumgetrödelt und haben geredet. Sie ist Wimpelträgerin. Schade daß wir nicht zur selben Jungmädelgruppe gehören.

8. März
Luise fehlt seit drei Tagen. Was die wohl hat. Barris sagt ich soll sie anrufen. Da habe ich sie angerufen. Ihre Mutter war am Telefon. Sie sagte Luise hätte hohes Fieber und ich soll sie lieber nicht besuchen. Vielleicht ist es was Ansteckendes.
Nach den Schularbeiten war ich bei Inge Schlüter eingeladen. Sie haben eine große Wohnung in Halensee, ziemlich düster aber irgendwie vornehm und sehr sauber. Man riecht das Bohnerwachs bei ihnen. Sie haben eine Hitlerbüste in Bronze. Sie hat mir ihr Album mit Zigarettenbildern gezeigt. Schließlich wußten wir uns nichts mehr zu erzählen. Um sechs bin ich nach Hause geradelt.

12. März
Liebes Tagebuch. Luise soll es sehr schlecht gehen. Sie haben nun schon zwei Ärzte, aber keiner weiß so recht was sie wirklich hat. Es tut mir natürlich wahnsinnig leid. Hoffent-

lich wird sie wieder gesund. Sie ist ja noch immer meine beste Freundin.
Mit Inge ist es prima, wir sehen uns beinah jeden Nachmittag. Aber mit ihr kann ich nicht so über alles reden wie mit Luise. Wir sind zu verschieden irgendwie.
Benita ist läufig. Barris stöhnt, nun geht das schon wieder los mit dem Frauenzimmer! Der Lumpi von Noskes heult in der Nacht und frißt nicht mehr. Frau Noske nimmt uns das übel. Als ob wir was dafür könnten, daß Benita läufig ist! Ach die Mitmenschen sind schon komisch. Sie schieben gerne die Schuld auf andere ab, am liebsten auf uns. Weil wir anders sind als sie. Dabei möchte ich gar nicht anders sein. Ich wäre so gern wie Inge Schlüter. Ganz normal und Wimpelträgerin und in Turnen eine Eins. Sie hat soviel Macht in der Klasse und nun sind alle nett zu mir, weil ich mit Inge befreundet bin. Morgen fährt uns Vati mit dem Horch in den Zoo. Das wird bestimmt fabelhaft.
Tschüs Tagebuch, ich muß jetzt zum Heimabend.

20. März
Liebes Tagebuch, Barris hat heute bei Hartwigs angerufen. Er hat Luise ja sehr lieb. Hinterher war er wütend und hat gesagt das Kind gehört in ein Krankenhaus. Aber ihre Mutter möchte sie zu Hause pflegen.
Mami malt gerade ein Bild für Luise. Wir Mädchen sitzen darauf mit baumelnden Beinen in einem Baum voller Kirschen. Selbst Benita hängen Kirschen um die Ohren. Es ist ein fröhliches Bild.
Liebes Tagebuch. Ich habe Dir noch nicht das Wichtigste erzählt. Heute in der Zehnuhrpause hat mich Inge Schlüter gefragt, ob sie mich mal besuchen könnte. Was sagst Du dazu? Du glaubst nicht, wie neidisch viele aus der Klasse geguckt haben die Inge schon öfter zu ihrem Geburtstag eingeladen haben aber sie geht ja nicht zu jedem. Hat sie nicht nö-

tig. Und zu mir will sie von selber kommen. Ich kann das noch gar nicht fassen.

23. März
Oh, Tagebuch, ich muß mir vorstellen, daß Inge gar nicht da war und daß ich alles nur geträumt habe.
Aber Inge ist dagewesen. Auf dem Tisch steht noch ihre Kakaotasse. Und es wird hier nie mehr so sein wie früher.
Mir ist als ob ich etwas Wichtiges verloren hätte und schon Heimweh danach.
Wenn wenigstens Mami oder Barris da wären, wenigstens einer mit dem ich reden könnte. Aber sie lassen mich ja immer allein. Ich habe nur Benita und die hört nicht zu.
Also um halb vier kam Inge und schimpfte auf die fünf Treppen, wenn sie das gewußt hätte. Ich hatte stundenlang geschrubbt und poliert und aufgeräumt, sogar Blumen habe ich von meinem Taschengeld gekauft und war sehr stolz auf unsere Atelierwohnung.
Inge ging herum und sah sich alles genau an. Mensch ist das eine polnische Wirtschaft bei euch. Kein Stuhl ist heil. Und die Bilder, die malt meine kleine Schwester besser. So eine Schmierasche hängt ihr euch an die Wände! Das ist doch verbotene Kunst weißte das nich? Habt ihr kein Führerbild? Doch sagte ich, aber das ist gerade beim Glaser. Wo ist dann sein leerer Nagel? Da hängt solange was anderes drauf, sagte ich. Sie hat es nicht geglaubt.
Mami und Barris waren sehr nett zu Inge. Dann sind sie fortgegangen. Inge sagte, eine anständige deutsche Frau trägt keine langen Hosen und malt sich nicht die Nägel rot wie deine Mutter. Dein Stiefvater sieht aus wie ein Zigeuner.
Inge war enttäuscht von unserm Zuhause. Sie hatte was Vornehmes erwartet. Ich war ja doof. Warum hab ich sie nicht nach Wannsee eingeladen. Im Horch rausfahren und

dann die große Villa. Du mußt mal mit nach Wannsee kommen sagte ich, es gefällt dir bestimmt da. Direkt am See mit Bootshaus. Wenn es in Wannsee so schön ist warum lebst du dann hier in dieser Bruchbude? Das wollte Inge nicht in den Kopf.
Es ist bei der Scheidung so ausgemacht worden, sagte ich.
Wenigstens hat Inge der Kuchen von Telschow geschmeckt. Zwei Cremeschnitten und zwei Mohrenköpfe – dann war sie voll. Dann wollte sie nach Hause. Dabei war sie erst eine Dreiviertelstunde bei uns. Ich sagte ich bringe dich noch mit Benita.
Auf der Treppe ging es dann los. Wie sie ihrem Vater gesagt hätte, daß sie heute zu mir geht hat er gesagt: Jolande ist doch kein Name für ein Mädchen sondern für ein Schwein. »Krach um Jolanthe« heißt ein bekanntes Volksstück in dem es um ein Schwein geht. Ist das nicht komisch? Jolanthe das Schwein hat Inge immer lauter gerufen, auch auf der Straße. Alle Leute guckten sich um und lachten. Da wurde ich wütend und habe ihr nachgeschrien: Du heißt nicht Jolande und bist trotzdem ein mieses Schwein. Und sie schrie zurück: Das wirst du büßen! Wie ich dann alleine in die Wohnung zurückgekommen bin, habe ich sie nicht mehr mit meinen Augen gesehen, bloß noch mit Inges. Ich sah nicht mehr das Gemütliche, bloß das Schäbige und Ramponierte an den Möbeln und an Barris' Bildern das Verbotene. Die entartete Kunst. Wenn Inge das ihren Eltern erzählt und morgen in der Klasse! Noch nicht in der Neunuhrpause, da muß sie Mathe abschreiben. Aber in der großen Pause werden sie zusammenstehen und flüstern und lachen und wenn ich dazukomme, werden sie mich so komisch angucken und ich gehöre nicht mehr zu ihnen, weil Inge ihnen verboten hat mit mir zu reden. Ach hätte ich ihr bloß nicht nachgerufen, daß sie ein mieses Schwein ist! Nun muß ich büßen.
Ein Glück daß Inge nicht weiß, daß bei uns Juden und ver-

botene Künstler und Antifaschisten verkehren! Wie gut hat es doch Luise. Bei ihr zu Hause hat alles seine Ordnung. Und Luise heißt auch kein Schwein in einem Volksstück, bloß Jolanthe. Und wenn sie jetzt stirbt habe ich keine Freundin mehr und kann ihr nicht mehr sagen, wie leid es mir tut wegen Inge und daß ich ihr untreu gewesen bin.
Ich kann morgen nicht in die Schule gehen. Ich muß was erfinden, daß ich krank werde.

26. März
Liebes Tagebuch, mir ist es ja so mies ergangen. Es hat mir beinah den Bauch zerrissen. Mami hat den Doktor geholt. Sie dachte ich hätte die Ruhr. Ich konnte ihr ja nicht sagen, daß ich vier von Barris' Abführpillen geschluckt habe um nicht in die Schule zu müssen. Aber morgen muß ich wieder hin. Ich fürchte mich so davor!!

27. März
Tagebuch. Setz Dich lieber hin bevor ich Dir erzähle, wie es in der Schule war. Inge hat natürlich allen Mädchen von ihrem Besuch bei uns erzählt. Sie haben im Chor Jolanthe das Schwein gerufen. Jolanthe das Schwein. Jolanthe das Schwein.
Erst habe ich mit dem Lineal nach ihnen geschlagen. Da haben sie noch viel lauter gerufen. Das war in der Neunuhrpause. Dann habe ich mit Füßen getreten. Helga Krösel hat geschrien: Schaut mal sie heult ja gleich!
Ich hab auch geheult vor Wut und das Tintenfaß aus meinem Pult gerissen und nach ihnen geschmissen. Und dann auch noch Luises Tintenfaß. Dann kam unser Biolehrer rein und sah die Bescherung und hat mich nach Hause geschickt. Aber zu Hause war keiner nicht mal Barris, wo der doch sonst erst gegen Mittag aufsteht. Sie sind nie da wenn ich sie brauche. Und nun klingelt das Telefon in einem fort, aber

ich gehe nicht ran. Das sind bestimmt die Eltern der Mädchen, die neue Kleider von uns für die Tintenkleider ihrer Töchter haben wollen. Wie sollen Barris und Mami das bezahlen? Sie haben doch kein Geld. Ich werde mit Vati sprechen. Er soll mir mein Erbe geben. Damit zahle ich die Kleider und das versaute Linoleum. Aber in diese Schule gehe ich nie wieder...

Liebes Tagebuch. Ich konnte nicht weiterschreiben, weil Barris nach Hause gekommen ist und gefragt hat was ist denn mit dir los, Jollichen? Da habe ich ihm alles erzählt. Es tat ihm so furchtbar leid für mich allein schon wegen seiner verbotenen Bilder, die Inge so empört haben. Aber die Idee mit den Tintenfässern fand er an sich gut.

Trotzdem glaube ich nicht, daß er wirklich begreift wie schlimm das alles für mich ist. Und Mami auch nicht.

Nachmittags rief der Direktor unserer Schule persönlich bei uns an. Wegen meinem Tintenmassaker ist eine Sonderkonferenz einberufen worden. Einige Lehrer waren dafür mich von der Schule zu weisen, aber die Mehrzahl soll sich für mich ausgesprochen haben. Schließlich hat die Klasse das arme Kind mit Jolanthe das Schwein bis zur Weißglut gereizt. Ist es da ein Wunder, daß es in seiner Not zu Tintenfässern greift? Soll mein Klassenlehrer gesagt haben. Morgen will er mit den Mädchen sprechen und dafür sorgen, daß sie mich nie mehr wegen meinem Namen hänseln. Morgen soll ich noch zu Hause bleiben und übermorgen wird alles wieder gut sein. Dafür will er sorgen. Das ist sehr nett von ihm. In seinen Stunden werde ich bestimmt Ruhe haben. Aber was ist in den Stunden bei Lehrern, die mich nicht mögen und vor allem in den Pausen? In den Pausen bleibe ich Jolanthe das Schwein, dafür wird Inge Schlüter sorgen. Und die Klasse traut sich nicht gegen ihren Willen aufzumucksen.

Nein, ich will in diese Klasse nicht zurück. Auch nicht in die

Parallelklasse. Da wissen sie doch längst, zu uns kommt Jolanthe das Schwein.
Nein, ich gehe nie mehr zurück.
Am liebsten wäre ich tot. Luise ist es ja auch bald.
Liebes Tagebuch. Jetzt ist Abend. Barris mußte fortgehen, aber Mami ist bei mir geblieben weil ich sie so sehr darum gebeten habe. Sie hat mir Milchreis mit Zimt und Zucker gemacht. An sich ist das mein Lieblingsessen. Aber ich schmecke nur Tinte.
Sie möchte mir so gern helfen. Ach Mami – ich lege meinen Kopf in ihren Schoß, da läutet das Telefon. Sie steht auf und nimmt den Hörer ab und sagt erschrocken ach Gott und ich komme.
Aber Mami sage ich, du kannst doch jetzt nicht weggehen. Ich brauch dich. Und sie sagt mein liebes Schätzchen, da ist jemand der braucht mich im Augenblick noch mehr als du. Und dann hat sie paar Sachen zusammengepackt und hat mich wirklich allein gelassen. Und ich soll das bitte verstehen. Aber ich versteh das nicht. Ich bin doch ihr Kind und brauche genauso Hilfe wie die andern, die sich an Mami und Barris klammern wenn sie in Not sind. Ich bin auch in Not, Mami.
Was soll nun werden, liebes Tagebuch... Wenn ich wenigstens noch Luise hätte. Aber die könnte mir auch nicht helfen. Ich will weg von hier – weit weg in ein ganz anderes Leben und in eine andere Schule, wo niemand mich kennt und Jolanthe das Schwein zu mir sagt.
Ich muß jetzt ganz genau überlegen was ich tun soll.

Jolande faßte einen herzzerreißenden Entschluß.
»Vati«, sagte sie zu Genthin auf dem Rückweg vom sonntäglichen Besuch bei den Großeltern, »ich muß mit dir sprechen. Es ist sehr wichtig.«
»Dann schieß los«, forderte er sie auf, ahnungslos, was auf ihn zukommen würde.

»Du und Mami, ihr habt doch bei eurer Scheidung ausgemacht, daß ich einmal selbst entscheiden darf, bei wem ich leben möchte...«
»Ja, das stimmt.«
»Und letzte Weihnachten hast du zu Oma gesagt, daß du froh wärst, wenn ich aus Barris' Milieu herauskäme. Damit ich davon nicht beeinflußt werde.«
»Ich wußte nicht, daß du unser Gespräch gehört hast.«
»Aber du hast gesagt, daß du froh wärst, wenn ich zu dir ziehen würde.«
»Natürlich, Kind –«
»Kann ich jetzt gleich zu dir ziehen, Vati?«
Genthin war so erschrocken, daß er beinah auf einen bremsenden Opel auffuhr.
»Das ist eine schwerwiegende Entscheidung, die überlegt sein will. Die kann man nicht von einem Moment zum andern – aus einer Stimmung heraus – hast du Ärger mit Mami und Barris?«
»Nein, überhaupt nicht. Ich habe sie lieb und sie mich auch, ganz bestimmt.«
»Was dann? Was ist vorgefallen?«
»Es ist wegen der Schule und noch was – bitte, frag mich jetzt nicht, ich erzähle dir alles später. Und wenn mich einer zwingt, in diese Schule zurückzugehen, springe ich aus dem Fenster, und das ist mir ernst!«
»Was sagen denn Barris dazu?«
»Ich soll nach Dahlem aufs Lyzeum.«
»Das wäre natürlich eine Lösung«, nickte Genthin erleichtert. »Dann könntest du vorläufig im Grunewald wohnen bleiben...«
»Ich will aber nicht.«
»Wenn du mir nicht sagst, was vorgefallen ist...«
»Ich habe mich entschlossen, zu dir zu ziehen, Vati.«
Der Wagen hielt in der Teplitzer Straße.

»Komm bitte mit rauf. Mami und Barris sind bestimmt nicht zu Haus. Und ich kann nicht alles alleine tragen.«
Ihre Stimme klang ruhig. Ihre gefalteten Finger aber zerknöchelten sich beinah. Genthin legte seine Hand darüber. »Willst du wirklich fort?«
»Ja.«
»Ist es nur wegen der Schule?«
Jola antwortete mit einer Gegenfrage: »Willst du mich nicht haben, Vati?«
»Aber gewiß doch, mein Kind, natürlich – ich meine nur, du solltest deinen Entschluß noch einmal überschlafen. Vielleicht sieht morgen alles ganz anders aus. Vielleicht bereust du es morgen. Weiß Mami?«
»Nein.«
»Ich wäre natürlich unendlich froh, wenn du dich für mich entscheiden würdest...« (War er es wirklich, so plötzlich vor die Tatsache gestellt? Er hatte sich inzwischen sein Leben allein arrangiert, das heißt nicht mehr allein. Er hatte Irene, die seit zwei Monaten bei ihm wohnte und bereits eifersüchtig auf die Sonntage war, die er mit seiner Tochter verbrachte. Wie konnte er Jolande in eine Wohnung mitnehmen, in der er mit einem Verhältnis lebte? Das war völlig ausgeschlossen. Wie sollte er Irene von einer Stunde zur anderen klarmachen, daß sie verschwinden mußte? Durfte er mit ihrem Verständnis rechnen? Wohl kaum. Was für eine Situation! Was kam da auf ihn zu!!)
»Wollen wir die Angelegenheit nicht morgen in aller Ruhe mit deiner Mutter besprechen? Wir könnten uns zum Mittagessen treffen –« (Er zückte seinen Terminkalender.) »Um ein Uhr würde es gehen...«
Jola sah ihn fassungslos an. »Aber Vati, so was kann man doch nicht bereden! Das kann ich nur ganz schnell tun oder nicht. Glaubst du denn, es fällt mir leicht?« Und nun konnte sie das Weinen nicht mehr zurückhalten.

»Kind, Kind, du willst ja gar nicht von hier fort«, sagte er hilflos.
Es war nur ein kurzer Ausbruch. Jola wischte energisch mit dem Ärmel über ihre Augen und öffnete die Wagentür. »Ich muß es tun.« Und stieg aus. Ging auf das Haus zu, sah sich abwartend nach ihm um: »Kommst du?« Und als er zögerte: »Bitte, komm.«
Genthin stieg hinter ihr her die fünf Treppen zum Atelier herauf. Zum erstenmal betrat er die Barrissche Wohnung mit dem Gefühl, ein Eindringling zu sein. Schaute sich, die kläffende Benita abwehrend, um. Bücher über Bücher, abstrakte Bilder, das Mobiliar dazwischen zusammengestükkelt, ramponiert — Hanna hatte ja nie großen Wert auf Äußerlichkeiten gelegt, und eine gute Hausfrau war sie schon gar nicht. Früher hatte sie wenigstens eine Wirtschafterin gehabt.

Da war ein Hauch von ihrem Nelkenparfum in der Luft. Über einer Sessellehne lag ihre Jacke. Er sah ein, daß es ein Fehler gewesen war, mit heraufzukommen und sich Erinnerungen auszusetzen und der neu erwachten Eifersucht auf diesen trinkfreudigen Kunstkritiker, mit dem sie nun so viel glücklicher war als in all den Jahren mit ihm.
Aus arglosen Bemerkungen seiner Tochter wußte er, daß Barris wegen seiner rüden Kritik am Blut- und Boden-Naturalismus aus der Reichsschrifttumkammer ausgeschlossen worden war, daß er kaum noch Aufträge erhielt, daß er mit Juden und anderen unerwünschten Personen verkehrte. Nein und noch mal nein, das war keine Umgebung für seine Tochter, und das mochte sie inzwischen selbst erkannt haben.
»Warte hier, ich packe inzwischen«, sagte Jola und ließ ihn in Barris' Arbeitszimmer allein.
Genthin ging zum Schreibtisch und nahm den Telefonhörer auf. Er rief Irene an.

»Tut mir leid, du mußt allein ins Theater gehen.« Ihren Protest schnitt er kurz ab. »Es geht um meine Tochter — eine entscheidende Angelegenheit — völlig überraschende Situation — bitte, sei nicht böse — nein, ich kann dich auch nicht nach der Vorstellung abholen. Nimm dir ein Taxi, Irene — auf Wiedersehn.«
Er hängte ein.

Auf dem Wege zu ihrem Zimmer mußte Jola durch die Küche gehen. Dort stand ihr Abendbrot auf dem Tisch, das heißt, der leere Teller stand noch da. Benita hatte die Brote inzwischen abgeräumt. Am Kakaobecher lehnte ein Zettel: »Mein Schätzchen, wir sind bei Herweghs. Wenn was ist, ruf uns dort an. Die Nummer kennst du ja. Vergiß nicht, noch mal mit Benita runterzugehen. Kuß, Mami.«
Mamimamimami — es war doch viel schlimmer, als Jola es sich vorgestellt hatte.
Es war entsetzlich schwer, sich selbst aus dem liebgehabten Nest zu stoßen.
Aber immer lassen sie mich abends allein. Mami liebt Barris mehr als mich. Wenn ihre Freunde in Not sind, läßt sie meine Not im Stich. Polnische Wirtschaft. Entartete Kunst. Jolanthe das Schwein. Tintenfässer.
Es gab kein Zurück.
Jola raffte in ihrem Zimmer das Wichtigste in zwei Koffer und ein Netz.
Vater und Tochter trugen das Gepackte zum Auto, verstauten es im Kofferraum, gingen mit Benita ums Karree, ohne ein Wort zu wechseln. Es fehlte beiden die Sprache. Jola unterdrückte jedes aufbrennende Gefühl. Verbot sich nachzudenken.
Das Karree war umrundet. »Warte hier auf mich, Papi, ich bring bloß Benita nach oben. Ich bin gleich wieder da. Meine Bücher und die Wintersachen sollen sie mir nachschicken.«

Genthin erschrak vor der Sachlichkeit, mit der dieses Kind seinen kleinen Besitz zusammengeräumt hatte und ein Zuhause aufgab, in dem es sich noch vor ein paar Tagen wohl gefühlt zu haben schien. Was mochte nur vorgefallen sein?
Während er auf der Straße wartete, von Frau Noske durch die Gardine beobachtet, dachte er zum erstenmal als Jurist an die möglichen Folgen dieses Unternehmens – Hanna konnte ihn auf Kindesentführung verklagen. Schließlich hatte sie das Sorgerecht. Nun schön, da gab es den Zusatz im Scheidungsvertrag: Wenn Jolande alt genug ist, soll sie selbst entscheiden, bei welchem Elternteil sie leben möchte... Aber war sie mit zwölf Jahren alt genug dafür?
Noch konnte er Jolas Gepäck wieder ausladen und nach oben tragen. Aber da war die Genugtuung, daß sie sich gegen ihre Mutter für ihn, ihren Vater, entschieden hatte.
Hanna würde diese Entscheidung akzeptieren.
Sie hatte selbst einmal gesagt: Sobald die Nabelschnur durchschnitten ist, fängt ein Kind an, ein Eigenwesen zu sein. Wir dürfen es lieben, wir haben die Pflicht, dafür zu sorgen, daß es seinen eigenen Weg anständig laufen lernt. Aber wir begehen einen schweren Fehler, wenn wir es als unseren Besitz betrachten, mit dem wir machen können, was wir wollen. Machtansprüche der Eltern haben oft genug die Persönlichkeit ihrer Kinder zerstört – du brauchst nur in der Geschichte nachzulesen, dann findest du genug Beispiele dafür.
So Hanna, damals mit achtzehn Jahren, schwanger. Und vielleicht hatte sie dabei auch an ihre eigene Mutter gedacht. Bestimmt hatte Hanna ihn – Achim Genthin – damals von Herzen gern gehabt, aber ohne den harten Willen ihrer Mutter, diese Tochter schnell und wohlhabend unter die Haube zu bringen, wäre sie wohl lieber noch ein paar Jahre ein junges Mädchen geblieben, mit anderen jungen Mädchen und Männern – lieber durch ein paar Enttäuschungen gereift als

diesen frühzeitigen Stillstand in einer wohlfundierten, sorgenfreien Ehe.
Hanna war nicht für geordnete Bürgerlichkeit geschaffen, und ihre Tochter Jolande schien bei zunehmendem kritischen Verstand einzusehen, daß sie nicht ins Barrissche Milieu paßte.
Bei allem, was vorgefallen sein mochte, das war wohl der eigentliche Grund, weshalb sie sich jetzt für ihn entschieden hatte – mutmaßte Genthin.

Jolande brachte Benita in die Wohnung zurück.
Auf Barris' überladenem Schreibtisch fand sie nach längerem Wühlen ein leeres Blatt Papier und einen Bleistiftstummel. Sie schrieb:
»Liebe Mami, lieber Barris.
Ich habe Euch sehr lieb, aber ich kann nicht länger bei Euch bleiben weil ich ein anderes Mädchen werden möchte als ich bei Euch sein kann. Es ist so schwer das auszudrücken. Ein Glück, daß Ihr jetzt nicht hier seid. Denn wenn Ihr da wärt fiele es mir zu schwer zu gehen. Aber Ihr seid ja immer abends weggegangen. Und nun gehe ich. Mein Vati hat keine Schuld und niemand. Es ist mein eigener Wille. Und es ist ja mal ausgemacht worden, daß ich selber entscheiden kann bei wem ich leben möchte. Nun möchte ich lieber bei Vati leben. Es ist so bestimmt nicht schöner aber richtiger für mich. Bitte, bitte seid nicht böse mit mir, aber ich kann nicht anders. Und ich möchte nie mehr Jolande heißen.
Viele Küsse
Eure Jola
P.S.: Mit Benita war ich noch unten.«
Den Brief legte sie auf den Küchentisch.
Dann ging sie noch einmal in ihr Zimmer, ob sie auch nichts Wichtiges vergessen hatte, ach ja, das Bild, das Mami von ihr gemalt hatte, als sie zehn Jahre alt war. Es hing über ih-

rem Bett und ließ sich leicht abnehmen, weil es keinen Rahmen hatte.
Jolande hinterließ einen nackten Nagel, offene Schranktüren – und Benita.
Das Schlimmste war der Abschied von Benita, weil sie die einzige war, die ihr beim Abschied zusah.
Sie küßte sie auf den Kopf, legte den Hausschlüssel zu ihrem Brief auf den Küchentisch, wehrte die Hündin ab, die ihr folgen wollte, und schlug die Wohnungstür endgültig hinter sich zu.
Sie ging die Treppe hinunter und stieg in den Wagen.
»Wir können jetzt fahren, Vati.«
Genthin wirkte verstörter als seine Tochter. »Weißt du, Liebling, bei mir kannst du schlecht wohnen. Ich bin den ganzen Tag in der Kanzlei, und die Haushälterin kommt nur jeden Tag ein paar Stunden. Es ist niemand da, der sich im Augenblick um dich kümmern könnte. Das Beste ist, ich bringe dich erst mal zu den Großeltern nach Wannsee.«
»Ja, gut«, sagte Jola, »ich hab ja da mein Zimmer.«
Und dann sprach sie kein Wort mehr auf dem Wege nach Wannsee, saß aufrecht neben ihm, das sperrig gefüllte Netz auf ihrem Schoß umklammernd.
Wie kann ein Kind nur so sachlich kühl entscheiden, dachte Genthin voll Unbehagen. Was für ein Kind! Meine Tochter! Was weiß ich denn schon von ihr?
Als er in Nikolassee von der Avus Richtung Wannsee abbog, sah er einmal kurz neben sich, sah im fahlen Licht einer Gaslaterne Jolas Profil, elend und tränenüberströmt.

11

Vier Wochen war ich sehr krank, ohne daß drei Ärzte dahinter kamen, was mir nun wirklich gefehlt hatte. Nur über eins waren sich alle drei einig: Der Abszeß in meinem Hals, an dem ich beinah erstickt wäre, war ein Abszeß im Hals. Ansonsten könnte ich noch einen inneren Scharlach gehabt haben. Nun brauchte ich dringend Luftveränderung.
Da es keine Devisen für Italien gab, reisten wir nach Jugoslawien. In Dubrovnik wohnte Dr. Pavel Marcovich, ein Freund meines Vaters aus gemeinsamen Münchner Studentenzeiten. Mein Vater rief ihn in Dubrovnik einmal an, um Guten Tag zu sagen. Von da an waren wir fest in Onkel Pavels Hand. Mit seiner überströmenden balkanesischen Gastfreundschaft, die uns am Bezahlen und Hotelwohnen hinderte, nahm er meinem Vater die halbe Freude an diesem Urlaub: Wie sollte er das je wiedergutmachen? Er kam sich wie ein Schnorrer vor.
Mir wollte Pavel Marcovich halb Dalmatien schenken. Zur Bescheidenheit erzogen, nahm ich nur einen bemalten Serviettenring an. Das habe ich nachträglich stark bereut.
Ehe sie abends ausgingen, küßte mich meine Mutter, ermahnte mich, schnell zu schlafen, und stellte einen Nachttopf vor mein Bett. Danach drehte sie den Zimmerschlüssel zweimal von außen um. Es war dies die einfachste und Überlegungen sparendste Methode, eine Tochter in der südlichen Fremde zu hüten — dabei: wovor? Vorm Ausreißen? Wohin denn? Ich war brav, wenn auch neugierig. Aber ich lief nicht fort, dazu hatte ich viel zu viel Angst vor der dalmatinischen Nacht.

Das Zimmer, in dem ich mit meiner Mutter wohnte, lag im linken Seitenflügel des Marcovichschen Hauses im ersten Stock, zum Hof hinaus, mit Blick auf einen Mimosenbaum. Bei jedem Aufseufzen des Nachtwindes fiel gelber Blütenschnee auf die Katzen, die unter ihm zusammengeringelt schliefen.
Über mir hörte ich Petars heftige, barfüßige Schritte, Petar, genauso eingesperrt wie ich. Er war ein magerer, schwarzhaariger Junge – geschmeidig schnell und finster, eine Ratte mit glühenden Augen voller Schadenfreude, dreizehn Jahre alt, der Sohn von Pavels Tochter. Petar war zu Besuch aus Kroatien, wo sein Vater auf seinem Landgut »von den Zinsen seiner Schulden« lebte. (Das wußte ich aus Gesprächen der Erwachsenen.)
Petar weigerte sich, deutsch zu verstehen, wenn ich ihn ansprach. Manchmal spuckte er hinter meinem Rücken aus. Ich spuckte zurück und ging auch einmal mit dem Frühstücksmesser auf ihn los, als er mit seinem Katapult kleine Kiesel auf die Katzen im Hof abschoß. Sie türmten aus ihrem Sonnenschlaf laut schimpfend über die Gartenmauer. Das fand er lustig.
Petar war das einzig Böse in diesem herzüberschäumenden, beunruhigend üppigen dalmatinischen Frühling.

Zu Hause war ich ein Neutrum, ein linkisches Ding. Nicht mal die gleichaltrigen Jungen behandelten mich wie ein Mädchen, nicht einmal die pickligen.
Hier war ich über Nacht zu einem beachtenswerten weiblichen Wesen geworden. Wenn ich am Kai vorüberging, auf dem sich hochgewachsene, zerlumpte, schöne, arbeitslose Männer im Weitspucken übten, unterbrachen sie ihre einzige Tagesbeschäftigung und lächelten mir anerkennend zu. Ich ging noch einmal zurück, weil ich es nicht glauben wollte – dieselbe Wirkung.

Onkel Pavel führte mich im Restaurant an einen großen Korb voller Austern. »Such dir aus, welche du haben möchtest, Mädi.« (Er nannte mich Mädi, das fand ich furchtbar!) Ich sollte zwischen groben Muscheln, die alle gleich aussahen, wählen. Das war verrückt – aber auch schön. Man nahm mich hier ernst. Mit jeder Auster, auf die ich tippte, wuchs die unterentwickelte Pflanze Selbstbewußtsein in mir.

Gesetzt den Fall, ich ginge in Berlin in einen Fleischerladen und sagte: »Ach bitte, geben Sie mir dieses Würstchen und das da hinten, und vielleicht noch das vorletzte links...« Gesetzt den Fall! So schnell wäre ich noch nie aus einem Fleischerladen geflogen – ohne Würstchen.

Hier in Dalmatien reagierten die Männer galanter. Ich denke nur an den schönen glutäugigen Offizier vom heutigen Vormittag. Von seiner Schulter wehte ein Cape, zwischen den Zähnen trug er eine frisch erblühte Rose. Als wir im offenen Wagen vorüberfuhren, warf er sie uns zu. Kann sein, daß sie meiner hübschen Mutter gegolten hatte oder Onkel Pavels Nichte Sofia. Aber sie landete in *meinem* Schoß!

»Na servus, Luisa«, lachte Sofia, »Kompliment für dir von fesches Offizier.«

»Wenn das so weitergeht, schnappt die Göre noch über«, schimpfte mein Vater.

Eingesperrt im Gästezimmer, hockte ich auf dem Fensterbrett, den breiten Zuwachssaum des Nachthemdes über meine Zehen gezogen. In der Hand die welkende Rose des Offiziers.

Aus den terrassenförmig abfallenden Gärten duftete es süß und schwer. Zikaden schrillten, und Palmwedel wischten im aufbriesenden Wind. Irgendwo in der Ferne turnte eine Flöte durch mehrere Oktaven, durch Dur und Moll in einem Rhythmus wie von Peitschen angetrieben. Die frühe, südli-

che Nacht war schwarz, aber lebendig – Katzenfauchen – Huschen – Rascheln – Eselsiiiaaa –, und über mir im offenen Fenster hörte ich Petar atmen, genauso schlaflos und unruhig wie ich.
Seine aus dem Fenster baumelnden Beine hämmerten mit den Hacken auf das Glyziniengerank ein. Es regnete Blätter und Blüten. Alles, was er tat, war zerstörerisch.

Unten im Haus öffnete sich eine Tür. Branca, die Köchin, stolperte kichernd in den von einer einzigen, an einem Draht schwingenden Funzel beleuchteten Hof.
Branca trug ihre weiße, nackte Brust wie reife Pfirsiche vor sich her. Ich dachte an Petar über mir, der dasselbe sah, und hatte Magenschmerzen vor Scham.
Aber es kam noch viel schlimmer. Es kam Travnik, der Gärtner, sein Hemd in die Hose stopfend, hinter Branca aus dem Haus. Unter dem Mimosenbaum holte er sie ein und biß in ihren Nacken. Branca lehnte sich rückwärts gegen ihn und gurrte wie eine Taube. Dabei zog sie langsam die Bänder ihrer Bluse über ihrem Busen zu.
Travnik kniff in ihre faltigen Röcke. Branca suchte seine Hand aus ihren Röcken. Hand in Hand liefen sie über den Hof zum kleinen Mauertor, über dem eine Lampe die angrenzende enge Gasse beleuchtete.
Seit Brancas Auftritt hatte ich das Atmen vergessen. In meinem Schoß lagen dunkle Blütenblätter. Ohne es zu merken, zerpflückte ich die Rose des Offiziers.
Sie gingen durch das Mauertor. Meine Neugier, was draußen weiter geschah, war stärker als meine Abneigung gegen Petar, der vom oberen Fenster über die Mauer hinwegsehen konnte.
»Was machen sie jetzt?« fragte ich zu ihm herauf.
Und Petar, vergessend, daß er kein deutsch verstehen wollte, sagte: »Travnik bindet Esel ab und steigt auf.«

»Und Branca?«
»Geht hinterher.«
»Sie geht und er reitet?« wollte mir nicht in den Kopf.
»Freilich.« Petar zog seine Beine aus dem Glyziniengeranke ins Fenster und wollte es von innen schließen.
»He — wart doch mal!« rief ich herauf.
»Mechtst wissen, was war in Kammer?«
»Ja. Weißt du es denn?«
»No, das halt. Schaust nie bei eure Domestiken zu?«
»Bei wem?« fragte ich hilflos.
»Eure Bediener.« Er schleuderte jede Silbe einzeln zu mir herunter.
»Wir haben bloß die Else.« Aber dann fiel mir ein: »Früher hatten wir die Alma. Die hatte einen Schnürsenkelverkäufer in unserer Küche und den Bollemann und einen Korbflechter, und einer drehte ihr Ansichtskarten an.«
»Nur Karten?«
»Wie meinst du das?«
»Was haben sie gemacht?«
Ich überlegte. »Geknutscht.«
»Was ist das?« fragte Petar.
»Na eben küssen.«
Nachfolgend erhielt ich über Glyzinienranken hinweg meinen ersten Aufklärungsunterricht, und zwar so radikal und anschaulich, daß es mich grauste wie vor mittelalterlichen Folterqualen. (Mann spießt Frau auf!)
»Aber Petar, das tut doch weh!«
»Freilich. Sie stöhnen. Aber sie stöhnen auch, wenn sie saufen bestes Wein von mein Vater. Und tun es immer wieder.«
»Aber das machen bloß Domes-, na eben Personal, nicht wahr?«
Meine Frage verschlug ihm beinah die Sprache. »Mariandjosef! Preußerl, was bist bleed! Ob das nur Domestiken — haha! Was glaubst — wie deine Eltern dich haben gemacht?«

»Mit Liebe!« schrie ich. »Auf anständige Art. Soo nicht!!«
Petar fiel beinah aus dem Fenster vor Lachen. »Alle Preußen sind bleed. Aber du bist Bleedeste von alle.«
Nun war es aber wirklich genug. »Kroaten sind Ferkel!« brüllte ich in die Nacht.
Eine Flut von Schimpfworten – kroatischen vermutlich – stürzte auf mich nieder. Petar knallte das Fenster so heftig zu, daß eine Scheibe splitterte. Ich zog den Kopf ein.
Er wütete noch eine Weile über mir in seinem Zimmer. Dann wurde es still.
Auch kein aufpeitschendes Flötenspiel mehr, kein atonaler Gesang. Kein Eselschreien, kein fauchender Kater. Es war so still, daß man das Meer rauschen hörte.
Ich saß noch lange im Fenster, zog eine Haarsträhne in meinen Mund und biß hinein.

Mit dem Kroaten habe ich kein Wort mehr gesprochen. Wir saßen uns an der langen Tafel im Speisezimmer schräg gegenüber. Manchmal begegneten sich unsere Blicke ganz aus Versehen. Dann schütteten wir uns gegenseitig kübelweise Mist in die Augen.
Meine Mutter beobachtete unseren stinkenden Haß aufeinander. »Ihr habt euch ja nie vertragen, aber was ist denn jetzt auf einmal los?«
»Es ist rein politisch«, versicherte ich ihr.
»Gotteswillen, Kind, mach keinen Ärger. Wir sind hier schließlich zu Gast!«

Zwei Tage später reisten wir ab.
Petar nahm nicht am Abschied teil – hielt sich aber in der Nähe auf, mit abgewandtem Rücken, um eine neue Steinschleuder auszuprobieren.
Ich wußte schon, weshalb er das machte. Er wollte mir demonstrieren – sobald du fort bist, schieße ich wieder auf Katzen.

Woher wußte er überhaupt, daß ich mich nach ihm umsah?
Als letzte stieg ich in Herrn Marcovichs großen, offenen Wagen und nahm zwischen stachligen Paketen, in denen meine Mutter Agavensprößlinge und andere südliche Pflanzen für ihren heimatlichen Garten verpackt hatte, auf einem Klappsitz Platz. Diese Ableger (mit Ballen) erschwerten und verdreckten unsere Heimreise ungemein und würden in unserem Klima genausowenig gedeihen wie Alpenrose und Enzian, die wir vor einem Jahr aus Tirol eingeführt hatten.
Branca hatte zudem einen schweren Verpflegungskorb für uns ins Auto gestellt. Irgendwie erinnerte unser Gepäck an das von Neusiedlern.
Alle Marcovichs umstanden den Wagen – »Kiß die Hand, Gnädigste – Kiß die Hand, Mädi« –, wir mußten versprechen wiederzukommen. »Aber erst, wenn Sie bei uns zu Gast waren!« verlangte mein Vater in seinem Wiedergutmachungsdrang.
Auf der Fahrt zum Gartentor kamen wir an Petar vorbei. Ohne zu grüßen, schaute er dem Wagen nach, und ich schaute zurück, und dabei schauten wir uns an, und es tat uns so leid.
Ach, Kroate...

12

Der dalmatinische Frühling hatte meine Gesundheit wieder hergestellt und meinen Charakter für preußisches Klima vorübergehend verdorben.

Drei Wochen war ich ein beachtetes Mädchen gewesen, dem man Komplimente machte, Rosen in den fahrenden Schoß warf, voll überströmender Gastfreundschaft ganz Dalmatien zu Füßen legen wollte.

Nun kam ich in den Grunewald zurück, und was passierte? Man behandelte mich wieder als Neutrum.

Nachbarsjungen riefen doofe Jule hinter mir her. Der Straßenbahnschaffner setzte mich kurzerhand auf die Straße, weil ich mich über seinen unhöflichen Ton beschwerte. Was für ein Rückfall in finstere Kinderzeiten.

Und dann die Schule nach neunwöchiger Abwesenheit! Ich fand so schwer den Anschluß an blauäugiges Denken. Burschikosität faßte mich an. Das Wort »spuren« für gehorchen löste nachhaltiges Unbehagen in mir aus.

Statt Jolande saß jetzt Ulla Huster neben mir. Sie erzählte begeistert von ihrer Osterfahrt mit den Jungmädeln in den Harz.

Frühsport. Sackhüpfen. Appell. Volkstanz. Wettspiele mit einer anderen Jungmädelgruppe. Politische Vorträge.

»Wir, die Garanten der Zukunft...«

Dagegen ich — die Rose von Dalmatien! Es wäre besser gewesen, meine Eltern hätten meinen Genesungsurlaub in den Harz verlegt.

Dort wäre mir auch Petars brutaler Aufklärungsunterricht erspart geblieben.

Jolas Name wurde in der Klasse nie mehr erwähnt – als ob sie gar nicht bei uns gewesen wäre. Ich selbst war tief enttäuscht von ihr. Ein Mädchen, für das ich durchs Feuer gegangen wäre, verließ zuerst mich wegen der launischen Gunst einer Inge Schlüter und dann – schlimmer noch – von einer Stunde zur anderen ihre Mutter und Barris. Soviel Verrat auf einmal. Das war gemein.
Noch vor unserer Abreise nach Jugoslawien hatte ich mit Hanna Barris telefoniert. »Jola ist ausgezogen. – Nein, wir haben nichts mehr von ihr gehört. Warum? – Ich nehme an, unser Lebensstil hat ihr nicht mehr gefallen. Sie hat sich wohl für uns geschämt. – Ja, Luischen, es war ziemlich schlimm. Aber vielleicht ist es richtiger so für Jola. Vielleicht paßt sie besser nach Wannsee. Wir suchen die Schuld nicht bei ihr. Im Gegenteil – Barris hat sich große Vorwürfe gemacht. Er meint, wenn er nicht gekommen wäre und unser Leben so völlig verändert hätte... aber das habe ich ihm ausgeredet. Sie hat sich ja lang genug bei uns wohl gefühlt. Es liegt an mir – ich habe zu wenig Rücksicht auf sie genommen und sie viel zu viel allein gelassen.« Ihre Stimme klang ein wenig müde und ohne Fröhlichkeit. »Sei ihr nicht böse, Luischen. Sie braucht dich jetzt mehr als früher.«
Als ich aus Dalmatien zurückkam, fand ich zwei Briefe von Jola vor. Im ersten bat sie mich um Verzeihung – das muß ihr sehr schwer gefallen sein. Im zweiten lud sie mich übers Wochenende nach Wannsee ein.

Sie stand auf dem Bahnsteig, als mein Zug einfuhr. Wir fielen uns in die Arme.
»Laß uns nie mehr davon reden«, bat sie mich. »Schließlich habe ich mich entschuldigt. Sogar schriftlich.«
Ich mochte auch nicht von Vergangenem anfangen, eingedenk des Spruches, der im Büro meines Vaters hing:
»Wenn über eine dumme Sache mal endlich Gras gewachsen

ist, kommt sicher ein Kamel gelaufen, das alles wieder runterfrißt.«
Wer ist schon gern ein Kamel!

Ein großes, dämmriges, knisternd getäfeltes Haus am Wannsee. Drei alte Leute – das war nun Jolas Umgebung.
»Aber sie sind sehr lieb zu mir«, versicherte sie, als wir uns abends gemeinsam bemühten, ein Daunenbett in einen Damastbezug zu schütteln. »Und wenn jetzt der Sommer kommt –! Jeden Tag schwimmen und bootfahren! Du ahnst nicht, wie schön die Sommer am See sind.«
Ich mußte ihr von Jugoslawien erzählen. Branca und Travnik interessierten sie am meisten.
»Er war also in ihrer Kammer. Und sie haben sich geliebt?«
»Woher weißt du?«
»Mami und Barris haben sich geliebt.« Es war das erste Mal, daß sie die beiden an diesem Tag erwähnte, und das auch nur aus Versehen.
»Hörst du noch von ihnen?« fragte ich.
»Nein. Überhaupt nichts.«
»Und du hast dich auch nicht bei ihnen gemeldet?«
»Es geht noch nicht.« Und dann wollte sie nicht mehr von Barris sprechen. Bitte, du mußt das verstehen, las ich in ihrem Blick.
»Weißt du eigentlich, was Liebespaare machen?« kehrte ich zu Branca und Travnik zurück.
»Nein. Weißt du es?« Und als ich nicht gleich antwortete, drängte sie: »Sag bloß, du weißt es.«
»Es ist furchtbar – sie spießen sich auf und all so was.«
Jola lachte ungläubig. »Wer hat dir denn den Bären aufgebunden?«
»Onkel Pavels Neffe.«
»Ach, der Kroate, der gesagt hat, nur Preußen und Idioten baden im Mai im Meer?«

»Ja, der...«

Sie sah mich prüfend an. »Warst du in den verknallt?«

Ich wurde rot. »Bist du verrückt? Einer, der auf Katzen schießt —!«

Aber seit jener schwarzen dalmatinischen Nacht voll süßem Glyzinienduft und Eselschreien und der einsamen Flöte und Petars zerstörerischer Glut über mir im Fenster war eine Sehnsucht da, ein Gefühl wie Durst, ohne trinken zu wollen...

Gemeinsam breiteten wir das vor Stärke knirschende Laken über dem Sofa aus, auf dem ich schlafen sollte.

»Vielleicht sollten wir es mal ausprobieren, sonst kommen wir nie dahinter«, überlegte Jola.

Das war bestimmt eine gute Idee.

Wir zogen uns aus, legten uns nebeneinander auf Jolandes Bett und küßten uns auf den Mund, um das Rätsel endlich zu lösen.

»Du mußt dich auf mich legen«, sagte ich.

»Wieso immer ich?«

Also legte ich mich auf sie. Wir spürten absolut nichts außer der zunehmenden Kälte unserer Körper.

»Und nun?« fragte Jola mit dem Blick auf den Stuhl, über dessen Lehne unsere Röcke und Blusen und unsere Wäsche hingen.

»Ich glaube, es geht nicht, weil wir beide Mädchen sind«, sagte ich. Was nützte uns Petars Bedienungsanleitung, wenn ein entscheidendes Zubehör fehlte?

Wir ärmelten uns in unsere Nachthemden und gingen Zähne putzen im Etagenbad. Anschließend versuchte ich mich auf dem Sofa einzurichten. Die Last des Deckbettes versammelte sich auf meinen Füßen. Über meinen Schultern hatte ich nur leeren Bezug zum Wärmen.

Jola löschte das Licht auf ihrem Nachttisch.

Es dauerte eine Weile, bis sich aus der Dunkelheit das große

Rechteck des geöffneten Fensters blau mit flimmernden Sternen abhob. Ich sah den großen Wagen. Ich kenne nicht viele Sternbilder. Aber wann immer ich in den Abendhimmel gucke, sehe ich den großen räderlosen Wagen mit der Deichsel.

Dann fingen die Frösche an, erst einer, dann mehrere, dann quakten alle durcheinander.

Ich spürte, daß Jola reden wollte, warum hätte sie sonst so rasch das Licht gelöscht. Im Dunkeln spricht es sich ja leichter.

Die Luft, die durch das offene Fenster hereinzog, war nun sehr kühl und duftete nach jungen Blättern.

»Schläfst du schon?« fragte ich besorgt, denn ich war noch gar nicht müde.

Jola sagte: »Quatsch. Ich schlaf doch nicht —« Und nach einer Weile: »Wenn sie wenigstens einmal angerufen hätten. Ich wäre bestimmt nicht zu ihnen zurückgekommen — aber sie hätten doch anrufen können und fragen, ob ich noch will!«

»Du bist vielleicht gut«, sagte ich. »Läßt sie einfach im Stich und erwartest auch noch, daß sie dir nachlaufen.«

»Hast du mal mit ihnen telefoniert?«

»Mit deiner Mutter.«

»Und?«

»Sie hat dich in Schutz genommen. Aber ich glaube, sie ist sehr, sehr traurig und Barris auch.«

Jola schwieg einen langen wehen Augenblick lang. »Von meinem Vater weiß ich, daß er sich mit Mami beim Anwalt getroffen hat. Sie hat mir ausrichten lassen, daß sie meine Entscheidung schweren Herzens akzeptiert.« Ihr Bett knarrte, als sie sich auf die Seite rollte. »Deine Mutter hätte bestimmt um dich gekämpft, Luise. Für sie bist du das Wichtigste auf der Welt. Für Mami ist es Barris. Ich war bloß ihre zweite Liebe.«

»Du lügst dir was vor, weil du'n schlechtes Gewissen hast.«
»Nein, wirklich, ich war bloß ihr Anhängsel, genau wie Benita. Im Grunde waren ihnen ihre Kulturbolschewisten wichtiger als ich.« Und beschwörend: »Glaub mir, Luise, ich mußte einfach da raus. Das meint Vati auch.«
»Also mir hat's bei Barris gut gefallen«, sagte ich.
»Du warst ja auch immer nur zu Besuch bei ihnen. Hier habe ich wenigstens meine Ordnung. Und in der neuen Schule in Zehlendorf sind alle nett zu mir. Ich nenne mich übrigens da mit meinem zweiten Taufnamen Olga.«
»Olga – « wiederholte ich gedehnt.
»Naja, klingt auch nicht doll. Aber wenigstens nicht so ausgefallen wie Jolande.«
»Muß ich jetzt auch Olga sagen?«
»Quatsch. Natürlich nicht. Alle nennen mich weiter Jola. Nur in der Schule und in meiner Jungmädelgruppe bin ich als Olga Genthin angemeldet, genannt Jola.«
»Gute Nacht, Olga«, sagte ich nach einer Weile, aber sie antwortete nicht mehr. Sie war bereits eingeschlafen.

Am nächsten Morgen wurden wir durch Tumult im Haus geweckt. Jola rannte aus dem Zimmer zum Flurfenster und sah einen kompletten Löschzug der Feuerwehr in der Auffahrt stehen, kam zurück, fuhr in ihren Bademantel: »Mach schnell, bei uns brennt's!«
Ich atmete tief ein und roch nichts.
»Wenn's brennt, würden sie uns doch wecken!« gab ich zu bedenken und fuhr dennoch in meine Kleider.
»Aber die Feuerwehr ist da! Nu mach schon!« Sie riß das Bild von der Wand, das ihre Mutter von ihr gemalt hatte, ergriff ihr Tagebuch, fummelte den Nachttisch ab: »Wo ist meine Kette?« Mehr Schätze, die sie retten mußte, fielen ihr in der Eile nicht ein.
Als wir die Treppen hinunter ins Erdgeschoß und zur Haus-

tür hinaus stürmten, standen Großmutter Genthin und Frau Schult in geblümten Morgenröcken mit den Feuerwehrmännern zusammen.
»Ich sage Ihnen doch, das muß ein Irrtum sein. Von uns hat keiner angerufen!« versicherten beide. Frau Schult setzte noch hinzu: »Da muß sich einer einen Scherz erlaubt haben!«
»Scherze dieser Art können teuer zu stehen kommen«, warnte der Brandmeister. »Es ist jetzt bereits das zweite Mal in einem halben Jahr, daß wir wegen einer Falschmeldung zu Ihnen ausgerückt sind.«
»Achgott«, jammerte Frau Genthin, »wenn es wirklich mal bei uns brennt, kommen Sie vielleicht gar nicht mehr, weil Sie glauben, es wäre ein Scherz. Dann können wir glatt verkohlen!«
Verkohlt fühlte sich vor allem die Wannseer Feuerwehr.
Kaum waren die Wagen aus der Auffahrt gerollt, eilte Oma ins Haus, wir hinterher. Aus der Bibliothek kam heftiges Bummern. Sie schloß die Tür auf. Heraus spazierte wie ein fauchender Kater der alte Genthin in seiner als Litewka geschnittenen Hausjacke.
»Hat man so was schon erlebt! Die eigene Frau sperrt einen ein! Nein, nein, nein, das laß ich mir nicht bieten!«
»Hast du nicht genug Unfug angerichtet, Karl-Ernst? Konnte ich es riskieren, dich mit den Feuerwehrmännern reden zu lassen? Womöglich hättest du ihnen gesagt, daß du es warst, der sie bestellt hat!«
»Ich habe es ihnen gesagt«, triumphierte Opa. »Ich habe nämlich noch mal angerufen.«
In der Bibliothek stand ja auch ein Telefon! Daran hatte Frau Genthin in der Eile nicht gedacht.
»Ohne meinen Opa wäre es hier manchmal stinklangweilig«, gestand Jola, als wir die Treppe zu ihrem Zimmer hinaufstiegen. »Vorige Woche hat er den Kammerjäger bestellt,

damit er Frau Schult ausräuchert. Und dann schreibt er immer Beschwerdebriefe an die Reichskanzlei. Er gibt sie mir zum Befördern, weil er Oma und Frau Schult nicht traut. Ich gebe sie Oma. Die liest sie und rauft sich den Dutt.«

Nach dem Frühstück kam Jolas Vater aus Berlin. Gemeinsam machten wir das Motorboot klar und fuhren in den am Jungfernsee gelegenen Potsdamer Yachtclub. Im weißen Rollkragenpullover mit Prinz-Heinrich-Mütze auf dem schütteren Haar gefiel Genthin den Damen dort ungemein. Einen Teller mit Würstchen und Kartoffelsalat in der Hand, sahen wir Mädchen den Seglern zu, die nach einer Jugendregatta ihre Boote abtakelten.

»Viele von ihnen sind adlig.« Jola holte sich mit ihrem Würstchenrest den Senf von meinem Teller. »Vielleicht sollten wir segeln lernen.«

Dafür war ich auch. Nicht wegen der Adligkeit, die bedeutete mir nichts. Es war die ganze Atmosphäre, die mir gefiel — der bewegte See mit seinen parkartigen Ufern, die heranrauschenden Boote, die schlagenden Segel am Steg, die hübschen großen Jungen.

Zwei kamen auf uns zu — etwa sechzehn und achtzehn Jahre alt. Sie waren Brüder und hießen Robert und Karl-Heinz Kühnhagen. Ihre Eltern, mit Herrn Genthin gut bekannt, hatten sie ausgeschickt: »Nun kümmert euch mal ein bißchen um die beiden Mädchen. Sie stehen so verloren herum.«

»Na, ihr?« sprach uns Robert, der ältere, den sie Robby nannten, an. Er war bedeutend hübscher und lustiger als sein Bruder Karl-Heinz mit der Entennase und dem zu kleingeratenen Kinn. »Wollt ihr einen Schlag mit uns segeln?«

Erregtes Haha-Gekicher. Und ob wir wollten!

Jola durfte die Fock halten. Beim Wenden stieß ihr der Mastbaum gegen die Stirn.

»Das gibt ne Beule«, ahnte Robby.
Karl-Heinz klappte sein Taschenmesser auf und legte es gegen die Stoßstelle. »Damit es nicht so schlimm wird.«
»Ach, das bißchen Beule«, lachte Jola und sah ihn dankbar an, dabei tränten ihre Augen vor Schmerz.
»Du bist sehr tapfer«, lobte er sie.
Ich probierte inzwischen, wie weit ich mich aus dem Boot lehnen konnte, ohne ins Wasser zu fallen.
»Paß auf, Mensch«, warnte Robby, »mach mir keinen Ärger!«
Sie kreuzten ein bißchen mit uns auf dem Jungfernsee herum und legten dann wieder an.
»Segeln ist phantastisch«, versicherte ich, auf den Steg hüpfend.
Die Freundin von Karl-Heinz saß auf dem Geländer, einen Pullover um ihre Schultern geschlungen, und lachte uns an. Wir waren noch so gar keine Konkurrenz für sie. Ihr niedliches Stubsnasengesicht umwehten rotblonde Naturlocken, gegen die Sonne leuchteten sie wie ein Heiligenschein.
Karl-Heinz Kühnhagen nannte sie Löckchen. »Löckchen, komm mit. Wir trinken mit den beiden noch einen Apfelsaft.« Zu viert gingen wir ins Clubhaus, das bereits für den abendlichen Regattaball mit Girlanden geschmückt wurde.
Ich sah mich vergebens nach Robby Kühnhagen um. Er war nicht mehr da. Statt dessen kam Herr Genthin auf uns zu.
»Es wird Zeit, daß ich euch nach Hause bringe. Ich muß mich ja auch noch umziehen fürs Fest.«

Auf der hinteren Bank kniend, schauten wir über die sonnenvergoldete, sprudelnde Gischt der Heckwelle auf den immer kleiner werdenden Yachthafen mit den durcheinanderschaukelnden hohen Masten und litten vor uns hin.
Wir hatten es gründlich satt, noch zu den Kleinen zu gehören, die man zu Hause ablieferte, wenn es lustig wurde.

Um uns wehten weiße Segel, gerieten ins Schaukeln, wenn unsere Heckwelle sie erreichte; Familien standen bis zum Knie im seichten Uferwasser und warfen sich bunte Ringe zu. Grammophone kratzten heiser.
»Die beiden Kühnhagens sind nett, nicht? Welcher gefällt dir besser?«
»Der Robby«, sagte ich.
»Der ist zu hübsch«, sagte Jola. »Das wird bestimmt mal ein Ommafamm. Den hat man nie für sich allein. Karl-Heinz ist ein Ernsthafter, das spürt man sofort. Wie der mir das Messer auf die Beule gelegt hat — da wußte ich, das wird mal mein Mann.«
»Du hast ja'n Knall«, sagte ich.

Kurz vor Heckeshorn meldete sich der Apfelsaft, den wir getrunken hatten.
Genthin klappte die Leiter aus, wir wateten über weichen, gerippten Sand zum Ufer, das in staubiggrauen Sandboden voller Kiefernnadeln und Kienäpfel verlief.
Hier ging das Wochenende zu Ende. Decken wurden ausgeschüttelt, Picknickreste in Marktnetze geräumt, Kinder gerufen, Kleider über lachsfarbene Makkounterröcke gezogen, Ballen in verformte Schuhe zurückgezwängt; Sonnenbrände verschwanden unter kragenlosen Hemden, Hosenträger schnallten drüber; Klammern in die Hosenbeine, Fahrräder aufgeschlossen — letzter Rundblick: Haben wir auch nichts vergessen? Der Bolleeismann schob mit seinem Karren ab.
Zurück blieb vernadelter, grauer Sand mit zusammengeknüllten Stullenpapieren, Bananenschalen, ein verbeulter Kinderball; Exkremente im Gebüsch mit Zeitungspapier und grünblauschillernden Schmeißfliegen. In der Luft schwangen Mückensäulen.
Wir plätscherten an Bord zurück. Genthin ließ den Motor an.

»Versprich mir, daß wir immer Freundinnen bleiben, egal was kommt«, sagte Jola plötzlich. »Wir wollen es schriftlich festlegen und mit unserem Blut unterschreiben.«
»Heute abend noch?« fragte ich besorgt wegen der blutigen Unterschrift.
»Heute oder nächstes Wochenende, wenn du wieder herkommst. Wir wollen uns niemals verraten und alles gemeinsam machen.«
»Und wenn wir uns in den gleichen Mann verknallen, was dann?« überlegte ich.
»Wehe, Luise! Den Karl-Heinz kriege ich – ich hab auch zuerst gesagt, daß ich ihn will.«
»Den kannste ruhig haben«, versicherte ich ihr.
Während Jola bereits festumrissene, reale Zukunftspläne hatte, half ich mir über dieses Interim zwischen Nicht-mehr-Kind-Sein und Noch-nicht-als-junges-Mädchen-anerkannt-Werden durch Schwärmereien für Kino- und Romanhelden hinweg. Sie trösteten meine Einsamkeit voller Komplexe und unbeholfener Sehnsüchte.
»Hast du schon ›Anna Karenina‹ gelesen?« fragte ich Jola.
»Ja, warum?«
»Graf Wronski. Diese Leidenschaft zwischen Anna und ihm – einfach phantastisch.«
»Und was hat Anna am Ende davon? Sie schmeißt sich vor eine Lokomotive.« Für Ehebrecherinnen hatte Jola kein Verständnis. »Wäre sie bei ihrem Mann geblieben, ginge es ihr jetzt besser. Hätte sie keine Sorgen und könnte nachher mit ihrem Mann in den Yachtclub fahren und tanzen.«
»Anna Karenina?« staunte ich.
»Nein, meine Mutter natürlich.«
Während die treulose Anna Jolas Gedanken auf ihre Mutter gelenkt hatte, blieben meine noch beim Grafen Wronski.
»Ich glaube, ich könnte nie einen braven Beamten heiraten. Das wäre mir zu langweilig.«

Jola sah mich kopfschüttelnd von der Seite an. »Mit der Einstellung wirst du mal ganz schön auf die Nase fliegen, Luise.«
»Ja, ganz schön«, sagte ich.

13

Um ein Haar hätte es Krieg mit der Tschechoslowakei gegeben. Weil die Regierung in Prag das Sudetenland nicht freiwillig herausrücken wollte.
Ultimatum, Mobilmachung. In letzter Minute haben Großbritannien, Frankreich und Italien der Abtretung ans Deutsche Reich zugestimmt.
Großer Jubel. Wir durften einmal wieder am Straßenrand stehen und stundenlang darauf warten, bis der Führer stehend, mit angewinkeltem Grußarm, im offenen Mercedes vorüberfuhr. Und »Heil« brüllen. Sahen vor lauter Vordermännern nichts, traten von einem Bein aufs andere – der Führer liebte angeblich seine »Garanten der Zukunft« –, aber an ihre Sextanerblase dachte er nicht.
Ich hatte ihn übrigens schon einmal von ganz nahem gesehen. Das war in meinem ersten Schuljahr.
Ein offener, langer Wagen hielt damals neben mir auf der Teplitzer Straße, angefüllt mit Männern. Es war auch ein Fotograf dabei, der sagte zu mir: »Komm mal her, Mädel, und gib unserm Führer die Hand.«
Dieser mit »Führer« titulierte Mann hatte einen Schnurrbart wie mein Vater, nur zackiger gestutzt, einen weichen Filzhut und einen Regenmantel an.
Mir fielen noch rechtzeitig die warnenden Worte meiner Mutter ein: Wenn fremde Männer dich ansprechen, lauf schreiend fort, so schnell du kannst!
Ich lief schreiend fort, so schnell ich konnte.
Somit brachte ich mich um eine Momentaufnahme von historischer Bedeutung: Führer gibt Zopfmädchen Luise

kinderlieb lächelnd die Hand aus dem Auto herunter. Ein Jahr später sah ich ihn noch einmal neben dem alten Reichspräsidenten Hindenburg durch Potsdam fahren, auf dem Weg zur Garnisonkirche. Am Tag, als er Reichskanzler wurde. Mein Vater, sonst ein Feind von Massenansammlungen, hatte beschlossen: Da fahren wir hin, das muß ich miterleben, sonst glaube ich es nicht.
Als der Wagen mit den beiden an uns vorüberglitt und Hitlers Blick in unsere Richtung fiel, duckte ich mich sicherheitshalber. Es konnte ja sein, daß er mich unter den vieltausend Menschen erkannte und sich daran erinnerte, daß ich — Luise Hartwig — einmal kreischend vor ihm getürmt war.

Der Friede war in letzter Minute noch einmal gerettet worden. Aber mein Vater traute ihm nicht. Er meinte, das Ausland würde auf die Dauer nicht tatenlos zusehen, wie das Deutsche Reich über seine im Versailler Vertrag festgesetzten Grenzen wucherte. Zuerst das Saarland, dann Österreich unterm Jubel seiner Bevölkerung als Ostmark »heim ins Reich«. Nun die Sudetengebiete. Was würde das nächste sein?
Eines Abends kam er nach Hause und teilte uns mit, daß er von einem Prokuristen seiner Firma ein Haus in Wannsee erworben hätte. Ungemein preisgünstiges Objekt, aber er hätte sich gleich entscheiden müssen, da es schon so gut wie verkauft gewesen wäre.
Meine Mutter war erschüttert. Ob er das Haus denn schon besichtigt hätte? Nein, nur die Baupläne, es mußte ja alles so schnell gehen. Mein Vater entschuldigte seinen Entschluß mit der Begründung: Sollte es wirklich eines Tages Krieg geben, so wäre es sicherer, außerhalb der Stadt zu wohnen, allein schon wegen der Bomben.
Meine Mutter dachte nicht an die möglichen Bomben, sondern an ihre Bridgedamen, die bestimmt den weiten Weg nach Wannsee scheuen würden.

Am nächsten Tag, einem Samstag, besichtigten wir zu dritt das preisgünstige Objekt.
Es handelte sich um einen viereckigen modernen Kasten mit flachem Dach. Kein Balkon, kein gar nichts, was das Auge erfreut hätte.
»Großer Gott, Franz!« Und danach verstummte meine Mutter auf bedrohliche Art.
Innen war der Kasten so humorlos wie außen. Mein Vater haßte kleine, niedrige Räume. Die Räume waren klein und niedrig. In ihnen würde sich sein Freiheitsdrang blaue Flekken holen.
»Und wo sollen wir das Speisezimmer unterbringen und deinen Blüthnerflügel, na — ? Etwa im Garten?« höhnte meine Mutter, die ihre Sprache wiedergefunden hatte.
Nun mußte ein Extratrakt für den Flügel und das Drei-Meter-Chippendale-Buffet angebaut werden, außerdem ein Gästezimmer und eine Terrasse. Das Objekt hörte auf, preisgünstig zu sein. Schöner wurde es durch den Anbau nicht.
Um die trostlose Außenansicht möglichst schnell verschwinden zu lassen, wurden wilder Wein, Glyzinien und Kletterrosen angepflanzt. Im Innern versuchte meine Mutter mit englischen Chintzen und französischem Leinen ein bißchen Charme zu verbreiten.

Wenigstens durfte ich jetzt endlich einen Hund haben. Mein Vater fuhr eigens in die Försterei, aus der Onkel Claus seine Rauhhaardackel bezog, von denen zwei frühzeitig in die ewigen Jagdgründe abberufen worden waren: einer beim Wildern durch eine Jagdpächterkugel, der andere bei allzu hartnäckiger Brautwerbung durch Heugabelstiche.
»Welche Farbe?« fragte ich meinen Vater, als er vom Einkauf zurückkehrte. An die Farbe konnte er sich nicht mehr genau erinnern.

»Rüde oder Hündin?« fragte meine Mutter. Hatte er leider auch nicht drauf geachtet. Er wußte nur mit Sicherheit, daß es der einzige Welpe gewesen war, der auf seine Schuhe zukrabbelte.
So kaufte mein Vater Haus und Hund.

Drei Wochen später traf per Bahn-Eilfracht in einer Kiste ein mickriger, beigefarbener Rüde ein — durch die unerfreuliche Beförderungsart total verschüchtert. Das legte sich rasch.
»Bolle« — so nannten wir ihn — entwickelte sich zum schlimmsten Hühnerdieb des Ortes, zum Schrecken aller Besitzer läufiger Hündinnen. Im weiten Umkreis gab es keine Beißerei, an der er nicht aktiv beteiligt gewesen wäre. Abends buddelte er sich durch den Zaun und ging im nahen Wald wildern. Vor Mitternacht kam er selten nach Hause. Mein Vater — in der Tür auf ihn wartend — hörte schon von weitem, wie er sich Mut anbellte für dieses Wiedersehen.
Zur Strafe für seine Untaten wurde Bolle in den Kohlenkeller gesperrt. Im Laufe der Gewöhnung an diesen Karzer kam es immer öfter vor, daß er sich bei der Heimkehr von seinen Tourneen freiwillig vor die Kellertür stellte, um seine Strafe abzusitzen. Wir sperrten ihn ein. Er würde schon wissen, warum.

Nun wohnten wir auf einer großen, waldigen Insel, nur durch Brücken mit dem Festland verbunden. Mitten hindurch zog sich schnurgerade, von uralten Bäumen beschattet, die Königstraße. Jedem, der neu nach Wannsee kam, wurde als erstes erzählt, daß über diese Chaussee schon der Alte Fritz geritten sei. Was überhaupt nicht stimmte. Er nahm den Landweg über Kohlhasenbrück.

Erst Friedrich Wilhelm II. ließ die heutige Königstraße anlegen, übrigens die erste feste Landstraße – Steinbahn genannt – in der Mark Brandenburg.
Das war 1790. Zur gleichen Zeit erbaute der Stolper Gastwirt Stimmig an der Friedrich-Wilhelmsbrücke zwischen Kleinem und Großem Wannsee einen Gasthof. Stimmigs Krug war bald der berühmteste rund um Berlin, nicht nur, weil der Dichter Heinrich von Kleist hier seine letzte Nacht verbrachte, bevor er ans andere Ufer hinüberging und sich auf einem Hügel erschoß. Wie der österreichische Kronprinz Rudolf nach Mayerling, hatte Kleist eine Dame namens Henriette Vogel nach Wannsee mitgebracht, die bereit war, mit ihm zu sterben.
Bis zur Mitte des 19. Jahrhunderts hatte es auf der Insel nur das Dorf Stolpe gegeben, hervorgegangen aus einer der ersten wendischen Siedlungen. Dann kam der Bankier Conrad aus Berlin und fand die Gegend so schön, daß er Stimmigs Krug samt Ländereien aufkaufte und die Kolonie Alsen gründete.
Industrielle, Bankiers, Wissenschaftler und Künstler bauten hier ihre Sommersitze sehr individuell neugotisch, klassizistisch, romanisch-gotisch, im italienischen Renaissancestil und als Zuckerbäckerrokoko. Auch Ritterburgen mit Butzenscheiben und vielen Türmchen, in die der Spuk gleich mit eingemauert wurde, waren sehr beliebt.
Sandufer voll Kiefern, Birken und anspruchslosen Sträuchern verwandelten sich in grüne Parklandschaft. Trauerweiden wehten auf den See.
1874 erhielt die Idylle auch noch einen Bahnhof an der neuen Eisenbahnstrecke zwischen Zehlendorf und Potsdam. Aus dem Dorf Stolpe und der Villenkolonie Alsen entstand der Ortsteil Wannsee.
Wer kein Grundstück mehr am Ufer fand, baute landein. Je mehr landein, um so kleiner wurden die Parzellen, und da wohnten dann wir.

Aber der größte Teil der Insel blieb Wald und künstlich angelegter Park um Schloß Glienicke herum, blieb Ausblick auf die Havel mit weißen Segeln und friedlich tuckernden Schleppkähnen...
Das war nun meine neue Umgebung.
Jola wohnte nur zehn Radminuten von mir entfernt auf dem »Festland«.

Sie freute sich unendlich, als wir nach Wannsee zogen. Ich habe sie bitter enttäuscht, denn ich hatte leider keine Zeit für sie, weil ich auf Tom Sawyers und Huckleberry Finns Pfaden zugange war.
Schuld an meinem Rückfall ins Infantile hatte Jobst Lebrecht Wilhelm Adalbert Freiherr von Wahren, gebürtiger Wannseer, zwei Jahre älter als ich, klein, stämmig und wütend auf seine blonden Locken. Seine Pickel störten ihn nicht, aaaber die Locken!!
»Entsetzlich«, stöhnte Jola, als sie ihn kennenlernte. »Das ist ja einer von diesen berüchtigten Wannseer Jungen, die nichts als Blödsinn im Kopf haben und zu gar nichts taugen!«
Aber zum Blödsinnmachen taugte Jobst eben, und etwas anderes wollte ich nicht von ihm und er auch nicht von mir.
Wir hatten uns gleich nach meinem Umzug am Bahnhof Wannsee kennengelernt, beim Unterstellen unserer Fahrräder. Jobst fuhr mit dem Zug nach Zehlendorf zur Schule und ich mit dem Zug nach Grunewald.

Mit ihm zog ich abends auf Maikäferfang. Dabei gingen mehrere Gaslaternen zu Bruch, uns nachträglich ein Rätsel, wie das passieren konnte.
Mit Jobst machte ich Klingelzug. Klingelknöpfe an Haus- und Gartentüren reindrücken – mit angespitztem Streichholz festklemmen – wegrennen. Von weitem beobachten,

wie die Lichter angingen und die Türen und Fenster sich öffneten und die Belästigten auf die verfluchten Gören schimpften. Einmal legte sich ein Hausmeister – mit einer Holzpantine als Waffe – auf die Lauer. Danach war meine linke Backe eine Woche lang blau und dick.
Durch Jobst lernte ich die Radrennbahn im Wald kennen. Ältere Wannseer Jahrgänge hatten sie um eine Schlucht gebaut, mit steilem Gefälle und steilen Aufstiegen, durch natürliche Gefährlichkeitsgrade wie Baumwurzeln und künstlich errichtete Sprungschanzen zusätzlich erschwert.
Hier wurden nicht nur Rennen, sondern auch Prügeleien ausgetragen, die zuweilen sogar in Standeskriege über- und in dem Gebrüll »Du Adelsschwein!« und retour »Du Bürgerschwein!« untergingen.
Die Erbauer dieser Rennbahn hatte man inzwischen kurzgeschoren und zum Reichsarbeitsdienst eingezogen, wo sie mit dem Spaten exerzierten und im Gleichschritt Marsch »Auf der Heide blüht ein kleines Blümelein, und das heißt – bumbum – Eerika« sangen.
Nun gehörte die Rennbahn uns, dem Nachwuchs. Die Triangel auf meinen Knien heilten nicht mehr zu. Während Blut in meine Strümpfe und Schuhe troff, bog Jobst mein verbeultes Rad zurecht, so gut es ging.
Auf dem Heimweg – freihändig natürlich, wenn möglich die Füße auf der Lenkstange – kam das große Schlottern über mich bei dem Gedanken an meine Mutter und ihre Jodflasche, die sie schon gar nicht mehr in den Arzneischrank räumte, sondern auf der Kommode im Flur stehen ließ.
Jobst gab mir den völlig unpreußischen Rat: »Beiß bloß nicht die Zähne zusammen! Du mußt lauter brüllen, als das Jod in der Wunde brennt, dann hörst du den Schmerz nicht.«

Längst war mir klar, daß ich nur dann Romane auf geduldiges Papier wuchern ließ, wenn mein täglich Leben allzu einfallslos verlief. Temperament und Phantasie mußten sich ja schließlich irgendwo ausleben. Außerdem siedelten Hemmungen und Komplexe in mir und diese manchmal tiefe Traurigkeit, der ich davonzurennen versuchte, indem ich ab und zu über die Stränge schlug und gerne lachte, bis mir das Zwerchfell weh tat und die Augen überliefen.
Jola verstand das nicht. Sie kannte nicht die Unruhe, etwas zu versäumen, auch keine Abenteuerlust. Dafür hatte sie bedeutend mehr Verstand als ich. Und mehr Vernunft. Ich dagegen wäre ein »Triebmensch«, warf sie mir einmal an den Kopf. (Wo hatte sie denn den Ausdruck aufgeschnappt?) »Erst Graf Wronski, nun diesen Jobst – aber du wirst schon sehen, wohin das führt!«
Wenn eine Freundin anfängt, so unbequem wie eine Erwachsene zu reden, geht man ihr am besten aus dem Weg. Ich ging auch nicht mehr so gern nach Hause, wo Vorwürfe und Mißtrauen en gros auf mich lauerten, seit der Wirt vom »Alten Fritz« unserem neuen Hausmädchen Hertha und diese wiederum meiner Mutter petzten, daß Jobst und ich eine Flasche hochprozentigen Schnaps bei ihm erstanden hatten durch Zusammenlegen unseres Taschengeldes.
Jobst wollte mir unbedingt die phantastische Wirkung des Alkohols vorführen, indem er nach Einbruch der Dämmerung den Schnaps angezündet einen abschüssigen betonierten Weg hinunterfließen ließ. Blaugelbrotgrüne Flämmchen züngelten geisterhaft – ich war ganz hingerissen von dem Anblick. Und da glaubten immer alle, wir hätten nichts als Blödsinn im Kopf.
Wir hatten wirklich Sinn fürs Schöne und viele stille Momente in unserer Kumpelei. Zum Beispiel, wenn wir gemeinsam über unserer hinteren Gartenmauer hingen und Herrn von Warzin beobachteten, der wegen seines aufmüp-

figen protestantischen Glaubens wider das Regime jedes halbe Jahr eine Gefängniszelle bezog. Als Kinder machten wir uns keine Nachgedanken darüber. Wir registrierten nur: Jetzt sitzt er mal wieder – jetzt ist er zu Hause bei seiner vielköpfigen Familie.

Herr von Warzin war zwei Meter groß, rechteckig und unfähig, sich vor irgendeiner irdischen Instanz zu beugen, es sei denn vor seinem Hanomag, einem winzigen, schrippenförmigen Automobil, das eine siebenzackige Krone zierte.

Und deswegen hingen Jobst und ich ja auch über der Mauer. Um mitzuerleben, wie Zwei-Meter-Warzin sich Glied für Glied zusammenklappte, den Kopf in die Schultern zog und stückweise in diesem winzigen Hanomag verschwand.

»Wieso beulen seine Knie nicht durchs Verdeck?« wunderte sich Jobst. »Und daß er überhaupt noch steuern kann...«

»Wenn du mich fragst – das schafft er bloß durch seinen Glauben«, sagte ich, dem vom Hof töffenden Hanomag nachschauend.

Wir hingen noch eine Weile sinnend über der Mauer. Dann sah Jobst mich an. »Weißt du, Lieschen, daß du schöne Augen hast?«

»Ehrlich?« fragte ich beglückt.

»Wie eine Kuh!«

Ein paar Tage später war Radpolo mit Krokettschlägern auf einer Wiese angesagt. Wir Kinder warteten eine Stunde auf den Initiator des Spiels, aber Jobst kam nicht. Da fingen wir ohne ihn an.

Jobst kam an diesem Tag nicht und auch nicht an den nächsten. Zwei Wochen später erhielt ich eine Karte von ihm.

»Liebes Lieschen. Man hat mich Hals über Kopf in ein Internat gestopft. Weil ich aus der Schule geflogen bin. Dabei war alles ganz harmlos. Aber hier ist es auch ganz schön.

Die Jungen bauen gerade eine Radrennbahn unter meiner Anleitung in einer Schlucht. Viele Grüße Jobst.«
Danach hörte ich nichts mehr von ihm.
Meine Mutter atmete auf. Früher hatte sie immer gedacht, wenn ich mal einen Jungen kennenlerne, müßte sie um meine Tugend fürchten. Seit ich Jobst kannte, fürchtete sie nichts so sehr wie einen Genickbruch unter seiner Regie. Dieser Sorge war sie endlich enthoben — sofern sie ihn lange genug im Internat behielten.

Aber ich wollte nun selbst wieder ein Mädchen sein.
Jobst bemerkte als erster, daß ich schöne Augen hatte. Vorher waren sie keinem aufgefallen — nur mir selber, wenn ich Grimassen schneidend vor dem Spiegel stand.
Die Jungen auf der Straße gingen auch nicht mehr achtlos an mir vorüber. Sie guckten sich um. Selbst die Busschaffner behandelten mich höflicher als früher.
»Du mauserst dich«, erklärte meine Mutter dieses kleine beglückende Wunder.
Von Stund an aß ich nicht mehr sieben Schmalzstullen zum Abendbrot, sondern nur noch eine, und trank auch keinen süßen Milchkakao mehr dazu. Mein Pausenbrot verfütterte ich an Möwen und Enten.
Um meinen röhrenden Hunger zu betäuben, kaute ich Kümmel.

14

Großvater Genthin war gestorben.
Eines Mittags, als Frau Schult die Bibliothek betrat, hing er leblos in seinem Sessel. Zuerst glaubte sie, das wäre wieder einer von seinen makabren Scherzen, mit denen er sie zu erschrecken pflegte.
Aber er war wirklich tot.
Großmutter nahm ihm das übel. Nach achtundvierzig gemeinsamen Jahren, nach all dem Kummer, den er ihr bereitet hatte (Fehlspekulationen, Scala-Girls, Tyrannei), und den Freuden, die sie gemeinsam erlebt hatten, war er einfach davongegangen, ohne sich von ihr zu verabschieden.
Noch hielt sie die Beantwortung der zahlreichen Trauerkorrespondenz davon ab, die plötzliche Leere in ihrem Dasein zu empfinden.
Auch Jola vermißte ihren Großvater sehr. Ohne ihn war das Leben in dem großen, düsteren Haus spannungslos geworden, geradezu eintönig.

Am frühen Nachmittag des Totensonntags fuhren Großmutter Genthin, ihr Sohn Achim und Jola zum Friedhof an der neuen Wannseer Kirche.
Nachtfrost hatte die weißen Chrysanthemen auf Großvaters Grab pelzig aufgeschwemmt, sie erinnerten Jola an abgestandene dicke Milch.
Oma Genthin ärgerte sich über Hennys Kranz mit falschen roten Blumen, sie färbten im Nieselregen, Achim, nimm den Kranz weg, man muß sich ja schämen, wenn das unsere Bekannten sehen!

Dafür legte sie ihr Kreuzgesteck vor das Grab und stellte Erikatöpfe drumherum und seufzte und war sich noch immer nicht im klaren, was für eine Schrift sie auf den Grabstein meißeln lassen sollte, »am besten meinen Namen gleich mit, dann braucht ihr später bloß noch mein Todesdatum einzusetzen...«
Inzwischen kriegte Jola kalte Füße. Wann gehn wir endlich?
»Gleich, Kind.« Großmutter wollte nur noch auf den alten Teil des Friedhofs hinüberschauen, wo sie Bekannte aus schönen Tagen liegen hatte, und kontrollieren, ob ihre Erben die Grabstellen auch ordentlich winterfest gemacht und totensonntäglich geschmückt hatten.
Dabei kamen ihnen ein breitschultriger, kräftiger Mann und eine zierliche Frau entgegen. Das waren Olrik und Hanna Barris.
Jeder für sich dachte, es bliebe ihm das Herz stehen. Achim Genthin legte den Arm wie schützend um seine Tochter, und Barris legte den Arm um Hanna. So standen sie voreinander und schauten sich an.
Es war die erste Begegnung seit Jolas Auszug. Hanna hatte nicht darauf bestanden, ihre Tochter kontinuierlich zu sehen. »Ich hasse vom Notar festgesetzte Besuchszeiten. Jola soll zu uns kommen, wenn sie das Bedürfnis hat, nicht aus Pflichtgefühl.« Und so war es bei schriftlichen Geburtstagsgrüßen und der Bitte um Übersendung ihrer Wintersachen geblieben, denn Jola fand keinen Weg zurück, und Hanna unternahm nichts von sich aus, sie wiederzusehen...
Barris faßte sich zuerst. »Jollichen, das ist aber schön. Wie jeht's denn so?«
Alle gaben sich die Hand und wechselten verstört ein paar Höflichkeiten.
»Kommt ihr auch wegen Opa?« fragte Jola heiser.
Hanna erschrak: »Wieso? Ist er gestorben?«

Dabei fiel allen drei Genthins ein, daß sie vergessen hatten, ihr eine Todesanzeige zu schicken.
Hanna nahm Großmutters Hand: »Es tut mir so leid – wenn ich das gewußt hätte! Wir sind wegen Herrn Steinberg hier.«
»Steinberg!« rief nun Großmutter erschrocken. »Seit wann denn?«
»Mitte August.«
»Hoffentlich hatte er einen leichten Tod.«
»Ja«, sagte Barris, »jottseidank. Ich weiß nicht, Frau Jenthin, ob Sie wissen – er wohnte zuletzt bei Dr. Levy.«
»Ach, Dr. Levy«, erinnerte sich Großmutter, »der hat dir mal die Mandeln gekappt, Jolakind. Erinnerst du dich? Und bei dem hat er gewohnt?«
»Im früheren Levyschen Salon. Hat Mozartplatten jehört, las seine Philosophen... ich habe ihn oft besucht. Eines Morgens ist die Gestapo jekommen. Frau Levy ging in Steinbergs Zimmer und sagte: Die Herren sind da, von denen wir öfter jesprochen haben. Steinberg erhob sich, sagte: Ich lasse bitten – und fiel tot um. Es war der Schreck, sein krankes Herz.«
»Fiel einfach tot um«, wiederholte Großmutter und mußte weinen. Fand ihr Taschentuch nicht, Genthin reichte ihr seins, sie schnaubte dankbar ihre Erschütterung hinein. Und sagte: »Manchmal ist Gott gnädig.«
Barris begleiteten sie zum Steinbergschen Erbbegräbnis. Es wurde geschützt von einer hohen schwarzen Marmorwand, umzäunt von schwarzen Eisenketten. Hier lagen schon seine Eltern und Geschwister und seine liebe Hedi.
»Jolakind, geh mal rüber und hol einen Erikatopf von Opas Grab, nein, hol zwei...« verlangte Großmutter und zu Barris gewandt: »Sagten Sie Mitte August? Mein Mann ist am 1. September gestorben. Auch Herzschlag. Ist das nicht seltsam? Die beiden alten Freunde fast zur gleichen Zeit und auf die gleiche Weise.«

»Ich nehme an, bei Ihrem Gatten hat nicht das Erscheinen der Gestapo den Herzschlag ausjelöst«, sagte Barris.
»Neinnein, natürlich nicht.« Großmutter Genthin wollte von Steinbergs reden, wie schön es früher bei ihnen gewesen war – diese herrlichen Feste und Kammerkonzerte, aber ihr Sohn unterbrach sie: »Wir müssen gehen, Mutter.«
Der Abschied von Barris war hastig. Jola gab ihnen die Hand und konnte nichts sagen. Sie hatte einfach keine Stimme. Hanna Barris hielt ihre Hand einen Augenblick fest und lächelte. »Ruf uns doch einmal an.«
»Ja – wir telefonieren.« Das sagte man immer in Berlin, wenn man sich von Bekannten trennte, und rief dann meistens doch nicht an.
Barris blieben am Grab stehen, während Jola Genthins folgte. Einmal sah sie sich um. Barris sahen sich auch um und winkten ihr zu.

Sie fuhren nicht nach Hause, sondern in den »Schwedischen Pavillon«. Großmutter wollte keinen Kaffee, lieber einen Cognac. Keiner von ihnen mochte sprechen.
Großmutter brauchte noch einen Cognac. Genthin fragte: »Ist das nicht zuviel für dich, Mutter?«
»Ich weiß, wieviel ich vertrage.« Und dann: »Man kann darüber denken, wie man will –«
»Aber leise, Mutter!«
»Fahr mir nicht dauernd über den Mund, Achim. Du willst vielleicht vergessen, daß Steinberg Vater und uns alle vor Schimpf und Schande und vor dem Ruin bewahrt hat. Aber ich kann das nicht. Ohne ihn säßen wir nicht mehr in Wannsee, sondern mag gar nicht dran denken, wo – und im Grunde sollten wir uns schämen, daß wir uns nicht um ihn gekümmert haben, als es ihm dreckig ging. Und jetzt trinke ich auf sein Wohl im Himmel. Hoffentlich trifft er da seine liebe Hedi.«

»Und wenn er Opa trifft?« fragte Jola.
Großmutter überlegte, ihr Glas absetzend. »Tja – aber Steinberg war nie nachtragend. Sie werden sich schon verstehen.«
»Vielleicht kommen Juden auch in einen andern Himmel als Christen«, überlegte Jola.
Vom Nebentisch sagte eine Frau, die zugehört hatte: »Juden kommen überhaupt nicht in den Himmel. Merk dir das, Mädel!«
Großmutter und Jolande schoß das Blut ins Gesicht, Genthin fingerte nervös an seinem Zigarettenetui und rief: »Ober, bitte zahlen.«

An diesem Abend tigerte Jola aufgewühlt durchs Haus, blieb mehrmals am Fenster stehen und blickte in die kalte, tropfende Dunkelheit. November am See konnte trostlos sein.
Sie hatte Mami versprochen, sie anzurufen, aber sie wußte schon jetzt, daß sie es genausowenig tun würde wie in den vielen vergangenen Monaten. Es war da eine Sperre in ihr – auch Angst, sich mit Gefühlen zu beunruhigen, die außerhalb ihres jetzigen Lebens lagen. Sie wollte kein Gefühl von damals zurück. Und außerdem hatte sie inzwischen einen unüberwindbaren Widerstand gegen Barris aufgebaut, unterstützt durch Großmutters Vorwürfe gegen ihn. Barris hatte ihre Familie auseinandergebracht. Barris hatte ihren Vater unglücklich gemacht. Die Liebe zu Barris war schuld, daß Hanna protestlos auf ihre Tochter verzichtet hatte.
Nein, sie würde nicht anrufen.

Gegen halb acht läutete das Telefon.
»Immer wenn wir beim Essen sind«, schimpfte Großmutter, »geh du ran, Jolakind.«

Es war Hanna Barris. »Ich wollte dir nur sagen — ich war so froh, dich wiederzusehen.«
»Ja —« Mehr brachte Jola nicht hervor. Es war soviel Herzklopfen in ihrer Kehle.
»Du bist groß geworden und hübsch. Barris findet das auch.«
»Wie geht es Benita?«
»Ach, ganz gut.«
»Luise sagt, sie wäre fett geworden. Sie besucht euch ja ab und zu.«
»Seitdem du fort bist, hat sie ja kaum noch Auslauf. Nur immer rund ums Karree. Nächste Woche fange ich als Entwerferin in einer Textilfabrik an, und Barris hat einen Privatauftrag in Hamburg.«
»Dann ist Benita den ganzen Tag allein?« fragte Jola besorgt.
»Ja, das macht uns Kummer. Aber wir haben schon jemand, der sich solange um sie kümmert.«
Es entstand eine Pause.
»Und wie geht es dir? Erzähl von dir —« bat Hanna.
»Ach, mir geht's gut, Mami, wirklich. Aber Benita — ich überlege gerade — wenn sie zu uns käme — hier ist immer jemand, der sich um sie kümmern könnte. Außerdem haben wir den großen Garten. Mami, bitte, kann sie nicht herkommen?«
»Für den Hund wäre es vielleicht das beste, aber —«
»Ach bitte, Mami, bleib am Apparat, ich muß bloß Oma fragen —«
Jola rannte ins Speisezimmer, wo Großmutter Genthin und Frau Schult bei Tisch saßen — seit Opas Tod brauchte sie nicht mehr in der Küche zu essen.
»Oma, Mami ist am Telefon. Darf ich Benita hier haben?«
»Wer ist Benita?«
»Na, Barris' Hund, um den sich keiner mehr kümmern kann. Bitte, darf ich ihn haben?«

»Wir hatten noch nie einen Hund«, überlegte Großmutter. »Ist er denn wachsam?«
»Viel wachsamer als Opa. Er macht auch nicht an die Gardinen und ruft nicht die Feuerwehr an.«
»Kind! Was ist das für ein ungehöriger Ton!«
»Bitte,bitte, Oma, sag ja!«
»Also meinetwegen.«
»Danke —« Flüchtiger Kuß auf ihr graues Haar, ehe Jola zum Telefon zurückrannte: »Kann Benita schon morgen kommen?«
»So schnell schon?« erschrak Hanna. »Was wird Barris dazu sagen! Aber wenn du meinst.« Und hoffnungsvoll: »Holst du sie ab?«
»Natürlich, das heißt —«
Plötzlich hatte Jola Angst, die Wohnung in der Teplitzer Straße wiederzusehen. »Morgen kann ich nicht. Aber Luise ist ja im Grunewald. Sie könnte Benita nach der Schule mitnehmen.«
»Ja, in Ordnung.« Hanna versuchte ihre Enttäuschung zu verbergen. »Das ist eine gute Idee. Aber ruf mich ab und zu einmal an. Wir möchten schließlich wissen, wie Benita sich in Wannsee einlebt.«
»Natürlich! Ist doch klar. Und dann treffen wir uns auch mal und gehen mit ihr spazieren, wenn Barris in Hamburg ist. Ich freu mich riesig. Wirst du Benita nicht zu sehr vermissen?«
»Ach, Kind, danach hast du damals auch nicht gefragt, als du gegangen bist«, sagte Hanna.
»Nun fang nicht damit an, Mami, das ist doch schon so lange her.« (Bloß keine Vorwürfe!)
»Ich muß jetzt Schluß machen und Luise Bescheid sagen. Und morgen abend rufe ich dich an und erzähl dir, wie Benita sich bei uns einlebt.«
Kein Gruß an Barris.

Sie trafen sich wirklich einmal mit dem Hund zu einem Spaziergang rund um den Grunewaldsee. Sprachen über Benita, über die Zehlendorfer Schule und über Luise, die amerikanische Jazzplatten sammelte und ihre Texte Wort für Wort abhörte, um sie mitsingen zu können. »Sie färbt sich die Lippen mit Himbeerbonbons und ist so stolz darauf, daß ihr die Jungen nachlaufen. Weißt du, Mami, ich habe Luise furchtbar gern, aber das muß ich leider sagen, sie wird immer oberflächlicher.«

»Sei nicht so streng mit ihr. Sie hat Jahre darunter gelitten, ein häßliches Entchen zu sein. Nun ist sie keins mehr und holt ein bißchen Beachtung nach«, gab Hanna zu bedenken.

Als sich Mutter und Tochter nach anderthalb Stunden am Bahnhof Grunewald trennten, hatten sie kein einziges persönliches Wort miteinander gesprochen. Das lag an Jola. Sie hatte eine Mauer um sich aufgebaut.

Wogegen wehrt sie sich eigentlich, überlegte Hanna, ihrer Tochter nachsehend, als sie mit hallenden Schritten durch den langen Tunnel die Treppen zum letzten Bahnsteig hinauflief, auf dem der Zug nach Wannsee gerade eingefahren war.

Warum sperrt sie sich so sehr gegen mich? Hat sie Angst vor Vorwürfen? Aber ich mache ihr doch gar keine. Ich bin ja froh, sie wenigstens einmal wiedergesehen zu haben – und das auch nur wegen Benita. Damit ich Benita wiedersehen konnte.

Meine Tochter, wirklich meine Tochter, mit der ich eben um den Grunewaldsee gegangen bin? Unsere Gesprächsthemen reichten gerade für diesen Spaziergang aus. Am Schluß haben sich meine Fragen bereits wiederholt, weil wir uns nichts mehr zu sagen hatten – zumindest sie mir nichts mehr, und nach Barris hat sie sich auch nicht erkundigt.

Von nun an telefonierten Hanna und Jola jede Woche einmal miteinander. Manchmal vergingen auch vierzehn Tage dazwischen – ab und zu verabredeten sie ein Treffen, das Jola im letzten Moment absagte.
Mir, der Luise, war das unbegreiflich, einfach unvorstellbar. Ich hatte ja schon Heimweh nach meiner Mutter, wenn sie mit Koffern das Haus verließ, um vierzehn Tage zur Kur zu fahren. Aber ich war auch eine andere Tochter als Jola und sie eine andere Mutter als Hanna Barris.

15

Nun soll auch noch Danzig heim ins Reich. Dazu ist die Internationalisierung des polnischen Korridors notwendig. Die Polen lehnen strikt ab.
Europa brodelt. Ein Staatsmann konferiert mit dem anderen. Nichtangriffspakte werden geschlossen, und gleichzeitig wird auf Teufel komm raus gerüstet.
Der Krieg mit Polen ist unvermeidlich.
»Ein unglückliches Volk«, sagt mein Vater. »Vergleiche nur mal unsere Nationalhymnen: ›Deutschland, Deutschland, über alles, über alles in der Welt‹ und ›Noch ist Polen nicht verloren‹. Bei der geographischen Lage – eingekeilt zwischen zwei Großmächte – kommen sie nie aus dem Schlamassel heraus. Nun haben sie einmal wieder ihren sicheren Untergang vor Augen und gehen trotzdem auf keinen Kompromiß ein. Das ist der Mut von Selbstmördern.«
Soweit mein Vater. Die Zeitungen waren erfüllt von Greueltaten, die Polen an der deutschblütigen Bevölkerung in Lodz und Bromberg verübt haben sollten.
Ich las gerade Fontanes »Schach von Wuthenow«.
Da sagte die Romanheldin Victoire: »Es geht um die Polen«, und ein Herr von Bühlow: »Ohja, die Polen, es sind die besten Mazurkatänzer und darum lieben Sie sie.« Und Victoire: »Nicht doch, ich liebe sie, weil sie ritterlich und unglücklich sind.«
Wer hatte nun recht? Fontane, mein Vater oder der Nachrichtendienst? Aber kann man denn überhaupt pauschal urteilen und verurteilen? Gibt es denn *die* Deutschen und *die* Polen und *die* Russen und *die* Engländer und *die* Franzosen?

Jedes Volk setzt sich aus gutartigen und grausamen, gleichgültigen und solchen zusammen, die bloß an ihren Vorteil denken mit ein paar Machthungrigen an der Spitze, die unser Schicksal bestimmen – ob wir einverstanden sind oder nicht.

Laut Flüsterparole sollten ab nächsten Montag die Lebensmittel rationiert werden. Also zog meine Mutter mit unserer Hertha durch die Geschäfte und kaufte ein wie ein Großkantinenbesitzer. Dabei hatten wir noch größere Zucker-und Mehlreserven vom vorjährigen Säbelrasseln im Keller – sehr zur Freude unserer Hausmäuse. Meine Mutter kaufte auch genügend Seife, um uns in einem dreißigjährigen Krieg sauber zu halten.
Wenn Lebensmittel rationiert wurden, dann würde dasselbe wohl bald mit Textilien geschehen, folgerte sie und besprach sich mit Großmutter Genthin am Telefon. Gemeinsam beschlossen sie, uns Mädchen nach Berlin zu schicken: »Kauft warme Unterwäsche, Pullover, Strümpfe, feste Schuhe und Stoffe. Bloß keine Kinkerlitzchen. Und paßt auf das viele Geld auf, hört ihr?«

Wer kann sich an einem heißen Augusttag vorstellen, daß es im Winter schneit und friert? Jola und ich konnten es nicht.
Im Kaufhaus des Westens drängten sich Tausende von Hausfrauen. Warmer Mief und Ellbogen. Platzangst und Ohnmächtige, die nicht hinfallen konnten, weil eingekeilt. Sollten wir uns etwa in dieses würdelose Gedränge um die Textiltische zwängen?
Lieber kauften wir da, wo es leer und luftig war. So kamen wir zu Satinwäsche mit Spitzen und zu Büstenhaltern. Jola nahm auch zwei BHs, obgleich sie noch keinen nötig hatte, aber sich so sehr einen wünschte. In der Sportabteilung er-

stand sie Pingpongschläger und ich einen Tennisdreß – Größe 42, wie ich zu spät bemerkte. Aber vielleicht wuchs ich da noch hinein.
»Ja«, sagte Jola, »vielleicht lernst du auch mal Tennis.«
Außerdem erwarben wir die ersten hochhackigen Pumps unseres Lebens, ein Dutzend Hauchstrümpfe mit schwarzer Naht und Kimonos made in Japan.
Es machte richtig Freude, mal so aus dem Vollen zu kaufen, wir hatten ja beide genügend Geld mitbekommen.
Als ich Lippenstifte ausprobierte, verlor ich Jola samt meinem restlichen Geld, das ich ihr als der ordentlicheren von uns beiden zur Aufbewahrung anvertraut hatte.
Aber das machte nichts. Für den Fall, daß wir im Gedränge getrennt wurden, war als Treffpunkt die Normaluhr am Bahnhof Zoo vorgesehen, und zwar um halb sieben.
Nun hatte ich sehr viel Zeit und bummelte durch schattige Nebenstraßen, in denen nicht die Gefahr bestand, von der blicklos hastenden, hamsterwütigen Masse überrannt zu werden.
Aus Balkonkästen drippelte Wasser aufs Pflaster. Volksempfänger bellten vorwiegend Marschmusik. Ich trödelte ziellos von einer Straße in die andere, an nachgedunkelten Hauswänden mit kleinen Läden entlang. In einem Milchgeschäft, zwischen Butter vom Faß und einer Pyramide aus Eiern, stand das Schild »Juden unerwünscht« im Fenster.
Ein Kind in karierten Filzschuhen schleppte aus einer Eckkneipe eine Kanne Bier zu einem Toreingang. Ich ging ihm nach in den Hof hinein.
Kopfsteinpflaster, Mülltonnen, eine Teppichstange unter einem mickrigen Ahorn. Rundherum steile Wände mit vielen geöffneten Fenstern. Hier guckte einer dem andern tief ins Privatleben. Aber so bezeichneten sie es wahrscheinlich nicht. Das Wort »privat« hatte in diesem Umkreis keine Bedeutung. »Privat« bedeutete für sie die Sperre, die Begüterte

um ihr Eigentum errichteten. Privatgrundstück – Privateingang – Privatstraße – Privatstrand: auf alle Fälle für kleine Leute verboten.
An einem Küchenfenster rasierte sich ein Mann. Unterhemd, hängende Hosenträger. Die halbe Backe noch voll Schaum, ging er plötzlich zum Ausguß und pinkelte hinein.
Eine zahnlose, ungekämmte Frau räumte ein Plüschkissen aufs Fensterbrett und ließ ihren Busen darüber fließen.
Jemand rief: »Mulle – Mulleken – wo steckt denn det Aas schon wieder?«
Alma hatte mich immer Mulleken genannt – so hießen die meisten Berliner Hinterhofkatzen.
Satten mit Dickmilch und Brummern drauf und Petersilientöpfe standen auf den Fensterbrettern, Scheuerlappen hingen zum Trocknen heraus. Kinder plärrten, eine Nähmaschine ratterte, und ein Grammophon kratzte mit stumpfer Nadel die Donkey-Serenade.
»Ede, stell endlich det Jedudel ab! Det macht eenen reinemang varrickt!«
Ich stand mitten auf dem Hof und schaute, mich langsam um mich selber drehend, an den Mauern hoch.
Hinter jedem dieser Fenster lebten Menschen mit einem Schicksal, das sie ernst nahmen, weil es ihr einziges war. Ihr Tag war Abstrampeln fürs Nötigste, der weibliche Feierabend nach Fabrik und Putzengehen bedeutete stopfen, waschen und bügeln für die Familie, der männliche die Kneipe. Darum gab es auch an jeder Ecke eine.
Sie gehörten zu der Masse Großstadt, die auf der Straße an mir vorüberhastete. Und waren doch keine Masse, sondern jeder für sich ein Mensch.
Da wächst man in den feinen Reservaten der Stadt mit silbernen Gabelbänkchen und Klavierstunde und Dienstbotenaufgängen auf, wird mit Manieren und Allgemeinbildung vollgestopft, aber keiner sagt einem: Schau dir mal die

Mietskasernen an. Hinter jedem Fenster wohnen Menschen, die ihr Schicksal genauso ernst nehmen wie du. Das ist keine anonyme Masse.
Für mich war das die wichtigste Erkenntnis, die ich bisher allein getroffen hatte. Ich mußte gleich nachher Jola fragen, ob sie sich auch schon darüber Gedanken gemacht hatte. Aber ich bezweifelte es – Jola war viel zu sehr mit sich selbst beschäftigt, um über andere nachzudenken.
Ein Mann schob sein Fahrrad in den Hof an eine Hauswand, sicherte es mit einem Schloß, zog die Klammern von den Hosenbeinen und sah mich mißtrauisch an: Was willst denn du hier? Du gehörst doch nicht zu uns!
Da bin ich dann schnell gegangen.
Inzwischen war es kurz vor sieben. Ich rannte mit meinen Kaufhaustüten durch die Straßen. Meine Füße klappten immer bleierner aufs Pflaster – es war ein sehr weiter Weg zum Bahnhof. Jola würde auf mich fluchen.
Jedoch im Gegenteil, ich fand sie unter der Zoo-Uhr im beschwingten Gespräch mit einem Fähnrich in schwarzer Panzeruniform. »Ach, Luise, du schon –« nahm sie mein erschöpftes Jacheln gestört zur Kenntnis. Und stellte uns vor. »Karl-Heinz Kühnhagen – meine Freundin Luise Hartwig.«
»Tag«, sagten wir, und dann erinnerte ich mich. Potsdamer Yachtclub nach der Regatta. Die beiden Brüder Kühnhagen. Robby war der bedeutend hübschere von beiden, aber Jola hatte sich damals den Karl-Heinz für eine spätere Ehe ausgesucht.
Durch Zufall waren sie sich vor dem Bahnhof Zoo begegnet, während Jola auf mich wartete. Streiften meine Anwesenheit rasch aus ihrem Bewußtsein, waren vertieft in ihr Gespräch.
Ich schaute an der Uhr hoch und stubste zart dazwischen.
»Was ist denn?« pfiff Jola mich an.
»In zwei Minuten geht unser Zug nach Wannsee.«

»Na und? Nehmen wir eben den nächsten.«
»Der kommt aber erst in zwanzig Minuten.«
»Na und?!!!«
Ich entfernte mich von den beiden, es fiel ihnen gar nicht auf. So fängt es wohl immer an. Man vergißt alles um sich herum. Steht wie auf einer Blumenwiese mitten im dicksten Verkehr und stottert vor seliger Befangenheit.

Ich hatte inzwischen auch schon eine Verliebtheit hinter mir: Horst, der Bruder eines Mädchens, das ich aus dem Konfirmandenunterricht kannte. Er brachte mir den neuesten Tanz aus England bei, den Lambethwalk, wobei man sich beim Refrain auf die Schenkel schlug und »Doin' the Lambethwalk – hi!« brüllte. Unter einer dichten Linde verrutschte sein unbeholfener Kuß auf meinem Gesicht. War das eine Seligkeit: Endlich geküßt!
Als ich Horst wiedersah, mußte ich ernüchtert feststellen, daß ich nur in die Verliebtheit verliebt gewesen war, nicht aber in den dazugehörigen Jungen. Der war bloß ein Irrtum. Außerdem hatte ich meinen Kumpan aus Huckleberry-Finn-Zeiten in der S-Bahn wiedergetroffen: Jobst Leberecht von Wahren, inzwischen mehrere Zentimeter gewachsen, mit gerade überlebtem Abitur.
Er lud mich zum Essen ein, ich rief meine Mutter vom Lokal aus an: »Mach dir keine Sorgen, wenn ich eine Stunde später nach Hause komme. Ich habe Jobst getroffen.«
»Auweh«, seufzte sie ahnungsvoll, »dann stelle ich am besten gleich das Jod in die Diele.«
»Aber nein, wozu denn? Wir sind ja inzwischen vernünftig geworden.«
Woran sie nicht so recht glaubte.
Es war wunderbar, Jobst wiederzusehen. Unser uriges Gelächter störte die Unterhaltung an den Nebentischen. Wir hatten ja so viele gemeinsame Erinnerungen, die wir ein biß-

chen gönnerhaft behandelten — eben wie Erwachsene, die sich mit ihrer Jugendzeit befassen. Aber lustig ist es damals schon gewesen.

Bei Jobst hatte ich nicht diese dummen Hemmungen, die mich um meinen natürlichen »Charme« brachten, wenn ich einem fremden Jungen gegenüber saß. Er war ja mein Vertrauter aus Kindertagen.

Einmal krauste er die Nase und grinste mich über den Tisch hinweg an: »Meine Großmutter würde jetzt sagen: Diese Luise sieht recht manierlich aus.«

Auf der gemeinsamen Busfahrt nach Hause hingen wir an der Haltestange der offenen hinteren Plattform. Und alberten wie immer, und mitten im Albern küßte er mich auf den Mund.

Ich war empört!

Jobst! Mein Kinderfreund! Wie konnte er so was tun! Das war gemein! Ich knallte ihm meine Hand ins Gesicht, begegnete noch kurz seinem Blick voll verletztem Stolz und Zorn. Ohne ein weiteres Wort an mich zu richten, stieg er aus dem fahrenden Bus in die Dunkelheit.

Das war in einer Kurve. Ich hing mit flatternden Haaren, um den Einsteiggriff geklammert, aus dem Wagen und schrie: »Jobst! Du Idiot! Hast du dir was getan?«

Aber es kam keine Antwort, er war auch schon zu weit entfernt. Nun haßte er mich bestimmt.

Schade, wenn eine Kinderfreundschaft so endet.

Endlich verabschiedeten sich Jola und Karl-Heinz Kühnhagen mit einem langen, langen Händeschütteln. Er schlängelte sich durch den Autoverkehr aufs andere Ufer der Straße und winkte zurück.

»Tschüs! Ich rufe an!«

»Ja, schön«, lächelte sie und stolperte neben mir — der Realität entrückt, nicht ansprechbar, Gotteswillen, bloß nicht wecken – durch die Schalterhalle, die Treppe zu den Bahnsteigen hinauf. Um uns wimmelte es von Militär und Reservisten mit verschnürten Persilkartons und Fiberkoffern, umringt von Familienmitgliedern. Dazwischen Schweiß ausdünstende Hausfrauen, erschöpft und zerrupft vom Kampf in überfüllten Kaufhäusern um Kleiderstoffe, Hemden, Schuhe...

Jola neben mir merkte nichts von all dem. Ihr Lächeln war unbeschreiblich. Siebenter Himmel, wenn es ihn wirklich gibt. Wir stiegen in die S-Bahn Richtung Wannsee.

Zwischen Savnigyplatz und Charlottenburg kehrte sie auf die Erde zurück.

»Er hat zwar eine Freundin, die kennt er schon seit Jahren aus dem Club – Löckchen, erinnerst du dich? Sie sind so gut wie verlobt.«

»Ja, wenn sie verlobt sind...«

»So gut wie, noch nicht richtig«, verbesserte sie mich. »Aber er sagt, es wäre nicht mehr so wie früher – sonst würde er mich ja nicht wiedersehen wollen. Morgen ruft er an.«

In Westkreuz leerte sich der Zug, wir fanden zwei Sitzplätze nebeneinander und packten unsere Tüten aus dem KaDeWe aus. Jola hatte, ohne meine Assistenz, ein kornblumenblaues Taftkleid mit Spitzenkragen und Puffärmeln gekauft. »Als ob ich geahnt hätte, daß ich bald ein hübsches Kleid brauche!« Außerdem zeigte sie mir eine neue Leine für Benita, zwei Pfund Blümchenbonbons und ein Korsett für Großmutter.

Bei seinem Anblick fing der Landser uns gegenüber an zu grinsen.

Ich ging noch mit zu Genthins, ehe ich nach Hause radelte. Frau Schult hatte Kartoffelpuffer mit Apfelmus zum Abendbrot versprochen. Sie buk meistens so viele, daß für mich noch welche abfielen.

Als Jola ihre Einkäufe präsentierte, war der Teufel los.
»Satinschlüpfer mit Spitzen! Schwarzer Strumpfgürtel, Kimono! Hauchstrümpfe! Das ist ja Kokottenniveau! Damit kannst du gleich auf die Friedrichstraße gehen!« stöhnte Großmutter händeringend auf.
Am liebsten hätte sie auf Jolas verworfene Erbanlagen angespielt, auf ihre verkommene Mutter, die ihren guten Achim wegen so einem dahergelaufenen baltischen »Kommunisten« verlassen hatte. Aber dann siegte ihre Wahrheitsliebe. Was immer man dieser Hanna Barris vorwerfen konnte – ordinär war sie nicht.
Auch das Korsett vermochte Großmutters Entrüstung nicht zu entschärfen. Sie gab es gleich an Frau Schult weiter.
»Kein warmer Mantel! Kein anständiges Paar Schuhe. Dafür Stöckelpumps!«
»Wir haben das gekauft, wo wir nicht lange anstehen mußten«, entschuldigte sich Jola, und ich nickte bestätigend.
Großmutter musterte mich verdrossen. »Du hast sie bestimmt dazu überredet. Du magst vielleicht solchen Flitterkram...«
»Das ist nicht wahr!« begehrte ich auf. Und Jola hatte nicht den Mut, die Schuld auf mich zu schieben, solange ich in der Nähe war.
»Was habt ihr euch bloß dabei gedacht!«
Das wußten wir jetzt auch nicht mehr. Es war wohl das Hamsterfieber ohne Sinn und Verstand und das Erlebnis gewesen, zum erstenmal selbständig einkaufen zu dürfen.
Anschließend wollte Großmutter die Kassenscheine von der teuren Kokottenwäsche sehen. Danach war an Kartoffelpuffer mit Apfelmus nicht mehr zu denken.
Selten bin ich so langsam heimgeradelt. Mir stand dasselbe Theater ja noch einmal mit meiner Mutter bevor, wenn ich meine schwarzen Strapse und den glanzseidenen Flitterkram auspackte und diesen sinnlosen Tennisdreß für eine Voll-

schlanke. Den Lippenstift vergrub ich sicherheitshalber im Steingarten, bevor ich unser Haus ungern betrat.
Ich kannte die schnelle Handschrift der Frau Hartwig. Ein Delikt weniger bedeutete eine Ohrfeige weniger.

1. September 1939
Nun war es soweit.
»Zur Abwehr der bis zum Übermaß gesteigerten polnischen Übergriffe und Gewalttaten sind deutsche Truppen heute früh um 5 Uhr 45 auf Befehl des Führers und Obersten Befehlshabers der Wehrmacht an allen deutsch-polnischen Grenzen zum Gegenangriff angetreten. Gleichzeitig starteten Geschwader der deutschen Luftwaffe zur Vernichtung militärischer Ziele.
Die Kriegsmarine übernahm den Schutz der Ostsee...«
Zwischen den Nachrichten immer wieder Marschmusik und Verordnungen für die Zivilbevölkerung.

Ab heute war Luftschutzpflicht. Totale Verdunklung.
In jedem Haus wurde gehämmert, Nähmaschinen ratterten schwarze Vorhänge zusammen.
Unter der Regie meines zigarrerauchenden Vaters stand unsere Hertha auf der Leiter und pinnte knatterndes Packpapier vor die Scheiben seines Herrenzimmerfensters.
Meine heimkommende Mutter stand sprachlos vor diesem Unternehmen.
»Tja, nun ist es duster bei uns«, sagte mein Vater leicht betreten, »auch bei Tage.«
»Franz – o Franz! Wenn du schon mal –! Geh bloß ins Büro!«
Sie riß das Papier in Fetzen herunter, Reißzwecken flogen durch die Luft, und Hertha sagte zufrieden: »Das habe ich mir schon gedacht.«

Nachmittags radelte ich zu Genthins.
Frau Schult ging mit erhobenem Busen herum — ihr Neffe gehörte dem Schulschiff »Schleswig-Holstein« an, das die von polnischen Truppen besetzte Westerplatte beschoß. *Sie* hatte bereits einen Helden in der Familie.
Großmutter Genthin besprach mit dem Gärtner die Zukunft des Vorgartens. »Hier kommen alle Blumenbeete weg. Es wird nur noch Gemüse angepflanzt.«
Jola zog mich fort. »Laß sie reden, ist sie wenigstens beschäftigt und jammert uns nicht die Ohren voll, wie es 14/18 war. Daß der Polenfeldzug in spätestens einem Monat vorbei ist, begreift sie nicht. Karl-Heinz sagt das auch, Mitte Oktober feiern wir den Sieg.«
»Wie war's denn gestern mit ihm?«
»Er konnte nicht kommen. Haben ja jetzt alle Ausgangssperre. Aber am Telefon war er wahnsinnig süß. Ach, Luise, das Leben ist schön!« Eine erstaunliche Feststellung am ersten Kriegstag, die Großmutter zum Glück nicht hörte.
Bald darauf heulten die Sirenen, und Benita heulte herzzerreißend mit. Der erste Fliegeralarm!
Auf die Idee, daß die Polen bestimmt keine Bomber übrig hatten, um sie nach Wannsee zu schicken, kamen wir nicht. Diese Überlegung war viel zu logisch, um akzeptiert zu werden.
Wir marschierten eilends in den Keller mit dem Eingemachten.
Jolas Vater und ein Tischler waren gerade dabei, Decken und Wände abzumessen für die Balken, die zu ihrer Absteifung benötigt wurden.
Als letzte erschien Frau Schult mit Luftschutztasche, Feuerpatsche und Gasmaske vorm Gesicht. Benita erschrak bei ihrem Anblick über alle Vorstellungen, schoß zwischen Oma Genthins sitzende Beine, ihr Bellen überschlug sich unterm Rocksaum hervor.

Wir Mädchen kreischten vor Lachen.
Da nahm Frau Schult die Gasmaske ab, ihre grauen Haare standen zu Berge, sie setzte sich gekränkt. »Schließlich haben wir Fliegeralarm.«
»Natürlich, Frau Schult.« Großmutters Arm legte sich beschwichtigend um ihre runden Schultern. »Die dummen Dinger begreifen eben noch nicht den Ernst der Lage. Sie haben nie einen Krieg erlebt. Und ich fürchte, es kommt da Schlimmes auf uns zu. Meine Patiencen gehen seit Tagen nicht mehr auf.«

Nach der Entwarnung schauten wir von der Terrasse auf den leergefegten See.
»Weißt du, worüber ich froh bin?« sagte Jola plötzlich neben mir. »Daß ich nicht mehr bei Barris und Mami leben muß. Wie ich sie kenne, machen sie sich jetzt mehr Sorgen um ihre polnischen Freunde als um unsere deutschen Soldaten. Verlangt ja keiner von ihnen, daß sie Nazis sind, aber gegen Deutschland andenken – gegen unsere eigenen Soldaten –, also, das finde ich hundsgemein. Wenn ich nicht damals ausgezogen wäre, hätte ich es heute getan. Und stell dir mal Karl-Heinz in ihrem Milieu vor! Das wäre nie gutgegangen!«

Es war schon dunkel, als ich nach Hause radelte. Keine Straßenlaterne brannte mehr. Alle Häuser wirkten wie ausgestorben. Die Autos hatten schwarze Kappen vor den Scheinwerfern mit einem Schlitz, aus dem es trübe schimmerte.
Nur der Himmel hatte nicht verdunkelt. Was ging den Himmel unser Krieg an?
Auf der Königstraße wimmelte es von Menschen, die das Gefühl totaler Verdunklung erleben wollten. Sie trugen kleine Leuchtplaketten auf der Brust, die sich wie Glühwürm-

chen umeinander bewegten. In meiner Nähe flog eins plötzlich abwärts, begleitet von dumpfem Plumpsen und einer kreischenden Frauenstimme:
»Männe, was machst du?«
»Wat mach ick wohl? Ick lieg im Loch – aua!«
»Haste dir was getan, Männe?«
»Nee – aba beinah. Konnten se mitn Krieg nich warten, bis die Scheißstraßenbauerei hier fertig is?«
Vor einiger Zeit hatte man die uralten Chausseebäume gefällt, um die Königstraße zu verbreitern, darunter auch Bäume, die in ihrer zarten Jugend auf napoleonische Armeen herabgeraschelt hatten. Der harzig duftende Massenmord begann vor der Friedrich-Wilhelmsbrücke und setzte sich kontinuierlich fort Richtung Potsdam. Mit den Bäumen fiel der kühlende Schatten, fiel der ländliche Zauber der Königstraße. Viele alte Wannseer weinten.

Als ich heimkam, war das Haus fast leer. Meine Mutter besprach bei ihrer Nachbarin Frau Bellmann den Kriegsanfang, Hertha hatte Ausgang, und Bolle stand noch bei einem läufigen Weib in Stölpchensee an.
Nur aus dem Anbau klang Klaviermusik. Mein Vater klopfte Wagner in die Tasten, sein Anschlag war begleitet vom leisen Knallen seiner zu langen, eckigen Fingernägel.
Mit der Zigarre im Mund krächzte er die einzelnen Gesangspartien von »Tristan und Isolde« mit, auch die weiblichen. Dabei wuchs die Asche an seiner Zigarre zu einem Kegel, der irgendwann auf seine Rockaufschläge fiel und über die Tasten stäubte. Wenn er ein Notenblatt umschlagen mußte, legte er seinen stinkenden Schnuller mit dem feucht zerkauten Mundstück ab, hustete bronchial und trank aus dem Römerglas, das auf dem Flügel stand. Das Glas fing bei abnehmender Flüssigkeit und zunehmender Leichtigkeit an, unter den Erschütterungen seines Anschlags leise klirrend zu wan-

dern. Millimeter für Millimeter bewegte es sich dem Abgrund zu.
Mein Vater war schon ein bißchen betrunken, als ich mich zu ihm auf eine Ecke der Klavierbank setzte.
»Na, Lieschen?« fragte er schließlich, ohne sein Spiel oder seine Gesänge zu unterbrechen.
»Das war vielleicht ein Tag.« Ich klopfte die Asche von seinen Rockaufschlägen, damit die nächst abfallende darauf Platz hatte. Und betrachtete ihn von der Seite. Seine überhöhte, bucklige Stirn, von der sich die grauschwarzen Locken immer mehr zurückzogen. Die Adlernase, der Zigarrenstummel zwischen vollen, bläulichen Lippen. Der dunkle Schnurrbart ständig versengt.
Er spürte meinen Blick und knautschte um seinen Stummel herum: »Ist was, Lieschen?«
»Ach, nichts«, sagte ich, küßte seine Stirn und stand auf. »Nacht, Vati.«
Als ich zur Tür ging, sagte er »Frankreich und England machen mobil« hinter mir her.
»Woher weißt du?«
»Hab Ausland gehört. Das ist sehr schlimm. Das könnte ein Zweiter Weltkrieg werden.«
Und spielte weiter.
Spielte noch lange an diesem Abend, holte zwischendurch eine zweite Flasche Wein aus dem Keller, spielte immer mehr daneben, betrank sich bewußt. Ich glaube, er spürte eine Katastrophe voraus, der auch er sich diesmal nicht entziehen konnte, indem er auf Geschäftsreise ging und es meiner Mutter überließ, sie für ihn auszubaden.

16

August 1940.
Das Kind wartete jeden Morgen mit seinem Puppenwagen, der die Erinnerung an Puppenwagen auf Müllhalden wachrief und wohl auch daher stammte, vor dem Schloßhotel Velden. Es hielt sich ein Stück abseits im Baumschatten, wohl wissend, daß seine Schäbigkeit die Pracht der Auffahrt nicht stören durfte. Mit seinem Krauskopf, dem dünnen, gierigen Hals und den staksigen Beinen, auf deren Schmutzbräune es mehlig schimmerte, erinnerte es an einen Nestflüchtling. In den Rattenschwänzen klemmten fünffach gerollte Gummibänder.
Das Kind wartete auf den großen, sommersprossigen jungen Mann im weißen Tennispullover.
Sobald er erschien und sich suchend umschaute, rollte es sein Gefährt aus dem Baumschatten.
»Guten Morgen, Kind«, sagte der junge Mann. »Wie geht es heute der Prinzessin?«
»Bessärr. Kein Fieber mähr.«
Gemeinsam schauten sie in den Puppenwagen. Das rechte Bein der Puppe hatten böse Buben abgerissen. Sägespäne rieselten trotz Heftpflaster aus der Wunde. Die Prinzessin wurde immer dünner. Ihr maigrünes Häkelkleid – eine Art Topflappen – hielt ein in Parkanlagen verlorengegangenes, in Parkanlagen gefundenes goldenes Parteiabzeichen mit lädierter Anstecknadel auf dem Rücken zusammen.
Der Soldat der Luftwaffe Hans Degner holte einen Schokoladenriegel aus der Hosentasche und legte ihn zusammen mit einem Zettel in den Puppenwagen.

»Bring das dem Fräulein und komm mir ja nicht ohne Nachricht wieder.«

Das Kind nickte eilfertig.

Sein Puppenwagen eierte seit einer Woche zwischen dem Hotel Schloß Velden, in dem der Soldat mit seinen Eltern abgestiegen war, und dem Hotel Möslacher, in dem ich mit meinen Eltern wohnte, mehrmals täglich hin und her — ein mit Schokolade, Bonbons und Geldstücken honorierter Fuhrbetrieb für Nachrichten wie:

»Guten Morgen, darling, hast Du gut geschlafen? Wann sehe ich Dich? Und wo? Ich habe soviel Sehnsucht.

Hans.«

Und meine Antwort:

»Halleluja! Meine Eltern fahren mit Berliner Bekannten nach Rosegg. Ab zwei Uhr bin ich frei!!! Erwarte mich vorm Hotel. Ich freu mich! Luise.«

Zum erstenmal war ich sehr verliebt, und die ständige Spannung — darf ich fort, darf ich nicht — erhöhte noch die Sehnsucht auf beiden Seiten.

Leicht hatte ich es Hans Degner nicht gemacht, mich kennenzulernen. Er versuchte anfangs ein bißchen zu siegesbewußt, die Festung zu stürmen. Das mochte ich nicht.

»Da ist schon wieder der Große mit den Sommersprossen«, raunte meine Mutter mir zu, wenn wir unseren abendlichen Verdauungsspaziergang durch die Kuranlagen machten.

Hans Degner wandelte in gewissem Abstand hinter uns her. Wenn ich mich einmal umwandte, rang er die Hände wie ein Tenor beim hohen C und verdrehte schmachtend die Augen. So ging das zwei Abende lang, am dritten rupfte er eine Rose aus einer Rabatte und warf sie über mich hinweg auf meinen Weg.

»Nanu, wo kommt denn die her?« staunte mein Vater und blieb stehen.

Eine Dame, die alles beobachtet hatte, ging an uns vorüber und sang: »Kommt a Roserl geflogen, fallt nieder vor mei Fuß...« Und zwinkerte mir dabei zu.
Da habe ich sie dann aufgehoben. So fing es an.

Mein Vater durfte nichts davon erfahren. Sein Lieschen mit nem jungen Mann! Unmöglich!
Meine Mutter hatte mehr Verständnis für meine erste heftige Verliebtheit und außerdem Hans Degners Versicherung, daß er gut auf mich aufpassen würde.
Ich war fünfzehn, er gerade achtzehn geworden, aber kein Junge mehr. Seine Sommersprossen übersäten kein Milchgesicht, er sah bereits wie ein Mann aus, mit der Stimme eines Mannes und der Erfahrung eines Mannes, die er sich kaum im Umgang mit Fünfzehnjährigen erworben haben mochte. Manche Menschen erleben ihr Leben wohl im Zeitraffer, weil ihnen so wenige Jahre dafür zur Verfügung stehen.

Der Fähnrich Hans Degner stammte aus dem Grunewald.
»Haben Sie zufällig mal in einem großen gelben Haus gewohnt?« fragte ich ihn gleich am ersten Abend.
»Da wohnen wir noch immer.«
»Dann kenne ich Sie. Sie sind jeden Tag zweimal an unserm Haus vorbei zur Schule geradelt. Manchmal habe ich auf Sie gewartet – ich bin auf einem Bein um mich selber gehopst, um Ihnen aufzufallen. Aber Sie haben mich nicht beachtet.«
Das konnte er gar nicht begreifen. »Wie alt waren Sie denn da?«
»Fünf, glaube ich.«
»Naja«, sagte er.

»Darling!
Hat Vati gemerkt, daß es gestern abend so spät geworden ist? Ich habe Dir die Daumen gedrückt, daß es ohne

Schimpfe abgeht. Wann sehe ich Dich? Denke daran, es ist unser letzter Tag. So long, darling, but not so very long –

Hans.«

Mit dieser Nachricht traf das Kind unter dem großen Baum nahe dem Hotel ein, wo ich jeden Morgen sehnsüchtig auf sein Anrollen wartete. Ich gab ihm dafür meinen Zettel mit der Botschaft:

»Meine Eltern fahren heute mit Bekannten nach Pörtschach und kommen bestimmt erst abends wieder. Ich habe den ganzen Tag freiii!!!!! Luise.«

Anschließend traf ich Hartwigs beim Frühstück unter einem Sonnenschirm.

Meine Mutter sah mir gar nicht heiter über den Rand ihrer Kaffeetasse entgegen.

»Da bist du ja endlich«, begrüßte mich mein Vater. »In einer halben Stunde geht unser Zug nach Pörtschach. Bockelbergs erwarten uns am Bahnhof.«

»Aber ich komm nicht mit«, sagte ich.

»Das hast du dir so gedacht. Immer bloß im Bad rumaalen – nen Sonnenstich kannst du dir auch in Wannsee holen. Dafür fährt man nicht an den Wörther See. Hast ja noch gar nichts von der Gegend gesehen.«

Wenn der wüßte –! Ich kannte per Boot, Bahn und Einspänner die ganze Umgebung und das Wichtigste in dieser und jeder anderen – das Glück, in ihr verliebt zu sein.

»Du kommst mit und damit basta«, sagte mein Vater.

Während er sich auf sein honigdrippendes Kipferl konzentrieren mußte, sah ich meine Mutter hilfesuchend an: Du weißt, es ist unser letzter Tag. Morgen reist Hans ab. ICH WILL NICHT MIT NACH PÖRTSCHACH!!!!

Sie zuckte bedauernd die Achseln: Ich habe alles versucht. Er besteht darauf. Wahrscheinlich will er ein Machtexempel statuieren.

Warum fiel mir nicht irgendeine Ausrede ein – Übelkeit –

Dünnpfiff – irgend etwas, das mich daran hinderte, mit nach Pörtschach zu fahren?
Jola an meiner Stelle hätte sofort einen Grund gefunden, um einen letzten Urlaubstag nicht mit Eltern zu vergeuden.
Ich kam nicht einmal auf die Idee, einen zu suchen. Ich war gehorsam.
O Preußerl, was bist bleed –! Der Kroate hatte mich schon damals richtig eingeschätzt.
Und so trabte ich gebrochen hinter meinen Eltern her zum Bahnhof, wo uns Bockelbergs bereits erwarteten. Herr Bokkelberg war in demselben Hoch- und Tiefbauunternehmen beschäftigt wie mein Vater. Sie hatten sich rein zufällig in Velden getroffen.

Auf dem Bahnhofsvorplatz stand das Kind mit seinem Puppenwagen und zählte die Einnahmen, die das Anbetteln der Feriengäste, die gerade mit dem Zug aus Klagenfurt angekommen waren, ihm eingebracht hatten.
Ich lief den Erwachsenen davon auf den Puppenwagen zu.
»Kind, du mußt sofort zum Soldaten und ihm sagen, daß ich nicht kommen kann. Wir fahren nach Pörtschach. Aber nachmittags bin ich bestimmt zurück. Sag ihm das.«
»Wo finden Chärr Soldatt, bittascheen?« fragte Kind.
»Im Hotel natürlich.«
Kind tippte ungläubig gegen seine magere Brust: »Ich soll gehen im Chotel? Sie wärden mir jagen!«
Das hatte ich nicht bedacht. So einen schmuddeligen Putzfetzen behandelten Hotelangestellte wie einen räudigen Hund. Man konnte Kinds Anblick den Gästen – meist höheren Offizieren und Parteibonzen auf Urlaub – nicht zumuten.
»Dann warte, bis er rauskommt. Tu mir den Gefallen! Es ist unser letzter Tag, verstehst du?«
Kind schaute mich warnend an, es sah die Erwachsenen, die hinter meinem Rücken näherkamen.

Nahm die Prinzessin aus dem Klappergefährt und drückte sie mit dem Rücken an seine Brust, was keine anständige Puppenmutter tun würde, wenn sie nicht ein goldenes Parteiabzeichen auf dem Puppenrücken verbergen müßte, und klagte: »Armer Prinzessin. Chat getreimt cheit nacht, Elefant ist geflogen ieber Werther See. Bedeitet nix gutt.«
»Was bedeutet es denn?« fragte meine Mutter.
Kind legte die Puppe in den Wagen, nahm seine Hände auseinander wie einen Kelch voller Ungewißheit: »Nu, man wird weinen.«
»Ach, diese Zigeuner«, rief Frau Bockelberg, »die tun so, als ob sie einem wahrsagen, und dabei lügen sie einem die Hukke voll – und kassieren unsere Gutgläubigkeit ab! Es ist nicht zu fassen!«
»Aber wir haben ihr doch gar nichts gegeben«, widersprach meine Mutter.
»Sie vielleicht nicht, aber Ihre Luise, Frau Hartwig. Ich hab gesehen, wie sie Geldstücke in den Puppenwagen kullern ließ.«
Altes Aas, dachte ich.
Kind war längst nicht mehr da. Es hüpfte im Wechselschritt hinter seinem eiernden Gefährt über den Bahnhofsplatz und sang in hohen Tönen: »Ich wärden sagen Chärr Soldatt – ich wärden sagen –«
Dieses Kind besaß einen hoffnungslosen Zauber, eine Fröhlichkeit, die nichts von der tiefen Trauer seiner Mandelaugen wußte.
War es wirklich ein Zigeunerkind? Auf alle Fälle war es bestimmt nicht zugehörig zu unserer wunderbaren, starken, stolzen Herrenrasse.

Spazierengehen mit älteren Herren, die immer wieder Pausen einlegen und sich die Stirne wischen mußten. Aber sie wollten ja unbedingt – trotz der Hitze – auf die kleine

Gloriette hinauf, weil sie lobend in ihrem Reiseführer erwähnt worden war.
Vor zwei Tagen bin ich mit Hans Degner hier oben gewesen – überall unsere Schritte – die Holzstäbchen von unserem Stangeneis am Wegrand, am liebsten hätte ich sie aufgehoben – an dieser Stelle hatte er mich auf die Nase geküßt – von hier ab sind wir um die Wette gelaufen – bis hier, da fing er mich in seinen Armen auf, und die Leute guckten mit Spießerwohlwollen: Recht so, Soldat, mach dir ein paar hübsche Stunden mit deinem Mädel!
Auf der Gloriette angekommen, japste mein Vater: »Nu guck mal den Blick, Lieschen!«
»Jadoch.«
Heute war der Blick auf den See bereits Erinnerung an vorgestern. Lieber Hans – in memoriam Deine Luise –

Wir kehrten im gleichen Seerestaurant ein. Mir blieb auch wirklich nichts erspart. Dort drüben habe ich mit ihm gesessen.
Daß ich einmal so glücklich hier war – und ist erst zwei Tage her, und morgen reist er ab.
Die Erwachsenen stritten sich, ob die Berliner Philharmoniker nun besser waren als die Wiener. Mein Vater sagte, die Wiener hätten die besseren Streicher und die Berliner die besseren Bläser, aber Bockelbergs wollten, daß die Berliner auch die besseren Streicher hatten... ich dachte, ich würde noch wahnsinnig.
Die Bedienung wurde gerufen. Man ging vom Kaffee zum Wein über. Das erste Viertel löste bekanntlich Sitzfleisch bei meinem Vater aus. Ein Viertel, zwei Viertel, drei Viertel – meine Mutter fing meinen verzweifelten Blick auf.
»Vati«, sagte sie, »wir müssen langsam an die Heimfahrt denken!«
»Ja, gleich«, wischte er ihre sanfte Mahnung vom Tisch.

Herr Bockelberg wollte anstoßen: »Auf unser siegreiches Vaterland!« Und zählte alles auf – zuerst Polen in einem Blitzkrieg von 18 Tagen überrollt, Dänemark, Norwegen, Holland, Belgien, Luxemburg besetzt, Frankreich besiegt – nun ging's gen Engelland – »und morgen gehört uns die Welt! Prost! Alle anstoßen – ach, die Damen haben ja nichts. Bedienung! Wein für die Damen!«
»Für uns nicht«, wehrte meine Mutter ab. »Luise und ich fahren jetzt.«
»Aber Gnädigste, Sie werden doch mit uns auf unser Großdeutsches Reich anstoßen!«
»Das können wir auch in Velden.«
Meine Mutter erhob sich und setzte sich wieder. Sie mochte ihren angesäuselten Mann nicht schutzlos den nächsten Vierteln ausliefern. Aber mir gab sie einen Wink: Verschwinde.

Der Portier benötigte zwei Wiederholungen, bis er den Namen Degner aus meinem Japsen heraushörte. So schnell war ich vom Bahnhof Velden zum Hotel gerannt. Er ließ Hans ausrufen. Gemeinsam mit seinem Vater betrat er die Halle – beide gleich groß, mit gleichen Bewegungen, das gleiche Lachen – wie ein Ei dem andern, dachte ich. Wobei das eine Ei nur jünger war und sehr gesprenkelt.
»Da bist du ja endlich, darling –«
»Es war gar nicht so einfach, meinen Sohn davon abzuhalten, seinen Kummer in Manhattans zu ersäufen.« Herr Degner sah mich mit raschem männlichen Mustern an – das ist sie also.
»Ich –« und bedauerte: »– keine Luft –«
»Was ist passiert? Verfolgt dich Vati mit dem Stock?« fragte Hans.
Wir sahen uns an – soviel aufgestaute Sehnsucht und der Kummer um diesen letzten, verschenkten Tag.

Herr Degner hatte Verständnis und verabschiedete sich bald, um seine Frau vom Bridgetisch abzuholen.
Wir gingen zum See.
Gestern sind wir hier um die Wette geschwommen – mein kurzer Triumph, schneller zu sein als Hans. Mit zwei Kraulstößen holte er mich ein – fing mich in seine Arme – kreischen – Wasser schlucken – hautnahe Umklammerung zum erstenmal – ich spürte seine Muskeln – diese plötzlich aufflackernde Sehnsucht in seinen vom Wasser geröteten Augen. Dann ließ er mich los und schwamm ans Ufer.

Das war gestern. Da hatten wir noch die Hoffnung auf einen gemeinsamen Abschiedstag vor uns.
Jetzt ist es dunkel und sehr kühl und nichts mehr zum Hoffen da und nichts zum Freuen.
Aus einem geöffneten Restaurantfenster hören wir, wie eine Geige einen Wiener Walzer zersägt.

Am meisten werde ich seine Schulter vermissen. An seiner Schulter kann mir überhaupt gar nichts passieren. Ich bin geborgen.
Hans ist anders als in den vorangegangenen Tagen. Warum küßt er mein Gesicht so nachdenklich? Ich möchte noch einmal diese schöne Leidenschaft erleben, nach der er mich so süchtig gemacht hat...
»Darling, wir werden uns jetzt lange nicht sehen«, sagt er und rollt seinen Zeigefinger in eine meiner Haarsträhnen. »Es kann Monate dauern, ich kriege vorläufig keinen Urlaub mehr.«
»Macht ja nichts, dann warte ich eben. Habe ich schon so lange auf dich gewartet – seit damals, als ich fünf war. Zehn Jahre... stell dir mal vor!« Das beeindruckt ihn nicht so, wie ich erwartet habe.
»Es waren hinreißende Ferien mit dir, du warst bezau-

bernd«, sagt er, »aber auf die Dauer hat es keinen Sinn mit uns, darling. Das beste wäre, wenn wir uns jetzt good-bye sagten.«
»Für immer?« frage ich erschrocken. »Meinst du das ernst?«
»Ja.«
»Aber warum? Es ist doch so schön mit uns, und ich schreib dir auch lustige Briefe —« verspreche ich ihm.
Seine Vernunft kommt nicht gegen mich an. Und so nimmt er mich denn in die Arme und küßt mich endlich voll intensiver Hingabe, und ich küsse ihn wieder — ich habe inzwischen viel von ihm gelernt. Meine ahnungslose, temperamentvolle Leidenschaft macht es ihm schwer — ich kann nicht begreifen, warum er mich plötzlich von sich schiebt.
Immer, wenn's am schönsten ist, muß er eine Zigarette rauchen.
Hans bringt mich zum Hotel — eine letzte Umarmung — er bleibt im Schatten zurück, während ich auf den Eingang zugehe.
Ein wohlbekanntes, bronchiales Husten um die Zigarre herum empfängt mich: »Wo kommst du jetzt erst her, Lieschen?«
»Ich war spazieren.«
»Im Dunkeln?«
»Ja — wo sonst?«
In der Hotelhalle legt meine Mutter Patiencen. Sie schaut mich interessiert an: »War's schön?«
»Eben Abschied«, sage ich und gebe ihr einen Kuß. »Ich gehe jetzt rauf.«
»Wir sind noch mit Bockelbergs auf einen Schoppen verabredet.« Der Seufzer in ihrer Stimme ist nicht zu überhören.
Beim Zähneputzen schaue ich prüfend in den Spiegel überm Waschbecken. Ich bin zu jung. Zu jung wofür —? Er ist doch auch erst achtzehn. Und morgen früh reist er ab. Und kriegt so bald keinen Urlaub mehr — es kann vielleicht Mo-

nate dauern. Inzwischen lernt er ein anderes Mädchen kennen – vielleicht hat er sogar eine Freundin – eine ältere, von der ich nichts weiß. Vielleicht war ich wirklich nur ein Ferienerlebnis für ihn.
Auf einmal wird mir klar, was Abschied bedeutet. Ich habe ja noch nie einen erlebt.
Nachdem ich mein Nachthemd angezogen habe, gehe ich noch einmal auf den Balkon hinaus. Die Bäume rauschen schon ein bißchen herbstlich.
Im dunklen Garten unter mir sehe ich einen roten Punkt. Er zieht einen Halbkreis, noch einen und fliegt dann in hohem Bogen ins Gras und verglüht. Eine Zigarette.
Der sie fortgeworfen hat, ist noch immer da – sieht mich in meinem hellen Batisthemd auf dem Balkon stehen. Ich kann ihn nicht erkennen.
»Hans?« frage ich unsicher.
»Leb wohl, darling –« Und geht auf lautlosen Kreppsohlen davon.

Am nächsten Morgen suchte ich den Puppenwagen mit der Prinzessin vergebens und wollte schon ins Hotel zurück gehen, als mich die heisere Stimme des Kindes anrief: »Freilein – bittascheen –«
Es hatte sich hinter einem Baumstamm versteckt. Ich ging zu ihm.
»Gutter Mänsch cheit frieh chaben gesagt, wir schnell missen fort, sonst sie kommen uns cholen.« Ein bedauerndes Lächeln. »Und Cherr Soldatt auch adieu. Viel adieu, Freilein.«
»Was wird denn nun aus dir?«
Kind hob die Schultern. »Not lährt springen, weinen und Liederr singen – Großmutter sagen. Nun wir missen springen.«
Hatten wir uns jemals Gedanken gemacht über das Woher und Wohin unseres kleinen, schäbigen Nachrichtenüber-

mittlers? Wir hatten nur an unsere Verliebtheit gedacht. Kind klopfte sich gegen die Stirn. »Chaben värgässen – viele Liebe und Grieße von Cherr Soldatt an Freilein – Cherr Soldatt chaben gägäben chundert Mark in deitsches Gäld – gutter Mänsch!«
Kind, der Soldat und ich sind keine guten Menschen, nur zufällig auf der Sonnenseite der Straße geboren, sozusagen in der Kurzone.
»Warte einen Augenblick, ich hol noch was für dich –« Und wollte ins Hotel zurücklaufen, aber Kind sah einen Polizisten die Straße heraufschlendern und zitterte plötzlich vor Angst. Es steckte mir etwas zu und war verschwunden – zwischen Büschen untergetaucht.
In meiner Hand fand ich das goldene Parteiabzeichen mit der lädierten Anstecknadel, das der Prinzessin maigrünen Häkellumpen zusammengehalten hatte.
Ein Geschenk vom Kind, dessen Namen wir nicht kannten. Wir hatten uns nicht einmal die Mühe gemacht, nach ihm zu fragen.

Nun war Hans Degner schon mehrere Stunden fort und das Vermissen unbeschreiblich. Überall flogen Erinnerungen wie Schmetterlinge um mich herum.
»Die Göre muffelt schon wieder«, sagte mein Vater über den Rand seiner nachgeschickten Deutschen Allgemeinen Zeitung hinweg. Ich muffelte nicht. Ich mochte nur nicht reden. Wieso begreift das ein Vater nicht?
Dann trafen ihn zwei Schläge innerhalb einer Minute.
Erstens sah er, wie ich meine Hand öffnete und gedankenvoll das goldene Parteiabzeichen betrachtete.
»Lieschen!!!« erschütterte er.
»Das ist von heute an mein Talisman«, sagte ich und er: »Dein was????«
In diesem Augenblick traf ihn Schlag Nummer zwei in Ge-

stalt von Hilde Bockelberg, die mit dem Aufschrei »Franz! Da bist du ja! Wir haben dich schon überall gesucht!« auf uns zueilte.
Mein Vater reagierte wie ein von einer Kreuzotter gebissener Pilzsammler. Sie hatte ihn mit »Du« angeredet!
Nebulös kam ihm die Erinnerung an die vergangene, gemeinsam verzechte Nacht, an Frau Bockelbergs Hand auf seiner Schulter: »Prost, Franz, ich bin die Hilde!«
Mein Vater und Du!! Das hatte er in den letzten zwanzig Jahren nur zwei Menschen gewährt — meiner Mutter und mir.

Bereits beim Mittagessen wälzte er das Kursbuch auf der Flucht vorm trauten Du. Schlafwagenplätze für denselben Abend waren seit Wochen ausverkauft, aber es fand sich eine zurückgegebene Platzkarte für die erste Klasse. Die war natürlich für ihn selbst, darauf bestand meine Mutter, und er ließ sich auch nicht lange bitten. Ein Soldat bot ihr seinen Platz in der dritten Klasse an. Ich hockte auf einem Koffer im Gang, durcheinandergeschuckelt. Knobelbecher stiegen über mich hinweg auf dem Weg zur Toilette und zurück.
Den Kopf an die Abteilwand gelehnt, die Augen geschlossen, war ich ganz eingehüllt in Hans Degners Zärtlichkeit.
Dann schlief ich ein und träumte von einem Planwagen, über eine Landstraße zuckelnd. Rückwärts schaute Kind heraus, mit der Prinzessin im Arm. Plötzlich kam ein Polizeiauto auf sie zugefahren und versperrte ihnen den Weg. Alle Zigeuner, auch Kind, mußten absteigen und ihr Pferd ausspannen. Das Pferd trabte in die Wiese am Straßenrand und fing an zu grasen.
Ich wachte mit einem Ruck auf. Der Zug stand mitten auf der Strecke und schleuderte Pfeiftöne in die Nacht.
Not lehrt springen, weinen und Lieder singen...
Was wird wohl aus Kind?

Durch unsere frühzeitige Flucht aus Velden blieb mir noch eine Woche Ferien in Wannsee, die ich hauptsächlich bei Genthins am See verbrachte, nicht nur um zu baden, sondern vor allem, um Jola von Hans Degner zu erzählen, immer wieder die gleiche Geschichte von Anfang an, bis sie ihr aus den Ohren herauskam.

»Aber als du dich über deinen Karl-Heinz ausgesülzt hast, mußte ich geduldig zuhören«, reagierte ich gekränkt.

Wir saßen am Genthinschen Ufer und schauten auf die kleinen Wellen, die an die Mauer klatschten.

Jola fiel es unendlich schwer zuzugeben, daß sie schon lange nichts mehr von Karl-Heinz gehört hatte.

»Aber du hast mir doch erzählt, er schriebe dir so tolle Briefe aus Frankreich!«

»Postkarten hat er geschrieben — schöne Grüße vom Eiffelturm und so was.«

»Warum hast du mich angelogen?«

Jola biß auf ihren Fingerknöcheln herum. »Vielleicht, weil ich vor mir selber nicht zugeben wollte, daß es aus ist. Irgendwann hat's mir gereicht. Da habe ich an ihn geschrieben, was er sich dabei denkt, bloß immer Ansichtskarten. Das wäre doch keine Liebe. Schließlich hat er mich geküßt, als wir von ›Lohengrin‹ nach Hause fuhren. Vor drei Tagen ist seine Antwort gekommen. Liebe Jola —« Sie konnte den Brief auswendig: »Ich bin ganz erschrocken, seit Dein Schreiben vor mir liegt. Habe ich mich denn so falsch benommen? Wie konnte ich ahnen, daß Du unsere kleine Verliebtheit so ernst nehmen würdest? Du bist ein Mädchen, wie ich es mir wünsche, aber noch beinah ein Kind. Das habe ich anfangs nicht bedacht. Bitte verzeih mir, wenn ich dir Kummer bereitet habe.«

Jola sah mich an. »Wie findest du das?«

»Wenn du mich fragst — ich glaube, er ist zu seiner alten Freundin Löckchen zurück.«

Sie nickte. »Das denke ich auch.« Und dann konnte sie sich nicht länger beherrschen. Mit den Fäusten den Rasen prügelnd, heulte sie Zornestränen. »Diese Demütigung! Ich nehm mir den Kerl so übel. Laß mich auch noch von ihm küssen –«

Meinen tröstenden Arm stieß sie zurück. »Hau ab mit deinem Mitleid!« Schneuzte in ihr Taschentuch mit rosa verwaschenem Häkelrand, ballte es zu einem Knäuel und schob es in den Ärmel, wo es wie eine Beule hing.

»Ich muß nach Hause, Mathe lernen. Morgen fängt die Schule wieder an, und wir schreiben bestimmt in der ersten Woche ne Arbeit«, sagte ich und stand auf.

»Bleib hier, Luise. Bitte!«

»Aber ich muß lernen!«

»Wozu? Schreibst ja eh ne Fünf.«

So blieb ich neben ihr am Ufer hocken und schaute auf den See, auf dem erste gelbe Blätter wie Küken schwammen.

»Hans Degner hat auch gesagt, ich wäre noch so furchtbar jung«, erinnerte ich mich, von ihrer Traurigkeit angesteckt. »Vielleicht schreibt er mir eines Tages genauso einen Brief wie der Kühnhagen.«

Diese Möglichkeit schien sie zu trösten. »Ja, vielleicht. Ach, Mensch, da lernt man endlich die Liebe kennen – und wofür? Damit man hinterher eine lange Zeit unglücklich ist.« Sie strich Haarsträhnen gegen den Wind aus ihrem Gesicht. »Aber dieser Karl-Heinz soll ja nicht denken, daß er mich los ist.«

»Willst du ihm etwa auf die Pelle rücken?« fragte ich erschrocken.

»Bin ich verrückt? Schließlich habe ich Stolz. Aber eines Tages werde ich ihm wiederbegegnen, dann bin ich kein Baby mehr –«

»– und dann zahlst du es ihm heim«, ahnte ich.

»Ja«, sagte Jola, »dann heirate ich ihn.«

17

Eine Woche später kam Jolas Vater auf Urlaub.
Als Reserveoffizier des Ersten Weltkriegs hatte er sich vor einem halben Jahr freiwillig an die Front gemeldet, was keiner so recht verstand, vor allem seine Mutter nicht. »Ja, wenn Not am Mann wäre! Aber wir siegen doch in einem fort. Thh – läßt einfach seine gutgehende Kanzlei im Stich und geht an die Front! Den Jungen werde ich nie begreifen.«
Großmutter, zuweilen einfühlsam wie ein Gartentisch, hatte für alles, was ihren Sohn anbetraf, eine Patentlösung: »Daran ist bloß deine Mutter schuld, Jolakind. Er kommt über die Scheidung nicht hinweg. Nun sucht er den Tod!«
Jola hielt sich die Ohren zu. »Ich kann deinen Stuß nicht mehr hören, Oma!«

Achim Genthin war auf einem Landsitz nördlich von Paris stationiert und schrieb lange Briefe über die Kultur seiner Umgebung, die Großmutter nicht sonderlich interessierte. Hennys Sohn Horst – inzwischen bei der Waffen-SS – hatte seiner Mutter ein Blaufuchscape aus Paris mitgebracht und Parfum und Pumps und noch und noch...
Kein Wunder, daß Oma Genthin ihrem Sohn wie dem Weihnachtsmann entgegensah, als er auf Urlaub kam.
Aber was befand sich in den bleischweren Kisten, die Achims Bursche aus dem Auto ins Haus schleppte und auf ihr gutes Parkett knallen ließ? Schmutzige Wäsche und ein Haufen französischer Literatur. Kartonierte! Machte nicht mal im Bücherschrank was her!
»O Achim«, seufzte sie, es ließ sich nicht verhindern, »wozu

schickt man dich eigentlich nach Frankreich? Kein anständiges Stück Seife – kein Chanel Nr. 5...«
Genthin wirkte betreten. »Das tut mir leid, Mutter – aber solange ich denken kann, hast du nur Lavendelwasser benutzt.«
»Und das kam aus England, und da wart ihr noch nicht, na, macht nichts, mein Junge, was brauche ich Luxusgüter, Hauptsache du bist wieder da.«
Eine enttäuschte Mutter, eine einsilbige Tochter, mit ihrem Liebeskummer beschäftigt, von dem er nichts wußte. Blieb ihm nur Benita, die ihm voll ungetrübter Freude auf den Schoß sprang.
Genthin, in Gefühlsdingen scheu, kraulte seine aufgespeicherte Wiedersehensfreude in das Hundefell.
Nicht, daß er von seinem Kind oder seiner Mutter erwartet hätte, daß sie ihm auf den Schoß springen würden, nein, bestimmt nicht. Aber wenigstens eine herzliche Familienrunde am ersten Abend!
Jola blieb stumm, und seiner Mutter fielen nur Klagen ein. Über die vielen Reparaturen in dem alten, morschen Haus. Und den Ärger mit den Handwerkern! Die kamen doch nur, wenn man sie spickte – Kaffee, Zigaretten, Parfum, Hauchstrümpfe...
»Du hast mich vorhin falsch verstanden, Achim. Nicht für mich wollte ich Parfum, sondern für die Frauen der Handwerker. Verstehst du das nun?« versuchte Großmutter ihre vorwurfsvolle Begrüßung zu entschuldigen. »Wir haben es wirklich nicht leicht in der Heimat. Glaub mir das. Allein die vielen Alarme – etwa dreißig in anderthalb Monaten –, es passiert ja nichts, aber nach so einer schlaflosen Nacht ist man wie gerädert. Und wenn du das nächste Mal auf Urlaub kommst, bring mir bitte ein paar Persianerfelle mit. Ich pinsel die kahlen Stellen in meinem Pelz schon mit Ausziehtusche schwarz...«

Genthin besorgte Opern- und Theaterkarten, schlug Ausflüge in die Umgebung vor.
»Nun sag doch endlich, Kind, was dir Freude machen würde.«
»Es macht mir alles Freude«, versicherte Jola lustlos.
Einmal sah er sie nachdenklich forschend an. »Hast du Kummer? Bist du nicht glücklich hier?«
»Aber Vati, wie kommst du denn darauf?«
So verdarb Karl-Heinz Kühnhagen, der sich nicht mehr bei Jola meldete, den Heimaturlaub des Hauptmanns Genthin.

Eines Tages brachte er eine junge Frau mit zum Tee nach Wannsee.
»Eine attraktive Person und nicht ungebildet, sie spricht drei Sprachen und ist im Propagandaministerium tätig«, erzählte Großmutter Genthin gleich nach diesem Besuch ihrer Tochter Henny am Telefon. »Sie hat ein nettes Wesen, doch, das muß man ihr lassen. Ich glaube, die beiden kennen sich nicht allzu lange. Sie siezen sich noch.«
»Wie heißt sie denn?« fragte Henny.
»Lisa Steißfurth. Komischer Name.«
»Hast du schon im Telefonbuch nachgeschaut, Mutter?«
»Ja. Es stehn bloß zwei drin — eben Lisa und ein Hermann Steißfurth, der ist Schneidermeister in Neukölln.«
Henny überlegte. »Vielleicht ist das ihr Vater —«
»Glaubst du?« Kurzes Verdauen dieser Mitteilung. Und dann: »Nichts gegen Schneidermeister, das sind brave, ordentliche Leute, denk nur an Herrn Machnow. Der hat seine Kinder Abitur machen lassen, und der Älteste studiert sogar«, erinnerte sich Großmutter. »Aber für Achim hätte ich mir endlich mal eine aus unseren Kreisen gewünscht. Ich wüßte hundert Damen, die ihn mit Kußhand nehmen würden. Aber naja — er ist alt genug, um zu wissen, was er tut.«

Beim Frühstück am nächsten Morgen wollte Großmutter endlich Gewißheit. »Dieses Fräulein Steißfurth – sag mal, Achim, ist es was Ernstes?«
Genthin setzte seine Teetasse ab, ohne getrunken zu haben, und lachte. »Die Frage hat dich wohl nicht schlafen lassen, Mutter?«
»Du erzählst mir ja nie was!« beklagte sie sich.
»Fräulein Steißfurth ist die Schwester eines Regimentskameraden. Ich habe ihm versprochen, mich im Urlaub ein bißchen um sie zu kümmern, weil ihr Freund gerade gefallen ist.«
»Ach, Junge«, lachte Großmutter erleichtert auf, »und ich dachte schon – also, das hättest du doch gleich sagen können.« Und ihre Semmel schmierend: »Übrigens steht ihr Bruder nicht im Telefonbuch.«

Am Abend vor seiner Rückreise nach Frankreich – das Gepäck stand schon versammelt in der Garderobe – schenkte Genthin seiner Tochter einen Biedermeierring mit einem Kleeblatt aus Granaten.
»Es soll dir Glück bringen«, sagte er dazu. »Ich glaube, du hast es im Augenblick nötig.«
»Wie kommst du denn darauf, Vati?« wehrte sie erschrokken ab wie jemand, der sich ertappt fühlt.
Er strich über ihren Scheitel. »Du bist traurig, Jolande. Ich weiß nur nicht den Grund.«
Statt einer Antwort legte sie die Arme um seinen Hals. Die erste Umarmung seit Kleinmädchenzeiten.
»Danke, mein Kind«, sagte er und hielt sie einen Augenblick fest.

Am nächsten Morgen um sechs Uhr früh holte ihn sein Fahrer ab.
Großmutter und Jola winkten ihm fröstelnd nach. Und es

tat beiden leid, daß er so fremd abfuhr, wie er gekommen war.

»Aber er erzählt ja nichts«, jammerte Großmutter. »In dieser Familie erzählt keiner was – dein Großvater nicht, dein Vater nicht und du auch nicht. Und dann verlangt ihr von mir, daß ich euch verstehe. – Mich schuddert's. Wird doch schon kühl morgens. Ich geh rein. Komm auch, Jolakind, hast ja nicht mal Strümpfe an!«

Vielleicht hätte ich Vati sagen sollen, was ich für Kummer habe, überlegte Jola, ihr langsam ins Haus folgend. Aber wie denn – es ist soviel Scheu zwischen uns, wir sind uns wohl zu ähnlich... so niemals vertraut, obgleich wir gerne möchten... und wenn er nun nicht wiederkommt...

18

In der Zehn-Uhr-Pause stand ein Soldat auf unserem Schulhof. Das hatte es noch nie gegeben. Wir waren schließlich ein anständiges Lyzeum. Selbst Brüder auf Fronturlaub wagten sich nicht auf unseren Hühnerhof, sondern ließen ihre Schwestern durch den Hausmeister herausrufen.

Die beiden ältlichen Lehrerinnen, die Aufsicht hatten – eine von ihnen mit dünnem Dutt, die andere mit Herrenschnitt –, waren außer sich.

Schülerinnen standen in Klumpen zusammen und kicherten provozierend in seine Richtung. Dem Soldaten wurde langsam mulmig vor soviel weiblicher Aggressivität, aber er hielt ihr verlegen stand.

Ich kam erst später herunter, weil ich noch den Biologieraum hatte aufräumen müssen.

»Guck mal, ein Soldat auf unserem Hof«, empfing mich Sigrid.

»Wo?« Und dann sah ich ihn – groß, breitschultrig, sommersprossig, von Hunderten von Blicken durchbohrt wie der Heilige Sebastian von Pfeilen.

»Hallo, darling«, kam er erleichtert auf mich zu.»Da bist du ja endlich...!«

Ich dachte, ich falle tot um vor Schreck. Fiel aber nicht, sondern zischte ihn verzweifelt an: »Du darfst hier nicht – !!«

Und er: »Ja, hab schon gemerkt. Ist das hier'n Kloster? Aber was sollte ich machen – bin auf der Durchreise nach Dresden – habe nur paar Stunden Aufenthalt. Wollte dich so gerne sehen – ach, darling –«

Plötzlich stand Fräulein Dr. Schubert neben uns, die mit

dem Herrenschnitt. »Verlassen Sie sofort den Hof!« Drängte, kantig-breit gebaut, Hans von mir fort dem Ausgang zu. Er — bereits auf dem Rückzug — hob bedauernd die Hände. »Sorry, darling...«
»Unerhört so was«, wandte sich die Schubert an mich. »Hat der Mensch denn keinen Anstand? Nicht bloß, daß er hier unangemeldet einbricht — er redet auch noch englisch! Als deutscher Soldat!«

Ich ging ins Schulhaus in meine Klasse hinauf.
Es läutete. Die Mädchen fädelten sich einzeln durch die Tür, an meinem Platz vorbei, säuselten »Hallo, darling«, schnalzten Küsse um meine heißen Ohren.
Dann begann der Unterricht — zog wie chinesisch an mir vorbei oder wie Mathematik, das machte keinen großen Unterschied. Ich verstand das eine wie das andere nicht.
Hans ist dagewesen — ist in Berlin — und ich hocke hier sinnlos herum — warum bin ich nicht einfach mit ihm gegangen — ohne Rücksicht auf Strafe —
O Preußerl, was bist bleed!
So blöd, daß mich die Schweine beißen müßten.
»Störe ich dich?« bohrte sich die Stimme meines Klassenlehrers Dr. Ellmer bedrohlich sanft in mein Bewußtsein. Er stand neben meinem Platz.
Aus den feixenden Gesichtern meiner Mitschülerinnen entnahm ich, daß er wohl schon längere Zeit versuchte, mit mir Kontakt aufzunehmen. »Luise! Na endlich —! Würdest du die Güte haben, mit auf den Flur zu kommen. Ich muß mit dir reden. Nimm deine Mappe mit.«
Hinter Dr. Ellmer und mir schloß sich die Klassentür. Nun standen wir auf dem nach Karbol und Schmierseife riechenden Flur vor den Kleiderhaken, über die wir unsere Mäntel gestülpt hatten, weil den meisten der Aufhänger fehlte, Schals und Mützen darüber.

»Ich habe im Lehrerzimmer gehört, was auf dem Hof vorgefallen ist«, begann Dr. Ellmer.
»Es tut mir leid.«
»Und was hast du mir sonst noch zu sagen?« Sein trockener Tonfall, sein unbewegliches Gesicht ermunterten mich nicht gerade zu einer Liebesbeichte. Eine Lüge fiel mir aber auch nicht ein. »Er – er ist auf der Durchreise – nur paar Stunden und wollte mich gern sehen –« stotterte ich.
»So – auf der Durchreise – an die Front?«
»Eh – ja. An die Front.«
»Hm.« Seine Zunge stieß in seiner Wange herum, während er überlegte. »Glaubst du, daß du ihn noch erreichen kannst?«
»Ich weiß nicht – vielleicht?«
»Dann lauf, Luise. Ich gebe dir frei.« Damit drehte er sich um und ging ins Klassenzimmer zurück.
Ich starrte auf seinen runden Rücken im immer gleichen, ausgesessenen grauen Anzug mit durchhängendem Hosenboden. »Danke, Herr Doktor«, sagte ich gegen die sich hinter ihm schließende Tür.
Seit Dr. Ellmer seinen einzigen Sohn in Frankreich verloren hatte, war dieser trockene, gern ironische Pädagoge wohl zu der Einsicht gekommen, daß eine verpaßte Stunde mit einem Liebsten schwerer nachzuholen war als eine Schulstunde.
Ich rannte zum nächsten Stadtbahnhof: »Bitte, von wo gehen die Züge nach Dresden ab?«

Luftkriegsschule 1
Dresden-Klotzsche

Darling.
Ich habe versprochen, Dir gleich zu schreiben.
Was war das nur wieder für ein gelungener Tag. Zuerst mein Rausschmiß aus Eurem Schulhof, dann zwei verlorene

Stunden zu Hause ganz allein. Ich habe Platten gehört und bis zuletzt darauf gewartet, daß Du doch noch anrufst. Und mir vorgestellt, Du bist bei mir. O darling —. Dann bin ich zum Anhalter Bahnhof gefahren. Und als ich überhaupt nicht mehr mit Dir rechnete, hörte ich an der Sperre Dein »Hallo!« Und war so unbeschreiblich froh. Mir tat nicht einmal die Frau leid, der mein Koffer auf die Zehen fiel, als ich Dich umarmte. Drei Minuten mit Dir auf dem Perron — von allen Seiten geschubst.
Wir haben so wenig Zeit miteinander, und davon verschenken wir auch noch kostbare Stunden — ich am Telefon hokkend, Du auf dem Bahnhof auf mich wartend. Soll das unser Schicksal werden? Zuerst in Velden, jetzt in Berlin... Wenigstens drei Minuten warst Du nah — so lange dauern Träume. Nun können nur noch meine Gedanken bei Dir sein, vielleicht spürst Du sie sogar einmal.
Küsse Deinen wunderbaren, verständnisvollen Lehrer auf beide Backen und sage ihm, der Soldat hätte ihm die Küsse gesandt. Das freut ihn bestimmt.
So long, darling — Hans.

Fünf sehnsüchtige Briefe von ihm in zwei Wochen und die immer drängendere Frage: Wann kommst du endlich einmal her?
Wie stellte er sich das vor? Sollte ich zu meinen Eltern sagen: Tschüs, ich fahr mal kurz nach Dresden?

Ende Oktober hatte mein Vater beruflich dort zu tun, ich wurde ihm mitgegeben, »...damit Luise endlich diese herrliche Stadt kennenlernt«.
Jola borgte mir ihren Waschbärmantel und ein Fläschchen Soir de Paris, das Vetter Horst aus Frankreich mitgebracht hatte. »Aber nimm nur'n paar Tropfen, laß mir noch was drin.«

Sie blickte mir neidvoll nach. Glückliche Luise! Durfte zu ihrem Liebsten fahren. »Hast du's gut, Mensch!«

Hans schrieb: »Sobald Du ankommst, ruf im Hotel Bellevue an. Dort wohnt meine alte Dame zur Zeit. Die Nummer ist 25281. Du brauchst vor ihr keine Angst zu haben. Ich weiß, wie das ist...«
Jetzt konnte gar nichts mehr schiefgehen.
Ich mußte nur noch meinen Vater vorbereiten. »Ich bin heute abend mit Berliner Freunden im Bellevue verabredet. Mutti hat nichts dagegen, und wenn du mir nicht glaubst, ruf selber an. Die Nummer ist...«
»Jaja, schon gut«, unterbrach er mich, »du kannst ja gehen.«

Hotelportiers schüchterten mich von jeher ein — sie haben mir Wesentliches voraus: sie sind weltgewandt und eben nicht schüchtern.
Ich ließ einen hohen Offizier und eine pelzbesetzte Dame vor, bis ich genug Mut hatte, ihn anzusprechen.
Er schickte einen Boy in den Speisesaal.
Gleich darauf kam Hans auf mich zu, noch auf beiden Backen kauend — so schnell hatte ich ihn gar nicht erwartet. Er überrannte meine Beklommenheit. »Endlich, darling. Komm.«
Beide Hände um den geborgten Waschbär gelegt, zog er mich aus der Halle eine Treppe hinauf (ich sah kurz die Sixtinische Madonna in Lebensgröße über mir an der Wand — sehr gelungene Kopie, würde er mir später versichern), einen langen Flur entlang, Teppiche verschluckten unsere Schritte — er schloß eine Tür auf, schob mich in ein sehr großes Zimmer, nur von einer rosabeschirmten Lampe beleuchtet. Ich landete in einem Sessel, er auf seiner Lehne. Nicht einmal Zeit, den Mantel abzulegen, ließ er mir.

Der Rest war Wiederfinden nach soviel wochenlang aufgestauter Sehnsucht, Festhalten, endlose Küsse, Streicheln –. Irgendwann richtete er sich auf. Zum erstenmal nahm ich den Raum wahr, in dem wir uns befanden.
In meiner Blickrichtung hingen lauter Pelze auf Bügeln an einem Schrank – Feh, Ozelot, Breitschwanz, Hermelin –, befanden wir uns in einem Kürschnersalon? Dann erst sah ich auf der anderen Zimmerseite zwei Betten, eins davon aufgedeckt, über dem Kopfkissen ein Satinnachthemd, in der Taille zusammengehalten, mit Spitzen am Saum.
»Es ist das Zimmer meiner Mutter«, sagte Hans, »der einzige Ort, wo ich dich ungestört begrüßen konnte. Jetzt müssen wir leider runtergehen. Sie wartet auf uns.«

Beim Betreten des Speisesaals schaute ich nach Tischen mit einzelnen Damen – suchte mir eine reizende aus, sie lächelte überrascht, als ich auf sie zuging. Hans' Arm fing mich ein. »Nein, darling – dort drüben sitzt meine Mutter.«
Frau Degner lauerte uns unter einem Blaufuchscape entgegen. Mächtige Brillantklunkern zogen ihre Ohrläppchen in die Länge, sprühten Blitze wie angezündete Wunderkerzen. Dasselbe aggressive Blitzen wiederholte sich auf ihren kurzen, plumpen Händen. An dieser Frau wirkten die Hochkaräter nicht wie Edelsteine, sondern wie gebündelte Geldscheine.
»Mama, das ist sie«, stellte Hans mich vor.
Abschätzendes Mustern, während sie mir ihre Finger reichte. »Setzen Sie sich, Fräulein Hartwig.«
Frau Degner war bereits beim Mokka, der Ober brachte noch zwei Tassen, sie schob mir den Teller mit Gebäck zu. »Nehmen Sie sich...«
Ich war noch immer stumm vor Schreck.
»Sie sind zum erstenmal in Dresden?«
»Ja.«

»Eine Kulturstätte. Wo sind Sie abgestiegen?«
»Am Bahnhof. Das Hotel heißt Westminster.«
»Vernünftig von Ihrem Vater. Wer am Bahnhof wohnt, der spart.«
Wie sollte ich das verstehen?
Ich sah Hans an, er zwinkerte mir aufmunternd zu: Hab keine Angst! Er war so stolz auf mich, so zärtlich stolz. Gab mir Denkanstöße, um mich zum Reden zu bringen. Ich versuchte ja, munter zu sein, aber was ich von mir gab, klang so verkrampft, daß ich besser geschwiegen hätte.
»Und Sie gehen noch zur Schule, Fräulein Hartwig?«
»Im Grunewald«, antwortete Hans für mich. »Stell dir vor, Mama, wir waren praktisch Nachbarskinder. Wir haben es nur nicht gewußt, das heißt Luise hat sogar mal kurzfristig für mich geschwärmt. Damals war sie fünf.«
»Na, ist das nicht goldig«, sagte Frau Degner, abgelenkt durch Leute am Nebentisch, die sich gerade erhoben.
Es handelte sich um einen hohen SS-Offizier mit seiner ebenmäßigen, weizenhellen, langbeinigen Wikingerfrau.
»Schöne Person«, sagte Frau Degner hinter ihr her. »Hast du sie gesehen, Hans?« Zum erstenmal lächelte sie mich voll an. »Wissen Sie, Fräulein Hartwig, ich sage immer zu meinem Sohn: Wenn du einmal heiratest, dann muß es eine große, blonde, nordische Frau sein.«
Hans suchte unterm Tisch nach einer der Hände, die zu einem mittelgroßen, brünetten Mädchen gehörten und sich zwischen ihren Knien verkrochen hatten, holte sie ins Kerzenlicht und küßte sie beruhigend: Sie meint es nicht so, darling!
»Mama, bist du sehr böse, wenn wir uns jetzt verabschieden?«
»Aber nein, geht nur, amüsiert euch. Du fährst sicher anschließend in die Kaserne. Auf Wiedersehen, Fräulein Hartwig. Wie lange bleiben Sie noch in Dresden?«

»Bis Montag mittag.«
»Dann sehen wir uns ja sicher noch mal.« Sie reichte mir ihre weiche, nicht faßbare Hand, hielt ihrem Sohn die Wange hin, rief uns »Viel Spaß« nach.

In der Hotelbar waren wir mit Abstand die Jüngsten, Hans unter lauter hohen Dienstgraden der einzige Soldat. Er bestellte Cocktails namens Side-car und erzählte: »Weißt du, daß das Bellevue früher eine Zuckersiederei war? Erst Mitte vorigen Jahrhunderts hat man ein Hotel draus gemacht. Richard Wagner hat hier gewohnt, Gerhart Hauptmann, Richard Strauss...«, und dann verließ auch ihn die Munterkeit.
»Was ist los, darling?«
»Mir ist wie bei der Reise nach Jerusalem — wenn die Musik abbricht und alle Stühle bereits besetzt sind. Ich finde keinen mehr. Ich bin aus.«
»Aber darling —«
»Deine Mutter mag mich nicht.«
»Ach, das habe ich geahnt, daß das jetzt kommt. Ihr nordischer Tick. Mußt du nicht ernst nehmen. Wenn sie dich erst besser kennenlernt, wird sie begeistert von dir sein. Mein Vater ist es ja auch.«
Und seine Hand auf meine legend, die einen Strohhalm zerkleinerte: »Ich kann's noch immer nicht glauben, daß du wirklich da bist.«
Aber es gelang mir an diesem Abend nicht mehr, so reizend zu sein, wie er mich in Erinnerung hatte. Zwischen uns hockte unsichtbar, aber jeden Augenblick gegenwärtig, seine Mutter wie eine lauernde Kröte unter ihrem breitschultrigen Cape.
»Wenn ich morgen nicht Dienst hätte, könnten wir nach Schloß Pillnitz fahren oder nach Moritzburg«, bedauerte Hans. »Ich möchte dir soviel hier zeigen...«

Eine rumpelnde, geisterblau befunzelte Straßenbahn brachte uns zum Hotel. Wir standen noch eine Weile in einer windgeschützten Mauerecke, mein Kopf an seiner Schulter, mein Gesicht auf kalten Uniformknöpfen.
Vom nahen Bahnhof das Aneinanderknallen von Puffern. Eine Lokomotive zischte vorüber und schickte eine stinkende Wolke zu unserer frierenden Sehnsucht.
»Nun sei nicht traurig, darling. Wir haben ja noch morgen abend. Morgen wird alles wieder so sein wie früher. Bestimmt«, versicherte Hans. »Ich denke mir was Schönes aus – ohne meine alte Dame – nur für uns beide ganz allein.«

Einerseits schimpfte der sparsame Franz Hartwig auf die Verschwendungssucht ehemaliger Landesfürsten, die Dresdens Prunkbauten errichten ließen. Andererseits mußte er zugeben, daß Steuergelder und immense Schulden selten so vollendet angelegt worden waren.
Den Baedeker in der Hand, marschierte er vor mir her durch das Kronentor in den weiten Zwingerhof, den August der Starke für seine Hoffeste anlegen ließ.
»Herder hat Dresden einmal als das Florenz des Nordens bezeichnet. Aber solchen Vergleich hat es nun wirklich nicht nötig. Weil Dresden als Dresden einmalig ist. Nimm bloß diesen Wallpavillon – Pöppelmann und Permoser. 1716 bis 1717. Spätes Barock. Das ist einzigartig, das gibt's auf der ganzen Welt nicht noch mal. Wie das schwingt, wie... na, sag doch mal, Lieschen...« Mir fiel auch kein passender Vergleich ein. Vollkommenheit läßt sich schwer in Worte fassen.
Auf dem ehemaligen Theaterplatz mit der Gemäldegalerie, der Schinkelschen Wache, dem Schloß, Chiaveris Hofkirche, dem Opernhaus und dem italienischen Dörfchen an der Elbe wurde mein Vater tückisch. »Weißt du, wie der Platz jetzt heißt? Adolf Hitler! Wenn das August der Starke wüßte – !«

Anschließend wurde die Frauenkirche besichtigt, die Brühlsche Terrasse, und dann ging's rüber auf das gegenüberliegende Elbufer, um die vielen graziösen Kuppeln und Türme noch einmal als Panorama zu betrachten.
Ich schaute vor allem auf das Bellevuehotel am Ufer.
»Heute abend wirst du sicher sehr müde sein«, sagte ich hoffnungsvoll.
»Heute abend gehen wir in die Oper.«
»Nein!!«
Er sah mich verwundert an. »Warum schreist du so, Lieschen?«
»Ich geh nicht in die Oper.«
»Aber ich habe schon die Karten.«
»Heute abend bin ich mit Degners verabredet.«
»Die hast du gestern gesehen. ›Fidelio‹ noch nicht. Ausgezeichnete Besetzung. Völker singt den Florestan, Böhm dirigiert. Die Dresdner Oper hat Weltruf.«
»Aber die Degners –«
»Dann ruf sie in Gottes Namen an und sag ihnen, du kämst noch ne halbe Stunde nach der Vorstellung zu ihnen ins Bellevue. Ist ja gleich über die Straße.«
Warum habe ich nicht gekniffen? Warum bin ich mit in die Oper gegangen? Warum hatte ich so wenig eigenen Willen und soviel Gehorsam in mir?

Im prunkvollen Zuschauerraum des Opernhauses, auf rotsamtenem Sitz, hatte ich weniger die Bühne im Auge als die Uhr darüber. Die Minuten ließen sich wie Stunden Zeit, die Stunden wie Tage...
Was interessierte mich der fettleibige, eingekerkerte Tenor, der mir weismachen wollte, er nage am Hungertuch.
Wenn ich wenigstens in der Pause hätte gehen dürfen, aber nein, ich mußte unter Glaslüstern, zwischen farbigem Marmor und Golddekorationen lustwandeln. Nur wenige

Schritte entfernt, im Bellevuehotel, wartete Hans seit sechs Uhr auf mich. Lauter verschenkte Stunden.
Endlich der Schlußchor. Mit dem letzten Ton erhob ich mich. »Tschüs, Vati.«
Er zog mich auf den Sitz zurück. »Ist ja noch nicht zu Ende. Kommt noch eine Leonoren-Ouvertüre.«
»Wieso am Ende? Eine Ouvertüre gehört an den Anfang, und da war schon eine, wieso zwei Ouvertüren? Alles laß ich mir nun wirklich nicht gefallen. Ich will hier raus!«
Nicht nur mein Vater machte »Pschscht«.
Mitten in diese Schluß-Ouvertüre mischte sich plötzlich ein ferner Heulton, den Beethoven nicht komponiert hatte, riß mich vom Stuhl, an sperrigen Knien in Tuch und Seide vorbei dem Ausgang zu – Foyer, Treppen, Eingangshalle. Die Ausgänge waren bereits hermetisch verschlossen.
Logendiener bewachten sie wie Eunuchen die Türen zum Serail. »Lassen Sie mich raus – bitte – ich muß nur die paar Schritte zum Bellevue – bitte! Die paar Schritte!«
Ich kramte in meiner Handtasche, fand aber nur einen Groschen für die Toilette, damit kann man keinen Livrierten bestechen.
Also Tränendrüse: »Mein Verlobter wartet auf mich. Er muß morgen früh an die Front!«
Der Diener zuckte bedauernd die Achseln: »Strikte Anweisung von oben. Bei Fliegeralarm darf kein Zivilist das Opernhaus verlassen.«

Ich setzte mich auf eine Treppenstufe zwischen Ausgehuniformen und Abendkleider, vergrub das Gesicht in meinen Armen und gab die Hoffnung auf Hans Degner auf.
Ich wußte, daß er jetzt drüben im Bellevue mit seiner Mutter zusammensaß, vom langen, vergeblichen Warten auf mich nicht zum erstenmal zermürbt, aber zum erstenmal ihrem Einfluß zugänglich. »Abgesehen davon, daß Luise

Hartwig nicht der Typ Mädchen ist, den ich mir für dich vorstelle – wie soll das eigentlich zwischen euch weitergehen? Morgen reist sie ab, dann siehst du sie wieder Monate nicht, und wenn ihr euch seht, hast du auch nichts von ihr. Reichen dir etwa Briefe? Na also! Häng dich nicht an so ein junges Ding, Liebling, leb dein Leben, du bist ein Mann. Andere Mütter haben auch hübsche Töchter...«
So oder so ähnlich würde sie auf Hans einreden, nicht nur heute abend, und im Grunde genommen hatte sie ja recht.

»Lieschen!« rief mein Vater erleichtert – er hatte mich zwischen zweitausend Opernbesuchern auf Gängen und Treppen gesucht. »Da bist du ja endlich!« Setzte sich zu mir, aber ich mochte nicht reden, sondern kroch immer tiefer in meinen Kummer hinein.
»Tut mir leid, daß du deine Berliner Freunde nun nicht mehr sehen kannst, aber sie sind ja nicht aus der Welt. Und die Aufführung war wirklich gut.«
Nach einer Weile kreiste ein einsames Flugzeug über der Stadt. Seinetwegen hatte man uns eine Stunde lang eingesperrt. Es soll übrigens der erste Fliegeralarm in dieser Stadt gewesen sein.
Der Tag, an dem Dresden von Bomben ausgelöscht wurde, war noch fern.

Am nächsten Morgen begegnete ich Frau Degner zufällig in der Straßenbahn. Breitschwanz, Rubinschmuck, Krokotasche und kühle Distanz. Ja, zu dumm das mit dem Alarm gestern abend. Hans wird Ihnen schreiben. Wann reisen Sie ab? Und dann schalt sie mich, weil ich das falsche Billett für die Trambahn gelöst hatte. Mit einem andern hätte ich fünf Pfennig gespart.
»Gute Heimreise, Fräulein Hartwig, grüßen Sie Berlin.«

Fünf Tage später kam ein Brief von Hans.
»Liebe Luise, vielleicht hast Du es inzwischen selbst eingesehen, wir haben keine Chance miteinander und sind beide zu jung, um von versäumten Stunden leben zu können. Ich wollte Dich in Velden ein bißchen glücklich machen und war es selbst dabei. Es war ein Fehler, diese Ferienverliebtheit über ihren Abschied hinaus zu verlängern. Aber das weiß man ja nie vorher. Bitte sei nicht traurig. Du hast noch soviel Hoffnung vor Dir. Es wird bestimmt einer kommen, der Dich glücklicher machen kann als ich. Leb wohl, Luise — thanks for the memory — Hans.«
Thanks for the memory — das ist unser Lied gewesen.

»Sei doch froh, daß es jetzt aus ist und nicht erst in einem Jahr, dann fiel's dir noch viel schwerer«, tröstete mich Jola, während wir gemeinsam das Herbstlaub aus der Genthinschen Einfahrt kehrten. »An der Mutter geht über kurz oder lang jede Liebe kaputt, die ihr nicht paßt. Im Grunewald ist sie als Aas auf der Baßgeige verschrien. Das Haus, wo Barris wohnen, gehört ihr. Ganze Straßenzüge gehören ihr in Berlin. Wenn ein Mieter nicht zahlen kann, kennt sie kein Pardon.«
»Davon hast du mir nie was gesagt.«
»Du hättest es auch nicht hören wollen.«
»Hans war anders«, versicherte ich, Laub in meine Arme raffend, um es in die Schubkarre zu laden. »Und ich kann meine Liebe nicht einfach abschalten. Sie sitzt viel zu tief in mir drin.«
»Wem erzählst du das!« Jola stieß mit zerstörerischem Fuß in einen Laubhaufen, den sie zusammengekehrt hatte. Gelbe Ahornblätter, nach Suppenwürze riechend, stoben durch die Luft. Ich glaube, der Tritt galt Karl-Heinz Kühnhagen.

Wir kehrten nicht nur Laub, sondern auch die Scherben unserer ersten Liebe zusammen.

Erste Liebe – so rein wie ein Neugeborenes. Dieses Abheben zum erstenmal aus der elterlichen Nestwärme in eine erregende Glückseligkeit. Dieses Schweben mit ausgebreitetem Herzen auf einen Fremden zu, der unsere Gefühle entzündet hatte. Nun brannten sie lichterloh – wir glaubten jeder Beteuerung, jedem abgedroschenen Liebeswort – wir hörten es ja zum erstenmal.
Und dann ein Eimer kaltes Wasser in Form eines Abschiedsbriefes, der das Feuer löschen sollte.
»Der Kühnhagen und der Degner – wären wir ihnen doch nie begegnet«, wünschte Jola.
Ich gab ihr recht. »Da freut man sich seit Jahren auf die große Liebe, kann's gar nicht abwarten... nun sitzen wir da. Ganz schön angeschmiert.«
Leidtragende waren die Jungen, die uns nach dieser Enttäuschung ihre Sympathie antrugen. Wir ließen sie bitter leiden für das, was man uns angetan hatte.

19

Ein Sonntag im Juni 1941.
Im Grunde merkten wir nicht viel vom Krieg. Die Fronten waren weit von Deutschlands Grenzen entfernt. Auf dem Kontinent herrschte weitgehend Waffenstillstand – unsere Bomber flogen gegen England – lange würde es bis zum endgültigen Sieg nicht mehr dauern. Da überraschte uns in den Frühnachrichten die Kunde von Hitlers Kriegserklärung an unsere bisherigen Verbündeten, die Russen.
Eine Woche später Sondermeldungen über Sondermeldungen, die unser Ohr verwöhnen sollten: Brestlitowsk war genommen, Bialystok, Minsk und Grodno.
Großmutter Genthin steckte auf ihrer Europakarte mit bunten Stecknadeln die Fronten im Osten ab und – weil ohne Lesebrille auf der Nase – besetzte sie Moskau gleich mit.
Einerseits hatte das ständige Siegen den letzten Funken Mißtrauen in ihr gegen den Führer und Oberbefehlshaber der Wehrmacht ausgelöscht, andererseits gefiel ihr das mit Rußland nicht so recht. »Hoffentlich übernimmt er sich damit nicht. Denk an Napoleon, Jolakind. Wenn's dem Esel zu wohl wird, marschiert er in Rußland ein. Und dann kommt die große Kälte. Ein Glück, daß dein Vater in Norwegen ist und Horstchen in Afrika.«
»In Afrika kann er auch fallen«, meinte Jola, ihren Badeanzug einpackend.
»Aber nicht auch noch erfrieren«, gab Oma zu bedenken.
»Tschüs.« Jola küßte sie flüchtig auf den grauen Scheitel. »Ich geh mit Dickie und Luise segeln.«
»Wann kommst du wieder?« fragte Frau Genthin hinter ihr

her, ein hilfloser Anflug von Autoritätsbedürfnis bei gleichzeitiger Erkenntnis, daß sie längst keinen Einfluß mehr auf ihre Enkeltochter hatte.
»Das hängt vom Wind ab. Bestimmt nicht spät.«
»Was dir fehlt, sind Eltern«, seufzte Großmutter.

Zwischen Schule, Hausaufgaben, Heimabenden und Sammelaktionen fürs Winterhilfswerk nutzten wir jede Minute Freiheit, um uns am See herumzutreiben. Seit einigen Wochen nahm Dickie daran teil, ein fettes Riesenbaby von achtzehn Jahren, das Jola mit seiner aussichtslosen Liebe verfolgte.
Abend für Abend stand er im Lindenschatten vor ihrem Gartentor voller Sorge, ein anderes männliches Wesen könnte das Grundstück betreten. Punkt neun Uhr gab er seinen Wachtposten auf, seine Schritte entfernten sich mit plattfüßigem Klatschen auf dem Fahrdamm. Etwa zwanzig Minuten betrug sein Dauerlauf nach Hause, er wurde trotzdem nicht dünner.
Anfangs hatte Jola ihren Hund Benita auf Dickie gehetzt. Als sie einsah, daß seine eifersüchtige Verehrung sich auch nicht durch mögliche Bisse verscheuchen ließ, begann sie, ihn auszunutzen. Und ich half ihr dabei. Wo gab es schließlich noch einen nichteingezogenen Jungen mit Segelboot!?
Jola sagte zu Dickie: »Wenn du unbedingt willst, darfst du mit mir und Luise segeln gehen.«
Dickie brachte Picknick mit und mußte für Jola eine Luftmatratze aufblasen. Wir sahen interessiert zu, wie er diesen Kraftakt mit sich ins Bläuliche verfärbendem Plustergesicht vollbrachte.
Sobald er den Stöpsel in die pralle Matratze geschoben hatte, bedauerte Jola: »O Dickie, warum bist du nicht geplatzt!« Und hatte plötzlich keine Lust mehr auf Luftmatratze, weshalb sie die Stöpsel wieder herauszog. Die Matratze

machte pffft und sank in sich zusammen — alles Dickies Puste, die da herauspfiff. Er trampste wütend auf. »Du bist gemein zu mir! Du bist so gemein.«
Jola lachte sich halbtot. Anschließend lag sie neben mir auf dem Boot herum, im Schatten des kraftlos pendelnden Großsegels.
Dickie saß schmollend an der Pinne und ließ ihren Rücken im blauwollenen Badeanzug mit gestopften Mottenlöchern nicht aus den Augen.
»Guck lieber, wohin du fährst, sonst knallen wir noch mit nem Dampfer zusammen«, ermahnte ich ihn.
Wasserglucksen an der Bootswand — gab es ein friedlicheres Geräusch? Wenn statt des birnenförmig gewachsenen, x-beinigen Dickie jetzt zwei Jungen an Bord gewesen wären, in die man sich hätte verlieben können! Aber die waren ja längst eingezogen...
So verblühte unsere Jugend unbeachtet, für wen ließen wir uns eigentlich braun brennen?
In unser träges Bedauern hinein sagte Dickie: »Da drüben schwimmt ein Ball.«
»Na und?«
»Der Ball hat aber Haare«, fügte er beklommen hinzu.
»Wo?« Wir richteten uns auf und schauten in die Richtung seines Zeigefingers.
Der Ball hatte wirklich Haare. Sie umspülten ihn lang und dicht.
»Das ist —« sagte Jola beklommen.
Panik erfaßte mich. »Wir müssen sofort ans Ufer und die Polizei benachrichtigen!«
Aber weder Dickie noch Jola rührten sich, sondern starrten gebannt auf den langsam treibenden Frauenkopf.
Dickie sagte wie verklärt: »L'inconnue de la Seine!«
Jetzt war er übergeschnappt.
Ich rüttelte vergebens an ihm: »Wir müssen ans Ufer!«

Zerrte das Paddel unter der zerknüllten Persenning hervor. Dickie nahm es mir aus der Hand. »Halt die Pinne«, sagte er zu Jola, »ich pätschel –« Er tunkte das Paddel in den See, schaufelte Wasser, immer rascher und kräftiger – aber nicht ans Ufer, sondern auf den treibenden Kopf zu.
»Bist du wahnsinnig?« schrie ich ihn an.
»Wir müssen sie retten«, sagte er wie in Trance.
»Dickie, laß den Quatsch! Das ist nicht die Inconnue! Das ist ne andere. Und außerdem kannst du sie nicht retten. Sie ist tot!«
Dickie hörte mich nicht. Er sagte ganz ruhig zu Jola: »Nimm den Bootshaken. Wenn ich nahe genug dran bin, halt sie damit fest. Wir ziehen sie an Land.«
Nun reichte es mir. Ich sprang über Bord und schwamm, so schnell ich konnte, dem Ufer zu. Unsichtbare Arme griffen nach meinen wildstoßenden Füßen, versuchten sie festzuhalten, kratzten über meine Haut.
Das sind Schlingpflanzen, versuchte ich mich zu beruhigen. Das ist auch nichts Ekelerregendes, was da im selben See schwimmt wie ich, sondern eine arme, ertrunkene Frau. Mein Verstand war erwacht. Versuchte vergebens, mich zu beruhigen.
Ich erreichte ein Ufergrundstück, auf dem die vogelzwitschernde, grüngoldene Trägheit dieses Sommernachmittags durch kein Entsetzen aufgeschreckt worden war.
Sprenger summten kreisend, und die Luft war voller Blütenduft. Auf dem Rasen spielte ein kleines Mädchen mit zwei Blechdosen an einer roten Schnur.
»Wo ist deine Mutter?«
Es sah strafend auf. »Hier ist privat.«
»Sieglinde, was ist los?« fragte eine junge Frau, auf die Terrasse des Walmdachhauses tretend, in langfließendem Hauskleid, goldblonde Haarschnecken über den Ohren wie Radiokopfhörer.

»Immer wenn sie müssen, gehn sie bei uns an Land. Warum pullern sie nicht ins Wasser?« beschwerte sich Sieglinde und rannte ans Ufer.
»Bitte rufen Sie die Polizei«, keuchte ich. »Da draußen — eine Wasserleiche — meine Freunde — sehen Sie?«
Die Frau schaute zum See, nach einer Bestätigung meiner Mitteilung suchend, sah wohl Dickies und Jolas Bemühungen und wurde plötzlich praktisch.
»Holen Sie das Kind, aber schnell!« verlangte sie von mir und ging ins Haus, um die Polizei anzurufen.
Ich fand Sieglinde auf dem Steg, gespannt auf das wartend, was Dickies Segelboot hinter sich herzog.
»Du sollst zu deiner Mutter kommen!« Und griff nach ihr. Sie ließ sich fallen, ein zappelnder Sack an meiner Hand.
»Aua, du tust mir weh!«
Bis ich Sieglinde auf die Terrasse gezogen hatte, war ich zweimal von ihr gebissen worden.
Eine kräftige, in Bügelduft gehüllte Person nahm mir das kleine Miststück ab und beförderte es ins Haus. Ich ging nach, meine Bißstellen massierend. Stand tropfend in einer Wohnhalle und vergaß vor Staunen beinah den tragischen Anlaß meines Hierseins.
So ähnlich wie diese Wohnhalle mußte es bei Görings in Karinhall aussehen: Spitzdach mit freischwebenden Balken, Geweihe in jeder Größe, überdimensionale geblümte Sitzecken, ein Schreibtisch von den Ausmaßen eines Billardtisches, alles schwere Eiche mit bronzenen Knöpfen. Über dem Kamin ein signiertes Führerbild, im Halbprofil mit hochgeschlagenem Mantelkragen und Mütze.
In solchen heiligen Hallen war ich noch nie.
Die Frau, die aussah wie aus der Edda entsprungen, legte den Telefonhörer auf. »Die Polizei kommt sofort.« Und schaute mißbilligend auf die Pfütze zu meinen Füßen. Ihr schönes Parkett!

An sich hätte ich jetzt gehen müssen, sah ich ihr an. Aber ich ging nicht, solange die Leiche noch am Steg lag.
»Ich hole Ihnen ein Handtuch«, sagte sie schließlich und kam lange Zeit nicht wieder. Wie weit entfernt bewahrte sie denn ihre Handtücher auf!?
Ein Auto fuhr vor. Amtsstimmen und Kommandos hallten vom See herauf. Kommandos müssen ja immer sein, selbst beim Fortschaffen einer stillen, ertrunkenen Frau.

Inzwischen tropfte ich nicht mehr. Und draußen war es still geworden. Ich riskierte einen Blick zum Steg.
Da waren nun keine Polizisten mehr. Zögernd ging ich hinunter.
Dickie und Jola sahen mir elend, aber verachtungsvoll entgegen. Beide hatten die Gelbsucht.
Auf dem Steg war ein langer nasser Fleck, dort mochte sie gelegen haben. Ich traute mich nicht, mit bloßen Füßen draufzutreten. »Dickie, gib mir deine Latschen.«
Er zog sie aus und warf sie mir zu. Noch nie im Leben hatte ich so heiße Schuhe an den Füßen.
»Feigling«, sagte Jola, als ich an Bord stieg. Auch ihre Stimme klang gelbsüchtig.
»Wieso feige?« verteidigte ich mich. »Eine Lebendige hätte ich sofort gerettet. Aber der war doch nicht mehr zu helfen.«
Dickie holte das Großsegel ein und erbrach sich anschließend über Bord.
»Das hast du nun von deiner Inconnue de la Seine«, sagte ich.
Er wehrte meine Bemerkung mit der Hand ab, bevor er sich den Mund putzte.
Jola hockte zusammengekauert unter ihrem Handtuch. »Wir wollen nie mehr davon sprechen. Wehe, einer von euch fängt davon an!«

»Das müssen ganz hohe Parteibonzen sein in dem Haus da, wo ich war«, wollte ich ablenken, aber keiner hörte mir zu. Sie waren viel zu verstört.
»Hunderttausende fallen im Krieg, und wir stellen uns wegen einer Toten an«, sagte ich nach einer Weile.
»Du hast sie ja nicht von nahem gesehen«, fuhr mich Jola an.
»Bist du selber schuld«, sagte ich.
»Noch nie habe ich einen Toten gesehen, nicht mal meinen Großvater!«
»Einmal erwischt es uns alle«, sagte Dickie düster, während er uns Richtung Heimat paddelte.
»Ich habe schon mal einen Toten gesehen«, erinnerte ich mich.
»Du?« Jola sah ungläubig auf. »Wo denn?«
»Auf der Königstraße nach einem Autounfall. Er lag auf der andern Seite und war mit Packpapier zugedeckt. Jobst und ich und noch drei Kinder kamen vorbei, ich wollte weg, aber Jobst interessierten die kaputten Autos. Und wie wir so da rumstanden, kam der Kronprinz angefahren und wollte ausgerechnet von mir wissen, wie es passiert ist. Ich hab's ihm erzählt. Ehe er weiterfuhr, hat er mir 50 Pfennig geschenkt. Jobst und die andern guckten neidisch auf meinen Fuffziger. Da bin ich zum Schuster in die Werkstatt und habe ihn in fünf Groschen umwechseln lassen. Nun hatte jeder von uns einen Groschen, aber es war nicht mehr der Fuffziger vom Kronprinzen. Da bin ich wieder zum Schuster und wollte die Groschen in das Fünfzigpfennigstück vom Kronprinzen zurücktauschen — aber er hatte viele Fuffziger in seiner Kasse, und alle sahen gleich aus — selbst das vom Kronprinzen.«
Ich brach meine Erzählung ab, verschreckt durch Jolas und Dickies Blicke. Am liebsten hätten sie mich samt hohenzollernschem Fuffziger im See versenkt.

Jola verkroch sich unter der Persenning und ich mit ihr, denn Mücken sirrten im Großangriff auf uns herab. Dickie, ein Handtuch über den Schultern, klatschte, tief in Gedanken, um sich.
»Könnt ihr mir mal sagen, wieso sich ein junger Mensch das Leben nimmt? Sie war doch noch jung – höchstens Anfang Zwanzig. Vielleicht hatte sie Liebeskummer.«
»Aber deshalb geht man nicht ins Wasser«, protestierte Jola. »Nicht wahr, Luise?«
»Gotteswillen.«
»Ach, ich weiß nicht – ich könnte mir vorstellen – wenn ich sehr unglücklich wäre –« überlegte Dickie.
Jola mit einem Blick auf seine Speckpolster: »Du gehst aber nicht unter, du schwimmst immer oben.«
»Dann erschieß ich mich eben«, beschloß er.
»Das kannst du deinem Vater nicht antun, wo er doch all seine Beziehungen gebraucht hat, um dich vom Wehrdienst zu befreien.«
»Das ist nicht wahr«, heulte Dickie auf. »Ich bin zurückgestellt, weil ich was an der Wirbelsäule habe.«
Jola wollte darauf etwas entgegnen, aber ich stieß sie unter der Plane an. »Laß ihn – nun ist genug.«
Das Boot stand fast still in der Abendflaute. Keine von uns kam auf die Idee, ihm beim Paddeln zu helfen. Alle drei dachten wir an die Tote.

Wir überließen es Dickie, sein Boot allein zum Yachthafen zu pätscheln. Er würde gewiß noch eine längere Weile unterwegs sein.
»Du nützt ihn aus und bist auch noch gemein zu ihm«, konnte ich mir nicht verkneifen, als wir vom Ufer her den Serpentinenweg zum Genthinschen Haus hinaufstiegen.
»Und du hast mitgemacht!« konterte sie, nicht zu Unrecht. Aber mir tat es wenigstens nachträglich leid.

»Dickie will's nicht anders. Der leidet doch gerne«, sagte Jola.
»Und wenn er sich wirklich erschießt?«
»Du fällst auch auf alles rein, Luise. Dickie doch nicht – niemals. Der macht sich bloß wichtig mit solchen Reden. Der hat mehr Schiß als Vaterlandsliebe, und ich glaube, jetzt hat er endlich die Schnauze von mir voll.« Sie blieb stehen und schlug sich mit der flachen Hand gegen die Stirn. »Ich hab dir überhaupt noch nicht das Neueste erzählt – halt dich fest! Barris ist eingezogen worden. Zur Infanterie. Mami hat's mir heute am Telefon erzählt. Mußte sie ja mal anrufen – hab mich ewig nicht bei ihr gemeldet. Barris als Soldat! Also ich finde das zu komisch.«
»Ja, du – aber er?«
»Seit sechs Wochen ist er schon in der Kaserne. Das frühe Aufstehen bekommt ihm überhaupt nicht, hat er Mami gesagt.«
»Der Arme.«
»Na und? Lebt er endlich mal gesund.«

»Was ist denn los mit dir?« griff sie mein Schweigen an, als sie mich zum Gartentor brachte. »Ist dir ne Laus über die Leber gelaufen?«
»Ja – du.«
»Wieso ich?« konnte sie nicht verstehen.
»Ich habe mir gerade überlegt, daß du eigentlich bloß Mitleid mit dir selber kennst. Mit andern nie. Und das gefällt mir nicht.«
»Ach, das gefällt dir nicht!« ging sie zum Gegenangriff über. »Mir gefällt auch so manches nicht an dir – zum Beispiel deine Gefühlsduselei. Mensch, bist du manchmal sentimental.«
Wir hatten leider keine Möglichkeit, uns noch ein paar hübsche Sachen an den Kopf zu werfen, denn ich hörte den Bus

anrollen und rannte zur Haltestelle am Bahnhof Wannsee, sprang auf die hintere Plattform im gleichen Moment, wo er anfuhr, stolperte über einen Seesack und fiel gegen den dazugehörigen Soldaten.
»'tschuldigung«, sagte ich, mich an einem Haltegriff aufrichtend. Und dann erkannten wir uns und erschraken alle beide. Der Soldat war mein ehemaliger Freund aus starken Kindertagen, Jobst von Wahren.
Wiedersehensfreude stellte sich nicht ein. Schließlich stand unsere letzte, unerfreuliche Begegnung zwischen uns: Sein Versuch vor zwei Jahren, mich im Bus zu küssen, meine knallende Reaktion und sein spontaner Ausstieg bei voller Fahrt in die Dunkelheit. Im Bus hatten wir miteinander aufgehört — im Bus sahen wir uns nun wieder und wußten nicht recht...
»Na?« sagte ich schließlich und Jobst: »Na, du doofe Nuß?«
»Spring bloß nicht gleich wieder ab.«
»Geht nicht. Hab ja diesmal Gepäck dabei.« Er grinste. »Außerdem möchte ich mir nicht noch mal das Handgelenk brechen.«
»Eh wirklich? Das tut mir leid.«
»Macht nichts. War ja bloß das linke.« Jobst schob die Mütze auf den Hinterkopf und strahlte wie die liebe Sonne. »Ich hab Urlaub. Kann's noch gar nicht fassen. Hoffentlich ist mein Boot in Ordnung. — Geht's dir denn, Lieschen?«
»Och, danke.«
»Hast'n Freund?« Und da ich mit der Antwort zögerte — wer gibt schon gerne zu, daß er keinen hat —, winkte er von sich aus die Frage ab. »Na, macht nichts. Ich hab auch ein Mädchen seit letztem Urlaub.«
Beinah hätte ich das Aussteigen verpaßt. »Tschüs — mach's gut«, sprang ab und ging die Königstraße hinunter.
»Nun warte doch —« rief Jobst hinter mir, sein Gepäck schleppend.

»Aber du mußt doch erst eine Station später aussteigen.«
»Siehste, daran hab ich gar nicht gedacht.« Er ging neben mir her in die Straße hinein, in der ich wohnte. Atmete einmal tief durch. »Das sind die Linden, nich? Ich hatte mal nen Onkel – Onkel Eduard –, immer wenn die Linden dufteten, ging er fremd. Das war er den Linden schuldig. Er konnte sie doch nicht ungenutzt verduften lassen.«
Seine gute Laune verdrängte das schreckliche Erlebnis des Nachmittags aus meinen Gedanken. Wir erreichten unsere Gartenpforte. Das Haus war dunkel, die Jalousien noch nicht heruntergelassen. Mir fiel ein, daß meine Eltern heute abend in der Philharmonie waren. Furtwängler dirigierte.
»Also dann – gute Nacht.«
Er ging nicht. »Früher hattet ihr einen Hund.«
»Den haben wir immer noch.«
»Meinst du nicht, daß der noch ne Runde drehen muß?«
»Bolle dreht seine Runden allein. Vor Mitternacht kommt er selten nach Hause.«
Jobst überlegte und beschloß: »Na, macht nichts. Gehen wir eben mit seiner Leine spazieren.« Und wuchtete sein Gepäck in unseren Garten, wo es mit dumpfem Plumpsen landete. »Komm, Lieschen.«
Einmal blieb er stehen, um sich eine Zigarette anzuzünden. Im Aufflackern des Feuerzeugs sah ich kurz sein Profil: kleine römische Nase, heftig geschwungene Lippen und das energisch vorspringende Kinn. Sein Grinsen, mit dem er mein Mustern auffing, war überwältigend positiv. Ich glaube nicht, daß er sich allzuoft den Kopf zerbrach. Das Nachdenken überließ er gerne andern. Komplexe hatte er bestimmt keine, auch keine zartbesaiteten Nerven. Früher wollte er Rennfahrer werden. Jetzt trug er Fliegeruniform wie Hans Degner, ach ja...
»Sag mal, erwarten dich deine Eltern nicht?«
»Kann ja einen Zug versäumt haben.« Er schob die Hand in

meinen Arm. »Hast du auch so nen irren Durscht? Komm, laß uns ne Kneipe ansteuern.«
»Und wenn man dich da sieht und es deinen Leuten erzählt, daß du erst in eine Kneipe anstatt nach Hause...«
»Das wär nicht so günstig«, gab er zu.
Wir bummelten zurück, er holte sein Gepäck aus unserem Garten, knallte die Hacken zusammen: »Gnäjes Frollein!« Und zog pfeifend die Straße hinunter.

Beim Betreten des leeren Hauses fiel mir schlagartig die Wasserleiche wieder ein. Ich ließ die Jalousien herunterrauschen und zündete überall Licht an. Um das Graulen zu verscheuchen.
Wie in jedem anständigen Bürgerhaushalt hing auch in meinem Zimmer eine Gipskopie der geheimnisvoll lächelnden Totenmaske der »Inconnue de la Seine«. Ich nahm sie von der Wand und stopfte sie in den Papierkorb. Bloß nicht mehr an diesen Nachmittag erinnert werden.
Wenn wenigstens Bolle zu Hause wäre! Und am besten schlafe ich bei Licht ein.

Ich schlief überhaupt nicht.
Meine Eltern waren noch nicht vom Konzert zurück, als das Telefon läutete. Jesus, schrak ich zusammen! Dabei kann eine Wasserleiche doch gar nicht telefonieren!
Eine stark besäuselte Stimme teilte mir mit: »Ich telfonier nich ausm Schoß der Familie, sondern ausm erssen Stock.«
»Jobst!«
»Meine Eltern ham Elisabeth eingeladen.«
»Wer ist Elisabeth?«
»Ich kann ihre Perlenkette nich mehr sehn — immer hat sie die verdammte Perlenkette um. Hassu auch ne Perlenkette, Lieschen?«
»Nee. Bin ich zu jung für.«

»Elisabeth is schon alt geborn. Muß ja Tomatn aufn Augen gehabt ham, wie ich mit der was angefangn hab. Is meine Kusine – zwoten Grades – wir solln mal heiratn, damit der Stammbaum inner Familie bleibt – sozusagen. Und weil sie so'n guter Ausgleich für mich is – immer ruhig – immer vernünftig – was soll'ch mit ner Vernünftjen, die den Mund nich aufkriegt – und dieses semmelblonde Lächeln – habich mal ausprobiert, obse noch lächelt, wenn ich mitm Korken nach ihr schieße. Nu nimmtse übel.«
»So was kannst du auch nicht machen, Jobst.«
»Jetzt kommssu auch noch mit Vorwürfen. Dis hättich nich von dir gedacht, Lieschen. Nacht.« Und knallte den Hörer auf.
Verrückter Kerl. Aber schön, daß er nun wieder mein Freund war.

Tagelang meldete er sich nicht bei mir. Wahrscheinlich hatte er sich mit der Perlenkette ausgesöhnt.
Dann läutete eines Abends das Telefon so gegen neun, keine anständige Zeit zum Anrufen.
Mein Vater nahm den Hörer ab und gab ihn an mich weiter.
»Ein Pfarrer Petzold möchte dich sprechen.«
»Ja, bitte?«
»Lieschen!« Es war Jobst. »Ich habe lieber meinen Namen nicht genannt, weil's schon so spät ist.«
»Guten Abend, Herr Pfarrer.«
»Habe nun sämtliche Tanten des Familienclans geküßt und die Perlenkette auf ihre märkischen Latifundien zurückgescheucht. Gehste morgen mit mir segeln?«
»Was wollte denn der Pfarrer noch so spät von dir?« fragte mein Vater.
»Ich soll morgen in der Bahnhofsmission die durchreisenden Truppen segeln.«
»Ahja – ?«

Jobst hatte Urlaub, ich hatte Ferien, und beide hatten wir nichts Besseres vor als uns. Aber das wußten wir ja von früher — gelangweilt hatten wir uns nie miteinander.
Sobald ich mit ihm zusammen war, hängte ich meine Erziehung samt Vernunft in den Schrank und verlor diesen ständigen Druck von oben, der das Aufwachsen in einer Diktatur begleitet — immer diese Angst, etwas Verbotenes zu sagen, an der falschen Stelle zu lachen; das warnende »Pschscht« mehrmals am Tage, der scheue Rundblick.
Nichts haßte ich so sehr wie Zwang. Wie kam man überhaupt dazu, mir vorzuschreiben, was ich zu denken hatte? Ständig eckte ich an. Jola hatte es leichter als ich, sich ins Gegebene zu fügen. Sie brauchte keine Freiheiten für sich. In ihr war auch kein Übermut.

Inzwischen hatte ich wieder angefangen zu schreiben. Keine Dramen mehr, gottbewahre. Kleine, belanglose Geschichten von jungen Leuten, die gerne wie junge Leute leben wollten, ohne Diktatur und Krieg. Geschichten, wie ich sie mit Jobst erlebte. Nur mit ihm konnte ich so völlig abschalten.
Plötzlich wurde mir klar, daß ich Jola nicht vermißte, solange er da war.
Mit keinem Mädchen würde ich mich je so gut vertragen und zanken wie mit ihm.
Jobst sah mich auch nicht so kritisch wie Jola. Er war naiver, aufrichtiger, durchschaubarer.
Kurzum, es war viel bequemer mit ihm als mit Jola. Und auch spannender. Eben weil er kein Mädchen war.

Wir stromerten am Ufer des Wannsees entlang. Begegneten einem Angler, unbeweglich am Ufer hockend, umgeben von Eimerchen und Schachteln.
Regenwurm, fiel mir ein. Früher hatte ich Jobst bei Prügeleien mangels gleichstarker Körperkräfte nur besiegen können,

indem ich ihm einen Wurm in den Kragen stopfte. Aus diesem Grunde hatte ich immer eine Blechschachtel mit gesammelten Exemplaren bei mir getragen wie ein Polizist seine Waffe. Der Angler verkaufte mir eins für einen Groschen.
In Höhe der Pfaueninsel näherte ich mich Jobst von hinten, legte eine Hand zärtlich auf seine Schulter — er sah sich verwundert nach mir um. Blieb stehen. Suchte unsicher meinen Blick. »Lieschen — ?« Da war der Wurm schon in seinem Kragen, und ich legte rennend die nötige Entfernung zwischen uns, um seiner Rachsucht zu entgehen.
Bis er sein Koppel abgeschnallt, seine Uniformjacke ausgezogen, sein Hemd aus dem Hosenbund gerissen, den Wurm ausgeschüttelt, sich wieder angezogen hatte und die Verfolgung aufnahm, war ich längst über alle Berge.
Hatte ich gedacht. Ein Schotterhügel bremste meine Flucht. Ich schlidderte voll hinein. Das linke Knie blutete so stark wie zu unseren Rennbahnzeiten. Ausflügler, auf die Fähre zur Pfaueninsel wartend, hoben mich auf und führten mich in die nahe Wirtschaft.
Auf zwei zusammengestellten Gartenstühlen mußte ich meine Beine ausstrecken, ein anwesender Sanitäter verarztete mich. Das linke Knie war nur abgeschürft, aber das rechte zeigte ein größeres Loch, man konnte den Knochen sehen.
Zwischen allem mich umgebenden Mitgefühl tauchte plötzlich Jobsts schadenfröhliches Gesicht auf. »Ich bin der Blutspur gefolgt — dachte mir gleich, das kann bloß Lieschens sein. Gott ist gerecht.« Und zum Sanitäter: »Tun Sie ordentlich Jod auf die Wunde. Das hat das Fräulein gern.« Danach bestellte er sich ein Bier. Ob ich auch was trinken wollte?
»Nein, danke.«
Kein Funken Mitgefühl.
Hatte ich das wirklich erwartet? Nein. Trotzdem nahm ich seine Kaltherzigkeit übel und entfernte mich. Er dachte, ich humple aufs Klo.

Ich wollte ohne ihn nach Hause fahren. Mein Knie gierte nach einem Kanapee. Weil aber der Tag so leuchtend blau und viel zu schade zum Leiden war, nahm ich statt dem Bus nach Wannsee die Fähre zur Pfaueninsel.

Die Pfaueninsel hatte ich zum erstenmal mit Jola bei einem Schulausflug betreten und seither nie mehr so recht verlassen. Auf ihren weiten, sonnigen Wiesen, die Stille nur ab und zu durch Pfauenschreie zerrissen, war ich glücklich.
Selbst zu einer Zeit, da ich noch aktiv das Dramenschreiben betrieb, scheute ich mich, sie auf dieser Insel anzusiedeln. Lieber in den amerikanischen Südstaaten, in Rußland oder in Tirol! Das war weit und richtete auf meiner Insel keinen dramatischen Schaden an.
Außerdem wußte ich bereits, das alles, was ich von Herzen liebte, sich nicht beschreiben ließ, und wenn ich es dennoch versuchte, wurde Stümperei daraus, weil soviel zärtliche Befangenheit in mir war und die Erkenntnis meines Unvermögens, das, was mich tief bewegte, in eine poetische Form zu übersetzen. Ich und meine Buchstaben waren unfähig abzuheben. Es erging ihnen wie meinem ehemaligen Laubfrosch im Glas. Er blieb immer ein Laubfrosch im Glas ohne Hoffnung auf eine Märchenkrone. Kein Froschkönig. Kein Pegasus mit Flügeln. Kein Höhenflug. Der Gaul, der meine Buchstaben anzog, blieb mit den Hufen auf der staubigen Landstraße.

Nun humpelte ich im hohen, vogelzwitschernden Baumschatten an den Wiesenrändern entlang und bedauerte, nicht auf Jobst gewartet zu haben. Denn ich mochte nichts für mich allein erleben, es mußte immer jemand da sein, mit dem ich das Genießen teilen konnte — schau mal, riech mal, hör mal — ist das nicht schön?
Nach einer Weile hörte ich wirklich seine eiligen Schritte

hinter mir. Er hatte mit der nächsten Fähre übergesetzt. »Wenn einem jetzt schon die Lahmen durchgehen«, schimpfte er. »Warum hast du'n nicht auf mich gewartet?«
»Du warst herzlos.«
»Nicht herzlos, Lieschen, bloß schadenfroh. Es tut mir leid.«
Er hinkte im Gleichschritt neben mir her. So begegneten wir einer freundlichen alten Dame mit Futterbeutel für die Vögelchen.
»Ochje –« klang ihr Mitleid auf, »gleich alle beide verwundet!«
»Und alles wegen einem Regenwurm, gnä Frau«, beteuerte Jobst. Sie sah uns noch lange nach.

Auf dem knorrigen Ast einer hundertjährigen Eiche hockte ein Pfau. Sein zusammengeklappter Fächerschwanz wippte mit blaugrünschillernden Augen.
»Kannst du mir mal sagen, warum die Pfauenhähne alle Schönheit abgekriegt haben, und ihre Hennen laufen rum wie Strafgefangene?«
»Frag mich lieber, warum solche stolzen Kerle sich mit so unscheinbaren Lieschen abgeben müssen«, überlegte Jobst dagegen. »Wenn sie wenigstens ne Perlenkette umhätten.«
»Hast du Lieschen gesagt?«
»Tut mir leid, ich habe nicht dich damit gemeint.«
»Aber du hast Lieschen gesagt.«
»Ja, ich weiß, du heißt Luise.«
»Und diese Insel war einmal der Sommersitz der Königin Luise.«
»Jetzt erzähl mir bloß noch, daß du in deinem Vorleben die Königin gewesen bist.«
»Klar, was dachtest du denn?«
»Na, daß du von der guten Luise abstammst.«
»Mann, bist du albern!«

»Die gute Luise ist eine sehr schmackhafte Birnensorte«, gab er zu bedenken.
So ging das weiter. Kein bißchen Poesie in diesem Menschen, kein Blick für die Idylle um sich herum.
Ich erteilte ihm Inselunterricht. »Du mußt wissen, als König Friedrich Wilhelm II., Luises Schwiegervater, die Bauten hier errichten ließ, war gerade Gotik in Mode. Das Kavaliershaus wurde als gotisches Patrizierhaus erbaut, die Meierei in Form einer gotischen Kapelle, auch der Rindviehstall in Kapellenform. Außerdem soll Friedrich Wilhelm II. menschliche Zwerge und Riesen auf der Insel gehalten haben und Bären und Wölfe und Adler...«
»Und warum hat er das Schloß als preußisch-gotische Ruine erbaut? Konnte er nicht warten, bis es von selber verfällt?«

Ich machte den Fehler, ihn zu einer Schloßbesichtigung zu überreden. Auf Filzlatschen schlidderte er durch die kleinen, bunten Bürgerräume — auch Könige hatten ab und zu das Bedürfnis, so gemütlich wie ihre Untertanen zu wohnen.
Jobst interessierte vor allem der Kackstuhl Friedrich Wilhelm III.
Und lange standen wir vor dem schmalen Mahagonibett der Königin Luise.
»Ziemlich kurz«, stellte er fest. »Wo hast du denn damals deine Füße gelassen, Majestät?«
»Wir pflegten halb im Sitzen zu schlafen«, klärte ich ihn auf.
»Auch zu lieben?«
Außer uns nahmen noch etwa sieben Leute an der Schloßführung teil. Man sah ihrer indignierten Miene an, daß wir unangenehm aus dem Rahmen fielen. Aber das kannten wir schon — wo immer wir gemeinsam auftraten, betrachtete man uns wie exotische Tiere, die man vergessen hatte, hinter Gitter zu sperren.

Aus einem Schloßfenster sahen wir einem Pfau beim Radschlagen zu. Das war der Pfau vom Dienst für die Besucher mit Fotoapparaten. Er tippelte maßlos blasiert und tierisch ernst um sich selber, mit dem Fächer wippend – ein alter Pfau, sich seiner Fadenscheinigkeit nicht bewußt. Sozusagen ein Pfau mit Glatze.
Ein Lebegreis.

Auf dem Weg durch den Biedermeiergarten zur Fähre konnte ich plötzlich nicht mehr weiter. Nicht einen Schritt. Der Schmerz in meinem pochenden Knie ließ sich nicht länger durch Ignorieren betäuben.
»Alsdann, Majestät, mach Huckepack.«
Auf seinem Rücken erreichte ich die Fähre. Jobsts Kragen war mir so nah.
»Wenn ich jetzt einen Regenwurm – aua. Wehe, läßt du mich fallen, ich hab bestimmt keinen! Großes Ehrenwort!!«
Von der Fähre auf die grüne Insel zurückblickend, dachte ich voll Bedauern: Soll ich denn niemals auf ihr etwas Romantisches erleben?

Mein Knie mußte zum Arzt. Es eiterte und bekam Ruhe verordnet. Ruhe in einem Paddelboot im Schilfdickicht. Zwischen uns ein Koffergrammophon. Aber bitte keine Platten, die mich an Hans Degner erinnerten!
Von Schilfarmen umfangen, die bei aufkommendem Wind wie Besen klangen, die über ein Schlagzeug wischten, erzählte ich Jobst von meiner ersten großen Liebe.
Er hörte aufmerksam zu, ohne mich einmal zu unterbrechen. Nicht eine blöde Zwischenbemerkung.
Als ich ihm alles erzählt hatte, zog er das Grammophon auf, legte jedoch keine Platte auf. »Weißt du, Lieschen, im Grunde beneide ich dich. Ich hatte noch nie so was. Mädchen zum Schlafen ja, aber ne richtige Liebe – nee. Wenn

ich mir vorstelle, ich schmiere eines Tages ab – ist ja alles möglich im Krieg –, und ich hab das nie kennengelernt... also dann würde ich mich den ganzen Tod lang drüber ärgern.«
Gleich darauf lachte er schon wieder.
»Kennst du den neuesten Witz?«
»Nee, erzähl mal.«
»Adolf Hitler ist die verspätete Rache Maria Theresias an Preußen.«

Als ich wieder laufen konnte, dehnten wir unsere Unternehmungen bis nach Berlin aus. Mit Kunstgenüssen konnte ich Jobst nicht locken, aber ins Kino ging er gerne und am liebsten in Bars.
Wenn er nur nicht soviel trinken würde. Er kippte Cocktails wie Wasser, und eines Abends, auf dem Weg zur S-Bahn, legte er sich mit einer Militärstreife an. Er wurde kiebig, Papiere hatte er auch keine bei sich und mußte mit zur Wache. Gegen mich lag nichts vor, ich hätte mich ungehindert nach Hause begeben dürfen, aber weil Jobst und ich nun einmal gewöhnt waren zusammenzuhalten, ging ich mit und saß auf einer Holzbank in einem sehr häßlichen, amtlich riechenden Flur und wartete auf das, was hinter verschlossener Tür mit ihm geschah.
Darüber nickte ich ein. Mir ist es ja gegeben, in jeder Situation zu schlafen, wenn müde.

Irgendwann rüttelte er an mir herum. »Lieschen, komm, wir sind frei.«
Diese freudige Botschaft ließ mich zwar aufstehen –
»Wie hast'n das geschafft?«
»Mir fiel mein Onkel im Kriegsministerium ein. Den habe ich angerufen. Ein Glück, daß er zu Hause war.«
– aber so richtig wach wurde ich erst, als wir den nächsten

S-Bahnhof erreichten und feststellen mußten, daß der letzte Zug abgefahren war.

»Auwei – meine Eltern!!«

Es gelang Jobst, ein Auto anzuhalten, das Richtung Wannsee fuhr. Mitten auf der Avus hatte es eine Panne. Nun standen wir wieder da. Die wenigen Wagen, die noch zu so später Stunde vorübereilten, konnten uns nicht mitnehmen, weil vollbesetzt.

»Komm, Lieschen, tippeln wir eben.«

Etwa zwanzig Kilometer nach Hause in bequemen Halbschuhen waren nicht dasselbe wie zwanzig Kilometer auf dünnsohligen Pumps, die drückten.

»Macht nichts, Lieschen, ist ja Sandboden.«

Sandboden voller Wurzeln und Kiefernnadeln und Kienäpfel. Längst ging ich auf Strümpfen durch den finsteren Wald. Bei jedem Kienapfel, auf den ich trat, wuchs mein Zorn auf diesen Jobst Wahren. Nichts als Blödsinn in seinem Kopf, und ich mußte ihn ausbaden!

Er wollte mich stützen, ich schlug seine Hand fort. »Du machst es dir leicht im Leben«, griff ich ihn an. »Wenn du Mist baust, hast du immer noch einen Onkel im Kriegsministerium, der dir aus der Bedrouille hilft. Und wer hilft mir?«

»Ich möchte ja gerne, aber du läßt mich nicht.«

Im Unterholz knackten flüchtende Rehe.

»Komm, ich gebe dir meine Schuhe.«

Ich rutschte in vier Nummern zu großen Halbschuhen herum.

»Weißt du, wie weit es bis Wannsee ist?«

»Ja, ich weiß, Lieschen.«

Flinke Krallen an einer Borkenrinde ganz nah neben uns. Und der Nachtwind in den hohen Kiefernkronen. Aber mein Haß auf Jobst, der mir diese Nacht eingebrockt hatte, war stärker als meine Furcht. Und dann verlor ich auch noch einen seiner Schuhe und setzte mich hin. »Mir reicht's.«

»Aber Lieschen«, ging er vor mir in die Hocke, »wir können doch hier nicht bleiben.«

Ich stieß seine Hände fort, die sich auf meine Knie legen wollten.

»In was hab ich mich da bloß wieder eingelassen!«

»Jaja, die Reue kommt meistens zu spät«, nickte er.

Jobst war nicht mehr mein Kumpel aus Kindertagen. Er war mein Unglück.

»Ich hab genug von dir. Geh zu deiner Perlenkette — laß mich in Ruh. Hau ab!«

Er richtete sich gekränkt auf. »Na schön, ich geh. Aber was wird aus dir? Willst du hier sitzen bleiben?«

»Ja!«

»Hier hält aber kein Zug.«

»Mir doch egal.«

Er rüttelte an mir herum, wollte mich hochziehen, ich stieß mit Füßen nach ihm. »Faß mich nicht an!«

»Lieschen, das geht doch nicht!«

»Das hättest du dir früher überlegen müssen!«

»Nun komm endlich!«

»Nein.«

»Du bist freiwillig mit zur Wache gegangen anstatt zum Bahnhof«, erinnerte er mich. »Du könntest längst zu Hause sein.«

Das war es ja, was ich mir so übel nahm.

»Hau ab! Ich will dich nie mehr sehen! Ich hab dich satt, verstehst du endlich?«

Da ging er doch wirklich, dieser krumme, rücksichtslose Hund. Ging einfach fort, nachdem er mich in den Grunewald verschleppt hatte!

»Du mieser Charakter —« brüllte ich seinen sich trotzig entfernenden Schritten hinterher.

Nun war ich ganz allein im finstern Wald. Vor lauter Furcht rollte ich mich zusammen. Ausgesetztes Embryo ohne schützenden Mutterleib. Hielt mir die Ohren zu, um den Wald nicht zu hören, kniff die Augen zu, da sah ich die treibende Wasserleiche vor mir — machte die Augen sofort wieder auf und schaute in hohe Kiefernkronen.
Zum erstenmal in meinem Leben war ich ohne Geborgenheit. Keine schützenden Hände in der Nähe. Kein Federbett, in das ich mich einkuscheln konnte. Keine verschlossenen Türen. Keine umsorgende Liebe, die mich daran gehindert hatte, mutig zu werden.
Langsam verblaßte der Nachthimmel. Die Furcht ließ nach, ich streckte mich aus, spürte Ameisen über meine Waden laufen.
Und dann fing das Zwitschern über mir an. Zuerst rekelte nur ein Vogel seine Stimme wach — dann ein zweiter — dann immer mehr — am liebsten hätte ich mitgepfiffen vor lauter Glück, daß ich diese Nacht im Freien ohne Schutz, ganz selbständig, überstanden hatte. Mein erster Schritt zur Unabhängigkeit.
Über mir schwankten Kieferndächer wie hochgeschossene Pilze. In der Nähe donnerte der erste S-Bahnzug vorüber. Ich stand auf. Schüttelte Kiefernnadeln von meinem Kleid, wischte die Ameisen ab, suchte meine Pumps, meine Handtasche und machte mich auf den Weg Richtung Wannsee. Dabei dachte ich an Jobst ohne Haß — Haß wachte meistens erst nach dem Frühstück auf. Ob er wohl schon in Wannsee war?
Wenn ich das Jola erzähle! Nein, lieber nicht. Sie hätte bestimmt kein Verständnis für mein nächtliches Erlebnis — hatte ich ja selber nicht, bevor es hell wurde...
Und dann sah ich, nur zehn Meter entfernt, ein paar staubige Halbschuhe mit graublauen Militärhosen aus einer Kuhle ragen.

Jobst war heute nacht zwar im Zorn davongegangen, aber nicht sehr weit.
Wie bin ich nur auf die Idee gekommen, daß er mich schutzlos im Wald allein lassen könnte?
Mein Wachtposten schlief mit den Armen über dem Kopf wie ein Baby. Ich schaute ihn mir eine Weile ganz genau an. Kein Engel war so rein.
Neben ihm kniend, versuchte ich ihn mit einem Stöckchen wachzukitzeln. Er wurde sehr ärgerlich, ohne aufzuwachen. Ich wußte nachher nicht mehr, warum ich plötzlich das Bedürfnis hatte, meinen Mund auf seine heftig geschwungenen Lippen zu legen.
Beim Aufrichten begegnete ich seinem hellwachen Blick.
»Lieschen – und wenn ich krepiert wär vor Sehnsucht nach dir – ich hätte nie wieder versucht, dich zuerst zu küssen.«
So hörte unsere Kinderfreundschaft auf, eine Kinderfreundschaft zu sein.

Beim Heimkommen gegen neun Uhr früh war mein kurzes nächtliches Freiheitsgefühl, dieses erste Losstrampeln aus dem behüteten Dasein einer höheren Tochter längst vorüber, war nur noch Zittern und Bangen vor Ohrfeigen und Vorwürfen in mir.
Hertha machte mir mit verheißungsvoll rollenden Augen die Haustür auf.
»Du kannst vielleicht was erleben!«
»Ist mein Vater noch da?«
»Nein, schon weg – aber deine Mutter hat ihr Fett von ihm abgekriegt.«
Ich fand sie am Frühstückstisch in der Veranda. Grußlos sah sie mich an.
»Mutti, ich schwör dir, es war alles ganz harmlos, ich konnte wirklich nichts dafür, es war so –« Und ich sprudelte heraus, wie es gewesen war bis auf die Küsse irgendwann

und legte ihr als Beweis für meine Unschuld einen zerschundenen Fuß auf den Frühstückstisch.
Sie sah nicht meinen Fuß, nur die Knutschflecken an meinem Hals, von denen ich noch nichts ahnte — es gab ja keinen Spiegel zwischen Grunewald und Wannsee, in den ich hätte hineinschauen können. Außerdem wußte ich damals noch nicht, daß es Küsse gibt, die Blutergüsse erzeugen.
Meine Mutter erhob sich und verließ die Veranda mit dem Seufzer: »Und ich habe geglaubt, ich hätte dich anständig erzogen. Ich hatte soviel Vertrauen zu dir.«
Hau mir doch eine runter, hätte ich am liebsten ihrem lavendelblau fortfließenden Morgenmantel nachgesagt.

»Wo ist Bolle?« fragte ich Hertha.
»Im Kohlenkeller. Er hat mal wieder 'n Kaninchen gerissen.«
Am liebsten wäre ich zu ihm in sein Strafexil hinabgestiegen, um mich bei ihm auszuschlafen. Aber nein, ich wollte büßen. Rasenmähen. Sprengen. Klavierüben.
Jobst hatte es gut. Er war ein Junge, dem man eine Nacht außer Haus ohne Vorwürfe verzieh. Schließlich konnten Jungen nur ihre Unerfahrenheit verlieren, nicht aber ihre kostbare Unschuld. Jobst ließ man an diesem Vormittag schlafen, bis er von selber aufwachte.
Dabei hatte ich auch nichts Kostbares verloren, ich schwöre es, mir glaubte bloß keiner.
Rasenmähen, Sprengen, Klavierüben — wenigstens anerkennen könnte sie meine Demutshandlungen! Aber nein, meine Mutter tat so, als ob ich gar nicht vorhanden wäre.

Gegen Abend wagte sich Jobst, herrlich ausgeschlafen, in mein Elternhaus. Großer Blumenstrauß für meine Mutter, Handkuß, himmelblauer, grundanständiger Blick bei der Versicherung, daß mich überhaupt keine Schuld an dem

nächtlichen Abenteuer träfe, im Gegenteil. Ich hätte mich fabelhaft benommen.
Meinem Vater versicherte er mit männlichem Handschlag, daß er sein Vertrauen nicht mißbraucht hätte. Ich stand daneben und staunte bloß, wie er den skeptischen Franz Hartwig mit seinem Charme und seinen guten Manieren einzuwickeln verstand.
Ehe Jobst als Sieger das Haus verließ, bat er meine Eltern noch um die Erlaubnis, mich zu seinem Abschiedsfest einladen zu dürfen, denn übermorgen war sein Urlaub zu Ende.
Und jetzt kommt die große Ungerechtigkeit: Jobst hatte sich tagsüber ausgeschlafen und erhielt Absolution von meiner Mutter.
Ich dagegen hatte gemäht, gesprengt, Klavier geübt und wurde dennoch nicht von ihr angeschaut, es sei denn, anzüglich am Hals, den ich mit Heftpflastern zugebappt hatte.

Am nächsten Morgen wachte ich mit hohem Fieber auf und Pünktchen allüberall auf meinem Körper. Nesselfieber, stellte der Hausarzt fest und verordnete Bettruhe.
Nie ist das Bedürfnis nach Tanzen so groß wie im Krieg. Tanzen und Festefeiern – immer mit dem Unterbewußtsein: Vielleicht ist es für ein paar, die daran teilnehmen, das letzte Mal.
Selbst mein Vater hatte Mitleid mit dem armen, nesselfiebrigen Lieschen, welches das Bett hüten mußte, anstatt nach Platten von Nat Gonella, Tommy Dorsey, Benny Goodman und Willy Berking seinen Babyspeck in Schwung zu bringen.
Um halb acht begann das Fest bei Wahrens.

In meinen Fieberträumen tanzte ich mit Hans Degner über glitzernde Wellen, seine zärtliche Stimme flüsterte: »Darling, weißt du schon, daß es Kreppsohlen auf Abschnitt B gibt?«

Ich wachte auf.
Vor mir standen Jobst und meine Mutter. Gemeinsam packten sie lauter Köstlichkeiten vom Festbuffet aus einem Korb auf meinen Bettisch — das heißt, es mochten Köstlichkeiten gewesen sein, bevor Jobst sie eilig in den Korb geworfen hatte. Nun kleisterten Fisch und Fleisch und Pudding und Kuchen in engem Clinch aneinander.
»Ach, das kommt ja sowieso in einen Magen«, tröstete meine Mutter. »Ich hol mal einen Teller.«
Sie verließ das Zimmer, Jobst streichelte mein rotgepunktetes, heißes Gesicht.
»Armes Lieschen.«
»Wie ist das Fest?« fragte ich.
»Rauschend.«
»Hübsche Mädchen dabei?«
»Viele hübsche Mädchen.«
»Ich bin eifersüchtig.«
Er nahm meine Hand und legte seine Wange hinein. »Wie schön, daß du das sagst, Lieschen.«
Meine Mutter kehrte mit Teller und Besteck zurück.
Jobst verabschiedete sich. »Ich muß leider nach Hause. Was ich da ohne dich soll, weiß ich zwar nicht — aber schließlich ist das Fest meinetwegen veranstaltet worden.«
Weil meine Mutter daneben stand, küßte er nur meine Hand. »Schlaf dich gesund, Lieschen. Ehe ich nach Frankfurt/Oder abdampfe, rufe ich noch mal an.«
Ich stand auf, schob die Verdunklung zur Seite und sah zu, wie er mit einer Flanke über den Gartenzaun setzte und sich auf sein Fahrrad schwang.
Danach aß ich Fisch mit Pudding.

»Sag bloß, du bist in diesen schrecklichen Wahren verknallt«, kopfschüttelte Jola, als wir uns das nächste Mal sahen.

»Woher weißt du, daß er schrecklich ist. Du kennst ihn ja kaum«, ärgerte ich mich.
»Aber was du mir so von ihm erzählst. Allein die Geschichte, wie er damals aus dem fahrenden Bus gestiegen ist und sich die Hand gebrochen hat...«
»Wenn er sie sich deinetwegen gebrochen hätte, würdest du wahrscheinlich anders darüber denken. Ich habe ihn furchtbar gern.«
»So sehr wie Hans Degner?«
»Nein, nicht so.«
»Versteh ich. Die große Liebe erlebt man ja auch nur einmal.«
»Unsere große Liebe, Mensch, das war ne schöne Pleite. Außerdem kann man öfter im Leben glücklich sein.«
Sie sah mich von der Seite an. »Du vielleicht, ich nicht.«
»Na gut, dann werd eben ne olle Jungfer und lebe von der Erinnerung an den einen Kuß nach ›Lohengrin‹.«
»Ich kriege schon noch den Kühnhagen«, versicherte sie mir.

Zwischen uns fremdelte es schon eine Weile. Eigentlich seit dem Tag, an dem sie und Dickie die Unbekannte aus dem Wannsee gefischt hatten, deren Tod in keiner Zeitung vermerkt wurde. Sie blieb eine Unbekannte...
Jola entwickelte sich streng, nüchtern und zielbewußt, während ich anfällig blieb für jede Spielerei und meine Zeit mit allem vertrödelte, was mir am Wege begegnete. Ich ließ mich nur zu gern von meinen Zielen ablenken und verlor sie darüber. Mein Weg war ein Umweg, Jolas eine Zielgerade. Es war auch soviel Unordnung in meinem Kopf. Ich ließ mich von Launen, Gefühlen, Stimmungen und plötzlichen Einfällen treiben und würde wohl immer den Selbstbewußten, Zielstrebigen, zu denen Jola gehörte, unterlegen sein. Sie hielt sich nicht damit auf, einem entflogenen Luftballon

nachzuträumen so wie ich, dafür beschäftigte sie sich ernsthaft mit dem Mechanismus eines Motors, von dessen Funktionieren das weitere Fortkommen abhing.
Anhand ihrer eigenen Unfehlbarkeit hielt sie mir meine Fehler unter die Nase, und das mochte ich gar nicht. War doch mein engster, ständiger Begleiter sowieso mein schlechtes Gewissen.
Wir sahen uns immer seltener.

Jobst hatte das Briefeschreiben nicht erfunden. Nach zwei Wochen erhielt ich eine Karte aus der Fliegerausbildungsschule in Frankfurt/Oder. »Lieschen! Fliegen ist eine tolle Sache. Wenn der Krieg vorbei ist, nehme ich Dich einmal mit in den Himmel, und dann drehen wir beide einen Looping, selbst auf die Gefahr hin, daß Du mir in den Kragen kotzt. Kannst Du so lange auf mich warten? Dein Jobst.«

Er war nicht freiwillig Soldat geworden und hatte anfangs, wie ich aus seinen Erzählungen wußte, große Schwierigkeiten gehabt mit dem bedingungslosen Gehorsam bei Befehlen, die ihm sinnlos erschienen.
Diskussionen mit Vorgesetzten hatten ihm Bau und Urlaubssperre beschert. Und Strafexerzieren sowieso.
Inzwischen war er dem Fliegen verfallen und nicht mehr so aufmüpfig aus Sorge, vom Flugdienst ausgeschlossen zu werden. Flieger sein bedeutete eine soldatische Ausnahmestellung, bedeutete Dienst mit Sport und Leidenschaft verbunden — was ein Infanterist, der Tausende von Kilometern durch Hitze, Kälte, Schlamm und Schnee stapfen mußte, von seiner Waffengattung nicht unbedingt behaupten konnte.

An Lieschen von Preußen!
Bitte Majestät untertänigst, sich nächsten Sonntag freizu-

halten. Unterzeichnender, bis über die Ohren sehnsüchtiger Diener Eurer Majestät Jobst Leberecht Wahren.
PS: Solltest Du Sonntag keine Zeit für mich haben, zünde ich mein liebes Elternhaus an samt Gartenbank.

An dem Tag, an dem ich diesen Kurzbrief erhielt, war ich bei Genthins zum Apfelpflücken und machte den Fehler, ihn Jola vorzulesen.
»Was soll denn der Quatsch mit Lieschen von Preußen und Majestät?« wollte sie wissen.
»Ach, da haben wir mal bei einem Schloßbesuch rumgealbert.«
»Ihr müßt wohl überall eure Witze reißen?«
»Klar.«
»Denkt ihr auch an die Soldaten an der Front?«
Dachten wir an die Soldaten an der Front, wenn wir zusammen waren? Nein. Dazu hatten wir viel zu viel mit uns selber zu tun.
»Weißt du, Luise«, sagte Jola, »du hast dich sehr verändert. Und darum kann ich dich nicht mehr so gut leiden wie früher.«
»Du hast dich auch verändert«, sagte ich. »Mit dir kann man überhaupt nicht mehr lachen.«
»Ich bin eben nicht so oberflächlich wie du.«
In den Apfelbaum durfte ich trotzdem aufsteigen, weil Jola sich nicht traute, in so windiger Höhe die Äste zu schütteln. Unten standen Großmutter Genthin und Henny Bode und daraus, wie sie mich behandelten — so herablassend von unten herauf, so nicht mehr dazugehörig —, konnte ich entnehmen, daß Jola eine Menge schlimmer Sachen über mich erzählt hatte.
Dabei — so schlimm war ich gar nicht, bloß gerne vergnügt und eben frühreif wie die Äpfel, die ich aus dem Baum pflückte und schüttelte.

Zum Platzen reif und sehnsüchtig.
Ich rutschte und kletterte an der feuchten Borke abwärts, kam unten ramponiert an und kriegte nicht mal ein Danke für meine Baumtätigkeit, geschweige denn Äpfel zum Mitnehmen, dabei hatte meine Mutter mit mindestens zwei Kilo gerechnet.

Am nächsten Sonntag vormittag holte Jobst mich ab. Gleich bei der Begrüßung vermißte ich seine grinsende Unbedenklichkeit. Er druckste herum.
»Lieschen — es ist nämlich so. Entweder wir fahren nach Potsdam und essen im Einsiedler, oder wir fahren nach Halensee. Da hätte ich die Wohnung meines Vetters zur Verfügung. Wir könnten dort endlich mal ungestört sein — einen ganzen Tag lang. Mein Zug geht ja erst um sieben. Und ich schwöre dir, es passiert bestimmt nichts, was du nicht auch willst. Aber wenn es dir lieber ist, fahren wir natürlich nach Potsdam...«
»...und gehen im Einsiedler essen«, nickte ich.
Wir fuhren nach Halensee.

Eine hohe Zweizimmerwohnung in einem Gartenhaus, vollgestellt mit überflüssigen Möbeln vom Familienspeicher — die Berliner Absteige eines aktiven Offiziers, der selten vorbeikam.
In der Küche stand noch das Geschirr für zwei Personen von seinem letzten Urlaub. Das weichte ich erst einmal ein. Jobst untersuchte inzwischen die Wein- und Sektvorräte in der Speisekammer und war zufrieden.
»Möchtest du auch was trinken, Lieschen?«
»Schampus schon am Mittag?« gab ich zu bedenken.
»Wenigstens ein Glas...«
Ich wollte mir Zucker hineinschütten, damit er besser schmeckte.

»Zucker!! Lieschen!!! Weißt du, was das ist? Das ist Dom Pérignon!« schrie er mich an.
Sagte mir überhaupt nichts.
Es tat ihm auch hinterher leid, daß er laut geworden war.
»Auf uns, Lieschen!«
»Auf uns!«
Sonst nutzten wir jede unbeobachtete Minute für Zärtlichkeiten. Nun saßen wir ganz allein in einer fremden, stillen Wohnung und waren sehr befangen. Zwischen uns ein großer, runder Tisch mit marmornen Aschenbechern und viel Staub.
»Ich hol mal einen Lappen«, sagte ich, ging in die Küche und wußte dort nicht mehr, warum ich eigentlich hinausgegangen war...
Schaute aus dem Fenster auf den Hof, auf zwei murmelnspielende Kinder. Unter uns übte jemand Klavier. Ein Impromptu von Chopin. Der hatte genausolche Schwierigkeiten mit den vielen Bs wie ich.
Plötzlich stand Jobst hinter mir. Ich spürte seinen Mund in meiner Halsgrube an einer sehr empfindlichen Stelle.
»Komm, Lieschen, komm...«

Das erste Mal war wirklich kein Vergnügen, obgleich er unendlich behutsam mit mir umging. Von Leidenschaft keine Spur. Nur Vorsicht, damit es nicht so weh tat.
Mir war danach das Blut auf dem Laken so peinlich. Ich wollte aufstehen und etwas zum Drauflegen holen.
Jobsts Arme fingen mich ein. »Bleib hier –«
Diesmal war nur noch Wundweh und schon Glück dabei und Leidenschaftlichkeit und das Entzücken hautnaher Berührung. Unerschöpfliches Bedürfnis nacheinander. Der Wunsch, sich gegenseitig kennenzulernen. Zum erstenmal das Bedauern, nicht vollkommen eins werden zu können. Immer zwei Gedanken und zwei Körper zu bleiben.

Jobsts Frage irgendwann: »Bereust du's, Lieschen?«
»Nee –«

Und dann war es Zeit. Duschen. Anziehen. Aufräumen. Haben wir auch nichts vergessen?
Abschließen der Wohnungstür.
Wir rannten in einem durch zur S-Bahn. Erreichten keuchend den Zug kurz vorm Schließen der automatischen Türen. Fielen nebeneinander auf eine Bank.
Jobst schaute aus dem Fenster auf den Sonntagabend in Hinterhöfen.
Warum sagte er nichts? War er mit seinen Gedanken schon nicht mehr bei mir, gerade jetzt, wo ich mich aus meiner Hand in seine Hand gegeben hatte? Habe ich heute einen großen Fehler gemacht? Hat Jola etwa recht mit ihrem Urteil über Jobst? Denkt er wirklich nur an sein Vergnügen?
»He – du –« stubste ich ihn an.
Er gähnte, daß ihm die Augen tränten. »Mann, bin ich müde! Bist du auch so müde, Lieschen?«
»Nein.«
Ich war nur besorgt. Fühlte mich von ihm allein gelassen. Mit allen Konsequenzen allein – während er, gegen das Fenster geneigt, einschlief.

Auf dem Fernbahnhof erwartete mich ein neuer Schock – Jobsts Familie. Vater, Mutter, Schwester. Sie waren gekommen, um ihm adieu zu sagen.
Sein Vater klein, drahtig, mit graublondem Schnauzbart und wieselflinken Augen unter buschigen Brauen, in grobem Homespun-Anzug. Seine Mutter voll magerem Schick in ihrem Flanellkostüm mit dem locker gebundenen Seidenschal. Seine Schwester Seraphine, genannt Wutzi, mit Rattenschwänzen und blanker Neugier, dieselbe auf mich gerichtet.

Wahrens kannten mich bereits aus unseren Kinderkumpelzeiten, außerdem war ich mit Jobsts Bruder Christoph eingesegnet worden.
Es folgte die übliche Bahnhofskonversation kurz vor Abfahrt eines Zuges, dabei immer mein Mißtrauen: Hatte Jobst seine Familie herbestellt, um einem Alleinsein mit mir nach diesem Nachmittag zu entgehen?
Er brachte sein Gepäck in einem Abteil unter, stieg wieder aus, der Beamte mit der Kelle brüllte: »Achtung! Die Türen schließen!« Jobst trat strahlend auf seine Eltern zu, wobei er den Arm um mich legte: »...und dann möchte ich euch mitteilen, daß ich mich heute mit Lieschen verlobt habe.«
Zum Beweis dafür, daß er es ernst meinte, zerrte er seinen Wappenring ab und probierte ihn an meinen Fingern aus, bis er am mittleren Halt fand. Ehe wir uns alle von unserem Schreck erholt hatten, schwang er sich aufs Trittbrett.
»Von der Bahnsteigkante zurücktreten! Der Zug fährt ab!«
Jobst erschien an einem Gangfenster und genoß unsere Sprachlosigkeit. Ergriff unsere heraufgereichten Hände. Seine Familie blieb winkend zurück, ich lief neben seinem Fenster her.
»Verlobt! Bei dir piept's wohl!« brüllte ich.
»Ja, magst du mich nicht mehr?«
»Wenigstens hättest du mich fragen können!«
»Ging nicht. Ist mir ja vorhin erst eingefallen. Tschüs, Lieschen — bis bald!«
Ich rannte noch bis zum vorderen Ende des Perrons und schaute dem Zug nach, bis nichts mehr von ihm übrig war als die Gleise, auf denen er sich entfernt hatte.

Hinter mir leerte sich der Bahnsteig. War grau, lang und verlassen bis auf eine kleine Gruppe — Jobsts Familie. Zögernd ging ich auf sie zu. Sie kamen mir entgegen, inzwischen vom ersten Schock genesen und lächelnd.

»Das ist aber eine Überraschung«, sagte sein Vater und nahm meine Hand.
»Für mich auch«, beteuerte ich leidenschaftlich. »Jobst hat mir kein Wort vorher gesagt.«
»Das glauben wir Ihnen. Wir kennen unsern Sohn.«
Ich zog den Ring mit dem ovalen Saphir, in den das Wahrensche Wappen eingeschnitten war, vom Finger und reichte ihn seiner Mutter.
»Nein, nicht doch! Bitte behalten Sie ihn – es ist sein Wunsch, daß Sie ihn tragen!«
»Ich kann wirklich nichts dafür«, beteuerte ich noch einmal.
»Aber hoffentlich haben Sie unseren Sohn wenigstens ein bißchen gern«, lächelte sie.
Es entstand eine kleine Pause, ausgefüllt mit Wutzis zwischen uns hin und her flitzender Neugier.
Plötzlich lachte Jobsts Vater. »Jetzt sitzt der Hundsfott im Zug Richtung Frankfurt/Oder und grinst sich eins, wenn er an uns zurückdenkt.«
Nach dieser Feststellung ging alles viel leichter.

Auf der gemeinsamen Heimfahrt erzählte ich anfangs stotternd, dann immer flüssiger – durch ihr freundliches Gelächter ermutigt –, von unseren gemeinsamen Kumpelzeiten.
Und endlich stellte sich bei uns dreien eine gewisse Erleichterung ein bei der Erkenntnis, daß eine spontan auf einem zugigen Bahnhof ausgesprochene Verlobung noch längst nicht eine lebenslange Verbindung bedeutete. Und außerdem brauchten wir ja auch keinem etwas davon zu erzählen – höchstens meinen Eltern (Mein Vater!!) und der besten Freundin.

Als ich heimkam, lag meine Mutter im verdunkelten Zimmer mit Eisbeuteln auf dem Kopf. Sie hatte Migräne. In die-

sem Zustand konnte ich ihr schlecht die heimliche Verlobung mitteilen.
So kroch ich denn mit meiner aufgeschobenen Überraschung und dem Wappenring ins Bett, betrachtete ihn lange und dachte an Jobst. Auf meinen Armen war noch der gesunde Geruch seiner Haut. Was wird wohl Jola sagen, wenn ich ihr erzähle, daß dieser schreckliche, leichtsinnige Haldodri mehr Verantwortungsbewußtsein besaß als mancher »wertvolle« junge Mann —?
Ich stand noch einmal auf und malte einen Regenwurm, mit einem Wappenring als Bauchbinde, auf ein Blatt Papier. Schminkte meine Lippen und drückte einen Kuß dazu. Dann fiel mir noch ein, eine Birne zu malen mit einer Königskrone. Darunter schrieb ich: »Deine gute Luise.«
Meine Liebesbriefe an Hans Degner hatten anders ausgesehen.

»Verlobt?« röhrte mein Vater. »Diese Gören! Noch grün hinter den Ohren — aber verlobt! Kommt ja überhaupt nicht in Frage!«
Meine Mutter, noch bleich von der überstandenen Migräne, erinnerte ihn: »Franz, vergiß nicht, es ist Krieg.«
»Na und? Der entschuldigt noch längst nicht alles. Mach du erst mal dein Abitur!« pfiff er mich an. »Und den Ring da bringst du morgen zurück, verstanden?«
Ich dachte gar nicht daran.
Frau von Wahren lud meine Mutter und mich zum Tee ein. Sie unterhielten sich über alles mögliche, nur nicht über die »Verlobung«.

Als ich Jobsts Mutter schon besser kannte, sprach sie mich einmal direkt auf ihn an.
»Er ist mein Sorgenkind, Luise. Von klein an. Er war nie krank wie seine Geschwister, aber ständig voller Brüche. Er

riskiert zuviel, weil er keine Angst kennt. Vielleicht gelingt es dir, seine Unbedenklichkeit zu steuern. Du bist die einzige, auf die er hört.«

Sie erhoffte sich also einen beruhigenden Einfluß von mir auf ihren Sorgensohn. Ausgerechnet von mir, die er sich ausgesucht hatte, weil ich kein Spielverderber war, sondern bereit, all seine verrückten Einfälle mitzumachen. Ausgerechnet mich als Moralprediger, als Dompteuse auf seinen Leichtsinn anzusetzen — ! Ach, Frau von Wahren, er würde mich aus dem nächstbesten Fenster feuern, wenn ich als Sprachrohr besorgter Erwachsener seiner fröhlichen Unbedenklichkeit zu Leibe rückte. Jobst will keine Vernunftsbremse. Er will Loopings mit mir drehen.

»Warum sollte er ausgerechnet auf mich hören?« fragte ich.

»Ganz einfach, weil er dich liebt, Luise.«

Und ich hatte ihn auch von Herzen lieb, ohne mir auf die Dauer ein Leben mit ihm vorstellen zu können.

Ich war mit dem Augenblick verlobt, und der war wunderschön.

20

Er lag auf dem Sofa in seinem Arbeitszimmer, kurzgeschoren, wettergegerbt und so hager, daß sein alter, brauner Bademantel an ihm wirkte wie von einem Dicken ausgeborgt. Unsere Verblüffung war gegenseitig.

Barris kniff die Augen zusammen, um mich besser über den Flackerschein der Adventskerzen auf dem Tisch erkennen zu können. »He, Fräulein – wollen Sie zu mir?«

Erkannte er mich wirklich nicht mehr, oder tat er nur so?

»Ich bin Luise, Herr Barris.« Und stellte die Tüte mit dem Kompott, das ich für ihn mitgebracht hatte, auf den Tisch, um ihm die Hand zu geben.

Barris zog mich nah an sich heran, hielt mich einen Augenblick herzlich fest, schob mich zurück. »Du hast dich verändert, Luischen.«

»Wurde auch Zeit«, sagte ich.

»Komm, huck dich her – erzähl mir – hast du einen Freund?« Und ehe ich antworten konnte: »Natierlich hast du einen. Man sieht's dir an. Ich kann's nur noch nicht fassen, die kleine pummlige Luise von damals – und jetzt! Wir haben uns ja ewig nicht jesehn.«

Nicht nur mein alter Freund Barris, das ganze, großzügig ramponierte Milieu nahm mich in seine Arme. Es war wie Heimkommen in Kinderzeiten.

»Sie haben sich auch ganz schön verändert«, sagte ich.

»Ja, nicht wahr? Ich bin ieberhaupt nicht mehr mein Typ.«

»Aber wenn die Haare wieder wachsen?«

»Es sind nicht nur die Haare, Schätzchen«, versicherte Barris.

Ehe er weitersprechen konnte, bummerte es an der Wohnungstür.
»Das wird Jola sein«, sagte ich. »Wir sind nicht zusammen gekommen, weil sie noch vorher in Berlin zu tun hatte.«
»Dann bringt sie also Benita nicht mit...« bedauerte er. »Wie jeht's ihr denn?«
»Gut. Bei dem großen Garten — es hat zwar lange gedauert, bis sie sich an ihn gewöhnt hat, aber jetzt buddelt sie in allen Beeten nach Wühlmäusen.«
Hanna kam mit dem Teetablett und Jola herein.
»Hallo, Jollichen —«
»Tag, Barris.« Sie streckte ihm die Hand hin mit durchgedrücktem Ellbogen, um zu verhindern, daß er sie an sich zog. »Hast du Urlaub?«
Er ließ sich seine Enttäuschung über diese reservierte Begrüßung nicht anmerken. »Du bist ja bald einen Kopf größer als Mami!«
»Ja, ich komme wohl mehr nach meinem Vater«, sagte sie.
»Setz dich, Liebling.« Hanna schenkte Tee ein. »Barris hat keinen Urlaub, er ist nur übers Wochenende hier. Dann muß er ins Lazarett nach Tempelhof.«
»Oh, bist du verwundet?« erwärmte sich Jolas Stimme um ein paar Grade.
»Ich bin nur ein bißchen zuviel jetippelt«, grinste er. »Bis kurz vor Moskau. Zu Fuß ist das ein janzes Ende.«
Sie lachte. »Ausgerechnet du, Barris —«
»Ja«, gab er zu, »ich war nie ein großer Spazierjänger —« Und küßte Hanna, die ihm eine Teetasse reichte. Sie waren so voll Sehnsucht nacheinander.

Irgendwann erinnerten sie sich wieder an uns.
»War das nicht furchtbar?« fragte ich und stellte mir vor: »Blasen an den Hacken bis nach Moskau —!«
»Und verkiehlte Kaldaunen. Aber weißt du, Luischen, mit

der Zeit stumpft man ab. Nur so ist der Krieg zu ertragen.«
»Aber das Gefühl, sich auf einem siegreichen Vormarsch zu befinden«, gab Jola zu bedenken.
Barris nickte. »Die Läuse auch.«
»Wie bitte?«
»Auf dem siegreichen Vormarsch.« Er schlug die Decke von seinen dick verbundenen Beinen. »Erst waren es bloß durchjelatschte Fieße, dann fing die Chose an zu eitern bis zum Knie, dann nisteten sich die Läuse drin ein.«
»Igitt«, sagte Jola, »das juckt doch sicher fürchterlich.«
»Unter anderm«, gab er zu.
»Aber an den Kämpfen um Moskau hast du doch teilgenommen?«
»Deswegen war ich ja da – von Oktober bis Ende November. Dann mochte ich nicht mehr. Das sah selbst der Stabsarzt ein.« Er lächelte Jola an, während er seine Pfeife entzündete – das Kraut, das er heute rauchte, roch nicht mehr süß nach Feigen. »Tut mir leid, daß ich dir keine stolzere Verwundung vorzeigen kann. Aber nun erzähl mal von dir.«
Hanna hatte sich auf seine Sofalehne gehockt und kraulte sein schwarzes, kurzes Kopffell. Ihre Blicke wanderten zwischen Tochter und Mann besorgt hin und her. Unter ihrem Geplauder, sanft im Ton gehalten, schwelten Aggressionen.
»Mir geht's gut, Barris. Mein Vater steht vor Leningrad. Er ist inzwischen Hauptmann geworden.«
»Gratuliere«, sagte Barris. »Und was schreibt er so? Kommen sie ordentlich voran mit der Stadt?«
Hanna drückte beschwichtigend ihre Hand in seine Schulter: Bitte nicht diesen ironischen Ton.
»Leningrad steht unter pausenlosem Beschuß. Die Versorgungszufuhr ist blockiert. Bis zur Kapitulation kann's nur noch Wochen dauern.«
»Bevor ich nach Deutschland kam, habe ich dort studiert.

Eine herrliche Stadt – und die Menschen da«, erinnerte er sich. »Ich könnte keinen Schuß auf sie abjeben.«
Jola sah ihn ein bißchen verächtlich an. »Mit deiner Einstellung ist kein Krieg zu gewinnen.«
»Du bist nicht die erste, die das bemerkt hat«, versicherte er und lächelte. Jola lächelte zurück. Ach, sie vertrugen sich gar nicht mehr. Zwischen ihnen klafften Abgründe.
»Wie steht's denn um Moskau?« fragte sie. »Glaubst du, daß wir es bis Weihnachten genommen haben?«
Barris, nachdem er das Fluchen über den zu feuchten, schlechten Tabak, der nicht in seiner Pfeife brennen wollte, eingestellt hatte: »Bis Weihnachten? Mit den erschöpften Truppen? Im russischen Winter?«
»Oma denkt auch immer an Napoleon«, ärgerte sich Jola. »Sie will nicht einsehen, daß wir nicht mehr 1812 haben, sondern 1941 und das bestausgerüstete Heer der Welt. Und die stärkste Luftwaffe.«
»Jewiß«, nickte Barris. »Nur die russischen Winter sind inzwischen nicht wärmer jeworden, und man hat verjessen, uns dementsprechend einzukleiden.«
»Das wird sich rasch ändern«, versicherte Jola. »Du glaubst nicht, was die Bevölkerung an warmer Kleidung für die Ostfront spendet.«
»Na, hoffentlich kommt sie auch rechtzeitig an.«
Hanna faßte sich an den Kopf. »Jetzt habe ich doch ganz den Kuchen vergessen.« Und lief in die Küche.
Bevor ich die gequälte Stille nach ihrem Abgang mit lustigen Kamellen aus dem Privatleben unseres Hundes Bolle auflokkern konnte, sagte Jola zu Barris: »Ich weiß, du bist nicht gern Soldat, und ich kenne deine negative Einstellung zu unserm Regime. Trotzdem möchte ich deine persönlichen Erfahrungen aus diesem Krieg hören.«
»Soll ich dir erzählen, was nicht im Wehrmachtsbericht steht?« erkundigte er sich.

»Erzähl mir ein Erlebnis, das dich besonders beeindruckt hat.«
Er dachte eine Weile nach. Dann fiel ihm der kleine Junge ein.
»Er war vielleicht drei Jahre alt und muß schon lange am Wegrand neben seiner toten Mutter gesessen haben. Da war meilenweit nichts mehr an dieser Straße. Der Junge tappte so vertrauensvoll auf unsere Kolonne zu. Wir wollten ihn mitnehmen. Aber wir durften nicht, und wir waren viel zu kaputt, um uns einem Befehl zu widersetzen. Wir sind weiterjetrottet. Ich habe mich noch mal umjesehen. Ich werde nie verjessen, wie seine Beinchen zu müde wurden, uns hinterher zu laufen — wie er irjendwann stehen blieb und immer kleiner wurde und ganz allein.« Barris sah Jola an. »Ich werde den Jungen nicht los.«
»Ach, Barris«, sagte Hanna, mit dem Kuchen zurückkehrend, »redest du schon wieder von dem Kind! Glaubst du wirklich, ihr hättet es retten können, wenn ihr's ins nächste Gefecht mitgeschleppt hättet?«
»Liebste, es jeht hier nicht ums Mitnehmen und was dabei aus ihm jeworden wäre. Es jeht darum, daß wir das Jungchen allein jelassen haben.«
Jola stimmte ihrer Mutter zu. »Du machst dir wirklich viel zu viel Gedanken, Barris. Welcher Russe hätte sich im umgekehrten Fall um ein deutsches Kind gekümmert? Mit Mitleid kommt man in einem Krieg nicht weiter. Wir Deutschen sind bestimmt eine kinderliebe Nation. Das siehst du allein schon daran, daß wir das Mutterkreuz haben.«
Barris reagierte erschrocken: »Du verstehst mich falsch, Jollichen. Ich spreche nicht von Orden zwecks Belobijung fier Nachkommenproduktion fiers Vaterland. Ich spreche nicht von Vielkinderei, sondern von Kinderliebe. Kinderliebe beschränkt sich nicht nur auf die eigenen. Man muß sie alle lieben, auch die aus dem feindlichen Lager.«

»Ja, Barris, du vielleicht. Aber was haben die Polen 1939 mit deutschen Kindern gemacht? Und die Russen sind bestimmt nicht besser.« Jola schaute auf ihre Uhr und erhob sich. »Ich muß jetzt gehen. War nett, dich wiederzusehen, alles Gute für deine Beine.« Sie gab ihm die Hand, küßte ihre Mutter flüchtig. »Tschüs, Mami, wir telefonieren bald mal.« Und zu mir gewandt: »Kommst du mit, Luise?«
Ich wäre gern noch geblieben, aber ich spürte, wie sich Barris und Hanna danach sehnten, allein zu sein, bevor die nächsten telefonisch benachrichtigten Freunde kamen, ihn zu begrüßen. »Ich besuche Sie im Lazarett«, versprach ich ihm beim Abschied.

Wir trabten an hohen Staketenzäunen entlang durch die dunklen Straßen des Grunewalds und fröstelten unter der Melancholie ihrer schneelosen, feuchtkalten Verlassenheit.
»Du mußtest doch noch gar nicht gehen«, sagte ich.
»Nein, aber wenn ich noch länger geblieben wäre, hätte es Streit gegeben. Ich kann nicht mehr mit Barris. Früher war er wenigstens nicht sentimental. Diese Geschichte von dem dreijährigen Russenjungen – du lieber Gott! Die Front ist doch kein Kindergarten.«
»Entweder ist er erfroren oder verhungert«, überlegte ich.
»Wer?«
»Na, der Junge.«
Wir schwiegen eine Weile, dann sagte sie: »Wenn ich mir vorstelle, daß diese Wohnung mal mein Zuhause war und Barris mein Freund, den ich richtig gerne mochte... Glaub mir, Luise, ich habe sogar Schwierigkeiten, in Mami meine Mutter zu sehen. Wie kann man sich nur so auseinanderleben?«
»Ja, das frage ich mich auch«, sagte ich und dachte an uns beide. »Und damit du es weißt, ich habe Barris noch immer furchtbar gerne.«

»Habe ich gemerkt. Seine Läuse und dieser Russenbengel haben dich mehr erschüttert als jede entscheidende Kesselschlacht«, stellte sie verächtlich fest.
»Eine Kesselschlacht kann ich mir auch nicht richtig vorstellen«, entschuldigte ich mich. »Was ist das eigentlich?«
Jola wußte es auch nicht so genau.
»Siehste«, sagte ich.
Dieses »Siehste« brachte sie vollends gegen mich auf.
»Ich kann nicht mehr mit dir, Luise.«
Und ich konnte nicht mehr mit Jola. »Mir tut's sehr leid«, sagte ich.
»Mir auch, und wie. Schließlich warst du jahrelang meine beste Freundin.«
»Du meine auch.«
Vor lauter Kummer darüber wären wir uns beinahe in die Arme gefallen. Aber nur beinah.

Nun standen wir auf dem Bahnsteig und froren dem Zug nach Wannsee entgegen.
Es war dunkel und feuchtkalt – und traurig.
»Was wird denn jetzt mit uns?« fragte ich.
»Vielleicht ist es das beste, wenn wir uns eine Weile nicht mehr sehen.«
Diese kühle Entscheidung traf mich wie eine Ohrfeige. Auch wenn wir uns auseinandergelebt hatten, ich hing noch immer an Jola wie an einer alten, vertrauten Gewohnheit.
Der Zug kam. Wir stiegen in ein Abteil. Sprachen kein Wort bis Wannsee. Gingen die Treppen hinunter – durch den Tunnel – wieder hinauf. Gaben uns die Hand. »Tschüs –«
»Ich habe noch ein paar Klamotten bei euch«, fiel mir ein. »Die hole ich morgen ab.«
»Wie du willst«, sagte Jola. »Aber ich glaube, du verstehst mich falsch. Wir sind jetzt nicht böse miteinander. Wir können uns ja ab und zu sehen.«

»Na klar, warum nicht?«

Ich ging zur Omnisbushaltestelle hinüber, und sie ging in ihre Straße hinein, ohne sich noch einmal umzuschauen. Nein, wir waren wirklich nicht böse miteinander, aber auch keine Freundinnen mehr.

21

Das neurologisch-psychiatrische Reservelazarett war in einem barackenähnlichen Haus untergebracht im hinteren Teil des Parks, der zur zivilen Nervenklinik gehörte.
Ich stellte mein Rad im Vorraum ab, dessen einziges Mobiliar aus einem runden ehemaligen Eßtisch bestand, und da ich niemand sah, an den ich mich wenden konnte, klopfte ich an die erstbeste Tür und trat ein.
Es war ein Büro mit Schränken voller Akten und Schreibtischen. Mitten im Raum, mit den weißen Rücken zur Tür, saßen nebeneinander zwei Männer, zwischen sich eine Tüte mit Kirschen. In einigem Abstand von ihnen stand ein Papierkorb, in den sie die Kerne zu zielen versuchten. Mehrere gingen daneben.
»Sie spucken zu flach«, sagte der eine, und der andere fragte: »Wie steht's denn?«
»Zwölf zu sieben für mich.«
»Heil Hitler«, sagte ich von der Tür her.
»Ruhe«, wurde ich verwiesen, »Sie sehen doch, wir sind beschäftigt.«
»Ich bin Luise Hartwig und soll mich hier zum Ferieneinsatz melden.«
Jetzt schauten sich beide mißtrauisch um, sahen offensichtlich gern ein junges Mädchen, weshalb sie sich unerwartet rasch von ihren Stühlen erhoben und vorstellten: Dr. Ross — Dr. Christ. Beide waren Stabsärzte und wußten nicht recht, was sie mit mir anfangen sollten, außer mich wohlgefällig zu betrachten.
»Ferieneinsatz. Ausgerechnet in unserer Klapsmühle. Wer

ist denn auf die hübsche Idee gekommen?« fragte Dr. Ross, der ältere mit dem Gesicht eines bekümmerten Rhesusäffchens.

Dr. Christ war ein langer, blendend aussehender Mann Ende Dreißig und kam mir bekannt vor, ich konnte ihn in meiner Erinnerung nur nicht so schnell finden.

»Was machen wir denn nun mit Ihnen?« überlegte er. »Können Sie Schreibmaschine?«

»Nee, kannse bestimmt nich«, sagte Dr. Ross.

»Doch, kann ich – mit zwei Fingern«, versicherte ich.

Die beiden sahen sich an. »Naja – zum Schreiben von Krankengeschichten wird's schon reichen, bis Elli wiederkommt.« Dr. Ross sah auf seine Uhr. »Ich muß zur Visite.«

»Ich muß auch los«, sagte Christ. Und trat auf einen Kirschkern. »Wer macht denn nun die Schweinerei hier sauber?«

»Ich nich«, sagte Ross. »Weiß ich noch, welches meine Kerne waren?«

»Wenn Sie mir sagen, wo ich ne Müllschippe finde und nen Handfeger –« mischte ich mich in ihre Überlegungen.

»Nee, Sie nicht.« Das wollten alle beide nicht, daß ich ihre Kerne fegte. Ross riß die Tür auf und brüllte »Müller!« auf den Flur.

»Müller im Anmarsch, Herr Stabsarzt«, kam ein Zweizentnerball in Uniform, auf beiden Backen kauend, angerannt. »Wo brennt's denn?«

»Kerne auffegen«, befahl Ross, »und 'n etwas respektvolleren Ton Ihrem Vorgesetzten gegenüber.«

»Zu Befehl! Herrn Stabsarzt seine Kerne auffejen und 'n respektvolleren Ton.«

»Und dann kümmern Sie sich um den Neuzugang. Fräulein –?«

»Luise Hartwig.«

»Fräulein Hartwig macht bei uns Ihren Ferieneinsatz.«

Die Schritte der Ärzte entfernten sich.

Müller wischte seine Pranke an der Hose ab und quetschte herzhaft meine Finger zusammen. «Tag, Frollein. Ick bin hier Pflejer. Im Zivilberuf Schlosser. Aus Pankow.«
»Ich bin Schülerin. Aus Wannsee.«
Müller betrachtete mich überlegend. »Lyzeum, wa?«
Er wies mich in meine Pflichten ein, zeigte mir, wo alles zu finden war, was ich brauchte. Das Gefühl, hier überflüssig zu sein, wich rasch, denn die Schreibkraft Elli hatte sich das Bein gebrochen, und der Gefreite Schumann, der sie vertrat, konnte zwar »heilwegs tippen, aber sonst machter nischt wie Murks«.
Die Tür zum Flur stand offen, ich vermochte Müllers Anweisungen nicht recht zu folgen, weil abgelenkt durch einen Spindeldürren, Kahlrasierten im kurzen Anstaltshemd, der immer wieder um den Eßtisch im Flur und an der Türöffnung vorbei auf meinem Fahrrad Runden drehte, dabei beseligt klingelnd.
Müller folgte meinem Blick. »Is det Ihr Rad?«
»Ja.«
»Machen Se sich nischt draus, der is harmlos.«
Er ging auf den Flur hinaus und sagte zu dem Spindeldürren: »Adolf, nu is jenuch. Steig ab.« Worauf ihm dieser willig das Rad überließ. »Hol mir mal Schaufel und Besen.« Und mit einem Kopfschütteln auf Adolfs magere Zehen blikkend: »Wo sind denn nu wieder deine Latschen?« Adolf zog bedauernd grinsend die Zehen ein und flitzte davon.
»Er jlobt, er wär Hitler. Mussolini ham wa ooch auf der Jeschlossenen. O Mann, die armen Schweine – aba wenigstens hamse ne jehobene Vorstellung von sich, wennse sonst schon nischt vom Leben haben.«
Adolf brachte das Gewünschte und strahlte mich an.
»So, nu hopp und ab –« Und zu mir: »Frollein, eenen Momang, ick muß Adolfen bloß in seine ›Reichskanzlei‹ spedieren.«

Müller kam bald zurück und sah mich etwas hilflos in der Gegend stehen. »Nu fragen Se sich bestümmt, wer sind hier die Irren — die, wo Kerne spucken, oder der mitm Rad um 'n Eßtisch. Ick sage Sie, det verwischt sich mit der Zeit. Ick kenne hier keenen janz normalen Dokter, manchmal denke ick selba schon: Müller, paß nur uff! Det hier steckt irjendwie an.« Er fegte die Kerne zusammen und schüttete sie in den Papierkorb. Sich aufrichtend: »Wie lange bleiben Sie bei uns, Frollein?«
»Drei Wochen.«
Mit der Schippe in der Hand ein Nasenjucken durch Kratzen befriedigend: »Na, det jeht jrade noch. Ick weile hier schon acht Monate. Det Beste is abschalten — bloß nich nachdenken, was in der ihre benebelten Köppe vorjeht. Aba der Ross und der Christ sind in Ordnung. Mit denen wern Se jut auskommen. Auch wennse manchmal rumschreien. Irjendwo müssen se sich ja abreagiern. So, und nu kriejen Se Suppe.«

Nur einen Tag lang zügelten sich die beiden Stabsärzte aus Rücksicht auf die »höhere Tochter« in ihrem Vorzimmer. Dann dröhnten sie wieder um sich, brachten alles durcheinander, maulten, wenn man ihnen nicht rechtzeitig ihren Kaffee vorsetzte, genossen ihre eigene Zügellosigkeit.
Müller begegnete ihnen mit langem leidenden Gesichtsausdruck, wenn sie es allzu arg trieben. An seiner Miene lasen sie wie in einem Spiegel, daß sie sich einmal wieder wie Verrückte aufgeführt hatten, und wurden vorübergehend ganz entzückend. »Sie sind so irre menschlich«, pflegte Müller zu sagen.

Wir vier hatten bald viel Spaß miteinander. Inzwischen war ich auch nicht mehr Fräulein Hartwig für sie, sondern das Luischen und für Müller »unsere Kleene«.

Jeden Morgen, wenn Dr. Ross das Zimmer betrat, schwang er sich auf meine Schreibtischkante: zerwühltes, schütteres Haar, bekümmertes Äffchengesicht zwischen riesigen, abstehenden Löffelohren, an denen er sich eines Tages selber aufhängen wollte.
Jeden Morgen sagte er mir ein anderes Morgenstern-Gedicht auf.
»Es blökt eine Lämmerwolke am blauen Firmament –«
oder:
»Ein Butterbrotpapier im Wald,
da es beschneit wird, fühlt sich kalt.«
Dabei spielte er mit meinen Bleistiften, wurde auf Station gerufen und steckte sie alle in seine obere Kitteltasche. Ich schickte Müller hinterher, um wenigstens einen Stift zurückzuholen.
»Hat Dr. Ross eigentlich Familie?«
»Nischt hat er. Keen Kind. Keen Klacks. Seine Frau ist ihm jestorben. Er lebt komplett alleene. Aber er spielt Jeije.«
»Und Dr. Christ?«
»Von dem weeß ick nischt Jenaues nich«, sagte Müller. »Bloß daß die Weiber hinter ihm her sind wie der Deibel hinter ner schönen Seele. Mit Erfolg. Morjens sieht er manchmal aus wie ne abjekämpfte Balkonfijur.«

Ich wußte inzwischen, woher ich Dr. Christ kannte. Er war der Ommafamm, dem Jola und ich zum erstenmal in Barris' löwenfüßiger Badewanne begegnet waren und der das Pech hatte, von uns zwei ungaren Mädchen nach Sanssouci verschleppt zu werden. Aber ich sagte ihm nicht, daß ich eine von den damaligen Nervensägen war. Wozu? Seine sehr männlichen Blicke, die manchmal auf mir ruhten, waren mir ausreichend Genugtuung für die damals erlittene Schmach, von ihm wie eine lästige Schmeißfliege behandelt worden zu sein.

Schade, daß ich Jola nicht erzählen konnte, daß ich den Ommafamm wiedergetroffen hatte. Von Hanna Barris, mit der ich ab und zu telefonierte, wußte ich, daß sie ihren Ferieneinsatz auf einem pommerschen Gut absolvierte.

Beim ersten Krankenbericht, den Dr. Christ mir diktierte, handelte es sich um einen Fall von Kausalgie.
»Was ist das?« fragte ich.
Er saß mir – mit dem Stuhl kippelnd – gegenüber und stopfte seine Pfeife. »Der Patient hat einen brennenden Schmerz vor allem in den Händen und Füßen. Er kann nichts mit trockenen Händen anfassen. Um gehen zu können, muß er seine Socken anfeuchten. Jedes laute Geräusch trifft ihn wie ein Schmerz. Dazu kommt die seelische Belastung, für einen Simulanten gehalten und so behandelt zu werden.«
»Und wodurch entsteht Kausalgie?«
»Meistens nach einer Verletzung.«
»Das ist ja furchtbar«, sagte ich.
Der Ommafamm sah mich an und wurde ärgerlich: »Hören Sie mal! Ich habe täglich vier Lazarette zu betreuen. Darf ich Sie daran erinnern, daß Sie zum Schreiben hier sind, nicht zum Fragenstellen!?«
»'tschuldigung!« Von nun an hielt ich den Mund und klierte, so schnell ich konnte, sein Diktat mit. Dabei riß er ein Streichholz nach dem anderen an, um seine Pfeife anzuzünden, das sechste flog bereits in hohem Bogen durchs Zimmer – die Reibflächen der Streichholzschachtel waren unbrauchbar, weil bereits von Dr. Ross über Gebühr strapaziert. Die Schachtel flog nach, Christ sprang fluchend auf und kam mit einem Spirituskocher wieder, um an ihm seine Pfeife zu entzünden. Aber um den Kocher zu entzünden, brauchte er Streichhölzer. Ich saß da und schaute interessiert zu.

Es folgte das mir inzwischen bekannte Türaufreißen und »Müller«-Brüllen. Der Dicke ließ sich nicht aus der Ruhe bringen.
Er zog seinen mit einer Kette an der Hosentasche verankerten Flammenwerfer hervor und gab der armen Pfeife Feuer — Müller, eine alles verstehende, gütige Kinderfrau.

Nach fünf Tagen erzählte er den beiden Ärzten: »Unsere Kleene nimmt sich selbst in der Mittagspause Krankengeschichten mit in die Sonne. In eener Hand nen Suppenlöffel, in der andern hält sie det Schriftstück und liest, als ob's 'n Krimi wär.«
Für mich waren diese Krankengeschichten keine Krimis, sondern Schicksale, von denen ich in meiner behüteten Welt niemals etwas erfahren hatte. Mich interessierte vor allem der bisherige Lebenslauf der Patienten, der ja auch in diesen Blättern stand, aus dem die Ärzte die Ursache des Leidens zu erforschen versuchten, soweit das möglich war. Ihre Diagnosen beruhten zum Teil auf Vermutungen. Sichtbare Heilerfolge wurden selten verzeichnet.
Was für ein deprimierender Beruf.

Ich mußte Dr. Ross Zigaretten ins Sprechzimmer bringen. Er saß rittlings auf einem Stuhl, vor sich den Kanonier Gustav Feigel. Er war neunzehn Jahre alt, geboren in Thalkirchen an der Isar.
In meinem Vorzimmer benahmen sich die Ärzte zuweilen wie losgelassene Irre. Im Umgang mit einem Patienten erlebte ich sie still, unendlich geduldig bei dem Versuch, ihn aus seinem stumpfsinnigen Vorsichhindämmern wenigstens für einen Augenblick herauszuholen.
»Kannst du's mir denn nicht erklären, Gustl?« fragte Ross voll sanfter Eindringlichkeit. »Versuch's doch mal — wir wollen dir ja helfen.«

Gustav Feigel drückte einen Handballen gegen die Stirn, sah Ross mit fernen, leeren Augen an. Seine rissigen Lippen bewegten sich, er bemühte sich so sehr, es dauerte unendlich lange, bis er gehetzt, kaum hörbar, stammelte: »I hock in an Boot – mit Paddel – ja – Paddelboot – es draht sich umanand – i find koan Halt net – i woaß net, i find nimmer –«
Und brach ab, stand krummrückig, mit hängenden Armen da. Diese Mitteilung hatte ihn völlig erschöpft.
»Ist gut, Gustl, du kannst jetzt gehen.«
Dr. Ross telefonierte nach Müller, damit er Gustav Feigel abholte.
Ich sah ihn fragend an.
»Er hat sein seelisches Gleichgewicht verloren.«
»Ist daran der Krieg schuld?«
»Dafür gibt es viele Ursachen, Kindchen. Fronterlebnisse sind meistens der Auslöser.«
Plötzlich Gustav Feigels verwischte Stimme: »D' Mutta soll kimma...«
»Gustl, es ist eine weite Reise für deine Mutter. Aber ich werde ihr schreiben, daß du sie gern sehen möchtest«, sagte Ross.
»Werden Sie ihr wirklich schreiben?« fragte ich.
Seine Hand ruhte sich auf meiner Schulter aus, während er mit der Antwort zögerte. »Seine Mutter ist Bäuerin, vielleicht gerade in der Heuernte, die Männer im Krieg. Soll die Frau die Ernte sausen lassen für so eine weite Reise nach Berlin, um einem Sohn zu begegnen, der sie unter Umständen nicht mal erkennt?«
»Aber vielleicht erkennt er sie doch und wird wieder normal?«
Ross lächelte mich freundlich aus. »Ach, wenn das so leicht wäre, Kindchen. Ich fürchte eher, seine Mutter würde bei seinem Anblick einen Schock erleiden, von dem sie sich so bald nicht wieder erholt. Es wurde ihr bereits mitgeteilt, daß ihr Sohn vorübergehend in einem psychiatrischen Lazarett

behandelt wird. Was das bedeutet, realisiert so eine einfache Frau gottseidank nicht. Glaub mir, was man nur liest und nicht gesehen hat, ist leichter zu ertragen.«
»Aber sie ist seine Mutter!«
»Ja, ich weiß, Luischen. Alle hier haben Mütter. Wenn alle Mütter kämen und den Jammer erleben würden...«
Müller holte Gustav Feigel ab und teilte gleichzeitig mit: »Herr Stabsarzt, unser Wiener Schulmeister hat'n Schub. Wenn Se sich beeilen, kriegen Se noch die Ouvertüre mit.«
»Komm, Kindchen. Das mußt du erleben!« eilte Dr. Ross mir vorauf in die geschlossene Station im ersten Stock, in der die schweren Fälle untergebracht waren.

Es war nicht das erste Mal, daß ich diesen mit apathisch lallendem Singsang und Greinen, mit stumpfsinnigem Starren und immer gleichen, mechanischen Handbewegungen erfüllten, sorgsam verschlossenen Abstellraum der menschlichen Gesellschaft betrat. Seit die Ärzte mich ernst nahmen, erlaubten sie mir öfter, mit heraufzukommen.
An diesem Mittag stand ein kleiner Mann im Anstaltshemd auf seiner Matratze, die Arme ausgebreitet wie ein Engel mit Stachelbeinen. Ein weit entrücktes, glückliches Lächeln auf eingefallenem Gesicht, deklamierte er:

»Sage mir, Muse, die Taten des vielgewandten Mannes,
Welcher so weit geirrt, nach der heiligen Troja Zerstörung,
Vieler Menschen Städte gesehn und Sitte gelernt hat,
Und auf dem Meere so viel unnennbare Leiden erduldet,
Seine Seele zu retten und seiner Freunde Zurückkunft.
Aber die Freunde rettet er nicht, wie eifrig er strebte,
Denn sie bereiteten selbst durch Missetat ihr Verderben:
Toren! welche die Rinder des hohen Sonnenbeherrschers
Schlachteten; siehe, der Gott nahm ihnen den Tag der Zukunft.«

Die Odyssee.
In der Schule pflichtschuldig auswendig gelernte Hexameter.
In dieser geschlossenen Station, von einer klaren, hell aufblühenden, alles Lallen und Grunzen drumherum auslöschenden Stimme gegen die abbröckelnde Zimmerdecke gesprochen, als wäre es der griechische Himmel, wurden mir zum erstenmal ihre Schönheit und ihr Sinn bewußt.
Ich hörte atemlos zu, bis Dr. Ross seine Hand unter meinen Arm schob. »Komm, Luischen.« Ehe wir die Station verließen, sah er sich noch einmal um und sagte unendlich traurig: »Siehe, der Gott nahm ihnen den Tag der Zukunft.«

Bereits auf der Treppe abwärts suchte er seine Kitteltaschen nach Zigaretten ab, fand eine gekrümmte, nur noch zur Hälfte mit Tabak gefüllte, zündete sie an — das leere Zigarettenpapier flammte ab.
Er rauchte schweigend aus einem geöffneten Flurfenster durch Eisenstäbe in den dunkelgrünen, zwitschernden Park.
»Und kann man ihnen denn gar nicht helfen?« fragte ich.
In diesem Augenblick fuhr ein Wagen vor — ich kannte das Motorengeräusch, denn ich hatte angefangen, ab elf Uhr vormittags darauf zu warten.
Der Ommafamm betrat mit raschen Schritten den Hausflur — sah uns am Fenster stehen und kam auf uns zu.
»Tagchen. Ich bin heut spät dran.«
Ohne seinen Gruß zu erwidern, sagte Dr. Ross: »Unsere Kleine hat mich eben gefragt, ob wir unsern Patienten nicht helfen können. Ein Witz, was?«
»Schön wär's«, sagte der Ommafamm. »Die Lazarette sind bis zum Kragen vollgestopft — es werden immer mehr — die meisten Fälle brauchten eine langjährige Einzelbehandlung — wir kommen kaum rum — dazu die vielen Simulanten, die den echten Fällen die Betten wegnehmen — auch sie

werden immer mehr. Nein, Luise, wirklich helfen können wir nicht.«
»Nur verhindern, daß unsere Patienten verlegt werden.«
Dr. Ross warf seinen Stummel durch das Gitter in den Park.
»Wieso, was bedeutet ›Verlegen‹ für sie?« wollte ich wissen.
Ehe Ross antworten konnte, erreichte ihn Ommafamms warnende Stimme: »Bitte, Kollege!!«
Gleich darauf kreischte es laut im Garten.
»Haben wir jetzt auch schon weibliche Patienten?« seufzte Ross und preßte sein Gesicht zwischen die Gitterstäbe. Ich auch. Wir sahen eine polnische Küchenhilfe, aus ihrer Mittagspause aufgeschreckt, wie Rumpelstilzchen herumspringen bei dem Versuch, ihre kokelnde Schürze zu löschen.
»Mein Stummel«, ahnte Dr. Ross zerknirscht. »Sag Müller, er soll ihr ab morgen meine Orangenzuteilung geben.«

Anschließend hatte auch ich Mittagspause und suchte mir einen Sonnenfleck. Der dicke Müller kam vorbei mit einer Decke unterm Arm und einer Flasche Bier, um sich ein paar Meter neben mir im Schatten auszubreiten. Er hatte da seinen bestimmten Schnarchplatz unter einer Kastanie.
»Herr Müller«, fing ich ihn ab, »ich habe ne Frage. Wohin werden Patienten verlegt, wenn sie von hier wegkommen?«
»Det weeß der Henker, damit hab ick nischt zu tun. Ick bin hier bloß Pflejer.« Und stapfte weiter zu seinem Kastanienschatten, den Boden nach Ameisen abforschend, bevor er sich mit einem Plumps darauf ausbreitete. Sein Bauch fiel nach beiden Seiten. Auf einmal wirkte er beinah flach.
»Aber Sie hören doch sonst die Flöhe husten«, insistierte ich.
»Manche kommen ebend hier hin und manche ebend da hin. Wie det Schicksal so spielt.«
»Herr Müller –?«
»Wat willste denn nu noch wissen, Meechen, wat ick nich

weeß und ooch nich wissen will. Du fragst einem manchmal richtje Löcher in'n Bauch.«
»Unsere Patienten sind alle Soldaten. Die müssen doch geistig gesund gewesen sein, als sie eingezogen wurden. Sonst hätte man sie ja wohl nicht für tauglich erklärt, oder?«
Er faltete die Hände über seinem Magen. »Weeßte, Kleene, die Dokters von der Musterung kieken dir in den Hals – sag mal Aa –, horchen dir die Lunge ab und det Herze, prüfen deine Reflexe. Ob eener ne Meise hat, interessiert die doch nen feuchten Keks. Dabei isset bei viele schon von Kindesbeene an drin. Manche hat die Scheiße an der Front umjehaun, und wat se da so allet jesehn ham. Und denn haben wir immer wieder Fälle, da ist die Lues dran schuld, die sie sich in einem schäbigen Puff geholt haben und die ihnen in den Kopf steigt – cerebri sozusagen...« Wenn Müller fachmännisch wurde, stieg er aus seinem gemütlichen Berlinisch ins Hochdeutsche um. Im Grunde fühlte er sich seinen Stabsärzten als Pfleger ebenbürtig. Jene hatten zwar für alles lateinische Namen parat, weil sie studiert waren. Aber helfen konnten sie den Patienten auch nicht viel mehr als er, der Schlosser aus Pankow. Er trank sein Bier aus, rollte sich auf die Seite: »Einstweilen jute Nacht.«
Ich schloß die Augen und gab mich ganz der Mittagssonne hin, um meine Bräune aufzufrischen. Hörte das beruhigende Geräusch eines Rasenmähers, den trägen Wind in den Baumkronen über mir, Bienensummen und den Gesang der polnischen Küchenmädchen. Und dachte so gern an Jobst, meinen fröhlichen Liebsten.

Am Ende meiner zweiten Woche im Reservelazarett verabschiedete sich Dr. Ross nach dem Diktat von mir. Er ginge nun in Urlaub. Wenn er zurückkam, würde ich sicher nicht mehr da sein.

Ein letztes Morgenstern-Gedicht:

»Zwei Kirchturmuhren schlagen hintereinander,
Weil sie sonst widereinander schlagen müßten.
Sie vertragen sich wie zwei wahre Christen.
Es wäre entsprechend zu fragen:
Warum nicht auch die Völker
Hintereinander statt widereinander schlagen.
Sie könnten doch wirklich ihren Zorn
Auslassen, das eine hinten, das andere vorn.
Aber freilich: Kleine Beispiele von Vernunft änderten noch nie etwas am großen Narreteispiele der Zunft.

Leb wohl, Mädchen. Bleib gesund und heiter.«

»Ich werde Sie vermissen, Herr Dr. Ross.«

»Ja, ich dich auch, wenn ich zurückkomme. Du hast in diesem trostlosen Laden ein bißchen die Sonne scheinen lassen.«

Er zog ein zerlesenes Büchlein aus der Kitteltasche und legte es auf meinen Schreibtisch.

»›Schloß Gripsholm‹. Eine Liebesgeschichte. Sie wird dir gefallen. Aber laß das Buch niemanden sehen. Sein Autor Tucholsky steht auf dem Index.«

Und danach war er gegangen.

Am nächsten Morgen war alles ganz anders.

Als ich wie üblich mein Rad im Flur abstellen wollte, kam Pfleger Müller mit stark verkürzter Haarpracht und strafendem Blick auf mich zu: »Det Rad jehört auf den Hof. Ab heute herrscht hier wieda Zucht und Ordnung.« Dabei zwinkerte er mir zu. »Dr. Füssler is ausn Urlaub zurück.«

»Aber Dr. Christ kommt doch hoffentlich noch?«

Müller grinste wissend. »Keene Sorge, der bleibt dir erhalten.«

Es war ihm längst aufgefallen, wie nervös ich wurde, wenn ich den Wagen des Ommafamm vorfahren hörte, seine

Stimme und seine knallenden Schritte im Flur, das Aufreißen meiner Zimmertür: »Morgen, Luise.«
»Morgen, Herr Stabsarzt«, ohne ihn anzusehen.
Ganz plötzlich, beim Diktieren, hatte es angefangen. Er saß mir gegenüber, ich schrieb — einmal machte er eine Pause, ich sah fragend auf und begegnete seinem Blick. Wir schauten uns kurz an. Danach mied ich seine Augen, über die Maßen verwirrt.
Er diktierte nicht weiter, sondern beschäftigte sich mit einem Päckchen Zigarettenpapier, das auf dem Schreibtisch lag, zündete Bogen für Bogen an und schaute nachdenklich zu, wie sie nach kurzem Aufflammen zu Asche zerfielen.
Müller war hereingekommen, spürte sofort die Spannung zwischen uns und sah beim Zündeln zu. Als das Päckchen leer war, reichte er Christ ein Aufnahmeformular.
»Was soll ich damit?«
»Ick mein ja bloß, weil Herr Stabsarzt nischt mehr zum Kokeln hat.«
»Müller, Sie sind unmöglich.« Danach diktierte der Ommafamm zu Ende und verließ das Zimmer, ohne mich noch einmal anzusehen. Das war vor einer Woche.
Inzwischen hatten wir kein privates Wort miteinander gewechselt. Und wenn ich seinem Blick begegnete, dann nur aus Versehen.
Aber selbst wenn ich mit dem Rücken zu ihm stand, war diese knisternde Spannung da und reizvoll. Ein federleichtes Spiel ohne Bodenberührung, ein Blickflirt — ein Nichts und doch fähig, selbst in einer deprimierenden Umgebung einen Schmetterling gaukeln zu lassen.

(Jobst, glaub mir, ich bin nicht verliebt in ihn. Wenn dieser Gary Cooper, der mir da täglich für kurze Zeit gegenübersitzt, auch nur eine anzügliche Bemerkung machen oder mich anfassen würde, wäre der Reiz zerstört.

Du mußt ihn also nicht erschießen, mein Liebling, ich bin bei dir in feuerfesten Händen.)

Dr. Füssler trat sporenklirrend ins Zimmer. Meine erste Überlegung war: Wieso trägt ein Neurologe Reitstiefel mit Sporen, unsere Patienten sind doch keine Pferde. Seine Forschheit blieb ihm im Halse stecken, als er statt der Schreibkraft Elli, einem ältlichen Fräulein, ein junges Mädchen auf ihrem Platz sitzen sah. Aber nur einen Augenblick.
»Hoppla, wen haben wir denn da?«
»Hartwig«, stellte ich mich vor.
»Vornamen haben Sie doch sicher auch, Mädel –«
Dreistkalte Augen, zynische Halbbogen von der Nase zu den Mundwinkeln, eine tiefe Kerbe im eckigen Kinn – der Adamsapfel hüpfte über dem Uniformkragen.
Zum erstenmal begriff ich, weshalb sich unserm Hund die Nackenhaare sträubten, wenn er einem Kollegen begegnete, dem er nicht über den Weg traute...
Mit diesem Arzt würde ich niemals wie mit Ross das Schlußduett aus »Aida« schmettern und hinterher überlegen: Wußten Aida und ihr Radames nichts Besseres miteinander anzufangen, als Duett zu singen, nachdem man sie tödlich eingemauert hatte? Ach, lieber Dr. Ross, warum mußten Sie in Urlaub gehen?
Die lustigen Zeiten waren nun vorüber. Kaum zehn Minuten im Zimmer, fragte mich Füssler bereits, wieso ich solchen erotischen Mund hätte?
Was sollte ich darauf sagen? Ehe mir eine freche Antwort einfiel, zerrissen tierische Schreie die morgendliche Ruhe. Sie kamen aus der geschlossenen Station.
Im Nu war der Teufel los im Haus. Rufe und eilige Schritte, Schlüsselrasseln und ein Heulen, das sich von Raum zu Raum ansteckend fortsetzte.
Füssler stand wütend auf. »Kaum ist man aus dem Urlaub

zurück, geht der Ärger los. Bin gleich wieder da, Mädel.«
Beim Rausgehen sah ich zum erstenmal seinen Hinterkopf: eckig, bläulich, kahl – erst oberhalb der Ohren fing die Frisur an. Ein grausamer Schädel.

Nachdem Füssler den ersten Stock erreicht hatte, wurde es dort schnell ruhig. Totenstill.
Wenig später fuhr ein Sanka vor der Haustür vor. Ich stand am Fenster und sah, wie jemand auf der Bahre herausgetragen wurde. Der Sanitätskraftwagen fuhr ab, und Füsslers Rückkehr holte mich vom Fenster fort.
»Wer war das?«
»Wieso – kennen Sie unsere Patienten?« wunderte er sich.
»Ja, alle. Ich war schon oft mit auf der Geschlossenen.«
Er nahm mir gegenüber am Schreibtisch Platz. »Interessant. Meine Herren Kollegen haben Sie also auf die Geschlossene mitgenommen. Sehr interessant.«
Aus lauter Furcht, etwas Falsches zu sagen, hielt ich lieber meinen erotischen Mund.
»Wie kommen Sie überhaupt hierher?«
»Ferieneinsatz.«
»Auf einem Bauernhof wären Sie besser untergebracht gewesen!«
Das hatte allerdings auch Dr. Ross einmal behauptet. Aber von Dr. Füssler wollte ich es nicht hören.
»Vielleicht studiere ich einmal Psychiatrie«, hörte ich mich sagen.
Er sah mich kopfschüttelnd an. »Lassen Sie die Finger von diesem unerfreulichen Metier. Das paßt nicht zu Ihnen. Sie sind zur Mutter geschaffen. Setzen Sie Kinder in die Welt, das ist die einzig wichtige Aufgabe einer Frau.«
»Ja, später bestimmt –« Und erinnerte mich an den Satz meines Vaters, mit dem er alle Diskussionen stereotyp zu beenden pflegte: Mach du erst mal dein Abitur.

»Erst muß ich mal mein Abitur machen.«
»Abitur –« Füssler wippte enervierend rhythmisch mit seinem Stuhl und sah mich dabei an, und ich sah zurück, obgleich mir seine Augen unerträglich waren. »Zum Kinderkriegen braucht man kein Abitur.«
»Aber zum Studieren.«
»Was machen Sie eigentlich nach Feierabend, Mädel?«
»Ich bin verlobt«, sagte ich und stand auf.
»Wo wollen Sie hin?«
Das wußte ich selber noch nicht, nur eins – raus hier.
»Ich möchte Ihnen diktieren«, rief er hinter mir her.
Ich lief aus dem Haus in die Wärme voller Licht und Schatten dem feldgrau lackierten Mercedes des Ommafamm entgegen. Er hielt an. Ellbogen und Gesicht im heruntergekurbelten Fenster. »Wo wollen Sie hin, Luise?«
»Ich werd noch verrückt.«
»Das ist hier leicht möglich. Warten Sie –« Er fuhr den Wagen an den Wegrand und stieg aus. »Was ist passiert?«
Es war keine Verwirrung mehr in seiner Nähe, nur Erleichterung, daß er da war.
»Ich halte diesen Füssler nicht aus.«
»Ach, ist der Kollege Füssler zurück?« sagte er darauf nur.
»Hat er Ihnen was getan, daß Sie weggelaufen sind?«
»Mir nicht, aber ich glaube, einem Patienten in der Geschlossenen. Zu mir war er nur unverschämt.«
Er legte die Hand auf meine Schulter. »Das beste ist, Sie gehen jetzt wieder an Ihren Platz. Ich komme nachher zu Ihnen.«

Dr. Füssler war auf Station, als ich zurückkam. Ich setzte mich an meinen Schreibtisch, spitzte Bleistifte und wartete auf die knallenden Schritte im Flur.
Es dauerte eine Weile, bis der Ommafamm die Tür aufriß und sich mir gegenüber auf den Stuhl fallen ließ.

»So, Luise —« Kein Blick, kein Knistern, nur kühle Sachlichkeit. »Schreiben Sie — Überschrift: Zeugnis. Luise Hartwig — geboren am — wohnhaft in — hat vom — bis — im — ihren Feriendienst abgeleistet. Sie war eine zuverlässige Schreibkraft und hat sich allen übrigen Aufgaben, mit denen sie betraut wurde, mit ungewöhnlichem Einsatz gewidmet. — Warum schreiben Sie nicht?«

»Heißt das, ich bin entlassen? Aber ich habe doch noch eine Woche Einsatz.«

»Eine Woche mehr Ferien bekommt Ihnen bestimmt besser.«

»Ja, aber — Dr. Füssler ist jetzt hier der zuständige Arzt. Wenn er meiner Entlassung nicht zustimmt...«

»Machen Sie sich darüber keine Sorgen. Und jetzt schreiben Sie: Fräulein Hartwig wird frühzeitig aus Ihrem — nein, schreiben Sie: Vom ärztlichen Standpunkt aus halte ich es für angebracht, Fräulein Hartwig frühzeitig aus ihrem Einsatz zu beurlauben — da ihr nicht länger die nervliche Belastung — der sie in unserer Anstalt ausgesetzt ist — zuzumuten ist. Mit deutschem Gruß — undsoweiter.« Er lehnte sich zurück. »Vergessen Sie nicht wieder das Datum.«

»Also, das ist mir peinlich«, protestierte ich. »Das klingt ja so, als ob ich durchgedreht hätte.«

»Ist doch egal, wie es klingt. Hauptsache, Sie kommen hier raus.« Er spielte mit einem Bleistift, ich sah ihm dabei zu. »In der ersten Woche waren Sie so fasziniert von unserem Beruf, daß Sie erklärt haben, Sie wollten selber Psychiaterin werden. Sie bringen auch fast alle Voraussetzungen dafür mit — bloß nicht die wichtigste: stabile Nerven. Und dazu Ihr Mitleiden und Ihre Phantasie —« Er warf den Blei auf den Tisch und sah mich an. »Nachts schlafen Sie doch sicher schon mit Licht, aus Angst, die Geister, die unsere Patienten verfolgen, könnten auch zu Ihnen kommen. Stimmt's, oder habe ich recht?«

Ich nickte. Es gab Nächte, da wäre ich am liebsten zu meiner Mutter ins Bett gekrochen.
»Trotzdem bin ich jeden Morgen gern hierhergekommen«, versicherte ich. »Solange Dr. Ross noch da war...«
Die Tür ging auf, und Füssler klirrte ins Zimmer, stutzte, als er den Ommafamm sah, begrüßte ihn dann kollegial, riß Witzchen, die mich vereisen ließen, spürte unsere Ablehnung. Rasches Kombinieren von einem zum andern, die Augen dabei schlitzschmal: »Ach so, ich störe wohl!«
»Ja, Kollege«, sagte der Ommafamm mit dieser widerspruchslosen, ruhigen Konsequenz, die ich nie lernen würde, und deshalb um so mehr bei anderen bewunderte. »Ich möchte Fräulein Hartwig noch einen Brief zu Ende diktieren. Es dauert höchstens fünf Minuten.«
Füssler, der eine Orange aus seiner Kitteltasche geholt hatte, um sie über dem Papierkorb zu pellen, gab sein Vorhaben auf und schlug die Tür hinter sich zu.
»So. Jetzt tippen Sie Ihr Zeugnis — nein, geben Sie es Müller, er soll es abschreiben lassen und Ihnen zuschicken.«
Stand auf, kam um beide Schreibtische herum und setzte sich auf die Kante, die zu meinem gehörte. War mir nun sehr nah und lachte. »Und wenn Sie das nächste Mal mit Hanna Barris telefonieren, dann bestätigen Sie ihr, daß ich bei der Luise kein *homme à femmes* war. Ich habe mich anständig benommen. Ommafamm, so habt ihr mich doch damals genannt, ihr schrecklichen Gören.«
Ein Glück, daß ich saß. »Woher wissen Sie?«
»Barris sind meine besten Freunde. Ich telefoniere oft mit Hanna. Sie hat mir erzählt, daß Sie hier arbeiten. Daß Sie einen Jagdflieger lieben. Ich weiß alles. Ach, Luise, Flieger haben es gut. Ihre Flugzeuge kann man reparieren. Für Maschinen darf man sich genügend Zeit lassen, die sind ja kriegswichtig. Unsere Patienten dagegen —« Er brach ab. »Und nun packen Sie Ihre Sachen. Adieu, Luise. Es war

hübsch, Sie wiederzusehen. Ich bin jeden Tag richtig gern hier herausgefahren bei dem Gedanken an Ihr mühsames Tippen. Und grüßen Sie Ihren Jagdflieger. Ich beneide ihn ein bißchen.« Seine Hand stülpte mein Haar durcheinander. Dann war er gegangen.
Ich schaute noch eine Weile auf die Tür, die sich hinter ihm geschlossen hatte. Dann fiel mir Dr. Füssler ein, und ich packte wie in Panik mein Eigentum vom Schreibtisch und aus den Schubfächern zusammen — wieviel sich doch ansammelt allein in zwei Wochen...

Auf der Suche nach Müller begegnete ich Gustav Feigel. Er harkte mit Inbrunst. Dr. Ross hatte ihm Gartenarbeit verordnet. »Tschüs, Herr Feigel«, rief ich ihm zu. Er sah mich an von ganz weit her und harkte weiter.
Müller fand ich unter seinem Baum — es war ja schon Mittagspause. Neben ihm standen zwei leere Bierflaschen, er schlief trotzdem nicht.
»Herr Müller, ich bin entlassen.«
»Das is jut — noch zu heilend entlassen.« Und faltete die Hände über seinem seitlich verrutschten Bauch.
»Hier ist mein Zeugnis. Dr. Christ sagt, Sie möchten es bitte abschreiben lassen und mir zuschicken. Hoffentlich können Sie meine Klaue lesen.«
Umständlich rappelte er sich in die Höhe. »Weeßte, wer heute jestorben is nach eenen akuten Schub?«
Jetzt fiel mir das Schreien in der geschlossenen Station wieder ein. Wenn man zwei Wochen in einem neurologischen Lazarett gearbeitet hat, versucht man sich daran zu gewöhnen. Aber daß danach einer leblos aus dem Haus getragen und mit einem Sanka abtransportiert wurde, hatte ich heute zum erstenmal erlebt.
»Wer war's denn?«
»Unser Lehrer aus Wien, der so schön aufsagen konnte.

Warum hat er heute nich aufjesagt. Warum hat er so jebrüllt?« bedauerte Müller.
Ich sah den kleinen stachelbeinigen Lehrer im kurzen Anstaltshemd auf der Matratze stehen, mit erhobenen Armen wie der Messias: Sage mir, Muse, die Taten des vielgewandten Mannes...
»Aber woran ist er denn so plötzlich gestorben?«
»Exitus infolge Herzversagen, lautet die Diagnose.« In Müllers Blick hing die bittere Frage: Wat sagste nu?
Mir kam ein entsetzlicher Gedanke. »Glauben Sie, der Füssler hat nachgeholfen? Aber das wäre ja Mord!«
Müller hob erschrocken die Hände. »Nu mal langsam mit die harten Worte. Willste in Deibels Küche kommen? Es war Tod infolge Herzversagen. Der arme Junge hatte wirklich 'n schwachet Herz«, fügte er, wie um mich zu beruhigen, hinzu. »Und nu verjiß es. Hau ab in deine Ferien, Kleene. Hoffentlich falln se nich ins Wasser, ick meine, dasset regnet.«
Der Posten öffnete mir das Tor.
Ich radelte Richtung Wannsee.
Mit jedem Kilometer, den ich mich weiter vom Lazarett entfernte, fühlte ich mich leichter, wie von einer Last befreit. Ich hatte eine Woche Ferien gewonnen. Baden gehen. Viel lesen. An Jobst schreiben. Jobst – so gesund – so stinknormal – so unbedenklich positiv. Schade, daß er jetzt keinen Urlaub hatte.

Zwei Abende versuchte ich vergebens, Hanna Barris am Telefon zu erreichen. Seitdem die Textilfabrik, in der sie gearbeitet hatte, mit Heeresaufträgen voll eingedeckt war, konnte man dort eine Entwerferin für Blümchenmuster nicht mehr gebrauchen. Hanna war jetzt in einem Fotolabor beschäftigt.
Am dritten Abend erreichte ich sie endlich zu Hause.

»Du hast Glück, daß du mich erwischst. Ich bin abends meistens unterwegs. Mir graust vor diesem leeren Atelier.« Und dann ein Lächeln in ihrer Stimme: »Ich weiß schon, weshalb du anrufst. Gestern abend war ich mit Kaspar Christ bei Habel zum Essen verabredet. Er hat mir alles erzählt.«

»Grüßen Sie ihn schön, wenn Sie ihn wieder sprechen, und sagen Sie ihm vielen Dank. Hoffentlich hat er keinen Ärger mit Dr. Füssler gekriegt, weil er mich nach Hause geschickt hat. Und — noch was — er war kein Ommafamm zu mir«, richtete ich auftragsgemäß aus. Dann fragte ich nach Barris.

»Ich habe Nachricht von ihm«, sagte Hanna. »Er schreibt von Panjebauern, bei denen er übernachtet hat. In einer Lehmkate ohne Fenster. Vorm Winter mummen sie ihre Hütte bis zum Kragen in Mist ein, um die Kälte abzuhalten. Wie sie eigentlich überleben, ist ihm unklar, denn das Land drumherum ist vom Krieg zerstört —« Und dann ein Aufschrei: »Mein Bügeleisen!« Der Hörer knallte ohne Abschied auf die Gabel.

22

Am 19. November 42 begann die Gegenoffensive der Russen und die Einkesselung deutscher Truppen in Stalingrad. Wochenschau-Berichte zeigten unsere Soldaten zwischen Ruinen gegen Feind und Kälte ankämpfend und möglichst nur tote Russen, keine Deutschen, und unsere Transportflugzeuge, die die Eingeschlossenen aus der Luft versorgten. Im lauwarmen Kino konnte man sich die ganze Erbarmungslosigkeit dieser monatelangen Schlacht kaum vorstellen. Anschließend gab es einen Revuefilm mit Marika Rökk.

Von den meisten Filmen erfuhr ich nie den Schluß, weil sie vorzeitig durch Alarm abgebrochen wurden. Seit November war ja nun auch Berlin das Ziel schwerer britischer Bombenangriffe. Das für Wannsee zuständige Kino befand sich im Dorf Stölpchensee. Bei normaler Gangart betrug der Weg von unserm Haus dorthin fünfundzwanzig Minuten. Bei Alarm schaffte ich den Rückweg in zwölf.

Als an diesem Abend Mitte November der langgezogene Ton des Voralarms die trällernde, beinchenschwingende Traumfabrik auf der Leinwand abrupt beendete und ich dem Ausgang zudrängte, sah ich plötzlich Jola neben mir. Wir hatten uns seit Monaten nicht mehr gesprochen und wußten im ersten Augenblick nicht, ob wir uns bemerken sollten oder lieber nicht. Aber ich machte nicht den Anfang, ich hatte ja schließlich nicht unserer Freundschaft die Luft abgedreht, sondern sie und sagte: »Hallo, Jola.« Und sie, ganz überrascht, als ob sie mich nicht längst gesehen hätte: »Ach, Luise — du auch hier? Schöne Pleite.«

»Ja. Was machst denn du jetzt?«
»Warten, bis der Alarm vorbei ist. Und du?«
»Ich lauf nach Hause.«
»Du hast es ja auch näher«, sagte sie und ich: »Also tschüs. Mach's gut.« Und gab Gas.
Kurz vorm Einbiegen von der Chaussee- in die Königstraße hörte ich Schritte hinter mir und eine atemlose Stimme: »Luise – kann ich mit zu euch?«
Über uns ein Dom von Scheinwerfern, das näherkommende schwere Brummen der Bomberverbände. Meine Mutter wartete bereits in der Haustür auf mich.
Gleichzeitig mit uns kam Bolle angewetzt, wer weiß woher. Das Knallen der Flak war ihm unheimlich und trieb ihn vorzeitig in den Schoß der Familie zurück.
»Ich habe Jola mitgebracht –«
Meine Mutter ließ sich ihre Überraschung nicht anmerken. »Wie nett, kommt rein.«
Mein Vater saß bereits vorm Radio im Luftschutzkeller und hörte den Drahtfunk. »Das wird mal wieder happig –« begrüßte er uns. »Tag, Jola. Setz dich.« Es war ihm nicht aufgefallen, daß sie uns seit bald einem Jahr nicht mehr besucht hatte. Was interessierten ihn Mädchengeschichten...
Der Drahtfunk unterbrach sein Ticken für die Meldung, daß sich weitere Bomberverbände im Raum Hannover-Braunschweig im Anflug auf Berlin befänden.
»Und wo bleiben die Jagdflieger, die ›Helden der Nation‹, he?« schimpfte mein Vater gezielt in meine Richtung. »Wo sind sie, wenn sie uns vor den Tommys schützen sollen?«
»Im Einsatz«, bellte ich gekränkt zurück.
»Ach nee, im Einsatz. Aber sie trauen sich wohl nicht nah genug an die Bomber heran, um sie abzuschießen?«
»Vati!« versuchte ihn meine Mutter zu beschwichtigen. »Jobst und die andern Flieger riskieren ihr Leben genau wie jeder Soldat.«

»Mag ja sein, man merkt bloß nichts davon.« Er wollte sich gerade beruhigen, da fiel ihm noch etwas ein, was seinen Ärger wieder in Schwung brachte: »Und nach dem Einsatz müssen die Helden nicht in ein lausigkaltes Erdloch zurück, nein, sie haben ja ihren gepflegten Fliegerhorst. Da können sie ein Bier trinken und duschen.«

Mir gegenüber saß Jola, zurückgelehnt, die Hände in den Manteltaschen und verkniff sich ein Lachen.

Sie trug die Haare länger als früher, in einer weichen Außenrolle aufspringend. Aber vor allem fiel mir auf, daß ihr Gesicht an Strenge verloren hatte. Sie war hübsch geworden — auf eine feine, zurückhaltende Art, die erst beim zweiten Hinsehen auffiel.

Jola fing meinen musternden Blick auf und wich ihm nicht aus, sondern lächelte fast bittend: Laß uns wieder gut sein.

Unser stummes Vertragen wurde durch die Frage meines Vaters: »Hast du etwa auch einen Jagdflieger, Jola?« gestört.

»Nein«, sagte sie, »mein Freund ist Panzeroffizier.« Und strahlte mich an.

»Etwa Karl-Heinz Kühnhagen?« staunte ich.

»Ja.«

»Mensch!! Seit wann denn?«

»Ach, das fing ganz komisch an. Mein Vater und Karl-Heinz sind sich mitten in Rußland auf einem Hauptverbandsplatz begegnet und saßen einen Abend zusammen. Da haben sie auch von mir gesprochen und ne Karte an mich geschrieben. Als Karl-Heinz im Juli Urlaub hatte, rief er mich an. Ja, und dann haben wir uns wieder gesehen und einfach phantastisch verstanden. Seither gehören wir zusammen.«

»Und seine alte Freundin?«

»Das ist endgültig vorbei.«

Piepen, Pfeifen und Rauschen fuhr in unsere Unterhaltung.

Mein Vater drehte am Radio. Er fand den englischen Sender BBC, meine Mutter stieß ihn warnend in die Seite: »Vati!!«
Das Abhören ausländischer Sender wurde mit Zuchthaus bestraft, und wenn Jola ihn auch nicht anzeigen würde — wissen mußte sie es ja schließlich nicht, daß er sich zuweilen gezielt im Kanal irrte.

Nach der Entwarnung brachte ich sie zur Bushaltestelle. Der Himmel über Berlin war rot.
Wir überschlugen uns vor Mitteilungen — es war ja soviel in diesem Jahr passiert, in dem unsere Freundschaft geruht hatte.
»Ich habe dir immer gesagt, daß ich den Karl-Heinz mal kriege. Du hast mich für verrückt erklärt. Nun habe ich ihn.«
Ja, nun hatte sie ihr Ziel erreicht: ihren Offizier aus streng protestantischer, preußischer Familie, aus der seit Generationen einerseits pflichtbewußte, korrekte, unbestechliche Beamte hervorgegangen waren, weshalb sie auch selten zu Wohlstand kamen, und andererseits Offiziere mit politisch eingeengtem Weitblick — durch Traditionsdünkel und Freude am Soldatenspiel. Hitler lehnten sie als Emporkömmling ab, hatten ihn aber dennoch 1933 gewählt, weil er eine neue starke Wehrmacht aufbauen wollte und den aktiven Offizieren aus Kaisers Zeiten wieder Rang, Ehr und Beschäftigung in ihrem alten Beruf versprach. Nazis wurden sie nicht.

Drei Veränderungen hatte die endlich erfüllte Liebe zu Karl-Heinz Kühnhagen bewirkt: Jola hatte ihre Strenge verloren, sie war weicher und fraulicher geworden.
Das Führerbild verschwand aus ihrem Zimmer.
Jeden Sonntag vormittag ging sie in die Kirche, die sie seit ihrer Konfirmation nicht mehr betreten hatte.

Am 31. Januar 43 mußte zum erstenmal eine entscheidende Kapitulation in den deutschen Nachrichten bekanntgegeben werden.
Stalingrad war gefallen. Was von der 6. Armee noch übrig war, schleppte sich ostwärts in russische Gefangenschaft.
»Heinrich meint auch, da muß ein strategischer Fehler in der Kriegsführung passiert sein«, sagte Tante Henny, bei Genthins zu Besuch.
Und Jola: »Oberster Kriegsherr ist der Führer, Tante!«
»Naundnaund? Der kann seine Augen auch nicht an allen Fronten gleichzeitig haben. Dieser General Paulus ist schuld.«
»Ja«, nickte Oma. »Warum hat er nicht schon Anfang Dezember kapituliert? Dann lebten jetzt noch Hunderttausende.«
»Also mit euch kann man wirklich nicht mehr reden«, erhob sich Henny verärgert. »Kaum verlieren wir mal eine Schlacht, schon fangt ihr an zu mosern und vergeßt darüber unsere jahrelangen, überwältigenden Siege.«
»Willst du schon gehen?« erschrak Großmutter Genthin. »Nun sei doch nicht eingeschnappt! Wir haben es ja nicht so gemeint — wir sind nur so erschüttert über die armen, armen Soldaten!« Sie ging ihr nach zur Tür. »Ein Glück, daß dein Horst in Griechenland stationiert ist —«
»Soll das etwa eine Spitze sein?« zischte Henny. »Nimmst du deinem Enkel etwa übel, daß er nicht in Stalingrad gefallen ist?«
»Ogott, Kind, wie kannst du so was sagen! Wie kannst du nur! Hauptsache, der Junge ist gesund. Nun bleib doch noch —« jammerte sie besorgt hinter ihrer Tochter her. »Es klappt doch mit dem Transporter, ja?« Und zu Jola zurückkehrend: »Hätten wir bloß unsern Schnabel gehalten. Allein schon wegen dem Transporter!«

Die Berliner Stadtwohnung ihres Sohnes Achim war in der vorletzten Nacht durch eine in der Nähe heruntergegangene Luftmine zerstört worden. Ihr Schwiegersohn Heinrich Bode, Hennys Mann, Ingenieur in einem Rüstungsbetrieb, hatte versprochen, einen Lieferwagen aus der Firma abzuziehen, um die noch brauchbaren Gegenstände nach Wannsee zu transportieren.
Großmutter schlief die halbe Nacht nicht vor Sorge, Henny könnte ihrem Mann etwas von ihren defätistischen Reden wiederholt haben und zur Strafe den Kleintransporter zurückhalten. Aber nein, dieser gute Mensch Heinrich fand sich pünktlich mit einem Fahrer vor dem zerstörten Hause ein, beseligt von Großmutter und Jola empfangen.
Gemeinsam stellten sie die noch brauchbaren Möbel zusammen, räumten Achim Genthins Wandschränke aus, seinen demolierten Schreibtisch, und dabei geriet in Heinrich Bodes Hände eine Mappe mit persönlichsten Erinnerungen.
Jola packte gerade ein Bild ein, als sie ihn kichern hörte: »Nu guckt euch diesen Schwerenöter an! Lauter Weiberfotos. Ne Französin hatte er auch. Alle Achtung – interessantes Weib. Und hier – ein Gedicht – von ihm selber. Hätte ich diesem trocknen Juristen gar nicht zugetraut. Wo habe ich denn mein Glas?«
Ehe er die Scherbe ins Auge schieben konnte, hatte ihm Großmutter Genthin die Mappe aus der Hand gerissen. Und hieb ihm dabei auch noch auf die Finger. »Schämst du dich nicht, Heinrich? Wie kommst du dazu, im Privatleben meines Sohnes rumzuschnüffeln?«
»Nun reg dich nicht auf, Mutter!« versuchte er ihren Zorn zu beschwichtigen.
»Ich reg mich auf, wann ich will! Eine Unverschämtheit ist das! Mach lieber, daß du an die Front kommst!« So hemmungslos hatte Jola ihre Großmutter noch nie erlebt.
Heinrich Bode, mitten im Zimmer stehend, dessen Außen-

wand fehlte, rückte an seinem Monokel, beorderte seinem Fahrer, der gerade zwei Empirestühle heruntertragen wollte: »Stellen Sie das Zeug ab. Wir fahren.« Und verließ die Trümmerstätte. Der Fahrer zuckte bedauernd die Achseln in Großmutters Richtung und ging ihm nach die Treppe hinunter.
»Heinrich –« jammerte sie auf, »so habe ich das nicht gemeint.« Und sich besinnend: »Aber ich hab's ja so gemeint!« Sie sah all die Maßanzüge ihres Sohnes, aus den Schränken gerissen, auf einem Sofa voll Mörtelstaub und Schutt übereinandergetürmt, schaute Jola hilflos an: »Was machen wir denn nun damit?«
»Wir packen alles ein, was wir tragen können, und dann komme ich mit Frau Schult und Luise noch mal her und hole die nächste Fuhre...«
»Wenn dann noch was da ist«, zweifelte Großmutter.

Sie buckelten sich zur S-Bahn, mußten ihre Lasten mehrmals absetzen, Großmutter hielt sich abwechselnd das Herz oder den Rücken, jammerte, japste, hauchte in ihre klammen Hände. Schielte immer wieder auf Achim Genthins persönliche Mappe, die in einer überquellenden Reisetasche obenauf lag.
»Dein Vater ist kein Schwerenöter. Er hat eben Frauen gekannt – das ist sein gutes Recht, nachdem ihn deine Mutter so schnöde verlassen hat.« Sie schob ihren verrutschten Hut zurecht. »Eine Französin hat er also auch gehabt – und ein Gedicht geschrieben. Versprich mir, daß du die Mappe nicht anrührst, Jolakind.«
»Du aber auch nicht, Oma.«
»Neinnein, natürlich nicht...«
Und danach hoben sie die schweren Taschen und Koffer vom Pflaster auf und schleppten sie dem S-Bahnhof zu.
»Was weiß ich eigentlich von meinem Sohn?« keuchte Groß-

mutter, der der Inhalt der Mappe nicht aus dem Kopf ging. »Was weiß in dieser Familie eigentlich einer vom andern? Als dein Großvater gestorben ist und ich seinen Schreibtisch aufräumen mußte, was glaubst du, was ich da gefunden habe? Ein Parteibuch aus dem Jahre dreiunddreißig. Ist er doch damals gleich reingetreten und hat mir nie was davon gesagt! Wenn das der alte Steinberg gewußt hätte!«

Im selben Januar 1943 schrie Propagandaminister Goebbels die Frage »Wollt ihr den totalen Krieg?« in den vollbesetzten Sportpalast, und alle Anwesenden brüllten »Jaa« zurück.

Jola und ich saßen gemeinsam vorm Radio und hörten zu.

»Weißt du, woran mich das erinnert? An früher, als wir noch Kinder waren und Kasperle mit seinem Holzschwert vor dem roten Vorhang erschien und fragte: Wollt ihr, daß ich das böse Krokodil kaputt mache? Und wir riefen alle ›Jaaaa‹.«

Es war aber leider kein Kasperletheater, sondern das Klingelzeichen zum schrecklichsten Akt des europäischen Dramas.

23

Die Halenseer Wohnung wurde aus ihrem staubigen Dämmerschlaf gerissen: Jobst hatte Urlaub.
Nun turnten weiße Wölkchen und bunte Luftballons unter ihrer Stuckdecke, und Blumen blühten um unser Lager — siehst du sie?
»Nö, aber wenn du meinst, Lieschen...« Er hockte auf der Bettkante, mit dem Öffnen einer Flasche Dom Pérignon beschäftigt.
»Mein Vetter hat ne feste Dame im Rheinland. Bei der verbringt er seine Urlaube«, erzählte er dabei. »Hoffentlich hält das Verhältnis noch lange an.«
Ich malte Achten mit dem Fingernagel auf seinen muskulösen Rücken. »Warum?«
»Damit er nicht nach Berlin kommt.«
»Und warum soll er nicht kommen?«
»Wegen seinem ausgesoffenen Champagner. Dies ist die vorletzte Flasche.«
Der Korken schoß durchs Zimmer. Jobst drückte einen Handballen auf die übersprudelnde Flaschenöffnung und schrie nach Lieschen, weil er vergessen hatte Gläser mitzubringen.
Lieschen flitzte in die Küche.

Als wir ihn am wenigsten gebrauchen konnten, kam Fliegeralarm.
»Scheiße«, fluchte mein Liebhaber, »die verdammten Tommys. Wir gehen nicht runter. Müssen die Sirene ja nicht gehört haben.«

»Wenn wir nicht runtergehen, dann kommen sie rauf und holen uns. Die Portierfrau hat uns gesehen. Die sieht alles!«
Er nahm mich noch einmal in die Arme, bevor er seine Socken vom Teppich aufsammelte und verbittert an seine Füße zerrte.

Wir kamen als letzte in den Luftschutzkeller.
Da saßen schon alle Vorder- und Gartenhausbewohner an den Wänden entlang mit greinenden Kindern und Koffern, verschlafen, verstimmt, in ihr Schicksal ergeben oder verängstigt zur Kellerdecke starrend. Über uns das dumpfe Dröhnen der Bomberverbände.
Jobst sagte: »Setz dich hin, Lieschen, ich geh wieder rauf. Hier unten kriege ich Platzangst.«
Die Portierfrau schaute mich wissend an: »Na, Frollein, sind woll jestört worden, wa?«
Ich schloß die Augen wie in Kinderzeiten, als ich mir noch einbildete: Wenn ich keinen sehe, sieht mich auch keiner.
»Wer ist das Fräulein?« hörte ich eine alte Dame fragen.
Und weil sie wohl schwerhörig war, brüllte die Portierfrau in ihr Ohr, daß der Fähnrich und ich des öfteren die Wohnung des Oberleutnants aus dem Gartenhaus benutzten.
Na schön, nun wußten es alle. Nun konnte ich beruhigt die Augen wieder aufmachen.
Im selben Augenblick wurde die Gastür des Kellers aufgerissen: »Es brennt!«
Im Luftschutz ausgebildete Männer und Frauen stülpten ihre Helme auf, griffen nach Feuerpatschen und stürmten an mir vorbei aus dem Keller. Ich nach.
Richtung Stadt loderte es rot und gelb. In dieser Straße brannte nur ein Dachstuhl. Und der gehörte leider zum Gartenhaus. Darunter lag die Wohnung des Vetters. Unsere Liebeslaube.
Ich rannte den anderen nach die vier Treppen hinauf, dem Prasseln entgegen. Die Wohnungstür stand offen.

Die vor mir eintrafen, füllten Wassereimer in der Küche, bildeten eine Eimerkette zum Dachstuhl hinauf. Alle hatten nasse Tücher über Nase und Mund gebunden. Ich fummelte tränend und hustend am Abwaschtisch herum, aber da war kein Tuch mehr.

Unser Kopfkissen fiel mir ein.

Im Schlafzimmer brannte noch das Licht, und weil wir die Tür geschlossen hatten, war hier die Rauchbildung nicht so stark.

Neblig erkannte ich das Bett, so wie wir es verlassen hatten, die halbgeleerten Sektgläser auf dem Nachttisch.

Über mir knackte und knisterte es. Ich zerrte den Bezug vom Kopfkissen, goß die Gläser drüber aus, wurstelte den nach Champagner riechenden Bezug um meine Nase und auf dem Hinterkopf zusammen, drehte mich dabei verstört im Kreise – ich mußte doch jetzt retten – was rette ich denn zuerst – eine Pferdebronze? Den Bettvorleger? Die Sektgläser? Dann sah ich meine Schultasche an einem Stuhlbein lehnen, griff nach ihr und nach einem silbernen Kerzenleuchter.

Das Knistern über mir hatte aufgehört. Dafür tropfte es durch die Decke.

Keine Eimerkette mehr. Auf dem Flur stellten Hustende ihre Feuerpatschen ab und stolperten die Treppe hinunter.

»Ist das Feuer gelöscht?« fragte ich hinter ihnen her.

Es kamen noch ein paar vom Dach – einer von ihnen war Jobst. Rußgeschwärzt, mit angesengten Haaren.

»Na, Lieschen? Was machst denn du hier?«

»Ich rette.«

Er zog den Rauchschutz ab, ging in die Küche und hängte seinen Kopf unter den Wasserhahn. »Das ist noch mal gutgegangen.«

Die Sirene heulte Entwarnung.

Jobst knipste alle Lichter aus und öffnete die Fenster weit — der Qualm zog ab, die Kälte kam herein, der beißende Gestank nach gelöschtem Verbranntem blieb.
Wir krochen mit allen Kleidern unter die Bettdecke und hielten uns umschlungen.
»Weißt du, Lieschen«, gähnte er, »früher war's lustiger...«

Es war noch dunkel, als ich ihn zum Bahnhof Halensee brachte. Und doch nicht dunkel wegen dem Feuerschein. Es brannte ja noch immer in der Nähe, der Wind wehte Aschenfetzen auf uns zu.
Jobst zog einen Handschuh aus und strich Haarsträhnen aus meinem Gesicht.
»Paß bloß auf dich auf, Lieschen.«
»Du auch. Bitte, versprich mir das.«
»Mir passiert schon nichts«, beruhigte er mich. Und lachte. »Wenigstens kann ich meinem Vetter jetzt sagen, der Dom Pérignon wäre ausgebombt.«
Wir hörten den Zug kommen und hielten uns verzweifelt fest.
Das Abschiednehmen fiel immer schwerer.

Jobst fuhr zum Flughafen Gatow und flog von dort zu seinem Gefechtsstand nach Arnhem.
Ich mochte nicht mehr in die Wohnung zurück gehen, sondern trödelte durch die noch schlafenden Straßen des Grunewalds bis zum Schulbeginn.
Als es dämmerte, holte ich ein Heft aus der Mappe und rauchte halblaut französische Vokabeln in die Kälte.
Meinen Eltern hatte ich erzählt, daß ich bei einer Schulfreundin übernachten würde.

Am 1. April starb mein Vater an einer Lungenentzündung. Er hatte nicht lange leiden müssen. Und noch kurz vor seinem Tod die letzte edle Flasche aus seinem Weinkeller getrunken – einen Niersteiner Pettental Goldbeerauslese von 1921, was bekanntlich ein sehr guter Jahrgang gewesen sein muß.

Franz Hartwig hatte sich kein großes, aber ein freundliches Schicksal ausgesucht gehabt. Einen unendlich gütigen Vater. Ferien voller Abenteuer bei Onkel Wilhelm auf dem Lande. Eine fröhliche Münchner Studentenzeit. Während des Ersten Weltkriegs baute er Brücken da, wo kein Schuß fiel. In der Inflation wurde sein Gehalt in Dollars ausbezahlt. Zu jeder Zeit hatte er seinen Wein und seine Musik.

Spät entschloß er sich zur Heirat mit einer lieben, jungen Frau und überließ es ihr von Stund an, mit seinen Schwierigkeiten fertig zu werden.

Ehe das Leben in Berlin in einen Kriegszustand auszuarten begann, verabschiedete er sich mit einem schnellen, sanften Tod.

Mein Vater wurde auf dem neuen Friedhof in Wannsee beigesetzt, nicht weit ab von Großvater Genthin und Herrn Steinberg.

24

Kurz vor der Geburt seines ersten Kindes hatte sich Jolas Vetter Horst Bode, inzwischen Untersturmführer der SS, mit der Arbeitsdienstführerin Ulla Wilke ferntrauen lassen. Die Geburtsfeier fand am 6. Juni 1944 statt, am Tag der Invasion der Alliierten in der Normandie. Zwei Tage vorher hatten sie Rom besetzt. Im selben Monat brachen die Russen im Mittelabschnitt der Ostfront bis zur Weichsel durch. Es ging bergab mit dem Dritten Reich.
Horst Bode konnte an der Geburtsfeier seines Sohnes nicht teilnehmen. »Er ist jetzt in der Normandie völlig unabkömmlich, der tapfere Junge«, sagte Tante Henny wichtig.
Die Feier fand im Landhaus der Schwiegereltern Wilke in Caputh statt. Ich, als Jolas langjährige beste Freundin, war auch dazu eingeladen.
Caputh! Die Augen meiner Mutter leuchteten auf. Das lag beim Werderschen Obstanbaugebiet. Und wo es jetzt mit den Erdbeeren losging... »Fahr bloß noch zu Hedwig rüber.« Sie packte mir aus ihren eisernen Vorräten Kerzen ein und ein Stück Seife für Frau Böckmann, Hedwigs Ziehmutter, inzwischen nicht mehr Obstpflückerin, sondern durch Erbschaft zur Plantagenbesitzerin aufgestiegen. »Aber laß dich ja nicht mit paar Pfund abspeisen, sonst bringst du die Kerzen wieder mit.«
Hedwig hatte früher meine abgelegten Kleider und Puppen geerbt. Heute hätte ich von ihr erben können. Böckmanns lebten im Luxus, seit die Berliner täglich mit jedem Zug zu Hunderten in Werder anrückten, um mit Geschenken um Obst und Gemüse zu werben.

Von der Zigarre über Parfum, Strümpfe, Pelzkragen, Schokolade, Stoffe, ungebrannten Kaffee bis zum nutzlos gewordenen Smoking hatte man alles zu ihnen herausgetragen. Selbst die Güteklasse E, das mulsche Zeug, wurden Böckmanns an die Berliner mit Kußhand los.

Nicht nur ich, sondern auch Oma Genthin und Jola waren mit Körben und Tauschware beladen, als wir uns am Morgen der Geburtsfeier auf dem Bahnhof Wannsee trafen und – wie telefonisch abgesprochen – mit den Berliner Festteilnehmern im vorderen Nichtraucher-Abteil zweiter Klasse des S-Bahnzuges vereinigten.
Heinrich Bode und seine Frau Henny, die Großeltern, stiegen mit uns ein. Henny, in Silberfuchscape und passender Toque, wischte mit dem Taschentuch an ihren Transpirationspunkten herum.
»So ein Quatsch – Pelz im Juni«, moserte Oma. »Schadet dir gar nichts, wenn du schwitzt. Aber du mußt ja allen Armen auf der Taufe zeigen, was du besitzt!«
»Mutter, wie oft soll ich dir noch sagen, daß das keine Taufe ist, sondern eine Geburtsfeier für SS-Angehörige. Begreifst du das nicht?«
»Nein«, wehrte sich Oma stur. »So 'n heidnischer Humbug ohne Pfarrer und Orgel und kirchlichen Segen. Wozu dann überhaupt Taufe?«
»O Gott, Mutter! Du lernst es nicht!« stöhnte Henny.
»Wieso sagst du noch ›O Gott‹? Wieso nicht gleich ›O Wotan‹?« konterte Großmutter Genthin.
»Wenn du Stunk machen willst, kehr lieber um, Mutter«, schlug Heinrich Bode vor.
»Das könnte dir so passen. Aber den Gefallen tu ich dir nicht. Ich will sehen, was ihr mit meinem ersten Urenkel anstellt«, versicherte Großmutter und stand dann doch auf, aber nicht um auszusteigen. Sie setzte sich neben eine graue

Maus auf der anderen Fensterseite, die sich um das Köfferchen auf ihrem Schoß zusammengekauert hatte. Sie paßte so gar nicht in den frisch ondulierten, festlich gekleideten Kreis.
»Wer ist das?« fragte ich Jola.
»Tante Röschen, Kusine von meinem Vater und Tante Henny. Sie ist heute nacht zum drittenmal ausgebombt. Was sie da auf dem Schoß hält, ist wohl das letzte, was sie noch besitzt.«
Ein absolutes Störnis, dieses Röschen, ach wäre sie doch lieber zu Hause geblieben – sah man Tante Henny an, und dann fiel ihr wohl ein, daß ihre Kusine kein Zuhause mehr hatte, in dem sie hätte bleiben können, und holte einen Riegel Schokolade aus der Tasche. »Nimm, Röschen, ich geb's dir gern.«

In Potsdam stiegen wir in den Bummelzug nach Werder.
Auf dem Perron stand ein Soldat auf Krücken.
»Mensch, Robby, so ein Zufall«, lief Jola auf ihn zu, »oder bist du etwa auch eingeladen?«
»Nee, nur Karl-Heinz, aber der ist ja nicht da. Habe ich mir gedacht, auf so nem Fest gibt's bestimmt gut zu essen. Gehst du für ihn hin. Geschenk hab ich auch. Faß mal in meine Rocktasche, in die linke.«
Jola zog einen mit einem verschlissenen Weihnachtsband dekorierten silbernen Kinderschieber hervor.
»Du hast wohl mal kurz in euer Buffet gegriffen«, ahnte sie.
Robby Kühnhagen – Karl-Heinz' älterer Bruder. Potsdamer Yachtclub, kurz nach der Regatta. Damals war noch Frieden, erinnerte ich mich.
Sein Begrüßungslächeln fand nur auf einer Gesichtshälfte statt, die andere war starr und zerstört. Er trug eine Augenklappe.
Die Festteilnehmer betrachteten ihn mitleidig. Armer Kerl,

ist es nicht furchtbar, was der Krieg so manchem antut? Und muß doch mal so ein bildhübscher Junge gewesen sein, das sieht man ja noch an seinem heilen rechten Profil...

Wir stiegen hinter ihm, der sich mühsam hochhangelte, in den Personenzug, brachten seine zweite Krücke mit. Bahnhof Charlottenhof. Wildpark. Umsteigen nach Caputh.
Ein mit bunten Bändern dekorierter Kremser, vor dem ein alter Klepper schlief, holte uns ab. Der Kutscher setzte ihn mit Peitschenknallen und lautem Hüüh in Gang.
Gemächliches Zuckeln unter schattigen Chausseebäumen. Ich liebe dieses stille märkische Land voller Seen mit grünen Ufern, aus denen ab und zu ein spitzer Kirchturm ragt.
Vor einem am Schwielow gelegenen Grundstück machte der Kutscher Brrr. Der Gaul hielt an und hängte seinen Kopf zwischen Scheuklappen in den nächsten Schlaf. Nur seine Ohren zuckten noch abwehrend gegen Fliegenbelästigung.
Im Gartentor erschien Schwiegervater Wilke, ein Hosenbein hochgebunden, das andere im blanken Reitstiefel, auf eine Krücke gestützt. Er hob die Hand zum deutschen Gruß. Henny und Heinrich Bode und andere Festgäste grüßten ebenso zurück, während ihnen der Kutscher vom Kremser half.
Als Robby Kühnhagen als letzter ausstieg, humpelte Wilke auf ihn zu. »Kamerad, kann ich Ihnen helfen?«
»Danke verbindlichst, Obersturmführer – es geht schon.« Und zu uns: »Wenn ein Lahmer dem andern hilft, fallen womöglich noch beide auf die Schnauze und gefährden die Taufe.«
»Nicht Taufe. Geburtsfeier«, verbesserte ihn Oma. »Sie lernen es auch nicht, Herr Kühnhagen.«
Am Ende eines langen, schmalen, von Stachelbeersträuchern eingefaßten Weges lag das Sommerhäuschen der Familie Wilke. Seit Bomben ihre Stadtwohnung zerstört hat-

ten, lebten sie nun ganzjährig in dieser bienenumsummten Idylle.
An der Haustür empfingen uns Frau Wilke und ihre beiden Töchter, die eine in Arbeitsdienstuniform, die andere im weißen Volkstanzkleid mit besticktem Spenzer — ein Glaube-und-Schönheits-Modell.
»Ihr seid also die Schwägerinnen von meinem Enkel Horst«, versuchte sich Großmutter in den neuen, angeheirateten Familienverhältnissen zurechtzufinden.
»Heil Hitler, Oma Genthin«, riefen beide strahlend.

Zur Begrüßung gab es selbstgebrauten Johannisbeerwein. Seit der Scheibe Kommißbrot mit Marmelade zum Frühstück hatten wir nichts im Magen. Der Johannisbeerwein fuhr uns in die Knie und in den Kopf sowieso. Ehe die Feier begann, waren wir duhn und suchten Halt auf den im Halbkreis aufgestellten Stühlen des Wohnzimmers.
In der angrenzenden Veranda wartete bereits das Orchester: zwei Blockflöten in Jungmädelkluft und eine Geige in der Hand eines Fähnleinführers der HJ, alles Verwandte der Wilkes. Ein großes, umkränztes Führerbild vorm Fenster beeinträchtigte den Blick auf den See. Zwischen Wohnzimmer und Veranda war der Altar aufgebaut mit dreiarmigem Leuchter in Runenform und einer einzelnen Kerze. Rechts und links von ihm tönerne Bodenvasen voller Birkengrün.
Die Kapelle eröffnete die Feier mit einem altdeutschen Reigenlied. Danach humpelte der Großvater hinter den Altar und sprach uns an:
»Ich begrüße die Sippe und all ihre Freunde, die heute zu uns gekommen sind, um die Geburtsfeier unseres Neugeborenen, erstgeborenen Enkels, Achsensprosses und künftigen Weiterführers der Sippe mitzuerleben. Von fernher seid ihr zusammengekommen. Ich danke euch dafür. Wie wir hier beisammenstehen —«

Er hatte »stehen« gesagt, weshalb wir uns erhoben bis auf Robby Kühnhagen.
» — wissen wir ganz: *Eines* sind wir, *ein* Leben in vielen. Das leuchtet uns wieder auf. Und des zum Zeichen entzünde ich als Sippenältester in Stellvertretung des Kindsvaters, unseres lieben Horst, der zur Zeit in der Normandie tapfer für den Führer und unseres Vaterlandes Größe kämpft, die Sippenkerze.«
Das Dreimannorchester stimmte eine heroische Melodie an, zu deren Klängen Mutter Ulla mit dem Säugling auf dem Arm den Raum beschritt bis vor den Altar.
»Mein Herz ist voller Wünsche für dich, mein Kind. Jeder wird freiwillig, wie er werden muß. Denn keiner kann aus seiner Art«, begann sie mit heller, feierlicher Stimme, den Blick auf den Sippenarmleuchter gerichtet, und fuhr fort: »Ehrwürdige Ahnen! Väter und Mütter unseres Blutes! Feierlich will ich vor euch und den Lebenden aussprechen, was ich dir, meinem Kinde, wünsche: Reiner als wir mögest du im Blut gefügt sein! Erfolgreicher als wir mögest du dadurch eines Tages in die Dinge deiner Tage eingreifen! Einst mögest du die Sippe finden, aus der du die rechte Braut erwählst, dir gleich an Herz und Sinn und Bildung des Leibes!«
Die Blockflöten versuchten sich an einer Fanfare, dann sprach Herr Wilke bewegt zum Säugling: »Bruno sollst du heißen, mein Enkelsohn, nach einem deiner Großväter, Bruno, der Gepanzerte, und Answald, der in Eintracht mit den Asen Waltende. Ich rufe dich zum erstenmal bei deinem schönen Namen: Bruno Answald! Heil dir, mein Enkel. Heil unserer Art.«
Robby Kühnhagen rutschte eine neben seinem Stuhl abgestellte Krücke aus und polterte zu Boden.
Aber es war weniger das Aufheben der Krücke, was ihm zu schaffen machte, als sein aus den Fugen geratenes einseitiges

Mienenspiel, hinter dem ein kaum zu bändigender Lachkrampf wütete.
Selbiger sprang auf mich über, zündete meine mühsam bewahrte Haltung wie ein Fuder Heu an. Ich schluchzte in mein Taschentuch, während um mich herum das Lied »Viele alte Stämme ragen herauf in unsere Zeit, von Mann und Frau getragen wohl in Ewigkeit« gesungen wurde.
Kaum hatte ich mich notdürftig beruhigt, begegnete ich Robbys grinsendem Blick, und das Lachunglück fing von vorne an. Es war zum Verzweifeln. Ich stellte mir Jobsts Tod vor, den meiner Mutter, meinen eigenen — nichts half. Gebückt schlich ich aus dem Raum.

Als ich verheult, aber endlich beruhigt auf meinen Stuhl zurückkehrte, hatten sich gerade der Kreisleiter und die Gevattern des kleinen Bruno Answald, zu denen auch Jola gehörte, erhoben.
Heidrun Wilke im Volkstanzkleid sprach für die Gevattern: »Wie wir das Kindlein heute in die Arme nehmen, wollen wir es in Liebe hüten, wenn ihr Eltern ihm fehlen solltet. Und des zum Beweis schenke ich dir, lieber Bruno Answald, diesen silbernen Löffel. Mögest du damit ein langes Leben hindurch dein Süpplein essen und täglich das Zeichen in Händen halten, daß wir für dich bereit stehen. Wir, deine Sippe. Es steht aber etwas Größeres über uns: unser Volk! Es waltet noch eine höhere Treue über uns allen: unser Führer!«
Anschließend mußten sich alle an den Händen fassen und das Lied singen: »Wo immer das Leben erglommen, da will es als Flamme stehen —«, was ziemlich dürftig ausfiel, weil die meisten von uns den Text nicht kannten.
Robbys Krücke fiel ein zweites Mal zu Boden, ich hob sie auf, dabei raunte er mir zu: »Was gibt's denn zu Mittag?«, denn deshalb war er ja mitgekommen.

»Aal grün mit Gurkensalat und rote Grütze«, hatte uns Tante Henny bereits auf der Herfahrt erzählt.
»Köstlich«, stöhnte Robby, »und wo?«
»Im Restaurant in Baumgartenbrück.«
Aber noch war es nicht soweit.
Während die feierliche Eintragung der Kindsdaten und Gevatternamen ins Sippenbuch erfolgte und das Austeilen von künstlerisch gestalteten Erinnerungsblättern mit einem Führerspruch als Mittelpunkt, entstand ein Wispern in den letzten Stuhlreihen, eine »stille Post«, die sich von einem zum andern fortsetzte: Der Drahtfunk meldet schwere Bomberverbände im Anflug auf Berlin.
Das bedeutete auch Alarm für Caputh und keinen Aal grün für die nächsten Stunden, falls sich die da vorne nicht mit ihrer Zeremonie beeilten.
Wie sollten wir das nur unseren knurrenden Mägen beibringen? Jeglicher Anflug von unerwünschter Heiterkeit war in uns erloschen.
Oma Genthin sah sich verzweifelt nach mir um: Wir wollen ja auch noch in die Erdbeeren!
Aber die Feier brauchte ihren würdigen Abschluß: eine Gavotte mit Blockflötenspiel und Geigenkratzen – und mitten hinein die Sirene.
Während Herr Wilke seine Gäste zum nächsten Splittergraben führte, gab mir Jola ein Zeichen: »Komm...« Aus dem Geräteschuppen – sie kannte sich dank zweimaliger vorangegangener Besuche hier gut aus – holte sie Käscher und eine Kiepe. »Wir gehen Krebse fangen.«
Die Säume unserer Festkleider in den Gürtel geklemmt, plätscherten wir im seichten Wasser auf der Jagd nach Opfern. Robby Kühnhagen bemerkten wir erst, als er, auf seine Krücken gestützt, am Ufer stand und den krabbelnden, knispernden Inhalt der Kiepe betrachtete, in die wir unsere Fänge warfen.

»Bißchen mickrig«, meinte er. »Die haben ja viel zu kleine Scheren.«
»Dann halt mal den Finger dazwischen«, schlug Jola vor.
Er hatte übrigens ein Buch aus dem Wilkeschen Bücherschrank mitgebracht: Fontanes »Wanderungen durch die Mark Brandenburg«. Sich am Ufer niederlassend, las er uns daraus vor.
»Ist es hier schön zu allen Tageszeiten, so waltet hier ein besonderer Zauber um die sechste Stunde; dann schwimmen, kommend und gehend, aus dem Schwielow hinaus und in den Schwielow die Havelkähne in ganzen Geschwadern heran, und zwischen ihnen hindurch gleitet von Werder her der obstbeladene Dampfer. Die Zugbrücke steigt und fällt in beständigem Wechsel, bis mit dem Niedergehen der Sonne auch der Verkehr zu Ende geht...«
Friede einer vergangenen Zeit breitete sich mit seiner Stimme aus, übertönte das Dröhnen der Bombergeschwader in der Ferne.
An diesem frühen Nachmittag begann unsere Freundschaft mit Robby Kühnhagen.

Die Rückfahrt nach Wannsee fand in verschiedenen Abteilen statt, da sich Großmutter Genthin mit Henny und Heinrich Bode wegen der Geburtsfeier zerstritten hatte.
»Na schön, unser Pastor salbadert auch, aber doch nicht so ein verquastes Zeug, und wenn schon nach einem Großvater, dann hätten sie den Lütten ruhig auch nach dem andern nennen können, das muß ich Henny noch mal bei Gelegenheit sagen. Thh, thh, Bruno, der Gepanzerte – wie war noch der andere Name?« fragte sie abwärts, wo Jola und ich auf dem schmutzigen Boden des Abteils herumkrochen, um Krebse einzufangen, deren Fluchtversuche wir nicht rechtzeitig hatten verhindern können.
»Answald – der mit den Asen Waltende«, rief Jola herauf.

»Was sind denn nu wieder Asen? Und warum hast du eigentlich so furchtbar geheult, Luise?«
Ich stieß meine Freundin warnend an: »Sag's ihr lieber nicht, sie ist imstand und erzählt es Bodes!«
»Weil sie viel tiefer veranlagt ist, als du immer angenommen hast, Oma. Luise war richtig gerührt.«
»Naja«, Großmutter schien plötzlich unsicher, »vielleicht hätte ich auch geweint, wenn eine Orgel gespielt hätte. Aber bei der Katzenmusik, das war ja nicht zum Aushalten! Haben die denn vorher nicht ordentlich geübt?«
Mit uns im Abteil saß Röschen Kühnel, die ausgebombte Verwandte.
»Du bleibst jetzt bei uns und kriegst das Fremdenzimmer, Röschen. Kannst jeden Tag mit der S-Bahn ins Büro fahren und abends wieder in ein heiles Zuhause in guter Luft«, beschloß Großmutter.
Wir kamen übrigens mit leeren Körben zurück. Die Erdbeeren in Werder waren noch nicht reif genug zum Pflücken gewesen.

25

Früher klebte ich Fotos in mein Album. Inzwischen füllten sich seine Seiten mit aus der Zeitung geschnittenen Todesanzeigen, das Eiserne Kreuz links oben in der Ecke.
»Am 13. September 1941 fiel vor Leningrad, getreu seinem Glauben an den Führer und Deutschlands Zukunft unser jüngster Sohn im Alter von 19 Jahren. Er fand den Tod in tapferer, soldatischer Pflichterfüllung bei einem Stoßtruppunternehmen. In stolzer Trauer...«
Stolze Trauer – was ist das eigentlich? Wie fühlt man die?

»Unser geliebter Sohn ist am 21. Dezember 1942 in Stalingrad gefallen.
Math. 5, 8.«

»Gott nahm unseren geliebten Sohn, Gefreiter in einem Panzerjägerregiment, in seinen ewigen Frieden. Wir werden ihn nie vergessen.«

»Nach Gottes Willen fiel am 4. März 1943 an der Ostfront unser inniggeliebter ältester Sohn, Leutnant und Adjutant in einem Kradschützenbataillon.
Sein Taufspruch 1. Kor. 16, 13.«

Es wurden immer mehr.

»Nun ist auch unser inniggeliebter dritter und letzter Sohn an der Ostfront gefallen. Mit ihm haben wir all unsere Hoffnungen begraben.«

Ein Album voller Todesanzeigen. Das ist geblieben von den Jungs, mit denen ich gespielt und mich geprügelt habe – getanzt, gesegelt und geflirtet...

Eines Sonntagmorgens beim Lesen der Deutschen Allgemeinen Zeitung sah mich meine Mutter so merkwürdig über den Frühstückstisch hinweg an. »Hör mal, was hier steht: In Erfüllung seiner soldatischen Pflicht fiel im Luftkampf an der Ostfront unser einziger geliebter Sohn, mein Verlobter Hans Degner, Oberleutnant in einem Jagdgeschwader. – Mit dem warst du doch mal befreundet, Luise.«
Hans Degner. Die erste große Liebe.

Ich fuhr in den Grunewald und schaute auf das verspielte gelbe Haus, in dem er gelebt hatte. Seine Fenster im oberen Stock kannte ich. Als Junge ließ er von dort Papierflugzeuge fliegen...
Es brach mir schon ein bißchen das Herz.
Einmal öffnete sich die Haustür, und eine große, schwarzgekleidete Blonde kam zum Gartentor und ging die Straße hinunter, auf deren gegenüberliegender Seite ich stand und ihr nachschaute. Das mochte wohl seine Verlobte gewesen sein – genauso nordisch, wie es sich seine Mutter gewünscht hatte.

Wenig später überfuhr ein Wehrmachtsauto unseren Hund Bolle. Ich trug seinen im Tod so schweren, noch warmen, über meine Arme hängenden Körper mit dem starr aufgerissenen Maul nach Hause und legte ihn in unserem Garten nieder. Und mich selber daneben.
Endlich konnte ich weinen. Das Gesicht in seinem Fell vergraben, heulte ich alles aus mir heraus, was sich seit dem Tode meines Vaters in mir angestaut hatte. Mochte gar nicht mehr aufhören.

26

Robby Kühnhagen, inzwischen von seiner Beinverwundung so weit geheilt, daß er sich ohne Krücken fortbewegen konnte, setzte sein Medizinstudium fort.
Jola und ich wollten auch studieren. Aber in unserer vom Staat vorbestimmten weiteren Laufbahn war nach dem Abitur der Reichsarbeitsdienst vorgesehen.
»Robby, wie kommen wir um den RAD herum?« bedrängten wir ihn. Er zerbrach sich für uns den Kopf. Krankheiten hatten wir nicht, also mußten welche erfunden werden. Für mich suchte er Gelenkrheumatismus aus, für Jola einen Herzfehler, mit dem sie unmöglich schwere Landarbeit leisten konnte.
Atteste von Privatärzten nützten uns wenig. Wir wurden zum Amtsarzt bestellt. Ich mußte meine »Krankheitssymptome« auswendig lernen und erhielt von Robby mehrere Spritzen vor dem gefürchteten Termin, die wirklich einen Rheumaanfall mit verdickten Gelenken auslösten. Jola würgte vier Tassen starken Mokka, zu dem wir alle verfügbaren Kaffeebohnen gestiftet hatten, in sich hinein und rauchte sieben Zigaretten – nicht paffen, inhalieren, kommandierte Großmutter unerbittlich, ausgerechnet sie, die Jola Ohrfeigen angedroht hatte, falls sie sie jemals mit einer Zigarette erwischen sollte.
Ich, mit meinen schmerzenden Gelenken, mußte das graugesichtige, halb vergiftete Wrack zum Bahnhof ziehen. Dort erbrach sich Jola.
»Bist du verrückt? Du kotzt ja die ganze Wirkung aus.«
Auf die Idee, daß anständige junge Mädchen genausolche

rabiaten Tricks anwenden könnten wie Knaben vor der Musterung, kam der Amtsarzt nicht. Wir wurden vom RAD befreit und durften studieren, sofern wir uns verpflichteten, Lehrerinnen zu werden.

Die Luftschutzkeller der Humboldt-Universität lernten wir bald gründlicher kennen als die Hörsäle. Nach den Vorlesungen warteten wir auf Robby Kühnhagen, um gemeinsam das Unternehmen Heimreise anzutreten. Meist rannten wir durch brennende Straßen, halb blind vom Kalkstaub einstürzender Mauern, verfolgt von windigem Feuerprasseln, Aschenfetzen und Funkenregen. Dabei stolperte ich einmal über ein schwarzverkohltes Paket, das vor wenigen Stunden noch ein Mensch gewesen war.
Züge fuhren selten, weil Bomben die Gleise zerstört hatten. Robbys Bein hielt lange Fußmärsche nicht aus. Ihn nahmen Wehrmachtswagen mit, und wenn Platz war, durften wir auch mit aufsteigen bis zum nächsten Bahnhof, von dem noch ein Zug im Pendelverkehr Richtung Wannsee fuhr. Einmal holte uns dabei der nächste Angriff ein, wir waren mehrere Stunden in einem Keller verschüttet und erlebten eine Notgeburt mit. Es war Robbys erste in seiner medizinischen Laufbahn.

Trotz allem hatten Jola, Robby und ich auch viel Spaß miteinander. Wir waren jung in einer Zeit, die wir uns nicht ausgesucht hatten, aber es war nun mal unsere einzige Jugend, und so nahmen wir uns das Recht auf Fröhlichkeit, wann und wo immer es sich bot – so wie Kinder, die sich daran gewöhnen, zwischen Gräbern und Ruinen Verstecken zu spielen.
Nach einem Semester war unser Gastspiel an der Universität leider beendet. Wir wurden zum Kriegseinsatz »abgestellt«: Jola kam als Schreibkraft zum Sicherheitsdienst, auf mich

wartete eine Rüstungsfabrik im Hinterland von Tempelhof. Der Abschied fiel uns dreien schwer. Wir hatten uns so sehr an unser Miteinander gewöhnt: gemeinsam arbeiten, gemeinsam zittern, gemeinsam lachen, gemeinsam um unser Leben rennen und vor allem gemeinsam reden. Nicht etwa über Politik oder den Krieg, nein, über Theater, Literatur, Architektur haben wir diskutiert und von Erdteilen gesprochen, so unendlich fern für uns...

»Mensch, Lieschen! Deine Hände! Du hast vielleicht Pfoten«, staunte Jobst, sie von außen und innen betrachtend. Breitgewalzte Fingerkuppen, Blutergüsse, eiternde Wunden von glühenden Eisenspänen, schwarze Rillen, die Haut wie Schmirgelpapier, von den Nägeln gar nicht mehr zu reden.
»Was machst du eigentlich damit?«
»Ich bohre.«
Er drückte auf je eine Hand einen Kuß und gab sie mir zurück. »Ich denke, du arbeitest in der Revision.«
»Ach, das war mal. Jetzt steh ich mit zwölf Russinnen im Maschinensaal. Da brauchen deutsche Frauen sonst nicht zu arbeiten, weil es für die zu schwere Arbeit ist.«
»Und was bist du?«
»Studentin.«
Wir hockten unter einer Decke und wärmten uns gegenseitig. Vor uns auf dem niedrigen Tisch zerfloß eine Kerze mit blakendem Docht zwischen Tassen mit erkaltetem Tee. Jobst hatte Kurzurlaub, nur zwei Tage.
»Ist die Arbeit sehr schlimm, Lieschen?«
»Vor allem stumpfsinnig. Eisenscheibe in die Leere pressen, Tropfen Kühlöl an den surrenden Bohrer, geschlossene Leere unterschieben, schweren Hebel runterdrücken. Der Bohrer knarzt. Eisenspäne auf Hände, Kühlöl ins Gesicht. Acht Löcher muß ich pro Scheibe bohren, dann gebohrte Scheibe in Korb schmeißen, nächste einschieben. Und wieder von

vorne. Dann kommt Werkmeister, kontrolliert Scheiben in meinem Korb und versichert mir, was ich mal wieder für einen Scheißdreck gemacht habe. Ich bin nun mal kein Bohrgenie. Das Schlimmste ist die Müdigkeit. Zwei Alarme pro Nacht, um vier Uhr aufstehen, hab ja so nen weiten Weg nach Tempelhof. Von sieben bis sechs Fabrikarbeit. Und bis ich zu Hause bin... meistens komme ich gerade zum ersten Fliegeralarm zurecht.«

Jobst streichelte mein Gesicht an seiner Schulter. »Armes Lieschen.«

»Bin kein armes Lieschen. Hab ja noch 'n eigenes Bett und heile Wände.«

Ich hatte sein Profil sehr nah vor mir. Kantiger als früher, voll fadenschmaler Risse um Mund und Augen – kein Kindergesicht mehr. Kein Strahlen. Und wenig Zuversicht, wenn er sich unbeobachtet fühlte.

Früher hatte er mir von Flugübungen nach Dienstschluß erzählt, die in Kühejagen und Zeck um eine Wolke spielen ausarteten. Ich erinnerte mich auch an die lebhafte Schilderung eines Luftkampfes über der Stadt Schweinfurt mit ihren kriegswichtigen Kugellagerfabriken. Damals waren den amerikanischen Bombergeschwadern schwere Verluste durch die deutschen Jäger Me 109 zugefügt worden. Jobst hatte zwei Flying Fortress abgeschossen – und ein volles Weinglas im Tiefflug an der Bar, als er mir die Luftschlacht schilderte. Das ist ein Jahr her – oder länger? In einer Zeit, wo soviel geschieht, verliert man den Begriff für Zeit.

Er hatte sich vorgebeugt und knetete schon eine Weile am zerfließenden Kerzenwachs herum.

»He, wo bist du mit deinen Gedanken?« stubste ich ihn an.

»Von meiner alten Staffel bin ich als einziger noch übrig«, sagte er, »aber keine Sorge – mich kriegen sie nicht. Ich habe ja dich bei mir. Du fliegst immer mit. Kein Einsatz ohne Lieschens Foto.«

»Ach nee, ich immer mit.« Und versuchte mir das vorzustellen. »Was machen wir, wenn sie uns runterholen?«
»Dann müssen wir eben rechtzeitig aussteigen.«
»Mit nem Fallschirm? Ja? Sind wir schon mal?«
»Hmhm.«
»Erzähle, wie war's?«
Jobst wandte mir sein Grinsen zu. »Unten empfing uns deine Mutter mit der Jodflasche.«
Ich spürte unendliche Zärtlichkeit für ihn, es tat beinah weh, so sehr. Er gehörte einfach zu mir. Ich mußte ihn einen Augenblick lang ganz festhalten, seinen Herzschlag spüren, seine Wärme, sein Leben...
Jetzt bloß nicht sentimental werden. »Hast du dir schon überlegt, was du machst, wenn endlich Frieden ist?«
»Kommt drauf an, was sie mit uns machen, wenn wir den Krieg verlieren. Aber eins verspreche ich dir, Lieschen, es kann noch Jahre dauern — aber dann kauf ich uns ne kleine Kiste, und mit der gurken wir rund um die Welt und landen überall, wo es uns Spaß macht.«
»Gib mir das schriftlich«, sagte ich.
Zum Abschied schenkte ich ihm eine selbstgebohrte Eisenscheibe, die ich einmal mit nach Hause gebracht hatte. Als Talisman.
Jobst küßte jede meiner demolierten Fingerkuppen. »Wie beruhigend zu wissen: Wenn ich mal keine Arbeit finde, habe ich wenigstens ne Frau, die uns durch Löcherbohren ernähren kann. — Tschüs, Lieschen!«

27

Der Tag fing ganz normal an.

Vier Uhr früh Weckerrasseln. Meine Mutter mit Pelzmantel überm Nachthemd in der Küche: »Nun trink wenigstens deinen Tee. Du mußt doch was Warmes in den Bauch kriegen.«

Frieren im Stockdunkeln an der Omnibushaltestelle. Frieren im fensterlosen Zugabteil nach Tempelhof. Vom Bahnhof bis zur Fabrik ein Dreißig-Minuten-Trab, dabei wurde ich endlich warm.

Den grauen Kittel anziehen, er war mir vier Nummern zu groß. (Wenn ich in ihm über den Hof rannte, sah ich aus wie ein Kaplan auf der Flucht.) Kopftuch umbinden und hinein in den zugigen, halbzerstörten Maschinensaal, wo mir Olinka, Natascha, Marija, Warwara, Lika und wie sie alle hießen, entgegenlachten.

Olinka arbeitete neben mir und paßte auf, daß ich vor Müdigkeit nicht in den Bohrer kippte.

Sie sangen mit schrillen, hohen Stimmen ihre Heimwehlieder in moll gegen das Sausen der Maschinen an.

André, ein junger Franzose, der das Dach über uns reparierte, kam kurz herunter, um sich ein Stück Kommißbrot abzuholen, das ich ihm täglich mitbrachte – er wurde ja nie satt. Zum Dank bohrte er ein paar Scheiben für mich und sang mir dabei »Au clair de la lune, mon ami pierrot« ins Ohr.

Not lehrt springen, weinen und Lieder singen, hatte Kind damals in Velden gesagt.

Hier wurde viel gesungen.

Wir – die jungen Russen, Polen, Franzosen, Belgier, Holländer und auch ich – waren Zwangsarbeiter. So was verbindet. Das begriff nur nicht die Werksleitung. Als deutsche Studentin hatte ich Abstand zu wahren. Was kümmerte mich die Werksleitung!
Diese stumpfsinnige Schwerarbeit war nur zu ertragen durch die Sympathie, die man mir entgegenbrachte.
Ich besaß inzwischen aller Vertrauen und kannte jeden Klatsch, vom Verhältnis des Chefs mit der Betriebsärztin bis hinunter zu Zicken-Annas drei Vorstrafen und ihrem neusten Tripper.

Kurz vor neun Uhr stellte ich den Bohrer ab und lief mit zugeklappten Ohren durch den angrenzenden Saal mit silbernen, aufgebockten Flugzeugrümpfen – das Geräusch des Nietens war mir unerträglich – auf den Hof hinaus.
Zwei Russen rollten Treibminen aus der Stanzerei. Im rohen Metall fing sich ein flüchtiger Sonnenstrahl, schon wieder aufgeschluckt von grauen Regenwolken.
»He – Frollein!«
Bertha aus der Revision trabte hinter mir her. Aus ihrem schwarzgefärbten Haar wuchs es weiß – es sah aus, als ob sie eine Glatze hätte. »Komm Se mit auf Tolette?«
Dort trafen sich um neun Uhr die deutschen Arbeiterinnen. Ich sah von weitem den Qualm ihrer Zigaretten aus zerbrochenen Fensterscheiben ziehen.
Wehe, ich nahm an ihrer Tabakrunde nicht teil, nachdem sie ihr anfängliches Mißtrauen gegen die Studentin abgebaut hatten. Es handelte sich bei ihnen hauptsächlich um vorzeitig entlassene Knastschwestern und Prostituierte. Inzwischen wurde in der Kriegswirtschaft jede Hand gebraucht, auch kriminelle und amoralische.
Rosa aus der Montage hatte heute Geburtstag und Kartoffelkrümeltorte mit Hagebuttenfüllung mitgebracht. Ich

kriegte auch ein Stück ab. Mein Geschenk für Rosa war eine kleine Rizinusflasche voll Branntwein.
Wir sangen: »Hoch soll se leben, dreimal hoch.«
Das hörte die Aufseherin auf dem Hof und scheuchte uns aus dem Klo. Halbgerauchte Zigaretten wurden sorgsam ausgedrückt und in der oberen Kitteltasche verstaut.
Noch vorgestern war die Aufseherin eine von uns gewesen. Nun klafften ihre neuen Amtsbefugnisse und unser Mißtrauen ihr gegenüber zwischen uns.

Anschließend zweieinhalb Stunden Scheibenbohren. Dann stellte ich mich in die schwatzende Schlange vor der Kantine, Blechlöffel, Essensmarken und Jobsts letzten Feldpostbrief zwischen Eisenspänen in der Kitteltasche.
Es gab Graupensuppe mit Karotten und zum Nachtisch rosa-synthetischen Pudding.
»Vorsicht!«-rufend balancierte ich mein Menu durch enge Tischreihen zu einem freien Platz und stieg von hinten über die Bank. »Mahlzeit.«
Das Tafelgespräch brach abrupt ab. Ebenso mißtrauische wie gutmütige Blicke – eine typisch Berliner Mischung – nahmen mich in ihrer Runde auf.
»Donnawetta! Bei son junget Frollein schmeckt der Pamps noch mal so jut«, sagte mein Gegenüber. Erwin hatte einen tätowierten Pagenkopf auf dem Unterarm.
Vor lauter Bestreben, originell zu sein, wurde das Gespräch um mich herum immer eindeutiger.
»Nu kiek ma, se wird ja rot.«
Bertha aus der Stanzerei drängelte ihren breiten Hintern neben mich und warnte: »Nu laßt det Frollein mit eure dreckigen Sprüche ßufrieden, ja?«
Anschließend nahm sie einen einfältig grinsenden Jungen aufs Korn. »Na, Siechfried? Wat macht die Braut?«
»Hab ja keene«, lispelte er.

Daß man immer die Minderbemittelten mit Bräuten hänseln muß.
»Na, denn komm mal zu mich.« Bertha hieb ihren Löffel über den Tisch hinweg aufmunternd auf seine eingedrückte Nase. »Bei mich kannste wat lernen.«
Erwin warnte Siegfried: »Jeh bloß nich bei die olle Schickse. Bei die holste dir wat weg.«
Für mich waren diese Tischgespräche nicht so ganz einfach zu verdauen. Ich durfte nicht schockiert sein, konnte aber auch nicht dran teilnehmen. Darum schlang ich den Fraß so schnell wie möglich in mich hinein und stand auf.
»Na, Frollein, arbeiten Sie auch so schnell, wie Sie essen?« fragte einer hinter mir her.

Auf dem Hof hockten Franzosen und Holländer auf einem Schutthaufen in einem wärmenden Sonnenstrahl. Manche schliefen, den Kopf im Arm vergraben.
Ich stellte mich zu ihnen und zog Jobsts Brief aus der Tasche.
»Ah, Mademoiselle – une lettre d'amour?« fragte mich einer, den sie Etienne nannten.
»Oui, une lettre d'amour.«
»Altes, doofes, liebes, fleißiges Lieschen, meins!
Bin gerade zwischen zwei Einsätzen zum Auftanken runtergekommen, habe Freund getroffen, der nach Berlin fliegt. Soll diesen Gruß an Dich mitnehmen. Bin okay. Du hoffentlich auch. Paß auf Dich auf, Lieschen. Hab irre Sehnsucht!!

Dein Jobst (in Eile).«

Die deutschen Arbeiter kehrten nach dem Mittagessen nicht an ihren Arbeitsplatz zurück, sondern verließen das Werksgelände Richtung öffentlichen Luftschutzbunker.
Die Ausländer standen auf dem Hof und schauten ihnen

nach. Sie durften nicht mitgehen. Das gefiel mir nicht... Anscheinend hatte ich immer noch nicht begriffen, daß es Menschen erster, zweiter und dritter Klasse gab.
»Frollein, auf wat warten Se noch, komm Se mit«, rief mir Bertha zu.

Nein, diesmal kam ich nicht mit, schon aus Protest nicht. Ich blieb beim Freiwild und verkroch mich mit ihm in den abgestützten Kellern unterm Verwaltungsgebäude, dem einzigen auf dem Fabrikgelände, das nur wenig beschädigt war.
Mit Etienne und seinem Freund Guy — beide von der Schulbank zur Zwangsarbeit nach Deutschland deportiert — hielt ich mich nahe beim Ausgang. Wir sprachen über Antoine de Saint-Exupéry, Frankreichs großen humanen Dichter und Flieger. »Wind, Sand und Sterne« und »Nachtflug« gehörten zu meinen liebsten Büchern. Etienne erzählte mir von seinem neuesten, »Pilote de guerre«, das ein Jahr nach seinem Erscheinen von den Besatzern verboten worden war. Ich wollte ihn gerade fragen, ob er zufällig ein Exemplar nach Deutschland geschummelt hätte, als wir ein hohles Pfeifen durch den Luftschacht hörten.
Das letzte, was ich sah, war Etiennes Gesicht, leer vor Entsetzen so kurz vorm Einschlag.
Ein ungeheurer Luftdruck hob die Gastür aus den Angeln und schleuderte sie uns entgegen.
Ich spürte einen heftigen Schlag auf den Kopf. Dann mußte ich wohl eine Weile geschlafen haben.
Als ich zu mir kam, hustete mich eine Stimme durch eine graugelbe Staubwolke an: »Sind Sie verletzt?«
Wie bitte? Ob ich verletzt war? Keine Ahnung. Nur so taub auf den Ohren. Man führte mich auf den Hof hinaus. Da lagen Menschen, über denen andere schreiend knieten. Ich wischte Kalkkrümel aus den Augenwinkeln, danach waren

meine Hände voller Blut, auch auf meinem Kittel war Blut. Ist das mein Blut?
Jemand schrie mir ins Ohr, daß eine Luftmine heruntergegangen wäre.
Ahja?
Ich versuchte mich zurechtzufinden – schaute nach links. Da war nichts mehr. Schaute hoffnungsvoll nach rechts und verzagte. Halle A mit dem Maschinensaal hatte noch Mauerreste. So wie ich die hier kannte, würden sie bis morgen früh die Bohrmaschinen vom Schutt befreit haben.
»Ich mag nicht mehr bohren«, sagte ich zu dem, der mir in diesem gelbgrauen Nebel am nächsten stand, und erkannte das vom Zorn aufgerissene Gesicht der Betriebsärztin.
»Das haben Sie nun von Ihrem Trotz! Bei den Zwangsarbeitern bleiben! Anzeigen müßte ich Sie! Aber Ihre Strafe haben Sie ja weg. Kommen Sie mit. Sie bluten am Kopf.«

Ich ging nicht mit, sondern durch das brennende Tempelhof nach Hause, bloß nach Hause. Vier Stunden, glaube ich, habe ich für diese Odyssee gebraucht – mal fahrend – mal tippelnd – zuletzt in der S-Bahn. Alle Leute waren rührend zu mir, und ich war auch ganz reizend und höflich zu ihnen. Ich hörte mich reden, als ob ich neben mir stehen würde.
Leider gelang es mir nicht, das mitfühlende Interesse durch fundierte Auskünfte zu befriedigen. Mir fehlten ja so viele Meter Geschehen.
»Mann, hat die nen Triesel weg«, sagte jemand und meinte mich damit.

Als ich, den Bahnhof Wannsee verlassend, von der klaren, kalten Abendluft beinah ein zweites Mal an diesem Tag erschlagen wurde, hatte ich plötzlich keine Energie mehr für das letzte Ende Heimweg. Ich stolperte zu Genthins.
Die Haustür war angelehnt, wahrscheinlich waren Groß-

mutter oder Frau Schult gerade hinausgegangen, um die Hühner und Karnickel zu füttern.

Ich fand Jola und Robby Kühnhagen am Kamin in der Bibliothek. Sie spielten Schach.

Schachspiel im flackernden Schein eines Kaminfeuers. Eine Oase nach endloser Wüstenwanderung.

»Na, ihr?«

Sie schauten auf und mich an und glaubten es nicht. Naja, ich trug noch meinen Arbeitskittel und war von Kopf bis Fuß mit Kalk und Blut beschmiert.

»Ach, mein Gott, Luise«, stand Robby auf und kam auf mich zu. Betastete meinen Kopf. »Ganz schönes Loch«, stellte er fest. »Tut's sehr weh?«

»Vor allem die Füße. Ich geh keinen Schritt mehr, nicht einen einzigen.«

Er führte mich zu einem Sessel, zog mir die Schuhe aus, schickte Jola nach abgekochtem Wasser, essigsaurer Tonerde, nach Jod und Papierverbänden, andere gab es nicht mehr.

Ich wehrte seine besorgten Hände ab. »Fummel mir bloß nicht am Kopf rum. Bring mir lieber was zu trinken. Ich hab den Mund voll Schutt.«

»... und eine Gehirnerschütterung.«

»Ja, kann sein«, gähnte ich. Nun, da ich endlich angekommen war, ließ die Anspannung nach, und Erschöpfung setzte ein. Meine Zähne schnatterten aufeinander, ohne daß ich es verhindern konnte. Mein Kopf erwachte aus der dumpfen Betäubung des Schocks und fing an zu brüllen vor Schmerz.

»Habt ihr mal nen Spiegel?« Und nachdem ich darin mein veilchenblau verschwollenes Gesicht betrachtet hatte, konnte ich mir Jobsts Kommentar vorstellen, wenn er mich jetzt sehen würde: »Schadet dir gar nichts, Lieschen, was läßte dich mit Max Schmeling ein!«

Robby verarztete meinen Kopf. Jola gab mir Tabletten, auf-

gelöst in einem Rest Tee. Dabei erzählte sie, daß sie gerade vorhin mit ihrer Mutter telefoniert hätte.
»Die Munitionsfabrik, in der sie arbeitet, hat es heute zum viertenmal erwischt. Sie machen trotzdem weiter.«
»So, jetzt stillhalten«, sagte Robby.
»Aua«, sagte ich, und dann fiel mir meine Mutter ein. »Ich muß sie unbedingt anrufen. Sie macht sich bestimmt Sorgen.«
Jola holte den Telefonapparat heran, wählte die Nummer für mich – es war wunderbar, von Freunden umborgen zu sein.
»Hallo, Mutti. Ich bin noch bei Genthins. Aber ich komm bald nach Hause.« Hörte sie schluchzen. Diese Mutter machte sich ständig viel zuviel Sorgen um mich. »Was ist denn los?« fragte ich beinah ungeduldig.
»Frau von Wahren hat angerufen. Mein armes, armes Kind...«

Da war plötzlich so ein seltsames Kribbeln, es stieg von den Füßen herauf über meine Knie bis in die Schultern.
»Nein«, sagte ich.
Nein, nein, das glaubte ich nicht. Ich hatte ja noch seine Stimme im Ohr – sah ihn lebendig vor mir – spürte ihn in meinen Händen.
»Nein, Jobst kann nicht tot sein«, sagte ich zu Jola und Robby. »Ich hab ja auch noch 'n Brief von ihm gekriegt. Es ist bestimmt ein Irrtum.«

Robby wollte mich zurückhalten. Es war sinnlos. Was ging mich meine Gehirnerschütterung an.
Jola gab mir einen Mantel und begleitete mich zum Wahrenschen Haus am Kleinen Wannsee.
»Ich warte hier draußen auf dich.«
Jobsts Schwester Wutzi machte mir auf. Verstört. Verweint.
»Mami ist oben – in seinem Zimmer.«

Die runde Diele. Die geschwungene Treppe zum ersten Stock. Die zweite Tür rechts. Ich wußte ja Bescheid.

Sein fröhliches Zimmer, das noch immer so aussah wie zu seiner Kinderzeit. Er hatte keine Änderung gewollt, es sollte alles so sein wie früher, wenn er nach Hause kam. Nur ein zersplittertes Propellerstück war vor Monaten dazugekommen. Das hing über seinem Bett.

Die Tür zum Balkon stand offen. Seine Mutter lehnte über der Brüstung und schaute zwischen entlaubten Bäumen auf den See. Sie registrierte mich kurz. »Ach, Luise – schön, daß du gekommen bist.«

Keine große Umarmung, kein Gefühlsausbruch; es war uns nicht gegeben, unseren Kummer laut herauszuschreien. Von klein auf hatten wir Preußen gelernt, nie die Haltung zu verlieren. Mit Haltung leben, mit Haltung trauern, mit Haltung sterben.

Warzins, die hinter uns wohnten, hatten ganz ruhig um den Gartentisch gesessen und in der Bibel gelesen, als sie die Nachricht vom Tod ihres zweiten Sohnes erhalten hatten.

Ich wartete.

Nach einer langen Weile sagte sie: »Weißt du, was sein Kommandeur geschrieben hat? ›Seien Sie stolz auf Ihren Sohn. Er ist im todesmutigen Kampf gegen eine Übermacht von Feindflugzeugen gefallen.‹ Ich kann nicht stolz sein, Luise. Ich bin keine Heldenmutter. Ich möchte meinen Jungen wiederhaben.«

Ich auch. Ich möchte Jobst bittebitte wiederhaben.

»Da versucht man, einen anständigen Menschen aus ihm zu machen – stopft ihn voll Erziehung und Schulbildung – straft ihn für jeden Übermut... und wofür? Aber das weiß man ja alles nicht vorher, und das ist auch gut so.« Und dann sagte sie noch: »Wenigstens hat er dich gehabt, Luise. Wenigstens hat er die Liebe erleben dürfen.«

Mit meiner Selbstdisziplin war es vorbei. Schluchzen verstärkte den rasenden Schmerz in meinem Schädel, dazu diese Übelkeit... »Bitte, mir ist nicht gut.«
Zum erstenmal sah sie mich im Dunkeln an und erschrak, als sie mein verschwollenes Gesicht unter dem Kopfverband bemerkte.
»Du bist ja verletzt, Luise – und ich laß dich hier stehen – entschuldige – komm.« Sie führte mich behutsam ins Zimmer. »Leg dich hin.«

Die Wände kreisten um mich, es dauerte eine Weile, bis das Karussell langsam auslief und stillstand. Auch Frau von Wahren neben mir auf dem Bettrand drehte sich nicht mehr.
»Es kommt bestimmt von der Gehirnerschütterung«, heulte ich.
»Du bleibst heute nacht hier. Ich rufe deine Mutter an.« Sie schien erleichtert, eine Aufgabe zu haben, die sie aus ihrer starren Trauer riß.
»Meine Freundin wartet draußen«, fiel mir ein.
»Ich sag ihr Bescheid.« Und streichelte mein Gesicht. »Schön, daß du da bist. Ist sein Bett nicht so leer.«

Jobsts Bett – ich lag in seinem Bett, in seinem Zimmer. Wir fingen an, von ihm zu sprechen.
Später kam Wutzi dazu und ließ sich auf dem Teppich nieder. Und weil wir von Jobst sprachen, blieb es nicht aus, daß wir unter Tränen lachten. Darüber schlief ich ein.

Sirenen weckten mich. In meinem Kopf dröhnte es wie zuschlagende Eisentüren.
Das Zimmer war nun leer, die Nachttischlampe mit einem Tuch verdunkelt, damit sie mich nicht blendete. Daneben stand ein Glas Wasser. Jobst hatte immer Wasser getrunken, wenn er nachts aufwachte.

Und dann traf mich das Bewußtsein mit Keulen: Jobst ist tot.
Nie mehr seine Zärtlichkeit, nie mehr seine Leidenschaft, nie mehr sein unbedenkliches Lachen, das alles so einfach machte.
Mein Kumpel. Mein Vertrauter. Mein Liebster. Mein Henkel zum Festhalten in der Angst – »Mensch, Lieschen, mach dir nichts draus...«
Wie konnte er mich bloß allein lassen.

28

Mit einem stumpfen Fuchsschwanz schickten sie uns in den Wald, um ein Bäumchen zu sägen. »Aber laßt euch nicht dabei erwischen!«
Unter Fluchen im eisklammen Dunkel säbelten Jola und ich an einem Stamm herum, immer mit Herzpuckern, wenn es in der Nähe knackte. Aber dann war es nur ein Eichkater ohne Amtsgewalt und Strafzettel.

Heiligabend 1944 feierten meine Mutter und ich bei Genthins. Großmutter hatte den Eßtisch in den einzig warmen Raum, die Bibliothek, tragen lassen und ausgezogen, denn wir waren zwanzig Personen mit ihrer ausgebombten Einquartierung. Auf einem zweihundertjährigen Leinentuch mit eingewebter Hirschjagd hatte sie mit schwerem Silber und kostbarem Meißen noch einmal vergangene Zeiten erstehen lassen.
»Herrlich, Frau Genthin«, jubelte meine Mutter. »Bei diesem Anblick vergißt man unsere ganze Misere!«
Wir übrigen vergaßen sie nicht. Es lag ja nichts Erfreuliches zum Essen auf dieser hochherrschaftlichen Pracht. Die gegen eine Kammgarnhose (Friedensqualität!) eingetauschten Karpfen waren bereits so lange tot, daß sie sich nur noch zu einer Fischvergiftung eigneten. Und der »Friedenskuchen«, zu dem wir alle Marken gestiftet hatten, war gepökelt. Großmutter hatte beim Backen das Zucker- mit dem Salzfaß verwechselt. Ehe wir sie dafür erschlagen konnten, mußten wir sie davon abhalten, sich selbst das Leben zu nehmen.
Somit blieben uns Pellkartoffel mit einem Klacks Butter und

Kompott zum Nachtisch. Aber wenigstens puffte der Kamin Wärme in den Raum. Die ihm am nächsten saßen, hatten Bratäpfelgesichter.

Nachdem wir uns durch »Sti-hille Nacht« geschnaubt, die Rührung abgewischt und gegenseitig beschert hatten – Gestricktes aus aufgeräufelter Wolle, Kerzen aus Stummeln selbstgezogen, drei Zigaretten, ein antiquarisches Buch, ein selbstgemachtes Gedicht –, wurden Feldpostbriefe vorgelesen.
Achim Genthin hatte einen stimmungsvollen Bericht über die Kurländische Winterlandschaft verfaßt – kein Wort von den starken sowjetischen Vorstößen, um die Damen zu Hause nicht zu beunruhigen. Er schrieb, daß er am Heiligen Abend gern bei ihnen am Kamin sitzen und das Weihnachtsoratorium hören würde, ja, das wäre schön...
Anschließend las Frau Schmolke – ausgebombt in Berlin-Charlottenburg – einen Brief ihres Mannes vor.
»Liebes Ilseken, habe gerade festgestellt, daß ich seit vier Monaten in derselben Wäsche stecke, wir kommen ja nicht mehr aus den Klamotten. Schlamm, Hunger, Läuse, Erdlöcher zum Pennen, wenn überhaupt. Nun kommt auch noch der Eissturm und der Schnee, und die Pfoten erfrieren. Der Iwan macht uns fertig Tag und Nacht. Es ist auch keine Ablösung in Sicht. Nun frage ich dich, mein liebes Ilseken, was soll der ganze Schlamassel? Hatten wir den nötig?«
Großmutter hinderte Frau Schmolke am Weiterlesen. Sie wollte sich ihren Heiligen Abend nicht verderben lassen.
Jola erlebte ich zum erstenmal nervös. Weder Karl-Heinz' Familie noch sie hatten seit Wochen einen Brief von ihm erhalten. Robby hatte versprochen, nach der Potsdamer Weihnachtsfeier noch in Wannsee vorbeizuschauen. Wenigstens Robby gab es noch.

Jola suchte meinen Blick über den Tisch hinweg. »Ich muß Mami anrufen. Willst du sie auch sprechen?«
Gemeinsam verließen wir die Bibliothek und liefen durch das ausgekühlte Haus zum zweiten Telefon in der Anrichte.

Im halbzerstörten Atelier von Hanna Barris waren an diesem Abend Freunde versammelt, die seit Jahren im Schatten vegetierten, weil sie unerwünscht waren. Frauen, deren Männer man abgeholt hatte und die seither verschollen waren. Nun erinnerten sie sich an Weihnachten von früher, und dieses mühsam errichtete Stützkorsett, das sie ein Jahr über aufrechthielt, brach entzwei.
»Haben Sie wenigstens von Ihrem Mann was gehört?« fragte ich Hanna, nachdem Jola den Hörer an mich weitergegeben und in die warme Bibliothek zurückgeflüchtet war.
»Ja, Luise, stell dir vor. Ich hab Nachricht von ihm. Er schreibt, er befinde sich auf dem Kaiser-Napoleon-Gedächtnismarsch aus Rußland heraus und sei der deutschen Ostgrenze nicht mehr fern. Und er läßt dich grüßen, und ich soll dir ein altes russisches Sprichwort ausrichten: Lieber eine Handvoll Glück als ein Haufen Verstand.«
Lieber eine Handvoll Glück als ein Haufen Verstand.
»Bist du noch dran?«
»Ja, ich habe nur über das Sprichwort nachgedacht.«
»Hier ist noch jemand, der dich sprechen möchte.«
»Guten Abend, Luise.«
Ich erkannte sofort seine Stimme – es war Kaspar Christ, der Ommafamm – und freute mich.
»Frohe Weihnacht, Herr Christ. Wie geht es Ihnen und Dr. Ross? Was macht der dicke Müller?«
»Bei dem Verein bin ich schon lange nicht mehr«, erzählte er. »Man hat mich an die Front versetzt. Ich wurde zu unbequem. Und unser lieber Freund Ross ist gestorben.«
»Ach, das tut mir leid. Ich hatte ihn so gern.« Ein Butter-

brotpapier im Wald, da es beschneit wird, fühlt sich kalt... und Tucholskys »Schloß Gripsholm« ... Dr. Ross hat mir in diesen vierzehn Lazarettagen viel geschenkt.
Im Grunde hatte ich eigentlich Glück, daß ich überall, wo ich hinkam, ein paar Menschen traf, die es gut mit mir meinten.
»Hanna hat mir von Ihrem Kummer erzählt«, sagte der Ommafamm. »Dieser Scheißkrieg...«
»Ja –«
»Ich würde Sie gern wiedersehen, aber ich muß schon morgen ins Lazarett nach Breslau zurück, Luise.«
»Alles Gute für Sie«, sagte ich und: »Irgendwie denke ich gern an die Zeit damals zurück. Es war eine wichtige Erfahrung für mich...«
Ältere Frauen erinnerten sich an Seereisen und an die Abendkleider, die sie irgendwann auf einem illustren Ball getragen hatten. Ich hörte ihnen staunend zu, ach, muß das schön gewesen sein! Aber ich beneidete sie nicht. Ich hatte ja auch meine Erinnerungen inzwischen – zum Beispiel an dieses neurologische Reservelazarett. Einen Dr. Ross und den dicken Müller hätte ich bestimmt nicht auf einer Seereise oder auf einem Ball getroffen...
»Alles Gute auch für Sie, Luise. Bleiben Sie gesund und – bitte, bewahren Sie sich Ihre Fröhlichkeit.«
Ich und fröhlich – wie kam er denn darauf? Ich hatte wirklich keinen Grund fröhlich zu sein und hörte mich trotzdem manchmal herzhaft lachen.
Lachen unter Tränen – Tränenlachen – es war alles so nah beieinander. Und Fröhlichkeit entsprang wohl derselben Wurzel wie tiefe Trauer...

Auf dem Weg zurück zur Weihnachtsfeier hörte ich Bummern an der Haustür und öffnete.
Vor mir standen Robby und Karl-Heinz Kühnhagen.

Karl-Heinz!! »Mensch – du hier?«
»Pschscht!« Er legte warnend einen Zeigefinger auf meine lautstarke Überraschung. »Ich will mich Jola selber bescheren. Darum hab ich ihr ja auch nicht geschrieben.«
»Am besten, wir binden ihm ne Schleife um mit Tannenzweig«, sagte Robby, meinen Arm nehmend. »Wo feiert ihr denn? Ach, ich höre schon.« Und mit einem Blick zurück auf seinen Bruder: »Du wartest hier. Wir schicken sie raus.«
In der Bibliothek prostete man sich gerade mit der Weihnachts-Schnapsration zu und redete gegeneinander mit seinen Erinnerungen an und heulte und lachte, und dann sah Jola uns in der Tür stehen und kam auf uns zu.
»Frohe Weihnacht, Robby. Magst du was trinken? Ich hab auch ein Geschenk für dich – ne ganze Kleinigkeit.«
»Ich hab auch ne Kleinigkeit für dich«, sagte er. »Sie steht draußen.«
Jola sah uns fragend an, erst Robby, dann mich, begegnete unserem erwartungsvollen Grinsen.
»Nun geh schon«, sagte er und schob sie zur Tür hinaus.
Während er seine Begrüßungstour von einem zum anderen begann, bemerkte ich Benita. Sie stand vor der Gardine zur Terrasse.
Ich ließ sie hinaus und mich dazu.

In dieser Nacht schwieg der Himmel, weil Weihnachten war. Weihnachten bedeutete Waffenruhe an allen Fronten. Atempause zwischen Mord und Totschlag. In allen Ländern, die an diesem Weltkrieg teilnahmen, beteten Freunde und Feinde um Sieg und Überleben und die Vernichtung des Gegners. Gebete kämpften gegen Gebete an, hoben sich gegenseitig auf...
Ich dachte an das Wiedersehen zwischen Jola und Karl-Heinz. An das unbeschreibliche Glück, sich zu spüren und festzuhalten. Sich wiederzuhaben. Zusammenzugehören.
Und Jobst ist tot.

29

Noch nie war ein Frühling so überwuchernd farbig, duftend, so stark. Blühender Flieder und Rhododendron bereits Mitte April.

Wir schaukelten zu dritt auf einem übers Wasser hängenden Weidenast und ließen die Beine baumeln, das Gesicht in der Sonne.

Ein Sonntagsausflug mit Robby nach Kladow. Morgen wurde das Potsdamer Lazarett, in dem er jetzt arbeitete, nach Bayern verlegt. Abschied von unserer Dreierfreundschaft.

Wir redeten nicht viel, blinzelten manchmal auf den See, der uns vertrauter war und mehr Heimat als jede Stadt. Ließen Steinchen übers Wasser springen gegen die untergehende Sonne.

Und dann ein überfülltes, verqualmtes Gartenlokal mit gefühlvollen Heimatliedern auf einem verstimmten Klavier. »Wer weiß, wann wir uns wiedersehen am grünen Strand der Spree« und so was.

Immer rauf mit der Sentimentalität aufs Schlimme.

Es roch nach Fischtran und Ungewaschenheit.

An unserem Tisch saß ein Soldat mit seinem Mädchen im Arm. Ohne Gespräch. Ohne Blick. »Magst Klops, Hildchen?« fragte er irgendwann. Er hatte noch fünfzig Gramm auf seiner Lebensmittelkarte.

Am Nebentisch spielten Landser Skat.

Ein plattfüßiger alter Ober mit hocherhobenem Tablett wehrte sich gegen ungeduldige Rufe. »Nu man sachte, ich kann ja nicht hexen.«

»Das Bier schmeckt nach Pferdepisse«, stellte ein Skatbruder fest.
Robby schaute auf die Uhr. »In zehn Minuten geht unser Dampfer.«
Als wir den Anlegesteg erreichten, heulten die Sirenen.
Jola lief mit anderen verhinderten Dampferfahrern zum nächsten Splittergraben.
Robby und ich blieben unter einem Uferbaum stehen, auf dem die jungen Blätter aus ihrer klebrigen Schutzhülle sprangen. Ein Junge in Uniform machte uns streng auf die Unverantwortlichkeit unseres Leichtsinns aufmerksam. Man hatte inzwischen die Sechzehnjährigen eingezogen, die Opas, die Schwerhörigen, die mit dem Magenkrebs und die Lahmen.
»Geh man schon vor, wir kommen gleich nach«, beruhigte Robby den Kindersoldaten.
Über uns war ein Dom von Scheinwerfern. Flak schoß rote Kugeln hoch, die als Christbäume niederschwebten. Es sah aus, als ob der Himmel blutete.
Bombergeschwader dröhnten über uns hinweg und warfen ihre tödliche Last in die noch vom Morgenangriff brennenden Wunden der Stadt. Sie antwortete mit einem Ächzen. Aus den Kiefernsilhouetten des gegenüberliegenden Ufers schossen Flammen, sanken zurück, schossen wieder auf, breiter und wütender und höher züngelnd. Schwefelgelbe Wolken buckelten sich übereinander, schwarze, violette quollen nach... Vor uns sirrten Flaksplitter in den See wie eiserne Regentropfen.
Robby öffnete seinen Uniformmantel und legte ihn schützend um mein Unbehagen. Und ich legte die Arme um ihn. Endlich einmal wieder ein warmer Körper zum Anlehnen — auch für ihn. Sein Mädchen hatte ihn vor einem Jahr verlassen. Sie ertrug nicht länger die halbzerstörte Seite seines Gesichts.

»Und auf die Dauer konnte sie ja nicht an der anderen Seite gehen, wo mein Gesicht noch so aussah wie damals, als sie sich in mich verliebt hat. Auf die Dauer ging es nicht einseitig...«, hatte er mir einmal erzählt.
Seither hatte Robby kein Mädchen mehr angerührt, aus Angst vor diesem mitleidigen Entsetzen, mit dem sie ihn anschauten, wenn sie glaubten, er merkte es nicht.
Ich spürte seine Lippen auf meinem Haar – sehr scheu – einfach der Wunsch, Mädchenhaare zu berühren.
Er war nicht verliebt in mich und ich nicht in ihn, aber wir waren beide sehr allein.

Nach der Entwarnung fuhren wir schweigsam über den See nach Hause.
Maschinen stoppten, die Schiffsglocke bimmelte. Der Dampfer rammte den Anlegesteg. Quietschen – Kettenklirren – die Brücke wurde ausgeworfen.
Jola und ich brachten Robby zum Bahnhof.
Bemüht um einen heiteren Abgang, sagte er: »So, jetzt werdet ihr zwei euren Platzhirsch los.«
»Und wenn wir uns wiedersehen, ist endlich Frieden«, sagte ich. »Stellt euch mal vor! Frieden!«
»Aber was für einer«, überlegte Jola.
»Hauptsache Frieden.«
Und dann fuhr der Zug ein, eine letzte Umarmung – macht's gut – du auch – tschüs, bis bald! Die Abteiltür schloß sich. Robbys Hand winkte zwischen Fensterscherben aus dem anfahrenden Zug.
Wir standen einen Augenblick verloren auf dem Bahnsteig.
»Nun sind wir den auch los«, sagte Jola schließlich.
Zehn kleine Negerlein fielen mir ein – dann waren es nur noch zwei.
»Mensch, wir zwei«, sagte ich, als wir zur Treppe gingen.

30

Dresden war ausgelöscht.
Am 14. April stand ich auf unserem Hausdach und sah auf den Feuerschein, in dem das alte Potsdam unterging.
Stadtschloß – Garnisonkirche – Heiliggeistkirche – Rathaus –
»Nun ist Preußen endgültig im Eimer«, stellten wir fest, als wir am nächsten Tag durch Trümmerfelder irrten. Potsdam, so nah bei Wannsee, unsere zweite Heimat, noch gestern früh eine unberührte Garnisonstadt voll strenger Schönheit – jetzt fanden wir uns zwischen den rauchenden Trümmern nicht mehr zurecht auf der Suche nach dem Kühnhagenschen Haus, das zum alten Stadtkern gehörte. Ein schmales, einstöckiges Haus mit Biedermeierkränzen über den Fenstern. Wir erkannten es schließlich am Nummernschild überm Hauseingang.
Hauseingänge sind meistens das einzige, was einen Einsturz überlebt, zwar zugeschüttet, aber aufrecht. Trümmerhaufen mit Torbogen. Wir kletterten über Steinbrocken, zersplittertes Holz und halbe Wände mit gestreiften Tapetenresten in den kleinen hinteren Garten.
Jola sah sich schaudernd um. »Das hat meine Schwiegermutter nie und nimmer überlebt. Furchtbar – wenn ich mir vorstelle – die liegt nun da irgendwo drunter – total zerschmettert...«
»Kann's einen grausen«, nickte ich.
»Irrtum«, sagte eine erschöpfte, doch immer noch herrische Stimme hinter uns, »ich lebe.«
Unser Schreck war hörbar – war Kreischen, als ob uns ein

Geist angefaßt hätte, wir fuhren herum. Frau Kühnhagen saß auf einer gußeisernen Bank vor ihrem ehemaligen Rosenrondell, links zu ihren Füßen einen Koffer und rechts neben sich eine Bucht mit einem weißen Karnickel, dem sie Brotkrumen durch das Drahtgitter schob.
Da saß Potsdam, aufrecht, mit grauem Mittelscheitel, mit zerzaustem Dutt, die Granatbrosche am Hals, die großen Füße in soliden Tretern mit ausgebeulten Ballen korrekt nebeneinander aufgebaut.
»Mama!« Jola lief auf sie zu. »Was bin ich froh —!«
»Ich war nicht zu Hause, als es passierte«, verhinderte Frau Kühnhagen sachlich-kühl einen schwiegertöchterlichen Gefühlsüberschwang. »Aber nett, daß du nach mir gucken kommst. — Wer ist das?« Sie zeigte auf mich.
»Entschuldige, ich habe vergessen vorzustellen — das ist Luise Hartwig, meine Freundin.«
Jetzt fehlte bloß noch ein Handkuß.
Frau Kühnhagen betrachtete mich mit einem Anflug von Sympathie. »Mein Sohn Robert hat mir von Ihnen erzählt.«
»Du kommst natürlich zu uns, Mama«, beschloß Jola, das war sie Karl-Heinz und Robby schuldig.
Ihr Angebot wurde mit Befremden registriert. »Nach Wannsee?« Als ob das in der Wüste Sahara läge. »Ich nach Wannsee —? Sehr liebenswürdig, aber ich bleibe in Potsdam. Wenn ihr was für mich tun wollt, dann helft mir, meine paar Sachen zu meiner Schwester in die Neue Königstraße zu bringen. Sofern ihr Haus noch steht.«
Während Jola eine Schubkarre unter dem zusammengefallenen Geräteschuppen hervorzerrte, half ich Frau Kühnhagen beim Packen der Gegenstände, die sie in den Trümmern gefunden hatte — zwei Kleiderbügel, das Zifferblatt einer alten Standuhr, einen durchlöcherten Stich von der Garnisonkirche, einen kalkgrauen Hut und noch ein paar Fragmente.
»Alles aus der Garderobe.«

»Das muß furchtbar für Sie sein«, sagte ich.
»Es war überflüssig, unser schönes Potsdam noch so kurz vor Toresschluß zu zerstören. Wir Deutschen haben ja auch Paris und Gent, Antwerpen und Brügges historische Bauten verschont«, gab sie mir zur Antwort.

Die beladene Karre hoben wir über die Trümmer auf die Straße. Frau Kühnhagen sah sich noch einmal um, sah auf Fenster im ersten Stock, die es nicht mehr gab, zog ihren Schlüsselbund aus der Manteltasche, überlegte, ob sie ihn fortwerfen sollte, und steckte ihn wieder ein.
»Fahren wir«, sagte sie kurz. Und sprach kaum ein Wort mit uns auf dem Irrweg zur Neuen Königstraße, zum Haus ihrer Schwester, in dem man gerade dabei war, zerbrochene Fenster zu verpappen.
Sie forderte uns nicht auf, mit hineinzukommen, obgleich wir dringend damit gerechnet hatten — ich hatte Durst, und Jola mußte aufs Klo.
»Dank für eure Hilfe.« Sie gab uns die Hand. »Bitte versteht, daß ich allein sein möchte. Ich bin etwas müde. Und kommt gut nach Hause.«
»Darf ich dich mal besuchen, Mama?« fragte Jola.
»Ja, ich würde mich freuen, aber nur, wenn es nicht gefährlich für dich ist. Bleib gesund, Jolande, und grüß deine Großmutter von mir. Auf Wiedersehen — wenn nicht vorher, dann nach dem Krieg.«
Wir trabten weiter Richtung Glienicker Brücke. »Also, vor der Schwiegermutter hätte ich irgendwie Schiß«, konnte ich mir nicht verkneifen und dachte an Jobsts Mutter, die mir nach seinem Tod eine Freundin geworden war, mit der ich ohne Scheu reden konnte. Ich vermißte sie sehr, seit sie das Haus am Kleinen Wannsee verlassen und mit Wutzi zu Verwandten nach Schleswig-Holstein gezogen war. Jobsts Vater und sein jüngerer Bruder Christoph waren an der Front.

»Ich hab auch Schiß vor ihr«, gestand Jola, »und im Grunde bin ich heilfroh, daß sie nicht mit nach Wannsee kommt. Irgendwie stehe ich immer stramm, wenn ich ihr begegne. Karl-Heinz und Robby übrigens auch, sie machen sich selber drüber lustig – aber wehe, du sagst was gegen ihre Mutter.«

Schon wieder Fliegeralarm.
Wir verbrachten ihn unter den Pfosten der Glienicker Brükke mit Blick auf den Jungfernsee. Sahen die Havel träge fließen. Ich zerzirbelte junge Blättchen zwischen den Fingern und atmete ihren grünen Duft ein.
»Meine Schwiegermutter läßt sich ja nichts anmerken«, sagte Jola nachdenklich, »aber ich glaube, die Zerstörung Potsdams hat sie ebenso schwer getroffen wie der Tod ihres Mannes, vielleicht noch mehr. Für sie ist gestern abend ihre Welt untergegangen. Und für Karl-Heinz wahrscheinlich auch, wenn wir den Krieg verlieren. Schließlich ist er aktiver Offizier aus einer traditionsreichen Potsdamer Familie.«
»Na und, muß er eben was Neues lernen.«
»Es geht nicht ums Umlernen, sondern ums Umdenken – aber das kapierst du nicht, Luise.«
»Nee, ehrlich nicht«, versicherte ich ihr. »Wenn ihm nichts Schlimmeres passiert, als daß er seine Tradition ausziehen muß, hat er einen Riesenmassel gehabt.«
Manchmal konnte ich Jola wirklich nicht geistig folgen. Von Osten stieß der Russe auf Berlin zu, stand schon bei Frankfurt/Oder, von Westen und Süden die Alliierten; vier-, fünfmal am Tag wurde Berlin von Tausenden von amerikanischen Bombern systematisch vernichtet, und sie machte sich Gedanken um das Ende einer Offizierskarriere.
»Deine Sorgen möchte ich haben«, sagte ich.
»Wenn Jobst noch lebte, würdest du anders urteilen.«
»Nee, niemals. Jobst war kein Typ, der Verlorenem nach-

trauert. Und Tradition war ihm schnuppe. Höchstens die Fliegerei hätte er vermißt. Aber er hatte das Leben so gern – dem hätte es auch als Arbeiter gefallen.«

»Naja«, sagte Jola, »ein großer Nachdenker war er wohl nie. Und er kann deinen Glauben auch nicht mehr enttäuschen. Er kommt ja nicht zurück. Bewahr dir deine Illusionen, Luise.«

»Danke, Tante«, sagte ich verstimmt.

31

Aus Hitlers Tagesbefehl an die Ostfrontkämpfer:
»Zum letzten Mal ist der jüdisch-bolschewistische Todfeind mit seinen Massen zum Angriff angetreten. Der Bolschewist wird dieses Mal das alte Schicksal Asiens erleben, er wird und muß vor der Hauptstadt des Deutschen Reiches verbluten.
Berlin bleibt deutsch, Wien wird wieder deutsch!«

Dennoch hörte man jede Nacht Autotüren klappen und schwerbeladene Wagen abfahren. Die Zurückbleibenden sprachen voll Verachtung von den Bonzen, die kalte Füße kriegten und sich Richtung Westen aus dem Staube machten. Aber war es wirklich nur Verachtung? War nicht auch ein bißchen Neid der Besitzlosen dabei, die keine Autos und kein Benzin hatten, um zu fliehen? Im Grunde wollten wir ja gar nicht fort, warum auch und wohin? Es fiel nur manchmal schwer, sich mit dem Zurückbleiben abzufinden.
Inzwischen kämpften die Russen in den östlichen Vororten Berlins.

Großmutter Genthin saß in ihrem großen kalten Haus, ein ehemaliges kariertes Autoplaid über den Schultern, und legte Patiencen, die nicht aufgehen wollten, selbst nach mehrmaligem Schummeln nicht, als Heinrich und Henny Bode voll alarmierender Wichtigkeit hereinstürmten.
»Ach, Kinder, wie nett, daß ihr vorbeikommt. Möchtet ihr einen Tee?«
Nein, gar nichts wollten sie, nur der Ordnung halber mittei-

len, daß sie morgen früh um sieben mit dem Wagen gen Westen zu starten gedachten. »Und da wir einmal beschlossen haben, das Kriegsende gemeinsam durchzustehen, wollten wir euch auffordern, mit uns zu kommen.«
Oma legte die Karten aus der Hand, betrachtete Hennys hektisch rote Wangen und Heinrichs Monokelkampf zwischen Augenbraue und Tränensack.
»Ihr seid ja betrunken«, stellte sie fest.
»Aber niemals — wieso kommst du darauf? Riecht man das?«
»Und ihr wollt fliehen? Warum eigentlich? Glaubt ihr etwa nicht mehr an den Endsieg?«
»Natürlich glauben wir, Mutter, wie kannst du daran zweifeln!« entrüstete sich Henny.
»Und warum flieht ihr dann?«
»Wir fliehen nicht, wir verlagern uns nur. Heinrichs Herz verträgt die Aufregungen nicht mehr.«
»Du meinst, es ist ihm in die Hose gerutscht.«
»Mutter, wir wollen uns weder von dir beleidigen lassen noch nutzlose Diskussionen führen. Wir wollen nur wissen — kommt ihr nun mit oder nicht?«
»Wohin?«
»Nach Wesermünde.«
Großmutter überlegte. »Da war ich noch nie. Da haben wir auch keine Verwandten. Und womit wollen wir türmen?«
»Wir dachten an Achims Horch«, sagte Henny. »Wozu steht er nutzlos in der Garage herum?«
»Aber der ist doch seit Jahren nicht benutzt worden«, erinnerte Jola, aus dem Garten kommend.
»Bis morgen früh wird er startbereit sein«, versicherte Henny. »Alles ist arrangiert. Heinrich hat mit einem Tankstellenbesitzer gesprochen. Er kriegt zwei Pfund Zucker und hält dafür den nächstbesten Laster an, der uns abschleppt.«
»So einfach ist das also«, staunte Oma. »Und wer steuert?«

Auf diese Frage entstand eine längere Pause. »Naja«, sagte Heinrich, einen Rülpser diskret verdrückend, »ich hatte immer einen Chauffeur, Henny ist technisch völlig unbegabt. Wir dachten, daß Jola...«
Jola, inzwischen auf Omas Sessellehne hockend, lachte hell. »Ich? Wie kommt ihr denn darauf?« Diese Flucht fing an, sie zu interessieren.
»Na, weil du so gut Rad fährst«, sagte Henny, und Heinrich: »Es ist ganz einfach, glaub mir, du mußt nur steuern und bremsen – schließlich wird der Wagen an einen LKW gehängt.«
Großmutter begriff plötzlich – dieser Fluchtplan war keine Schnapsidee, sondern ernst gemeint. Sie wurde blaß um die Nase. »Und wir sollen mit?«
»Gesetzt den Fall, die Russen brechen wirklich durch bis Wannsee. Dann bringen sie euch alle um. Vor allem die Plutokraten, die in so großen Villen wohnen.« Henny sah sich anzüglich um.
Großmutter sah sich ebenfalls um. »Und ich soll das alles hier im Stich lassen?«
»Viel Platz haben wir nicht. Das beste ist, du packst nur deinen Schmuck ein, Großvaters Münzsammlung und etwas Silber. Und vielleicht schneidest du den Liebermann aus dem Rahmen. Kann sein, daß er mal wieder was wert wird.«
»Bestimmt nicht, wir haben ja seine Signatur überpinselt, und das war deine Idee, Henny«, erinnerte Großmutter.
»Jaja, Mutter, ist ja gut. Nun kochen wir erst mal einen schönen, starken Mokka und trinken einen französischen Cognac dazu. Wir haben alles mitgebracht.«
»Woher?«
»War in einer Kiste, die Freunde bei uns untergestellt haben. Und nun hoppla an die Arbeit. Den Wagen flottmachen!« schlug Heinrich aufmunternd die Hände zusammen.

»Aber das ist doch der helle Wahnsinn« jammerte Oma auf. »Jolakind, was sagst denn du dazu?«
Jolakind war bereits am Telefon und rief mich an. »Komm sofort rüber, Luise. Wir fliehen!«

Ich schwang mich umgehend auf mein Rad und fuhr zwischen Flüchtlingstrecks über die Königstraße.
Alle hundert Meter bemühten sich müde, zerlumpte Menschen, ein umgekipptes Wägelchen wieder aufzurichten. Unter der Last der Kisten, Betten und Koffer brachen die Achsen, Räder rollten an den Straßenrand. Manchmal saß eine Greisin, ein Kind mit wundgelaufenen Füßen, eine stöhnende, schwangere Frau auf den Leiterwagen, vor die skelettmagere Pferde, Ochsen oder ein paar Menschen gespannt waren. An den Seitensprossen baumelten Bratpfannen, Kochtöpfe, Schirme, Nachtgeschirre. Je länger der Weg, den die Flüchtlinge schon hinter sich gebracht hatten, je gebeugter waren ihre Rücken, je schmaler die Habe auf den Karren. Viele wanderten auf bloßen Füßen oder in aufgeschnittenen Schuhen, einen Rucksack auf dem Bukkel.
Dazwischen hupten sich Wehrmachtautos und schwerbeladene Fluchtwagen den Weg frei, unzählige Radfahrer klingelten ungeduldig.
Wenn man die Flüchtenden aus dem Osten fragte: »Wo wollt ihr denn hin?«, sagten sie: »Nach Potsdam zu.«
»Aber in Potsdam ist doch schon der Russe.«
»So – na, is egal. Bloß weg hier...«
Und die Flüchtlinge aus dem Westen waren zu erschöpft und abgestumpft, um zu erfassen, daß sie sich Richtung Berlin in eine Bombenhölle und feindlichen Artilleriebeschuß begaben.
Kopflose Herden, die vor einer Gefahr in die noch größere flüchteten.

Heinrich Bode empfing mich mit einem halbgefüllten Wasserglas voll Cognac. »Nu trink erst mal einen, Luise. Das gibt Kraft.«
Großmutter Genthin saß verstört auf der kleinen Mauer zum Gemüsegarten, zwischen den Knien die Kurbel der rumpelnden Kaffeemühle drehend.
Aus dem Hause eilten Jola und Frau Schult herbei. »Wir haben ihn!«
»Wen?« fragte ich.
»Den Garagenschlüssel.«
Außer Großmutter kam mir hier keiner mehr nüchtern vor.
»Nun trink schon, Luise, das ist ein edler Tropfen.«
Cognac auf leeren Magen. Erst wollte ich meine Seele aushusten, dann war mir plötzlich völlig klar: Es muß geflohen werden.
Jola schloß die Garage auf, die Türen klemmten, wir zerrten zu viert, da fielen sie endlich auseinander und wir in die umliegenden Beete. Großmutter schaute als erste von der Mauer her in die Garage und sagte: »Achgottchen!«
Da stand der edle Horch auf Zementblöcken aufgebockt, bedrängt von ausrangierten Gartenstühlen, Flaschenkisten und Spinnweben.
Nach der ersten Verblüffung munterte Heinrich Bode uns auf: »Was steht ihr rum? Keine Müdigkeit vorschützen. Nun mal ran.«
Jola und ich kletterten bis zum Kühler vor. Oma, Frau Schult und Henny begannen, das Gerümpel rechts und links vom Wagen auf den Hof zu räumen.
Heinrich dirigierte mit der Cognacflasche.

In der Luft brummten Aufklärer, in der Ferne grummelte Geschützdonner. Langsam wurde es dämmrig.
Röschen Kühnel und drei Frauen von der inzwischen auf zwanzig Personen angestiegenen Genthinschen Einquartie-

rung kamen aus dem Haus, um zu sehen, wer da in der Garage herumrumorte. Das war ein Fehler. Heinrich zwang sie zur Mitarbeit. Aber Cognac kriegten sie nicht.
Im Stockdunkeln versuchten wir, den schweren Horch von den Zementblöcken zu schlagen, gegen zehn Uhr hatten wir es endlich geschafft.
»Seine Reifen sind platt«, registrierte ich.
»Das macht nichts«, versicherte Henny, »die kann man wieder aufblasen.«
»Die Batterie ist leer«, stellte Ingenieur Bode fest. »Wir müssen sie ausbauen und zur Tankstelle bringen, damit sie über Nacht aufgeladen wird. Für Zucker geht alles, glaubt mir.«
Oma Genthin heulte: »Das ist doch Wahnsinn! Der sichere Tod!« Und zerrte dennoch verbissen an einem Schutzblech.
Frau Schult schenkte Mokka aus, nun hatten wir Herzflattern, aber auch neuen Auftrieb. Wäre ja gelacht, wenn wir den Wagen nicht aus der Garage kriegten.

Gegen elf Uhr war das Werk vollbracht. Der Horch stand lang, traurig und plattfüßig auf dem Hof, und wir – minus der einquartierten Helfer, die sich still verdrückt hatten – standen kreuzlahm um ihn herum.
Frau Schult wischte mit ihrer Schürze den Staub von den Scheinwerfern, »damit er wieder gucken kann«.
Großmutter erinnerte sich an die letzte Ausfahrt mit ihm nach Wildpark: »Die Chausseebäume über uns wie ein Kirchendach und Achim am Steuer mit Schweinslederhandschuhen...«
»Tja«, sagte Heinrich Bode, der unter Katererscheinungen litt, »dann wollen wir mal nach Hause gehen. Heute nacht können wir doch nichts mehr tun. Aber gleich morgen früh besorge ich einen Automechaniker, der den Wagen flott macht und dann...«
»...dann fahren wir mit Jola am Steuer gegen den nächsten

Baum«, vollendete Großmutter Genthin, wie aus einem Alptraum erwachend. »Ja, haben wir denn alle den Kopf verloren? Wie kamt ihr bloß auf solche Wahnsinnsidee – und ich habe auch noch mitgemacht!!!«
»Mutter, werde bitte nicht hysterisch«, warnte Heinrich. Das hätte er lieber lassen sollen, denn nun holte Großmutter tief Luft und kippte jahrelang angestaute Verachtung über ihren Schwiegersohn aus.
»Du Maulheld! Große Töne spucken, das kannst du! Unsere Feinde mit Stumpf und Stiel ausrotten! Wer nicht an den Endsieg glaubt, ist ein Volksverräter und gehört aufgehängt! Ja, alles deine Worte. Kämpfen bis zum letzten Mann! Auch die Frauen und Kinder müssen ran! Bloß du nicht. Wenn's auf dich ankommt, legst du dich ins Bett – Kamillentee und Herztropfen! Und immer andere für dich schuften lassen, so wie heute. Und nun will ich dir mal eins sagen, Heinrich Bode – selbst wenn du morgen mit deinen Zuckertütchen einen Mechaniker auftreibst und einen Chauffeur – ich bleibe hier. Und dieser Wagen gehört meinem Sohn Achim. Morgen kommt er wieder in die Garage. Und jetzt gehe ich schlafen – oh, mein Rücken –, aber schadet mir gar nichts, wenn ich morgen nicht krauchen kann. Gute Nacht.« Sie entfernte sich stöhnend Richtung Haus, drehte sich noch mal um: »Vergiß nicht abzuschließen, Jolakind.«
Bodes henkelten sich unter und verließen schimpfend – »Muß ich mir das bieten lassen? Deine Mutter! Gehört von Rechts wegen angezeigt.« – das Grundstück.
»Ich fahre jetzt auch«, sagte ich.
»Bleib noch ein bißchen.« Jola öffnete die Wagentür und setzte sich hinters Steuer. »Komm, steig auch ein. Ist es nicht phantastisch, mal wieder in so einem Auto zu sitzen? Befühl mal das Leder –«
Ich befühlte. »Da könnte man Schuhe draus machen.«

»Wollen wir das Verdeck öffnen?«
»Das klemmt bestimmt.« Nach dieser sinnlosen Schufterei fürchtete ich mich vor einem neuen Kraftakt, stieg dennoch aus und riß mir beim Aufmachen beinah die Finger ab, aber es lohnte sich.
Den Nacken im kühlen Polster, schauten wir in den Wolkenhimmel über uns. Die laue Nachtluft duftete nach Frühling. In der Ferne grummelte der Krieg.
Ich beobachtete die ziehenden Wolkenkarawanen – manchmal tauchte der Mond zwischen ihnen auf und ein paar Sterne.
»Glaubst du an ein Leben nach dem Tod?«
»Wie kommst'n darauf?«
»Ich glaube, daß man sich irgendwann da oben wiedersieht.«
»So'n Quatsch«, sagte Jola. »Überleg doch mal, wieviel Billiarden Tote im Weltall rumgeistern würden, wenn's wirklich so wäre. Und in dem Gedränge willst du Jobst wiederfinden? Oder glaubst du etwa an Petrus an der Himmelspforte, und da hockt der Bursche auf ner Wolke und wartet, bis du endlich raufkommst?«
Irgendwie hatte ich mir das wirklich so vorgestellt. Oder mehr wie eine Begegnung im Traum. Der Tod verlor an Einsamkeit und Kälte durch diese Wunschvorstellung des Wiedersehens irgendwann einmal. Ammenmärchen, Bilderbuchpetrus, christlicher Glaube und Fromme Helene, die am Schluß ja auch ihren Franz in der Hölle wiedertraf, hatten an dieser Hoffnung mitgewirkt. Es war so tröstend, sich vorzustellen: Irgendwo da oben ist Jobst und schaut auf mich runter und paßt auf mich auf.
»Und selbst wenn es ein Wiedersehen nach dem Tod gäbe«, überlegte Jola. »Hast du schon mal daran gedacht, daß er jung gestorben ist und ewig jung bleibt? Und dann kommst du nach fünfzig, sechzig Jahren zu ihm in euren Himmel.

Stell dir mal seinen Schock vor! Er erwartet das Mädchen Luise von damals, und was kommt? Ne olle Oma.«
Jola fand das auch noch komisch. Blöde Gans.
»Aber es sind ja nur die Seelen, die sich wiederbegegnen, und die altern nicht«, sagte ich.
»Aber Luise! Ich hätte dich wirklich für intelligenter gehalten.«
»Ich will aber nicht intelligent sein. Ich will mein bißchen Hoffnung. Wenn dein Karl-Heinz morgen fallen würde und hätte kein Grab und nichts, dann fingst du auch an, in den Himmel zu gucken.«
»Mag sein, aber er fällt nicht. Er kommt wieder, das weiß ich ganz genau«, sagte Jola. Ihre Überzeugung klang absolut.
»Ich muß jetzt nach Hause.« Und stieg aus dem wunderschönen, plattfüßigen Auto. »Ich müßte schon längst zu Hause sein. Nacht.«
Am Tor holte sie mich ein. »Es tut mir leid, Luise.«
»Mensch, kannst du manchmal gemein sein«, sagte ich und radelte davon.
Der Flüchtlingstreck auf der Königstraße stand nun still. Auf den Bürgersteigen und auf den Leiterwagen schliefen Erschöpfte, mit Mänteln und Betten zugedeckt. Ein Baby wimmerte, ein Pferd purrte, jemand heulte im Schlaf auf... es war so furchtbar traurig.

Gegend Abend des nächsten Tages geschah etwas, womit niemand gerechnet hatte. Heinrich und Henny Bode hielten mit einem DKW vorm Genthinschen Hausportal. Am Steuer ein alter, invalider Mann, aber mit Führerschein. Benzin im Tank für 200 Kilometer. Heinrich wieder großspurig, mit Monokel und beigefarbenem Borsalino, Henny so elegant, als ob sie zur Kur nach Baden-Baden wollte.
»Heinrich ist bereit, dir zu verzeihen, Mutter. Uns allen ent-

gleisen mal die Nerven in diesen schweren Zeiten«, sagte sie großmütig zur staunenden Oma. »Und deshalb sind wir auch noch mal vorbeigekommen, um zu fragen, ob nicht wenigstens Jola mit uns fahren möchte. Schließlich ist sie ein junges Mädchen und mit einem deutschen Offizier verlobt. Er wird sie bestimmt verachten, wenn er nach dem Krieg zurückkommt und erfährt, daß sie von zehn Mongolen vergewaltigt worden ist.«
»Das laßt man meine Sorge sein«, sagte Jola kühl. »Wenigstens vielen Dank, daß ihr an mich gedacht habt. Ich bleibe hier.«
»Wie du meinst.« Henny sah ihren Mann betreten an. Da lief etwas schief. Ihrer Enkelin hätte Großmutter sicher ihren Schmuck mitgegeben. Und das Silber. Ihnen — Bodes — bestimmt nicht.
»Tja — dann fahren wir also allein.« Heinrich dachte nach. »Das ist aber schade. Können wir nicht wenigstens was für dich in Sicherheit bringen, Mutter?«
»In Sicherheit — Heinrich, wo gibt's die denn noch? Wir buddeln alles im Garten ein.«
»Wo?« fragte Henny.
»Da, wo früher eure Schaukel stand.« Und dann faßte Oma Genthin einen Entschluß. »Wartet mal.« Sie lahmte, ihr Kreuz haltend, ins Haus zurück — noch immer unter den Strapazen der vergangenen Nacht leidend.
Bodes und Jola standen im warmen Nieselregen.
»Du wirst noch bereuen, daß du nicht mitkommst«, sagte Henny unheilschwanger.
Jola antwortete nicht darauf, sondern wandte sich ab und rief nach dem Hund, der eine Katze durch das Grundstück jagte.
Dann kam Großmutter zurück, in der Hand einen flachen, länglichen, in Zeitungspapier gewickelten Gegenstand.
»Hier sind meine doppelreihige Perlenkette und die passen-

den Ohrringe drin. Die solltest du sowieso mal erben. Und falls wir uns nicht wiedersehen...«
Henny brach weinend an ihrem Hals zusammen, und auch Großmutter schluchzte.
Schließlich waren sie – trotz aller Streitigkeiten – Mutter und Tochter, die voneinander Abschied nahmen.
Jola ging rasch ins Haus. Sie wollte dem abfahrenden DKW – ihrer letzten Chance, dem Kriegsende in Wannsee zu entgehen – nicht nachschauen. Denn wenn die Greuelpropaganda stimmte, wenn der Sieger sich so furchtbar für angetanes Leid an der deutschen Bevölkerung rächen sollte...
Es gab in diesem Anflug von Angst nur einen Trost: Luise bleibt ja auch hier.

Luise und Jolande. Jola und Lieschen –.
Wenn wir uns heute kennenlernen würden, käme keine von uns beiden auf die Idee, in der anderen eine mögliche Freundin zu sehen. Dazu waren wir viel zu verschieden. Aber wir kennen uns ja schon so lange. Wir waren kleine Mädchen zusammen. Wir haben inzwischen soviel miteinander erlebt. Wir sind wie eine alte Ehe – viel streitend, aber dennoch wie Kletten aneinander hängend. Keine von uns hat eine bessere Freundin inzwischen gefunden.
Wenn Jola nicht gewußt hätte, daß ich auch in Wannsee blieb, wäre sie vielleicht doch mit Bodes mitgefahren. Sie machte es mir zum Vorwurf. Und ich nahm ihr übel, daß ich einen Platz in einem Fluchtauto einen Tag später ausschlug, weil ich ohne sie nicht türmen wollte.
Wie kam unsere Freundschaft dazu, unser Schicksal zu bestimmen!?

32

Im lämmerwölkchenblauen Himmel kreisen russische Tiefflieger wie Raubvögel auf der Suche nach versprengten Soldatentrupps. Sie zielen auch gern in unsere Fenster. Gegen den Geschützdonner singen Amseln an.
Nach der wochenlangen Gefühlsduselei — diesem innerlichen Abschiednehmen von allem, woran man einmal gehangen hat, und der Angst vor dem, was auf uns zukommt — ist jetzt das Nachdenken ausgeschaltet. Wir stecken mittendrin, wie eine Frau bei der Geburt, sagt meine Mutter. Es tut weh, aber sie kann nicht mehr zurück und hat nur einen Wunsch — daß es bald vorbei ist.
Unser Erdgeschoß ist von Soldaten besetzt. Im Keller wütet ein Spezialkrieg zwischen zehn Frauen und zwei Kindern mit Sack und Pack, darunter eine dicke Italienerin, die früher Köchin beim Botschafter war und den Rosenkranz nur zum Essen aus der Hand legt. Einziger welker Hahn in diesem Hühnerstall ist ihr Lebensgefährte Guido. Einer beschuldigt den andern wegen seiner Kopflosigkeit, wegen Schnarchen, verschwundenem Kunsthonig, zu langen Sitzungen auf dem Klo. Zehn Frauen streiten am provisorischen Herd in der Waschküche.
Meine Mutter sagt, das hält sie nicht länger aus. Krieg plus Weiberkleinkrieg ist zuviel. Wenn das so weitergeht, zieht sie aus ihrem eigenen Haus aus.
Wenigstens vormittags herrscht Frieden im Keller, weil alle vor den Kaufmannsläden anstehen, wo Lebensmittel, Schnaps und Kaffee ausgegeben werden, damit nichts den Russen in die Hände fällt.

In die Hamsterschlangen zielen Tiefflieger. Alle werfen sich hin, manche stehen nicht mehr auf und müssen abtransportiert werden. Es wird trotzdem weiter angestanden. Auch die Lager der Organisation Todt dürfen geräumt werden.
In unserem Keller türmen sich Leinenballen, Bratpfannen zu Dutzenden, Herrensocken, Quirle, dreißig Dosen Fußschweißpuder und genügend Insektenpulver, um eine Division zu entlausen. Und wohin nun mit dem ganzen Krempel? Das kann doch nicht hierbleiben, wie soll man denn noch treten, sage ich auf dem Wege zum Luftschutzkeller, die Arme voll Lebensmitteln und französischem Cognac. Und stolpere über einen Koffer und falle lang hin. Keiner kümmert sich um mich, bloß um die zerbrochene Flasche, achgottachgott, der schöne Cognac, da fließt er hin.
Guido legt sich lang auf den Zementboden und leckt den Cognac samt Glassplittern auf. Anschließend vertrimmt er seine Lebensgefährtin.

Meine Mutter, die sowieso nicht schlafen kann, hört in der Nacht Schritte und Räderquietschen im Garten. »Meine Hühner!« springt sie auf und rennt die Kellertreppe hinauf aus dem Haus.
Aber da will keiner ihre Hühner stehlen. Im Scheine einer Taschenlampe ist die Gattin eines hohen Nazis aus der Nachbarschaft dabei, Pistolen, Orden- und Ehrenzeichen der Partei, eine braune Galauniform und eine bronzene Hitlerbüste in unserer Jauchegrube zu versenken.
»Wieso in unserer Grube!« protestiert meine Mutter. »Unsere Grube bleibt sauber!«
Sie zittert vor Empörung, als sie auf ihr Matratzenlager neben mir zurückkehrt. »Ach, Luise, es ist alles so furchtbar, und du lachst auch noch!«

Am nächsten Tag läuft die Toilette über, und keiner will es

gewesen sein, der sie verstopft hat. Meine Mutter als Eigentümerin soll in der Scheiße stochern, damit sie abläuft. Meine Mutter hat genug von ihrem Haus. »Komm, Luise, hier ist kein Platz mehr für uns. Wir ziehen zu Frau Bellmann rüber, sie hat's mir angeboten.«
Frau Bellmann ist Arztwitwe mit nur vierköpfiger, masurischer Flüchtlingsfamilie im Keller. Ein Paradies!

Der Arzt, der die Bellmannsche Praxis übernehmen sollte, ist nicht gekommen. Viele Ärzte setzen sich bei Nacht und Nebel Richtung Westen ab. Im Lazarett am Kleinen Wannsee ist der Chirurg mit sämtlichen Instrumenten im einzig verfügbaren Sanitätswagen geflohen, erzählen uns zwei ältliche Sanitäter, die sich durch den Beschuß zu uns durchgerobbt haben.
Frau Bellmann gibt ihnen alle Instrumente mit, die sie entbehren kann. Und weil sie früher Sprechstundenhilfe ihres Mannes war, übernimmt sie nun die Praxis. Mir gibt sie auch einen weißen Kittel. »Du wirst mir von jetzt an assistieren, Luise.«
Früher konnte sie mich nicht leiden wegen meiner lauten Jazzplatten bei geöffneten Fenstern. Früher konnte ich auch kein Blut sehen. In der Not ergeben Frau Bellmann und ich ein brauchbares Gespann.
Wir übernehmen die leichten Verwundungen, die schweren Fälle schicken wir weiter an die Lazarette.
Zum erstenmal habe ich eine lebenswichtige Aufgabe, auch wenn die Verbände, die ich anlege, anfangs verheddert sind. Aber die Patienten schauen mich dabei so gläubig an, weil sie mein Mitleid spüren. Ich komme mir vor wie ein Kurpfuscher – aber einer mit schlechtem Gewissen.

Vorm Bellmannschen Haus blühen Krokusse. Ich sitze mittendrin, das Gesicht in der Mittagssonne. Und denke an

Genthins. Früher konnte ich wenigstens mit Jola telefonieren, wenn wir keine Zeit hatten, uns zu treffen. Nun funktioniert gar nichts mehr. Jeder lebt auf seinem Mond.
Sie da drüben am andern Ufer werden bald Frontgebiet sein. Wir wissen nichts. Es gibt keine Nachrichten, nur Gerüchte. Denen zufolge ist Hitler tot, im Bunker in Wannsee und gleichzeitig in Oberbayern. Die Amerikaner stehen nicht mehr an der Elbe, sondern kurz vor Potsdam, die Wunderwaffe ist endlich eingesetzt worden, es soll was mit Preßluft sein und hat die Russen aus Berlin vertrieben. Bloß ihr Geschützdonner und die Einschläge ihrer Granaten rücken immer näher.
Mein Freund vom Verbandsplatz in unserer Straße, Sanitätsfeldwebel Mittag, kommt zum Plaudern vorbei. Kommt in meine lila und gelben Krokusse. Zieht die Schuhe aus, rekelt seine kaputten Füße. Auch ihm ist der leitende Arzt durchgegangen. Nun führt er allein den Verbandsplatz und schimpft über die zivilen Selbstmörder, zu denen er gerufen wird. Es werden immer mehr. Diese zusätzlichen Scherereien. Als ob er nicht genug mit seinen Verwundeten zu tun hätte. Er bietet mir eine Zigarette an. »Rauchen Sie, Mädchen, das beruhigt die Nerven.«
Bisher ist mir gar nicht aufgefallen, daß ich Nerven habe. Aber durchs Rauchen werde ich bestimmt noch welche kriegen.
Mittag schiebt sein Gesicht in die Sonne. »Die einzig warme Bude, die wir haben, ist der Garten.«
Vor uns auf der Straße zieht ein Mann eine längliche Holzkiste auf einem Leiterwagen zum Friedhof hinauf. Forsythienzweige liegen auf dem Deckel. Eine junge Frau mit einem fröhlich hüpfenden Kind an der Hand geht hinterher.
»Wo hat denn der noch Bretter für'n Sarg her?« wundert sich Mittag. »Wir können unsere Toten bloß zum Friedhof karren und darauf hoffen, daß sie einer eingräbt.«

Und dann sehe ich eine schmale – ach, was heißt schmal: den Schatten einer Frau mit einem Koffer in der Hand. Sie geht auf dem gegenüberliegenden Bürgersteig, hat Mühe mit jedem Schritt. Bleibt vor unserem Gartentor stehen.
»Wollen Sie zu Hartwigs?« rufe ich ihr zu. »Wir wohnen jetzt hier.«
Sie dreht sich um, schiebt das Kopftuch aus dem verrußten Gesicht, lächelt ausgehöhlt.
»Luise!«
Jetzt erkenne ich: »Frau Barris!« Und renne auf sie zu.
»Ich weiß nicht mehr wohin, Luise. Kann ich bei euch bleiben? Wenigstens für eine Nacht?«
Ich nehme ihr den Koffer ab. Mittag, der mir gefolgt ist, holt seine Zigarettenschachtel aus der Hosentasche. Er erkennt sofort, was Hanna braucht.

Hanna im Sessel des Bellmannschen Wohnzimmers, zu kraftlos, um sich gegen unsere Hilfsbereitschaft zu wehren. Nein, nichts essen – waschen gerne, später – einen Kaffee? – wenn es nicht zuviel Mühe macht – eine Zigarette? Ja, bitte.
Sie inhalierte, ohne die Hand vom Mund zu nehmen, kippte vornüber, fing sich.
Keiner von uns kam auf die Idee, sie erst einmal schlafen zu lassen.
Frau Bellmann wollte wissen, wie es in Berlin aussah und wo die Front stattfand.
»Und was macht unser lieber alter Grunewald?« erkundigte sich meine Mutter. »Ist er schon besetzt? Steht das Haus noch, wo wir mal gewohnt haben?«
»Ausgebrannt.«
»Achherrje.«
»Und Ihr Atelier?« fragte ich.
»Nicht mehr bewohnbar.« Hanna fiel das Reden schwer.

»Ich kampiere seit Wochen bei Freunden herum – bin beinah jeden Tag woanders ausgebombt – es – es war die Hölle. Da, wo ich zuletzt unterkam, sind die Russen durchgebrochen – und schwere Straßenkämpfe. Ich hatte bloß noch einen Gedanken – Wannsee. Und hab ich mich hierher durchgeschlagen – ich wollte zu Jola – aber dann hatte ich plötzlich keinen Mut mehr wegen Großmutter Genthin – und da bin ich – zu euch – bitte – darf ich jetzt...« Ihr langer, dünner Hals sank wie abgeknickt auf die Sessellehne. Sie schlief.
»Die arme Person«, sagte Frau Bellmann. »Ich hole mal eine Decke.« Und ließ anschließend die Jalousien herunter, damit kein russischer Tiefflieger auf die Idee kam, die schlafende Hanna Barris als Zielscheibe zu wählen.

Vor dem Haus hielt ein Sanitätskraftwagen.
»Ham S' hier noch an Arzt?« rief der Fahrer mir zu.
»Schwer?« fragte ich, er nickte. »Dann fahren Sie zum Hauptverbandsplatz.«
Er hatte keine Ahnung, wo sich der befand. Darum stieg ich aufs Trittbrett des Sankas und zeigte ihm den Weg durch kurvige Villenstraßen, über deren Zäune der Flieder blühte, Apfelbäume und Forsythien.
Was für ein Frühling!

Der Hauptverbandsplatz am Großen Wannsee war in einem ehemaligen Yachtclub untergebracht. An den getäfelten Wänden des Operationssaales hingen noch Wimpel, Fotografien und Schiffsgemälde, auf dem Konzertflügel stapelten sich Medikamente. Die leitende Ärztin stand am Fenster und sah zu, wie ein schweres Geschütz neben dem Lazarett aufgefahren wurde.
»Soll das hier etwa bleiben?« fragte ich erschrocken.
Sie zuckte resigniert die Achseln. »Was glauben Sie, wie ich

mich dagegen gewehrt habe. Aber diese Kerle haben doch keinen Funken Vernunft mehr im Kopf.«

Ja, das war mir auch schon aufgefallen. Mit den Männern war nicht mehr zu rechnen. Dabei dachte ich nicht an Maulhelden wie Heinrich Bode, sondern an die Verantwortlichen an diesem Krieg, die wußten, daß ihre große heroische Zeit vorüber war, und nicht allein untergehen wollten. Wir sollten alle mit ins Verderben. Ich dachte auch an die Ärzte, die getürmt waren ohne Rücksicht auf ihre Verwundeten.

Ich rannte auf die Straße hinaus und erwischte gerade noch den Sankafahrer, bevor er Gas gab.

»Können Sie mich zum Bahnhof bringen?«

»Was wollen S' denn dort, Madl? Steht eh ois unter Beschuß!«

»Mir egal, ich muß hin.«

Er brachte mich bis zur Brücke. Von da ab rannte ich geduckt, mit kniefälligen Einlagen, unter Artilleriebeschuß zum Genthinschen Grundstück – in Normalzeiten ein Fußweg von zehn Minuten. Jetzt kam es mir vor wie bis nach Frankfurt an der Oder.

Aber dann war ich endlich da.

Die Turmvilla lag mit zerschossenen Fensteraugen friedlich besonnt im hellen Grün. Den Rittern am Hausportal hatte Oma Säcke über die Helme gestülpt und die Lanzen abgeschraubt. Damit sie nicht mehr so aggressiv historisch wirkten, bloß noch wie pensionierte Türwächter. An was besorgte alte Damen alles dachten.

Ich sah sie mit Luftschutzhelm und leerer Futterschüssel von den Karnickelbuchten zum Hauseingang zurückschleichen.

»Frau Genthin.«

»Ach, Luischen, wie nett, daß du uns mal besuchst! Jola ist im Gartenzimmer und schreibt einen Brief an ihren Karl-Heinz, den er ja doch nicht mehr kriegt. Aber es lenkt sie ab.«

Aus der Haustür kam Benita auf mich zugeschossen. Ihre Wiedersehensfreude abfangend, sagte ich zu Oma: »Frau Barris ist bei uns.«
Sie begriff das nicht. »Wieso bei euch? Wieso ist sie nicht zu uns gekommen? Wäre doch näher gewesen.«
Eine Granate, die nicht sehr weit von uns einschlug, riß sie aus ihren Überlegungen zu Boden. Und mich dazu.
Wir panierten unter den Ausläufern einer Sandfontäne.
»Das war aber nah«, meinte Großmutter, sich aufrappelnd, mittlerweile an solche Zwischenfälle gewöhnt. »Es geht so auf die Ohren.« Und steckte zwei schüttelnde Zeigefinger hinein. Riß gleichzeitig den Mund auf, versuchte ein Gähnen. War danach wieder ganz präsent.
»Ist Frau Barris meinetwegen nicht hergekommen?«
»Ich glaube, ja.«
»Aber jetzt spielt die Vergangenheit doch keine Rolle mehr. Ich hätte sie aufgenommen wie jeden anderen Flüchtling, der keine Bleibe hat.«
Ich wollte weiter zu Jola ins Gartenzimmer gehen, Großmutters Hand hielt mich auf.
»Ich habe kein gutes Gefühl«, sagte sie.
»Aber das hat doch keiner von uns mehr«, beruhigte ich sie.
»Trotzdem. Manchmal stehe ich am Fenster und schaue auf euer Ufer hinüber und denke: Vielleicht wäre Jolakind drüben besser untergebracht. Vielleicht ist der Krieg zu Ende, bevor ihr Frontgebiet werdet.«
Wir betraten das Haus, Oma hängte ihren Luftschutzhelm an einen Garderobehaken und rief nach Jola.
»Mensch, Luise – du?« freute sie sich. »Ich wollte dich auch schon besuchen, aber Großmutter läßt mich ja nicht.«
»Deine Mutter ist bei Hartwigs«, sagte Frau Genthin. »Und ich wünsche, daß du ebenfalls rübergehst.«
»Aber Oma, ich kann dich doch nicht allein lassen«, erschrak Jola.

»Ich bin nicht allein. Ich habe das ganze Haus voll Beistand. Also bitte keine Diskussionen. Pack dein Zeug!«

Jola drehte sich hilflos in ihrem Zimmer, sah alles an — wußte nicht, was sie einpacken sollte — sah mich an, die Benita kraulte — sah Oma und Frau Schult an der Tür lehnen.
»Nimm ja deine Steppdecke mit«, riet ich ihr. »Wir müssen uns eine Matratze teilen, und ich will nicht mit kalten Knien aufwachen, weil du mir die Decke wegziehst.« Ich hatte da so meine Erfahrungen mit Jola in einem Bett.
Ein paar Kleidungsstücke, ihr Luftschutzgepäck, Lebensmittel — ein letzter Blick aus dem Fenster auf den silbriggekräuselten heiteren See. »Aber ich bin ja bald wieder hier«, tröstete sie sich.
Der Abschied von den beiden alten Frauen fiel schwer. Sie standen in ihren Schürzen, mit zerknüllten Taschentüchern am Gartentor, Benita zurückhaltend, die uns folgen wollte.
»Geht mit Gott«, rief Großmutter hinter uns her. »Und beeilt euch — ist gerade Gefechtspause.«
So kehrte Jola zu ihrer Mutter zurück.

Hanna Barris schlief noch, als Jola das dämmrige Zimmer betrat. Sie holte sich einen Stuhl heran und betrachtete ihre Mutter lange.
Hanna wog höchstens noch siebzig Pfund. Ihr Haar war versengt. Unter der grauen Haut zeichnete sich der Schädel ab, die Augen in tiefen, bläulichen Höhlen. Selbst im Schlaf hielt sie ihre Tasche fest. So arm, so zerbrechlich der Hals im viel zu weiten, schmutzigen Kragen.
Jola empfand plötzlich ein starkes Bedürfnis, sie zu beschützen.
Tiefflieger knatterten ums Haus, das in seinen Grundfesten erbebte, als das Flakgeschütz dreißig Meter entfernt zu schießen begann.

Hanna fuhr verschreckt hoch und begriff nicht, wo sie war.
»Mami«, sagte Jola, setzte sich zu ihr und nahm sie in den Arm. »Ich bleib jetzt hier und paß auf dich auf.«
Hanna suchte ihre Hand und legte sie an ihre Wange. Und fing an zu weinen. »Entschuldige, aber ich – ich hab keine Nerven mehr...«
»Pschscht – ist ja alles gut...«
So hatte Hanna früher ihre kleine Tochter getröstet, wenn sie aus einem Alptraum erwachte.

Frau Bellmann war nicht allzu enthusiasmiert über den Neuzugang in ihrem Keller. An sich hatte sie nur meine Mutter und mich zu sich eingeladen. Inzwischen waren eine zusätzliche Mutter und Tochter hinzugekommen. Aber wenigstens hatte Jola Genthin Betten mitgebracht. Außerdem handelte es sich bei den beiden um gebildete Menschen, die nicht laut pupen würden wie die Flüchtlingsfamilie Kaunap auf der gegenüberliegenden Kellerseite. Dabei war das Pupen auch unter Gebildeten kaum zu vermeiden, wenn sie nach stundenlangem Anstehen vorm Bäckerladen das heiße, klietschige dunkelbraune Brot bereits beim Heimrobben zur Hälfte auffutterten.

Herr Kaunap, ebenso breit wie kurz, mit einem Kugelkopf, gehörte der Organisation Todt an und ging jeden Morgen mit Thermoskanne und Stullenpaket die Königstraße hinunter Richtung Bahnhof an die Front. Bei nicht allzu starkem Beschuß kam er zum Mittagessen nach Hause. Dann beschwor seine lautlos huschende, sich im ständigen Zustand der Verängstigung befindende Frau die Kartoffeln auf der Feuerstelle, endlich gar zu werden. Sie war Dienerin ihres Gebieters, seine Befehle an die Familie klangen wie Fußtritte.
Uns gegenüber spielte er sich als galanter Beschützer auf.

»Meine Damen! Aus kompetenter Quelle habe ich soeben erfahren, daß zwei deutsche Armeen von Fürstenwalde und Belzig im Anmarsch auf Berlin sind, um uns zu befreien. Es kann sich nur noch um wenige Tage handeln. Inzwischen halten wir die Stellung. Jeden Brückenkopf, den die Russen auf der Insel bilden, zerschlagen wir wie nichts.« Seine Frau sah ihn demütig-bewundernd an.
Wannsee gehörte wohl zum Letzten, was die sowjetischen Truppen noch nicht erobert hatten. Und Wannsee kriegten sie auch nicht, solange Kaunap jeden Morgen zur Front marschierte und abends auf seine Matratze zurückkehrte, um sich von seinem Heldentum auszuruhen. Es war so grotesk. So unwahrscheinlich.

Der Beschuß wurde immer stärker, Tag und Nacht. Tiefflieger flogen manchmal dreißig Angriffe pro Stunde, schossen nun auch mit Leuchtmunition Häuser in Brand. Sie prasselten ungelöscht nieder, denn es gab kein Wasser mehr. Das mußten wir eimerweise von einer entfernten Pumpe holen.
Das Bummern an unserer Haustür hörte nicht mehr auf. Ständig wurden Verwundete gebracht – Zivilpersonen und uralte, klapprige Volkssturmmänner, Kinder in schlotternden Uniformjacken. Einem wollte Frau Bellmann einen Anzug von ihren Söhnen geben, mit dem mütterlichen Rat: »Hau ab, Junge, versteck dich.«
Er beschimpfte sie für diese ungeheuerliche Zumutung. Wollte sie anzeigen. War ganz wild darauf, wieder an die Front zu kommen.
Inzwischen trug auch Jola einen Kittel mit Rotkreuzbinde und arbeitete in der Praxis mit. Ruhig, geschickt, umsichtig – Frau Bellmann lobte sie mehrmals täglich, mich seltener. Aber ständiger Einsatz machte auch aus mir eine brauchbare Laienschwester. Die überlasteten Sanitäter rechneten inzwischen auf unsere Hilfe.

Nach jedem Artillerieangriff holten sie uns auf die Straße, um Verwundete zu bergen. Angst kannten wir nicht. Unsere bedenkenlose Einsatzbereitschaft beruhte dennoch weniger auf Mut als auf Ahnungslosigkeit. Wir lebten ja erst ein paar Tage im Frontgebiet.

Seitdem sich unsere Mütter über die Wirkung der berüchtigten Stalinorgeln hatten aufklären lassen — gegen sie gab es keinen Schutz, wenn man sich im Freien befand —, wachten sie wie Löwinnen über ihre Brut, am liebsten hätten sie uns im Keller eingesperrt. Ärzte türmten. Immer mehr Soldaten setzten sich ab. Kein Zivilist ließ sich mehr auf der Straße sehen außer dem katholischen Kaplan und ihren Töchtern. Wieso ausgerechnet ihre Töchter? Hatten sie den Krieg bisher heil überstanden, sollten sie nun noch in letzter Minute draufgehen?

Wir entwischten ihnen trotzdem immer wieder, denn nichts ist unerträglicher, als tatenlos im Keller zu hocken.
Auf meinem Fahrrad — ich trampelte, Jola hockte auf dem Gepäckständer — machten wir Besuche in der Nachbarschaft, um Neuigkeiten zu erfahren, kamen auch am Friedhof vorbei und beschlossen, nach den Gräbern der drei alten Herren Genthin, Hartwig und Steinberg zu sehen.
Vergaßen die Gräber über den vielen toten Soldaten. Ordentlich ausgerichtet lagen sie nebeneinander in einer langen Reihe. Einigen hatte man die Schuhe ausgezogen, die noch zu tragen lohnten. Die meisten waren sehr jung. Wir erkannten den Knaben wieder, der Frau Bellmann anzeigen wollte, weil sie ihm vorgeschlagen hatte, in Zivilkleidung zu türmen.
Über ihrer Stille sangen Amseln in hohen Bäumen. Ich mußte plötzlich sehr stark an Jobst denken und fing an, Zweige zu rupfen, für jeden Toten einen.

»Komm! Damit hilfst du ihnen auch nicht mehr. Wir müssen nach Hause«, drängte Jola.
Aber ich konnte doch nicht nur den einen und den andern nicht... das war ungerecht. Sie sollten alle Zweige haben.
Und darüber brach die Hölle los. Wir stürzten auf die nächstbeste Tür zu, verriegelten sie mit zitternden Händen.

Ein unendliches Fortrollen von Einschlägen. Die Erde bebt. In der Luft krepiert, tanzt, pfeift es, springt wie hunderttausend Bälle, klappert mit Kochtopfdeckeln.
Trommelfeuer.
Wir klammern uns aneinander, vergessen das Atmen. Das ist das Ende.
Aber wie oft haben wir das schon gedacht — verschüttet in Luftschutzkellern, in U-Bahnschächten.
»Du bist schuld, wenn wir jetzt sterben. Und bis sie uns hier finden! Wer sucht uns denn im Kirchenklo!«
Jola wenigstens kann sich durch Vorwürfe von ihrer Todesangst erleichtern.

Es hört so plötzlich auf, wie es begonnen hat. Die Stille danach ist ähnlich der Stille früher nach einem Feuerwerk, wenn der Himmel erschöpft schweigt.
Mit schlotternden Knien radeln wir nach Hause. Ein Lastwagen begegnet uns, beladen mit toten Soldaten, auf dem Wege zum Friedhof.
Unsere Mütter erwarten uns in der Haustür, verhärmt und grüngesichtig vor Angst.
»Luise mußte noch unbedingt Zweige pflücken«, petzt Jola.
Meiner Mutter sehe ich an, daß sie mir am liebsten eine herunterhauen möchte.
Immer ich bin schuld, das kenne ich schon. »Aber wenn ich nicht gepflückt hätte, dann hätte uns das Trommelfeuer auf

dem Heimweg erwischt. Dann wären wir jetzt tot. So!« verteidige ich mich.

Wir kommen nicht mehr zum Schlafen. Granaten zerfetzen den Garten. Frau Bellmann wundert sich, wieso ihr Haus noch steht. Im Schein einer Kerze, die auf einen Dokumentenkoffer tröpfelt, stopfen sie und meine Mutter auf Socken herum. Frau Kaunap hockt, in jedem Arm ein wimmerndes Kind, bei uns. Ihr Mann ist auf Nachtschicht an der Front.
Hanna Barris versucht mit einem Kamm, ihre seit Wochen ungewaschenen Haare zu entfilzen. Meine Mutter guckt kurz von ihrem Stopfpilz auf. »Am 5. Mai bin ich zur Dauerwelle angemeldet«, fällt ihr dabei ein. »Welchen haben wir eigentlich heute?«
Keiner weiß ein genaues Datum. Es könnte der 1. Mai sein.
Jola denkt an Großmutter Genthin in russischer Hand. Wie mag es ihr wohl gehen und Frau Schult und Benita...
Das andere Seeufer gehört längst nicht mehr zu unserer kleinen Welt. Sie ist auf ein paar Straßen zusammengeschrumpft.

Die Russen kämpfen bereits auf der Insel — an der Brücke zwischen Kleinem und Großem Wannsee, auf dem Golfplatz, in den Wäldern, in die sich die Flüchtlingstrecks »gerettet« haben. Auf dem See lauern russische Schwimmpanzer und antworten mit Feuerstößen auf jeden Schuß von unserer Seite. Das Lazarett am Großen Wannsee soll abgebrannt sein, die Ärztin, die es geleitet hat, verwundet. Was aus ihren Patienten geworden ist, weiß niemand. Gar nichts wissen wir, außer, daß wir nur noch einen Liter Wasser für zehn Personen haben. Morgen muß sich unbedingt einer zur Pumpe durchschlagen, um Nachschub zu holen.
»Wann wird denn nun endlich kapituliert?« fragt meine

Mutter. »Soll's denn noch so weit kommen, bis Frau Bellmanns Haus Westfront ist und meins Ostfront?«
Frau Bellmann legt ihr sinnloses Gestopfe aus der Hand und holt ihre letzte Flasche Wein gegen Durst.
Sie reicht aus, um fünf Frauen aus den Angeln ihrer mühsam aufgebauten Selbstdisziplin zu heben. Mutlosigkeit breitet sich aus. Weltuntergangsstimmung. Erinnerungen werden wach. Frau Kaunap weint vor Heimweh nach ihrem kleinen masurischen Dorf.
Frau Bellmann und meine Mutter sprechen von der Zeit, als ihre Männer noch lebten.
Jola holt das Foto von Karl-Heinz aus ihrem Luftschutzgepäck. Es ist zerknittert und eselsohrig vor lauter Abgegriffenheit. »Aber er kommt ganz bestimmt wieder, das weiß ich«, beruhigt sie sich.
Ich denke an Jobst. Vielleicht braucht er nun doch nicht fünfzig Jahre oder mehr auf mich zu warten, bis ich zu ihm heraufkomme. Vielleicht habe ich das Leben schon hinter mir.
Hanna Barris fragt, ob sie eine Zigarette rauchen darf, was im Luftschutzkeller verboten ist. Niemand hat heute nacht etwas dagegen.
Auf einmal fängt sie an zu reden. Von Vernichtungslagern, in denen Hunderttausende von Antifaschisten und Juden umgebracht worden sind.
Unsere erste Reaktion darauf ist Grauen, die zweite Ungläubigkeit. Nein, nein, nein, so gemein können Deutsche nicht sein. Und wenn es so was gäbe, hätten wir sicher davon gehört.
»Wer hat dir denn das erzählt, Mami?« fragt Jola und gibt sich gleich selbst die Antwort. »Natürlich Barris.«
»Ich weiß es von Kaspar Christ«, versichert Hanna, spürt, wie die Frauen voll Unbehagen von ihr abrücken, sucht wenigstens Verständnis bei mir. »Warum glaubst du wohl, ha-

ben sie Christ damals an die Front versetzt? Weil er sich vor seine Patienten gestellt und versucht hat zu verhindern, daß sie in eine andere Anstalt verlegt wurden. Weil sie diese ›besondere‹ Anstalt nicht überlebt hätten. Weil sie lebensunwert waren.«
»Sie meinen Euthanasie?« fragt Frau Bellmann beklommen.
»Mami, hör bitte mit deinen Greuelmärchen auf«, sagt Jola scharf. »Wenn das wahr wäre, dann wüßte Karl-Heinz davon. Und so was hätte er als gläubiger Christ und Offizier nie und nimmer zugelassen!«
»Nein, er bestimmt nicht, aber —« Hanna bricht ab. Spürt, daß es sinnlos ist, noch mehr zu sagen.
»Der Beschuß hat aufgehört«, sagt meine Mutter. Steigt über die Matratzen hinweg und öffnet das Kellerfenster.
Die Nacht ist rot von Bränden, aber kein Schuß mehr, nicht einer... Daß Stille so unheimlich klingen kann!
»Was hat das zu bedeuten?«
»Vielleicht sollten wir versuchen, ein bißchen zu schlafen«, überlegt Frau Bellmann.
Ehe die Kerze ausgeblasen wird, stippt jede von uns noch ihre Zahnbürste in ihre Tasse Pfefferminztee, um den pelzigen Belag von den Zähnen zu schrubben. Wir wünschen uns eine gute Nacht und rollen uns schweigend in unsere Dekken.
Aber es wird keine gute Nacht. Niemand von uns kann einschlafen, nicht einmal ich, von der Jola behauptet, ich würde noch einmal meinen Tod verpennen.
Frau Bellmann und meine Mutter wälzen sich ruhelos herum. Jola kaut Nägel, ich kenne inzwischen das Geräusch.
Wenn das wirklich stimmen sollte, was Hanna Barris gesagt hat! Wenn das wirklich wahr sein sollte, dann trifft uns jetzt die Strafe für all das Unvorstellbare. Aber wieso uns? Wir sind doch nicht schuldig. Aber die es getroffen hat, waren auch nicht schuldig. Lieber Gott...

Die Gastür quietscht. Kaunap ist nach Hause gekommen. Seine Frau zündet eine Kerze an. In ihrem Flackerschein sehe ich, daß er weder Gewehr noch Koppel noch Mütze mit heimgebracht hat. Hastig strampelt er sich aus seiner Uniform, rennt ziellos in langer Unterhose und Unterhemd herum.
»Der sieht jetzt aus wie'n Bäcker«, stellt Jola neben mir fest.
Kaunap rafft seine Uniform zusammen, weiß nicht wohin mit ihr, stopft sie schließlich unter seine Matratze.
Seine Frau, mit aufgelösten Haaren, eine Strickjacke um ihre Schulter ziehend, flüstert erschrocken: »Hermannchen – nu sag doch!«
Er haut sich auf seine Matratze, stülpt die Decke über den Kopf, ist nicht mehr vorhanden.
Das hat er sich so gedacht.
»Was ist los, Herr Kaunap?« wollen wir alle wissen.
»Nu«, sagt er schließlich, »die Russen sind da.«

Draußen wird es schon hell, und die Vögel fangen an zu zwitschern.
Nun ist es also soweit. Jeder von uns wird mit dieser Endgültigkeit allein fertig.
»Ja, dann werden wir mal Kaffee kochen«, sagt meine Mutter. »Frau Barris, zünden Sie bitte die Kerze an, Sie haben die Streichhölzer.«
Hannas Hand zittert ein bißchen dabei.
Eng aneinandergepreßt sehen wir Mädchen zu, wie sie in ihre verbeulten Röcke steigen, ihre Schuhe anziehen. Von der Straße her ruft jemand nach einem Arzt. Frau Bellmann zieht ihren Kittel mit der Rotkreuzbinde an, nimmt ihre Verbandstasche auf und sagt zu uns: »Bleibt ihr man liegen. Ich rufe schon, wenn ich euch brauche.«
»Ja, schlaft noch ein bißchen«, sagt meine Mutter. »Wir wecken euch, wenn der Kaffee fertig ist.«

Sie sprechen mit uns, als ob das ein ganz normaler Kellermorgen wäre. Ihre Stimmen klingen so beruhigend, fast heiter.
»Mensch, bin ich froh, daß Mami da ist«, sagt Jola.
In dieser Stunde zwischen Dämmerung und Morgen, zwischen noch Krieg und noch nicht Frieden, unserer Ausweg- und Schutzlosigkeit bewußt, möchten wir einen verzagten Augenblick lang in den Mutterleib zurückkriechen.
In dieser Stunde geht unser behütetes Höhere-Töchter-Dasein endgültig zu Ende.
Wir ziehen noch einmal die Decken bis zum Hals herauf wie früher, wenn der Wecker klingelte — letzte, kostbare Minuten vorm Aufstehen, in denen das warme Bett zur Verführung wird.

»Ich stehe jetzt auf«, sagt Jola und bleibt liegen. Sucht meine Hand.
»Hast du Angst?« frage ich.
»Nö. Und du?«
»Ich wünschte bloß, es wäre morgen.«
»Warum?«
»Dann wäre heute schon vorüber.«
»Karl-Heinz sagt, man darf sich als Besiegter nie seine Angst anmerken lassen.«
»Glaubst du, das nützt was?«
»Wir können es ja mal versuchen«, meint sie ungewiß. Und schlägt gleich darauf mit einem Ruck das Deckbett zurück.
Wir stehen endgültig auf. Steigen in unsere Skihosen, ziehen den verschmutzten Arztkittel über die Bluse, binden unsere Kopftücher wie Russinnen.
Nun stehen wir am geöffneten Kellerfenster und schauen auf die leere Straße im Morgensonnenschein, auf unser gegenüberliegendes, zerschossenes Haus.
»Es waren einmal zwei kleine Mädchen, die hießen Luise

und Jolande«, beginnt Jola plötzlich unser altes Spiel, Geschichten mit verteilten Rollen zu erzählen. Und schaut mich herausfordernd an. »Nun du!«
Ich denke nach, aber es fällt mir nichts ein. Mein Kopf ist blind. Die Gedanken stehen still wie die Zeit.
»Neun waren wir, nicht wahr, als ich in eure Klasse kam«, erinnert sie sich. »Jetzt sind wir zwanzig. Stell dir mal vor – so lange – und was wir alles zusammen erlebt haben...«
»Ja, o ja.«
»Das werden wir bestimmt mit keiner anderen Freundin mehr.«
»Hoffentlich nicht«, sage ich und muß an Jobst denken. »Aber manchmal war's auch sehr sehr schön.«

Ein Mercedes-Cabriolet gleitet, von der Königstraße kommend, unsere Straße herauf. Auf seinem Kühler balanciert ein junger deutscher Offizier mit Reitstiefeln, in denen sich die Morgensonne spiegelt. Er schwenkt eine weiße Fahne. Hinten auf dem zusammengelegten Verdeck hockt ein russischer Kommissar mit flacher Ledermütze.
»Die fahren bestimmt zum Hochbunker, unsern Befehlsstab zur Übergabe auffordern«, überlege ich.
»Wie dem wohl zumute sein mag«, sagt Jola, heiser vor Beklommenheit.
»Ziemlich mulmig«, sage ich, »wenn der Fahrer Gas gibt, rutscht er samt Fahne vom Kühler runter.«
»Das meine ich nicht«, fährt sie mich ärgerlich an.
Und jetzt begreife ich endlich.
Für sie sitzt nicht irgendein Leutnant, sondern Karl-Heinz Kühnhagen auf dem Wagen auf seiner letzten Fahrt als deutscher Offizier.
»Ach, Scheiße«, sagt sie vor sich hin.
Ich höre indessen die Vögel singen und den Morgenwind in den Weiden und versuche mir Frieden vorzustellen, aber

meine Phantasie läßt mich im Stich. Sie ist damit beschäftigt, sich die erste Begegnung mit den Eroberern auszumalen.
Die Tür zur Waschküche geht auf.
»Kaffee ist fertig«, ruft Hanna Barris.
Seit Tagen konnten wir unsere Tassen nicht waschen — womit denn? Es gab ja nicht mal Regenwasser. Vom letzten, streng gehüteten Liter hat meine Mutter Kaffee gekocht und schenkt ihn jetzt aus. Dazu gibt es Kommißbrot mit Kunsthonig. Ich streue mir Salz drauf, weil ich endlich einmal wieder etwas Deftiges essen möchte.
Frau Bellmann, die Hände an ihrer Tasse wärmend, denkt an ihre drei Soldatensöhne. »Hoffentlich spielen sie nicht noch in letzter Minute die Helden«, sorgt sie sich.
Was man von Herrn Kaunap nicht behaupten kann. Er hockt — zivil und sooo klein — auf einer Kohlenkiste und spielt mit seiner Tochter Schnippchen.
Schnippchen spielt der Held a.D.
Seine Frau wieselt händeringend um uns herum: »Sie werden uns totmachen — die Bolschewiki machen uns alle tot!«
»Hören Sie auf zu jammern«, fährt meine Mutter sie an. »Ist ja nicht zum Aushalten. Uns bringt schon keiner um — im Gegenteil — jetzt hört das sinnlose Töten endlich auf!«
»Ich kann's noch gar nicht fassen«, lächelt Hanna Barris erlöst vor sich hin. »Unsere Freunde kommen frei — das Schattendasein hört auf — und Barris! Ich muß so schnell wie möglich in die Teplitzer Straße und meine neue Adresse an die Hauswand schreiben, damit er mich auch findet.«
Hanna freut sich auf Barris' Wiederkehr, Frau Bellmann auf ihre drei Söhne. Jola wartet auf Karl-Heinz und ich —
(»Ach, Lieschen, mach dir nichts draus. Wird schon werden...«)
»Ich freu mich auf die Zukunft«, sage ich, »und auf ein heißes Bad.«

Inzwischen hat sich die Straße belebt. Motorbrummen. Ächzen und Rumpeln von Leiterwagen. Immer mehr russische Stimmen werden laut. Knirschen von Panzerketten. Kommandos. Dazwischen das freundliche Wiehern und Getrappel der Panjepferdchen.

Kolbenschläge an der Haustür.

Frau Bellmann steht auf.

Auch meine Mutter erhebt sich. »Wird Zeit, daß ich in mein Haus rübergehe. Möchte nicht wissen, was in unserm Keller los ist.«

»Warten Sie, ich komme mit«, sagt Hanna Barris und zu uns Mädchen gewandt: »Ihr zwei bleibt erst mal hier und laßt euch nicht blicken, verstanden?«

Ehe sie die Waschküche verlassen, wendet sich meine Mutter an den verschüchterten Schnippchenspieler: »Sie können doch russisch, Herr Kaunap. Was heißt ›Guten Morgen‹?«

Quelle für die Geburtsfeier in Kapitel 24 ist die Schrift »Die Feier«, Herausgeber: Der Reichsführer SS, zweite Ausgabe, 1943.

Barbara NOACK

Ein Stück vom Leben

Langen Müller

Meist ist der Ausgang dort,
wo der Eingang war.

Stanislaw Jerzy Lec

Nur unser Herz ist eigentlich unsre eigne Geschichte; die Begebenheiten teilen wir mit Stadt und Land.

Jean Paul

1

In tragischen Momenten erinnerte Ludmillas langer, schmaler mittelgescheitelter Kopf an die Dichterin Annette von Droste-Hülshoff. Sie lag auf dem alten Kapitänsbett, als meine Koffer hinausgetragen wurden, lag da mit eingezogenem Fahrgestell, ein heller Haufen Fell, ihr Auge brach.

Ludmilla vermag sehr demonstrativ zu leiden. Sie vermasselt mir dadurch die Freude am Verreisen – es sei denn, ich nehme sie mit. Dann vermasselt sie die Reise überhaupt durch übertriebenes Pflichtbewußtsein, indem sie glaubt, mich gegen jedermann verteidigen zu müssen.

Ich sah mich noch einmal um, ob ich auch nichts vergessen hatte, genoß zum letztenmal die warme, unordentliche Gemütlichkeit unseres Zuhause an einem frühen Morgen.

Heimweh setzte bereits ein, als die Haustür hinter mir zuklappte. Mein Sohn David Kaspar, den alle seit seiner Kinderzeit Jux nennen, weshalb das angestrengte Nachdenken über seine Namensgebung ein herausgeworfenes Nachdenken gewesen war, fuhr mich zum Flughafen und lud mein Gepäck vorm Berlin-Schalter der PAN AM ab.

»Geh schon«, sagte ich, »du mußt nicht warten.«

Sein Kuß zum Abschied enthielt Pauschalreue für alle Mißstimmungen der letzten Wochen, an denen er schuld

gewesen war. Auch mir tat es nachträglich leid, daß ich oft unbeherrscht gebrüllt hatte.
»Tschüs du, mach's gut. Kümmer dich um Ludmilla, sei nett zu Omi und vergiß nicht, Montag abend die Mülltonnen hinauszustellen.«
»O Mami.« Er seufzte. »Das hast du mir schon zwanzigmal gesagt.«
»Ja, ich weiß, ich wiederhole mich gern. Das ist eine Alterserscheinung.«
»Grüß die Hanna«, sagte Jux.
»Vergiß nicht, ein Telegramm zu ihrem Geburtstag zu schicken. Am Siebten.«
»Das hast du mir auch schon mehrmals gesagt.«
Er ging. Hochgeschlagener Trenchcoatkragen, den Gürtel wie einen Strick um die Taille geschnürt. Mir fiel auf, daß er schiefe Absätze hatte.
Gleich nach Jux' Abgang teilte eine weibliche Lautsprecherin zuerst in deutsch und danach in zerknautschtem Englisch, das wohl bayerisches Amerikanisch darstellen sollte und kaum zu verstehen war, den Ausfall der Berlin-Maschine mit. Die nächste ging erst um zwölf Uhr zehn.
Ich suchte mir eine unbesetzte offene Plastikmuschel mit Telefon und rief Hanna Barris in Berlin an, um ihr mitzuteilen, daß ich erst später eintreffen würde. Sämtliche Flughafengeräusche nahmen ungefiltert an unserem Gebrüll teil, darum verstand ich nur »Kuchen« und »Freu mich« von dem, was Hanna in den Hörer schrie. Ja, ich freute mich auch auf sie. Meist flog ich nur für ein, zwei Tage nach Berlin, da blieb selten Zeit, sie zu besuchen.
Vor einer Woche hatte ich einen Brief von ihr erhalten.
»Liebe Luise, wir hatten einen Rohrbruch im Haus. Der

Keller stand bis zum Knie unter Wasser. Ich dachte, das würde Dich interessieren, weil der Persilkarton, den Du vor Jahren für einen Tag bei mir untergestellt und nie wieder abgeholt hast, vorübergehend abgesoffen ist. Dadurch hatte ich endlich einen überzeugenden Grund, ihn zu öffnen und nachzusehen, was drin ist. Es handelt sich um Tagebücher und Maschinengeschriebenes, wofür ich Dir sehr dankbar bin, denn Deine Schrift ist nicht allzu leserlich. Zur Zeit hängt alles zum Trocknen in der Waschküche auf der Leine. Sollte Dir noch etwas an Deiner Vergangenheit liegen, so werde ich sie in Kartons packen und nach und nach zur Post bringen.
Übrigens werde ich am 7. September 77 Jahre alt. Ich teile Dir das rechtzeitig mit, um Dich vor einem schlechten Gewissen und langatmigen Ausreden zu bewahren, falls Du meinen Geburtstag wieder einmal vergessen solltest.
Es werden immer weniger. Else Hahn, eine Freundin von uns, Du kennst sie sicher von unseren Festen, jammerte ständig, wie furchtbar es ist, alt werden zu müssen. Und ob wir nicht wüßten, was man dagegen tun kann. Barris sagte: Da gibt's nur eins, Else, du mußt vorher sterben. Danach hatten wir Ruhe vor ihr.
77 Jahre, am 7. September. Schreib's Dir auf. Übrigens hat Jola versprochen zu kommen. Ich glaube erst daran, wenn sie in der Tür steht. Hast Du nicht zufällig auch in Berlin zu tun? Euch beiden Mädchen hier zu haben, das wäre gar nicht auszudenken schön. Ihr habt euch doch auch ewig nicht gesehen.
Grüß Deine Mutter, Rieke und Jux herzlich von mir.
Deine Hanna Barris.
P. S. Du wohnst natürlich bei mir, wenn Du kommst. Jola wohnt lieber im Hotel.«

»Sollte Dir noch etwas an deiner Vergangenheit liegen«, hatte Hanna geschrieben.
Lag mir noch etwas an ihr? Zumindest dachte ich selten zurück. Erinnern bedeutet, der Gegenwart Zeit und Gedanken zu stehlen.
Erinnern bedeutet ja auch das Befassen mit den vielen Fehlern, die man einmal gemacht hat. Bloß nicht dran rühren. Lieber ein paar Büsche drüber pflanzen.
Vielleicht hatte ich deshalb auch nie den Wunsch verspürt, den Persilkarton aus Hannas Keller abzuholen.
Nun beunruhigte mich die Vorstellung, daß meine jahrelang unter Verschluß gehaltenen Aufzeichnungen auf einer Leine in einer Gemeinschaftsküche trockneten, jedem interessierten Auge zugänglich, sofern noch lesbar nach dem Rohrbruch. Das mußte ja nun nicht sein.
Noch am selben Tag, an dem ich ihren Brief erhalten hatte, rief ich Hanna an.
»Hier ist Luise, ich danke Ihnen für Ihren Brief.«
»Luischen!« So freut sich bloß ein Mensch, der nur noch selten Anrufe erhält. »Warte, ich hol mir eine Zigarette.«
Sie konnte also noch immer nicht telefonieren, ohne dabei zu rauchen.
Im Hintergrund rief eine kehlige Stimme: »Hanna, was machst du?«
»Ich hole mir eine Zigarette.«
»Was machst du?«
»Ach, halt die Klappe, Otto. Ich möchte jetzt mit Luise reden.«
»Haben Sie Besuch?« fragte ich.
»Das ist Otto, mein Mamagei. Kennst du ihn nicht? Ich habe ihn bald drei Jahre. So lange warst du also nicht mehr hier!«

»Dafür komme ich zu Ihrem Geburtstag, und ich wohne gern bei Ihnen. Aber ich hab eine Bitte: nehmen Sie meine Aufzeichnungen von der Leine. Der Gedanke, fremde Leute –«
»Keine Sorge, sie liegen längst auf meinem Nachttisch«, beruhigte sie mich. »Ich bin gerade an einer sehr spannenden Stelle. Warte, ich hole mal das Manuskript . . .«
»Bitte, Frau Barris!«
»Hast ja recht. Zum Vorlesen am Telefon ist es zu lang. Und du kommst ja auch bald. Komm schon am Fünften, damit wir noch einen Tag für uns alleine haben. Wenn Jola erst da ist – wer weiß, was sie vorhat – mit dir kann ich auch besser über Barris reden. Schenk mir ein bißchen Zeit, Luise.«
»Tschühüs«, rief ihr Papagei im Hintergrund.
»Ich mach ja schon Schluß«, versprach sie ihm und verabschiedete sich von mir.

Im Flughafenrestaurant wartete ich auf den Abflug der nächsten Maschine nach Berlin. Bestellte zuerst einen Tee, später eine Königinpastete und bat den Ober, mir die Worcestersauce zu bringen. Ich sprach sie korrekt »Wuster« aus.
Darauf guckte mich der Ober mitleidig an. »Sie meinen wohl Worschäster, meine Dame.« Ich nickte, was sollte ich mich streiten, darauf er: »Wer Fremdwörter nicht beherrscht, sollte sie lieber nicht gebrauchen.«
Diese Bemerkung machte mich sehr ärgerlich. »Ich möchte keine Belehrung, sondern die Soße, ja???«
Aber daraus wurde leider nichts wegen der Diskussion, die sich zwischen dem Ober und den umliegenden Tischen, die zugehört hatten, entspann.

Es ging darum, ob die Soße nun Wuster oder Worschäster ausgesprochen wurde. Die meisten plädierten für Worschäster, es war aber ein Schauspieler vom Württembergischen Staatstheater dabei, der versicherte, daß in Shakespeares »Heinrich IV.« der Earl of Worcester wie Wuster ausgesprochen wurde. Er mußte das wissen, denn er hatte ihn selbst gespielt. Der Ober entgegnete rüde, was hätte Shakespeare mit der Soße zu tun, er habe auch drei Jahre Englisch gehabt und sage Worschäster. Basta.

Vom Tisch eines einzelnen Herrn, der nicht an der Diskussion teilgenommen hatte, weil zu weit entfernt, griff er die Soße mit rabiatem Schwung, wobei sein Ellbogen das große Helle umstieß, das vor dem einzelnen Herrn stand und nun demselben über die Hose strömte. Ein großes Helles bedeutet sehr viel Bier für eine Hose. Der einzelne Herr tat bekümmert kund, daß er auf dem Wege nach Hannover sei, um sich dort bei einer seriösen Firma vorzustellen, aber wie denn so klitschnaß und im Geruch an eine Eckstehbierkneipe erinnernd? Der Ober knallte mir die Soße mit dem Vorwurf »Nu sehn Se, was Sie mit Ihrem Wuster am Anrichten sind!« vor die Nase.

Ich sah und roch es, legte Geld auf den Tisch, ergriff mein Handgepäck und verließ fluchtartig das Restaurant, obgleich mir keiner Schuld bewußt. Aber manchmal ist es eben besser, rechtzeitig zu gehen. Vor allem, wenn man über ein leicht aus der Kontrolle zu schleuderndes Mundwerk verfügt.

Nun saß ich in der Abflughalle zwischen anderen Wartenden, von denselben milde lächelnd betrachtet, vor allem meine rechte Hand. In ihr hielt ich die Handschuhe, eine zusammengerollte Zeitung und die Worcestersoße.

Ich wollte lesen auf dem Flug, aber meine Gedanken lasen nicht mit, sie waren bei Hanna Barris.
Hanna war immer jung, wenn ich an sie dachte, und ihre Tochter Jolande und ich waren noch Kinder: Wir kommen aus der Schule. Hanna steht mädchenhaft schmal in ihrem fleckigen Malerkittel am Küchenherd und verlängert das Mittagessen für die unvorhergesehenen Gäste, die Barris aufgegabelt und mit nach Hause gebracht hat. Auf dem Rand des Küchentisches raucht sich ihre abgelegte Zigarette ins Holz. Ihr Profil ist fein trotz der etwas zu langen Nase, das dunkle Haar in einem unordentlichen Knoten im Nacken zusammengerafft.
Ich habe Hanna nie überrascht erlebt, nie ungeduldig, sie nahm alles so, wie es kam. Es gab kaum einen Mann, der nicht verliebt in sie gewesen wäre – das lag wohl an ihrer heiteren Gelassenheit, ihrem großzügigen Herzen und ihrem sehr weiblichen Verstand, denn die Männer, die zu Barris kamen, waren keine Männer, die sich in eine junge Frau verliebten, nur weil sie ein attraktives Gesicht und eine gute Figur zu bieten hatte.
Ich freute mich sehr auf sie.

2

In Berlin regnete es seit Tagen. Der Taxifahrer fluchte auf det scheißige Wetta und ob es in München auch – aber ich sagte lieber nicht, daß in Oberbayern der tiefblaue, wolkenlose Himmel kein Ende nehmen wollte, sonst hielt er womöglich an und setzte mich samt Koffern auf der Stadtautobahn aus.

»Scheißwetter, Scheißverkehr, Scheißpolitiker – allesamt, kannste hinkieken, wohin de willst, und von solche Heinis is nu unser aller Schicksal abhängig, und wat det noch mal werden soll, Mensch, denkste lieba nich nach, sonst kannste dir gleich ne Bohne durch'n Kopp ballern. Scheißfehlinvestitionen – nu kieken Se sich det Monstrum aus Beton an! Dafür wer'n nu unsre Steuergelder rausjeschmissen – Scheißfahrerin vor uns, so ne doofe Nuß, läßt mir nich vorbei – aaaba mit lila Hut! O Mann, o Mann!!«

Wenn ich eine beschwichtigende Bemerkung wagte, fuhr er mir über den Mund. Er wollte nichts Beschwichtigendes hören, hing geradezu abgöttisch an seiner schwarzen Laune. Also sagte ich gar nichts mehr, bis wir vor dem Haus im Grunewald hielten, in dem Hanna Barris heute wohnt.

Ich zahlte, er steckte mißmutig das Trinkgeld ein, offensichtlich tat es ihm leid, daß er aussteigen und mein Gepäck aus dem Kofferraum heben mußte. Und dann

plötzlich, ohne seine schlimme Stimmung aufzugeben, der Ratschlag, mir keene nassen Füße zu holen, und noch allet Jute in Berlin.
Das Haus lag nahe dem Elsterplatz, ein ehemals feudales Mietshaus, das den Krieg unbeschädigt überstanden hatte. Seine Achteinhalbzimmerwohnungen waren in kleine Apartments umgebaut worden.
An einem Fenster im ersten Stock erkannte ich Hanna Barris neben der zurückgezogenen teefarbenen Gardine. Wer weiß, wie lange sie schon dort stand und auf mich wartete.
Ich winkte hinauf, bevor ich mein Gepäck vom Bürgersteig aufnahm.
Sie empfing mich oben an der Treppe, eine plumpe Gestalt in einem langen, in vielen Blautönen gestreiften Hänger. Der knabenhaft schlanke Garçontyp von einst war schwer geworden und grau.
Hanna breitete lachend die Arme aus.
»Da bist du endlich!«
Ich spürte ihre festen, warmen Ausmaße, ihren Bauch, und noch immer benutzte sie Nelkenparfum.
»Gib mir deinen Koffer –«, ich protestierte, »dann wenigstens die Tasche.« Sie trug sie vor mir in die Diele.
»Meine Wohnung und ich sind seit Stunden auf Empfang präpariert, nun sind wir schon ein bißchen abgestanden. Deine Koffer stellen wir ins Schlafzimmer. Auspacken kannst du später. So. Geh schon rein. Ich komme gleich.«
Während sie leichtfüßig wie ein Igel ihren plumpen Leib in die Küche rollte, betrat ich den Wohnraum. Hohe, verräucherte Stuckdecke. An den Wänden Barris' alte, durchhängende Regale mit seinen Büchern, Katalogen und Manuskripten. Die Idee, seine Arbeiten in Ordnern

zu sammeln, wäre ihm nie gekommen. Allein das Wort Aktenordner hätte ihn bereits verstört. Da stapelten sich außerdem »Wasmuths Monatshefte für Baukunst«, »G«, »La révolution surréaliste« und andere Zeitschriften, die ihren muffigen Geruch seit dem Tage, an dem wir sie unter feuchtem Schutt hervorgezogen, nicht verloren hatten. Ich erkannte einige von Barris' alten Möbeln wieder – Stahlrohrstühle von Le Corbusier und Breuer, einen Weißenhofstuhl, seinen Schreibtisch und vor allem das braune, abgewetzte, durchgesessene Ledersofa mit geplatzten Nähten. Der Graupapagei Otto, von Hanna zärtlich Mamagei genannt, stellte sofort sein Pfeifen ein, als ich hereinkam.

»Hallo, Otto«, sagte ich.

Er drehte mir den Rücken zu – langsam, ganz langsam, damit mir auch kein Zweifel blieb, daß er mit mir nichts zu tun haben wollte.

Hanna Barris kam mit einer Flasche und Sektgläsern herein. »Zwei Stunden wird er jetzt keinen Ton von sich geben, um dir seine Verachtung zu zeigen. Aber viel länger hält er nicht durch, dazu quasselt er zu gern.« Sie stellte die Gläser auf den Schreibtisch. »Jola hat mir mal Geld geschickt. Ich sollte einen neuen Teppich kaufen, damit sie sich wegen meinem alten schäbigen nicht zu schämen braucht, wenn ihre feine Mischpoche nach Berlin und hier auf die Idee kommt, mich zu besuchen. Weil ich aber Ansprache nötiger brauche als den Teppich, habe ich für das Geld den Vogel erworben.« Sie hielt eines der Gläser gegen das Licht. »Th – wie kommt bloß der Staub in den Küchenschrank!?« Mit ihrem Taschentuch wischte sie beide aus. »Seither schickt Jola mir kein Geld mehr für Extraausgaben, sondern kauft selber, was ich ihrer Meinung nach brauche. Am meisten stört sie Barris' Sofa. Das gehört auf den Sperrmüll, sagt sie, aber man müßte sich schämen, es dafür auf die Straße zu stellen. Ja, sage ich, man müßte sich schämen, und darum behalte ich es in meinem Zimmer. Auf diesem Sofa werde ich sterben. Nachher soll sie mit uns machen, was sie will.« Sie beschäftigte sich kurz mit dem Verschluß der Flasche, dann reichte sie sie an mich weiter. »Mach du sie auf.«

»›Krug‹«, staunte ich.

»Hat Jola mal mitgebracht.«

»Heben Sie die für Ihren Geburtstag auf, Frau Barris.«

»Da trinken wir was anderes. Diese Flasche hier möchte ich mit dir ganz allein – wenn Jola erst da ist – falls sie wirklich kommt . . .«

Der Korken sprang heraus, Hanna hielt die Gläser unter.

»Wieso? Glauben Sie etwa, sie sagt noch ab?«

»Es wäre nicht das erste Mal, bei ihren gesellschaftlichen Verpflichtungen . . .«, sie kappte die Ironie in ihrer Stimme, »aber was kann ich von ihr erwarten – ich hatte ja früher auch wenig Zeit für sie. Was ist mit euch beiden? Habt ihr noch Kontakt?«

»Die üblichen Weihnachtskarten mit handgeschriebenem Gruß drunter. Gesehen haben wir uns nicht mehr seit – ach, das ist ewig her, mindestens fünfundzwanzig Jahre.«

Hanna sank in die Mitte des Sofas, das Kinn auf der Brust. Über ihrem ehemaligen grazilen Elfenbeinnacken wölbte sich ein rundes Fettpolster. »Jola sorgt sehr gut für mich. Ohne ihre monatliche Apanage könnte ich kaum existieren. Aber dafür verlangt sie auch, daß ich nach ihrem Geschmack existiere – sie schämt sich für mich, so wie ich bin und aussehe!« Ihre schwarzen, klugen Augen lächelten mich an. »Ich werde mich nicht mehr ändern –.« Jetzt bemerkte sie das Champagnerglas in ihrer Hand. »Wir haben noch gar nicht getrunken. Willkommen, Luise, ich freu mich, daß du da bist.« Sie kostete und stellte beeindruckt fest: »Hmm – schmeckt edel. Das ist bestimmt kein Sonderangebot!« Mit einer leichten Geste trank sie dem Foto auf dem Schreibtisch zu. Barris' starkes, reizvoll-häßliches, sensibles, genußfreudiges, unendlich gescheites, menschenfreundliches Gesicht grinste zurück.

Hanna und Barris – eine große Liebe mit einer nie endenden Leidenschaft füreinander. Eine Einheit über 32 Jahre. Nach seinem Tod verbrannte sie ihre weiblichen Sehnsüchte und Reize mit seiner Leiche – die Frau in Hanna starb mit Barris. Aber ich habe sie nie jammern hören.

»Zweiunddreißig Jahre – wer hat schon das Glück, so lange Zeit zu lieben und geliebt zu werden? Da muß ich doch dankbar sein, nicht wahr, Luise?« Was Barris ihr in dieser Zeit alles zugemutet hatte, trug sie ihm schon zu Lebzeiten nicht nach. »Jeder Mann nach ihm wäre nur eine Notlösung gewesen, aus Angst vor der Einsamkeit, mit einer ärgerlichen Reue hinterher. Es ist nur leider kaum noch jemand übrig, mit dem ich über ihn sprechen kann«, bedauerte sie. »Die meisten Freunde von früher sind gestorben oder fortgezogen.« Sie hielt mir ihr geleertes Glas hin. »Gib mir noch was, ist gut für den Kreislauf. Nimm du dir auch.«

Sie fragte weder nach meiner Familie noch nach meinem Beruf, noch nach meinem Wohlergehen. Für sie war allein wichtig, daß sie mit mir über Barris reden konnte, diesen trinkfreudigen, vitalen Balten. Ich glaube, ich war acht oder neun Jahre alt, als ich zum erstenmal die Atelierwohnung in der Teplitzer Straße im Grunewald betrat. Jolande, damals noch bei ihrer Mutter und ihrem Stiefvater, dem Kunstkritiker Barris, lebend, war krank, ich mußte ihr die Schulaufgaben bringen. Barris öffnete mir die Tür, um zwölf Uhr mittags noch in Bademantel und Pyjama, unrasiert, mit ungekämmten schwarzen Locken – ich fragte mich, ob der Mann wohl auch krank war, aber dafür klang seine tiefe Stimme viel zu fröhlich ...

Bei meinen nächsten Besuchen begriff ich, daß sein Lebensrhythmus nicht der eines normalen Bürgers war. Wenn andere ins Büro fuhren, war für ihn Mitternacht, denn er pflegte bis zum Morgengrauen mit Freunden zu diskutieren.

Barris hatte nie Geld, aber die Großzügigkeit eines Mäzens. Er half jedem, der in Not war, und es waren damals viele in Not.

Barris half auch mir wie kein anderer Mensch in einer Zeit, als mein Spiegelbild mir täglich bestätigte, daß ich ein häßliches Entchen war und fürchten mußte, in diesem Leben keinen Mann abzukriegen. Seine Warmherzigkeit nahm mich – ohne Rücksicht auf meine steife Schüchternheit – in die Arme. Seine Komplimente gaben mir das Gefühl, ein begehrenswertes Mädchen zu sein, und ich glaubte ihm verzweifelt gern.

Auch später, als ich kein häßliches Entchen mehr war, blieb diese amouröse Herzlichkeit zwischen uns. Wie die meisten weiblichen Wesen konnte auch ich mich nicht seiner erotischen Ausstrahlung entziehen.

»Also deine Aufzeichnungen«, kam Hanna zur Sache. »Was du da über uns geschrieben hast...«

»Sollten Sie etwas Abfälliges gelesen haben, sind Sie selber schuld«, erinnerte ich sie. »Man geht nicht an fremde Intimsachen.«

»Ja, ich weiß, Herzchen, aber ich hab ja nur Erfreuliches über uns gefunden. Da war so viel, was ich längst vergessen hatte. Beim Lesen war Barris plötzlich wieder so spürbar nah...« Ihr Lächeln voll zärtlicher Erinnerungen brach in einem Hustenanfall zusammen.

»Wann geben Sie endlich die Raucherei auf?« fragte ich.

»Wozu? Für wen sollte ich mich schonen? Ich habe ja bloß noch Otto – und der überlebt mich, ob ich rauche oder nicht. Papageien werden bis zu sechzig Jahre alt. Übernimmst du Otto, wenn ich sterbe? Er heißt nach Bismarck, weil er ihm irgendwie ähnlich sieht, findest du nicht?«

»Naja, der stechende Blick...«

»Halt die Klappe«, nuschelte Otto, er wurde schon zutraulicher.

»Wann kommt Jola?«

»Morgen am Vormittag. Ich habe aufgeschrieben, mit welcher Maschine. Sie weiß nicht, daß du da bist. Du bist meine Überraschung.«

»Wenn das man gutgeht...« Oft ist der Überraschende selbst der Überraschte.

»Wieso eigentlich nicht? Ihr seid euch doch nicht böse.«

»Überhaupt nicht. Wir sind nicht mal das«, sagte ich. »Wir haben uns einfach vergessen.«

Hanna schüttelte den Kopf. »Mir unverständlich – nach allem, was ihr zusammen durchgestanden habt. Zeitwei-

lig verlief doch euer Leben wie zwei ineinander verhedderte Fäden.«
»Vielleicht deshalb.« Ich dachte an Jola zurück. »Im Grunde waren wir völlig verschieden. Wir hatten weder dieselben Ansichten noch dieselben Interessen – aber immer wieder hat uns die Not in einen Topf geworfen. Jetzt bin ich schon sehr gespannt, sie wiederzusehen.«
Hanna gähnte. »Alkohol am Tage habe ich noch nie vertragen. Ich hole uns mal Kuchen.«
Sie erhob sich mit einem kleinen Stöhnen und ging aus dem Zimmer.
Ich ging ihr nach. »Wie sieht sie denn heute aus?«
»Jola? Wie ihr Vater. Ich möchte immer Achim zu ihr sagen. Sie ist auch so ordentlich wie er. So korrekt. Mir ist sie eine Spur zu snobby – und zu kühl. Aber ich liege ihr ja auch nicht. Ich bin sicher, sie hätte lieber eine andere Mutter, eine zum Vorzeigen.«
Hanna hatte das Konditorpapier von einem größeren Tablett entfernt. Ich staunte auf Cremeschnitten, Mohrenköpfe, Liebesknochen, gefüllten Bienenstich. »Wer soll denn das alles essen?«
»Ich nicht«, sagte Hanna. »Ich esse nie Kuchen. Aber als Kinder habt ihr so was doch sehr gerne gemocht.«
Ich mußte lachen. »Als Kinder haben wir auch mit Murmeln gespielt.«
»Ihr werdet immer für mich Kinder bleiben.«
Nachdem sie den Kuchen auf einen großen Teller umgeräumt hatte, trug ich ihn ins Wohnzimmer. Sie folgte, ihren Rücken stützend.
»Schmerzen?« fragte ich.
»Die Bandscheibe, das arme Ding. Im hohen Alter mute ich ihr noch solche Belastung zu. Ich bin fett geworden,

nicht wahr, Luise? Ehe ich mich abends ausziehe, drehe ich Barris' Bilder um, damit er mich nicht so sieht.«
»Ist Jola noch so schlank?« fragte ich.
»Dünn wie ein Fotomodell.«
»Dann nehme ich lieber keine Cremeschnitte«, sagte ich. Nicht, daß ich dick war, im Gegenteil, aber unter welchen Opfern!
»Du wirst dich jetzt hinsetzen und lesen«, befahl Hanna. »Wenn du liest, wie wir gehungert haben, wirst du schon Appetit kriegen.«
»Was soll ich? Jetzt die Tagebücher lesen?«
»Ja, wann denn sonst?«
»Na, zu Hause, wenn ich wieder in München bin. Ich möchte mich gern mit Ihnen unterhalten, Frau Barris.«
»Ich mich auch mit dir, aber erst hinterher. Erst lesen!«
Deswegen hatte sie mich also einen Tag früher als Jola nach Berlin bestellt. Wenn ich das geahnt hätte!
»Es ist noch Schampus in der Flasche. Iß Kuchen. Mach's dir bequem. Ich muß mich jetzt hinlegen. Um halb fünf kommt die Pediküre – damit ich wieder in meine Schuhe passe. Ich kann schließlich nicht in Pampuschen mit euch ausgehen. Was würde meine Tochter dazu sagen!«
Und so etablierte ich mich resigniert auf Barris' uraltem Sofa, was gar nicht einfach war. Entweder saß ich auf einer Spirale oder hing durch. Kein Wunder, daß Hannas Bandscheibe protestierte.
»Bis später –.« Sie verließ mich, ich hörte das Schließen ihrer Zimmertür, nur ihr Husten blieb mir erhalten, dank Otto. Er bellte wie ein Kettenraucher am Morgen. Mit allen schrecklichen Nebengeräuschen. Und diesen Vogel sollte ich einmal erben? Mit *dem* Husten–?
Mit zwei Kissen im Kreuz, die Füße gegen die brüchige

Armlehne gestemmt, einen Stoß vergilbter Blätter und Kalikohefte neben mir, versuchte ich mich einzustimmen.

Also da waren einmal zwei kleine Mädchen, die hießen Jolande Genthin und Luise Hartwig, beide Einzelkinder. Sie gingen in Berlin-Grunewald in dieselbe Volksschulklasse und wurden Freundinnen.
Luise lebte in einer kultivierten Bürgeratmosphäre, in der alles seine Ordnung hatte, auch die Eltern.
Jolande wuchs bei ihrer Mutter und deren zweitem Mann Olrik Barris in einer Atelierwohnung in derselben Straße auf. Luise war fasziniert von ihrem großzügigen Milieu, das die übrigen Hausbewohner als Bohemewirtschaft bezeichneten. Jolande hingegen begann sich mit zunehmend kritischem Verstand für Barris' Lebensstil zu schämen, auch für seinen Umgang mit Menschen, die, rassisch oder politisch belastet oder als »entartete Künstler« eingestuft, aus der bürgerlichen Gesellschaft ausgestoßen waren.
Eines Tages verließ Jola diese Boheme, um bei ihrem Vater, dem Rechtsanwalt Dr. Achim Genthin, und ihren Großeltern in Wannsee zu leben. Wenig später kaufte auch Luises Vater ein Haus in diesem Vorort. Nun wohnten die beiden Mädchen wieder nah beieinander. Das großbürgerliche Genthinsche Milieu zog Luise zwar weniger an als zuvor die Atelierwohnung, aber dafür lag das Haus in einem riesigen Garten direkt am Wannsee, und dieses Leben am See, fern von den Realitäten der Großstadt, war voller Abenteuer und Romantik. Selbst der Zweite Weltkrieg konnte ihm zunächst nichts anhaben.

Damit ist der idyllische Teil von unserer – Jolandes und meiner – Geschichte bereits zu Ende.
Was nun kam, war Kriegseinsatz im Lazarett und in der Munitionsfabrik, war Bombenhagel Tag und Nacht, das Grauen im Feuersturm zerstörter Stadtteile und die Nachricht vom Tod geliebter Menschen.
Das Siegen war längst vorbei, die Fronten zusammengebrochen, das Großdeutsche Reich schrumpfte immer mehr, die Rote Armee befand sich im Anmarsch auf Berlin. Greuelberichte von Flüchtlingen aus dem Osten und die Meldungen aus dem Propagandaministerium legten sich wie Stricke um unseren Hals. Angst nistete sich ein vor diesem Nicht-mehr-entrinnen-Können, das Gefühl, zappelnde Fliegen im Netz zu sein, auf die Spinne wartend. Niemand sprach noch von Zukunft. Verzweifelte Optimisten schrien ungehört gegen die Weltuntergangsstimmung an. Leben bedeutete die winzige Hoffnung auf Überleben irgendwie.
Eines Tages stand Hanna, anzusehen wie ein Gespenst, vor unserer Tür, Barris war seit Beginn des Rußlandfeldzuges Soldat. Nachdem der Zugang zu Hannas Atelierruine verschüttet worden war, hatte sie Nacht für Nacht bei anderen Freunden kampiert und wurde mit ihnen immer wieder ausgebombt. Dann begann der Kampf um die Trümmer von Berlin. Die Russen besetzten einen Stadtteil nach dem andern. Hanna hatte sich zu uns nach Wannsee geflüchtet.

Das Genthinsche Grundstück lag am Ostufer des Sees. Dort erwartete man täglich die Russen. Wir wohnten auf der anderen Seite. Jolas Großmutter sagte sich, bis die Hartwigs Frontgebiet werden, ist der Krieg sicher schon

zu Ende, es muß ja endlich mal kapituliert werden – und schickte ihre Enkelin zu uns herüber. So kam Jola wieder mit ihrer Mutter zusammen.
Kurz darauf sprengten deutsche Pioniere die drei Verbindungsbrücken und machten den Ort Wannsee mit dem angrenzenden Dorf Stolpe und den Waldgebieten wieder zu dem, was sie ursprünglich einmal waren: eine Insel. Großmutter Genthin ahnte nicht, daß sie ihre Enkelin auf einen der letzten, heftig umkämpften Stützpunkte geschickt hatte.

Unser Haus war mit Soldaten besetzt, unser Keller von Nachbarinnen mit Kleinkindern und Gepäck, weil sie ihren eigenen vier Wänden mißtrauten. Außerdem hatten wir Guido und Rosina, ein italienisches Gärtnerehepaar, aufgenommen.
Während Granateinschläge unseren Garten zerfetzten und Tiefflieger in die Fenster schossen, wütete im Keller der Kleinkrieg unter unserer Einquartierung. Einer beschuldigte keifend den andern, ihn beklaut zu haben. Was auch stimmte. Meine Mutter hielt das nicht länger aus. Sie zog mit mir zu ihrer Nachbarin von gegenüber, Hanna Barris und Jola nahmen wir mit. Frau Bellmanns Keller war geräumiger als unserer, außerdem beherbergte er nur eine ostpreußische Flüchtlingsfamilie namens Kaunap.
Die Bellmannsche Arztpraxis war verwaist, der versprochene Vertreter erst gar nicht erschienen. Viele Ärzte, auch aus den Krankenhäusern und Lazaretten, hatten sich unter Mitnahme von Operationsbestecken, Medikamenten und sogar Krankenwagen in Richtung Westen abgesetzt.

Frau Bellmann, ehemals Sprechstundenhilfe ihres verstorbenen Mannes, bildete Jola und mich im Schnellverfahren zu Laienschwestern aus und lief mit uns in Gefechtspausen auf die Straße, um Verwundete notdürftig zu versorgen.
Die Russen waren inzwischen auf die Insel gedrungen und kämpften im Dorf, am Golfplatz und in den Wäldern.
Eines Tages hörte der Beschuß überhaupt nicht mehr auf. Stalinorgeln heulten durch die Straßen. Unsere Wasservorräte wurden knapp. Der Weg zur nächsten Pumpe kam einem Himmelfahrtskommando gleich.
Unsere Welt bestand nur noch aus wenigen Straßenzügen. Die Schlinge zog sich immer fester zu.

Meine Aufzeichnungen begannen am 2. Mai 1945.

3

Mitten in der Nacht hörte der Geschützdonner plötzlich auf. Die Stille danach war beklemmend.
Als es hell wurde, sahen wir keinen deutschen Soldaten mehr auf der Straße. Einmal fuhr ein Parlamentär mit weißer Flagge am Haus vorbei zum Hochbunker, um den Befehlsstab zur Übergabe aufzufordern.
Zum Frühstück kochten wir unseren letzten Kaffee mit unserem letzten Wasser auf dem Herd in der Waschküche. Danach ging meine Mutter in ihr Haus hinüber, auf ihren eigenen Kommandostand, wie sie sagte, um schlimmstes Unheil unter ihrer Kellerbesatzung zu verhüten, wenn die Eroberer anrückten. Wie sie sich denn das vorstelle, fragte Frau Bellmann hinter ihr her. Darauf hatte sie nur ein zuversichtliches Achselzucken. Hanna Barris begleitete sie.
Aber wir Mädchen sollten uns auf gar keinen Fall auf der Straße blicken lassen!
Dazu hatten wir sowieso keine Zeit, denn ein Schwerverletzter wurde gerade ins Bellmannsche Sprechzimmer geführt – ein vierschrötiger Mann, der die Hand gegen die rechte Schläfe preßte. Zwischen seinen Fingern spritzte helles Blut wie Wasser aus einem durchlöcherten Schlauch. Frau Bellmann sagte, die Arterie wäre durchschlagen, wir müßten einen Druckverband anlegen, sonst würde er verbluten.

Der Mann stöhnte vor Schmerzen, seine Frau, die ihn begleitet hatte, fiel in Ohnmacht, die Russen waren vergessen. Wir drei hatten nur eine Sorge: der Verletzte könnte uns unter den Fingern sterben.
Nachdem wir ihm eine Gummibandage um den Kopf gepreßt hatten, führten wir den Mann auf die Straße. Vor dem Gartentor wartete sein Enkel mit der Schubkarre, die er keinen Augenblick aus den Augen lassen durfte. Schubkarren waren Raritäten.
Als wir den Stöhnenden hineinsetzten und dem Jungen den Weg zum nächsten Krankenhaus beschrieben, kamen Russen mit vorgehaltenen Maschinenpistolen die Straße herauf. Sie fragten nach versteckten Soldaten und Waffen.
Zum erstenmal standen wir den Eroberern gegenüber. Ein sehr unbehagliches Gefühl.
Frau Bellmann scheuchte Jola und mich in den Keller. Als ob ein Keller noch irgendeinen Schutz bieten würde. Außerdem brauchte sie uns im Sprechzimmer, denn ständig wurden Kranke oder Verletzte gebracht.
Die Leute berichteten von vielen hundert Toten. Von grauenvollen Szenen im Wald, wo Flüchtlingstrecks mitten in die erbitterten Kämpfe zwischen Russen und Deutschen geraten waren. Von plündernden Fremdarbeitern und betrunkenen Soldaten. Von den vielen Selbstmördern. Der Ortsgruppenleiter von Wannsee hatte sich, seine Frau und seine vier kleinen Kinder umgebracht.
»Erst machen sie Kinder, jedes Jahr eins, dann verlieren sie die Nerven und bringen sie um. Ein Wahnsinn das«, schimpfte eine Patientin, und eine alte Frau betete: »Herr, erbarm dich ihrer armen Seelchen!«

»Sie waren noch nicht kalt, da kamen schon die Plünderer in die Wohnung – auch Deutsche haben mitgemacht.«
Ein entfernter Nachbar von uns, ein berühmter Clown, hatte sich mit seiner Frau vergiftet, hieß es.
Kolbenschläge an der Sprechzimmertür ließen uns zusammenfahren. Unsere letzte Patientin riß ihr Kleid vom Stuhl und floh, halb angezogen, an einer bewaffneten Kommissarin vorbei ins Freie. Diese war von einer ehemaligen ukrainischen Zwangsarbeiterin im glanzseidenen Nachmittagskleid, Söckchen und Stöckelschuhen begleitet, die uns mit zufriedenem Triumph betrachtete. Sie war nun frei und wir auf der Verliererseite. Keine sogenannten Herrenmenschen mehr, der Willkür und persönlichen Rache jedes einzelnen Siegers ausgeliefert. Nun wurde uns endlich heimgezahlt, was wir andern Völkern angetan hatten – das stand in ihrem Blick.
Die Kommissarin, eine untersetzte Frau von etwa dreißig Jahren mit breiten Wangenknochen und schmalen Lippen, schob uns mit ihrer MP beiseite und ging schweren Schrittes durch das Sprechzimmer, faßte herumliegende Instrumente an, zog Schubfächer auf, roch an Flaschen, baute sich endlich gebieterisch vor Frau Bellmann auf und erteilte Befehle.
Die Ukrainerin hatte hinter dem Schreibtisch Platz genommen und dolmetschte: »Genossin Kommissar schwanger. Kind drei Monat. Weg, aber schnell.«
Wir standen wie vom Donner gerührt. Was sollten wir? Zum erstenmal erlebte ich, daß die resolute Frau Bellmann die Fassung verlor. »Ein Abortus! Ja, so was habe ich noch nie gemacht. Du guter Gott! Das kann ich nicht. Ich bin keine Ärztin, sagen Sie das der Frau Kommissar.«
Die beiden berieten sich auf russisch. Dann setzte die

Kommissarin den Lauf ihrer Maschinenpistole auf Frau Bellmanns Busen und stieß Drohungen aus.
Während die Dolmetscherin mit einer Tischbronze (tanzende Nymphe) spielte, übersetzte sie genüßlich: »Du lügen. Du nix wollen Kind weg. Genossin Kommissar holen Soldat. Kommen wieder. Machen dir tot. Bumbum!«
Es war eine groteske Situation. Jola, die meinen Hang zu hysterischen Lachanfällen im grundfalschen Moment kannte, trat mir warnend gegen das Schienbein.
Die beiden zogen ab, die Ukrainerin unter Mitnahme der tanzenden Nymphe.
Frau Bellmann sank heulend auf einen Stuhl. »Jetzt holen sie Verstärkung, dann werde ich erschossen! Ich brauche einen Kaffee!!«
Jola und ich verließen einen Augenblick das gruftkalte Haus, um uns in den Sonnenstrahlen im Vorgarten aufzuwärmen.
Auf der nahen Königstraße hupten Autos, trappelten Hufe, knirschten Panzerketten, dazwischen das Rattern von Motorrädern. Helle, kehlige Stimmen schrien Befehle. In der Ferne gellte ein Pfiff, setzte sich wellenartig über den endlosen Zug fort. Mit einem Ruck stand er still. Aus der Kolonne löste sich ein mit Heu beladener Wagen und bog räderquietschend in unsere Straße ein. Lastwagen mit Soldaten folgten. Fouragewagen, von flink trippelnden Panjepferdchen gezogen. Dahinter gingen angehalftert herrliche Trakehner.
Unsere Hausbewohner kamen gleichzeitig die Straße herauf, sie schleppten überschwappende Wassereimer von der Pumpe im Hof des Schusters.
Ihnen folgte ein hochgewachsener Offizier ins Bellmann-

sche Haus und erkundigte sich in fast fehlerfreiem Deutsch, ob er sich hier waschen und rasieren könnte.
»Endlich einer, der einen versteht!« eilte Frau Bellmann in ihrer Not auf ihn zu. Ihre ausgestreckte Begrüßungshand übersah er. »Ich soll erschossen werden, weil ich Ihrer Genossin Kommissar nicht das Kind abgetrieben habe. Ich kann das nicht. Ich bin keine Ärztin. Jetzt holt sie das Vollstreckungskommando!«
»Beruhigen Sie sich«, sagte der Offizier. »Sie wird nicht wiederkommen.«
»Das kann man nicht wissen!«
Ich holte Handtuch und Schüssel aus dem Sprechzimmer, Jola goß vom frischgeholten Pumpenwasser ein. Wir ließen den Offizier allein. Gingen aber nicht fort.
»Ist Hitler wirklich tot?« fragte Frau Bellmann durch die angelehnte Tür.
»Ja.«
»Und Berlin? Finden dort noch Kämpfe statt?«
»Hat heute früh kapituliert«, antwortete er unter Wasserprusten.
»Dann ist der Krieg so gut wie zu Ende?«
»Ja.«
»Und was wird jetzt aus uns?«
Das konnte er ihr auch nicht sagen.
Ein paar Soldaten schwärmten ins Haus auf der Suche nach Schnaps: ein Arzt mußte Spiritus haben. Im Unterhemd, Seifenschaum am Kinn, drängte der Offizier sie zur Tür hinaus. Dann zog er sich an, stellte ein Tütchen mit Zucker auf den Tisch, warf einen nachdenklichen Blick auf Jola und mich und sagte: »Unsere Soldaten haben viel Schnaps in den Häusern gefunden. Sie werden heute das Ende der Kampfhandlungen feiern. Es wäre

besser, wenn die jungen Mädchen verschwinden.« Setzte seine Pelzmütze auf und lief federnd die Stufen hinunter zur Straße, die sich zwischen unseren Häusern mittlerweile in einen sonnenbeschienenen, östlichen Dorfplatz verwandelt hatte. Heu und junges Lindengrün bedeckten das Pflaster dort, wo die ausgespannten Pferde standen. Sie reckten ihre Hälse und zupften Blätter aus den Baumkronen oder grasten unseren Steingarten ab, soweit sie über den Zaun reichten. Der Rasen war mit Uniformstücken besät.

Halbnackte, schnauzbärtige ältere Männer – weißhäutig unterhalb der sonnenverbrannten Gesichter – wuschen sich, über Eimer gebeugt. Meine Mutter mußte einem den Rücken schrubben.

»Frau Barris steht in der Küche und kocht Kaffee«, rief sie mir über die Straße zu.

Zwei Männer in lose fallenden grünen Mänteln rissen die Klingelanlage aus der Pforte und freuten sich über die vielen bunten Drähte.

Vor wenigen Stunden noch hatten wir mit dem Leben abgeschlossen, und nun diese Idylle.

»Weißt du eigentlich, was wir für ein unbeschreibliches Glück haben?« sagte Frau Bellmann hinter mir. »Ausgerechnet in unsere Straße hat man den Troß eingewiesen.«

Immer mehr junge Soldaten von der kämpfenden Truppe schlenderten den Damm herauf. Wir erinnerten uns an die Mahnung des Offiziers.

»Am besten, wir verduften«, meinte Jola.

Etwas verloren irrten wir durch das Bellmannsche Haus auf der Suche nach einem Versteck.

Im Gästezimmer trafen wir auf den Flüchtling Kaunap.

Noch gestern maulstarker Kämpe, der jeden zu erschießen drohte, der nicht an den Endsieg glaubte, hatte er sich heute früh ins Bett verkrochen und toter Mann gespielt. Seine Frau – lautlos huschende Hausmaus und geprügelte Untertanin – mußte ihn umsorgen. Am liebsten hätte er sich hinter ihren speckigen, ausgebeulten Röcken versteckt. Dabei brauchten wir ihn so dringend, war er doch der einzige unter uns, der russisch sprach. Nun hatte er sich hierher geschlichen.

Es gab eben keine Männer mehr, auf die wir uns verlassen konnten außer seinem stillen, vierzehnjährigen Sohn Gottfried. Die autoritäre Fuchtel seines Vaters hatte ihn bisher daran gehindert, eine eigene Persönlichkeit zu entfalten. Auf einmal ruhte die Verantwortung für mehrere Frauen und Mädchen auf seinen mickrigen Schultern.

Mit langen Sprüngen kam er die Treppe herauf, hatte Windeln überm Arm wie ein Kellner seine Serviette und brachte ein Stück Kohle mit.

»Sie möchten beide sofort rüberkommen. Und das hier soll'n Sie sich um den Kopf binden.« Er reichte uns die Windeln. Mit der Kohle rußte er unsere Gesichter ein. Gleich darauf erschien Frau Barris, zog uns die Tücher tief ins Gesicht, knöpfte die Kittel zu.

»Was soll der Quatsch?« Jola mochte es nicht, wenn man an ihr herumfingerte.

»Zu euch rüber, Luise, unters Dach.«

Es waren nur wenige Schritte über die Straße zu unserem Haus und die Vorgärten schmal. Unter dem Gejohle junger Soldaten kam uns der Weg wie ein endloser Spießrutenlauf vor. Voran ging Hanna Barris, dann wir zwei Mädchen mit gesenkten Köpfen, zuletzt Gottfried

Kaunap mit unserer Habe, Faxen schneidend, um die Aufmerksamkeit von uns abzulenken. Denn trotz blutiger langer Arztkittel und Ruß im Gesicht sahen wir eben doch wie junge Mädchen mit Ruß im Gesicht aus.
Aus unserem Keller krochen die einquartierten Frauen herauf und sahen uns feindselig an. »Was wollt ihr hier? Haut ab! Ihr zieht bloß die Iwans ins Haus!«
Meine Mutter drückte uns Kissen und Decken in die Hand. »Gottfried«, sagte sie, »steh Schmiere! Wenn einer kommt, dann pfeif!«
»Was soll ich pfeifen, Frau Hartwig?«
»Irgendwas.«
Im ersten Stock lehnte eine Leiter zum Dachboden.
Ich stieg als erste hoch und stieß die verglaste Klappe auf, deren eine Scheibe zerbrochen war, zog Kissen, Mäntel und Decken herauf und meinen Rucksack mit dem Tagebuch. Es folgte Jola. Mit etwas zuviel Schwung. Sie donnerte mit der Stirn gegen einen Dachbalken.
»Frau Hartwig, jetzt muß ich pfeifen«, rief Gottfried von unten.
»Schnell, die Klappe zu!« flüsterte meine Mutter. Durch die kaputte Scheibe sah ich, wie sie die Treppe hinunterging auf die ins Haus polternden Eroberer zu.
»Quartier – chier!« Das war ein Befehl.
»Nix Quartier«, sagte sie, »alles kaputt. Ruski bumbum kaputt. Kommt mit, guckt's euch an – alles kaputt –« und führte sie durch das zerschossene Haus voller Scherben und Stoffetzen und Schutt und zerbrochener Möbel.
»Characho –«, sagte einer, er war schlimmere Unterkünfte gewöhnt. Heute nacht, nach der Waffenstillstandsfeier, wollte er einziehen. Zum Abschied bot er meiner Mutter Zigaretten an – nix ein – swei, drrei, Frau!

Jola und ich versuchten unterdessen, unser »Sittenexil« einzurichten. An seiner höchsten Stelle maß es einen Meter. Sein Holzboden war mit Sand, Kieseln, stinkendem Stroh und einem zehnjährigen Massengrab von Fliegen, Brummern, Wespen und Mücken bedeckt. Tausende von schillernden Insektenflügeln raschelten unter uns wie mürber Taft, sobald wir uns bewegten. An jedem Holzbalken hingen Netze mit zusammengerollten Kreuzspinnen, die – durch unseren Einzug aufgeweckt – in die Flucht huschten. Ich hatte meinen Schuh ausgezogen und hieb hysterisch hinter ihnen her. Jola verrenkte sich indessen beim Ausbreiten unserer Decken.

In der Mittagshitze fühlten wir uns unter dem fast flachen, von Einschüssen zerlöcherten Dach wie unter einem Brennglas. Zudem stank es nach Mäusedreck.

Von unten kam ein Pfiff. Auf der steilen Hühnerstiege stand meine Mutter und reichte mir einen Korb mit Kommißbroten und Tee herauf. An den Henkel hatte sie eine Wäscheleine gebunden. Nun besaßen wir einen Speiseaufzug.

»Und wenn wir mal müssen?« fragte Jola.

»Ihr dürft nur runter, wenn die Luft rein ist. Also trinkt nicht soviel!«

Die Sonne ging über Potsdam unter, die Dämmerung kam, und mit ihr zog Kühle unters Dach. Das Befehleschreien und Räderrollen auf der Königstraße hatte aufgehört. Die Soldaten hatten Schnaps und in Unterständen zurückgelassene Panzerfäuste und Munition gefunden. Benebelte Köpfe und scharfe Munition ergaben eine wirkungsvolle Waffenstillstandsfeier.

Leider erlebten wir sie nicht im Keller mit, sondern unter einem flachen Dach.
Geschosse zischten über uns hinweg, ihr Einschlag ließ das Haus erbeben. Scheiben klirrten. In der Nähe prasselte ein durch Leuchtmunition entzündetes Haus ungelöscht nieder. Erhellte unser Exil mit flackerndem Rot.
Und dann ein trommelfellzerreißender Knall. Krachen. Splittern. Eine stinkende Staubwolke machte uns blind, blockierte das Atmen. Rieselte in Form von Stroh, Kieseln, Holzsplittern und Insektenflügeln auf uns nieder.
Als sich der Staub verzogen hatte, sahen wir das klaffende Loch im Dach.
Jolas Schulter hatte ein zerfetzter Balken getroffen. Auf meinem Bauch lag ein altes Wespennest.
Nun war es genug. »Ich will runter«, zischte sie, außer sich vor Panik. Ich auch – und räumte mit zitternden Fingern das Fensterchen vom Einstieg. Hatte schon den Fuß abwärts, stieg im Dunkeln auf die Hand meiner Mutter, die auf der Leiter stand.
»Seid ihr verletzt?« fragte Hanna Barris hinter ihr.
»Wir wollen runter!«
»Ihr bleibt oben. Da–«, meine Mutter reichte mir zwei harte, hohle lederne Halbkugeln. »Sturzhelme. Guido hat sie in einem OT-Lager geklaut. Die setzt ihr auf.«
»Nein. Laßt uns runter!«
»Dann nehmen wir die Leiter ab«, drohte Frau Barris.
Als wir noch kleine Mädchen waren und im Grunewald nur fünf Minuten voneinander entfernt wohnten, hatte der Kontakt zwischen unseren Müttern aus gelegentlichen Telefonaten, uns Kinder betreffend, bestanden. Sie lebten in zu verschiedenen Welten, um befreundet zu sein. Jetzt funktionierten sie so selbstverständlich mit-

einander, als ob sie seit Jahren gemeinsam gedacht und gehandelt hätten. Beide Löwenmütter, um ihre Jungen besorgt.

Aber warum sperrten sie uns dann unters Dach zu Kreuzspinnen und lebensgefährlichen Einschüssen?

»Jahrelang hat sich Mami nicht um mich gekümmert, auf einmal diese Bevormundung«, tobte Jola neben mir. »Ach, wär ich doch bei Oma geblieben. In unserm Haus kenne ich genug sichere Verstecke, wo uns keiner finden würde, Luise.«

»Ja«, schnatterte ich, »hier ist es beschissen.«

Wir brachen dennoch nicht aus unserem Exil aus, weil immer mehr Soldatenstiefel im Haus polterten.

Draußen war es plötzlich still. Die Gaudiknallerei hatte aufgehört.

Die Luke im Dach war nun voller Sterne. Wir hörten Pferde purren. Kehliges Lachen. Ein Akkordeon. Dazwischen quäkte ein Grammophon die Arie der Gilda aus »Rigoletto«: Teurer Name, dessen Klang ... Betrunkene Stimmen grölten mit. Kreischendes Lachen. Verzweifelte Schreie einer Frau, die in Wimmern übergingen. Hilferufe. Das Heulen eines Hundes schleppte sich immer weiter fort.

Kaum war die Rigolettoarie zu Ende, fing sie von neuem an.

Eisige, feuchte Nachtluft ließ uns erstarren. Wir krochen eng aneinander. Als die Kellertür aufging, hörten wir Grölen und Vivat-Stalin-Geschrei. Dort feierten die Männer vom Troß mit unserer Einquartierung. Von Hanna Barris wußten wir, wie das vor sich ging, denn sie hatte daran teilnehmen müssen: Trinkspruch auf Stalin, Wodka ex, Glas gegen Wand, ein Stück fetten Speck, nächster Trinkspruch, nächster Wodka, nächstes Glas, nächster Speck. Sie vertrug weder Wodka noch Speck. Guido zeigte ihr, wie man die Prozedur überlebte: Er ging ab und zu in den Garten und steckte den Finger in den Hals. Und dann feierte er weiter. Feierte Stalin als seinen Befreier. Noch vor zwei Monaten war er Gärtner in der italienischen Botschaft gewesen. Konnte sich gar nicht daran erinnern, jemals ein Faschist gewesen zu sein. Jetzt fühlte er sich vor allem als Ausländer und als solcher den Russen ebenbürtiger als den ramponierten Deutschen. Die waren nur akzeptable Bündnispartner der Italiener gewesen, solange sie siegten.

Frau Bellmann war vor einem betrunkenen Soldaten in unser Haus geflohen – durch die Haustür herein und über die Terrasse wieder hinaus. Den Soldaten hatte sie uns dagelassen.

Er torkelte mit einer Blendlaterne durch das stockdunkle Haus, ihr Licht taumelte an den Wänden des Treppenhauses hoch, sprang durch das zerbrochene Glas auf mein Gesicht. Ich warf mich zur Seite. Stroh raschelte.

»Frau –?«

Wir hörten auf zu atmen, als er sich umständlich auf die Leiter zu unserem Versteck begab. Seine nägelbeschlagenen Sohlen rutschten immer wieder von den schmalen Sprossen, aber mit der Ausdauer des Volltrunkenen schaffte er es mühsam höher, stemmte nun die Faust gegen den Einstieg. Ich preßte von oben dagegen, Jola hatte sich auf mich geworfen, um meine Kraft mit ihrem Gewicht zu verdoppeln . . .

In diesem Augenblick spielte jemand den »Fröhlichen

Landmann« auf meines Vaters Flügel, wie ein Kind in der Klavierstunde. Der Betrunkene rutschte mit einem Juchzer von der Stiege, polterte die Treppe abwärts und stürzte sich mit allen zehn Fingern auf die Tasten. Dazu grölte er, eine Frauenstimme sang mit.
»Das ist Mami«, erkannte Jola atemlos.
Was fällt Müttern nicht alles ein, um den Feind vom Nest abzulenken!

Die Siegesfeier im Keller ist kotzend und schnarchend zusammengebrochen. Aber noch immer plärrt Gilda durch die Nacht. Und dazu das Schreien – wie von einem Tier, das bei lebendigem Leibe geschlachtet wird – ist aber kein Tier, sondern eine Frau – die Stimme muß aus dem Haus neben Bellmanns kommen.
»Wird das nun immer so sein?« fragt Jola verzagt.
Ich möchte wissen, wie spät es ist. Ob die Nacht noch lange dauert?
Wo sind unsere Mütter?
»Wenn das Schreien nicht aufhört...« Ich setze den Sturzhelm auf. Unter ihm klingt es nicht mehr so herzzerreißend schrill. Schaue in die Sterne. Sie funkeln kalt und unbeteiligt...

Als ich erwache, schmerzt jeder vereiste Knochen beim Auftauen. Zumindest habe ich so ein Gefühl.
Im ersten Augenblick weiß ich nicht, wo ich bin. Dann sehe ich den blassen Morgenhimmel in der Dachluke. Höre Vogelzwitschern, erst süß und tastend, dann immer kräftiger und jubilierender, als ob gar nichts geschehen wäre.
Neben mir liegt Jola mit wachen Augen. »Du hast

geschlafen!« sagt sie vorwurfsvoll. »Wie konntest du nur schlafen?«
»Es tut mir leid, ich hab's ja nicht gemerkt.«
»Hast du was von unseren Müttern gehört?«
»Sie haben heute nacht noch die Leiter abgenommen, dabei hat sie der Kerl erwischt. Deine Mutter konnte fliehen, meine nicht.« Und nach einer Weile: »Ich dachte, ich dreh durch.«
Seit ihrem Auszug aus der Atelierwohnung hatte Jola ihre Mutter selten gesehen und auch nicht viel an sie gedacht. Es blieb bei gelegentlichen, unpersönlichen Treffen zwischen ihnen. Zum erstenmal lebten sie in unserem Haus wieder unter einem Dach. Hanna Barris war längst nicht so eine gute Mutter wie meine. Sie war vor allem Barris' Geliebte und unbedingte Gefährtin. Keinem Märchenprinzen wäre es gelungen, sie zu verführen.
Und dann hatte sie heute nacht mit dem besoffenen Sieger geschlafen, um uns Mädchen vor ihm zu beschützen. Das hätte manche bessere Mutter als sie nicht über sich gebracht.
»Mami darf nie und nimmer erfahren, daß ich alles mitgekriegt habe, versprich mir das«, forderte Jola.
»Aber meine Mutter weiß es, oder?«
»Sie hat versucht, Hilfe aus dem Keller zu holen. Aber die waren ja alle hinüber vom Schnaps.«
Weiches, gelbes Licht erreichte die Luke. Die Sonne war aufgegangen. Vögel trippelten übers Dach, ein Filigrangeräusch.
»Ob sie es Barris erzählt, wenn er heimkommt?« überlegte Jola.
»So wie ich ihn kenne, wird er heilfroh sein, wenn sie

gesund überlebt hat. Alles andere ist für ihn nicht wichtig.«
»Wenn mir das passierte und mein Karl-Heinz würde es erfahren – also ich glaub, er käme nie drüber hinweg. Bei seinem Ehrgefühl!«
»Wär's ihm lieber, du wärst tot als vergewaltigt?«
»Ja, ich glaube, ja.«
»Und so einen liebst du?« fragte ich erschüttert.
Vom Keller tappten schwere Schritte die Steinstiege herauf, Gähnen und Rülpsen und die müde Stimme meiner Mutter aus der Küche: »Ach, Ruskis, da seid ihr ja schon wieder. Wenn ihr Kaffee wollt, muß einer von euch den Herd anheizen.«
Ich rollte mich auf das zerbrochene Fensterchen – sah das Treppenhaus voller Schutt und Scherben und Kälte unter mir. Die zerfetzte Flurgardine wehte im Durchzug, ein unheimlich totes Geräusch.
Endlich huschte meine Mutter die Treppe herauf, übernächtigt und erbarmungswürdig anzusehen.
»Bitte hol die Leiter. Uns platzt die Blase!«
Sie zog die lange Holzstiege aus dem Schlafzimmer, hatte Mühe, sie allein aufzurichten und einzuhaken.
»Ich zuerst!« Jola drängte mich vom Einstieg fort.
Die Erleichterung hinterher war unbeschreiblich.
Eine Kanne voll Wasser stand im Bad. Zum erstenmal konnten wir uns wenigstens Gesicht und Hände waschen. In der letzten Zeit hatte unser Wasservorrat gerade für zwei Tassen Tee pro Tag gereicht.
Ein Soldat, der ein bißchen Deutsch radebrechen konnte, hatte meiner Mutter erklärt, wie enttäuscht er von den Bewohnern der Weltstadt Berlin war. So stinkend und ungepflegt hätte er sie sich nicht vorgestellt.

Unser Ausflug war zu Ende. Meine Mutter scheuchte uns zurück. »Ich muß runter, Kaffee kochen.«
»Wo ist Mami?« fragte Jola.
»Im Vorratskeller. Sie schläft jetzt. Eine fabelhafte Frau, deine Mutter.«
»Noch eine Frage« hielt ich sie auf. »Wer hat heute nacht so grauenvoll geschrien?«
»Fräulein Kunstmann. Sie hat irgendeine Säure getrunken und ist langsam innerlich verbrannt.«
»Warum, um Himmels willen? Hat man ihr was getan?«
»Im Gegenteil, sie hatte sich so verbarrikadiert, daß man erst eine Axt auftreiben mußte, um ihre Tür und die davorgeschobenen Schränke zu zerschlagen.«
»Warum hat sie keinen Strick genommen? Dann wäre ihr viel erspart geblieben und uns auch«, schimpfte Jola.
»Das sind alles so überstürzte Selbstmorde. Da werfen die Menschen in Panik ihr einziges Leben fort...«
»Frau –«, rief es von unten.
»Ich komm ja schon.« Meine Mutter stellte ihren Besen hin, mit dem sie den Schutt von einer Ecke in die andere schob, um eine Beschäftigung vorzutäuschen, wenn sie sich zu lange im oberen Flur aufhielt.
Immer mehr Soldaten fanden sich in ihrer Küche ein und auch die kleinen Mädchen unserer deutschen Kellerbesatzung. »Wir haben Hunger. Unsere Muttis wollen nicht aufstehen. Sie sind krank.«
»Kann mir vorstellen, daß sie krank sind. Nach *der* Siegesfeier«, sagte meine Mutter. »Ich mach euch gleich was zu essen.«
Und dann hörten wir die Soldaten mit den Kleinen radebrechen und lachen. Sie hatten ihre eigenen Kinder seit vielen Monaten nicht mehr gesehen.

Regen pladderte durch die Einschußlöcher. Es war zu flach hier oben, um einen Schirm aufzuspannen, darum hatten wir uns mit einer Plane zugedeckt, um nicht völlig aufzuweichen.
Jola war mit ihren Gedanken bei Großmutter Genthin am Großen Wannsee. Wie es ihr wohl gehen mochte und ob die Villa noch stand? Ich hatte indessen die Kreuzspinnen im Auge. Warum schliefen sie nicht? Meistens werden sie doch erst abends munter. Wenn sich eine auf mich abseilt, muß ich leider kreischen!
Durch die geöffnete Luke duftete es so unbeschreiblich grün gegen den Mäusedreck an. Wie schön, daß wenigstens Frühling war. Es gibt nichts Tröstenderes als eine Natur, die sich überhaupt nicht um die Kriege der höchstentwickelten Lebewesen kümmert.
In der Weide sangen Vögel. Ein pulsierendes Nichts aus Federn und Wärme und Schnabel und Augen und hauchdünnen Knöchelchen und Krallen, wenn man sie in der Hand hielt. Aber was für eine Wahnsinnsstrapaze brachten sie jedes Jahr zweimal hinter sich. Im Herbst flogen sie durch die europäischen Kriegsfronten, durch Bombenhagel, italienische Fangnetze, über das endlose Mittelmeer mit seinen Seegefechten zum nächsten Kriegsschauplatz Nordafrika. Und im Frühjahr wieder zurück, um hier zu nisten.
Wenn so ein Vogel einmal nachdenken würde, dann müßte er sich an den Kopf fassen und sagen: Ja, bin ich denn noch zu retten? Immer wieder das lange Ende hier heraufzufliegen? Wofür? Wo anders gibt es auch Nistplätze. Aber wenn sie denken könnten und nicht mehr wiederkämen, dann verlöre unser Himmel seine Haydnsymphonie.

Ich teilte Jola meine Überlegungen mit. Sie schaute mich von der Seite an. »Sag mal, hast du keine andern Sorgen nach *der* Nacht?«
Wie spät es war, wußten wir nicht. Wem seine Uhr nicht vom Eroberer abgenommen worden war, der hatte sie im Blumentopf oder sonstwo versteckt, und da war sie irgendwann stehengeblieben. Es hätte gar nichts genützt, sie auszubuddeln, weil im weiten Umkreis keine Uhr existierte, nach der man sie hätte stellen können. Es ist ja sowieso die Stunde Null, sagten dieselben Leute, die vorher von »fünf Minuten vor zwölf« gesprochen hatten. Wir richteten uns wie unsere Vorfahren nach dem Stand der Sonne. Wenn sie nicht schien, lebten wir zeitlos.

In den letzten drei Tagen hatte sich viel verändert.
Zum Beispiel waren wir sauber. Immer wieder roch ich an meinem Arm, um es zu glauben.
Wir hatten frische Wäsche an und somit den höchsten Kulturstand seit Wochen erreicht. Auch vegetierten wir nicht mehr unterm Dach, sondern schliefen zum erstenmal wieder in unseren Betten.
Igor, Wanja, Pjotr, Wasja, Petja und ihre Panjepferdchen, die so ähnlich hießen, dieser Troß, der uns wie ein Schutzwall umgeben hatte, war abgezogen.
Im Keller hausten nur noch Guido und Rosina. Meine Mutter hatte sie vor Monaten als Untermieter aufgenommen, weil sie ihr beim Leben der Madonna versprachen, den Garten und das Haus zu putzen. Das heilige Versprechen trat außer Kraft, als sie uns beim Abhören ausländischer Sender erwischten. Nun hatten sie uns in der Hand und drohten, uns ins Zuchthaus zu bringen,

falls wir so etwas Ungebührliches wie Haus- oder Gartenarbeit von ihnen verlangen würden.
Nach dem Zusammenbruch zogen sie mit kokardengeschmückten ehemaligen Fremdarbeitern plündernd durch leerstehende Häuser. Auch der Schmuck meiner Mutter war aus seinem Versteck verschwunden. Einen Brillantanhänger fand sie unter Rosinas Matratze wieder. Wo war der Rest? Guido versprach ihr: »Wenn Sie uns anzeigen, wir gehen zu russisches Kommandantur und sagen, Sie verstecken SS-Mann. Uns sie glauben, wir Ausländer und kein miese Deutsche.«
Im Bügelkeller türmte sich ihre Beute – Pelze, Kleider Teppiche, Silberwaren, Kameras und Fahrräder. Wenn Rosina in der Waschküche kochte und der Duft nach oben stieg, drehten unsere Mägen durch. Kaum zogen die beiden auf Beutejagd, fischten wir die Fettaugen von ihrem Pot-au-feu. Meist blieb auch noch ein Stück Fleisch in der Kelle hängen als Beilage zu unseren erfrorenen Kartoffeln.
So bestahl einer den anderen.

4

Eine Notbrücke führte wieder zum Festland.
Jola packte ihre Sachen zusammen.
»Höchste Zeit, daß ich nach Hause fahre. Ich habe keine Ruhe, wenn ich nicht weiß, wie es Oma geht und ob das Haus noch steht.« Sie umarmte ihre Mutter. »Tschüs, Mami. Du bleibst ja sicher noch bei Hartwigs. Ich komm bald wieder vorbei.«
Das Chaos des Kriegsendes war vorüber und mit ihm der kurze, innige, aus der gemeinsamen Todesangst entstandene Zusammenhalt zwischen Mutter und Tochter. Jola kehrte zu ihrer Familie zurück, die nicht Hanna Barris hieß, sondern Großmutter und Achim Genthin, von dem seit Januar keine Nachricht mehr gekommen war. Nach einer russischen Großoffensive in Kurland galt ihr Vater als vermißt, aber das besagte gar nichts in diesen Zeiten. Bestimmt war er in Gefangenschaft geraten.
Ich begleitete Jola.
Frau Barris stand – zum Durchpusten dünn – am Zaun und winkte uns nach.
»Du hättest ruhig ein bißchen lieber zu ihr sein können«, sagte ich, als wir in die Königstraße einbogen.
»Ich war doch lieb zu ihr«, verteidigte sie sich. »Und ich bin ihr wahnsinnig dankbar für alles, was sie jetzt für mich getan hat. Ich werde ihr das nie vergessen. Aber

das bedeutet doch nicht, daß wir jetzt wieder das Mutter-Tochter-Spiel aufnehmen. Dafür ist es zu spät.«

Auf dem Wege zu Genthins über die lange, gerade Königstraße begegneten wir wieder armseligen Flüchtlingskarren in beiden Richtungen. Einer zog, einer schob, einer saß auf der letzten Habe. Nebenherlaufende Kinder hatten keine Schuhe an, nur Lappen, mit Strippen gehalten, und wenn Schuhe, so fehlten die Kappen, weil die Zehen inzwischen zu lang geworden waren, oder die Sohle klappte wie ein Entenschnabel bei jedem Schritt. Ab und zu trottete noch ein ausgemergeltes Pferd vor einem Leiterwagen, ein alter Mann hatte sich mit an die Deichsel gespannt.
Jolas Schritt verlangsamte sich, je näher wir dem Genthinschen Anwesen kamen. Schließlich blieb sie ganz stehen und sagte: »Geh du vor, Luise.«
Ich konnte sie verstehen. Die Angst, eine tote Großmutter vorzufinden, ein ausgebranntes Haus . . .
Mir war selber nicht wohl, als ich am heckendichten Zaun entlang zur Toreinfahrt ging, von der man den ersten Blick in das Grundstück hatte.
Am Ende der Auffahrt stand die Turmvilla unversehrt bis auf ein paar blindgeschossene Fensteraugen.
»Kannst kommen«, rief ich Jola zu. Ihre Beklemmung löste sich in einem hörbaren Seufzer.
Sie öffnete den geheimen Torriegel und rannte auf das Haus zu, »Oma – Frau Schult – Benita« rufend.
Ich schob mein Rad, das mit Jolas Gepäck beladen war, zum Garagenplatz und sah mich um.
Dieses in Serpentinen zum unteren Seegarten abfallende Grundstück kannte ich wie ein Zuhause. Jedes Gebäude,

jeden Baum, jedes Beet, jede Unebenheit im Weg. Unser eigener Garten bot keine Romantik, bloß Pflichten, Rasenmähen, Beete gießen – und alles war überschaubar. Nicht ein Versteck.

Dies hier war kein Garten, sondern ein Park zum Verlieren und Träumen und irgendwann Wiederfinden. Und außerdem lag er am See, der mir mehr bedeutete als jede Stadt. Vom Rosenrondell unter überhängenden Rotbuchenzweigen kamen Frauenstimmen. Ich sah Großmutter Genthin und Frau Schult in der für diese Zeit so typischen Verkleidung: Kopftuch, Jacke über Schürze, darunter Trainingshosen, Strümpfe voller Laufmaschen, Socken, verkleisterte Schuhe. Frau Schult trug als Variation einen ausgebeulten Rock.

Die beiden schippten eine mannslange Grube zu. Irgendwann richtete sich Frau Genthin ächzend auf, schob das auf die Brille gerutschte Kopftuch stirnwärts und sah mich.

»Luise!!!«

Ich rannte auf sie zu. Sie zog mich an ihren Busen, hielt mich fest. Gab mich an Frau Schult weiter. Beider Umarmungen rochen stark nach Mottenkugeln. Ihre Freude, mich wiederzusehen, wurde durch die bange Frage gestört: »Wo ist Jolakind?«

»Die sucht Sie im Haus.«

»Gottseidank«, seufzte Großmutter. »Ich habe mir solche Sorgen gemacht.«

Frau Schult, den Schweiß von der Stirn wischend, nahm die Schaufel wieder auf. »Wir schippen gerade Untroffzier Rutenmacher aus Koblenz zu. Drei Tage lag er tot im Garten. Niemand hat ihn abgeholt, obgleich wir mehrmals drum gebeten haben.«

»Und das geht doch nicht, daß man einen Toten so verkommmen läßt«, fügte Frau Genthin hinzu. »Wir haben ihn in einer Plane vom Segelboot beerdigt. Zeiten sind das, Zeiten!«

Dann kam Jola. »Hier seid ihr! Ich hab euch im ganzen Haus gesucht. Ach, Oma –«, sie fiel der alten Dame um den Hals.

Frau Genthins Küsse knallten auf ihre Wangen. »Mein Herzchen – daß du da bist!«

»Wie ist es euch ergangen?«

»Oh, wir hatten ein Geschütz auf der Terrasse, das ballerte immer rüber über den See. Bei jedem Schuß dachte ich, der trifft mein Jolakind – und ich hab sie auch noch rübergeschickt. Dabei hatten wir so ein gutes Versteck. Opas Weinkeller. Da waren alle Flüchtlingsfrauen mit ihren Kindern drin. Umständlich war das bloß mit dem Schrank, den wir vor die Tür schoben. Wir mußten ihn vorher immer ausräumen, weil er sonst zu schwer war, und hinterher wieder einräumen. Wir zwei standen allein an der Heimatfront, nicht wahr, Frau Schult?» Sie wechselten einen stolzen Blick.

»Und euch ist nichts passiert?«

»Nein, nur Mami hat dran glauben müssen.«

»Nu ja«, sagte Oma, nicht sonderlich erschüttert. Hanna Barris konnte gar nicht genug dafür gestraft werden, daß sie ihren Sohn wegen eines dahergelaufenen baltischen Säufers verlassen hatte. Verzeihen war nicht Omas Stärke.

»Warum stinkt das hier so nach Naphtalin?« erkundigte sich Jola.

»Das ist Untroffzier Rutenmacher«, klärte Frau Schult sie auf. »Wir haben ihn aus Erhaltungsgründen mit

Mottenkugeln belegt. Wegen der Würmer. Damit sie ihn in Ruhe lassen, bis er wieder ausgegraben wird und auf einem ordentlichen Friedhof unterkommt.«

»Sind Sie sicher, daß Mottenkugeln Würmer verscheuchen?« fragte ich.

»Nein. Aber wir hatten nichts anderes.«

»Aber nun kommt ins Haus.« Frau Genthin hakte sich bei uns beiden Mädchen ein.

Wir betraten das Entree. Rechts in der Garderobe, unter der Kleiderhakenleiste für vierzig Gästemäntel, stand Benitas Körbchen.

»Wo ist Benita?« fragte Jola, sich in der dunkelgetäfelten Wohnhalle umsehend. Die Teppiche waren aufgerollt, unsere Schritte klangen hohl und aufdringlich. »Warum begrüßt sie mich nicht?«

»Im – im Garten«, nuschelte Frau Genthin unbehaglich. »Benita ist im Garten.«

Vor zwölf Jahren hatte Barris die Hündin ganz jung und herrenlos in Mailand aufgegriffen und mit nach Berlin genommen. Solange ich Jola kannte, kannte ich auch Benita, die übrigens nach Benito Mussolini hieß.

Frau Genthin betrachtete ihre schwarzrilligen Handflächen. »Also gut, Jolakind, du mußt es ja doch erfahren. Als die Russen kamen, haben wir Benita eingesperrt. Aber jemand muß sie herausgelassen haben. Sie ist auf die Soldaten los wie ein Berserker – du weißt ja, sie hat Uniformen nie leiden können. Denk bloß an unsern armen Briefträger, wie sie den ...«

»Was ist mit ihr?« unterbrach sie Jola.

»Ich habe sie in der Halle gefunden – mit gebrochenem Rückgrat«, seufzte Frau Genthin.

Jola wurde blaß und sehr ruhig. »Wie ist es passiert?«

»Ich weiß nicht, Kind. Wir haben sie im Garten beerdigt, wo früher deine Schaukel stand.«
»Du hast mir fest versprochen, auf sie aufzupassen, Oma. Du hast es nicht getan.« Jola drehte auf dem Hacken um und lief in den Garten hinunter, eine bekümmerte Großmutter zurücklassend.
»Es war soviel los. Ich konnte meine Augen ja nicht überall haben – mir tut's doch selber so leid – nun macht Jolakind mir Vorwürfe.« Großmutter zog einen Schluchzer hoch, suchte nach dem Taschentuch in ihren Schürzentaschen, fand schließlich ein zusammengeknülltes bräunliches Ding im Ärmel und schneuzte sich hinein. »Geh ihr nach, Luise.«
Links und rechts vom Serpentinenweg, der zum unteren Teil des Gartens führte, tropfte der Regen aus den Rosenbüschen. Mandelbäumchen schneiten rosa Blüten. Auf der großen Rasenfläche zum See leuchteten gelbe und weiße Narzisseninseln und himmelblaue Vergißmeinnichttuffs. Dazwischen lagen hastig fortgeworfene deutsche Stahlhelme, Tornister, Uniformstücke; Granaten hatten tiefe Krater in den Rasen gefetzt. Der Steg mit seinem weißen Geländer und der Bank hing im Wasser. Ich fand Jola im Pavillon. Sie wischte mit dem Ärmel ihre Tränen ab.
»Es tut Großmutter sehr leid wegen Benita«, sagte ich und fügte tröstend hinzu: »Sie war ja auch schon alt.«
»Wie euer Bolle überfahren wurde, hat es dich auch umgehauen. Wenn ich hiergeblieben wäre, wär es bestimmt nicht passiert,« schluchzte sie.
»Benita wär so oder so bald gestorben, da hättest du auch nichts dran ändern können.«
Sie war die Begleiterin unserer Kinder- und Jugendjahre

gewesen, sie hatte einfach zu uns gehört. Übrigens hat sie Mussolini, der am 28. April erschossen wurde und in Mailand mit dem Kopf nach unten zur Schau hing, nur um einen Tag überlebt.

Aber das wußten wir damals noch nicht, wir hatten ja weder Zeitungen noch Strom, um Radio zu hören.

Von einem Schlauchboot aus fischten russische Soldaten auf rasche, gründliche Art, das heißt, sie warfen eine Handgranate ins Wasser, das in einer hohen Fontäne aufbrach. Ringe weiteten sich bis zum Ufer aus. Nachdem sich der See beruhigt hatte, schwammen silbrig glänzende Fischleiber auf seiner Oberfläche. Mit Stahlhelmen holten die Soldaten sie an Bord.

Jola pflückte ein paar Narzissen für Benitas Grab. »Nimm auch welche für unsere Mütter«, sagte sie und, sich aufrichtend: »Irgendwie komisch, daß wir uns jetzt trennen müssen, Luise.«

Das bedeutete viel Bekenntnis für ihre spröden Verhältnisse.

Als wir am nächsten Morgen unsere Radioapparate auf der Kommandantur abliefern mußten, verlor mein vollbeladener, von der Nachbarin geborgter Kinderwagen ein Rad.

Ein Soldat, der das Anstehen mit einer Fliederdolde dirigierte, schrie mich an. Ich hielt seiner Meinung nach die Abfertigung auf. Aber ich konnte beim besten Willen nicht schneller vorwärtskommen.

»Pomalu«, sagte ich zu ihm. Das Wort hatte ich aufgeschnappt. Vielleicht hieß es »immer mit der Ruhe« oder »halt die Klappe« oder »langsam« –

Auf alle Fälle löste es seine ärgerliche Ungeduld in einem

breiten Grinsen auf. Er nahm die Fliederdolde zwischen die Zähne wie einst die Türken ihren Krummdolch und half mir den Wagen schieben. Lehre mich einer dieses Volk verstehen.

»Lieseken«, sagte jemand hinter mir. Ich sah einen kleinen Mann mit karierter Schiebermütze und einem gewaltigen Kaschmirschal überm Trainingsanzug. Und fiel beinah um vor Schreck.

»Wat is? Wat kiekste mir an wie'n Jeist? Haste ooch jehört, det wa uns umjebracht ham?«

Ich nickte. Vor mir stand der berühmte Clown, den wir herzlich betrauert hatten.

»Det Jerücht war'n Vasehen. Det war'n nämlich nich meine Lucie und ick, sondern unsre Nachbarn. Noch'n Tag bevor die Russen anjetanzt sind, ham wa übern Zaun jesprochen. Sie haben mir jefragt, ob se sich erschießen sollen. Ick hab jesagt: Wovor? Bloß nich de Nerven valiern. Im Grunde wolln Se ja jar nich Ihr wertet Leben auslöschen, bloß Ihre Angst. Und die jeht von janz alleene weg. Hab ick jesagt. Na und da ham se sich richtig erleichtert bei mir bedankt und sind in ihr Haus jejangen und haben sich trotzdem erschossen. Een Wahnsinn det, Mann. Aber manche is ebend nich zu helfen.« Er zog ein goldenes Schlüsselbund aus der Hosentasche und gab es mir. »Der mit'n kleenen Bart paßt in unsre Haustür. Jeh man bei Lucien, die freut sich, wenn de kommst.«

Ich fand sie im ersten Stock ihres Hauses, im einzig heizbaren Zimmer am Fenster sitzend. Sie stopfte Strümpfe. Ihre fetten, zahnlosen Bullis schnarchten unterm Tisch. Zum erstenmal sah ich Lucie ohne Kriegsbemalung. So völlig ungeschminkt wirkte sie

überraschend hübsch und mütterlich. Ich mußte mich zu ihr setzen, Schnaps trinken und erzählen.
»Und wie ist es Ihnen ergangen?« fragte ich.
»Wir haben eine malaiische Artistengruppe im Haus. Als die Russen kamen, haben sie jongliert, um sie von mir abzulenken. Daß wir Artisten sind, sprach sich schnell rum. Nun mußten wir mehrere Vorstellungen geben – tags und nachts. Mein Männe machte den dummen August. Du kennst nicht die Liebe der Russen für den Zirkus. Wir haben sie erlebt. Ein dankbares Publikum – wie die Kinder und ebenso unberechenbar.«
Lucie packte mir ein Stück Speck und Zucker ein. Sie hatten genug davon, denn ihr Publikum zahlte in Naturalien.
Auf dem Rückweg traf ich ihren »Männe«, auf seinem Wägelchen zwei Eimer Wasser ziehend. Er winkte mich heran. »Weeßte wat? Der Pielke – kennste ooch – den Glaser mein ick – also der war früher Rotfront. Wie Adolfen an die Macht jekommen is, streckte sich dem Pielken die Faust zum Deutschen Gruß. Und wie ick ihm ebend bei die Pumpe bejegnet bin, hatte er ne rote Binde um, und seine Finger waren wieda krumm. Det nenn ick Anpassungsvermöjen. Hat dir Lucien wat einjepackt? Ja? Denn is jut.« Er zog an der Deichsel, beim Anrucken schwappte Wasser aus den Eimern. »Tschüs, Lieseken. Verjiß nich, dein Frollein Mutta zu jrüßen.«

Schon beim Betreten unseres Hauses hörte ich Guido und Rosina toben. Er fluchte »Sacramento« und »Porca miseria«, sie rief ein übers andere Mal »Mamma mia«.
Im kalten, fensterlosen Wohnzimmer hockten meine Mutter und Hanna Barris, in Decken gehüllt. Frau Barris

rauchte die fortlaufenden Generationen der Zigarettenkippen, Hujos genannt, in Durchschlagpapier gerollt. Meine Mutter rülpste hinter vorgehaltener Hand und sagte stilvoll »Pardon«. Beide hatten dunkelrote Backen, »Hallo, Luise –«, und eine schwere Zunge.

»Was ist denn im Keller los?« fragte ich.

»Wir waren bei Frau Bellmann drüben.«

»Ja und?«

»Wir haben vergessen, die Terrassentür zuzumachen. Denn eigentlich wollten wir gleich wiederkommen.«

»Inzwischen waren Plünderer im Haus. Von uns haben sie nichts mitgenommen. Aber Guido haben sie ausgeraubt.«

»Es müssen Freunde von ihm gewesen sein, die genau Bescheid wußten.«

»Ist das nicht herrlich?«

Beide strahlten vor Schadenfreude.

»Und wieso seid ihr so besoffen?«

Sie sahen sich überlegend an. »Sind wir betüdelt? Aber iwoo!!«

»Die paar Likörchen bei Frau Bellmann. Da waren wir nämlich zum Tee.« Meine Mutter stand auf, öffnete die Tür zum Biedermeierschrank, stieg hinein und wieder heraus. »Ach, das ist mir aber unangenehm. Ich dachte, es wäre die Tür . . .«

So hatte ich sie noch nie erlebt.

Am selben Abend sollte die offizielle Siegesfeier der Russen stattfinden. Es war der 8. Mai.

Ich saß an meinem Zimmerfenster, vor mir die im Abendwind wehenden Arme der Trauerweide, heitere Melancholie verbreitend. Andere Bäume haben Äste.

Trauerweiden haben Arme. Ihre Bewegungen erinnern an offenes, langes Frauenhaar.
Ich mußte plötzlich sehr stark an Jobst denken. Es war nun auch schon wieder ein halbes Jahr her, daß mein Liebster »im Luftkampf gegen eine Übermacht von Feindflugzeugen« gefallen war, wie es in seiner Todesanzeige hieß.
Auf meinem Schreibtisch standen mehrere Fotos von ihm, mit Jagdmaschine in Fliegerkombination, ohne Maschine in Räuberzivil – aber immer mit dem gleichen unbedenklichen Grinsen. Warum war er nur so hoffnungslos tot. Jolas Vater war wenigstens nur vermißt und ihr Karl-Heinz wohl in russischer Gefangenschaft . . .
Hinter unserem Grundstück fanden sich Männerstimmen in einem Volkslied, das getragen begann und immer schneller wurde und immer peitschender und viele, viele Strophen hatte. Es klang wunderschön und dennoch bedrückend, denn die da sangen, waren die Sieger.
Man muß erst lernen, besiegt zu sein.
Bisher hatte die nationalsozialistische Diktatur unser Leben bestimmt, nun taten das die Alliierten. Was würden sie sich als Zukunft für uns ausdenken? Würden sie uns überhaupt die Chance einer Zukunft geben? Aber egal, was uns erwartete, dieser grauenvolle Krieg war endlich zu Ende, und es würde bestimmt keiner, der ihn miterlebt hatte, je wieder auf die Idee kommen, noch einmal einen anzufangen.
Ein Akkordeon begleitete jetzt den Vorsänger. Bunte Leuchtmunition flog in den Abendhimmel, trockene Schüsse knallten, selbst die Artillerie rumste. Durch die leeren Straßen patrouillierten motorisierte Streifen.
Die Siegesfeier begann.

5

Die Weltuntergangstimmung, die uns in den letzten Kriegstagen zusammengetrieben hatte, wie Herdenvieh vor einer Naturkatastrophe, war vorüber. Jeder kehrte in seinen Alltag zurück. Niemand kam mehr auf die Idee, beim Nachbarn unaufgefordert hereinzuschauen.
Man lebte wieder für sich, sofern man vier heile Wände und ein Dach darüber zur Verfügung hatte. Begegnete man sich auf der Straße, wurden Erlebnisse und Erfahrungen ausgetauscht. Man bestellte Grüße und war schon vorüber.
Nur in der akuten Gefahr sind wir ein Volk von Nachbarn. Bereits als Kinder bauen wir Zäune und dichte Büsche um unsere Holzklotzhäuschen, damit keiner uns zu nahe kommen kann, den wir nicht dazu eingeladen haben.

Hanna Barris hielt es nicht länger in Wannsee. Sie wollte wissen, was von ihrer Wohnung in der Teplitzer Straße noch übrig war.
So brach sie eines Morgens mit einem geborgten Rad von Frau Bellmann Richtung Grunewald auf. Ich begleitete sie. Auf der Avus, der ehemaligen Auto-Rennstrecke zwischen Berlin und Nikolassee, mußten wir alle zwei Kilometer absteigen und unsere porösen Schläuche durch frisch eingepumpte Luft aufrichten.

Das Haus, in dem ich Baby und Nervensäge und Volksschulkind gewesen war, bestand nur noch aus einer Fassade mit Fensterhöhlen, zu denen es keine Stockwerke mehr gab.
Olrik und Hanna Barris' Atelierwohnung lag etwa zweihundert Meter weiter. Vor der Tür trafen wir Frau Noske aus der dritten Etage. Ihren Räumen zum Garten fehlte die Außenfront. Folglich lebte sie wie auf einem Balkon. Ein Glück, daß es auf den Sommer zuging. Ob Frau Barris etwa wieder im fünften Stock einziehen wollte?
»Ja«, sagte Hanna, »wenn irgend möglich. Ich erwarte jeden Tag meinen Mann zurück.«
Frau Noske sah sie so sanftmütig an, wie Berliner einen armen Irren anzusehen pflegen. »Wer sonst nischt mehr hat, dem soll man wenigstens nich seine Illusionen rauben«, sagte sie hinter uns her.
Bis zum dritten Stock war die Treppe geräumt, danach nicht mehr. Dann wurde es hochalpin. Wir kraxelten über Mauerbrocken und Scherben steil zum fünften Stock empor. Über uns war kein Dach mehr. Dafür schwebte ein geknickter Schornstein als Bedrohung zwischen weißen Wolken. Schuttmassen machten es uns schwer, die Wohnungstür aufzuschieben. Wir schafften gerade einen Spalt, durch den wir uns seitwärts in die Diele zwängten. Früher war sie stockdunkel, weil ohne Fenster, jetzt sonnendurchflutet. Das kam von dorther, wo einmal die Küche gewesen war. Nun pendelte ihre Tür über einem fünf Stock tiefen Abgrund.
»Vorsicht, Luise, bleib hinter mir«, warnte Hanna und stieg über einen Schuttberg in Barris' Arbeitszimmer. In der Decke war ein Loch, durch das man den Himmel

sah. Auf dem Ledersofa häuften sich zerbrochene Dachziegel. Eines der wandhohen Bücherregale war zusammengestürzt. Sein Inhalt moderte auf dem Fußboden zwischen Pfützen vom letzten Regenguß.

Auf der Schreibtischplatte stand unversehrt die Teetasse, aus der Hanna getrunken hatte, als der Luftangriff kam, bei dem eine Sprengbombe das Haus halbierte. Hanna feierte Wiedersehen mit jedem Stück, das noch erhalten war.

»Als erstes muß das Loch repariert werden, damit es nicht mehr reinregnet. Morgen radle ich nach Berlin und mobilisiere unsere Freunde. Sie müssen mir dabei helfen.« Dann fielen ihr Barris' Bilder ein. Wo waren die geblieben? »Richtig. Die habe ich im Keller deponiert. Wir müssen sofort runter und nachsehen, ob sie noch da sind.«

Es begann der lebensgefährliche Abstieg, vor dem mir grauste, weil mir schwindlig war.

Frau Barris sammelte Bücher ins mitgebrachte Netz, mir drückte sie Erstausgaben von Heinrich Heine in die Hand. »Sind nicht schwer, kannst du tragen«, versicherte sie mir. Tragen schon, aber wie sollte ich mich am Schutt festhalten, wenn es abwärts ging?

Meine Fußsohlen verkrampften sich schmerzhaft wie immer, wenn mir ein steiler Abgrund bevorstand. Ich setzte mich auf den Hintern, verlor dennoch das Gleichgewicht, kriegte Fahrt, hörte die Erstausgaben poltern, landete zerschunden im dritten Stock.

Die Bücher sahen nach ihrem Absturz nicht besser aus als ich, aber wenigstens bluteten sie nicht.

Koffer und Mappen mit Barris' Bildern und Collagen im Kellerverschlag waren geöffnet worden. Ihr Inhalt lag über den Boden verstreut, mit Fußabdrücken versehen. Wir sammelten sie in die Mappen zurück.

Ehe wir auf unsere Räder stiegen, brachte Hanna einen Zettel mit ihrer Wannseer Adresse im Hausflur an. »Damit Barris und unsere Freunde wissen, wo sie mich finden können.«

6

Am 23. Mai 1945 hatte das Deutsche Reich – 1871 durch Bismarck in Versailles proklamiert – aufgehört zu existieren.
Deutschland wurde in vier Besatzungszonen aufgeteilt, Berlin – Insel im sowjetisch besetzten Gebiet – zur Viersektorenstadt erklärt, mit einem alliierten Kontrollrat an der Spitze. Der Bezirk Zehlendorf, zu dem Wannsee gehörte, war nun amerikanischer Sektor. Die Russen zogen sich in den Osten von Berlin zurück.
Und wieder rasselten Panzer über unsere Königstraße Richtung Berlin, gefolgt von Lastwagen, beladen mit Soldaten, luxuriöse Straßenkreuzer folgten, ein endloser Zug, zu Fuß ging keiner. Die Amerikaner zogen in Berlin ein.
Wir sahen sie vorüberrollen. Gesunde, kräftige, blitzsaubere, zum Teil blendend aussehende Männer in adretten Uniformen. Sie warfen Schokoladenriegel und Orangen, Zigaretten und Weißbrot den ausgehungerten Kindern und Frauen am Straßenrand zu. Soldaten von einem anderen Stern – so kam es uns vor.
Kein jahrelanger brutaler Fronteinsatz hatte sie verbraucht und abgezehrt wie deutsches und russisches Militär.
Die Amis traten nicht mehr als Eroberer auf. An ihr Privileg, Sieger zu sein, hatten sie sich auf der Fahrt

durch Deutschland bereits gewöhnt. Sie rollten als Gönner ein und schleuderten ihren Wohlstand auf Besiegte, sahen ihre gebückten Rücken und gierig grapschenden Hände, ihren tätlichen Streit um eine Zigarette.

»Wie kann man sich nur so demütigen«, sagte der baumlange Herr von Warzin, dessen Grundstück an unseres grenzte. »Haben diese Leute vergessen, daß es die Amerikaner waren, die unsere Städte aus der Luft zerstört haben? Zuletzt auch noch unser schönes Potsdam.«

»Nu regen Sie sich man nich auf, Herr Baron«, beschwichtigte ihn unsere Gemüsehändlerin, die mangels Ware genügend Zeit hatte, beim Einzug der Amerikaner Spalier zu stehen. »Die Jungs da haben die Bomben genausowenig geschmissen, wie Sie für angebliche Naziverbrechen zuständig sind.«

Warzin war strenggläubiger Protestant und mehrmals für seinen Glauben ins Gefängnis gegangen. »Ich schließe mich von keiner Schuld aus, meine Verehrteste«, widersprach er.« Und auch Sie sollten das nicht tun. Wer über die Erfolge seines Volkes im Kriege gejubelt und von *unseren* Siegen gesprochen hat, der muß sich auch zu *unseren* Verbrechen bekennen. Guten Tag.« Er lupfte andeutungsweise seinen speckigen Hut und stakste vondannen, ein ausgemergelter Riese, auf dem der Jagdanzug wie auf einer stöckrigen Vogelscheuche hing. Er hatte drei Söhne in diesem Krieg verloren.

»Dem ist auch nich zu helfen«, sagte die Gemüsehändlerin hinter ihm her. »Dafür büßt der viel zu gerne . . . egal, für was. Dem is bloß wohl, wenn er seine Wange hinhalten kann.«

»Ach, seien Sie doch ruhig«, fuhr Hanna Barris sie an.

In diesem Augenblick flog eine Zigarette über die Köpfe

hinweg, rollte ausgerechnet vor ihren Füßen aus. Seit zwei Tagen hatte Hanna keinen Stummel eines Stummels gehabt und litt unter Entzugserscheinungen. Einen Augenblick lang starrte sie wie hypnotisiert auf diesen wunderbaren weißen amerikanischen Glimmstengel, dann atmete sie tief durch und sagte: »Komm.« Ging entschlossenen Schrittes in unsere Straße hinein, sprach weiter auf mich ein, merkte endlich am Fehlen meiner Antworten, daß ich nicht mehr neben ihr ging, drehte sich um, sah mich da, wo sie mich verlassen hatte. »Was ist?«

»Ich steh auf ihr.«

Und als keiner schaute, bückte ich mich schnell und holte die Zigarette unter meiner löcherigen Schuhsohle hervor. Sie war zwar plattgedrückt, aber heil. Eine Camel.

»Ach, Schätzchen!« Frau Barris griff gierig zu. Ihr Stolz hatte sich nur auf das Bücken nach, aber nicht auf das Rauchen der Zigarette bezogen.

So begann unsere amerikanische Besatzungszeit.

Ich war gerade von meiner Hilfskrafttätigkeit im Arbeitsamt zurückgekehrt und stand hungrig vor den Tomatenpflanzen in unserem Garten, aber von meinem Verlangen wurden ihre grünen Kügelchen nicht größer und auch nicht röter. Da sah ich den Mann.

Er hangelte sich auf Krücken die Stufen zu unserer Haustür empor, trug eine Feldmütze, die sein ausgemergeltes Gesicht beschattete, und eine geflickte Uniformjacke über zu weiten Smokinghosen.

»Wohnt hier Frau Barris?«

»Ja, aber sie ist nicht da«, sagte ich. »Worum geht's denn?«

»Ich habe ihren Mann gekannt. Wir waren beim selben Haufen bis Frankfurt Oder.«
Ich nahm ihn mit ins Haus. Im Wohnzimmer stellte er seine Krücken ab und wälzte sich in einen Sessel.
»Bringen Sie Nachricht von Herrn Barris?«
»Ich hab ja schon gesagt, wir war'n beim selben Haufen – alles Versprengte, vom Heldenklau erwischt und wieder an die Front geschoben.« Er sah sich suchend auf den Tischen um. »Ne Zigarette haben Sie zufällig nicht? Oder nen Schnaps?«
»Nein, leider. Aber ich mache Ihnen einen Tee.« Den wollte er nicht. »Erzählen Sie. Wie geht es Barris?«
»Tja, das war so. Vor Frankfurt war das. Im Außenbezirk. Straßenkämpfe. Die Bevölkerung, da wo wir waren, wollte nicht mehr. Laßt doch den Widerstand, ergebt euch, sonst schießt der Iwan alles kurz und klein, haben die gesagt. Und da hat Olli – so haben wir Olrik Barris genannt – hat der Olli mit dem Kompanieführer geredet. Die beiden verstanden sich gut. ›Mensch‹, hat Olli zu ihm gesagt, ›hiß endlich den weißen Lappen, damit ein Ende ist. Sonst gehn noch mehr Menschen und Häuser drauf.‹ Und das haben sie auch gemacht. Dann ist das passiert, womit keiner mehr gerechnet hat. Ne SS-Einheit ist zu uns gestoßen. Schlug die Russen um zwei Straßen zurück und hat gefragt, wer den Befehl zur Kapitulation gegeben hat. Na, da hat sich Olli gemeldet, weil es ja seine Idee gewesen war. Und dafür haben sie ihn aufgeknüpft.«
»Wen?«
»Na, Olli.«
Mir war übel vor Schreck. »Was haben sie?«
Der Mann machte die Gebärde des Aufhängens.

»Nein.«

»Wenn ich es Ihnen sage. Ich hab ihn doch baumeln sehen. Ich wollte noch hin zu ihm, aber dann kamen Tiefflieger, und da sind wir nichts wie weg.«

In diesem Augenblick kam meine Mutter vom Anstehen nach Hause. »Red du mit ihm«, sagte ich und lief in mein Zimmer hinauf.

Ich hatte mal in der Zeitung ein Foto gesehen von einem aufgehängten Offizier mit einem Pappschild um den Hals: »Ich bin ein Feigling, der sich geweigert hat, Frauen und Kinder zu verteidigen.« Bloß nicht die Augen zumachen, sonst verwandelte sich der Offizier auf dem Foto in Barris. Bloß die Vorstellung weit fortschieben, sonst drehte ich durch.

Nach einer Weile hörte ich Krücken im Vorgarten, das Quietschen der Tür und dann die eiligen Schritte meiner Mutter auf der Treppe. Sie war weiß um die Nase, als sie sich auf mein Bett setzte. »Ich habe ihn persönlich kaum gekannt – aber es ist kein Tag vergangen, an dem du nicht von ihm erzählt hast – und nun das, in allerletzter Minute –!«

»Frau Barris darf nichts erfahren, Mutti, hörst du? Sie freut sich so auf seine Rückkehr. Sie soll sich so lange freuen, wie es geht. Wenn sie's erfährt, macht sie Schluß.«

»O Gott«, sagte meine Mutter, »ogottogott.«

Ich hörte Hannas schleppende Schritte auf die Haustür zu. Ein Lächeln verdrängte die Erschöpfung, als ich ihr öffnete. Sie sank auf einen Stuhl in der Diele, betrachtete ihre zerschundenen Hände, brach in ein Gähnen aus, das nicht enden wollte. Sah mich glücklich an. »Das Loch im

Dach ist zu. Wie gut, wenn man Freunde hat, die einem helfen.«

»Gratuliere«, sagte ich.

»Kaffee ist fertig«, rief meine Mutter aus der Küche, während ich ihr eine Camel vor die Nase hielt.

»Nanu«, wunderte sie sich. »Was ist denn hier für ein Luxus ausgebrochen?«

»Von Frau Hübner.« Das war eine der Nachbarinnen, die das Kriegsende in unserem Keller durchstritten hatten.

»Und alles für mich?« Hanna sah uns plötzlich mißtrauisch an. »Ist was?«

»Aber nein, was soll denn sein?« versicherte ich. »Wir wollten Ihnen nur eine Freude machen, Frau Barris.«

»Wie lieb von euch!«

»Sie müssen was essen«, sagte meine Mutter. »Ich koche Ihnen ein schönes Mehlsüppchen.«

Bei dem Gedanken an klüterige Suppe aus grauem Mehl wehrte Hanna ab. »Ach – bitte, machen Sie sich keine Umstände.« Ihr Kopf sackte vornüber. Die halbgerauchte Zigarette fiel ihr aus der Hand. Sie war eingeschlafen.

Wir betrachteten sie voll tiefem Mitleid. Ein Kinderkörper in zerschundener Erwachsenenkleidung, dem der Wille Überkräfte abverlangte. Und alles für einen Mann, den man in Frankfurt an der Oder aufgehängt hatte.

7

Es ist also wahr, was Hanna uns in einer der letzten Kriegsnächte erzählt hat. Es ist noch viel, viel grauenvoller. Es ist unvorstellbar.

Wenn nicht die Fotos von den wie Müll zu einer Halde gestapelten Leichen wären und die zum Skelett abgemagerten KZ-Häftlinge bei ihrer Befreiung durch die Alliierten, würden wir noch immer zweifeln, weil ein zivilisierter, human erzogener, mit Gewissen und Mitleid ausgestatteter Mensch solche Bestialität nicht auf einmal fassen kann.

Es sollen nach ersten Schätzungen in deutschen Konzentrationslagern mehr Menschen aus rassischen, religiösen, politischen und nationalen Gründen umgekommen sein als Soldaten aller Länder im Krieg. Ihrer Würde beraubt, zu Tode gefoltert, verhungert, vergast.

Und das haben Leute verbrochen, die stolz darauf sind, zum Volk der Dichter und Denker und tapferen Soldaten zu gehören.

Wir gehören auch dazu.

Diese Schuld trifft uns lebenslänglich mit.

Wenn man wie wir in einer Diktatur aufgewachsen ist, gewöhnt man sich daran, in der Furcht vor Verhaftung zu leben. KZs mit Folterungen und Erschießungen gehören zu ihrem Alltag.

Aber wie war es möglich, daß wir nichts von diesem

Millionenmord erfuhren? Haben alle Beteiligten so dicht gehalten? Die sadistischen Peiniger, die zuständigen Behörden, die Hersteller von Vergasungsöfen, die Chemiker, die ihre Präparate nicht an Mäusen und Kaninchen, sondern an Häftlingen ausprobieren ließen, die Eisenbahner, die Judentransporte in die Vernichtungslager spedierten ...

Unser Entsetzen war zu groß, um es allein tragen zu können. So hockten wir bei Genthins um den großen Küchentisch – meine Mutter, Großmutter, Frau Schult, Jola und ich. Vor uns lag die Zeitung mit den KZ-Berichten und den herzzerreißenden Bildern.
»Man kann ja als Deutscher keinem Alliierten mehr in die Augen sehen«, jammerte Großmutter Genthin, und Frau Schult sagte: »Das hat der Adolf bestimmt nicht gewußt, sonst hätte er das nie zugelassen. Das war der Himmler, das Schwein.«
»Meine jüdischen Bekannten sind alle rechtzeitig emigriert«, entschuldigte sich meine Mutter unaufgefordert.
»Aber es waren noch genügend da, die mit ihrem gelben Stern, wie Aussätzige gezeichnet, durch die Straßen huschten«, erinnerte ich sie. »Und die waren dann plötzlich auch nicht mehr da.«
»Ich dachte, die leben im Untergrund. Wir haben ja auch ab und zu mal jemand über Nacht aufgenommen, erinnerst du dich, Luise?«
»Außerdem hat es geheißen, die wären in Lagern und Ghettos zusammengefaßt worden«, sagte Frau Genthin. »Aber was da aus ihnen geworden ist, darüber hat sich auch keiner von uns Gedanken gemacht. Im Grunde

genommen waren wir froh, daß sie nicht mehr da waren und unser Gewissen durch ihren Anblick belastet haben«, sagte ich. »Das war reiner Selbstbetrug.«

»Wir hatten genug eigene Sorgen in den letzten Jahren«, sagte Oma Genthin.

»Und was die amerikanischen Bomber in Dresden angerichtet haben, war das vielleicht weniger entsetzlich?« erinnerte Frau Schult.

»Nein, aber das war eine Kriegshandlung, das andere gezielter Massenmord, der bereits in Friedenszeiten geplant wurde.«

»Mord bleibt Mord, Luise.«

»Typisch«, sagte Jola, die bisher stumm vor sich hin gegrübelt hatte, an ihrem Zeigefingerknöchel nagend, wie immer, wenn sie sehr bewegt war. »Alle flüchten vor der Schuld erst einmal in eine Entschuldigung. Sich reinzuwaschen ist anscheinend wichtiger als das Mitleiden mit den Opfern. Solange wir noch andere Schuldige finden, fühlen wir uns selbst entlastet.«

»Aber wir haben doch nichts Böses getan!« begehrte Oma Genthin auf.

»Ich habe jedem Verfolgten geholfen, wenn ich konnte«, versicherte meine Mutter.

»Herr von Warzin hat neulich gesagt: Wer über die Erfolge unserer Soldaten im Krieg gejubelt und von unseren Siegen gesprochen hat, der muß sich auch zu unseren Verbrechen bekennen.«

»Hört ihr ab und zu mal politische Kommentare?« fragte Jola.

»Wir haben ja kein Radio mehr.«

»Man hat bereits den wahren Schuldigen an dem Entsetzlichen gefunden: den preußischen Geist, der noch in uns spukt. Der unbedingte, geistesblinde Gehorsam, die strikte Ausführung eines Befehls der Obrigkeit, egal wie bestialisch er ist«, sagte Jola, »der ist schuld. Dabei vergißt man nur, daß preußischer Geist auch Ehrgefühl, Anstand, Korrektheit und Einfallslosigkeit bedeutet hat. Für solche Greueltaten, die da geschehen sind, braucht man eine sadistische Phantasie. Ich meine, der wahre Schuldige ist die Angst jedes einzelnen um seine eigene Sicherheit.«

»Und ist die vielleicht nicht menschlich? Wer stirbt schon gerne für andere, wenn er dazu nicht gezwungen wird«, gestand Großmutter einsichtsvoll.

Und meine Mutter, Brotkrümel auf dem Tisch zusammenschiebend: »Es gibt schon lange kein Preußen mehr. Es gibt nun auch nicht mal mehr ein richtiges Deutschland. Und wißt ihr, was mich so betroffen macht? Daß es mir völlig gleichgültig ist. Ich habe heute meinen Patriotismus verloren. Den haben meine Schuldgefühle erdrückt.«

Als wir an diesem Abend von Genthins nach Hause kamen, stand Hanna Barris in der Küche und kühlte ein blaues Auge.

»Haben Sie sich geprügelt?« fragte ich interessiert.

»Ja. Und ich habe angefangen«, sagte sie.

»Wo?«

»In der S-Bahn. Ein paar Mitfahrer diskutierten die Berichte aus den KZs. Da mischte sich ein Kerl ein und lachte sie aus. ›Wie könnt ihr bloß so dämlich sein, den ganzen Quark zu glauben, den die Amis erzählen. Das ist doch alles erstunken und erlogen. Die wollen uns bloß fertigmachen.‹ Ja, und da habe ich ihm eine gelangt. Zum

erstenmal habe ich jemandem eine gelangt. Er hat zurückgeschlagen.«
»Und die andern Leute im Abteil?«
»Haben zugeschaut und anschließend in ihre Zeitung gestarrt. Die Angst, was Falsches zu sagen oder zu tun, sitzt noch viel zu tief in allen drin.«
»Von wem wußten Sie eigentlich von den Massenmorden?« fragte ich.
»Von Kaspar Christ. Den kennst du ja. Du hast ja bei ihm im Lazarett gearbeitet. Er wußte, wenn seine nervenkranken Patienten auf höheren Befehl verlegt wurden, bedeutete das Tötung ›unwerten Lebens‹. Darum hat er sich vor sie gestellt. Als er zu unbequem wurde, versetzte man ihn an die Front in ein normales Lazarett. Unterwegs hat er die Güterzüge gesehen, die mit Verschleppten vollgestopft waren. Er sagte, so unwürdig befördert man nicht Menschen, für die man ein humanes Schicksal vorgesehen hat. Und einmal hat er sich lange mit einem Lagerarzt unterhalten, den Gewissensbisse plagten. Aber das auch erst, nachdem wir zu siegen aufgehört hatten.«
»Früher habe ich immer an das Gute im Menschen geglaubt«, sagte ich.
Und Hanna: »Das habe ich mir schon lange abgewöhnt. Heute traue ich nicht mal denen mehr, die beseligt ihrem Mozart lauschen und weinen, wenn ihr Wellensittich stirbt.«
»Aber wie ist das alles möglich?« Ich begriff noch immer nicht. »Wenn ich zurückdenke – so richtig grausamen, von Grund auf bestialischen Menschen bin ich nie begegnet. Und Jola auch nicht.«
Sie nahm ihre Kompresse vom Auge, um sie ins kalte

Wasser zu legen, und lächelte mich nachsichtig an. »Tja, ihr beide – ihr hattet das Glück, behütet aufzuwachsen. Und arisch zu sein.«

8

Guido und Rosina zogen endlich aus. Ein amerikanischer General hatte sie für seine Villa als Hausmeisterehepaar engagiert. Der würde seine helle Freude an den beiden haben.

Wenige Tage später hielt ein Jeep vor unserer Tür. Eine etwa vierzigjährige Frau in amerikanischer Uniform und ihr Fahrer stiegen aus und wünschten eingelassen zu werden. Ihr perfektes, leicht berlinisch gefärbtes Deutsch und der Widerwille, mit dem sie mich betrachtete, ließen auf eine Emigrantin schließen. Sie schob mich beiseite und ging durch die Wohnung, jedes Möbelstück begutachtend. Ihr Fahrer mußte ab und zu einen Teppich anheben. Sie öffnete Vitrinen und Buffettüren, notierte stumm auf einem Block, erinnerte sich irgendwann an mich, die ich ihr interessiert gefolgt war.

»Wer ist Wohnungseigentümer?«

»Meine Mutter.«

»Name?«

»Charlotte Hartwig. Ist aber nicht da.«

»Okay, sagen Sie Ihrer Mutter, daß der Bodjardteppich und der Sultanabad beschlagnahmt sind. Außerdem das Kurland-Service für 24 Personen.«

Die Möbel waren gottseidank durch Tieffliegerbeschuß zu stark beschädigt, um ihr Interesse zu erregen. »Ihre

Mutter haftet mir dafür, daß die auf diesem Zettel aufgeführten Gegenstände nicht entfernt werden. Ich lasse sie morgen früh abholen.«

Nachdem sie gegangen war, schloß ich das Haus ab und radelte zu Genthins.

Ich hatte Jola, die als Hilfskraft in einem Krankenhaus arbeitete, versprochen, mit ihr nach Dienstschluß das Kanu aus dem See zu heben.

Die Tür zum Haus stand offen. In der Halle schurrte Frau Schult einen Schrankkoffer übers Parkett.

»Was ist denn hier los?«

»Ach, Mensch, Luise«, begrüßte mich Jola, den Wellenschrank ausräumend, »unser Haus ist beschlagnahmt. Wir müssen binnen vierundzwanzig Stunden raus und dürfen nur unsere persönliche Habe mitnehmen. Sie wollen ein Gästehaus für die Amis draus machen. Großmutter hat versucht, daß wir im Chauffeurshäuschen oder im Kavaliershaus bleiben können. Sie und Frau Schult würden gern dafür in der Küche arbeiten, aber nichts zu machen . . .«

»Luise, was sagst du dazu!« eilte Frau Genthin, die Arme voller Bettwäsche, in die Halle und warf sie in eine geöffnete, altmodische Reisetruhe, in der schon zwei kleinere Heiligenfiguren und in Damastservietten eingewickeltes Porzellan untergekommen waren. »Diese Amis! Stehlen mir mein Haus. Da waren die Russen ja noch bescheiden. Die haben nur das Auto mitgenommen, als sie abzogen.«

»Bei uns waren sie auch«, sagte ich.

»So eine in Uniform mit berlinischem Tonfall? Ja? Der macht das richtig Spaß, uns zu vertreiben. Seid ihr auch beschlagnahmt?«

»Nur ein paar Sachen. Von Antiquitäten versteht sie was.«

»Die glaubt doch nicht im Ernst, daß ich meine guten Erbstücke hierlasse. Wir sollen zwar unser Haus irgendwann wiederkriegen, wer aber garantiert mir, daß das Inventar dann noch vorhanden ist? Wenn bloß jeder zweite, der hier wohnt, ein Stück mitgehen läßt, so wie mein Enkel Horst damals in Frankreich – was bleibt dann noch übrig? Neiheihein, meine Sachen kriegen die nicht. Ich habe mit unseren Nachbarn gesprochen. Heute nacht tragen wir das wertvollste Zeug durch das Loch im Zaun zu ihnen hinüber.« Sie richtete sich auf, ihr wehes Kreuz durchdrückend, graue Haarsträhnen im Gesicht, und sah sich um. »Da hat man geglaubt, nun ist der Krieg zu Ende, nun ist endlich Ruh – nu so was!« Dann kam neuer Schmerz über sie: »Meine Bohnen und Tomaten! Mein Obst! Alles hat so schön angesetzt. Das ernten nun die Amis! Sag mal, Luise, wenn wir das Gemüse ausbuddeln und bei euch im Garten einpflanzen ... das müßte doch gehen, oder?«

»Aber es kommt dann nichts mehr dies Jahr«, gab Frau Schult zu bedenken.

Jola machte mir ein Zeichen mit den Augen: Komm!

»Wo wollt ihr hin?« rief Frau Genthin hinter uns her. »Hier ist noch genug zu tun.«

»Nur mal ne Pause machen, Oma.«

Wir liefen zum See hinunter.

»Bei Kriegsende hätte Oma noch alles, was sie besitzt, verschenkt, um unser Leben zu retten. Jetzt kämpft sie um jeden Löffel vom Erbsilber«, sagte Jola.

Es ist schon ein Jammer, dachte ich, auf den Großen Wannsee blickend. Hier sind wir um die Wette geschwommen, sind Schlittschuh gelaufen, von Eisscholle zu Eisscholle gesprungen, haben Wasserratten gejagt, Möwen und Enten gefüttert. An dieses Ufer trugen wir unsere erste Verliebtheit und unsere ersten Enttäuschungen. Von hier aus haben wir die Sternschnuppen beobachtet und die Blitze bei Gewitter und die Zweikämpfe zwischen deutschen und feindlichen Jagdfliegern, die uns wie mittelalterliche Ritterkämpfe vorkamen. Froschkonzerte. Das Springen der Fische. Müder Sommerwind in den Trauerweiden. Die tiefe Stille im Herbst, wenn der See sich leerte ...

»Nun lohnt es auch nicht mehr, das Kanu zu heben. Für wen denn? Etwa für die Amis?« sagte Jola neben mir.

Wir hockten auf der Ufermauer, das Wasser mit unseren pendelnden Füßen bewegend.

Der Abschied vom See war der schwerste.

»Wo werdet ihr hinziehen?« fragte ich.

»Großmutter hat in Nikolassee eine alte Freundin aus ihrer Pensionatszeit. Mit Reihenhäuschen. Die will ihr und Frau Schult zwei Zimmer vermieten.«

»Und du?«

»Tja, ich –« Darüber hatte sie vor lauter Packen noch gar nicht nachgedacht. Spürte zum erstenmal das Drittklaßgefühl Heimatloser.

»Du kannst jederzeit zu uns – wenn du willst«, sagte ich.

»Ja, gerne«, nahm sie erleichtert an. »Dann könnten wir heute abend schon einen Teil von meinen Klamotten zu euch rüberbringen.«

»Jola! Luise!!« rief Großmutter Genthin von der Terrasse.

»Gleich«, antwortete Jola.

Wir zogen unsere Füße aus dem See und standen auf.

Liefen durch das Gras, um sie zu trocknen. Blieben unter einem Baum mit Knubberkirschen stehen.
»Kann man Kirschen grün pflücken und nachreifen lassen wie Tomaten?« fragte Jola ausgerechnet mich, deren gärtnerische Kenntnisse sich auf Blumengießen und Rasenmähen beschränkten.
Mit Bootshaken und Paddeln schlugen wir die Kirschen vom Baum.
»So«, sagte sie befriedigt, »das wird Oma beruhigen. Nun können die Amis nicht ihr Obst ernten.«
Die unreifen Früchte sammelten wir in einen Korb. »Aus denen kann man vielleicht noch Gelee machen.«
»Ohne Zucker? Das gibt vielleicht nen Dünnpfiff«, unkte ich.
Wir zogen unsere Strümpfe und Schuhe an. Dabei sagte Jola: »Ich habe jetzt die Erinnerung völlig abgeschaltet – ich meine, die unbrauchbare, die nur sentimental macht. Es ist eben nicht zu ändern.«
Sie warf das Paddel in den See. Holte das andere und warf es dem ersten nach und alles, was sie sonst noch im Bootshaus fand. Ich räumte inzwischen den Pavillon aus. Die Decken und Kissen gingen bald unter. Das Hölzerne trieb langsam mit der Strömung fort. Wir blickten ihm befriedigt nach.
»Was können wir noch machen?«
»Alle Blumen abschneiden.«
Das war ihr nicht genug. Sie fand eine Harke und schlug mit ihr die noch heilen Fenster des Gartenpavillons ein. Ich sah zu, fasziniert von ihrer Zerstörungswut. Dann hatte ich plötzlich einen moralischen Gedanken: »Hör auf! Mensch, hör auf!«
»Warum?«

»Wir spielen ja schon wieder Krieg. Wir wollten doch nie mehr!«
Und somit blieb eine Scheibe vom Pavillon heil.
Gemeinsam trugen wir den Korb voll grüner Kirschen und gerupfte Blumen die Serpentinen hoch, sahen uns beinah gleichzeitig um. Nahmen Abschied vom See.
Er ging uns ja nicht verloren. Es gab genügend öffentliche Ufer auf der gegenüberliegenden Seite, von denen aus wir ihn erreichen konnten.
Aber das waren Ufer ohne unsere Kindheitserinnerungen. Und es gibt eben Plätze im Leben, auf denen man, wann immer man sie betritt, nicht aufhört, sich als Kind zu fühlen. Egal, wie schiech und runzlig man inzwischen geworden ist. Hat mir mal eine alte Wannseerin gesagt.

Am nächsten Tag fuhr die Emigrantin wieder vor unserem Haus vor, diesmal gefolgt von einem Lastwagen, auf dem sich Möbel wie Schlachtvieh drängten.
Sie wollte das beschlagnahmte Service und die beiden kostbaren Brücken abholen. Aber siehe, ein Teppich war verschwunden und vom Service nur noch die Hälfte vorrätig. Meine Mutter konnte nicht lügen. Sie schlotterte am ganzen Körper, als sie ihr Wundern über die vermißten Gegenstände kundtat. Redete sich auf Diebe heraus – ihr war ja schon soviel gestohlen worden – allein ihr herrlicher Schmuck . . .
Die Emigrantin bedachte sie mit ätzender Verachtung.
»Hören Sie auf, mich für dumm zu verkaufen, Frau Hartwig. Den Tod von Millionen meiner Glaubensgenossen haben Sie protestlos hingenommen. Aber wenn es um Ihre Tassen geht, werden Sie aktiv.«
Diese Anschuldigung machte meine Mutter stumm.

Die Emigrantin sagte: »Um Drei holt Sie die Militärpolizei ab. Halten Sie sich zur Verfügung, Frau Hartwig.« Drehte sich auf dem Hacken um und ging zum Wagen. Meine Mutter heulte auf: »Dein Vater war in keiner Partei! Ich auch nicht! Ich habe bloß Lebensmittelkarten ausgetragen, um mir mein Hausmädchen zu erhalten. Wir haben uns nichts zuschulden kommen lassen –«
»Mutti«, erinnerte ich sie beschwörend. »Es geht um den Teppich und das Geschirr, das du versteckt hast. Um nichts anderes. Rück den Krempel raus, und alles ist gut!«
Aber das konnte sie nicht, selbst wenn sie gewollt hätte. Die Sachen waren bei Frau Bellmann im Keller und dieselbe bei Bekannten in der Stadt.
Am Nachmittag hielt ein Jeep der Military Police vor unserer Tür. Zähneklappernd fragte meine Mutter, ob sie Wäsche zum Wechseln einpacken müßte.
»O Jesus – get in!« fluchte der Fahrer ungeduldig.
Da stieg sie denn ein und sah sich tragisch nach mir um.
»Leb wohl, mein Kind, vergiß nicht, Vati zu gießen.«
Der Jeep wendete, bog in die Königstraße ein Richtung Zehlendorf. Meine Mutter auf dem Beifahrersitz hatte bis zuletzt den Blick auf ihr ramponiertes Eigenheim gerichtet und auf mich, die auf der Straße stand und ihr nachwinkte.

Etwa eine Stunde später führte Jola ihr Rad mit vollbepacktem Gepäckständer und Reisetaschen an der Lenkstange vor unsere Gartentür.
»Luiise«, rief sie, »kannst du mir helfen?«
Während wir ihre Habe in mein Zimmer hinauftrugen, sagte ich: »Meine Mutter hat die MP abgeholt.«

Jola wollte mir auch etwas erzählen, aber ihr kam das Lachen dazwischen.
»Was ist denn los?« Ich lachte bereits mit, ohne zu wissen, worum es ging. »Nun sag schon –«
»Kann nicht –« Tränen liefen über ihre Wangen.
»Mann, bist du albern.«
Die Story, die sie mir schließlich berichtete, besaß Possenniveau.
Auf der Fahrt Richtung Bahnhof Wannsee hatte der Militärpolizist meiner Mutter erzählt, daß er noch eine »ol' crook«, eine alte Gaunerin, abholen müßte. Wie staunte sie, als der Jeep in das Genthinsche Anwesen einbog. Wie staunte Großmutter Genthin, als sie meine Mutter mit verzagter Miene und verwehten Haaren bereits drin sitzen sah.
»Hach, Frau Hartwig! Sie auch? Soo sieht man sich wieder!«
Und meine Mutter: »Wenn das unsere Männer noch erlebt hätten!«
Das bereuten Jolakind und ich auch sehr. Es hätte sowohl meinen Vater als auch Herrn Genthin tief beeindruckt, ihre bisher unbescholtenen Damen wie Diebinnen abgeführt zu sehen. Und ein bißchen hätten sie es ihnen wohl auch gegönnt. Was mußten die alten Mädchen solchen Blödsinn machen.
Aber das sahen weder Frau Genthin noch meine Mutter ein. Ihrer Meinung nach hatten sie nichts Unrechtes getan, indem sie ihr von den Amerikanern requiriertes Eigentum zurückrequirierten.
»Oma saß so aufrecht im Jeep, als ob sie einen Stock verschluckt hätte«, sagte Jola. »Die läßt sich lieber einsperren, ehe sie etwas rausrückt.«

Fünf Stunden später war meine Mutter wieder da.
»Du schon?« wunderte ich mich, als sie, die Schuhe mit einem Seufzer abstreifend, in die Küche ging und die Teekanne über einer Tasse auströpfeln ließ. »Wir dachten, sie würden euch dabehalten.«
»Das hätte euch so gepaßt. Ich bin wie ausgetrocknet. Haben wir denn gar nichts zu trinken?«
»Das macht die Angst – da ist einem immer die Kehle wie zu«, sagte ich und wich ihrer Handtasche aus, die sie nach mir warf.
»Ist Großmutter auch wieder frei?« erkundigte sich Jola.
»Ja.« Meine Mutter ließ sich auf den Küchenstuhl fallen und räkelte ihre Hühneraugen in farbenfroh gestopften Strümpfen. Sah uns an. »Wenn ich euch das erzähle.«
»Aber schön der Reihe nach«, ermahnte ich sie, und nahm auf dem Küchenbuffet Platz, während Jola Wasser aufsetzte.
»Wir wurden also in ein Gebäude geführt, da saßen im Gang schon andere Verbrecher. Manche sahen kriminell aus, aber es waren auch feine, gebildete Menschen bei.«
»Solche wie ihr«, vermutete ich.
»Nachdem wir unsere Personalien angegeben hatten – also wirklich, ich hätte nie gedacht, daß deine Großmutter schon 77 ist. Dafür sieht sie wirklich fabelhaft aus.«
»Ach, ist sie schon so alt?« staunte Jola.
»Also nachdem wir unsere Personalien angegeben hatten, mußten wir uns auf der Armesünderbank einreihen. Acht waren vor uns dran. ›Das kann Stunden dauern‹, fürchtete deine Großmutter. Ein Soldat brachte unsere Akten ins Verhörzimmer, kam nach einer Weile wieder raus und rief ›Genthin, Martha‹ auf. Da wurde deine Großmutter grün im Gesicht, Jolande. Und hielt sich an

meinem Arm fest. ›Die nehmen mich vor, weil ich am meisten gestohlen hab‹, flüsterte sie mir zu. ›Come on, Martha‹, pfiff der Soldat sie an. Sie stand auf und sagte: ›Wir gehören zusammen, ich geh nicht ohne Frau Hartwig.‹ – ›Okay okay, get in‹, rief er ungeduldig und gab uns noch einen Schubs, daß wir beinah gestolpert wären. Und dann waren wir drin. Ein Raum mit zwei Schreibtischen, an einem saß einer, der mitstenographierte, und am andern Schreibtisch saß ein kleiner, dünner Mann in Uniform mit einem Vogelkopf. Der sah uns grußlos über seine Brille an. Wir mußten an seinen Tisch treten, aber er bot uns keine Stühle an, sondern las die Bogen mit unsern Personalien und sagte: ›Genthin. Der Name ist kein Einzelfall in der Mark Brandenburg!‹«

»Auf deutsch?« fragte Jola.

»Ja, er sprach fließend deutsch. Und deine Großmutter sagte hinterher, er hätte sie vom ersten Augenblick an jemand erinnert, sie kam bloß nicht gleich drauf, an wen. ›Ich bin Frau Genthin‹, sagte sie zu dem Offizier. Und er: ›Sind Sie zufällig mit einem Bankier Genthin verwandt?‹ Und deine Großmutter stolz: ›Das war mein Mann!‹ Und er: ›Ich bin Siegfried Steinberg.‹«

»Ein Sohn vom alten Onkel Steinberg?« Jola blieb der Mund vor Staunen offen.

»Stell dir vor! Ist das nicht ein Zufall? Deine Großmutter rief: ›Mein Gott, Sigi! Ich habe Sie schon gekannt, wie Sie noch nicht mal laufen konnten. Sie waren oft mit Ihren Eltern bei uns in Wannsee und haben mit meinem Achim gespielt!‹ Na, nun wird alles gut, dachten wir beide. Aber nix da. Mister Steinberg blieb reserviert. Wenigstens durften wir uns setzen. Und dann kam's messerscharf. Er sagte: ›Mein Vater hat seinerzeit Ihren

Gatten vor einem Skandal gerettet, als der sich mit Kundengeldern verspekuliert hatte. Mein Vater hat seine Bank aufgekauft und ihn als Direktor behalten. Er hat es aus Freundschaft getan, Frau Genthin, denn unsere Familien waren damals herzlich miteinander verbunden.‹«

»Die Mutter vom Steinberg war meine Patentante«, erinnerte sich Jola. »Aber mußte er denn das alles aufwärmen – und dazu noch vor Ihnen, Frau Hartwig!?«

»Was glaubst du, wie peinlich mir das war für deine Großmutter. Aber es kam noch schlimmer. Steinberg sagte: ›Leider hat Ihr Mann versäumt, meinem Vater *seine* Freundschaft zu beweisen, als er sie dringend nötig gehabt hätte. Ihr Mann zog sich von ihm zurück, als es im Dritten Reich problematisch wurde, einen Juden zu kennen.‹«

»Und was hat Oma darauf gesagt?«

»›Ja, das stimmt‹, und dafür schäme sie sich nicht erst heute. Und dann fragte Steinberg nach einem baltischen Journalisten namens Olrik Barris, den sein Vater unter seine Fittiche genommen hatte, als er ganz jung nach Berlin kam. Er sagte: ›Barris ist der einzige von Vaters Schützlingen, der ihm die Treue gehalten hat, als alle andern ihn nicht mehr kannten.‹ Und ob wir zufällig seine Adresse wüßten. Und nun, Jola, richtete sich deine Großmutter auf und schlug zurück: ›Mister Steinberg! Dieser Barris hat meinem Sohn Achim die Frau fortgenommen und damit sein Leben zerstört. Und Ihr Vater hat ihn bei uns eingeführt.‹«

»Ach, Oma«, stöhnte Jola verärgert auf. »Wie konnte sie bloß–! Das ist so kleinlich. Sie hat doch sonst Würde.«

»In dem Punkt nicht«, sagte ich. »*Die* Schuld verjährt niemals in ihren Augen.«
»Und wie hat Steinberg reagiert?«
»Er sagte: ›Frau Genthin, Ihre persönlichen Ressentiments gegenüber Herrn Barris interessieren mich nicht. Für mich zählt nur, daß dieser Mann meinem Vater die Treue gehalten hat, im Gegensatz zu Ihnen.‹ Und nun deine Großmuter: ›Mister Steinberg, Ihr Vater war ein reicher Mann. Er hatte seine Söhne bereits im Ausland und selbst die Möglichkeit, rechtzeitig auszuwandern. Mein Mann hat ihm immer wieder dazu geraten. Wenn er geblieben ist, so ist das seine eigene Schuld.‹«
»Ganz schön aggressiv«, staunte Jola. »Wie hat Steinberg darauf reagiert?«
»Er sagte: ›Frau Genthin, wir sind eine alte preußische Bankiersfamilie. Mein Großvater hat dem Kaiser zinslos Millionen für seine Kriege geliehen. Mein Vater und seine Brüder waren im Ersten Weltkrieg Offiziere, einer ist für Deutschland gefallen. Mein Vater glaubte, ohne sein geliebtes Berlin, ohne Deutschland nicht leben zu können. Er war ein hoffnungsloser Patriot. Die Vorstellung, daß man ihm hier etwas zuleide tun könnte, hat er weit von sich gewiesen. Gott war gnädig, als er ihn rechtzeitig sterben ließ. Das hat ihn vor der Gaskammer bewahrt.‹«
»Habt ihr ihm von Barris erzählt?« fragte ich.
»Ja – daß seine Frau bei uns wohnt, aber er weiß nichts von Barris' entsetzlichem Ende.« Darauf wurde er freundlicher und sagte, daß er von einer Bestrafung absehen würde, sofern wir die beschlagnahmten Gegenstände wieder herausrückten. Deine Großmutter

war einverstanden unter einer Bedingung: daß sie das Porträt ihres Mannes, das Liebermann gemalt hat, mitnehmen darf. Steinberg sagte, niemand habe etwas dagegen, wenn sie persönlichen Besitz mitnimmt. Aber nach dem ihm vorliegenden Bericht habe sie ja die halbe Einrichtung entfernt.«
»Ja«, gab Jola zu. »Ihre besten Möbel hat sie zu unserem Nachbarn Köckeritz bringen lassen und dafür alte Klamotten vom Dachboden hingestellt. Ich hab ihr gleich gesagt, laß den Quatsch, Oma, aber ihr ist ja nicht zu helfen.«
Der Wasserkessel pfiff, meine Mutter brühte sich ihren Tee allein auf, denn Jola und ich radelten zu Genthins, um Bücher und Garderobe zu holen. Wir würden wohl noch mehrmals hin und her fahren müssen, bis wir alles zu uns geschafft hatten.

Der große, backsteinrote, turmgekrönte Kasten aus der Gründerzeit mit seinen lanzenbewehrten Rittern vorm Portal war, nüchtern betrachtet, ein architektonischer Alptraum. Die Rasenflächen davor hatten sich in hohe Wiesen verwandelt, weil niemand mehr kam, um sie zu mähen.
»Ich versteh nicht, warum sich die Amis ausgerechnet unser Haus ausgesucht haben«, überlegte Jola.
»Wahrscheinlich wegen seinen vielen Zimmern und seinem Garten«, sagte ich.
Der Hausmeister vom alten Köckeritz und sein Schwager wuchteten gerade Kisten und Mobiliar durch ein Loch im Zaun über die Steintreppen zur Terrasse hinauf und ins Haus zurück.
Im Gartenzimmer saß Großmutter in der Abendsonne,

ein Häkeltuch über ihren wie in einem Frösteln hochgezogenen Schultern. War weit fort mit ihren Gedanken. Sah kurz hoch, als wir kamen.
»Frau Hartwig hat schon alles erzählt«, beugte Jola vor, um nicht noch einmal den ganzen Bericht ihres Ausflugs mit der MP, von Oma subjektiv eingefärbt, anhören zu müssen.
Aber die alte Dame war ganz woanders mit ihren Gedanken. »Ich habe gerade nachgerechnet. 1882 bin ich zum erstenmal in diesem Haus gewesen. Da war ich erst vierzehn Jahre alt. Mein Onkel Hermann kannte durch den ›Club von Berlin‹ den Gründer der Villenkolonie Alsen am Wannsee. Conrad hieß er. Der hatte ihn dazu überredet, sich hier anzukaufen und zu bauen. Mein Onkel hatte viel Geld, aber wenig Glück. Seine erste Frau starb im Kindbett, die Tochter aus seiner zweiten Ehe mit zwölf Jahren.«
Ich bemerkte Jolas Ungeduld, weil Großmutter sich ja erst in den achtziger Jahren des vorigen Jahrhunderts befand, und wir hatten noch viel zu packen, aber ich gab ihr ein Zeichen: Laß sie reden. Irgendwann macht jeder beim Abschiednehmen Bilanz, und wenn man 77 ist, dauert es eben ein bißchen länger. Sie brauchte es jetzt, daß wir ihr zuhörten.
»Für Onkel Hermann war ich Ersatz für seine Tochter. Als ich heiratete, wohnten wir im Sommer bei ihm. Wir hatten viele Freunde um den See, Maler, Architekten, Fabrikanten, Bankiers. Man verstand hier zu leben, und die Feste hatten Stil. Abends trafen wir uns häufig im Seglerhaus am Wannsee . . .«, Großmutter Genthin schlug eine Mücke auf ihrer Hand tot. »1905 sind wir dann ganz nach Wannsee gezogen. Als Onkel Hermann starb, hat er mir

das Anwesen vermacht.« Sie stand auf und ging auf die Terrasse hinaus, wir folgten ihr. »Wenn ich jetzt aus dem Haus gehe, komme ich nie mehr her. Ehe ihr zwei kamt, habe ich überlegt, ob ich es nicht anzünden soll.«
»Oma!« schrie Jola auf. »Wenn du das machst –!!«
»Ich tu's ja nicht. Aber glaubt mir, es ist leichter, an eine heruntergebrannte Ruine zu denken, als sich vorzustellen, in diesen vier Wänden trinken die Sieger jetzt ihren Whisky.«
Jola wurde resolut: »So, Oma, jetzt will ich dir mal was sagen. Dieses Haus hat zwar schöne Räume, aber hoch wie'n Turnsaal, nicht mit nem Bolleröfchen zu heizen. Es hat allen Komfort, bloß der funktioniert nicht mehr. Im Frühjahr hatten wir zwei Rohrbrüche. Kaum eine Fensterscheibe ist mehr heil. Das Dach ist undicht. Die Regenrinnen durchgerostet. Weißt du, was das an Reparaturen kostet? Ich kenne dein Vermögen nicht, aber allzuviel Bares hast du bestimmt nicht mehr. Und Handwerker mußt du mit Naturalien spicken, damit überhaupt einer kommt, und dann hat er kein Material. Früher hattest du nen ständigen Gärtner. Der ist inzwischen zu alt, um sich zu bücken. Alles verwildert. Im Grunde genommen kannst du den Amis auf Knien danken, daß sie dir den ramponierten Kasten abnehmen und auch noch instand halten.«
»Kind, was bist du für ein Realist«, stellte Frau Genthin kopfschüttelnd fest.

Wir packten Jolas Bücher in eine Schubkarre und fuhren sie erst einmal zu Köckeritzen hinüber, auch ihre Winterkleidung. Dann beluden wir unsere Räder.

»Ich möchte mich noch von Frau Schult verabschieden«, sagte ich.
»Ja, wo ist die eigentlich?«
Jetzt lächelte Oma. »Entweder im Keller oder auf dem Dachboden. Sie sucht ihre 5000 Mark. Die hat sie im Haus versteckt, weil sie den Banken nicht traut. Da sie die aber ständig woanders versteckt, weiß sie nun nicht mehr wo. Bis morgen früh muß sie sie gefunden haben, sonst sind sie weg. Ist das nicht drollig?«
Auch Schadenfreude bedeutete einen kleinen Trost für Großmutter Genthin, die Abschied nehmen mußte von einem lebenslangen Zuhause, von allem, was ihr vertraut war und voller Erinnerungen an die geliebten Menschen, die sie verloren hatte...

Am nächsten Abend hielt schon wieder ein Jeep vor unserer Haustür, neben dem Fahrer saß Captain Steinberg. Meine Mutter erkannte ihn durch das gläserne Guckloch im verpappten Küchenfenster und erschrak sehr.
»Mein Gott, was will denn der noch von mir? Ich hab doch alles rausgerückt.«
Aber Steinberg kam nicht zu uns, sondern zu Hanna Barris. Sie empfing ihn im ehemaligen Musikzimmer, wo die Chaiselongue mit ihren Betten darauf neben dem Flügel stand.
Sein Fahrer trug einen Karton hinein, ging dann wieder aus dem Haus, um im Jeep zu warten.
Steinberg blieb etwa eine Stunde bei Hanna.
Jola und ich hockten indessen auf den Steinstufen vorm Eingang und überlegten, was wohl in dem Karton sein könnte. Endlich öffnete sich die Eßzimmertür, wir

sprangen von den Stufen, um Mr. Steinberg durchzulassen.
Hanna stellte uns vor. »Luise Hartwig – meine Tochter Jolande, ein Patenkind Ihrer Mutter.«
»Eine Genthin?« fragte Mr. Steinberg und musterte Jola kurz. »Freut mich, Sie kennenzulernen.« Er nickte uns zu und ging durch den Vorgarten zum wartenden Jeep. Frau Barris begleitete ihn.
»Das hätte sie nicht sagen sollen, das mit dem Patenkind«, murrte Jola.
»Warum nicht? Stimmt doch.«
»Aber es sieht so aus, als ob ich was von ihm haben will.«
»Ach wo. Das hat er bestimmt nicht so aufgefaßt«, beruhigte ich sie. »Erstens bist du nicht *sein* Patenkind, und zweitens haben meine Paten nie was anderes als silberne Teelöffel geschenkt, und auch bloß, bis das halbe Dutzend voll war.«
Der Jeep fuhr ab, Frau Barris kam mit blanken Augen und lebhaft, wie wir sie schon lange nicht mehr erlebt hatten, ins Haus zurück.
»Kinder«, sie umarmte uns gleichzeitig, »den hat der Himmel geschickt. Ein reizender, kultivierter Mann – und so witzig!«
»Witzig?« fragte meine Mutter, die vom Wohnzimmerguckloch aus auf seine Abfahrt gelauert hatte. »Dann ist das nicht derselbe Steinberg, der uns verhört hat.«
»Was ist im Karton?« drängte Jola. »Pack endlich den Karton aus!«
Es war wie Frieden: ein Weißbrot, Pall-Mall-Zigaretten, Schokoladenriegel, Butter, Kakaopulver, Kekse, drei Orangen, Nescafé. Frau Barris eilte zum Herd, um eine Zigarette mit einem Fidibus anzuzünden, meine Mutter

stürmte mit dem Kaffee hinterher. Dabei sah sie uns beifallheischend an: »Ich möchte nur bemerken: Hätte die MP uns nicht zum Verhör geholt, hätten wir Steinberg nicht kennengelernt, müßten wir heute abend hungrig ins Bett.«
Jola säbelte Scheiben vom Weißbrot. Jeden einzelnen Krümel tippten wir mit angefeuchtetem Zeigefinger auf. Ich schälte eine Orange – was für ein langentbehrter Duft!
»Wir sind reich!« strahlte meine Mutter.
»Wir werden endlich mal satt«, stellte Jola sachlicher fest. »Du mußt auch was essen, nicht bloß rauchen, Mami.«
»Steinberg will seiner Frau schreiben, daß sie uns Carepakete schickt. Die hebe ich auf für Barris, wenn er kommt. Ich versteh nicht, warum er nicht schon da ist.« Hanna pustete den Stummel ihrer Zigarette aus und verstaute ihn in ihrer Jackentasche.
»Vielleicht ist er noch zu guter Letzt in Gefangenschaft geraten«, sagte meine Mutter.
»Aber selbst dann hätte ich doch schon Nachricht von ihm. Jola hat ja auch von Karl-Heinz einen Brief.«
»Ach, das besagt gar nichts«, beschwichtigten wir sie geradezu übereifrig.
»Paß auf, Mami, eines Tages steht Barris vor der Tür.«
Sie sah uns alle drei der Reihe nach an – wir blickten treuherzig zurück und spürten ihre Skepsis, aber sie sprach sie nicht aus.

»Ich glaube, wir sollten es ihr doch irgendwann sagen«, überlegte Jola, als wir uns vorm Doppelwaschbecken die Zähne putzten.

»Ja, vielleicht. Aber erst, wenn sie ein bißchen zugenommen hat«, sagte ich. »Auch an den Nerven.«

Captain Steinberg sorgte dafür, daß Hanna Barris in seiner Offiziersmesse als Serviererin angestellt wurde. Von dort hatte sie Zugang zur Küche. Sie fand bald Freunde, die ihr, dem mageren fröhlichen Spatz, etwas zusteckten, damit sie nicht vom Wind umgepustet wurde.

Wir erwarteten Hannas abendliche Heimkehr wie Hofhühner den Auftritt der Bäuerin mit der Futterschüssel.

9

Großmutter Genthins Tochter Henny Bode schrieb aus Hannover. Dorthin war sie in den letzten Kriegstagen mit ihrem Mann Heinrich geflüchtet. Sie bewohnten ein Zimmer in einer ehemaligen Wehrmachtsbaracke und betätigten sich im Schrotthandel. Ihr Sohn Horst, der SS-Untersturmführer a. D., befand sich in englischer Gefangenschaft. Schwiegertochter Ulla war mit Enkel Bruno Answald bei der Familie ihres ehemaligen Hausmädchens in Aurich untergekommen. Ullas Eltern hatten sich beim Einmarsch der Russen in ihrem Caputher Häuschen erschossen. Von Ullas Schwestern Gudrun und Heidrun Wilke hatten sie nichts gehört. Da Ullas Briefe an die Caputher Nachbarn unbeantwortet blieben, wurde Jola beauftragt, hinzufahren und nach dem Rechten zu sehen. Weniger die Sorge um die angeheirateten Verwandten ihres Vetters als der Gedanke an das viele Obst und Gemüse in ihrem Garten veranlaßte Jola, mich zu einem Ausflug nach Caputh in der Ostzone zu überreden.
Eines frühen Morgens sattelten wir unsere Räder. Meine Mutter gab mir das letzte Paar Budapester Schuhe meines verstorbenen Vaters mit. Ich sollte dafür Gemüse und Obst eintauschen: »Ihre Besohlung ist noch neu. Gutes Leder. So was gibt es heute gar nicht mehr.«

Es war ein Sommermorgen zum Glücklichsein. Sonnen-

strahlen trockneten das Tauglitzern auf den Birken. Kohlweißlinge spielten in der Luft. Der Pirol rief: »Krischan Füerhoak.«
Wir radelten im Schatten duftender Linden, später zwischen Kiefernwäldern.
Ach, Sommer – ich trat beglückt in die Pedale. Manchmal ließ ich die Lenkstange los und breitete die Arme aus. Wind unter meinen Achseln, Wind in meinen Haaren – er bauschte meinen blaukarierten Rock aus einer Küchengardine über den Knien auf. »Ich kann mich einfach nicht sattsehen und -hören an diesem Sommer. Geht's dir nicht auch so?«
»Doch«, sagte Jola neben mir radelnd, »aber es ist besser, wenn wir weniger auf die Vögelchen und die lieben Bäume schauen als auf die Kontrollpunkte. Damit wir auf der Rückfahrt nicht hineinschliddern.«
Wie wahr!
Wir radelten durch Dörfer mit Granattrichtern im buckligen Pflaster. Rechts und links von der Straße schnurgerade aufgereiht die meist einstöckigen märkischen Häuser, schmucklos und wie geduckt von der Obrigkeit, im Schatten dichter alter Linden, die ihre Schäbigkeit verbargen.
Über der Straße hingen rote Fahnen und Spruchbänder und überall Plakate mit Stalins Kopf. Russische Militärautos und Kradfahrer überholten Karrenzieher und vereinzelte Pferdefuhrwerke und uns Radfahrer. Sobald wir die Ortschaften verließen, sahen wir arbeitende Brigaden auf den Feldern.

Wir radelten am Templiner See entlang auf Caputh zu. Hier begann das größte Obstanbaugebiet der Mark Bran-

denburg. Unsere wollenen, im Schritt mottenzerfressenen, x-mal gestopften Badeanzüge hatten wir mitgenommen, um vom Wilkeschen Grundstück aus im Schwielowsee zu schwimmen und, wenn möglich ein paar Krebse zu fangen wie bei unserem Besuch vor einem Jahr, als Obersturmführer Wilke zur SS-Geburtsfeier seines Enkels Bruno Answald geladen hatte.
Vor dem Wilkeschen Grundstück stiegen wir von den Rädern. Eine Kröte sprang über den Weg und landete am Straßenrand zwischen wildem Mohn.
Am Türchen waren mehrere provisorische Schilder angebracht, lauter fremde Namen: Mahnke – Kowalk – Krüger. Aber nicht mehr Wilke.
»Wir sind doch richtig?«
»Ganz bestimmt«, sagte Jola, »ich kenn das Häuschen genau.«
Vor einem Jahr hatten uns hier die Eltern Wilke mit ihren Töchtern Gudrun in Reichsarbeitsdienstuniform und Heidrun im Volkstanzkleid von Glaube und Schönheit empfangen.
Gudrun war zuletzt in Ostpreußen in einem RAD-Lager gewesen. Es hieß, daß sich ihre Vorgesetzten beim Nahen der Russen mit Autos und Verpflegung abgesetzt und die »Maiden« ihrem Schicksal überlassen hatten. Von Gudrun fehlte seither jede Spur.
Wir schauten über den Zaun. Wenig hatte sich seit unserem Besuch verändert. Da war der lange Kiesweg zwischen Stachelbeersträuchern, an seinem Ende das Sommerhäuschen mit der verglasten, inzwischen verscherbten Veranda.
»Paar Stachelbeeren sind noch dran«, sagte Jola nach gründlicher Musterung des Vorgartens und griff über

den Zaun, um den Riegel von der Tür zu schieben. »Komm.«
Ich hatte plötzlich Bedenken. »Wilkes waren zweihundertprozentige Nazis. Ob es klug ist, nach ihnen zu fragen? Vielleicht werden wir verhaftet!«
»Sie waren die Schwiegereltern von meinem Vetter, und ich habe versprochen, nach dem Häuschen zu sehen«, sagte Jola. »Du kannst ja draußen warten, wenn du Schiß hast.«
Immer diese provozierenden Zweifelsäußerungen an meinem Mut, die mich moralisch verpflichteten, mitzumachen.

Eine Frau kam um das Haus herum, gedrungen und formlos in ihrer grauen Kittelschürze, Pantoffeln an den dicken Füßen. Als sie uns sah, begann sie zu kreischen: »Schon wieder das Pack aus der Stadt! Was wollt ihr? Wir haben nischt. Macht, daß ihr wegkommt.«
Ich wollte flitzen, aber Jola hielt mich rechtzeitig fest. »Sie haben Stachelbeeren und Johannisbeeren«, sprach sie die Frau an.
»Janischt hab ick und schon janich for herjelaufenes Jesindel. Und nu raus –«
»Komm«, zog ich an Jola, aber sie schüttelte meine Hand ab. »Ich hab Amis.«
Jetzt zögerte die Frau. »Lucki Strieke?«
»Camel.«
»Du hast doch gar keine«, zischte ich.
»Na und? Hauptsache, wir kommen erst mal rein.«
Die Erwähnung amerikanischer Zigaretten änderte die Haltung der Frau abrupt: »Na ja, det is was anderes.«

Sie machte eine Bewegung, ihr zu folgen. Unsere Räder nahmen wir sicherheitshalber mit.
Hinterm Haus flatterte Wäsche über blaublättrigen Kohlrabipflanzen. Voriges Jahr hatte man von hier einen weiten Blick über den See. Inzwischen war das Schilf hochgewachsen und bildete zwei dichte, raschelnde Wände rechts und links vom Steg.
Die Frau ging zur Holztreppe der Veranda. »Komm' Se mit«, sagte sie zu Jola, und zu mir: »Sie nicht. Sie warten draußen.«
Einer alten Frau, die Erbsen in eine Emailleschüssel in ihrem breiten Schoß pahlte, rief sie zu: »Mama, paß uff, dasse nischt klaut.«
Die Alte musterte mich kurz über den Rand ihrer Nickelbrille. Ein fehlender Bügel war durch ein Gummiband ersetzt.
»Tag auch«, zischte sie durch Zahnlücken. »Drückend, wa?«
»Ja«, sagte ich und sah mich in der flirrenden Mittagshitze um. Außer Bienensummen und dem trägen Schleifen des Schilfs war nichts zu hören.
»Wohnen Sie schon lange hier?«
»Unser Haus is abjebrannt. Da hat mir meine Tochter herjeholt. Der neue Bürgermeister hat ihr hier einjewiesen.«
»Und die früheren Besitzer?« fragte ich.
»Sind all dot.« Sie wischte sich mit dem Handrücken den Schweiß von der Stirn. Durch ihr graues, schütteres Haar schimmerte die Kopfhaut.
»Alle?« fragte ich.
»Wat weeß ick, wie viele es waren. Die Alten haben sich umjebracht. Die lagen noch in die Veranda, wie meine

Tochter hier einjezogen is. Denn war auch noch die Jüngste da, Heidrun hieß se. Die wollte kurz vor Toresschluß noch zu ihre Schwester nach Norddeutschland machen. Aba sie is nich weit jekommen.« Die Frau zeigte mit dem Daumen in Richtung des leeren Hühnergeheges. »Da drüben hat se jelegen. Mit'm Messer in ihre Brust. Ja, so war det.«

Ich sah Heidrun vor mir, blondzöpfig, vollbusig, mit einem Leinenspenzer überm Glockenrock, mit Kornblumen und Ähren bestickt. Die strammen Beine endeten in weißen Söckchen und Bundschuhen. Ein derbes, fröhliches junges Mädchen.

Voll Entsetzen schaute ich in die angegebene Richtung. »Waren das die Russen?«

»Nee, das mecht woll so hinjestellt werden von die Schuldigen – aber das waren welche aus'n Ort. Das war Rache. Weil sie die Köpkes verpfiffen hat, die den abjeschossenen englischen Piloten bei sich vasteckt hatten. Und deswegen sind Köpkes erschossen worden.« Sie klatschte sich auf die welke Wange. »Die Fliegen stechen –«, und nach einem Blick in den Himmel: »Da braut sich wat zusammen. Wenn det übern See kommen dut – müssen Se noch weit, Frollein?«

»Die Heidrun ist also ermordet worden?«

»Es war die jerechte Strafe, Frollein«, versicherte die Alte. »Aber wenn ick's mir so recht überlege – sie war doch noch so'n jungschet Ding.«

Jola kam unnatürlich beschleunigt aus dem Haus gelaufen, knapp hinter ihr die Tochter der Alten mit erhobenen Fäusten.

»Camel soll det sind?« schrie sie. »Det is Kippentabak is det!«

»Aber aus Amizigaretten«, verteidigte Jola den Inhalt einer Blechbüchse, die sie an sich preßte. »Das riecht man doch.«
»Und dafor soll ick dir mein jutet Obst vakoofen? Ja, bin ick plemmplemm?«
Jola, hoheitsvoll: »Erstens sind Ihre Beeren mulsch, und zweitens gehören sie nicht Ihnen, sondern Wilkes.« Sie gab mir ein Zeichen: Komm, abhauen!
Die Frau rannte hinter uns her. »Wilkes? Det SS-Pack, det habt ihr jekannt?« Ihre Stimme überschlug sich. »Vielleicht seid ihr selber solche –«
»War'n wir nicht!« schrie ich zurück, ehe wir unsere Räder auf die Straße rollten und, neben ihnen herlaufend, aufstiegen. Wir trampelten eine Weile am Schwielow entlang. Bizarre Wolkentiere hatten sich vor die Sonne geschoben, aus denen ein feiner, grauer Vorhang bis zur Erde reichte.
»Da drüben regnet es schon«, sagte Jola.
Ich erzählte ihr von Heidrun.
Sie fuhr darauf eine Weile schweigend neben mir her, die Arme auf der Lenkstange, und starrte auf die staubige Landstraße. Schließlich sagte sie: »Es tun mir einfach alle leid. Die, die Heidrun denunziert hat, was sie für ihre idiotische Pflicht hielt – und sie selber auch. Sie war ja erst siebzehn oder achtzehn. Sie wußte wahrscheinlich nicht, was sie tat, aber sie hat dafür gründlich büßen müssen.«
»Wir hätten niemals jemand verraten, auch nicht mit zwölf.«
»Wir sind ja auch nicht so fanatisch erzogen worden wie sie«, sagte Jola.

Mittags erreichten wir den Ort Werder.
Wir wollten Frau Böckmann und ihre Pflegetochter Hedwig besuchen. Hedwig war ein uneheliches Kind unseres ehemaligen Hausmädchens Alma und hatte jahrelang meine Kleider und Puppen geerbt.
In den letzten Kriegsjahren, als es mit der Versorgung in Berlin trostlos wurde und die Städter täglich in Scharen aus dem Vorortzug fielen, um Zigaretten, Fotoapparate, Kaffee, Pelze, Seife, Strümpfe, Anzüge, Stoffe und so fort gegen Obst und Gemüse einzutauschen, fehlte es den Werderianern an nichts.
In Frau Böckmanns Stall, so erinnerte ich mich von meinem letzten Besuch, stand ein Klavier. Hedwig trug seidene Kleider schon am Vormittag und knabberte Schokolade, während sie die Fremdarbeiter auf der Plantage antrieb.
Frau Böckmann war über die Jahre die arbeitsame Obstbäuerin geblieben. Kein Reichtum hätte sie dazu gebracht, ihren Wecker von halb fünf auf acht Uhr umzustellen.
Wir standen vor verschlossener Tür. Ich zog die silberne Pennäleruhr meines Vaters, die einzige, die uns geblieben war, aus der Tasche. Sie ging vor. Nach ihr war es ungefähr halb eins.
»Die müßten doch mal Mittag machen.«
Da kamen auch schon Frau Böckmann und Hedwig, zerstochen und verschwitzt, angeradelt.
»Ach, Fräulein Luise«, jammerte Frau Böckmann absteigend, »die guten Zeiten sind vorbei. Wir sind bloß noch Pflücker auf unsere eigene Plantage. Alles müssen wir abliefern. Da bleibt kaum was für unsereinen übrig. Und was Hedwig ist, die hat sich ein Kind andrehen lassen.

Von einem Feldwebel von der Flak. Wie er das wußte, hat er sich nicht mehr sehen lassen. Bin ich mit Hedwig nach seine Einheit hin, nach Wildpark. Aber da kannte keiner den Josef Schmitz aus Neuß. Hat er ihr auch noch unter falschen Namen das Kind gemacht. Aber ich habe Hedwig gleich gesagt, eh du mit einem Landser auf Stube gehst, schreib dir sein Soldbuch ab, sonst geht's dir wie deine Mutter mit ihre uneheliche Bälger. Sie ist ja sonst ein braves Ding, bloß zu gutmütig.« Während dieser Jammertirade lehnte Hedwig schweratmend im Hausflur und hörte alles mit an. Es war, als ob Frau Böckmann über einen Gegenstand redete. »Na, nu is es passiert. Nu wer'n wir das Kind auch großkriegen.« Anfang September sollte Hedwig niederkommen. Bis zuletzt würde sie auf der Plantage mitarbeiten müssen. »Und wie ist es euch ergangen? Habt ihr was mitgebracht? Zeigt mal. Amitabak? Echter? Na ja, riecht so. Dafür könnt ihr zwei Eier haben.«

»Drei Eier und ein Pfund Kirschen«, sagte Jola.

»Denn gehn Sie mal bei meine Nachbarn. Das sind all Raucher, die zahlen Sie vielleicht den Wucherpreis.«

Ich packte die Budapester Schuhe meines Vaters aus, Frau Böckmann nahm jeden einzeln in die Hand und begutachtete ihn rundum. »Sind ja soweit in Ordnung.«

»Und frisch besohlt, aber meine Mutter hat gesagt, wenn ich nicht genug dafür kriege, soll ich sie lieber wieder mit nach Hause bringen.«

»Einen Momang«, Frau Böckmann verschwand in der guten Stube. Jola ging mit ihrem Tabak zum Nachbarn. Ich blieb allein im dämmrigen Flur, der früher nach Schmierseife und Bohnerwachs gerochen hatte, jetzt nur noch nach feuchtgescheuerten Brettern. Auf dem Hof

gurrten Tauben. In der Küche erbrach sich Hedwig überm Ausguß.
Jola erhielt für ihren »echten Virginiafeinschnitt« zwei Eier und ein halbes Pfund Johannisbeeren. Außerdem hatte sie sich aus einem Korb, der im Flur stand, mit der Geschwindigkeit eines neapolitanischen Taschendiebes die Rocktaschen voll Kirschen gefüllt.
Frau Böckmann packte mir Kartoffeln, Obst und Salatköpfe in den mitgebrachten Rucksack.
Wir strampelten heimwärts. Der Himmel vor uns war schwarz, hinter uns schwefelgelb.
Kaum waren wir aus der Ortschaft heraus, da ging es los. Gewitter von allen Seiten. Wir zählten die Sekunden zwischen Blitz und Donner. Einmal zwei, dann fünf, und dann riß ein augenblendendes Licht den Himmel auf bei gleichzeitigem Einschlag. Elektrizität durchfuhr mich. Bloß runter vom Rad. Ich fiel platt in ein Erdbeerfeld. Hielt mir die Ohren zu. Zwanzig Meter ab brannte der einzige Baum im Umkreis. Von unten brannten Brennesseln mich an. Atemlos wartete ich auf den nächsten knackend krachenden Einschlag. Trockene Gewitter klingen ja viel fürchterlicher als nasse.
Nahebei schrie eine Stimme gellend um Hilfe. Das war Jola.
Ich richtete mich auf. Im Blitzlicht sah ich sie mit einer anderen Gestalt kämpfen. Wie ein wildbewegter Scherenschnitt, schoß es mir durch den Kopf.
»Hilfe! Luise!! Der will dein Rad klauen!«
Ich sprang hoch und rannte stolpernd auf sie zu, hörte mich »Karl! Hermann! Emil!« brüllen. »Kommt schnell! Schlagt den Kerl tot!« Unser alter Trick, wenn

wir uns im Wald fürchteten. Wir riefen starke Männer zu Hilfe, zumindest ihre Namen.

Beim nächsten Wetterleuchten war die Gestalt verschwunden. Ich erreichte Jola. Keuchend hielt sie unsere Räder umkrampft. »Was mußt du auch wegrennen, du dumme Gans. Plötzlich war der Kerl da. Ich bin ihm in die Seite gefahren. Fielen alle beide hin. Aua – mein Handgelenk! Der hatte vielleicht Kräfte –!«

»Vielen Dank, du –«

»Aber deinen Rucksack hat er mitgenommen. Komm bloß weg hier.«

In diesem Augenblick platzten die schwarzen Wolken, die den Nachmittag zur frühen Nacht verdunkelt hatten, wie ein gesprengter Wassertank. Im Nu waren die Straßen überschwemmt. Über die Lenkstange gebeugt, in den Pedalen stehend, traten wir gegen den Strom an, mit Heckwelle. Wannsee war noch Stunden entfernt, so langsam, wie wir vorwärts kamen.

Einmal ging es gar nicht mehr weiter. Da mußten wir uns unterstellen und aßen die Knubberkirschen aus Jolas Rocktaschen.

Sie erinnerte sich an ihre Eier, griff besorgt in den Beutel, in dem sie auf den Johannisbeeren obenauf gelegen hatten, und zog die Finger gleich wieder heraus. Von ihnen tropfte es glibberig.

»Und du bist schuld«, fuhr sie mich an.

Meine Mutter öffnete uns die Haustür, als wir, bis auf die Knochen naß und wund vom Sattel, endlich heimkamen. Nanu, meine Mutter! Trotz der Erschöpfung fiel mir auf, daß sie ihre schönste Bluse trug und rote Lippen hatte. Sie mußte auch etwas mit ihren Haaren gemacht haben.

»Da seid ihr ja endlich!« begrüßte sie uns strahlend. Kein Wort der Besorgnis, kein Mitleid mit unserem Zustand.
»Freu dich ja nicht auf Obst oder Gemüse – und die Schuhe sind auch weg«, bereitete ich sie vor.
»Alles ist futsch«, bestätigte Jola.
»Na, so was«, sagte sie wenig erschüttert. »Kommt rein und zieht euch schnell was Trockenes an.«
»Beinah hätte uns ein Blitz erschlagen, Frau Hartwig! Es war wie Weltuntergang.«
»Und Heidrun ist ermordet worden«, schmiß ich meiner Mutter an den Kopf.
Nicht einmal diese Mitteilung erschütterte sie. »Na, nun seid ihr ja da«, war alles, was sie interessierte.
Gekränkt zogen wir uns am Treppengeländer hoch in den ersten Stock.
»Macht schon!« trieb uns meine Mutter an.
»Warum?«
»Weil wir Besuch haben. Darum.«
»Was für Besuch?« fragte ich ohne Lust auf Besuch.
»Ich geh nicht mehr runter«, sagte Jola. »Ich geh ins Bett. Mir reicht der Tag.«
»Mir auch.«
»Wollt ihr mich nicht wenigstens begrießen?« fragte eine Männerstimme von unten.
Eine tiefe, herzliche Stimme mit baltischem Akzent, von der ich geglaubt hatte, daß ich sie nie mehr hören würde.
Jola und ich blieben stehen. Starrten uns an. Das war doch nicht möglich!
Ich guckte vorsichtig übers Treppengeländer. Da stand er wirklich in durchlöchertem Pullover und Wehrmachtshosen neben meiner Mutter in der Diele. Schwarze, heitere Augen. Eisgraue Locken.

»Herr Barris?« sprach ich das Phantombild an.
Da breitete der Mann in einer großen Geste die Arme aus, wir stolperten die Treppe hinunter und auf ihn zu.
»Luischen! Jollichen!«
»Sind Sie's wirklich?«
»Ich denke, du bist tot!«
»Hab schon gehört, was mir passiert ist.« Er schloß uns in seine Umarmung ein. »Äh – ich hab euch nech so naß in Erinnerung.«
Jola löste sich als erste von ihm, kopfschüttelnd. »Aber wie konnte der Mann sagen, daß er dich hat hängen sehen?«
»Er hat sich eben geirrt. Das war mein Kompaniefiehrer, der arme Kerl. Wie ich drankommen sollte, kam ein Tieffliegerangriff. Inzwischen sind meine Bewacher mit mir jetirmt. Aber nu trocknet euch erst mal ab. Ihr verkiehlt euch noch.«
Während Jola nach oben lief, blieb ich noch ein bißchen in Barris' Arm.
»Luise«, mahnte meine Mutter. Es fehlte nur, daß sie sagte: Herr Barris ist ein verheirateter Mann.
Barris, ihre Gedanken erratend, küßte mich auf die Nasenspitze, ehe er mich freigab: »Ach, wissen Sie, Frau Hartwig, Luischen und ich sind schon sehr lange ein Liebespaarchen.«
Meine Mutter hatte Tee gekocht, den dritten oder vierten Aufguß, aber sie hatte dafür ihr bestes Geschirr hervorgeholt.
Barris nahm eine der Tassen auf und betrachtete sie rundum: »Daß es so etwas Schönes noch gibt, hatte ich ganz vergessen.«
Nun war meine Mutter in ihrem Element: »Es ist Meißen

Marcolini, etwa 1780. Schaun Sie sich diese feine, einfach vollkommene Gold- und Sepiamalerei an –«

Ich hörte sie noch schwärmerische Erklärungen abgeben, als ich – zwei Stufen auf einmal nehmend – nach oben rannte.

Barris lebt! Lieber Gott, ich danke dir.

Mir platzte beinah das Herz vor Glück.

»Langsam glaube ich wieder an Wunder«, sagte Jola unter dem Handtuch, mit dem sie ihre Haare trockenrubbelte.

Ich zog mir gerade lange Hosen an, als meine Mutter unser Zimmer betrat. »Jetzt kommt Frau Barris!«

Zu dritt standen wir hinter der Gardine, um dieses Wiedersehen mitzuerleben.

Jobst, mein Liebster, war tot. Jolas Karl-Heinz in russischer Gefangenschaft. Meine Mutter seit 1943 Witwe. Bisher hatte Hanna Barris zu unserem liebearmen Frauenverein gehört.

Mit müden Schritten, in jeder Hand eine gefüllte Tasche, kam sie die Straße herauf und stutzte, als ihr in dem tropfenden Dämmer ein Mann entgegeneilte. Blieb stehen, ließ ihre Taschen fallen, hob die Arme in einer hilflosen Gebärde. Jetzt, da er endlich, endlich zurückgekommen war, verließ alle künstlich aufgeputschte Energie ihren ausgemergelten Körper. Sie brach zusammen.

Barris fing sie auf und hielt sie umschlungen wie ein wiedergefundenes Kind. So standen sie lange. Dann hob er sie auf den Arm und trug sie die Gartenstufen herauf ins Haus.

Wir drei am Fenster waren sehr gerührt und sehr neidisch.

»Mami hat's gut«, sagte Jola, »die hat ihren Mann wieder.«
»Dabei weiß sie nicht einmal, wie gut sie es wirklich hat«, sagte ich. »Er könnte ja tot sein.«
»Daß wir ihr nichts erzählt haben, wird Herr Barris uns nie vergessen. Hat er gesagt«, fügte meine Mutter hinzu.
Jola beschloß: »Ich werde jetzt mal runtergehen und ihre Taschen reinholen, sonst werden sie noch geklaut.«

Auf dem Kaiser-Napoleon-Gedächtnismarsch, wie er den Rückzug aus Rußland bezeichnete, nach einem schweren Gefecht in Ostpreußen, bei dem seine Kompanie am Ende nur noch aus drei Mann bestand, hatte Barris beschlossen, sich in Richtung Berlin abzusetzen.
Er gehörte von nun an zu den einsamen Wölfen, die in ständiger Flucht vor dem Heldenklau lebten, den Feldjägern, die versprengte Soldatentrupps an die Front zurückspedierten.
Zeitweise hatte er sich Flüchtlingstrecks angeschlossen. Diese Trecks waren seit Monaten unterwegs, waren übers Eis des Frischen Haffs gezogen, Kälte, Tieffliegern und Kampfhandlungen ausgesetzt. Ihren entsetzlichen Weg kennzeichneten umgestürzte Wagen, verendete Pferde und Leichen, die auf dem Eis unbestattet zurückgelassen werden mußten. Barris blieb eine Weile bei einer Frau, ihr Vater war erschossen worden und ihr Säugling auf der Flucht gestorben. Er kutschierte ihren Wagen, damit sie sich um ihre an Ruhr erkrankten Zwillinge kümmern konnte.
Eines Nachts durchfilzten Feldjäger den Treck. Barris wurde vom Wagen geholt, einer zusammengewürfelten Truppe zugeteilt und bei den Kämpfen um Frankfurt an

der Oder eingesetzt. Hier geschah, wovon uns der Landser erzählt hatte.
Die Bevölkerung des Vorortes, in dem bereits die Russen kämpften, forderte die deutschen Soldaten auf, den sinnlosen Widerstand aufzugeben, damit nicht noch mehr Häuser zerstört und Zivilisten getötet wurden. Barris überredete seinen Kompanieführer, die Kampfhandlungen einzustellen und sich zu ergeben. Unerwartet stieß eine SS-Einheit zu ihnen, schlug die Russen zurück und hängte den Leutnant als abschreckendes Beispiel für kriegsmüde Soldaten. Barris entging demselben Schicksal durch russische Tiefflieger und die Bereitwilligkeit seiner Bewacher, mit ihm zu türmen. Sie gerieten in Gefangenschaft und kamen in ein Lager. Wegen seiner perfekten Russischkenntnisse wurde er als Dolmetscher eingesetzt.
»Warum hast du dich nicht beim Deutschen Heer als Dolmetscher beworben?« wollte Jola wissen. »Es wäre dir bestimmt viel erspart geblieben.«
»Dafier war ich politisch nicht zuverlässig genug«, sagte Barris. »In Rußland hab ich manchmal ausgeholfen.«
»Und im Gefangenenlager ging's gut?« erkundigte sich meine Mutter.
Barris lächelte. »Es gibt Situationen, wo das Dolmetschen aufhört und das Vermitteln anfängt. Zum erstenmal kam ich mir in dieser Uniform nitzlich vor. Ich habe viel gelogen, um den Mitgefangenen das Leben zu erleichtern. Die Sowjets haben mir vertraut. Ich wurde außerhalb des Lagers eingesetzt. Solange ich in Begleitung von niederen Chargen war, mochte ich nicht abhauen. Damit sie nicht dafier büßen mußten.«

»Du hast wirklich auf die Rücksicht genommen?« staunte Jola.
»Stell dir vor, Jollichen.«
»Also das kann ich nicht verstehen.«
»Das glaube ich dir«, nickte er freundlich, »aber nun sollte unser Lager aufgelöst und in die Sowjetunion verlegt werden. Und da wurde ich nervös, wo ich schon so kurz vor zuhause war. Aber ich habe viel Massel gehabt in den letzten Monaten. Ein Oberst der Roten Armee nahm mich zu Jeschäften mit nach Berlin. Da bin ich getirmt. Und nu bin ich da.« Er legte seinen Arm um Hannas Schultern.
Nie habe ich eine glücklichere Frau gesehen. Plötzlich schlug sie sich gegen die Stirn. »Ich hab ja was für dich!« Sprang auf und lief ins Eßzimmer, kam gleich darauf mit einem Schokoladenriegel und Whisky zurück. Sie stellte die Flasche vor ihn auf den Tisch wie eine Trophäe.
»Whisky!« Barris staunte andächtig.
»Und weißt du, von wem? Von Siegfried Steinberg. Ach, ich habe dir ja so viel zu erzählen!«

Als wir uns kurz vor Mitternacht, am Ende dieses turbulenten Tages, auszogen, sagte Jola: »Ich freu mich riesig, daß er wieder da ist. Es ist einfach fantastisch für Mami. Aber seine Einstellung wird mir immer unbegreiflich bleiben. Wie kann er so denken, wie er denkt. Daß er kein Patriot ist, weiß ich. Aber daß er Rücksicht auf seine Bewacher nimmt – also da hakt's bei mir aus.«
Ich dachte nach, meine Mückenstiche kratzend. »Weißt du, in erster Linie ist Barris ein Mensch, und darum habe ich ihn so gern.«

Nachdem er sich gründlich ausgeschlafen und rundum gesäubert hatte, bot Barris meiner Mutter seine Hilfe in Haus und Garten an. Sie nahm selbige nur am ersten Tage dankbar an, am zweiten schickte sie ihn lieber zum Anstehen nach aufgerufenen Lebensmittelzuteilungen. Als er nach stundenlangem Warten endlich am Ladentisch stand, mußte er feststellen, daß er Marken und Geld zuhause vergessen hatte. Nein, eine große Hilfe war er nicht.

Am dritten Tag begann er die verschiedenen Behörden aufzusuchen, die aus ihm einen aus dem Heer entlassenen, ordentlich registrierten, mit Ausweis und Lebensmittelkarte versehenen Bürger machen sollten. Am vierten Tag kam Mr. Steinberg von einem Trip nach München zurück, fand Hannas Nachricht vor und stand noch am selben Abend vor der Tür, um den von den Toten auferstandenen Barris kennenzulernen.

Von nun an fuhr Barris täglich Richtung Stadt. Besuchte alte Freunde, traf sich nach Dienstschluß mit Hanna in der Offiziersmesse, wo sie arbeitete, verabredete sich mit ihr bei Steinberg. Ab zehn Uhr abends war Ausgangssperre für Deutsche – Curfew nannten es die Amerikaner. Immer seltener kamen Hanna und Barris nach Wannsee zurück.

Eines Tages siedelten sie ganz in den Grunewald über.

Mr. Steinberg hatte ihnen die Chauffeurwohnung im Garagenhäuschen, das zum Grundstück seiner Eltern gehörte, zur Verfügung gestellt.

Zu der Zeit arbeiteten Jola und ich bereits im Amerikanischen Hauptquartier.

10

Den ganzen Tag über berieselte der amerikanische Soldatensender AFN mit Schlagern unser verräuchertes Großraumbüro.
Lieutenant Paul versuchte, einige Texte ins Deutsche zu übersetzen. Aus »Darling, you 're drivin' me crazy« wurde »Liebling, du fahren mir verruckt«. Aus »Don't fence me in«: »Tu mir nix einzäunen.«
Er arbeitete mit Lexikon und unermüdlich. Ab und zu wandte er sich an Jola und mich, las uns seine Übersetzungen vor und fragte, ob das so korrekt sei.
»Perfekt«, versicherten wir ihm, entzückt von seinen Kreationen.
Lieutenant Mac gähnte stillvergnügt über den Comics in »Stars and Stripes«. Er nahm selten die Füße vom Schreibtisch. Lieutenant Richard schaufelte, während er eine Show zusammentelefonierte, Aspirin und eine Handvoll Vitamine in sich hinein, träufelte alles mögliche in seine Nase, hüstelte, nahm darauf einen Schluck aus der Hustensaftflasche, versicherte uns zum x-ten Male, daß er sich eine cold gecatched hatte und sicher war, eine Influenza zu kriegen. Mac guckte kurz von seinen Comics auf und grinste: »Richard opened the window and in flew Enza. Hurray!«
Harry tippte einfingrig einen längst fälligen Brief nachhause.

Jonathan, unser Ernsthafter aus Boston, brütete über einem Text für ein Programmheft.
Mit seinen fünfundzwanzig Jahren war er der älteste von ihnen. Sie gehörten der 69. Division an, einem Eliteregiment der Amerikaner.
Jolas und meine Aufgabe war es, Plakate, Programmzettel und Dekorationen zu malen. Sie übernahm die Schrift, ich war für das Figürliche und die Ideen zuständig. Nun teilten wir nicht nur ein Schlafzimmer, fuhren gemeinsam mit S-Bahn und Omnibus zum Hauptquartier, wir teilten auch einen Schreibtisch und waren überhaupt vierundzwanzig Stunden am Tag aneinander gekettet wie siamesische Zwillinge. Hatten uns manchmal gründlich satt. Aber die Arbeit machte großen Spaß.
Ich hatte vor diesem Job auf einer nach Kohl und angesengten Möbeln riechenden Kartenstelle gearbeitet, die mit einem miesepetrigen, unter seiner Furunkulose leidenden Beamten besetzt war. Nun riß mich der Gedanke an einen Tag mit fünf gutaussehenden, sportlichen, zu jedem Blödsinn aufgelegten jungen Männern morgens förmlich aus dem Bett.
Man stelle sich vor: in dieser männerarmen Zeit fünf Prachtexemplare für zwei Mädchen. Wir waren die Hennen im Korb, heftig beflirtet und verwöhnt, wobei ein Lieutenant auf den andern aufpaßte, daß keiner zu weit ging. Wozu wir sie auch nicht ermutigten. Nur Jonathan hielt sich zurück und beobachtete still vor sich hingrinsend das vierfache Gebalze. Wir fühlten uns seit langem wieder als attraktive junge Mädchen und – wir wurden endlich einmal rundum satt.
Der Colonel, unser Vorgesetzter, ein Aktiver von der Westpoint-Militärakademie, verglich uns mißbilligend

mit einem Haufen verspielter junger Hunde. Und das waren wir auch. Verspielt und vergnügungssüchtig. Bloß keine Probleme! Von denen hatten wir genügend in den zurückliegenden Jahren gehabt. Wir wollten lachen und Blödsinn machen und rund um die Uhr oberflächlich sein.

Jeder Lieutenant hatte einen Kalender auf dem Tisch, auf dem er morgens als erstes das Datum durchkreuzte, was bedeutete: einen Tag weniger bis zu seiner Rückkehr in die Staaten. Paul, der Textdichter, war der vielbeneidete erste Heimkehrer. Er mußte nur noch sieben Kreuzchen machen, dann war es für ihn so weit.

Jeder von ihnen hatte außerdem das lieblich kolorierte Foto seines Mädchens vor sich stehen. Alle Girlfriends lächelten bildschön. Entweder gab es nur hübsche Mädchen in den Vereinigten Staaten oder hervorragende Retoucheure.

Unser Verein nannte sich Special Services. Seine Aufgabe war es, für die Unterhaltung der in Westberlin stationierten amerikanischen Truppen zu sorgen. Die Jungs stellten Shows zusammen, organisierten Konzerte, Sportveranstaltungen, Musicals und kümmerten sich um durchreisende, truppenbetreuende amerikanische Hollywoodprominenz. Jede Woche hatten wir einen anderen Gast in unserem Büro, zum Beispiel die schöne, herzliche Ingrid Bergman oder Marlene Dietrich.

Beim Betreten unseres Office stierten acht Paar Augen auf ihre weltberühmten Beine. Aber selbst das schönste Bein bringt es nicht fertig, zwischen einem längeren Uniformrock und einem Schnürschuh sexy zu wirken.

Zu den Offizieren war sie kumpelhaft nett, Jola und mich behandelte sie wie »Veronika Dankeschöns«. Das war die

häßliche, fette, gelbzöpfige Karikatur eines deutschen Frolleins, das die Soldaten vor dem Geschlechtsverkehr mit deutschen Mädchen warnen sollte. Ihre Anfangsbuchstaben VD waren die allgemein übliche Abkürzung für veneral disease, sprich Geschlechtskrankheit.
In meinem Aschbecher drückte Marlene ihre kaum angerauchte Zigarette aus. Ihr Lippenstift war darauf verewigt. Ich beschloß, ein Geschäft daraus zu machen und erlebte nichts als Enttäuschungen. Andenkenjäger bezweifelten, daß der Lippenstift wirklich von der Dietrich stammte: konnte jeder sagen. Ja, wenn sie den Stummel signiert hätte. Aber so!? Und zu dem Preis, den ich dafür verlangte – nee, danke.
Eines Abends, als ich nicht eine Kippe, weder in meinen Taschen noch in einem Blumentopf fand, habe ich die Dietrich selber aufgeraucht.

Mehrere Dinge ereigneten sich beinah gleichzeitig.
Von Jonathans Schreibtisch verschwand das Bild seines Mädchens, und er gab uns keine Erklärung ab, weshalb.
Der Colonel verlor an Zackigkeit, kam immer später und immer entspannter ins Office, hatte dabei Mühe, seine Äugelchen zwischen verschwiemelten Polstern aufzureißen. Wir grinsten gütig verstehend über seinen Zustand: der Alte hatte sich verliebt. Richard brachte in Erfahrung, daß es sich um eine deutsche Filmschauspielerin handelte.
Und ich wurde vorübergehend in den Titania-Palast versetzt – ein ehemaliges Steglitzer Großkino, das jetzt von den Amerikanern als Kulturhaus für alles benutzt wurde–, um Dekorationen für eine Show zu entwer-

fen. Das heißt, ich zeichnete sie, auf dem Boden liegend, auf Pappe, dann wurden sie ausgeschnitten und bemalt. Die Bühnenarbeiter waren sämtlich GIs und sahen mir gern bei der Arbeit zu. Einer setzte sich dabei auf ein Waschbecken. Das Becken brach ab. Im Nu ergossen sich Wasserströme über meine Dekorationen. Es gelang mir gerade noch, einen jungen Hund aus den Fluten zu retten und mit ihm auf einen Tisch zu steigen. Dann gab es Kurzschluß. Als das Licht wieder anging, sah ich Lieutenant Paul im abfließenden Wasser an einer Wand lehnen. Obgleich er mit dieser Produktion nichts zu tun hatte, war er in der Mittagspause vom Hauptquartier herübergekommen, um mich zu besuchen.

»Hello«, grinste er, »Herr Paul sein da.«

»Ist da«, verbesserte ich ihn. Und freute mich, daß er gekommen war.

Ohne die vier anderen Lieutenants im Rücken wirkte er fast schüchtern.

»Nice to see you, Lou –« Alle nannten mich hier Lou. »Isch bringen du neues translation. You wanna hear me?«

»Bitte«, sagte ich. Und dann sang er mir verlegen grinsend ›The Sentimental Journey‹ vor:

»›Gehen isch nehmen ein sentimental Reise,
gehen isch setzen mein Herz auf diese.
Gehen isch nehmen ein sentimental Reise
zu erneuern mein Erinnerung.‹ Good?«

»Touching«, versicherte ich ihm. »Wirklich rührend.«

Und dann wußten wir nichts miteinander zu reden. Wo war seine große Klappe geblieben, wo meine? Wir hatten in den vergangenen Wochen viel Blödsinn miteinander angestellt – nun waren wir auf dem besten Wege, den

unsinnigsten Blödsinn anzustellen: uns ineinander zu verlieben.
Er streckte die Hand aus, um mir vom Tisch zu helfen, ich sprang, er zog mich an sich – das Hündchen, das einem GI gehörte, wurde rebellisch zwischen uns. Ich machte mich frei und setzte es auf den Boden.
»You better go now, Paul«, sagte ich dringend.
Er: »Aye, aye, Miss Lou«, und blieb.
Ich sagte ihm, daß er in zwei Tagen sein letztes Kreuzchen auf dem Kalender machen würde: »So what?«
Da ging er dann wirklich, aber am nächsten Tag, während der Mittagspause, war er wieder da und sang mir vor:
»I' m gonna loo-loo-loose
dear Lou . . .«
Von jedem Lieutenant kannte ich die Lebensgeschichte, denn Heimweh macht gesprächig. Pauls Vater war Theaterproduzent. Er hatte zwei Schwestern, bereits die vierte Stiefmutter. Nach dem Krieg wollte er Architektur studieren. Sein Mädchen hieß Catherine und hatte ihm seit seiner Landung in Europa fünf Paar selbstgestrickte Socken geschickt. Ich sagte ihm, ich könnte keine Socken stricken – wegen dem Hacken. Paul grinste: »Cathy auch nicht.« Darum hätte er sie ja so gern.
An diesem Tag fragte er, ob er mich nach meiner Arbeit im Titania-Palast zu einer farewell-party abholen dürfe – just you and me. Ich sagte no, um Himmels willen, no. Das fehlte noch!
Am Tage seines letzten Kreuzchens im Kalender wartete ich mittags vergebens auf ihn. Da war ich ein bißchen enttäuscht.
Ich pinselte gerade rote Äpfel in einen grünen Baum, als

die Tür aufgerissen wurde und Paul, bereits reisefertig, hereinstürzte.
»Jesus, Lou, your Lieutenant, there he is again«, amüsierte sich der Soldat, der mir beim Ausmalen half.
Paul zog mich von meinen roten Äpfeln fort. Seine Abreise war um einen Tag vorverlegt worden. Er war nur noch schnell vorbeigekommen, um mir Lebewohl zu sagen, und drängte mich in einen schmalen, schlecht beleuchteten Gang hinter der Bühne.
Er küßte mich zum ersten und zum letzten Mal.
Paul fuhr ab, ich malte weiter rote Äpfel in grüne Bäume und dachte daran, daß die meisten Küsse in meinem Leben Abschiedsküsse waren. Es war ja Krieg gewesen. Aber nun war endlich Frieden, und das Abschiednehmen ging weiter wie bisher . . .

11

Jola hatte von ihrem Verlobten Karl-Heinz Kühnhagen, der beim Kampf der dritten Panzerarmee im Samland verwundet worden war, die zweite Nachricht aus russischer Gefangenschaft erhalten.

»Es geht mir den Umständen entsprechend. Ich denke viel an Dich, mein Liebes, und bete, daß ich Dich eines Tages wiedersehen werde. Der Gedanke an Dich gibt mir Kraft.«

Nachdem sie dieses Lebenszeichen aus einer weit entfernten, düsteren Lagerwelt gelesen hatte, wirkte Jola wie versteinert.

»Sei froh«, tröstete ich sie, »du weißt, daß er lebt und in einigen Jahren wiederkommen wird. Du hast deinen Karl-Heinz wenigstens noch.«

»Ja«, sagte sie, »ich habe Karl-Heinz –« Aber es klang eher, als ob sie sagen wollte: er hat *mich*.

Merkwürdig, dachte ich. »Liebst du ihn denn nicht mehr?« kam mir dabei in den Sinn.

Sie fuhr herum, als ob sie ein Skorpion gestochen hätte: »Wie kommst du denn darauf?«

»Oh, Mann, bist du empfindlich!«

»Ja, bin ich«, gab sie gereizt zu. »Dieses ständige Zusammenhocken geht mir so auf den Wecker. Nie bin ich einen Augenblick allein. Schon wenn ich aufwache, bist du da. Nur auf dem Klo habe ich vor dir Ruhe.«

»Was glaubst du, wie ich die Zeit im Titania-Palast genossen habe. Da war ich wenigstens tagsüber ohne dich«, schoß ich zurück. »War das schön!«
»Darum werde ich so schnell wie möglich hier verschwinden«, sagte Jola und sah sich in meinem Zimmer mit einem Blick um, als ob sie gleich mit dem Packen anfangen wollte.
Bei Großmutter Genthin konnte sie unmöglich wohnen. Da hatte ich gerade erlebt, wie die ehemalige Pensionsfreundin, die Oma und Frau Schult aufgenommen hatte, die Hände rang: Wenn sie das vorher gewußt hätte–! Warum hatte sie nur keiner gewarnt! Oma in Untermiete war ein Unding. Schlimmer als ein Rohrbruch – und so beherrschend! Als ob das Haus ihr gehörte. Sie konnte sich einfach nicht unterordnen. Und Frau Schult spielte die Dame und ließ die arme Vermieterin ständig fühlen, daß sie an feinere Wohnkultur gewöhnt war.
Jola ging auf Zimmersuche. Sie hatte es jetzt sehr eilig, bei mir auszuziehen.
Eines Abends kam sie später als gewöhnlich und sehr vergnügt nach Hause.
»Ich hab was gefunden! Du kennst doch unsern Nachbarn am Wannsee – den alten Köckeritz. Bei dem war ich heute. Eine Flüchtlingsfrau zieht nächste Woche bei ihm aus, sie will mit ihrem Kind nach Braunschweig. Dann wird ihr Zimmer frei – ne ehemalige Mädchenkammer unterm Dach. An sich wollte der Köckeritz niemand mehr aufnehmen, er hat zehn Fremde im Haus und trouble genug. Aber als er hörte, daß ich bei den Amis arbeite, hat er mir das Zimmer versprochen. Für Kaffee und Zigaretten geht eben alles.« Sie sah

mich glücklich an. »Stell dir vor, Luise, ich komme an meinen See zurück. Ist das nicht phantastisch?«

Durch die Atombomben auf Hiroshima und Nagasaki wurden wir Anfang August daran erinnert, daß im Pazifik noch immer gekämpft wurde. Japan weigerte sich zu kapitulieren. Aber Japan war weit. Was ging uns unser ehemaliger Verbündeter noch an? Für uns war der Krieg seit Anfang Mai zu Ende. Wir wollten nichts mehr von Krieg hören.

Und nun diese Bomben! In der Zeitung waren Fotos vom aufsteigenden Atompilz und von der verheerenden Wirkung ihrer Explosion, deren Ausmaß noch nicht bekannt war.

»Ihr mit euren verfluchten Bomben«, griff ich unsere Leutnants an. »Waren die noch nicht schlimm genug, die ihr auf uns geschmissen habt? Dieses Uranding hat auch noch den niedlichen Namen Little Boy! Little Boy löscht ne ganze Stadt aus. Und ihr seid auch noch stolz auf diesen Massenmord.«

»Hey, hey, hey, Lou!« wehrten sie sich. »Ist es unsere Schuld, wenn diese verdammten Kamikazejapsen nicht kapitulieren wollen? Sollen ihretwegen noch mehr Millionen Menschen draufgehen? Die kann man nur mit einem Schock zur Aufgabe zwingen.«

Die zweite Bombe schaffte es dann wirklich. Der Zweite Weltkrieg war jetzt auch im Pazifik zu Ende.

»Lieber ein Ende mit Schrecken als ein Schrecken ohne Ende«, war in den letzten Jahren zum Schlagwort geworden. Aber hier waren nach ersten Schätzungen an die hunderttausend Menschen für den erzwungenen Frieden vernichtet worden und die Verletzungen der Überlebenden grauenvoll. Doch der Jubel über das Ende des Weltkrieges übertönte das Entsetzen.

Während der Siegesfeiern der Alliierten karrten Jola und ich ihre Habe ins Köckeritzsche Haus. Ihr Zimmerchen lag im dritten Stock und hatte ein kreisrundes Fenster zum See.

Von der Genthinschen Terrasse nebenan dröhnten Lautsprecher, Tanzmusik, Jubel, Glockenläuten und patriotische Reden auf die Uniformierten nieder, die im Garten feierten und sich gröhlend betranken.

An alliierte Siegesfeiern hatten wir uns inzwischen gewöhnt. Wir hörten kaum noch hin.

Nun wohnten wir nicht mehr zusammen, aber Jolas Abwehr gegen mich hatte sich sogar noch verstärkt. Ich war gekränkt und sprach sie nicht mehr an, es sei denn, sie hatte meinen Pinsel oder mein Lineal. Nichts war von ihrer spröden Selbstsicherheit geblieben. Sie benahm sich verstört – wie ein flugunfähiger, ängstlicher Vogel. Stocherte im Essen herum, hatte leicht Tränen in den Augen. Vor der Heimfahrt nach Wannsee verschwand sie gruß- und spurlos. Was war nur mit ihr los, was ich nicht wissen durfte?

Eines Vormittags kam ich durch Zufall hinter ihr Geheimnis. Lieutenant Jonathan Woodburger wurde dringend am Telefon verlangt. Ich wußte, daß er in ein anderes Büro gegangen war und lief ihm nach, um ihn zu holen. Da auf mein Klopfen niemand antwortete, öffnete ich die Tür und sah Jola und ihn im Gegenlicht vorm Fenster stehen, sah auch die Verbindung zwischen beiden – sie hielten sich an den Händen.

»Jonathan, you 've got a very urgent phonecall –«
Die beiden fuhren auseinander, ich wartete nicht, bis sie sich umdrehten, sondern lief in unser Büro zurück, an meinen Arbeitsplatz, hatte es so eilig, beschäftigt zu wirken, daß ich die Ausziehtusche umkippte. Nun hatte ich eine Beschäftigung.
Jonathan kam kurz nach mir herein und lief zum Telefon. Fünf Minuten später erschien Jola. Anstatt über unser verkleckstes, unbrauchbar gewordenes Plakat zu toben, half sie mir geradezu eilfertig, den Tisch zu putzen. Manchmal spürte ich dabei ihren fragenden Blick, aber ich tat ahnungslos, damit sie glauben konnte, ich hätte nichts gesehen. Später sagte sie, ein wirklich ahnungsloser Mensch hätte sich niemals so ahnungslos gebärdet wie ich. Nun ja, ich habe wohl ein bißchen übertrieben. Aber ich war so außer mir über meine Entdeckung. Da lebten wir wochenlang wie siamesische Zwillinge miteinander, und es war ihr gelungen, ihre große Sympathie für Jonathan vor mir geheimzuhalten.
Nach einer Weile sagte sie: »Ich weiß, was du jetzt denkst.«
»Feine Freundschaft«, grollte ich. »Ich erzähl dir immer alles – aber du – wenn ich nicht zufällig reingeplatzt wäre, hättest du mir nie was gesagt.«
»Nein, Luise. Ich kann nicht darüber reden. Ich hasse mich so sehr, und wenn du mir jetzt Vorwürfe machst, dann –« Sie brach mitten in ihrer Drohung ab und seufzte tief.
Ich kannte sie lange genug, um zu wissen, daß sie nicht leichtfertig mit ihren Gefühlen umging. Im Gegenteil, sie beschwerte sie von Anfang an mit Gewichten voller Endgültigkeit. Als sie Karl-Heinz Kühnhagen im Potsda-

mer Yachtclub kennenlernte, war sie zwölf und er siebzehn und in ein Mädchen verliebt, das er Löckchen nannte. Am selben Tag verkündete sie mir: Den werde ich einmal heiraten. Ich zeigte ihr damals einen Vogel. Aber wenn Jola sich etwas in den Kopf setzte ...
Fünf Jahre später war sie mit Karl-Heinz verlobt. Und hat davor und danach mit keinem anderen männlichen Wesen geflirtet. Und nun Jonathan G. Woodburger aus Boston, Massach – Massachus – Massasuchsetts –? Ich konnte diesen Staat ums Verrecken nicht aussprechen.
Jonathans Familie stammte väterlicherseits aus Wien und hieß früher Waldburger, seine Mutter war reines Boston. Wie sein Vater und Großvater sollte er einmal Bankier werden. Bevor er zur Armee eingezogen wurde, hatte er vier Semester Rechtswissenschaft in Harvard studiert und wollte nach seiner Rückkehr sein Studium fortsetzen.
Jonathan war lang, dünn und ging leicht vorgebeugt wie einer, der schlechte Erfahrungen mit niedrigen Türstöcken gemacht hat. Diese Haltung verlieh seiner Figur die morbide Eleganz eines ehemaligen K. u. K.-Herrenreiters. Seine Haare waren drahtig, dunkel und stark gewellt, weshalb er sie sehr kurz hielt ... auf alle Fälle die haltbare Sorte Haar bis ins hohe Alter. Sein gutgeschnittenes, zurückhaltendes Gesicht wurde von einer dunklen Hornbrille mit ziemlich starken Gläsern beherrscht. Jonathan war kein Sonnyboy wie Paul, kein Charmeur wie Mac und schon gar kein mädchenfressender Wolf, eher ein stiller Intelligenzler und somit ein Außenseiter in unserer Crew. Aber er hatte sich immer bemüht, kein Spielverderber zu sein.
Ich weiß nicht, wann es die beiden erwischt hatte. Es war

keine Liebe auf den ersten Blick gewesen, aber es war wohl Liebe, denn beide neigten nicht zum Flirten. Und Karl-Heinz?

»Was soll denn nun werden?« fragte ich Jola beim Zeichnen des neuen Plakates.

»Gar nichts natürlich. Wir haben noch fünf Tage, dann ist es aus.« Jetzt, da ich es wußte, schien sie fast erleichtert, mit mir darüber reden zu können. »Jon wollte alles versuchen, um noch länger in Berlin zu bleiben, aber ich habe ihm gesagt, wenn du bleibst, gehe ich fort. Er will mich heiraten, sobald das möglich ist. Aber er weiß, daß ich Karl-Heinz nie im Stich lassen werde – und schon gar nicht wegen einem Ami. So was Schäbiges kann ich nicht mal zu Ende denken.«

»Aber du liebst Jonathan.«

»Darauf kommt es nicht an.« Sie sah zu ihm hinüber, er schien schon lange darauf gewartet zu haben. In ihrem Blick war traurige Sehnsucht nacheinander – als ob bereits der Atlantik zwischen ihren Schreibtischen läge. O weh, dachte ich, o weh –

Und dann war sein Tisch eines Morgens leergeräumt und der Stuhl mit der Lehne dagegengekippt. Jola hatte dunkle Ränder um die Augen und ein hoffnungsloses Lächeln im Gesicht.

Sie malte verbissen Buchstaben. Ab und zu öffnete sich ihre linke Hand, dann sah ich ein zerknittertes Paßfoto von Jonathan Woodburger. Ich konnte mir vorstellen, wie ihr zumute war.

Zum erstenmal seit drei Wochen fuhr sie mit demselben Zug wie ich nach Hause, zum erstenmal fragte sie mich, ob ich etwas vorhätte, und wenn nicht, ob ich noch ein

bißchen mit zu ihr kommen wollte. Sie hatte wohl Angst vorm Alleinsein.
Der alte Herr von Köckeritz empfing uns im schottisch karierten Morgenmantel mit weißem Schal und Lackschuhen, ein Monokel im vergreisten Lebemanngesicht. Er wirkte auf mich wie eine Karikatur aus dem Simplicissimus.
»Ach, du Schande«, erschrak Jola bei seinem Anblick, »ich habe heut ganz vergessen, die Stummel aus den Aschbechern zu sammeln. Da wartet er doch täglich drauf. Hast du zufällig welche?«
Ich gab ihr ungern die beiden Zigaretten, die mir der Colonel angeboten hatte.
»Warum kauft er sich keine auf dem Schwarzen Markt? Er hat doch genug zum Verscherbeln.«
»Tut er ja auch. Aber er ist Kettenraucher.«
Herr von Köckeritz bat uns auf seine Veranda, er hatte gerade frischen Tee aufgebrüht, Jola winkte ab. Vielleicht später. Zuerst wollte sie mit mir in ihr Zimmer hinaufgehen.
»Wie geht es dem reizenden Leutnant Woodburger?« rief er hinter uns her.
»Er ist abgereist«, sagte Jola kurz.
»Ach, wie schade! So ein gebildeter, feiner Mensch und so gar nicht amerikanisch! Aber er kommt doch wieder?«
»Nein.«
»Ach, das tut mir wirklich leid.«
Bis zum zweiten Stock führte eine runde Treppe mit einem in seiner Abgetretenheit noch immer wunderschönen Aubusson-Läufer. In den Gängen dazwischen knallten Türen, stritten sich Frauen, plärrten Kinder.
»War Jonathan öfter hier?« fragte ich.

»Er war sogar in unserem Haus drüben unter dem Vorwand, sich für einen Major ein Zimmer anzusehen. Hat sich alle Räume zeigen lassen. Er wollte doch die Umgebung kennenlernen, in der ich aufgewachsen bin.«
Die letzte Stiege zum Dienstbotentrakt hatte nur einen Kokosläufer und eine einzige trübe Hängefunzel.
»Setz dich«, sagte Jola und zeigte auf das altertümliche Mahagonibett, das ein Drittel der Kammer einnahm. Aber ich ging erst einmal zum Fenster, um den See zu begrüßen.
Auf dem Tisch davor lagen aufgeschlagen Grimms Märchen: die Geschichte von Jorinde und Joringel. Das klang wie Jolande und Jonathan.
Jorinde und Joringel waren ein Liebespaar. »Sie waren sich versprochen in den Brauttagen und hatten ihr größtes Vergnügen eins am andern.« Sie verirrten sich im Walde, Jorinde sang todbang: Mein Vöglein mit dem Ringlein rot, singt Leide, Leide, Leide, es singt dem Täublein seinen Tod, singt Leide – Lei – und mitten im Lied verwandelte eine böse Hexe Jorinde in eine Nachtigall.
»Ich hab Jonathan das Märchen übersetzt. Er hat gesagt, wann immer er von nun an eine Nachtigall hört, wird er an mich denken.«
»Th – du und Nachtigall. Der hat dich wohl noch nie singen hören«, nahm ich an.
»Ich habe ihm gesagt, daß ich so schön wie eine Krähe singe. Und er hat gesagt, wann immer er von nun an eine Nachtigall oder eine Krähe hört, wird er an mich denken.«
»Wenn die in Boston soviel Krähen haben wie wir ...«
»Auch er wird das Erinnern eines Tages aufgeben –«,

sagte Jola. »Es ist nur im Augenblick noch sehr schwer, sich vorzustellen, daß wir uns nie, nie wiedersehen werden.« Sie hatte plötzlich eine tränenverschnupfte Stimme. »Wollen wir 'n bißchen rudern? Herr von Köckeritz hat ein Boot.«

Es war ein lauer Septemberabend. Wir fuhren zuerst in Richtung des Genthinschen Steges, den die Besatzer aus dem Wasser gehoben, repariert und neu angestrichen hatten. Auf seiner Bank saßen zwei kugelköpfige, bürstenhaarige Offiziere und tranken Bier aus der Dose. Zwischen sich hatten sie ein grellgeschminktes Mädchen. Die Männer stießen ihren unvermeidlichen Pfiff aus und forderten uns auf, anzulegen und mitzutrinken.
Das Mädchen drohte uns, wegen der Konkurrenz besorgt: »Haut bloß ab, hier is privat.«
»Aminutte«, schimpfte ich, als wir weiterruderten.
»Wenn du's dir recht überlegst, bin ich auch nichts anderes.«
»Oh, Mann, Jola, zwischen der und dir ist doch wohl ein kleiner Unterschied.«
»Ja«, sagte Jola, »sie hat vielleicht keinen kranken Verlobten in russischer Gefangenschaft.«
»Hör endlich auf, dir Vorwürfe zu machen. Niemand kann für seine Gefühle. Und außerdem ist es sowieso vorbei.«
»Ja, das wird mir immer mehr bewußt.«
»Es dauert noch ne lange Weile«, sagte ich, an Jobst denkend. »Aber dann – wie heißt es so schön – die Zeit heilt alles.«
»Bleib mir bloß mit diesen dummen Sprüchen vom Hals.«

»Sprüche sind die Erfahrungen, die Leute vor uns gemacht haben.«
»Zeit heilt nicht alles«, sagte Jola nach längerem Überlegen. »Zum Beispiel kein großes Schuldgefühl. Zeit fördert nur die Vergeßlichkeit...«
Und später, nachdem wir schweigend eine Schleife über den See gerudert hatten und ans Ufer zurückkehrten, sagte sie: »Eigentlich unfaßbar, daß ausgerechnet mir das passieren mußte. Bei dir könnte ich mir ohne weiteres vorstellen, daß du mit einem Amerikaner was anfängst. Du bist ja gern verliebt und hast niemand, auf den du Rücksicht nehmen mußt. Du bist frei –«
Was als kleiner Angriff auf meine Leichter-Lebigkeit gestartet worden war, versiegte in einem unbewußt neidischen »Du bist frei«.
Ja, ich war frei, aber ich wußte nicht, ob ich mich darüber freuen sollte.

12

Ein langer Zaun in Form von schmiedeeisernen Lanzen sperrte das Grundstück zur Straße ab, und zwar so hoch, daß die Vermutung nahelag, sein Hersteller habe nicht nur ein Übersteigen durch Menschen, sondern auch durch Elefanten verhindern wollen.

Das Portal war angelehnt. Rechts befanden sich die Garagen mit der Chauffeurswohnung darüber, in der Hanna und Barris residierten.

Solange sie noch unversehrt dastanden, hatte ich die Prachtvillen des Grunewaldes so wenig beachtet wie alles, woran man täglich vorübergeht. Nun, als »Herrschaftsruinen«, in die die Gärten hineinzuwuchern begannen, zogen sie meine Phantasie geradezu magisch an.

Steinbergs Haus war von einer Sprengbombe zerstört worden. Die ehemals französischen Fenster im Erdgeschoß waren nun französische Fensterhöhlen. Ich schaute hinein und erkannte im getürmten Schutt ein Stück Wandpaneel mit japanischen Szenerien im Stil der frühen zwanziger Jahre. Einen zersplitterten Rest Mahagonitür mit Intarsien. Einen Säulenfuß aus schwarzem Marmor. Delfter Kacheln, da, wo die Küche einmal war.

Ich ging zum Chauffeurshäuschen, aber es antwortete niemand auf mein Rufen. Darum suchte ich Barris im hinteren Garten. Ging über Wege, die zwischen ungemähten Rasenflächen und Rosenrabatten sternförmig zu

einem großen Bassin führten, das jetzt ausgetrocknet war und voller Laub, mit einer Fontänenanlage in der Mitte.
Ging durch Laubengänge, an zerstörten Gewächshäusern und dem hohen Maschendrahtzaun des ehemaligen Tennisplatzes vorbei. In einem angegriechelten Tempel saß Barris an einem Gartentisch und hackte auf seine Schreibmaschine ein – ein kräftiger, graugelockter, pfeifenrauchender Faun.
»Luischen! Ich begrieße dich!« Aha, Barris hatte heute seinen baltischen Tag, das bedeutete, daß er sich gemütlich fühlte. »Bist du schon im Hauschen jewesen?«
»Ich hab mir gedacht, daß Sie bei dem schönen Wetter im Garten sitzen«, sagte ich.
»Hock dich hin, mein Herz.«
Ich sah mich um. »War der Tempel früher mal ne Bühne?«
»Was glaubst du, wer hier alles aufgetreten ist. Beriehmte Sänger, Schauspieler, Kabarettisten. Dichter haben hier gelesen. Und dann die Serenadenabende! Hier oben saß das Orchester, auf dem Rasen waren Stuhlreihen aufgebaut. Bei Kammermusik stand ich meistens hinter den Zuhörern, damit ich mich besser verdricken konnte«, erinnerte er sich.
»Das muß toll gewesen sein.«
»Wenn ich damals geahnt hätte, daß ich hier eines Tages zwischen Ruinen sitzen und einen Artikel tippen wirde, während mir die Ameischen in die Socken krabbeln ...«
»Worüber schreiben Sie? Über unsere neogermanische Trümmerarchitektur?«
»Vielleicht kann ich mich später wieder auf Kunst spezialisieren. Jetzt muß ich machen, was jewinscht wird«,

sagte er. »Ich bin an einer Artikelserie ieber die Nachkriegsjugend in Berlin.«
»Für wen?«
»Ein amerikanisches Magazin.«
Ich war tief beeindruckt. »Kaum sind Sie wieder da, haben Sie bereits einen Auftrag aus den USA.«
»Alles Sigi Steinberg in seiner großen Jiete. Seine Frau stammt aus einem Verlagshaus. Was sie drieben mit meinen Artikeln machen werden, weiß ich nich, aber sie zahlen pinktlich, und das ist wichtig. Aus meinen Taschen fällt ja nischt mehr wie Tabakkriemelchen. Wenn meine Hanna nicht servieren ginge, mißten wir darben.«
»Dann will ich Sie nicht länger stören«, sagte ich und erhob mich.
Er drückte mich erschrocken auf den rostigen Klappstuhl zurück. »Bleib! Du kommst mir wie jerufen. Erzähl mir was über deinen Jahrgang.«
Ich hatte kurz vorher ein Mädchen aus meiner Klasse am Bahnhof Grunewald getroffen. Ediths Geschichte ging mir noch immer sehr nach.
»Ich glaube, für viele von uns sind die Eltern die größte Enttäuschung nach dem Krieg. Ich erzähle Ihnen das am besten am Beispiel eines Mädchens, das mit mir Abitur gemacht hat: Edith wurde wahnsinnig streng erzogen. Ihre Eltern waren sehr prüde. Mit siebzehn mußte sie noch Punkt acht zu Hause sein, sonst setzte es Ohrfeigen. Im Vergleich zu ihr war ich geradezu ein streunender Hund. Mit achtzehn verlobte sie sich mit einem Soldaten. Verloben durfte sie sich, weil Krieg war, aber die Tür mußte offen bleiben, wenn er Edith in ihrem Zimmer besuchte. Damit auch ja nichts zwischen den beiden

passierte außer einem Küßchen in Ehren. Denn Edith sollte ja eines Tages unbescholten in die Ehe gehen. Den Mut, nachts aus dem Fenster zu steigen und sich heimlich mit ihrem Verlobten zu treffen, hatte sie nicht. Der Verlobte fuhr an die Front zurück und fiel. Das war 1944. Kurz vor Kriegsende schickten ihre um Ediths Jungfräulichkeit besorgten Eltern die Tochter ins Rheinland, damit sie nicht etwa den russischen Eroberern in die Hände fiel. Ihr Evakuierungsort wurde von marokkanischen Truppen der französischen Armee besetzt. Die nahmen keine Rücksicht auf Ediths behütete Unschuld und vergewaltigten sie mehrmals brutal. Aber mit ihrem Verlobten hatte sie nicht schlafen dürfen. Und darüber kommt sie nicht hinweg.«

»Das ist bei Gott eine Story«, sagte Barris.

»Sie geht noch weiter«, sagte ich. »Edith trampte aus dem Rheinland nach Berlin zurück. Ihren Eltern erzählte sie nichts von den marokkanischen Vergewaltigungen, aus Angst, von ihnen als entehrte Tochter verstoßen zu werden. Sie nahm einen Job in einer englischen Dienststelle an. Und mußte erleben, daß ihr strengmoralischer Vater ihr Vorwürfe machte: ›Warum bringen andere Mädchen von ihrer Arbeit Kaffee und Zigaretten nach Hause? Warum du nicht?‹ Ganz einfach, weil Edith die Schnauze von Männern voll hatte und nicht bereit war, mit einem Alliierten ins Bett zu gehen. Das konnte der Vater auf einmal nicht mehr verstehen. Lieber gab er seine strengen Moralbegriffe auf, als daß er auf seine Glimmstengel verzichtet hätte.«

»Und Edith?«

»Es wird lange dauern, bis sie wieder fähig ist, an irgend etwas zu glauben.«

»Erst kommt das Fressen, dann kommt die Moral«, nickte Barris. »Eine widerwärtige Geschichte.«
»Aber wehe, Sie verwenden sie«, erschrak ich nachträglich. »Unser Ruf ist schlimm genug in der Welt. Sollen wir ihn selber noch schlimmer machen? So was würden die Amerikaner nur zu gerne über uns lesen.«
Barris versprach mir, Ediths Geschichte nicht zu schreiben. Ich wußte, ich konnte mich auf ihn verlassen.
»Und du?« wandte er sich an mich: »Hast du einen amerikanischen Freund?«
»Nee.«
»Und Jola?«
Ehe ich verneinen konnte, faßte er sich selbst an den Kopf. »Jola doch nicht. Niemals. Die liebt ihren Preußen, bis daß der Tod sie scheidet.«
»Klar«, sagte ich. »Jola doch nicht.« Und es tat mir so leid, daß ich Barris nichts von Jonathan G. Woodburger und Jolas schweren Konflikten erzählen durfte.
Barris stocherte mit der Spitze seines Bleistiftstummels im Pfeifenkopf. Schmauchte. Verbrauchte mehrere Streichhölzer. Über uns in den Bäumen versammelten sich Singvögel für die weite, ungewisse Reise nach Afrika.
Barris, noch immer mit seiner Pfeife beschäftigt, sagte, er hätte in den letzten Tagen etliche Mädchen in verschiedenen Stadtteilen interviewt: »Ihre Brüder und Freunde sind noch nicht zurück oder gefallen. In den letzten Jahren haben sie vor allem Bombenterror, Angst, Hunger, Vergewaltigung, Tod, Trümmerarbeit erlebt. Ihre Vorbilder haben sie enttäuscht. Ihre Illusionen sind zerstört. Ihre anerzogenen Moralbegriffe erschüttert. Nun sind da plötzlich junge, gesunde, gepflegte, satte Sieger,

die den Mädchen nachsteigen und sie daran erinnern, daß sie nicht bloß Kellerasseln, Trümmerfrauen, Schlangesteher, Hungerleider sind. Ihr Nachholbedarf an Jungsein ist groß, ihre Vergnügungssucht unersättlich. Sie wollen endlich hübsch sein, begehrt und tanzen, tanzen, tanzen. Die meisten haben mir versichert, daß sie nicht mit einem Alliierten gehen, um an Naturalien und Zigaretten heranzukommen, sondern wegen dem uralten Boy-meets-girl-Spiel. Ich glaube ihnen das sogar. Und wenn die Eltern ein Auge zudrücken, solange für sie was Lukratives dabei abfällt... Wer hat dann das Recht, diese Mädchen zu verurteilen? ›Jugend reimt sich auf Tugend. Und Tugend ist, wenn keiner kommt.‹ Dieser Spruch ist übrigens schon alt, ich weiß nicht mehr, von wem er stammt.«
»Aber es gibt noch genügend Mädchen, die niemals einen Alliierten auch nur mit dem Hintern angucken würden«, sagte ich. »Es sei denn, es kommt ihnen die große Liebe dazwischen. Und dagegen ist man machtlos.«

Als ich nach Hause kam, empfing mich meine Mutter mit ihrem mir nur zu bekannten Alarmgesicht: hochgezogene Augenbrauen, verschreckter Blick, o-förmig geöffneter Mund.
»Was ist passiert?«
»Jola war da. Sie konnte leider nicht warten –«
»Nun sag schon!«
»Der alte Herr von Köckeritz ist tot.«
Ich war so erschrocken, daß ich »Schlimm?« fragte. Noch vorgestern hatte er uns Tee aus seinem russischen Samowar zelebriert und dazu Schaljapinplatten gespielt.
Und dann erfuhr ich die Tragödie.

Herr von Köckeritz hatte seine kostbaren, alten Pistolen, die er vorm Einmarsch der Roten Armee in seiner Jauchegrube versenkte, heben wollen. Die Pistolen steckten in einem Seesack, der Sack klemmte beim Heraufziehen, der alte Köckeritz stieg ein paar Stufen hinunter in die Grube und kam sofort in den Gasen um. Was für ein makabrer Tod für einen Ästheten!
Zu seiner Beerdigung erschienen ein paar alte Freunde und die nächsten Nachbarn; seinen aus Schlesien nach Oberbayern geflüchteten Verwandten war die tagelange Reise zu beschwerlich. Einzig sein Neffe und Haupterbe Tassilo Bast von Köckeritz sagte telegrafisch sein baldiges Kommen an.
Die Wirtschafterin des alten Lebemannes ließ die Waffen später von einem Fachmann heben und vergaß nie, frische Blumen auf den Deckel der Grube zu legen.
Übrigens waren die Pistolen trotz gründlicher Reinigung nur bei kurzer Geschäftsverhandlung auf dem Schwarzmarkt an Alliierte abzusetzen. Und danach war rasches Türmen angebracht, ehe ihr neuer Besitzer dem Verkäufer nachwetzen und das Geschäft rückgängig machen konnte, denn ihr Holz stank unausrottbar nach Jauche.

13

Cand. med. Robert Kühnhagen, Jolas zukünftiger Schwager, hatte einen langen Brief aus Garmisch geschrieben. Er war dort in einem Lazarett tätig und wartete auf die Eröffnung der Münchner Universität und einen Studienplatz, um sein Medizinstudium zu beenden.

Robby schrieb unter anderem: »Noch genießen wir den goldenen bayerischen Herbst. Daß ein Herbst so unbeschreiblicher Herbst sein kann, habe ich erst hier erlebt. Die Augen tun einem abends weh von dieser Leuchtkraft. Ihr, meine beiden lieben Kumpane aus dem letzten Kriegsjahr, wie gerne möchte ich Euch von meiner herrlichen Umgebung etwas abgeben. Aber da ich die Landschaft nicht scheibchenweise in Briefumschläge verpakken kann, möchte ich Euch vorschlagen: Kommt her. Was hält Euch im trostlosen Berlin? Bald wird es schneien. Ihr könnt im Gasthof von Burgls Eltern beinah umsonst wohnen. Burgl ist Oberschwester in unserem Lazarett, ein wunderbares Mädchen, das alle hier den ›Engel‹ nennen. Burgl ist vor allem mein Engel. Ich habe ihr viel von Euch erzählt, und es ist ihr Vorschlag, Euch herzuholen und gründlich aufzupäppeln. Also!! Macht Euch auf die Socken. Vielleicht findet Ihr sogar eine neue Existenz in Bayern. Nebenbei, mein Lockruf ist nicht uneigennützig. Es fehlt mir hier an nichts, nur manchmal

vermisse ich die Ansprache mit alten Freunden von zu Hause.«
Dieser Brief vergällte von nun an unseren Alltag. Goldener bayerischer Herbst. Robby wiedersehen. Fette Kuhmilch. Vielleicht sogar Käse?

Der Colonel erschien jeden Morgen verschwiemelt, aber ungemein selbstzufrieden, durchschritt flötend das Büro, mit den Pobacken den Takt dazu kneifend, und begrüßte jeden von uns mit Handschlag. Er war verliebt wie ein Kater in seine Filmschauspielerin. Von ihr brachte er die kleinen, juckenden Pusteln zwischen den Fingern mit, die er per Shakehand an jeden von uns weiterverteilte.
Zuerst merkten wir gar nicht, was auf uns zukam. Wir hatten eben ein leichtes Jucken zwischen den Fingern. Der Colonel befand sich bereits im fortgeschrittenen Stadium. Ich erwischte ihn einmal dabei, wie er sich mit der linken Hand am Bauch kratzte und mit der rechten über seine Schulter hinweg ein Lineal in seinen Kragen einführte und damit heftig seinen Rücken schubberte.
In unserem Großbüro erstarb das Lachen. Ein Leutnant nach dem andern ging zum Medizinmann. Fühlte sich anschließend als Aussätziger.
Wir hatten allesamt die Krätze von der Filmschauspielerin. Scabies hieß das Übel auf lateinisch, das sich ständig neue Gänge in unsere Epidermis grub. Es fing zwischen den Fingern an und breitete sich über den Körper aus, auch an Stellen, an denen man sich in der Öffentlichkeit ungern kratzt. Wenigstens das Gesicht blieb verschont.
Zuerst landete der Colonel im Hospital, dann ein Lieutenant nach dem andern. Uns Mädchen versorgten sie mit Zinksalbe, gegen die meine Milben immun zu sein schie-

nen, denn sie milbten munter fort. Bettwärme spornte sie zu Höchstleistungen an. Ich lag und kratzte mich zweihändig wie ein Affe.
Dem Colonel begegneten wir nach seiner Rückkehr aus dem Hospital nur noch vorwurfsvoll.

Als ich eines Morgens Jola auf dem Bahnhof traf, war ihre Stimmung im Vergleich zu meiner nicht verkrätzt, sondern zum erstenmal seit Jonathans Abreise geradezu aufgekratzt.
»Was ist los?«
»Ich kündige zum 1. November.«
»Bei dir piept's wohl. So nen Job findest du nie wieder.«
»Seit Jonathan fort ist, mag ich den Laden nicht mehr. Nächsten Monat gehen die letzten von der alten Besatzung, dann hört der Spaß sowieso auf.«
»Hast du denn schon was Neues?«
»Nö ... ich will versuchen, zum Sommersemester an der Uni anzukommen. Und bis dahin jobbe ich eben rum – entweder hier oder in Bayern.«
»Wieso Bayern? Erzähl, was ist los.«
»Der Neffe vom alten Köckeritz ist da. Der Tassilo. Und der will uns mit rüber nehmen.«
»Wen – uns?«
»Na, dich und mich, das heißt, wenn du mitkommen willst. Der Winter in Berlin wird furchtbar werden, das sagen alle. Es hält mich nichts hier. Ja, wenn wir unser Haus noch hätten ...«
»Wir kriegen weder nen Passierschein noch ne Reisegenehmigung«, gab ich zu bedenken, in Gedanken schon mit Packen beschäftigt.

»Das laß nur Tassilo machen. Der kennt alle Tricks. Er war schon zweimal nach dem Krieg hier, seinen Onkel besuchen, als der noch lebte.«
»Was'n anhänglicher Neffe!«
»Es waren wohl mehr Onkels Briefmarken- und seine Münzsammlung, die er schon mal mit rübergenommen hat. In Bayern wären sie sicherer, hatte er dem Alten eingeredet.«
»Woher kennst du ihn?«
»Seit meiner Kinderzeit. Als er noch in Schlesien lebte, war er jedes Jahr in Berlin beim Onkel zu Besuch. Er ist sieben Jahre älter als ich. Komm heute abend mit zu mir, dann lernst du ihn kennen. Aber kratz dich ja nicht. Wenn Tassilo erfährt, daß wir Krätze haben, nimmt er uns garantiert nicht mit.«

Tassilo Bast von Köckeritz empfing uns in kanariengelbem Kaschmirpullover und Pepitahosen, dazu trug er schwarzweiße Golfschuhe, von denen er die Spikes hatte entfernen lassen. Er war mittelgroß und von jener blanken Hübschheit, die man häufig bei Leuten findet, die sich nicht gern mit Sorgen belasten. Überhaupt sah er aus, als ob er den Krieg auf irgendeinem Golfplatz verspielt hätte.
»Alles Klamotten vom Onkel«, klärte er uns auf. »Ein Glück, daß wir die gleiche Figur hatten.«
»Dein Onkel war ein Dandy –«, sagte Jola, die Pepitahose betrachtend.
Außer Garderobe hatte Tassilo eine Kiste mit Champagner und Gänseleberpastete sowie ein Glas mit Trüffeln im Keller entdeckt. »Mein Onkel hatte eben Lebensart«, sagte er, den Sekt in hauchfeine Jugendstilkelche füllend.

»Und dann so ein stinkiger Tod.« Er reichte uns jedem ein Glas. »Auf den Onkel!«
Wir aßen die Trüffeln und die Pastete – leider hatten wir kein Brot, aber es ging auch so –, und dazu tranken wir zwei Flaschen. Danach kniete Jola vor der Kloschüssel. Ich lag flach auf dem Sofa und preßte den Handrücken vor den Mund. Eher wäre ich erstickt, als daß ich diese Köstlichkeiten wieder von mir gegeben hätte.
Tassilo beförderte uns schimpfend in Jolas Zimmer. »Was seid ihr bloß für trübe Tassen! Vertragt nicht mal drei Gläser Schampus –«
»Die Gänsele–« Allein das Wort ließ Jola schaudern. »Wir sind doch nichts mehr gewöhnt!«
Solange wir noch geistig aufnahmefähig gewesen waren, hatte er uns den illegalen Übergang über die grüne Grenze vom russisch besetzten Thüringen ins amerikanische Bayern als spannendes Abenteuer in lieblicher Landschaft geschildert.
Am nächsten Tag schrieben wir an Robby Kühnhagen und kündigten ihm unsere baldige Ankunft an.

Der Abschied von unseren noch verbliebenen Buddys im Special Service war in Wehmut getränkt.
»Be a good girl – all luck to you – take care of yourself...« Einer versicherte uns, daß wir nie wieder solchen »cute guys« wie ihnen begegnen würden.
Wieder hatten Jola und ich ein gemeinsames Kapitel Leben beendet. Nun stand uns das Abenteuer Bayern bevor.

Einen Tag vor unserer Abreise kam Jola herübergera-

delt. Setzte sich auf mein Bett und sah mir zu, wie ich Blusen für die Reise bügelte.
»Bist du etwa schon mit dem Packen fertig?« staunte ich.
»Nö, wieso?«
»Na, weil du hier rumsitzt und deine Zeit verplemperst.«
»Ich war heute bei meiner Schwiegermutter, um mich zu verabschieden und einen Brief für Robby mitzunehmen.«
»Na und?«
»Sie wohnt ja noch bei ihrer Schwester in Potsdam. Aber nun hat sie von ihrem Bruder ein Häuschen in Steinstükken zur Verfügung gestellt gekriegt. Da zieht sie jetzt hin. Und ich soll ihr dabei helfen.«
»Etwa noch morgen?«
Ohne auf meine Frage einzugehen: »Das Häuschen ist immerhin so groß, daß Karl-Heinz und ich mit einziehen können, wenn er aus der Gefangenschaft kommt. Und weißt du, was sie mir erzählt hat? Schauergeschichten vom illegalen Grenzübergang. Jede Nacht werden ganze Gruppen von den Russen erwischt und eingesperrt. Und ein Grenzführer hat zwei Frauen, die sich ihm anvertrauten, ermordet und ausgeraubt.«
Jetzt begriff ich und setzte das Bügeleisen ab. »Sag bloß, du hast Angst und kommst nicht mit! Und hast vielleicht schon meiner Mutter deine Greuelmärchen erzählt!«
»Nein, bestimmt nicht. Kein Wort. Aber ich muß dir sagen, ich habe den Krieg nicht gesund überstanden, um jetzt mein Leben leichtfertig aufs Spiel zu setzen, bloß um mir paar schöne Tage in Bayern zu machen.«
»Th, was die Leute reden. Tassilo hat gesagt, es wäre überhaupt nicht schlimm.« Ich fühlte mich von ihr im Stich gelassen, geradezu betrogen. »Mir wirfst du immer

vor, ich wüßte nicht, was ich will. Jetzt weißt du es nicht.«
»Wieso? Ist doch ganz einfach. Bis gestern wollte ich, und heute will ich nicht mehr.«
Ein warmer Geruch nach Versengtem stieg mir in die Nase. Das war das Bügeleisen, das auf meiner Bluse stand. Nun hatte die Bluse einen braunen Bügeleisenabdruck auf dem Rücken. »Daran bist du schuld, Mensch!«
»Reg dich nicht auf, ich geb dir eine von mir.« Jolas ungewohnte Großmut war ein Beweis dafür, daß sie ein schlechtes Gewissen wegen der abgesagten Reise hatte.
»Deine Blusen passen mir nicht, ich habe mehr Busen als du.«
»Ich geb dir ne weite. Du willst also wirklich fahren, auch wenn ich nicht mitkomme?«
»Natürlich.«
»Thth – du bist auch bloß konsequent, wenn du beschließt, ne Dummheit zu machen. Dann kann dich nichts davon abbringen.«

Es dauerte eine Weile, bis ich mich von meiner Enttäuschung erholt hatte. Ich hätte es nie gewagt, Jola im letzten Moment im Stich zu lassen. Ihr machte es anscheinend keine Schwierigkeiten.
Wir trennten uns kühl. Sie wünschte mir alles Gute und gab mir Briefe für Robby mit. Ich brachte sie nicht einmal zur Haustür, als sie ging. Am meisten nahm ich ihr übel, daß sie mir nun auch die Lust an der Reise verdorben hatte.
In der folgenden Nacht schlief ich so gut wie gar nicht. Vielleicht sollte ich lieber doch nicht fahren? Hier hatte

ich ein wind- und regendichtes Zuhause. Meine Geborgenheit gab ich leichtfertig auf – wer weiß wofür?
Wie immer vor einem größeren Unternehmen brachte ich mich erst einmal durch das Aufzählen aller möglichen Katastrophen, die mir dabei zustoßen könnten, in überschäumende Untergangsstimmung. Wenn es dann soweit war, hatte ich das Schlimmste bereits hinter mir.
Ich wollte nach Bayern. Nun gerade. Tassilo (warum hatte der Mensch nur so einen blödsinnigen Namen!) würde mich schon beschützen, denn er wollte etwas von mir. Meine Zurückhaltung reizte und verärgerte ihn gleichermaßen, aber er hoffte, das würde sich ändern, sobald wir in Bayern waren. Und ich ließ ihm diese Hoffnung aus Sorge, er könnte mir sonst vorführen, wozu ein in seiner männlichen Eitelkeit gekränkter Mann fähig sein kann. Das würde die Reise nur unnötig verzwicken.
Außerdem mochte ich ihn wirklich ganz gern. Er hatte den Krieg in Polen, Frankreich, Afrika, zuletzt den Rückzug aus Italien mitgemacht und sich bei Kriegsende zu einem Vetter nach Bad Tölz abgesetzt. Sein stolzes Zuhause in Schlesien war jetzt unter polnischer Verwaltung. Nachtrauern bezeichnete er als Zeitverschwendung. Schließlich brauchte er alle Sinne und Energien, um sich eine neue Existenz aufzubauen und verlorene Kriegsjahre nachzuholen.
Auch ich hatte Nachholbedarf.
Jugend reimt sich auf Tugend. Und Tugend ist, wenn keiner kommt – hatte Barris gesagt. Jetzt war Tassilo im Anmarsch auf meine Tugend und ich viel zu temperamentvoll und unruhig, um meine freien Abende auf die Dauer am heimischen Ofen zu verbringen.

Dank der verflixten Krätze blieb ich weiterhin zu absoluter Tugend verdonnert. Gesicht und Hals hatte sie ja gottseidank verschont, und tiefer ließ ich Tassilo nicht an mich heran. Ich hatte auch gelernt, in seiner Gegenwart dem wahnsinnigen Juckreiz zu widerstehen und nicht mit zehn Fingern unterm BH zu scharren.

Der Abschied von meiner Mutter fiel schwer. Sie brachte mich bis zur Königstraße, bis zur Haltestelle des Omnibusses, aber es kam keiner. Die alten Busse hielten sich selten an ihren Fahrplan, weil sie meistens irgendwo mit Reifenpanne oder Motorschaden auf der Strecke stehenblieben.
Also ging ich die zwanzig Minuten zum Bahnhof Wannsee. Blickte mich mehrmals nach ihr um, sah sie klein und schmal und bekümmert am Straßenrand stehen, mir nachwinkend. Vielleicht würde ich sie nie wiedersehen. Man mußte in dieser Zeit mit allem rechnen. Als ich mich das letzte Mal nach ihr umsah, war sie nur noch ein kleiner schwarzer Strich am Straßenrand – in ihrem Persianermantel, dessen kahle Stellen sie mit Ausziehtusche zu kaschieren pflegte.
Am Bahnhof Wannsee erwartete mich Tassilo in des Onkels geerbter Kledage: karierte Schirmmütze, pelzgefütterte Joppe, Breeches und Reitstiefel.
»Dein Anblick hält sich die Waage zwischen ehemaligem Großgrundbesitzer und verkrachter Rennbahntype.«
»Danke für die Blumen«, sagte er, »jetzt komm.«
Tassilo hatte mir geraten, möglichst wenig Gepäck mitzunehmen, nur das allernötigste. Jedes Pfund zuviel würde den mehrstündigen nächtlichen Marsch zur bayerischen Grenze nur unnötig beschweren. Er hatte aber

noch einen anderen Grund, weshalb er auch die weiteren Teilnehmer an unserer Expedition – einen Schwarzmarkthändler in Feuersteinen namens Otmar Ziebuhlke und seine Frau Molly – zur Mitnahme von Fliegengepäck überredete: je leichter wir ausgerüstet waren, um so besser konnten wir ihm beim Tragen der Werte helfen, die aus dem Erbe des verjauchten Onkels stammten. So kriegte Ziebuhlke den Koffer mit Krebsbestecken und Austerngabeln für 24 Personen angehängt, außerdem mußte er des Onkels voluminösen Kamelhaarmantel anziehen. Er verbreiterte seine Schultern um etwa zehn Zentimeter und reichte ihm bis zum oberen Rand der Skistiefel. Ziebuhlkes Frau Molly hängte Tassilo ein vergilbtes Hermelincape mit schwarzen Schwänzchen über den Trainingsanzug und belud sie mit einer Diplomatentasche, vollgestopft mit Miniaturen. Aus meinem Rucksack ragten zwei aus ihrem Rahmen geschnittene, zusammengerollte Gemälde wie Ofenrohre. Es handelte sich um ein Mädchenporträt von Renoir und eine Landschaft von Monet: Werte, um deren Verlust man zur Zeit weniger bangen mußte als um eine heile Hose oder ein Pfund Butter, wenn man Dieben in die Hände fiel.
Mit der S-Bahn rüttelten wir zum Potsdamer Bahnhof und marschierten von dort durch Geisterstraßen zum Anhalter Bahnhof. Es war zunehmender Mond, über den schwarze Wolken fetzten. Er leuchtete die Mauerreste aus – zerstörte Kamine und Rohre ragten wie ein verfaultes Gebiß in den Himmel. Mondlicht glitzerte in Wasserlachen. Aus Mauerhöhlen strömte Totenkälte. Weiße Pfeile auf einem stehengeblicbenen Hauspfosten zeigten in eine tiefe Grube – da war einmal der Luft-

schutzkeller gewesen. Wie viele mochten noch unter den Trümmern liegen –?
Hier war nun nichts mehr, gar nichts als nach Verwesung stinkendes, hohles Schweigen. Und das Pfeifen der Ratten, die über unseren Weg flitzten.
Wir stiefelten, Grauen zwischen den Schulterblättern, auf die bombastische Ruine des »Anhalters« zu. Das war der Paradebahnhof der Kaiser- und Nazizeit gewesen. Der Bahnhof, von dem aus wir in die Ferien fuhren. Ich hatte noch die Eile, das Reisefieber, die Aufregung, das Fernweh, die freudigen Begrüßungen und die verschnupfte Stille beim Abschied, die Rufe nach den Gepäckträgern, den Singsang der Zeitungsverkäufer, dieses auf- und abschwellende Raunen zahlloser Menschen im Ohr und über allem das schwerfällige Tschtsch-pch der anhaltenden Loks.
Nun stolperten wir im Dunkel durch eine Ruine. Ich fand mich nicht mehr zurecht.
Da war noch das Skelett der riesigen Halle über sechs Gleisen – der Wind sang hoch oben, wo es kein Dach mehr gab.
Tassilo führte uns vom Bahnhofsgebäude fort aufs Betriebsgelände und öffnete die Tür zu einer Baracke mit Sitzbänken. Hier sollten wir die Nacht verbringen bis zum Abgang des ersten Zuges Richtung Thüringen.
Immer öfter quietschte die Tür, immer mehr Hamsterfahrer rumpelten herein, so daß an Ausstrecken nicht zu denken war und an Schlaf schon gar nicht. Die Leute um uns sangen, ließen Flachmänner mit Rübenschnaps kreisen, rülpsten, schnarchten. Ziebuhlkes stritten sich.
»Woran denkst du?« fragte Tassilo.

»An den Anhalter Bahnhof. Als Kinder sind wir manchmal hier hergefahren.«
»Wir auch«, erzählte er, »ich meine, mein Bruder und ich sind oft zu unserer kleinen Bahnstation geritten, um die Züge vorbeidonnern zu sehen.«
»Wir sind nicht wegen der Züge gekommen, sondern wegen dem Leierkastenmann und seiner Frau«, sagte ich. »Die hatten ihren Stammplatz am Anhalter. Der Mann trug einen Schellenbaum auf dem Kopf, den setzte er durch Schütteln in Gang. Sein einer Fuß bewegte die große und die kleine Pauke, mit den Händen bediente er das Becken und trommelte. Seine Frau drehte die Kurbel des Leierkastens, hatte viele Glöckchen an den Ärmeln und sang. Eine Zeitlang saß ein Äffchen neben dem Sammelteller, aber das war wohl der phonetischen Dauerbelastung nicht gewachsen. Eines Tages war es nicht mehr da.«
»Die habe ich auch mal erlebt«, lachte Tassilo, »die waren besser als die Philharmoniker.«
Um uns herum wurden Kriegserlebnisse ausgetauscht. Einer versuchte den andern an Schrecklichkeiten zu übertrumpfen. Eine Frau sagte, sie wäre viermal hintereinander vergewaltigt worden. Eine andere sagte, das wäre noch gar nichts. Sie hätte es zwölfmal hintereinander durchmachen müssen. Die erste Frau fragte erstaunt: »Und da haben Sie noch immer mitzählen können?«
Tassilo war an meiner Schulter eingeschlafen. Ich schob ihn in die Senkrechte, denn auf die Dauer wurde er mir zu schwer.
Ich dachte an Jobst. Einmal hatte ich ihn vom Anhalter abgeholt. Seine erste Frage war: »Gibt's das Orchester noch? Dann laß uns hingehen.« Der Mann – inzwischen

rammdösig von dem ständigen schweren Schellenbaum – wackelte auch mit dem Kopf weiter, wenn Pause war und er seine Klappstullen auspackte. Die Frau sang mit zittriger, schriller Stimme:
»Ach, wie ist's meechlich dann, daß ick dir lassen kann.
Hab dir von Herzen lieb, det gloobe mir.
Du hast die Seele mein so lang jenommen ein –
daß ick keen andern lieb als dir allein ...«
Es klang sehr armselig und rührend, nicht mal Jobst hatte gegrinst.
Jobst, verflixt noch mal, warum bin ich gezwungen, eines Tages einem anderen zu gehören »als dir allein ...«?
Das sind doch alles Fremde, denen ich heute begegne. Denen muß ich ja erst erklären, was ich denke. Und weiß ich, ob ich ihnen trauen kann? Wir beide gehörten so sehr zusammen. Unsere Lust nacheinander wurde nie weniger, eher unersättlicher.
Übermorgen war Jobst ein Jahr tot. Im Luftkampf abgeschossen, brennend vom Himmel getrudelt. Die Maschine hatte sich in einen Acker gebohrt. Es gab keine Möglichkeit mehr, mit dem Fallschirm auszusteigen. Das soll in der Nähe von Osnabrück gewesen sein, aber noch auf der holländischen Seite.
Nun mußte ich mir eben einen anderen Mann suchen, denn ich konnte mit einundzwanzig Jahren meine Gefühle nicht zuhäkeln und für alle Zeiten einmotten.
»Um Himmels willen, Lieschen«, hätte Jobst protestiert.
»Nur das nicht. Das wäre ja jammerschade!«

Tassilo war aufgewacht und zündete eine Zigarette an. Wir rauchten sie gemeinsam.
»Hast du überhaupt noch nicht geschlafen?«

»Nicht eine Minute.«
»Du mußt. Morgen nacht wirst du nicht dazu kommen.«
»Ja, ich weiß. Aber ich bin nicht müde.« Außerdem feierten die Milben Orgien um meine Taille, und ich mußte stille halten.
Ich durfte mich erst kratzen, als Molly Ziebuhlke aufschrie: »Hiiech! Mich hat was gebissen.« Sie rüttelte an ihrem schlafenden Mann. »Otmar! Otti! Hier gibt's Flöhe!!«
»Na und?« grunzte er. »Behalt se für dich.«
»Ich glaube, ich hab auch einen«, sagte ich erleichtert, öffnete meinen Mantel und machte mich an meine Taille. »Woher kennst du eigentlich die beiden kleinen Schieber?« fragte ich Tassilo.
»Von Schwarzmarktgeschäften vom Bahnhof Zoo.«
»Und warum nimmst du sie jetzt mit rüber?«
Er grinste. »Damit sie mir helfen, das Geerbte zu tragen.«
»Und wenn sie damit durchgehen?«
»Wo sollten sie? Auf dem Schleichweg über die grüne Grenze? Da sind sie ohne meine Führung verratzt und verloren. Und hinter der Grenze, in Bayern, nehme ich ihnen sowieso alles ab. Kann also nichts passieren.«
»Edel sei der Mensch, hilfreich und gut«, fiel mir ein.
Er zuckte die Achseln. »Notzeiten schreiben sich ihre eigenen Gesetze. Außerdem wollen Ziebuhlkes sowieso nach Bamberg, Feuersteine besorgen. Wenn sie mit mir gehen, sparen sie sich das Geld für einen Führer.«
Ein schwarzgekleidetes Fräulein mit geknifftem Filzhut sprach mich bescheiden an: »Ach, bitte, ich hätte eine Frage...« Gemeinsam mit einem alten, klapprigen

Herrn hockte sie auf einem Koffer, der alles enthielt, was sie gerettet hatten, wie sich später herausstellte.
»Ja bitte –«, sagte ich.
»Darf ich uns erst einmal vorstellen: Oberregierungsrat Wachsmann –«, sie zeigte auf den Alten im sorgsam geputzten, abgetragenen Überzieher und Bowlerhut, dessen Krempe auf seinen Ohren Halt suchte, »– ich bin Fräulein Elsbeth Brünner.«
Soviel höflicher Umstand erinnerte uns an unsere eigene Kinderstube. »Bast von Köckeritz«, und dazu erhob sich Tassilo mit halber Backe.
»Sehr angenehm, Herr von Köckeritz.«
»Luise Hartwig.«
»Freut mich außerordentlich, gnädiges Fräulein.«
Mein Blick war auf seinen auf und niederhüpfenden Adamsapfel im weit abstehenden Hemdkragen konzentriert, während er kurz seine Umstände schilderte: Aus Potsdam. Dort total ausgebombt. Seit fünf Jahren Witwer. Nicht fähig, sich diesem – äh – robusteren neuen Lebensstil anzupassen. Versicherte ausgerechnet uns, noch niemals ein Schwarzmarktgeschäft getätigt zu haben. Das ließen erstens seine preußischen Ehrbegriffe nicht zu, und zweitens besaß er auch nichts mehr zum Tauschen. Was ihm geblieben war, war seine anständige Gesinnung. Und an der verhungerte er so peu à peu.
Tassilo und ich schauten aufmerksam Oberregierungrat Wachsmann und seine Wirtschafterin Fräulein Elsbeth an. So verhungert sahen also »Volksgenossen« aus, die ausschließlich von offiziellen Zuteilungen lebten.
Arme Schweine, dachten auch die Umsitzenden, die zugehört hatten, aber ohne Mitleid. Wenn der alte Daddy

schon zu senil war, um sich Extras zu beschaffen, warum unternahm sein Fräulein Elsbeth nichts?
»Fahren Sie hamstern oder weiter?« erkundigte sie sich bei Tassilo.
»Wir wollen nach Bayern.«
»So ein Zufall! Wissen Sie, ich möchte mit dem Herrn Oberregierungsrat nach Hof, dort habe ich Verwandte, die uns aufnehmen würden. Wäre es wohl gestattet, uns Ihrer Führung anzuschließen?«
Tassilo sagte sofort: »Nein, ganz unmöglich.«
Der alte Herr entschuldigte sich wegen Fräulein Elsbeths Aufdringlichkeit und war noch ein bißchen verzagter als zuvor. Fräulein Elsbeths Finger in gestopften Makohandschuhen streichelten kurz über seine fleckigen Hühnerhände.
Ich trat Tassilo gegen das Schienbein, und als er mich ansah, schüttelte ich mißbilligend den Kopf. »Das kann man auch freundlicher sagen.«
»Es tut mir wirklich leid, Herr – äh – Oberregierungsrat, aber wir haben viel Gepäck, der Weg ist teilweise steil und mühsam – wir könnten uns nicht um Sie kümmern.«
»Danke, sehr liebenswürdig, es war ja auch nur eine Anfrage.«
»Aber ich werde Ihnen einen Platz im Zug erkämpfen«, versprach Tassilo, der es nicht mit mir verderben wollte.

Im fahlen Morgendämmer, über Schnarchen und Stöhnen und röchelnde Atemzüge hinweg, hörte ich ein Tsch-sch-sch näherkommen und stieß Tassilo an.
»Ich glaube, der Zug fährt ein.«
Wir rüttelten an Ziebuhlke und Molly, die mit offenem

Mund einer überm andern hingen: »Aufstehen – schnell«, und weckten auch Fräulein Elsbeth.
Als erste stürmten wir aus der Baracke und fanden den nahen Bahnsteig schwarz vor Menschen. Tassilo rannte neben dem einfahrenden Zug her, enterte den Postwagen und hielt Plätze für uns frei, die wir uns gegen die rücksichtslos drängenden Massen mit Fäusten und Ellbogen erkämpfen mußten. Die meisten waren Hamsterfahrer.
Sie feixten über Ziebuhlkes um drei Nummern zu großen Kamelhaarmantel mit hochgestelltem Kragen. Mit diesem Kleidungsstück schien der Geist von Hans Albers über ihn gekommen zu sein. Zumindest legte er sich eine Hoppla-jetzt-kommt-Ziebuhlke-Attitüde zu. Und dazu seine Molly in Hermelin über Trainingshosen.
»Zu welchen Gelegenheiten trug dein Onkel eigentlich Hermelin?« fragte ich Tassilo.
»Das Cape gehörte wohl seiner Mutter.«
Der Zug war gerammelt voll. Keine Chance, jemals ein Klo zu erreichen. Selbst die engen Toilettenkabinen waren mit drei bis vier Personen besetzt. Aber das kannte ich ja schon aus den letzten Kriegsjahren.

Der Anhalter Bahnhof lag im amerikanischen Sektor. Nun fuhren wir durch die russische Zone. Wir fuhren den ganzen Tag. Einmal blieben wir auf der Strecke stehen, bis eine undichte Stelle im Kessel, durch die der Dampf entwich, repariert worden war.
Viele Reisende stiegen aus, Frauen setzten sich mit erhobenen Röcken neben die pinkelnden Männer, die Unterhaltung dabei war ebenso laut wie ungeniert.
Bei jeder Steigung blieb die Lokomotive stehen und

fauchte asthmatisch, kein Wunder bei dem Grus aus Schlackenkohle, den sie zu fressen kriegte. Sie war genauso unterernährt wie ihre Fahrgäste, von denen bei jedem Halt immer mehr ausstiegen und sich mit Netzen und Taschen in Richtung bäuerlicher Ansiedlungen entfernten, in der Hoffnung auf ein paar Kartoffeln oder eine Kohlrübe.

In unserem Wagen blieben schließlich nur wir vier und der Oberregierungsrat mit seinem Fräulein Elsbeth übrig. Und alle juckten sich. Auch die Flöhe fuhren sippenweise in den Zügen mit, um sich zu beköstigen.

Tassilo schlief wie ein Murmeltier. Wir übrigen wurden daran gehindert, von Molly, die aufzählte, was sie alles durch Bomben verloren hatte. Ich kannte ihren Typ. Bei jedem Bericht kamen noch ein paar Sachen dazu, konnte ja keiner mehr nachprüfen.

Der jetzige Stand waren vier Pelzmäntel, eine Fünfzimmerwohnung mit allem!!! Eisschrank, Singernähmaschine. Die Perser hatten nur so übereinander gelegen. Und Schmuck hatte sie gehabt – wie eine Prinzessin! Selbst Ziebuhlke hörte staunend zu und wußte nicht, ob er mahnend eingreifen oder sich darüber freuen sollte, daß er mal so viel verdient hatte, um seiner Molly all den Luxus zu kaufen.

Gegen zehn Uhr abends hielt der Zug endgültig an. Lobenstein in Thüringen war erreicht.

Flüchtig grüßend löste sich die Abteilgemeinschaft auf und strebte aus dem fahlen Bahnhofslicht in die Dunkelheit. Ich machte den Fehler, mich noch einmal umzusehen.

Da stand der Oberregierungsrat mit Fräulein Elsbeth und

dem Koffer so verlassen, schlimmer noch – so ausgeliefert unter der elektrischen Uhr.
»Das kannst du doch nicht machen«, sagte ich zu Tassilo. »Stell dir vor, er wäre dein Vater.« Vor Ärger grunzend wandte er sich an die beiden. »Was wollen Sie denn jetzt anfangen?«
»Ach, wir dachten, wir suchen uns einen Gasthof, und morgen werden wir uns einer Gruppe anschließen, die rübergeht«, sagte Fräulein Elsbeth.
»En Zimmer kriechen Se bloß vom Ortsgommantanden, damit sind Se rekistriert als illegole Krenzkänger«, sagte ein Mann, der ebenfalls mit dem Zug gekommen war und zugehört hatte. »Se gennen mir glooben, ich weeß Bescheid.«
Fräulein Elsbeth und der Oberregierungsrat sahen mich an, ich sah in ihrem Namen Tassilo an, Tassilo bereute bereits, mich mitgenommen zu haben. »Also gut – kommen Sie«, knirschte er, »aber stellen Sie es sich bitte nicht einfach vor.«
Während wir im Gänsemarsch durchs nächtliche Lobenstein tippelten, fluchte er, hörbar für mich: »Scheiß die Wand an! Mit dem Scheintoten im Schlepptau schaffen wir's nie. Sie werden uns einbuchten und uns alles abnehmen. Und du bist schuld.«
O Gott, dachte ich, das möchte ich nicht erleben.
Nebel hingen auf den Hügeln, an den Nordhängen leuchtete blaß der Neuschnee. Die kalte, würzige Luft nach der tagelangen Fahrt im miefigen Zug wirkte ungemein belebend.
Es roch nach Ländlichkeit. Nach Frieden. Ich hatte plötzlich ein Glücksgefühl: es roch wie Schulferien in Bayern.

Aus einem größeren Gebäude am Straßenrand strömten Einheimische.
»Razzia«, befürchtete Ziebuhlke.
»Kino«, beruhigte ihn Tassilo. »Schluß der Abendvorstellung.«
Wir mischten uns unter die Heimgeher, damit den russischen Posten nicht unsere Tragtaschen und Rucksäcke auffielen. Die Lobensteiner verteilten sich auf ihre Häuser rechts und links der aufsteigenden Straße, die Häuser hörten schließlich ganz auf.
Da war nun nichts mehr um uns als Wiesen und bewaldete Hügel. Der Mond kam hinter den Wolken hervor und beschien eine sich langsam aufwärtsbewegende Gruppe.
»Seht ihr den Haufen da vorn? Die wollen auch über die Grenze. Wir müssen sie im Auge behalten, aber auch nicht zu nah herangehen. Wenn sie geschnappt werden, sind wir gewarnt«, raunte Tassilo uns zu. »Wenn bloß der Mond verschwindet. Bei der Helligkeit schaffen wir nie die letzten zwei Kilometer bis zur Grenze.«
»Wollen wir nicht lieber umkehren?« fragte der alte Herr verzagt.
Fräulein Elsbeth hakte ihn unter. »Stützen Sie sich auf mich. Denken Sie immer daran – morgen sind wir bei meinen Verwandten. Dann ist alles vorbei.«
Der Weg wand sich den Hang hinauf, mir wurde schnell warm beim Steigen, die Riemen des Rucksacks schnitten in die Schultern. Vor mir fluchte Ziebuhlke über das adlige Familiensilber, das seinen Arm ausleierte und gegen sein Schienbein schlug. Hinter mir keuchte der Oberregierungsrat, von Fräulein Elsbeth anfangs fürsorglich gezogen, später geschoben.

Tassilo stieg stetig vor mir her. Obgleich er ein Radio, eine Aktentasche und den schweren Rucksack trug, schien ihm die Steigung nichts auszumachen. Einmal blieb er stehen und wartete auf uns. »Seht ihr die Baumgruppe? Dahinter liegt das Dorf Lichtenbrunn. Es ist nicht von Russen besetzt. Wenn wir durchgehen, sparen wir eine halbe Stunde.«
Für sparen waren alle. Ehe wir weitergingen, wechselten die Männer ihre Lasten. Nun trug Ziebuhlke das Radio, Tassilo die Krebsmesser und Austerngabeln. Ich hätte am liebsten meinen Rucksack den Abhang hinuntertrudeln lassen, denn sein Gewicht nahm von Schritt zu Schritt zu, und an den Hacken in den harten Skischuhen bildeten sich erste Blasen.
Hinter uns wurden das Rumpeln eines Karrens laut und Stimmen, die sich auf thüringisch unterhielten.
Es war elf Uhr. Das Dorf lag in tiefem Schlaf. Nah bei der Kirche klappte eine Haustür. Ein Hund kläffte. Kläffte sich ein. Konnte gar nicht aufhören. Verdammte Töle.
Überall gingen Lichter in den Häusern an. Tassilo scheuchte uns hinter einen Schuppen, ließ die Leute mit dem Karren vorgehen und siehe, da rief auch schon eine kehlige Männerstimme: »Stoy!« Ich dachte, hier gibt es keine Russen?
Tassilo packte meinen Arm und zog mich in den nächsten Hof. Die andern schlichen hinter uns her, wobei unsere Schuhe im weichen Morast blubbernde Geräusche machten. Dazu unser keuchender Atem und Mollys schepperndes Kochgeschirr auf ihrem Rucksack.
Wir fühlten uns wie von Hunden verfolgte Rehe. Tassilo bezeichnete uns eher als ein Rudel stampfender Elefanten, und wenn er das vorher gewußt hätte!!

Zwischen Scheune und Stall stolperte der gebückt schleichende Ziebuhlke über den zu langen Mantel und schlidderte in den Morast, auch seine Nase tauchte ein. Als er das Radio aufhob, klang es in seinem Innern wie in einer Kinderklapper.
»Die Röhren sind bestimmt im Eimer.«
Wir trabten über eine Wiese einen Abhang hinunter. Runter ging es mit Schubkraft, dafür sorgten die schweren Rucksäcke.
Dann kam ein Tal, in dem die Russen patrouillierten. Gottseidank hatten sich Wolken vor den Mond geschoben, es war stockdunkel. Tassilo versammelte uns um sich und zeigte auf einen Berg.
»Über den da müssen wir rüber.«
Mußte er ausgerechnet auf den höchsten zeigen?
»Werden Sie das schaffen?« wandte er sich flüsternd an den Oberregierungsrat. »Er ist steil und teilweise vereist...«
»Natürlich schaffen wir's«, versicherte Fräulein Elsbeth, den alten Herrn und den schweren Koffer fest im Griff.
Tassilo stand unschlüssig vor den beiden. Hatte plötzlich eine mitmenschliche Regung. »Wenn Sie meine Tasche nehmen, werde ich ihn führen«, sagte er zu Fräulein Elsbeth.
»Vielen Dank, sehr liebenswürdig.« Der Oberregierungsrat raffte all seine noch verbliebene Kraft und Würde zusammen, um möglichst gerade zu stehen. »Aber es hat keinen Sinn.« Er ging mit seiner Wirtschafterin ein Stück beiseite, um mit ihr zu reden. Sie sprachen leise. Wir hatten Mühe, alles mitzubekommen, was sie sagten.
»Elsbeth, Liebste, laß uns scheiden. Ich finde schon zum

Bahnhof zurück. Grüß deine Verwandten in Hof von mir.«

Sie schluchzte auf: »Aber Vatichen – ich kann dich doch nicht allein lassen!«

»So hilflos bin ich gar nicht, wie du mich immer hinstellst. Ich fahre nach Berlin zurück und versuche, legale Einreisepapiere zu bekommen.« Er zog seinen Fäustling aus und strich ihr über die Wange. »Nun weine nicht, mein Herz – ich komme bestimmt nach – adieu – paß gut auf dich auf!«

Durch ihren eckigen Körper lief ein Zittern, sie legte den Kopf an seine Schulter, ihr Hut fiel in den Schnee. Sie schluchzte laut, er streichelte ihren Rücken. »Vatichen – kommst du auch bestimmt?«

Eine letzte Umklammerung – sie bedeckte sein altes Gesicht mit Küssen, dann hob sie ihren Hut und den Koffer auf – erinnerte sich plötzlich: »Aber da sind ja auch deine Sachen drin –«

»Laß nur, ich brauch nichts bis Berlin.«

In seinem viel zu groß gewordenen Mantel stand er da und hob die Arme in einer winkenden Gebärde. »Leben Sie wohl und vielen Dank. Sie waren sehr freundlich, daß Sie mich mitgenommen haben. Und viel Glück.«

Dann wandte er sich um und stelzte mit schlackernden Armen betont forsch in die Dunkelheit zurück.

»Ein Sejen, daß er freiwillig aufjejeben hat«, sagte Molly neben mir.

Als Fräulein Elsbeth uns erreichte, begannen wir hintereinander den Aufstieg. Ich hörte sie leise vor sich hin weinen.

Es war sehr steil und vereist, der schwere Rucksack wirkte wie eine Bremse, ich packte kleine Fichten am Schopf, um

mich festzuhalten, ihre Nadeln stachen durch den Handschuh. Plötzlich hörte ich ein Aufstöhnen unter mir: »Aber er verhungert doch ohne mich!«
Ohne sich von uns zu verabschieden, kehrte Fräulein Elsbeth um, rutschte abwärts, ihre eiligen Schritte krachten in den gefrorenen Schneematsch – wurden leiser – ihre Stimme war nun schon weit entfernt: »Herr Oberregierungsrat – so warten Sie doch auf mich!«
»Großer Gott, ich danke dir«, sagte Tassilo über mir. Und ich dankte ihm auch, daß wir die beiden und das Mitleid mit ihnen los waren.
Fräulein Elsbeths lautes Rufen hatte Warnschüsse in der Nähe ausgelöst. Ziebuhlke überholte mich, trat mir auf die Hand, ohne es zu merken. Aber ich, ich merkte es, ließ mich auf einer hochstehenden Wurzel nieder und streichelte meinen Schmerz.
Das war nun die zweite Nacht, in der ich nicht zum Schlafen kam. Ach, mein liebes Wannseer Bett – du stehst leer, und ich hocke hier und weiß nicht mehr, was ich eigentlich in Bayern will. Ja, was will ich denn da? Wieso hatte Jola gerade noch rechtzeitig gewußt, daß das ganze Unternehmen ein Irrsinn war? Wieso immer sie und ich erst, wenn ich mittendrin steckte?
Ich rappelte mich auf. Wir rutschten, fielen auf die Nase und krabbelten wie Fliegen auf einem steilen, vereisten Laufband. Und das kleine, trockene Knallen von Schüssen war gar nicht weit weg.
»Schießen die eigentlich scharf?« erkundigte ich mich.
»Mann, bist du doof!« fegte mich Molly an. »Glaubst du, die schießen mit Pfefferkuchen?«
Na schön, ich war die Jüngste in unserem seltsamen Quartett, aber das war noch längst kein Grund für Zie-

buhlkes, mich zu duzen. Wieso nahmen sie mich nicht ernst? Keiner nahm mich ernst. Bloß ich. Ich nahm mich sehr ernst.
»Ich wünsche, daß Sie mich siezen«, verlangte ich.
»Pschscht!« fauchte Tassilo.
»Ich sag ja auch nicht du zu Ziebuhlkes!«
Er fand endlich eine Fichtengruppe als Halt und zog einen nach dem andern zu sich herauf.
»In einer halben Stunde haben wir den anstrengendsten Teil hinter uns. Dann beginnt der gefährliche«, versprach er mit leiser Stimme. »Was mich beunruhigt – wir sind noch keiner Gruppe begegnet, die von drüben kommt. Anscheinend haben sie alle abgefangen. Dann klappt es auch mit uns nicht.«
»Was klappt nicht?« fragte ich mißtrauisch.
»Na, das Rübergehen.«
»Und was machen wir dann?«
»Hier warten bis morgen nacht.«
Also nein – so war das nicht geplant gewesen. Nicht noch eine Nacht. Ich löschte meinen Durst mit Harschschnee voller Tannennadeln. Und haßte Tassilo Bast von Köckeritz, der mich zu diesem freudlosen Unternehmen eingeladen hatte.
Molly sagte: »Im Zug haben sie immer Herr Oberregierungsrat und Frollein Elsbeth zu sich jesagt. Und wie se alleine waren: Vatichen! Und Liebste!! Also wenn ihr mich fragt, det is'n langjähriges Verhältnis zwischen Arbeitjeber und Anjestellte. Det darf bloß keena wissen, weil er mindestens vierzig Jahre mehr aufm Buckel hat wie sie. Also mir jraust et bei dem Jedanken, mit Vatichen im Bette zu jehn.«
»Nu halt doch die Klappe, Molly. Wenn se nich an ihm

jehangen hätte, wäre se nie und nimma umjekehrt«, widersprach Ziebuhlke. »Mir hat det richtig jerührt.«
»Det war nich Liebe, bloß schlechtet Jewissen«, sagte Molly, und ich: »Na und? Fraulein Elsbeth hat wenigstens eins.«
»Wer weiß, wo die beiden jetzt rumtapern–«, überlegte Tassilo.
Der Berg war endlich erstolpert, erklommen, errutscht, erkeucht, erflucht. Wir fielen erschöpft in den Schnee.
Tassilo wollte weiter, aber wir konnten nicht mehr. Sobald das Schwitzen nach der Anstrengung nachließ, setzten Schüttelfröste ein – und Müdigkeit.
Er gab uns zehn Minuten Pause. Dann ging es erbarmungslos weiter. »Von jetzt ab müssen wir verdammt leise sein!«
Schon wieder Schüsse, diesmal aus der Gegend, in die wir schleichen sollten. Tassilo änderte deshalb seinen Schlachtplan und führte uns kreuz und quer durchs Tannendickicht.
»Wenn de mich fragst, der weeß selber nich mehr, wo's lang geht. Der hat sich verfranst«, zischelte Molly besorgt.
Es war inzwischen ein Uhr nachts. Eine unruhige, unerwartet helle Nacht, nichts schien zu klappen. Ich hörte nahe Schritte in gleichen Abständen, dumpf und eintönig– aber dann waren es doch keine Schritte, sondern mein Herzschlag.

Schüsse. Hinwerfen. Warten. Eindösen. Kurze Träume. Aufspringen. Weiterstolpern. Hinwerfen... Und ich hatte gedacht, der Krieg wäre endlich vorbei!
Auf einmal waren die Schüsse ganz nah – pfiffen über

unsere Köpfe. Ich sprang in eine Kuhle, Molly war schon drin und heulte, sie hätte die Schnauze voll, das wäre ja alles so furchtbar.

Ziebuhlke robbte heran und hieb ihr auf die Pudelmütze, damit sie endlich stille war. Wo blieb nur Tassilo? Tassilo war fort. Der wird uns doch nicht etwa hier ausgesetzt haben und allein weiter–? »Dieses Schwein!!«

»Quatsch«, sagte ich, »ist doch unlogisch. *Uns* läßt er vielleicht den Kontrollen ins Messer laufen, nicht aber sein Tafelsilber«, das Ziebuhlke gerade trug.

Nach zehn Minuten war er plötzlich wieder da, lautlos wie ein Waldmensch, und gab uns Zeichen, ihm zu einer kleinen Anhöhe mit weitem Blick ins mondhelle, verschneite Land zu folgen.

»Die Lichter links – das ist das Dorf, wo die Russen liegen. Die Lichter rechts gehören zur bayerischen Grenze. Die war bisher nie beleuchtet. Es ist wie verhext heute. Seht ihr das Stoppelfeld da vorne? Da müssen wir rüber.«

Wir sahen nicht nur das Stoppelfeld, sondern auf ihm auch die Gruppe, die in Lobenstein vor uns hermarschiert war und jetzt, um zwei russische Soldaten mit Maschinenpistolen vermehrt, in den Arrest trottete.

In diesem Augenblick rutschte der schwere Rucksack wie ein Geschoß von Tassilos Rücken – die Träger waren abgerissen. Was bedeutete, daß er ihn von jetzt an vor sich hertragen mußte. Was bedeutete, daß Ziebuhlke zum Tafelsilber auch noch das Radio aufgehalst kriegte. Molly erinnerte sich rechtzeitig an ihren Herzklappenfehler, der ihr verbot, schwer zu heben. Was bedeutete, daß ich zu Rucksack und Brotbeutel auch noch Tassilos

Aktentasche tragen mußte. Sie war schwer, als ob sie eine eiserne Kaminplatte enthielte. Dabei gab sich mein eigener Rucksack bereits die größte Mühe, meine Schultern von der übrigen Luise abzureißen.
Wir torkelten über eine Straße, rutschten einen Abhang hinunter und sanken hinter einer Weidenhecke in ein Bett aus modernden Blättern, Schneematsch und aufgeweichter Wiese.
»Sind wir endlich da?« forschte Ziebuhlke weinerlich.
Tassilo schob die Mütze auf den Hinterkopf und wischte mit dem Handrücken seine schweißnasse Stirn. »Die nächsten zwei Kilometer bis zum Grenzbach sind die gefährlichsten.«
Noch zwei Kilometer mit dem Gepäck! Das war wie ein K. o.-Schlag. Ich streckte alle viere von mir und wollte mich auszählen lassen, aber Tassilo rüttelte an mir herum. »Steh auf! Nicht einschlafen! Und Vorsicht! Die Wachen sitzen manchmal in den Bäumen, lassen einen rankommen und schießen dann. Du mußt die rechte Seite im Auge behalten. Sobald sich etwas rührt, gib mir ein Zeichen.«
Ich nickte und starrte angestrengt nach rechts – sah die Bäume langsam auf mich zukommen und Großmutter Genthin in ihrem Garten, sie trug eine Gießkanne und wollte die Hühner füttern.
Tassilo buffte mich aus meinem schönen Traum. »Aufpassen sollst du, nicht pennen! Also dich hätten wir im Krieg als Wachtposten gebraucht.«
»Na und –«, giftete ich zurück, »ihr habt ihn auch ohne mich verloren.« Und konnte ihn wirklich nicht mehr leiden. Er mich übrigens auch nicht.
Neben uns knisterten Ziebuhlkes mit Stullenpapier, kau-

ten mit offenem Mund, hatten noch was zu essen und gaben nichts ab. Ich konnte auch Ziebuhlkes nicht mehr leiden.

Etwa eine halbe Stunde lang lagen wir im Schlamm, zu Eisblöcken erstarrt, bloß unsere Flöhe nicht. Wenn ich mit den Zähnen klapperte, stieß Tassilo mahnend in meine Seite. Nicht mal mit den Zähnen klappern durfte ich.

Auf der nahen Straße, die sich wie ein schwarzer Strich durch die weiße Landschaft zog, ratterten russische Soldaten zur Wachablösung. Wir hörten sie sprechen und lachen.

Gegen halb drei pflegen die Wachposten einzuschlafen, wußte Tassilo aus Erfahrung. Nur heute abend schliefen sie nicht. War eben eine ungünstige Nacht.

Wir brachen zur letzten Etappe auf. Ein halbgefrorener, umgepflügter Acker war zu überqueren. »Mensch, macht det Laune«, stöhnte Ziebuhlke neben mir.

Von den letzten zweihundert Metern weiß ich nur noch, daß ich gebückt gerannt bin, beseelt von einem einzigen Gedanken: der Grenzbach!

Umgeben von knorrigen, kahlen Weiden rauschte er dahin. Kurz vorm Ziel setzte Schießerei ein. Pfiff um unsere Köpfe. Molly rannte Ziebuhlke um, der gerade einen Schuh aus dem Morast zog. Sie sprang und platschte wie eine fette Kröte ins Gewässer. Sekunden später sprang ich nach – Eiswasser umspülte meine Beine – mir fielen die Geldscheine in meiner Socke ein – da zogen mich feste Griffe ans andere Ufer.

»So was von blödem Trampeln hab ich mein Lebtag nicht erlebt«, versicherte Tassilo und hievte auch noch den nassen Ziebuhlke an Land. »Guckt mal nach rechts – nur drei Meter ab ist der Steg, und den habt ihr nicht gesehn!«

Auf alle Fälle waren wir nun »drüben«. Tassilo zog ein Päckchen Camel aus der Tasche und reichte jedem von uns eine Zigarette. »Willkommen in Bayern.«

Bayern! Die erwarteten Glücksgefühle stellten sich nicht ein. Nur Erschöpfung und tödliche Müdigkeit. Aber es stand uns noch der Marsch ins Dorf bevor.

Ich setzte mich hin und mochte nicht mehr.

»Los, steh auf, stell dich nicht an.«

»Ich stell mich nicht an!« schrie ich zurück.

»Wenn du weiter so brüllst, erwischt dich die Patrouille der Amis und schickt dich dahin zurück, wo du herkommst, weil du keine Aufenthaltsgenehmigung für Bayern hast«, munterte Tassilo mich auf.

Das Wasser quatschte in den Stiefeln, unter der Fußsohle weichte mein Vermögen, ich mochte gar nicht drauftreten.

Endlich blieb unser Führer vor einem Bauernhaus stehen und warf in Ermangelung von Steinchen, die er im Dunkeln nicht finden konnte, Groschen gegen eine Scheibe im ersten Stock. Es dauerte eine Weile, bis ein Kopf am Fenster sichtbar wurde. Drei Minuten später ging dann das Licht an und die Haustür auf. In ihrem Rahmen stand eine hübsche, dralle, junge Person und knöpfte sich verschlafen die Bluse zu.

»Erni, ich bin's«, rief Tassilo. »Geh, mach uns Frühstück.«

Ich ließ meinen Rucksack von den wunden Schultern rutschen und fragte nervös nach dem Klo. Es befand sich im Hof.

Eine winzige, unaufgeräumte Küche. Im Herd bullerte ein Feuer. Um den Wasserkessel herum trockneten unsere nassen Socken und vier Paar Stiefel mit der Öffnung nach unten.

Mit einer Stopfnadel stach ich die Blasen an Hacken und Zehen auf und war so müde wie noch nie in meinem Leben.

»Kann man hier schlafen?« fragte ich Tassilo, der seine Füße massierte.

»Ja, schon, aber ihr nicht, weil ihr den Zug nach Hof erreichen müßt. Es geht bloß einer am Tag.«

»Was soll ich in Hof?« gähnte ich.

»Umsteigen nach München.«

Mit der Stirn auf meinen angezogenen Knien schlief ich ein. Wurde durch ein Stupsen geweckt.

»Halt dich ran, sonst futtern sie dir alles weg«, sagte Tassilo.

Erni hatte inzwischen ein Tablett mit goldgelber Butter, Kuhmilch und Erdbeermarmelade auf den Tisch gestellt und schnitt an ihrem Busen Scheiben von einem Brot.

Wir schlangen wie Hunde, die sich gegenseitig nichts gönnen. Als ich zur vierten Schnitte Brot greifen wollte, hob Erni das Tablett vom Tisch und trug es in die Speisekammer. Ziebuhlkes und ich stierten ihm nach, bis nichts mehr von ihm zu sehen war. Dann holten wir Socken und die knochenharten Stiefel vom Herd und zogen sie unter Wimmern und Fluchen an unsere wunden, geschwollenen Füße zurück.

»Du tust mir leid, Lulu«, sagte Tassilo.

»Was glaubst du, was ich mir leid tu. Du hast es gut. Du kannst dich jetzt ausschlafen.«

Und nach dem Schlafen würde er seine schwere BMW-

Maschine, die in der Scheune parkte, besteigen, sein Erbe aufladen und Richtung Tölz donnern. Mit richtigem Benzin, ärgerte sich Ziebuhlke. Es war schon ungerecht verteilt in der Welt – die einen hatten alles, und die andern mußten denen, die alles hatten, auch noch beim Tragen ihrer Schätze helfen.
Tassilo half mir, den Rucksack auf meinen wunden Rükken zurückzuschnallen. »Wenn du die richtigen Züge erwischst, bist du spätestens morgen früh in Tölz. Die Adresse von meinem Vetter hast du ja. Ich werde den Badeofen für dich anheizen.«
»O ja, das wird meinen Luxuskörper freuen.«
»Hier«, er steckte mir Fleisch- und Brotmarken in die Manteltasche, »damit du unterwegs nicht hungern mußt.« Er wischte eine Strähne aus meinem Gesicht, küßte meine Wange und zog mir die Kapuze über den Kopf. »Gute Reise, Lulu.«
Tassilo hatte leicht reden, dieser Mensch erster Klasse mit Ausschlafen und Benzinmotorrad und Wohnsitz auf einem Edelhof in Oberbayern. Gründlich waschen durfte er sich auch noch, bevor er sich aufs Ohr legte. Erni hatte gerade einen großen Kessel mit Wasser auf den Herd gestellt.
Woher kannte er Erni überhaupt? Und wo würde er wohl ruhen? In ihrem Bett?
Ich beschloß, Tassilo Bast von Köckeritz und Tölz von meinem Bayernprogramm zu streichen und direkt zu Robby nach Garmisch zu reisen.

Bei dem Gedanken an Robby ging es mir gleich besser. Robby war ein Stück Heimat in dieser großen, bayerischen Ungewißheit.

Ziebuhlke warf einen letzten Blick auf den verschlammten, in seiner Verschmutzung noch immer prächtigen Hans-Albers-Kamelhaarmantel und sagte verbittert: »So wat Schönes kriegt unsereiner bloß zum Tragen, wenn et ihm beim Bergsteigen det Leben erschwert. Wejen dem scheißlangen Mantel bin ick pausenlos uff de Neese jeknallt. Nu hätt ick ihn jerne, nu muß ick ihm abjeben!«

Erni wies uns in der Dunkelheit den Weg zum Bahnhof. Wir lahmten vondannen, ohne uns noch einmal umzusehen.

»Wieviel hat er dir fürs Tragen jejeben?« forschte Molly.

Ziebuhlke zeigte ihr ein angebrochenes Päckchen Camel.

»Des darf nich wahr sein«, heulte sie auf. »Hebt sich nen Bruch an dem blöden Silber und läßt sich mit'n paar Glimmstengel abfinden. Du bist so dämlich, Mann – wieviel sind'n noch drin?«

Ziebuhlke zählte nach. »Vierzehn Stück. Aba dafür hat er uns heil rüberjebracht. Wat gloobste, was'n Führer jekostet hätte.«

»Haste wenigstens mal kurz in det Silber jefaßt?«

»Jing nich«, bedauerte er. »War allet so verpackt, daß de nich rankamst.«

Pause.

Molly war plötzlich geradezu furchterregend stumm und starrte mit dem Blick eines Geiers, der Beute entdeckt hat, auf meinen Rücken.

»Die Bilder, Mensch, die Bilder, die Kleene hat ja noch die Bilder. Die hat se vajessen abzuladen.«

Du lieber Gott! Der Renoir und der Monet!

»Wat sind'n det für welche, und wat gloobste, wat wa dafor kriejen, wenn wir se verklitschen? Ha? Zeig doch mal her!« Sie machte sich an meinem Rucksack zu schaffen, ich hieb ihr auf die Finger.
»Kommt nicht in Frage!«
»Nu sei keen Frosch«, buffte sie mich freundschaftlich in die Seite. »Wir machen ja halbe-halbe. Schwöre. Gloobste, die sind ne Stange Amis wert? Oder etwa zwo? Nu sag schon!«
Eine oder zwei Stangen Zigaretten für einen Renoir und einen Monet? Ich kannte selbst nicht ihren augenblicklichen Handelswert. Auf alle Fälle war er so hoch, daß mich Ziebuhlkes ohne Gewissensbisse meucheln würden, wenn sie ihn wüßten, um an die Gemälde zu kommen.
»Es sind ja bloß Familienbilder. Nichts Besonderes«, sagte ich abfällig.
»Nee. Der nich«, widersprach Molly weise, »der trägt nischt aus Sentimentalität über die Grenze, wenn's sich nich teuer verscherbeln läßt. Nu komm schon, mach mit!«
Ich war bereit, Lebensmittel zu klauen, Holz, Zahnpasta, heile Socken, aber keinen Renoir und keinen Monet.
»Is doch keen Klauen, is bloß Verlieren. Sagste, du bist inne Razzia jekommen, und weg war'n se. Okay?«
»Nee.«
Kinder mit Schulmappen auf dem Rücken überholten uns eilig. »Ist das hier richtig zum Bahnhof?« rief ich ihnen hinterher. »Wir müssen den Zug nach Hof kriegen.«
Sie riefen etwas zurück, was wir nicht verstanden, aber

ihre Eile steckte uns an. Sie mußten anscheinend denselben Zug erreichen.

Und nun saßen wir uns auf hölzernen Bänken gegenüber. Tannen und Wiesen im fahlen Morgenlicht zogen am Fenster vorbei – ein Gehöft, in dem noch Lichter brannten. Molly und Ziebuhlke flüsterten miteinander. Aus dem Nebenabteil hörte ich die Kinder, die zur Schule fuhren, toben und lachen.

Auf gar keinen Fall durfte ich einschlafen.

»Na ja, bis Bamberg bleiben wir auf alle Fälle zusammen«, sprach mich Molly zuckrig an. Sie schien irgendeinen Plan ausgeheckt zu haben, die Bilder betreffend. »In Bamberg holen wir ein Kilo Feuersteine ab. Und den Köckeritz sehn wir nie wieder . . . wenn wir nich wollen. Oder?«

»Der erfährt nischt von uns«, versicherte Ziebuhlke treuherzig.

Ich schaute aus dem Fenster, ohne zu antworten.

»Fräulein Hartwig – hallo!« Zum erstenmal siezte mich Molly, aber auch das zog nicht mehr. Die Gemälde kriegten sie nicht. Niemals. Verflixte Bilder. Was sollte ich jetzt mit ihnen machen? Sie per Post nach Tölz schicken? Aber wie? Es gab ja nicht mal Packpapier zu kaufen, um sie einzuwickeln. Und wenn sie verloren gingen –? Das beste war, ich brachte sie selber hin, bevor ich nach Garmisch weiterfuhr. War bestimmt kein großer Umweg. War ja alles in Bayern.

Um acht Uhr zwanzig kamen wir in Hof an. Um acht Uhr neunundzwanzig ging ein D-Zug nach Frankfurt. Molly sagte, den nehmen wir. Ich sagte, was wollen wir in

Frankfurt? Molly sagte: »Doch bloß bis Bamberg. Da steigen wir um.«
Für den D-Zug brauchten wir eine Genehmigung. Die gab es im Bahnhofsgebäude im zweiten Stock. Zimmer Zehn. Die Schlange stand bis zur Treppe.
Molly hieb sich rücksichtslos eine Gasse durch die Wartenden, ich folgte ihr bis zum Ausstellungsort, einem Schreibtisch. Sie war schon fabelhaft im Organisieren, wenn auch nicht sehr beliebt, aber gegen Mordandrohungen immun.
Das freundliche Aushilfsmädchen hinter dem Schreibtisch war ihrem hart vordrängenden Willen nicht gewachsen und schrieb unsere Zuggenehmigungen vor allen anderen Wartenden aus. Ich blickte zufällig aus dem Fenster auf den Bahnsteig und sah, wie die Türen des wartenden Zuges geschlossen wurden.
Panik erfaßte mich, ich griff nach den ausgeschriebenen Genehmigungen und rannte los, stürzte auf den Bahnsteig hinunter, quer über die Gleise, der Stationsvorsteher hob gerade die grüne Kelle, sah mich kommen, winkte Richtung Lokomotive ab, winkte mir freundlich zu – Menschen gibt's, echte Menschen!! –, ich rannte am Zug entlang, ein Waggon so prallvoll wie der andere – da griffen schwielige Pranken aus einem Abteilfenster nach mir und zogen mich samt Rucksack hoch und hinein. Ich konnte nichts sagen, nur dankbar hecheln, während der Zug sich in Bewegung setzte.
Einmal noch schaute ich kurz auf den Bahnsteig von Hof, sah Molly, Otmar Ziebuhlke und einen langen Dürren auf den Gleisen stehen und hysterisch, echt hysterisch in meine Richtung schreien und drohen.
Ich winkte bedauernd zurück, zog das Fenster hoch und

bemerkte dabei die Scheine in meiner Hand. Vier D-Zuggenehmigungen, lautend auf die Namen Hartwig Luise, Ziebuhlke Otmar, Ziebuhlke Martha und auf Huber Ignaz.

Das mußte wohl der lange Dürre gewesen sein.

Ach, du meine Güte.

Ich war ehrlich bekümmert, aber was sollte ich machen? Die Notbremse ziehen, nachdem ich zuvor den Zug am Abfahren gehindert hatte?

Man rückte auf einer Bank zusammen, damit ich mich setzen konnte. Über mir im Gepäcknetz schnatterten Enten in einem Pappkarton, neben mir breitete ein knorriger Typ ein buntgewürfeltes Tuch über seine Knie und schnitt abwechselnd Brot und Hartwurst mit dem Taschenmesser, schob beides quer zwischen seine lückenreichen, geräuschvoll malmenden Kiefer. Mir gegenüber hielt eine Bäuerin einen Korb mit Eiern auf dem Schoß. Alle schwatzten durcheinander. Alle kannten sich. Ausgeruhte, ausgefutterte Landbevölkerung. Und ich, staunend, dazwischen.

Ja, hat's denn in Franken keinen Weltkrieg gegeben? Und wieso reisen bloß Bauern in diesem Abteil? Ist das vielleicht gar nicht der D-Zug nach Frankfurt?

Aber nein, das war der Personenzug nach Fürth.

Ich lehnte mich zurück und schloß die Augen. Ich hatte den falschen Zug angehalten. Ich hielt vier D-Zuggenehmigungen nach Frankfurt in meiner Hand. Nur eine davon war meine.

Und nun hatte ich nur noch einen Wunsch: nie wieder Ziebuhlke Otmar, Ziebuhlke Martha-Molly und Huber Ignaz zu begegnen. Sie würden mich auf der Stelle totprügeln.

14

Fünf Stunden saß ich nun schon auf dem Fürther Bahnhof. Neben mir auf der Bank ein Heimkehrer, der die Nähte seines schmutzstarrenden Uniformrocks nach Läusen absuchte, und wenn er eine fand, unendlich behutsam knackte.

Dabei sprach er mit ihr, nur mit ihr.

Kinder wuselten kreischend um ihn herum. Jedesmal, wenn der Mann seinen Kopf hob und sie ansah, verstummten sie verschreckt. Seine Augen lagen tief, waren nur noch Augenhöhlen.

Ich fand Tassilos Lebensmittelmarken nicht wieder. Seit dem Frühstück um vier Uhr früh hatte ich nichts gegessen. Jetzt war es sieben Uhr abends. Eine halbe Stunde stand ich am Rotkreuzschalter an, um Suppe zu fassen. Als ich endlich dran war, hatte ich kein Gefäß, um sie hineinzufüllen, nicht mal einen Hut.

Gegen Mitternacht fuhr endlich der für sieben Uhr angesagte Zug nach München ein. Menschentrauben klammerten auf seinen Trittbrettern, niemand stieg ab aus Angst, während des Aufenthaltes seinen guten Platz an die schwarze Masse Mensch auf dem Bahnsteig zu verlieren. Lieber pinkelten sie auf ihren Untermann. Der Zug fuhr weiter ohne mich.

Ich blieb zwischen Flüchtlingsfamilien und ihren müde quengelnden Kindern, zwischen Polen in Schaftstiefeln

und tiefgezogenen Kopftüchern zurück. Ab und zu eilte Bahnpersonal wichtig, adrett uniformiert, vorüber, für keine konkrete Auskunft zuständig. Vielleicht kam in der Nacht noch ein Zug nach München durch, vielleicht auch nicht.
Ich suchte mir einen offenen Güterwaggon auf einem Abstellgleis als Nachtquartier aus. Er stank nach Ziegenbock.
Wie lange hatte ich eigentlich nicht mehr geschlafen? Seit Wannsee. Wie lange war Wannsee her? Zwei Tage und zwei Nächte ... das war jetzt die dritte.
Aus den Bahnhofslautsprechern dröhnten amerikanische Hits in die von Scheinwerfern taghell erleuchtete neblige Nacht. Alle halbe Stunde spielten sie die »Sentimental Journey«. Paßte fabelhaft zum Bahnhofsmilieu.

»Got my bag and got my reservation,
Spend each dime I could afford ...«

Meine Eisbeine in den noch immer feuchten Stiefeln baumelten aus der Waggontür in einem Ausnahmezustand.

»Never thought my heart could be so yearning,
Why did I decide to roam,
Got to take that sentimental journey,
Sentimental journey home ...«

Ich wußte nicht, mit welchem Zug ich weiterfahren würde und wann, hatte keine Aufenthaltsgenehmigung für Bayern, war allein unterwegs, dem Zufall ausgeliefert und dennoch froh, daß Jola nicht mitgekommen war. Zu zweit war man nicht auf die Ansprache von fremden Leuten angewiesen und verpaßte dadurch eine Menge

Schicksal. Dies hier war mein eigenes Abenteuer. Meines ganz allein. Nun ja, in manchen Augenblicken war ich schon sehr allein, aber unglücklich war ich nicht.
Wenn die bedrohlichen Schritte einer Streife vorüberklappten, die die Ausweise und Genehmigungen der wartenden Reisenden kontrollierten, verkroch ich mich in die schwärzeste Ecke des Waggons, in der es am penetrantesten stank.
Ein Mann stand plötzlich unter mir auf dem Perron. Er trug einen eleganten Nadelstreifenanzug, der früher einem Dicken gehört haben mochte, und öffnete ein Lächeln, auf zwei gelbe Zahnsäulen gestützt: »Gnädiges Frollein, so allein?«
Achherrje –
»Nein«, versicherte ich eilfertig, »gleich kommt mein Mann zurück. Da ist er schon!« Und zeigte auf einen massiven Kerl im fliegergrauen, abgewetzten Ledermantel, der gerade die Waggons abging auf der Suche nach einer Unterkunft für die nächsten Stunden. Sein Gesicht war durch die Krempe eines Trachtenhutes beschattet.
Der Mann mußte mich wohl gehört haben, warf einen abschätzenden Blick auf den Nadelstreifler und dann auf meine Beine in Skistiefeln und verschlammten Keilhosen, der Rest von mir war in Dunkelheit getaucht. Er kapierte sofort, rief: »Servus, Christl«, und warf seinen prallgefüllten Brotbeutel in den Waggon, ehe er sich selber nachschwang.
Nun war ich den einen los, dafür hatte ich einen anderen neben mir.
»Sie haben doch nix dagegen?«
»Ist ja nicht mein Waggon.«
»Warten Sie schon lange?«

»Seit vier Uhr nachmittags.«
Er nahm den Brotbeutel auf die Knie und öffnete ihn. Ich sah ihm dabei zu. Mit einem Plop zog er den Propfen aus einer grauen Flasche. Ehe er sie selber ansetzte, hielt er sie mir hin. »Enzian.«
»Schnaps?« Auf leeren Magen? »Nein, danke, lieber nicht.«
Ich hörte es in seiner Kehle gluckern, dann ein zufriedenes »Ach –« und das Zustöpseln der Flasche, wobei der Korken quietschte.
»Wo kommen S' denn her?«
»Aus Berlin.«
Knistern von Stullenpapier. Es roch nach Geräuchertem. Warum bot er mir jetzt nichts an?
»Berlin hat's arg erwischt, gell? Aber München auch.«
Jetzt war er schon bei der zweiten Schnitte.
»Guten Appetit«, sagte ich gequält.
»Jessas – i hab gar net g'fragt, ob Sie was mögen täten?«
Ich hielt schon die Hand hin.
Es gibt Mahlzeiten, die man nie in seinem Leben vergißt. Dazu gehörte diese Klappstulle aus frischem, würzigem Brot, doppelseitig mit Butter bestrichen, mit gekochtem Schinken belegt – der Schinken mit überhängender Schleppe. Wenn meine liebe Mutter wüßte, wie gut es ihrer lieben Tochter ging!
»Ich komm von einer Tante, die hat in Fürth eine Metzgerei. Früher hab ich die nie besucht, heuer jede Woche.«
»Kann ich verstehen.«
Ich war auf Geräusche angewiesen, denn es war zu dunkel um irgend etwas zu erkennen: die Scheinwerfer waren ausgegangen. Die Stimme meines Nachbarn klang zufrieden und lachbereit. Seine Bewegungen waren vom

Knirschen des Ledermantels begleitet. Als ob Jobst neben mir saß. Achtung, Luise! Alle Ledermäntel knirschen gleich, aber ihr Inhalt knirscht verschieden.
»Kommen S' direkt aus Berlin?«
»Hmhm.«
»Gute Verbindung?«
»Durchgehender Zug mit Fensterplatz und Speisewagen.«
Er grinste hörbar. »Und haben S' noch weit?«
»Zuerst nach Tölz und dann nach Garmisch.«
»Skifahren?«
»Klar, was denn sonst?«
»Aber es hat heuer noch keinen guten Schnee auf den Bergen.«
Ich erinnerte mich kurz an die zurückliegenden Strapazen und mußte lachen. So hatte ich mir nicht die Anreise zu einem Skiurlaub vorgestellt. Aber was wollte ich eigentlich wirklich in Bayern? Im Grunde nur einmal raus aus Berlin kommen. »Und Sie? Wo wollen Sie hin?«
»Heim nach München. Ich wohn in Schwabing bei einem Freund. Der ist Maler.«
München. Schwabing. Künstler. Künstlerfeste. Gaudi. Darüber hatte ich schon einiges gelesen.
»Sind Sie auch Maler?«
»Na. Nix. I hab Architektur studiert. Im Krieg war i bei den Fallschirmspringern. Jetzt möcht i München wiederaufbauen. Aber vorher müssen mir erst amal die Trümmer wegräumen.«
Kurz flammte das Feuerzeug vor seinem Profil auf, als er sich eine Zigarette anzündete. Ich sah scharfe Kerben von der Nase zum Mund laufen. Dann war es wieder dunkel. Ein sehr männliches Gesicht, eine Stimme, die mir gefiel

– ich war auf dem gefährlichen Wege, einem Wildfremden zu vertrauen.
Meine Wachsamkeit ließ bald nach, Müdigkeit breitete sich wie eine dickflüssige Masse über mein Denken und meine Glieder aus. Ich hatte schon öfter gesehen, daß man Ohnmächtigen Schnaps zwischen die Zähne goß, damit sie wieder zu sich kamen. »Sie haben mir vorhin von Ihrem Enzian angeboten.«
»Und jetzt möchten S' einen –« Er hielt mir die Flasche hin. Jobst hatte sich früher schiefgelacht, wenn ich versuchte, aus einer Flasche zu trinken. (»Du mußt dich nicht festsaugen, Lieschen, laß es in deinen Mund gluckern ...«)
Ich ließ es gluckern, bei lässiger Mundhaltung. Dabei rann viel Enzian in meinen schmuddeligen Kragen, aber noch genug in mich hinein, um einen belebenden Hustenanfall auszulösen.
Immer mehr Leute kamen angetrabt auf der Suche nach einem nächtlichen Viehhotel. Sie blieben auch vor unserem stehen.
»Was glauben S', warum wir so am Rand hocken. Hinter uns springen die Flöh nur so umanand«, warnte mein Bayer sie.
»Und ich hab Krätze«, unterstützte ich ihn.
Da gingen sie lieber einen Waggon weiter.
»Sehr gscheit, des mit der Krätzn«, lobte er mich, als wir wieder allein waren. »Des muß einem erst amal einfallen.«
Das war mir gar nicht schwer eingefallen.
Immer mehr im Verlaufe unserer harmonischen Unterhaltung interessierte es ihn, wie ich aussah. Darum ließ er sein Feuerzeug vor meinem Gesicht aufflammen.

Ich hob schützend den Arm dazwischen.
»Ah, gehn S' – warum? Schaun S' denn garstig aus? I mag häßliche Menschen. Sie haben wenigstens a G'sicht.«
»Ich bin nicht häßlich, bloß schon zwei Tage und drei Nächte unterwegs.«
»Versteh. I leucht Sie nimmer an.«
Und dann mußte ich, ohne es zu merken, eingeschlafen sein, denn irgendwann rüttelte jemand an mir, eine entnervte Stimme flehte: »Geh, Madl, wach auf!«
»Was ist denn los?« Wo war ich überhaupt? Wieso war ich nicht in meinem Bett?
»Es geht ein Zug nach Regensburg.«
»Na und?« Mühsam kam ich zu mir. »Ich will nach München.«
»Aber dahin geht keiner mehr, und der nach Regensburg ist geheizt«, wußte er, schließlich fuhr er jede Woche von München zur Metzgertante und wieder retour.
Er schulterte meinen Rucksack, sprang hinunter, griff mich wie ein Kleinkind, stellte mich auf den Perron. Ich wollte an seiner Schulter weiterschlafen.
»O mei – is des a Kreuz mit dir!« stöhnte er. »Wach auf! Der Zug wartet nicht.« Und weil ich nicht kam, sondern im Stehen weiterschlafen wollte, ging er einfach los. Mit meinem Rucksack. Ich erschrak mich im Nu wach.
»He – Sie – warten Sie!«
Viel Perron, Treppen herunter, Tunnel, Treppen wieder herauf, anderer Bahnsteig, an dem ein Zug hielt ohne Andrang. Die Türen waren bereits geschlossen, der Mann riß eine auf, warf meinen Rucksack hinein, sah sich nach mir um – ich kam ja schon. Wie einen sperrigen Koffer zog er mich die Stufen herauf, da fuhr der Zug

bereits. Und nun erlebte ich ein Wunder. In den mollig warmen Waggons saßen in jedem Abteil höchstens vier Personen. Wir fanden sogar ein Abteil mit nur einem Mann am Gangfenster.

Unseren Gruß erwiderte er nicht, schaute uns vielmehr grimmig an, als ob wir in sein eigenes Schlafzimmer einzudringen versuchten, nahm erst die Füße vom gegenüberliegenden Sitz, als mein Bayer beim Übersteigen kräftig gegen sein Knie trat.

Fensterplatz. Kein Gegenüber. Wärme. Heile Scheiben. Endlich konnte ich den feuchten, schweren Hüttenmantel ausziehen und die zwei Jacken, die ich darunter trug. Nur in der kurzen Stunde in Ernis Küche gestern früh hatte ich mich so weit entblößen dürfen. Seither hatte ich in ungeheizten Zügen gesessen oder im Freien gehockt, und wir hatten November.

Als ich das Kopftuch abnahm und meinen Kamm auspackte, um den Filz aus meinem Haar zu reißen, knödelte mich unser Mitreisender böse an: »Schaun S', daß Sie auf'n Abort kommen mit Eahna Läusharkn.«

»Was hat er gesagt?«

»Sie sollen sich auf dem Klo kämmen«, übersetzte mein Bayer.

»Ja, gern. Aber wie komm ich da rein?«

Auf die Idee, daß es noch Zugtoiletten gab, die nicht mit mehreren Personen besetzt waren, sondern ausschließlich als Toilette dienten, kam ich gar nicht mehr.

Wasser zum Waschen gab's leider nicht. Ich rieb mir mit Parfum die graue, ölige Rußschicht vom Gesicht. Mein Bayer konnte sich gar nicht sattriechen an mir, als ich ins Abteil zurückkehrte.

Und dann erzählte ich ihm meine Reiseerlebnisse. Er

amüsierte sich, anstatt mich zu bedauern. Ich hätte ihn mal erleben mögen auf der Ochsentour über die grüne Grenze. Da wäre ihm das Lachen bestimmt vergangen.
Unser lebhaftes Reden störte den Grantler. Er brabbelte unwirsch vor sich hin.
Mit der nötigen Enziandosis trieben wir es nun gerade laut, um ihn zu ärgern.
»Schkandal dös!« Und dann schoß er eine Schimpftirade auf uns ab. Ich verstand davon, daß es beim Adolf so was wie uns nie nicht gegeben hätte. Solchene wie uns hätte man ins Lager geschickt, damit wir Zucht und Anstand lernten.
Mein Bayer gab dem Menschen sanft lächelnd recht. »Zucht und Anstand, das hat mei Bappa auch immer gewollt, als er noch Papst Alexander war.«
»Wos?« erkundigte sich der Grantler irritiert, und auch ich starrte ihn verständnislos an. Vielleicht hatten wir uns verhört?
Der Bayer lupfte seinen Hintern vom Sitz. »Gestatten, daß ich mich vorstelle. Cesare Borgia ist mein Name, Herzog von Valence.«
Cesare Borgia? Den hatten wir doch irgendwann in Geschichte. Frühe Renaissance in Italien. Oder später?
Der Grantler hatte bloß »Herzog« verstanden und wechselte total aus und um. »Angenehm, Durchlaucht.« Er stand stramm. »Obermayer, Aloysius, Kassenrendant im Ruhestand.« Wandte sich buckelnd an mich: »Und das gnädige Fräulein?«
»Nun sag schon, wer du bist!« erinnerte mich der Borgia.
»Luise von Preußen«, gnitterte ich.
Obermayer nahm sichtbar Abstand: »Ah, gehn S', a Preißin!«

»Aber ihre Mutter ist eine geborene Wittelsbacherin«, versicherte der Borgia.
»Nein«, sagte ich, »das ist nicht wahr, meine Mutter ist aus Prenzlau in der Uckermark. Und damit Sie sich nicht veräppelt fühlen, Herr Obermayer, sage ich Ihnen die Wahrheit. Der Vater von Herrn Borgia war kein Papst, sondern Ludwig Ganghofer, aber ein Sohn aus der ledigen Linie.«
Jetzt brach der Borgia zusammen.
Herr Obermayer ergriff den Sepplhut, der neben ihm auf dem Sitz lag, riß die Abteiltür auf und bedachte uns mit den übelsten Sottisen, ehe er auf den Gang stolperte.
»Eigentlich gemein, einen braven Kassenrendanten im Ruhestand mit unserer höheren Schulbildung zu verärgern«, stellte ich reuevoll fest.
»So gschert, wie der uns behandelt hat, hat er's net besser verdient«, meinte der Borgia.
Ich brauchte dringend ein neues Taschentuch und bat ihn, meinen Rucksack aus dem Gepäcknetz zu holen. Er sah mir zu, während ich ihn aufschnürte, und fragte, was das für Leinwandröhren wären, die da rechts und links aus ihm herausragten. »Sind das Bilder?«
»Ja.«
»Gute?«
»Ein Renoir und ein Monet.«
»Selbstverständlich Originale«, grinste er.
»Klar, was denn sonst!?«
»Du spinnst!«
»Die sind so echt, wie dein Papa Papst Alexander war oder Ludwig Ganghofer.«
Der Zug hielt. Leute stiegen ein, die zur Arbeit nach Regensburg fuhren. Grüßten kurz, hängten ihre Mäntel

auf, nahmen Platz. Waren alles Leute von heute früh und betrachteten uns wie das, was wir wirklich waren: vergammelte, angetrunkene Überbleibsel der vergangenen Nacht.
Als wir in Regensburg im feuchtkalten Wind auf dem Perron von einem Fuß auf den andern traten und der Enzian auch nicht mehr wirkte, hatte ich selbst meinen Freund Borgia satt und nur noch einen Wunsch: der Zug nach München möge einfahren, damit ich endlich schlafen konnte.
»San des deine Buidln, Preißerl?«
»Nein, die gehören dem Tassilo, von dem ich dir erzählt habe.«
»Darf ich –?« Und ehe ich es verhindern konnte, hatte er eine Leinwand herausgezogen und auseinandergerollt.
»Geben Sie sofort her – wie kommen Sie dazu!!«
Er wich meinen Händen aus, ließ die Flamme seines Feuerzeugs über das Bild leuchten, sah einen zauberischen Mädchenkopf mit rötlich umkräuselter Stirn über heiteren Kirschenaugen. Ein kleiner, vollippig lächelnder Mund . . .
»Herrschaftszeiten, das ist ja wirklich ein Renoir!« Und schaute wütend in meine Richtung: »Welcher Idiot rollt einen Renoir und dazu noch ein Pastell??«
Jetzt wurde mir angst vor dem Borgia. »Es ist eine Kopie, was sonst – geben Sie her.«
»Na – nix.« Er rollte das Bild lieber selber behutsam auf und schob es dann wie eine zerbrechliche Geliebte in meinen Rucksack zurück.
»Oh, wenn ich meinem Spezl erzähl, was für einem Traummädel ich auf dem Bahnsteig in Regensburg um sechs Uhr früh begegnet bin!« Und damit meinte er nicht

mich, sondern die kleine Renoir. »Sein Besitzer versteht net viel von Malerei.«
»Nein«, sagte ich, »mehr von Autos. Für ihn ist das Bild ein Wertpapier, nichts weiter ...«
»Also doch keine Kopie!«
»Was weiß ich, ich nehme an, er weiß es selber nicht.«
»Hat er Expertisen dazu?« forschte der Borgia und wurde mir nun wirklich lästig.
»Hören Sie, es war eine lustige Nacht mit Ihnen, aber wenn Sie nicht endlich von dem Bild aufhören –!«
Das Einfahren des Eilzuges brachte uns vom Thema ab. Der Borgia ergatterte zwei Sitzplätze in einem Abteil mit intakter Fensterscheibe. Es stank nach kaltem Rauch.
»Sag, Preißerl, der Tassilo – ist das dein Liebhaber?«
»Nee –«
»Aber er g'fallt dir?«
»Ich weiß nicht. Vor der Reise ja –«
»Was ist das für ein Typ?« wollte er wissen.
Tja, was war der Tassilo für einer? »Clever ist er. Ohne Sentiments. Ein Meister im Organisieren und Kompensieren. Hat wenig Skrupel ... auch was die Grenzen der Legalität anbetrifft –«
»Kurzum ein Mann der Stunde«, begriff der Borgia.
»Der schwimmt oben, egal, wo man ihn hineinschmeißt.«
»Sag amal –«
»Nei-en, ich will nichts mehr gefragt werden. Ich will jetzt schlafen.«
»Magst net wenigstens deinen Ranzen –?« Er zeigte zum Gepäcknetz.
»Nein, der bleibt unten.«
Borgia war gewiß der erfreulichste Mensch, dem ich seit

langem begegnet war, aber konnte ich ihm noch trauen, nachdem er die kleine Renoir gesehen hatte? Niemandem konnte man trauen in diesen Zeiten. Deshalb klemmte ich meinen Rucksack zwischen meinen Knien ein, breitete meinen Mantelsaum darüber und kniff mir so lange in die Wangen, um wach zu bleiben, bis ich den Borgia in regelmäßigen Zügen neben mir atmen hörte.

Als ich aufwachte, war vor den schmutzigen Scheiben grauer Tag. Der Zug hielt. Das Abteil war leer. Ich griff in Panik zwischen meine Beine, der Rucksack war nicht mehr da. Wo war mein Rucksack?
»Der Borgia!«
»Hier!« sagte er von der Abteiltür her. »Jetzt haben S' gedacht, ich wär mit Ihren Bildern stiften 'gangen.«
Ich widersprach nicht. »Wo sind wir?«
»München, Hauptbahnhof. Schon seit ein paar Minuten.«
»Und warum haben Sie mich nicht geweckt?«
»Sie schliefen so schön –«
Ich zog einen Spiegel aus der Manteltasche und guckte besorgt hinein.
»Schaust gut aus, Preißerl, a bissel unrasiert, aber mir gfallst.«
Ein Bahnbeamter, der die Waggons von suspekten Elementen freikehrte, die kein Zuhause hatten und im Zug kampieren wollten, scheuchte uns aus dem Abteil. Nun standen wir auf dem Perron. Er war leer bis auf uns beide. Ich wollte dem Borgia verabschiedend die Hand geben.
»Weißt was – kommst mit zu uns«, sagte er herzlich. »Mein Spezl wird dir g'falln. Kannst dich bei uns ausschlafen. Mir tun dir nix an.«

Er hatte den Hut in den Nacken geschoben. Zum erstenmal sah ich sein Gesicht im Tageslicht. Mein forschender Blick machte ihn unsicher. Unsicher hatte ich ihn bisher keinen Augenblick erlebt. »Weißt, Preißerl, die Fallschirmspringerei hat mich a bisserl ramponiert. I schau älter aus als wie i bin. Es braucht sei' Zeit, bis i mi wieder derfangen hab. Aber dann –«, er hatte so eine liebenswerte Art, über sich selbst zu lachen, »bald hoab i wieda a Gschau wi a Milibuab!«
Am liebsten hätte ich die Arme um seinen Nacken gelegt. »Bleib hier. Kannst wirklich bei uns wohnen. Kannst sogar ein Bad bei uns nehmen. Und wann du dich ausgschlafen hast, zeig ich dir München. Unsre historischen Trümmer und die weniger historischen. I versprech dir, du wirst dei Gaudi ham und nimmer fortmögen.«
München-Schwabing. Der Borgia. Ich mochte ja so gern! Aber meinte er wirklich mich? Wollte er mich nicht nur mitlotsen, um an die Bilder in meinem Rucksack heranzukommen? Mein Mißtrauen war stärker als meine noch grüne Sympathie für ihn. Ich streckte ihm die Hand hin.
»Tschüs, Borgia, es war unheimlich nett, dich kennenzulernen. Vielen Dank für alles. Aber jetzt muß ich nach Tölz.«
»Zu dem gscherten Tassilo.«
»Ja. Und anschließend fahr ich zu meinem Freund nach Garmisch.«
»Ja, von dem hast noch gar nix erzählt.« Enttäuschung baute sein Engagement für meinen Münchenaufenthalt deutlich ab. Er schaltete auf herzlichen Abschied um. »Alsdann – Preißerl, es war a Riesenfreud, dich kennenzulernen. Servas –.« Er nahm meine Hand, schob den

Handschuh vom Gelenk und den Mantelärmel zurück und küßte mich auf das bißchen Haut über der Pulsader. Ein sanfter Biß, mit der Zungenspitze dazwischen – nur sekundenlang, dann richtete er sich auf. »Pfüat di –.« Im Fortgehen winkte er zurück, ohne sich noch einmal umzusehen.

Sein breiter Rücken im Ledermantel entfernte sich auf dem langen, leeren Bahnsteig, das Hallen seiner Schritte wurde leiser, und ehe er aus meinem Blick ging, zog er den Hut und schwenkte ihn einmal rund.

Ich stand da mit meiner ziehenden Müdigkeit, meinem Enziankater, mit den Schmerzen in den Schultern von den Rucksackriemen, spürte die rohen Hacken in meinen Schuhen und die Krätze.

Wieder war ich allein, aber zum erstenmal mit einem Gefühl von Verlassenheit.

Ich suchte mir den Bahnsteig, von dem die Züge nach Tölz abfuhren. Auf dem lustlos lahmenden Weg dorthin, den Rucksack hinter mir herziehend, wurde mir schockartig bewußt, daß ich den Borgia fortgeschickt hatte.

Er hatte mich in dieser Nacht beschützt, er hatte mir zu essen gegeben, er hatte mich ein bißchen betrunken gemacht und sicher nach München gebracht. Er hatte mir nicht die Bilder geklaut. Er war ein Mann, der mir gefiel wie keiner seit Jobst: Und ich habe ihn fortgeschickt. Ja, ist mir denn noch zu helfen?

Ich sah mich um nach der wuselnden Masse Mensch – einer von ihnen – nein, er hatte sicher längst das Bahnhofsgebäude verlassen.

Warum wußte ich immer erst hinterher, wenn es zu spät war, was ich wirklich wollte?

Noch immer beunruhigte sein Abschiedskuß mein

Handgelenk – wenn ich wenigstens seinen Namen wüßte – ich wußte nur Borgia, Schwabing, und das war zu wenig, um einen Mann in einer fremden Stadt wiederzufinden.

15

Mittags kam ich in Tölz an und stand da.
Der Reichbacherhof, auf dem Tassilo bei seinem Vetter wohnte, lag etwa zwölf Kilometer vom Ort entfernt, es war kein Taxi aufzutreiben, es fuhr auch kein Bus in diese Richtung, und mit dem Vorschlag, hinzustiefeln, durfte ich meinen kaputten Füßen nicht mehr kommen.
Also stellte ich mich vor den Bahnhof und sprach jeden Besitzer eines Pferdewagens oder Holzgasautos an, ob er nicht zufällig in besagte Richtung fahren würde. Auf diese Weise stieg ich dreimal um, zuletzt nahm mich eine Bäuerin mit, deren Felder an den Reichbacher Besitz grenzten. Auf ihrem Traktor, der einen Odelwagen zog, fuhr sie mich nah an das Anwesen heran. Ich bedauerte sehr, daß ich dem Borgia nicht mehr von meiner stinkenden Ankunft erzählen konnte. (Ach, der Borgia, ohne ihn war alles nur noch halb so lustig.)
Der Reichbacherhof, mit Glockentürmchen und barokker Lüftlmalerei, mit Holzbalkonen rundum und der Kapelle und den anschließenden Wirtschaftsgebäuden – diese Bilderbuchidylle lag zwischen vollbusigen Wiesen und Tannenparaden in milchiger Mittagssonne. Wolkenschleier hatten ihr Licht kurzsichtig gemacht.
Es fiel so leicht, diese Gegend auf Anhieb zu lieben.
Von Bäumen und Dächern tropfte, was morgens als

Schnee gefallen war, hatte einen fröhlichen Rhythmus beim Tauen.
Schön, schön, wunderschön, ach, einfach herrlich –
Ich hinkte über den Hof auf das hölzerne Haustor voll geschnitzter Empireschleifen zu. Zwischen diesen Schleifen auf der linken Türseite der Heilige Georg mit dem Drachen kämpfend und auf der rechten Christophorus mit dem Jesulein auf der Schulter.
Ein lautlos anschleichender Schäferhund hinderte mich daran, Vergleiche zwischen dem Weg vom Potsdamer zum Anhalter Bahnhof in Berlin und dieser heiteren Vollkommenheit anzustellen. Er biß mich ohne Vorwarnung in die Hand, die am Glockenstrang neben der Tür ziehen wollte.

Liebe Jola!
Da ich mit Dir zusammen längst nicht soviel Abenteuerliches erlebt hätte, bin ich Dir nicht mehr böse, daß Du im letzten Moment gekniffen hast. Drei Nächte und zweieinhalb Tage war ich bis Tölz unterwegs. Nun liege ich in einem Bauernbett von 1847. Es ist ziemlich kurz, und wenn ich mich umdrehe, bin ich schon an der Kante. Tassilo hat gerade nach mir geschaut, ob ich schon belle. Kann ja sein, daß der Hund, der mich gebissen hat, tollwütig ist. Gottseidank nur in die linke Hand. Sonst könnte ich nicht schreiben. Aber es hat irre weh getan. Weißt Du, wie das ist, wenn Du vom Haushund gebissen wirst? Seine Besitzer kümmern sich zwar rührend um Dich und bestellen auch den Hausarzt, aber im Grunde nehmen sie Dir übel, daß Dich ihr Hund gebissen hat.
Das Haus ist 250 Jahre alt. Flure, Treppenhäuser und die

Wohnhalle sind an den Wänden gehörnt. Der Hausherr, Tassilos Vetter, ist passionierter Jäger. Überall im Haus, wo Du sie nicht erwartest, stehen geschnitzte, fast lebensgroße Heilige herum. Anfangs habe ich sie gegrüßt, weil ich sie im Dämmerlicht für Familienangehörige hielt.
Die Besitzer dieses bezaubernden Anwesens treten nur im Trachtenlook auf. Sie behandeln mich mit abstandnehmender Höflichkeit. Ich bin ja auch keine Geborene, bloß eine zur Welt Gekommene mit Namen Hartwig. Und auch noch aus Berlin. (Was hat sich denn der Tassilo da wieder aufgegabelt???) Er freute sich übrigens sehr, daß ich ihm Onkels Gemälde nach Tölz gebracht habe. Er hatte sie noch gar nicht vermißt. Nun liegen sie in einer Ecke herum, und ich muß immerzu an einen Mann denken, den ich im Viehwaggon kennenlernte. So ein Mann –! Warum bin ich bloß hier bei Tassilo und nicht bei ihm in Schwabing? Alles wegen der blöden Bilder.
Ich glaube, ich habe mal wieder einen Riesenfehler gemacht. Oder nicht?
Aber das erzähle ich dir alles, wenn wir uns wiedersehen. Jetzt muß ich aufstehen und zum Abendessen antreten. Später schreibe ich weiter.

Liebe Jola!
An der Graupensuppe mit Schweinsfüßen hat ein Privatgelehrter aus Miesbach teilgenommen. Er sagte, daß laut Treitschke alle Hochkulturen arischen Ursprungs sind. Das arische Herrschaftssystem sei der Feudalismus, und den Führungsanspruch hat der Adel.
Und so was im Jahre 45. Keiner hat ihm widersprochen, selbst ich nicht, weil ich mir sagte: Wenn ich jetzt meinen

Mund aufreiße, muß ich schon wieder eine Nacht schlaflos im Freien verbringen. Ich wollte mir den Schwachsinn nicht länger mit anhören und ins Bett gehen, aber in diesem Augenblick erschien der katholische Pfarrer, und als er hörte, daß ich geradewegs aus Berlin gekommen war, wollte er von mir wissen, wie es dort ausschaut und wie ich das Kriegsende erlebt habe, und da sagte meine Gastgeberin mit leidender Miene: »Hochwürden, wir haben elf schlesische Verwandte meines Mannes im Haus, die reden den ganzen Tag von nichts anderem als von dem, was sie durchgemacht haben. Sie werden verstehen, daß irgendwann der Punkt kommt, wo man das nicht mehr hören kann.« Darauf Hochwürden: »Verehrte Frau Baronin, sollte man dieses Opfer des Zuhörens und Trostsprechens nicht als Dank für die Gnade, selbst vom Krieg verschont worden zu sein, aufbringen?« Und darauf sie: »Mag sein, aber ich bin kein Seelsorger, und elf ständige Verwandte im Haus werden eben irgendwann elf ständige Verwandte zuviel. Und was mein Kriegsopfer anbelangt, so dürfte Ihnen bekannt sein, daß zwei meiner Brüder in Rußland gefallen und mein Vetter wegen seiner Beteiligung am 20. Juli hingerichtet worden ist.« Na, das war vielleicht ein harmonischer Abend am Kamin.
In der Nacht stand Tassilo plötzlich an meinem Bett, er hatte eine Flasche Wein und zwei Gläser mitgebracht und fragte, ob ich sehr müde wäre. Er wollte ein bißchen mit mir plaudern. Ich ahnte schon worüber und lehnte dankend ab. Er fragte: Warum zierst du dich wie Zicke am Strick, und ich sagte, verstehst du denn nicht, daß ich mich nach der tagelangen komfortablen Reise erst einmal ausschlafen muß? Ich habe ihn bis nach dem

großen Fest vertröstet. Danach verschwinde ich hier sowieso.
Aber das Fest zum 40. Geburtstag des Hausherrn möchte ich unbedingt mitmachen, ich habe doch noch nie so ein richtig großes Fest erlebt. Im ganzen Haus riecht es jetzt schon nach frischgebackenem Hefekuchen und nach gekochtem Fleisch. Eine Kapelle ist bestellt, in der großen Halle soll getanzt werden, ich im geborgten langen Dirndl der Gastgeberin. Endlich komme ich zum Walzertanzen.
Grüße Oma und Frau Schult!

Deine Luise

München, Hauptbahnhof

Liebe Jola!
Nun sitze ich mal wieder auf einem Bahnsteig und warte darauf, daß der Zug nach Garmisch einläuft. Man soll sich eben nie zu früh freuen.
Kaum hatte ich den letzten Brief an Dich dem Briefträger mitgegeben, kam die Baronin zu mir und sagte, es täte ihr furchtbar leid, aber ich müßte das Zimmer räumen, es hätten sich noch zwei Gäste telegrafisch zum Fest angesagt. Und dann fragte sie mich geradeheraus, ob ich Tassilos Freundin wäre, und ich sagte nein. Auch nicht verliebt in ihn? Nein, bestimmt nicht, versicherte ich ihr. Da war sie sehr erleichtert, der Tassilo muß ihr nämlich was anderes über uns erzählt haben. Und dann sagte sie, die Gäste aus Augsburg, für die sie das Zimmer bräuchte, wäre seine Braut mit ihrer Mutter. »Der Saubub hat Ihnen wahrscheinlich nicht erzählt, daß er im März heiratet?« Nein, hatte er nicht. Das habe sie sich beinahe gedacht. Sie sagte, sie würde mich gern als ihren Gast dabehalten, aber alle Zimmer und die Nebengebäude

seien bis unters Dach mit Verwandten belegt, anreisende Verwandte habe sie schon bei den umliegenden Bauern unterbringen müssen.
Also packte ich meinen Rucksack. Oh, hatte ich eine Wut im Bauch. Stell Dir vor, ich wäre wirklich in Tassilo verliebt gewesen und hätte keine Krätze gehabt! Er war übrigens recht zerknirscht. Ich ahnte gar nicht, daß er solcher Regung fähig ist. Nun ja, er hatte mich schon fest in sein Programm der nächsten Wochen eingeplant gehabt. Nun kam ihm die Braut dazwischen. Aber man kann ja nicht alles haben. Am meisten ärgert mich, daß der Geburtstagsball ohne mich stattfindet. Wieder nichts mit Walzertanzen.
Tassilo wollte mich mit dem Motorrad nach Garmisch bringen, ich klammerte wie ein Affe, um seinen Magen gekrallt, hintendrauf, in den Kurven legten wir seitlich ab, die Landstraße kam mir sehr dicht vor die Nase, immer war der Wunsch da, loszulassen: je fester ich mich anklammerte, um so stärker zog es mich zu den Chausseebäumen. Nach drei Kilometern hatte ich genug. Fahr mich zum Bahnhof, schrie ich ihm ins Genick. Er wartete, bis der Zug nach München abfuhr, und fragte, ob ich nicht auf der Rückreise noch mal in Tölz hereinschauen könnte, der Mensch hat Nerven! Mir tut schon jetzt seine Braut leid. Während er unter meinem Abteilfenster stand, zog er plötzlich den Handschuh aus, um sich zwischen den Fingern zu kratzen. Wie ich das sah, mußte ich sehr lachen. Er fragte mich gekränkt, warum ich so lache, aber ich habe es ihm nicht gesagt. Das ist meine süße kleine Rache.
Tschüs, bis zum nächsten Brief!

Deine Luise

16

Cand. med. Kühnhagen war ein Bild von einem Mann, bevor seine linke Gesichtshälfte durch eine zu nah explodierende Granate zerfetzt wurde. Unsere große Freundschaft zu dritt datierte aus dem Jahre 44. Jola und ich studierten ein Semester Sprachen an der Friedrich-Wilhelm-Universität Unter den Linden, hockten aber meistens im Luftschutzkeller der Uni, während Robby auf dem Dach der nahen Charité Brandbomben löschte.
Täglich nach Vorlesungsschluß hatten wir aufeinander gewartet und waren durch Straßen, in denen der Feuersturm heulte, zum nächsten Bahnhof gerannt, von dem noch ein Zug fuhr. Zu dritt erlebten wir diese langsam in die Herzgegend kriechende Weltuntergangsstimmung, einerseits froh, daß der gottverfluchte Krieg nicht mehr lange dauern würde, aber auch in Angst vor seinem Ende, vorm Vergeltungsschlag der Sieger.
Als Robby im März 1945 mit dem Potsdamer Lazarett, in dem er arbeitete, nach Bayern verlegt wurde, wußten wir nicht, ob es ein Abschied für immer sein würde.

Im Zug nach Garmisch saß ich einer gesprächigen Dame im Lodenkostüm gegenüber. Als der Zug in Starnberg hielt, kannte ich ihre Lebensgeschichte, bis Garmisch hatte ich meine eigene ausgepackt.
Ein Einspänner erwartete sie am Bahnhof. Sie forderte

mich auf, mit einzusteigen, und brachte mich bis vor die Tür des Lazaretts, in dem Robby arbeitete und wohnte. Was für ein eleganter Einzug im Vergleich zu meiner Ankunft in Reichbach.
Ich fragte in der Anmeldung nach Herrn Kühnhagen, ohne meinen Namen zu nennen.
Noch immer sein verwundetes Bein leicht nachziehend, kam Robby den langen, gebohnerten Flur herauf, blieb plötzlich stehen. »Luise –!«
Ich rannte auf ihn zu. Er fing mich auf. Bei der stürmischen Umarmung stießen unsere Nasen aneinander.
»Mensch, Mädchen, das ist wie Weihnachten!«
Das war mehr als Weihnachten, Robby Kühnhagen wiederzusehen. Er nahm meine Hände, entdeckte den angeschmuddelten Verband, sah mich fragend an.
»Was ist das?«
»'n Hundebiß. Aber nicht schlimm.«
Er schob den Mantelärmel zurück und den Rand des Pullovers. Und staunte, meinen Arm betrachtend. »Krätze hast du auch. Komm gleich mal mit.«
Ich landete in einem Behandlungszimmer. Robby nahm mir den Mantel ab, ich mußte meine Pullover ausziehen und den Blusenärmel hochkrempeln.
Er saß vor mir, Knie an Knie. Ich schaute auf sein dichtes, blondes Haar mit der weißen Strähne über der zernarbten Stirn, während er den Verband abwickelte. Nach der dritten Mullschicht kam er nicht mehr weiter.
»Das buttert ja prächtig«, stellte er fest. »Am besten, wir behalten dich gleich hier. Du kriegst mein Zimmer. Ich werde mit Burgl reden.« Er ging zum Telefon und rief sie an.
Wenig später stand sie im Raum, das Urbild einer

reschen, erfrischend herzlichen, »gestandenen« Oberbayerin. Robbys Freundin. Was hatte er nur für ein Glück gehabt, so eine zu finden! Erst beim zweiten Hinsehen fiel mir auf, daß sie ein paar Jahre älter sein mußte als er. Na und?
»Herzlich willkommen!« Sie schüttelte meine Hand. »Der Robert hat sich schon narrisch auf Sie g'freut, aber wir haben Sie noch gar net so bald erwartet.« Sie sah sich um. »Und die Jolande? Ist sie nicht mitgekommen?«
»Sie hat im letzten Augenblick gekniffen«, erzählte Robby, mit dem ich schon zehn Minuten allein gesprochen hatte. Und dann teilte er Burgl meine Blessuren mit.
»Des pack mer leicht«, versprach sie heiter.

Burgl schmierte meinen blutverkrusteten Körper mit einer Salbe namens Wilkinson ein. Sie stank sehr unerfreulich und färbte die Laken braun.
Am siebenten Tag durfte ich endlich ein Bad nehmen. Gegen die eitrige Entzündung der Bißwunde erhielt ich das Wundermittel Penicillin, von dem ich schon gehört hatte.
Danach war ich gesund und zog in den Gasthof, der Burgls Eltern gehörte: Holzbalkone, Zugspitzblick, harziger Holzfeuerduft. Kikeriki auf dem Misthaufen. Friedlich malmende, goldbraune Kühe im Stall. Neuschnee.
»Ich möchte hierbleiben«, sagte ich zu Robby auf einem unserer ausgedehnten Spaziergänge. »Weißt du nicht einen Job für mich?«
»Was kannst du?«
»Bißchen schreiben, bißchen tippen, ganz gut englisch,

bißchen zeichnen. Am liebsten würde ich bei einer Zeitung volontieren.«

»Dazu müßtest du aber nach München umziehen. Weißt du was? Erhol dich erst einmal hier, und dann werden wir weitersehen.«

»Aber ich bin so pleite, daß mich gleich die Hunde anpiseln.«

»Mach dir deswegen keine Sorgen. Ich borg dir was.« Robby wollte mich noch um sich behalten.

Einmal blieb er beim langsamen Steigen stehen, blickte rundum in die Bilderbuchlandschaft voll Sonne und blauer Schatten und seufzte: »Was glaubst du, was ich für Heimweh habe, Luise.«

»Heimweh? In *der* Umgebung? Du spinnst! Du hast Burgl, du hast Kuhmilch und Honig und nen warmen Kachelofen – und vor allem hast du gar kein Zuhause mehr. Was willst du in Berlin? Alles kaputt und triste grau und kalt und Hungerrationen und – nee, Robby, Heimweh aus der Ferne mit vollem Bauch ist sicher was Schönes – aber wehe, du gibst ihm nach!«

»Hast ja recht, Mädchen«, sagte er beim Weitergehen, »und außerdem habe ich jetzt ein Stück Heimat bei mir. Schön, daß du da bist.«

An dienstfreien Abenden saßen wir meistens mit Burgl in der rauchigen Gaststube ihres Elternhauses. Am Stammtisch spielten Einheimische Schafkopfen, daß die Tischplatten nur so krachten.

Robby und ich sprachen von früher. Wir waren alte, eingespielte Freunde, die nur Stichworte brauchten, um in brüllendes Gelächter auszubrechen. Burgl kannte unsere Welt nicht und hatte es manchmal schwer, unsere lokkere, lästerliche, großstädtische Denkweise zu verstehen.

Und wir taten nichts, um sie in unser Gespräch einzubeziehen. Meist stand sie nach einer Weile des Alleingelassenseins unter dem Vorwand auf, ihrer Mutter in der Küche helfen zu wollen. Wir sagten schade, aber du kommst ja bald wieder – und hatten sie bereits vergessen, wenn sie die Gaststube verließ.
Burgl spürte, daß Robby ihr mehr und mehr entglitt, je länger ich da war. Sie hatte ihn nie so aufgekratzt erlebt wie in diesen Tagen. Die beiden lebten seit einem halben Jahr zusammen, und sie hatten gemeinsame Zukunftspläne. Robby sollte in München das Medizinstudium beenden und dann seinen Facharzt für plastische Chirurgie machen, um denen zu helfen, deren Gesichter im Krieg so zerfetzt worden waren, daß man sie noch von der Öffentlichkeit isoliert hielt. Burgl wollte sich als Operationsschwester ausbilden lassen, um ihm zu assistieren.
Burgl war die einzige Frau gewesen, die sich in ihn verliebte, ohne sich erst an seine starre, zerstörte Gesichtshälfte gewöhnen zu müssen. Die einzige seit seiner Verwundung, die ihn so anschaute, als ob er noch der strahlend hübsche Robby Kühnhagen aus dem Potsdamer Yachtclub war, den die Mädchen anhimmelten.
Robby reagierte sensibel auf das Erschrecken derer, die ihm auf der Straße begegneten. Ebenso haßte er die mitleidigen Töne. Bei Burgl gab es keinen falschen Blick und keinen falschen Ton und keinen falschen Gedanken. Sie war rundum echt und hatte im Laufe der gemeinsamen Monate sein Selbstgefühl wieder aufgebaut.
Ihr war aber auch bewußt, daß Robby ohne seine Verwundung nie Zukunftspläne mit der um zehn Jahre älteren Oberschwester geschmiedet, sondern fröhlich weiter geflirtet hätte mit allem, was jung und attraktiv

ihm über den Weg lief. Und zum Heiraten hätte er sich eines Tages ein Mädchen aus seinen Kreisen gesucht.
Nichts machte ihr das deutlicher als mein Besuch. Jeden Tag nahm ich ihr ein bißchen mehr von ihm fort. Ich war glücklich, einem der wenigen, noch lebenden Freunde von früher begegnet zu sein. Und Robby fand es herrlich, ein Mädchen aus dem heimatlichen Milieu um sich zu haben. Und darüber vergaßen wir, uns Gedanken über Burgls Gedanken zu machen. War es Egoismus? Unüberlegtheit?
Eines Nachts, als ich nicht schlafen konnte, wurde mir endlich voll Entsetzen bewußt, daß ich ein Eindringling war. Wir hatten Burgl ins Abseits geschoben. Gemeinsame Zukunftspläne erwähnte Robby nicht mehr, alles so scheinbar Festgefügte zwischen ihnen begann zu bröckeln, und Burgl mußte erkennen: seine Liebe zu ihr war vor allem Dankbarkeit.
Noch in derselben Nacht habe ich meinen Rucksack gepackt. Burgl kam zufällig bei ihren Eltern vorbei, als ich in der Gaststube frühstückte, mein Gepäck neben mir. Es war gerade sieben Uhr vorbei.
»Ja, Liesl, was machst denn du so früh am Tag?«
»Ich reise heute ab.«
»So rasch? Davon hast doch gestern noch nix g'sagt.« Sie setzte sich ebenso verwundert wie unendlich erleichtert neben mich. »Is was g'schehn? Magst uns nimmer?«
Gerade weil ich euch so mag, hätte ich am liebsten gesagt. »Ich hab heute nacht so furchtbar von meiner Mutter geträumt«, fiel mir als Begründung ein.
»Und nun willst heim, gell?« verstand sie, meine Hand nehmend.

Ich wollte überhaupt nicht, im Gegenteil, der Gedanke an Berlin hatte etwas bedrohlich Dunkelgraues, Gänsehäutiges. Ich wußte nur eines – hier konnte ich keinen Tag länger bleiben. Und im zerstörten München eine von vielen zu werden, die ohne Geld, ohne Bekannte, ohne Bleibe und ohne eine berufliche Ausbildung herumirrten auf der Suche nach einer Gelegenheitsarbeit? In Berlin hatte ich wenigstens meine Mutter, meine Freunde und ein Zuhause.
Burgl brachte einen prallgefüllten Brotbeutel an, mit Reiseproviant für mich und Honig, Wammerl und Dauerwurst, auch für Robbys Mutter.
Zum Abschied nahm sie mein Gesicht in ihre Hände und küßte mich auf den Mund: »Liesl, i dank dir, weißt gar net, wie vui.«

Und somit stand ich wieder einmal auf einem Bahnsteig und wartete auf einen Zug.
Robby war bei mir, wirkte verletzt, begriff nichts. »Warum, Luise – warum?« fragte er immer wieder. »Ich dachte bis gestern abend, du wärst gerne hier.«
»War ich auch. Es war wunderschön.«
»Dann bleib«, er beugte sich zu mir und legte sein Gesicht in mein Haar, »laß mich nicht allein.«
Ich schob ihn ärgerlich fort. »Red keinen Stuß! Du bist doch nicht allein. Du hast die beste Frau der Welt und mit ihr zusammen ne prima Zukunft vor dir.«
»Und mit dir, Luise? So wie wir uns verstehn ...«
Ich erschrak. »Mit mir? Ach, du lieber Gott, Robby – ich weiß ja selber noch nicht, was aus mir werden soll.«
Er brachte meinen Rucksack ins Abteil. Ich gab ihm die Hand mit einer Bremse im Ellbogen, damit er begriff, daß

er mich nicht mehr umarmen durfte. »Ich danke euch für die herrliche Zeit.«
»Grüß Berlin –« war das letzte, was er unterm Abteilfenster sagte, er ging noch ein Stück neben dem anfahrenden Zug her, wirkte ebenso verloren wie ich.
Bis zur nächsten Station – ich glaube, das war Weilheim – heulte ich in meinen Mantelkragen und fand mein Selbstmitleid berechtigt.
Never thought my heart could be so yearning,
Why did I decide to roam,
Got to take that sentimental journey,
Sentimental journey home ...

Warten, warten, warten, frieren und warten, bis endlich die Sperren geöffnet wurden. Drängen, angstvolles Kreischen, Kinderheulen, Fluchen –
Die Stufen zum Waggon hinauf waren so hoch – der Rucksack und der schwere Brotbeutel zogen zurück. Aber dann buffte mich ein Nachdränger ins Kreuz. Ich war im Zug.
Vierzehn Personen in einem Abteil. Schneesturm durch Fensterlosigkeit fauchend. Jeden Tag erreichte ich eine neue Stadt. Jede bestand aus einer zerstörten Silhouette, einem schmutziggrauen Bahnsteig, tiefen eisigen Tunneln und einer Wartehalle. Alle rochen gleich nach Kohlsuppe, fadem Dünnbier und Menschen, die sich seit Tagen oder Wochen nicht waschen konnten.
Ich saß auf einer Tischkante. Um mich herum lagen oder hockten, in Decken geschlagen auf dem schmutzigen Boden, auf Rucksäcken oder Koffern Hunderte von Reisenden. Die meisten dösten, manche lasen oder unterhielten sich, stritten, kauten, lachten bitter, machten

Geschäfte, eine Frau schluchzte im Schlaf. Ein Taschenmesser schnitt in einen harten Kanten Kommißbrot. Eine Kinderfaust glitt vom Nacken der Mutter, fiel über ihren Arm und löste sich beim Einschlafen. Eine Großmutter mit zwei kleinen Enkeln aus Plauen, seit Wochen unterwegs auf der Suche nach den Eltern der Kinder, irgendwo mußten sie doch sein, newa? Und die vielen, vielen Einsamen, den Kopf in die Hände gestützt, ins Leere stierend, die Heimatlosen ohne Ziel.

»Gott hat die Nüsse gemacht, wir müssen sie knacken«, sagte eine dicke Frau, die unentwegt strickte.

Eine Fensterscheibe des Wartesaals war zerbrochen. Durch das gezackte Loch flimmerten Sterne. Ich schaute immer wieder auf diese paar Sterne – sie zogen mich an und fort aus meiner Verlassenheit zwischen all diesen Verlassenen.

Bewegung lief durch das Mantel- und Gepäckknäuel am Boden. Überall richteten sich steifgewordene Menschen auf, griffen nach Koffern und Pappschachteln, stolperten über Schlafende zum Ausgang, zu den Bahnsteigen. Die Tür klappte in einem fort. Es war elf Uhr. Diejenigen, die nach Weimar weiter wollten, mußten sich jetzt vor der Sperre aufstellen, wenn sie eine Chance haben wollten, im Zug um 12 Uhr 35 mitzufahren. Schreien, Rufen, Schimpfen, dann klappten die Saaltüren immer seltener. Hunderte von Stimmen verwuschen in einem einzigen schläfrigen Geraune.

Meine Zähne klapperten aufeinander. Schüttelfrost. Mein Kopf glühte. Jetzt auch noch krank werden, das hatte mir gerade gefehlt.

Und dann waren wieder die Jungen da wie auf jedem Bahnhof, Zwölf- bis Sechzehnjährige, die sich zu kleinen

Banden zusammengeschlossen hatten, ständig auf der Hut vor Polizeistreifen und karitativen Häschern, die sie aufgreifen und in Heime stecken wollten. Ständig auf der Flucht vor Bevormundung, Schule und ordentlichen Verhältnissen.

Waren wohl noch vor einem Jahr folgsame, behütete Söhne ihrer Mama gewesen. Dann mußten sie das Zuhause aufgeben. Wochenlanger Treck gen Westen. Unterwegs Krankheit und Tod, Erschießungen, Vergewaltigungen, Kälte, Leid und Grauen, die Habe verloren, das Pferd, kleine Geschwister erfroren, Waise geworden, um jeden getrauert, geschrien, mit Gewalt von Fremden fortgezogen, mitgenommen, abgestumpft. Irgendwann war der Überlebenswille erwacht, unbelastet von Gefühlen und Skrupeln, was konnte denn noch passieren, was sie nicht schon erlebt hatten, was bedeutete ein Menschenleben, was Eigentum?

Wie von ungefähr fanden sie sich in meiner Nähe ein. Zigarette im Mundwinkel, boten sie mir mit rauhen, verwaschenen Stimmen »Amis« an und Butter zu Wahnsinnspreisen oder auch ihren Schutz. Ich wußte nicht, warum ich sie anzog – vielleicht weil ich jung und allein unterwegs war, weil ich nicht so aussah, als ob ich sie verpfeifen würde –, sie erzählten mir ihre Tricks, waren stolz auf ihre Ausgebufftheit, aber wehe, ich wäre ihnen mit Moralpredigten gekommen. Auch nach ihrer Vergangenheit durfte ich sie nicht fragen.

Sie hatten dieselben harten Züge wie Hurengesichter. Wenn sie ihr rohes Lachen ausstießen, blieben ihre Augen starr.

Und dann ihre plötzliche Großzügigkeit: was sie erst teuer verscheuern wollten, schenkten sie mir nun, ich suchte in meinen Taschen, um ihnen auch etwas zu geben. Und im Grunde schrien sie nach dem, wovor sie sich am meisten fürchteten – nach menschlicher Wärme und Liebe.

Es gab auch die munteren Typen unter den Reisenden, die Geselligen, die Skatspieler, die Witzereißer und die Säufer.

Sobald ein Zug gemeldet wurde, änderte sich das schlagartig. Aus Gesprächspartnern, die eben noch gemeinsam ihre Läuse knackten, wurden im Nu Rivalen um den allerletzten Platz im Zug. Ohne Rücksicht überrollten sie brutal die Schwächeren, erstürmten mit Fußtritten, Ellbogen und Kofferkanten die Türen der meist uralten Waggons, besetzten ihre Dächer, Puffer und Trittbretter.

Ich konnte bei diesem Nahkampf auf der letzten Etappe meiner Heimreise nicht mehr mithalten. Das Fieber hatte mich geschwächt. Ich war fertig. Aber zurückbleiben mochte ich auch nicht. Der nächste Zug würde genauso voll sein. Ich wollte nach Hause. Und so stieg ich in den für Angehörige der Roten Armee reservierten Wagen. Das war verboten. Mir so egal!

Als andere Frauen nachdrängen wollten, wurden sie von einem Russen zurückgescheucht. Der Zug setzte sich auch schon in Bewegung, und ich fand mich in einem Abteil mit Scheiben in den Fenstern und mit drei Offizieren.

»Du krank?«

Ich nickte. Da räumten sie eine Bank für mich, damit ich mich langlegen konnte. »Krank nix gutt. Du Berlin?«

»Dada«, sagte ich und: »spassibo.«

Einmal flog ein Schatten schreiend am Abteilfenster vorbei: eine Frau, der wohl die Hände beim Festhalten

auf dem Dach erfroren waren. Deshalb hielt der Zug nicht an.
Ich hatte Fieberphantasien. Jobst in Fliegerkombination kam mir auf einer bunten, blühenden Wiese entgegen. Du bist tot, Lieschen, freute er sich. Nun können wir gemeinsam spuken. Ich wollte auf ihn zulaufen, aber ich kam nicht von der Stelle. Plötzlich konnte ich fliegen. Es war wunderschön, langsam über die Baumwipfel zu schweben. Jobst war nicht mehr da. Dafür kamen feindliche Bomber, mir fiel ein, daß wir heute Abitur schrieben, und ich hatte es vergessen, wie ärgerlich. Die Flugzeuge warfen rote Bomben, die wie riesige Blutstropfen herniederschwebten. Ich stürzte ab und wachte von dem Ruck auf, der dabei durch meinen Körper fuhr.
Zwei der sowjetischen Offiziere schliefen, der dritte grinste mich an und zeigte aus dem Fenster: »Berlin.«
»Danke –«
Ich sah Vororthäuser vorüberziehen. Der Zug hielt in Lichterfelde. Rucksack und Brotbeutel ergreifend, stolperte ich aus dem Waggon und über die Gleise auf das kleine Bahnhofsgebäude zu. Eine Frau schrie »Russenhure« hinter mir her, ich begriff erst gar nicht, daß ich damit gemeint war, aber dann!
»Blöde Kuh«, brüllte ich wütend zurück. »Die haben mich nicht angerührt!«
Das nahmen mir die zuhörenden Frauen besonders übel. Ein Glück, daß sich der Zug in Bewegung setzte, sonst hätten sie mich wohl eingeholt und verprügelt, und genau das hätte ich nicht mehr überstanden.
Bis nach Wannsee brauchte ich noch zwei Stunden. Vor unserer Haustür brach ich zusammen. Meine Mutter schleifte mich in die Küche. Sie hatte, in Decken gehüllt,

am Herd gesessen, in dem ein Feuer bullerte, und bei Kerzenschein in einem Buch gelesen, das jetzt aufgeschlagen in ihrem Stuhl lag.
»Heute ist ein Brief von dir aus Garmisch gekommen. Der klang so glücklich«, sagte sie, mich aus dem Mantel knöpfend. »Ich dachte, du wolltest drüben bleiben!«
»Im Rucksack ist Wurst und Honig.«
Und danach fiel ich in Ohnmacht.

Gürtelrose, 39,8 Fieber, eiternde Frostbeulen an den Zehen und Händen sowie abgeheilte Krätzespuren stellte der herbeigerufene Arzt an mir fest.
Jola kam vorbei, um mich zu besuchen und die Mitbringsel für ihre zukünftige Schwiegermutter abzuholen.
»Ich weiß schon, warum ich nicht mitgefahren bin«, sagte sie, ihre total ramponierte Freundin betrachtend. »Ich habe dich gewarnt –«
»Jaja«, unterbrach ich sie ärgerlich, »es ist alles schiefgelaufen auf meiner Bayerntournee. Aber es war auch manchmal wunderschön – und ich möchte keine Erfahrung missen.«
Danach sprachen wir über unsere berufliche Zukunft. Im Special Service hatten wir leider gekündigt, dorthin konnten wir nicht zurück. Jola hatte sich an der Universität fürs Medizinstudium angemeldet, eine von 9000 Anwärtern für nur 2100 Studienplätze im nächsten Jahr. »Hoffentlich habe ich Glück. Wir müssen eine Begabungsprüfung ablegen.«
»Ich möchte Journalistin werden und nebenbei anständig zeichnen lernen. Vielleicht melde ich mich auf der Kunstakademie an. Weißt du, in den langen Wartenächten auf

der Rückfahrt habe ich mir überlegt, daß ich gern Reisebücher schreiben und die selber illustrieren würde.«
»Na, dann mach mal«, sagte Jola und schaute auf die Uhr. »Ich muß los. Frau Schult will mich mit ihrer Leberwurst aus Thymian, Salz und Hefe verwöhnen. ›Einfach delikat‹, sagt Oma.«
Jeder, dem ich in der nächsten Zeit begegnete, hielt mich für einen Idioten, weil ich aus Oberbayern nach Berlin zurückgekehrt war. Wie konntest du bloß?
Ja, wie konnte ich?
Vielleicht, weil ich unterwegs zu viele Heimatlose auf ihrer ziellosen Wanderschaft erlebt hatte, Treibgut, das keiner an seinem Strand haben wollte.
Wannsee war mein Zuhause – ich wußte, was ich daran hatte.

17

Ich besuchte Hanna und Barris in ihrem Chauffeurshäuschen. Das war an einem Nachmittag im März 1946. Eine steile Stiege führte zu den zwei Zimmern über den Garagen hinauf. Zigarettenqualm und viele Stimmen kamen mir entgegen, noch bevor ich den winzigen Flur betreten hatte. Zwischen den mit Barris' Büchern zugemauerten niedrigen Wänden drängten sich Deutsche und Alliierte. Der beißende Gestank von Marke Eigenbau, in Durchschlagpapier gerollt, schlug den edlen Feigenduft aus Pfeifen und amerikanischen Zigaretten total k. o.

Hanna Barris schob sich mit einer Teekanne von Gruppe zu Gruppe. Wer keine Tasse von zuhause mitgebracht hatte, mußte warten, denn sie besaßen nur ein begrenztes Sortiment an angeschlagenen Trinkgefäßen.

Ich versuchte zu Barris vorzudringen, dem Mittelpunkt einer Diskussion über einen Maler namens Hofer, der seine im Krieg verbrannten Bilder im Eilverfahren aus dem Gedächtnis oder nach noch vorhandenen Reproduktionen nachmalte.

Einige der herumstehenden Leute trugen Baskenmützen und Bärte, um sich als Künstler auszuweisen. Das Nachholbefürfnis auch an Selbstdarstellung war groß nach dem jahrelangen Schattendasein im Untergrund oder dem jeglichen Individualismus auslöschenden Funktionieren als Soldat.

Mitten in gestenreicher Diskussion entdeckte mich Barris und rief: »Luischen! Mein Herz! Steht einfach da und sagt kein' Ton!«
Die Umstehenden bedachten unsere Begrüßung mit spürbarer Ungeduld, sie wollten diskutieren.
So wanderte ich weiter und sah plötzlich einen Mann, den ich genau kannte, aber ich wußte auf Anhieb nicht, woher, nur, daß er mir einmal sehr gut gefallen hatte. Bei meinem Hang für Äußerlichkeiten war das kein Wunder, denn er sah blendend aus. Ein Gary Cooper von weitem, so lang und lässig – sonst nicht viel Ähnlichkeit. Vor dem Schicksal, als Beau eingestuft zu werden, bewahrte ihn sein offensichtlicher Mangel an Selbstherrlichkeit. Er mochte so um die Vierzig sein. Früher war sein dunkles Haar dichter gewesen . . .
Plötzlich wußte ich, wer er war, und wußte auch, weshalb ich ihn nicht auf Anhieb erkannt hatte. Es fehlte ihm seine Uniform: der Arztkittel. Als ich ihn das letzte Mal in Zivil gesehen hatte, war ich zwölf.
Dr. Kaspar Christ, Facharzt für Neurologie und Psychiatrie. Der Ommafamm. Mitten im Gespräch schaute er einmal in meine Richtung, dann wieder fort, dann wieder zu mir. Ich lächelte. Also hatte er sich nicht geirrt. Wir kannten uns wirklich.
Sobald er sich aus seiner Unterhaltung mit einem alten Herrn mit Einsteinmähne lösen konnte, kam er auf mich zu. Man sah ihm an, wie er überlegte, wie er versuchte, mich in seiner reichhaltigen Erinnerung an Frauen unterzubringen.
»Ich kenne Sie«, sagte er, nun vor mir stehend. »Ich kenne Sie ganz genau. Woher kenne ich Sie nur?«
»Sanssouci mit kleinen Schulmädchen, die sich Ihnen

aufgedrängt hatten«, half ich seinem Gedächtnis aus. »Und dann das Irrenlazarett in Nikolassee. 1942. Ich machte da meinen Ferieneinsatz.«
Er klatschte sich mit der flachen Hand gegen die Stirn, hinter der endlich das richtige Türchen aufgesprungen war. »Ja, natürlich.« Jetzt fehlte ihm nur noch mein Name.
»Luise Hartwig.«
»Luise –«, er schüttelte meine Hand. »Entschuldigen Sie, ich habe ein miserables Gedächtnis.«
»Ommafamm«, sagte ich.
Er lachte. »Stimmt, so habt ihr mich damals genannt.«
»Nicht nur damals, immer, wenn wir von Ihnen sprachen.«
»Ist Hannas Tochter auch hier?«
»Sie konnte nicht mitkommen«, um nicht zu sagen, sie mochte nicht.
Jola hatte mich einmal zu einem Jour fixe bei Barris begleitet, aber es war kein Erfolg gewesen. Lehnte sie als Kind, als sie noch bei ihm wohnte, seine Freunde ab, weil sie »verbotene« Freunde waren, die er unterstützte, versteckte und dabei Kopf und Kragen riskierte, so nahm sie ihm heute seine Ausnahmestellung übel. Alliierte behandelten ihn wie ihresgleichen. Ständig meldeten sich durchreisende Korrespondenten bei ihm, zogen ihn als Kunstexperten zu Rate, versorgten ihn, wie der inzwischen in die Staaten zurückgekehrte Mr. Steinberg, mit Carepaketen und Whisky. Barris genoß seine ausländischen Besucher und die Informationen, die sie mitbrachten. Schließlich waren wir seit Jahren isoliert von den Kunstentwicklungen der übrigen Welt gewesen. Nun hatten sich endlich die Tore geöffnet, es gab auch kultu-

rell viel nachzuholen. »... vor allem an Saufen und Diskutieren«, hatte Jola mißbilligend festgestellt. »Barris macht wieder die Nacht zum Tag und schläft am Vormittag – wie in alten Zeiten. Mami muß tagsüber arbeiten und abends seine Gäste bedienen. Und immer palavern sie so geschwollen über dieses abstrakte Zeug, als ob es nichts Wichtigeres gäbe. Machen die sich eigentlich auch mal Gedanken darüber, was aus Deutschland werden soll? Wie sollen wir je wieder wirtschaftlich auf die Beine kommen, wenn sie unsere Fabriken demontieren, die noch heil sind.«
So weit Jola.
»Nein«, sagte ich zu Kaspar Christ, »Frau Barris' Tochter kommt selten her.«
»Seit ihr kleine, verkicherte, aufdringliche Kletten wart, habe ich sie nicht mehr gesehen.«
»Wir waren nicht verkichert, wir waren damals rasend verliebt in Sie«, korrigierte ich ihn.
»Ah, wirklich?« Sein Blick lag voll Interesse auf mir, er nahm ihn keinen Augenblick fort, schien unsere Umgebung vergessen zu haben. Ich auch.
»Seit wann sind Sie wieder in Berlin?« fragte ich.
»Noch nicht lange. Ich war zuerst in Hamburg. An sich sollte ich da bleiben, aber es trieb mich an meinen ersten Tatort zurück. Und Sie,Luise?«
»Ich hab ihn erst gar nicht verlassen – außer einer Reise im letzten November.«
»Zuletzt haben wir Weihnachten 44 telefoniert«, erinnerte er sich. »Ich war bei Hanna Barris, als Sie anriefen. Warum haben wir uns damals nicht getroffen?«
»Weil Sie am nächsten Tag nach Breslau zurück mußten.«

»Richtig, ja, ich mußte zurück.« Er betrachtete mich. »Sie haben sich inzwischen sehr verändert.«
»Der Babyspeck ist weg.«
»Muß ich jetzt Fräulein Luise sagen?«
»Nein, bitte nicht. Seit die Amis da sind, hat das Wort ›Fräulein‹ so was Abwertendes.«
»Also Luise.«
»Und ich sage Ommafamm zu Ihnen.«
»Wie haben Sie meinen Mann genannt?« wunderte sich eine junge Frau, die unbemerkt zu uns getreten war. »*Homme à femmes?*« Sie hängte sich bei ihm ein, während wir unsere elektrischen Fühlerchen einzogen, die Wiedersehensfreude in unseren Blicken erlosch und große Lustlosigkeit und Enttäuschung sich breitmachte. Warum hatte er mir nicht gleich gesagt, daß er verheiratet war?
»Bist du wirklich so ein Frauenheld, Kaspar?« erkundigte sich seine Frau, wachsam zwischen uns forschend.
Er grinste. »Es hält sich in Grenzen, außerdem ist dieser Spitzname schon lange her.« Und stellte uns einander vor. Sie hieß Marianne und war einen halben Kopf größer als ich. Schmales Gesicht, schräge, bernsteinfarbene Sphinxaugen, dunkel umrandet, langer Hals, helle Mähne. Sie erinnerte mich an eine Afghanenhündin. Neben ihr kam ich mir wie ein Dackel vor, na, sagen wir, wie ein Cockerspaniel.
»Und wieso nennen Sie Kaspar einen *homme à femmes?*«
»Herr Barris hat ihn mal so genannt. Und daraus haben wir Mädchen den Ommafamm gemacht.«
»Und wer war das andere kleine Mädchen?«
Ich kam mir wie in einem Verhör vor. »Jolande, genannt Jola. Die Tochter von Frau Barris aus erster Ehe.«

»Ein paar Jahre später habe ich Luise wiedergesehen«, berichtete Christ, ohne den Blick von mir zu lassen. »Damals hatte ich täglich vier Lazarette in Berlin zu betreuen. Eines Morgens stand sie in der Tür und meldete sich zum Ferieneinsatz bei uns.«
»Als ich damals reinkam, übten Sie sich mit Dr. Ross im Weitspucken mit Kirschkernen in einen Papierkorb.«
»Typisch Kaspar«, lachte seine Frau gereizt, weil eifersüchtig auf unsere gemeinsamen Erinnerungen. »So was kriegt er heute noch fertig. Ich sage immer, der Umgang mit Irren färbt ab.« Und zu mir: »Wieso hat man Sie damals zum Ferieneinsatz in eine Klapsmühle geschickt? Was haben Sie da gemacht?«
»Krankengeschichten geschrieben und uns Männern die Köpfe verdreht«, sagte der Ommafamm.
»Ist gar nicht wahr«, protestierte ich. »Ich hatte damals Jobst, meinen Verlobten –«, der nicht verhindern konnte, daß über zwei Schreibtische hinweg zwischen dem Stabsarzt Christ und mir die Funken flogen.
»Stimmt, Sie hatten damals einen Jagdflieger.«
»Und heute hast du mich, Schätzchen«, erinnerte sie ihn.
»Ja«, sagte Christ und sah mich grinsend an: »Wir sind wie die zwei Königskinder, die nicht zueinander kommen konnten. Beim ersten Treffen war die Luise zu jung für mich, beim zweitenmal hatte sie einen Verlobten, und jetzt bin ich verheiratet.«
»Pech für dich, Kaspar.« Und zu mir: »Ist Ihr Verlobter schon zurück aus Gefangenschaft?«
»Er ist gefallen.«
»Ach Gott, mein erster Mann auch. Immer die Besten! Die ganze Elite unseres Vaterlandes hat der Krieg ausgelöscht!« Das sollte wohl eine Spitze gegen Christ sein, der

sich nun als Murks fühlen durfte, weil er überlebt hatte. Wie konnte eine Augenweide wie Marianne Christ nur so penetrant sein, so giftig.

»Ich muß jetzt gehen«, sagte ich und verabschiedete mich von ihnen.

Auf dem Weg zur Treppe schaute ich in die Küche. Da stand Hanna vor ihrem Herd und beschimpfte ihn: »Kurz vorm Kochen kommt Stromsperre. Es ist zum Verrücktwerden. Du willst schon gehen Luise? Bist doch gerade erst gekommen.«

»Ich hab noch was vor.«

»Schade. Wir haben uns gar nicht unterhalten.«

»Seit wann ist der Ommafamm eigentlich verheiratet?« fragte ich sie.

»Seit März 45, glaube ich. Eine völlig überstürzte Kriegsehe. Silvester haben sie sich in Breslau kennengelernt und sich rasend ineinander verliebt – das fiel nicht schwer. Sie sehen ja beide phantastisch aus. Marianne wurde prompt schwanger. Dann kamen die Russen. Kaspar wurde mit seinem Lazarett zurückverlegt. Marianne floh zu ihren Eltern nach Hamburg. Vorher haben sie geheiratet. Tja, paar Monate später schlug er sich auch nach Hamburg durch. Da begann der Alltag zu acht Personen auf vierzig noch heilen Quadratmetern. So wie er es mir geschildert hat, muß es nicht sehr harmonisch zugegangen sein. Dann wurde ihre Tochter Christiane geboren. Irgendwann hat sich Kaspar nach Berlin abgesetzt, im kaputten Haus einer Tante zwei Zimmer bewohnbar gemacht und Marianne und das Kind herübergeholt. Es gefällt ihr hier nicht. Und sie haben sich nichts zu sagen. Aber sie werden sich schon zusammenraufen.«

»Ich gehe dann jetzt. Tschüs, Frau Barris.«
»Komm bald wieder, Luise«, sagte sie hinter mir her.
Ich hatte noch nicht das Häuschen verlassen, als ich die Stimme des Ommafamm oberhalb der Treppe hörte.
»Hanna«, sagte er in die Küche, »ich habe eine Frage ...«
Und sie: »Dich habe ich schon erwartet. Du willst von mir was über Luise wissen.«
»Was bist du für eine erfahrene Frau«, lachte er.
»Ich habe euch beobachtet. Außerdem habt ihr euch ja schon früher gemocht. Und jetzt sage ich dir eines, Kaspar. Laß das Mädchen in Ruhe. Versuch lieber, deine Ehe zu retten. Denk daran, du hast eine reizende kleine Tochter.«

Ich ging zum Bahnhof Grunewald, durch seinen langen, düsteren, modrig kalten Tunnel, die letzte Treppe zum letzten Bahnsteig hinauf und setzte mich auf eine Bank. Es war dunkel, nirgendwo leuchtete ein Licht wegen der Stromsperre. Der Wind pfiff durch meine Mantelärmel. Lieber Gott, soll das nun mein Schicksal werden? Soll ich nur noch Männern begegnen, die bereits vergeben sind? Gibt es denn keinen für mich allein?
In einer Zeitung hatte ich gelesen, daß in einem Stadtteil von Berlin eine statistische Erhebung stattfand. Danach kamen auf 234 weibliche Jugendliche im Alter von zwanzig Jahren nur noch vierzig männliche.
Das war ein bißchen wenig.

18

Über sechsundzwanzig Jahre war Frau Schult Wirtschafterin in der Genthinschen Villa am Großen Wannsee gewesen, war Großmutters ständiger Streitpartner, hatte ihr in jedem halben Jahr einmal gekündigt, zog auch wirklich zweimal aus, ließ sich aber nach langem Bitten und mit Gehaltserhöhung gerne wiederholen.
Das letzte Jahr in ihrem beengten Exil in Nikolassee war für beide Frauen eine Qual gewesen. Früher hatten sie und Großmutter Genthin ihre Aggressionen in einem großen Haus und einem parkähnlichen Garten austragen können, nun prallten sie ohne Ausweichmöglichkeit aufeinander.
Eines Morgens war Frau Schult nicht aufgestanden, beim näheren Nachsehen lag sie im weißen Barchenthemd in ihrem Bett, hatte sogar die Zähne drin und den dünnen Zopf neben sich auf dem Kopfkissen und war über Nacht gestorben. War genauso plötzlich an Herzschlag gestorben wie Großvater Genthin damals in seinem Lehnstuhl, was Großmutter ihm sehr übel genommen hatte. Und nun auch Frau Schult – einfach so wegzugehen, ohne sich vorher zu verabschieden.
Sie wurde auf dem Neuen Wannseer Friedhof im Genthinschen Erbbegräbnis beigesetzt – erst mal vorläufig, bis sie eine andere Bleibe gefunden hat, sagte Großmutter –, denn auch Grabstellen waren knapp geworden. Außer

uns folgten ein paar Bekannte aus der alten und der neuen Umgebung dem Sarg.
Aus Nauen in der Ostzone war Frau Schults jüngere Schwester angereist, ein Bild ordentlichen Jammers. Alter taubenblauer Mantel, braune Schuhe, lila Hut, der ihren Dutt nicht ganz unterbrachte und deshalb meistens schief saß. Große Tasche aus brüchigem Leder. Weil sie nichts Schwarzes besaß, aber dennoch ihre Trauer farblich dokumentieren wollte, hatte sie sich einen schwarzen Strickstrumpf statt eines Schals um den Hals geschlungen. Als wir am Grab standen, verrutschte der Strumpf, und nun sahen wir die hellbraune Stopfstelle an seinem Hacken und hatten bei aller Ergriffenheit Mühe, ernst zu bleiben.
Nach der Beerdigung äußerte Großmutter zum erstenmal seit ihrer Vertreibung den Wunsch, das Haus am Großen Wannsee wiederzusehen.
Vor dem Tor langweilte sich ein Wachmann. In der Auffahrt parkten amerikanische Straßenkreuzer, armeefarben lackiert.
Frau Genthin hatte die Zaunstäbe umklammert und starrte auf die gepflegten Rasenflächen zwischen hohen Bäumen, auf Rosenrabatten und das Turmhaus mit seinen blinkenden, neuen Scheiben.
»Sieht doch ganz ordentlich aus«, stellte Jola fest. »Und es ist ja immer noch dein Haus, Oma.«
»Und Achims«, sagte Frau Genthin. »Aber er wird ja sicher wieder in der Stadt wohnen wollen, schon um näher bei seiner Anwaltspraxis zu sein.«
Ihr Sohn war zwar als vermißt gemeldet, aber sie war ganz sicher, daß er lebte, so was fühlt doch eine Mutter. Außerdem war sie bei einer Kartenlegerin gewesen, die

hatte gesagt, daß er ihr über einen langen Weg ins Haus stände, und die Wahrsagerin hatte auch aus dem Kaffeesatz gelesen, daß er noch lebte. Nur der Mann, der sein Pendel über eine Fotografie von Achim Genthin in Majorsuniform hielt, hatte bedenklich den Kopf geschüttelt, weil es bewegungslos herunterhing. »Liebe Frau, Ihr Sohn –«

Großmutter hatte ihm strikt verboten weiterzureden. »Mein Sohn lebt, egal, was Ihr albernes Pendel macht. Das funktioniert eben nicht.«

Da war der Mann sehr beleidigt und sagte: »Verehrte Dame, wenn Sie es besser wissen als mein Pendel, warum sind Sie dann zu mir gekommen?« Und Großmutter Genthin sagte, ja, das frage sie sich auch.

Nach dem Kaffeetrinken und einem Stück Klietschkuchen, das wie ein Stein im Magen lag, packte die Nauener Schwester Garderobe, Schmuck, Wäsche und Sparbuch der Verstorbenen in zwei Koffer, zog deren guten Mantel mit dem Fuchskragen an und sah nun von hinten wie Frau Schult aus, bewegte sich auch wie diese. Ich hatte plötzlich das Gefühl, jetzt geht Frau Schult erst wirklich von uns fort.

Jola sagte nachdenklich: »Sie hat eigentlich immer zu uns Mädchen gehalten. Vielleicht haben wir sie in all den Jahren viel zu selbstverständlich genommen. Sie war ja auch immer da ...«

19

Der Winter 1946 auf 47 war der härteste, an den wir uns erinnern konnten. Flüsse und Binnenhäfen vereisten, Kohleschiffe froren ein. Nur noch ein Teil der Transportzüge war einsatzfähig. Jeden Tag erfroren ein paar Menschen. Der Tiergarten wurde abgeholzt und verheizt, Waggons mit Kohlengrus auf kurzen Streckenhalten überfallen und leergestohlen.
Jeden Morgen mußte ich bei achtzehn Grad minus gegen heftigen Ostwind zum Bahnhof Wannsee laufen, ein Stück davon über den tiefgefrorenen See, weil das kürzer war. Dabei trug ich dicke Socken in offenen Korkpantoffeln, in andere Schuhe kam ich wegen meiner furunkelartigen Frostbeulen nicht hinein, außerdem besaß ich auch keine anderen mehr.
Ich kam aus einem Haus mit fünf Grad unter Null. Der Morgentee fror im Nu in der Tasse, an den Wänden des einzigen Zimmers, in dem wir hausten, wuchsen Eiskristalle an den Tapeten. Offiziell standen uns 1300 Kalorien zu, wir kriegten aber oft nur achthundert pro Tag. Meine Mutter verkaufte so nach und nach ihr museumsreifes Porzellan gegen Eßwaren an die Amerikaner: Wegely- und Kendlerfiguren, die Augustus-Rex-Vase. Mit einer Bisquitfigur von Grassi (Ende 18. Jahrhundert) und einer blauen Deckelvase von Sèvres aus dem Privatbesitz der Marie Antoinette rutschte ich auf dem Eis aus.

Die Scherben im Arm, gefrorene Tränenrinnsale im Gesicht, verrotzte Schlidderbahnen auf dem Mantelärmel, beschloß ich: Sollte ich jemals in diesem Leben zu Wohlstand kommen, so wollte ich denselben niemals in Zerbrechlichkeiten anlegen.

Die Schulen wurden wegen Kohlenmangel geschlossen. Es fehlte an Lehrern – der Nachwuchs war gefallen – und auch an Klassenräumen. Wenn das einzige Paar Schuhe besohlt werden mußte, blieben die Kinder zuhause. Wer keine Schuhe besaß, ging nur im Sommer zur Schule.

Kunstakademie und Universität hatten zugemacht. Jola arbeitete in einem Krankenhaus, in dem Notstromaggregate fehlten. Reagenzgläser platzten vor Kälte, Medikamente kristallisierten in ihren Flaschen.

Ich hatte mir einen Job bei einem amerikanischen Journalisten besorgt und somit wenigstens tagsüber ein warmes Büro. Als er herausfand, daß ich heimlich seine Dusche benutzte und Zucker von seinen Schwarzmarktvorräten abfüllte, wurde ich gefeuert. Er ahnte nicht, daß ich auch die Tüten mit Eipulver und Kakao angezapft hatte – ich nahm von allem mit nach Hause, denn wir hatten nichts.

Wir – das waren meine Mutter und eine Kriegerwitwe aus Pommern mit ihrem dreijährigen Mädchen, die wir nach Hanna Barris' Auszug bei uns aufgenommen hatten.

Die Witwe freundete sich mit einem Holzhändler an, der uns mit feuchten Tannenscheiten belieferte und sich dafür zweimal pro Woche bei ihr den Dank abholte. An diesen Abenden schlief ihre kleine Elke bei mir im Bett. Dann kam die Frau des Holzhändlers dahinter und

drohte, uns »die ganze Bude« anzuzünden, aber so extrem warm wollten wir es nun auch nicht haben. Deshalb saßen wir bald wieder auf Zimmereis.
Es gab kaum noch ein heiles Wasserrohr, die Kloschüsseln waren längst geplatzt, und elektrischer Strom wurde nur stundenweise zugeteilt. Die Tür zu unserem einzig bewohnbaren Zimmer war mit Teppichen verhängt, in seinem Vorraum, dem ehemaligen Herrenzimmer, stand eine chinesische Deckelvase. Ein Besucher, der sich auf Chinoiserien verstand und wissen wollte, ob es sich um ein echtes Stück oder um eine Kopie handelte, hob den Deckel. Meine Mutter und ich fielen ihm gleichzeitig in den Arm, denn das Prachtstück war unser Pinkelklo, das nur einmal am Tag in den Garten geleert wurde.
Größere Geschäfte wurden in den Eimer mit Kohlerückständen gesenkt. Eine Nachbarin klagte: »Habe ich Theresienstadt wie durch ein Wunder überlebt, muß ich mir jetzt den Hintern an glühender Schlacke verbrennen.«
Tagsüber hockten meine Mutter und die Pommerin mit ihrer Tochter am Küchenherd. Gegen Abend wurde der Kachelofen im Wohnraum angeheizt. Seine Wärme reichte nicht über einen Meter im Umkreis hinaus. In diesem engen Radius klemmten wir Abend für Abend mit Freunden, die Füße in fadenscheinigen Socken gegen die Kacheln gestemmt, die Hände in einen Kaffeewärmer, der reihum ging. Gedichte wurden vorgelesen und Tagebücher, Zukunftspläne geschmiedet – die Gespräche waren noch nicht veroberflächlicht – und Tee getrunken. Aber nur schlückchenweise, aus Sorge, ihn später im eisigen Ostwind, der durch den Garten heulte, wieder loswerden zu müssen. Denn Gäste ließen wir nicht auf unsere Chinoiserie, nur Jola, die inzwischen wieder bei

uns wohnte. In ihrer ungeheizten Kammer im Köckeritzschen Haus wäre sie erfroren.

In dieser Zeit bauten wir unsere Prüderie ein für allemal ab. Wir gewöhnten uns auch an, die Dinge beim Namen zu nennen. »Scheiße!« wurde zum befreienden Fluch. Selbst meine Mutter benutzte das Wort, wenn ihr die Mehltüte riß.

Zu den rauschenden Klängen eines Koffergrammophons mit stumpfer Nadel tanzten wir unsere klammen Knochen warm. Und selten haben wir soviel gelacht wie in dieser Runde um den Kachelofen, denn Situationskomik gab es genug. Es genügte, wenn einer aufzählte, was er alles übereinandergezogen hatte, um sich vor der Kälte zu schützen.

Ich war übrigens die bestangezogene Person im weiten Umkreis: paßgerecht umgearbeitete amerikanische Militärhosen, braun eingefärbt, dazu eine US-Fliegerjacke mit Pelzkragen, Kostenpunkt eine silberne Zukkerdose. Unter dieser schicken Oberschale trug ich mehrere Pullover, Hemden und zwei Unterhosen meines Vaters.

Die Oberschichten bis zur letzten Unterhose und dem letzten Hemd legte ich vorm Schlafengehen ab, darüber zog ich Nachthemd, Wollschal, Mütze, Skisocken, Handschuhe und rollte mich eng an Jola, die bereits im Bett auf mich wartete. Meine Mutter hatte indessen zwischen erkaltendem Ofen und ihrem Rücken das eisigklamme Deckbett angewärmt und stülpte es zugluftsicher über uns beide. Darüber klemmte sie ein Plumeau und zuletzt ein Reiseplaid – stand anschließend vor diesem Hünengrab und wünschte uns kopfschüttelnd Gute Nacht, bevor sie sich in ihre Eishöhle von Schlafzimmer zurückzog. Ihr war das Glück gegeben, sich von innen heraus wie ein Backofen aufzuheizen.

Pankow. Ich begegnete ihm an einem Dezembertag auf dem Bahnhof Zoo. Er hatte seinen Kopf in die Armbeuge eines etwa zwölfjährigen Jungen geschoben und zitterte.
»Amis – Bulgarien – West – Ost – Schokolade –«, leierten die Schieber die Vorübergehenden an. Manche blieben stehen zum Verhandeln. Ein Blinder spielte Altberliner Lieder auf der Mundharmonika, die keinen mehr rührten. Der Junge trat von einem frierenden Fuß auf den andern, und auch seine Stimme zitterte vor Kälte: »Hündchen – liebet, kleenet Hündchen billig zu vakoofen – aber nur in jute Hände –«
»Och noch Ansprüche stellen«, hörte ich einen Mann mosern. »Wo doch noch ja nischt an dem dran is.«
Es war die Zeit, wo die Tierliebe durch den Magen ging. Ich bummelte an den Behelfsläden der Joachimsthaler Straße entlang auf der Suche nach einem aus einem Stahlhelm umfunktionierten Kochtopf für meine Mutter, aber der kleine Hund ging mir nicht aus dem Kopf. Ich kehrte um.
Da stand der Junge noch immer und pries sein liebet kleenet Hündchen an. Mit seinem versteckten Kopf sah es aus wie ein Muff auf billigem Fell. Daß es lebte, war nur an seinem ständigen Zittern zu erkennen.
»Den wirste wohl nich los?« sprach ich den Jungen an.
»Will ick ooch jar nich«, sagte er. »Aber ick darf'n ooch nich wieder mit nach Hause bringen. Wir ham ja selber nischt zu fressen und ooch noch die Mutta von ihm.«
»Kann ich ihn mal sehen?«

Er stellte ihn auf den Boden. Schwarzes, stumpfes Fell, hellbraune Schlappohren an einem viel zu großen Kopf mit schwarzer Maske auf dünnem Hals. Jede Rippe war zu sehen und der Bauch eingefallen. Ringelschwanz. Knickebeine.

»Was soll er'n kosten?« fragte ich.

»Zwanzig Märker.«

»Soviel hab ich nich.«

»Wat ham Se denn?«

Ich holte mein Portemonnaie heraus. Gemeinsam schauten wir hinein. Zählten drei Mark siebenundzwanzig. Das war nicht doll.

Der Junge sah mich prüfend an. »Mögen Se Hunde?«

Ich hob den Welpen hoch, sah den winzigen Haarzipfel auf dem Bauch – also ein Rüde. »Wie alt?«

»Fünf Wochen.«

»Wie sieht seine Mutter aus?«

»Na, det is nich so genau zu sagen – bisken wie'n Terrier, wa?«

»Und sein Vater?«

»Den kenn' wa nich, Frollein, aber er is aus Pankow jenau wie wir. Ick kenn mein' Vater ooch nich.«

»Er hat ziemlich große Pfoten«, stellte ich fest.

»Ach, det macht nischt, det vawächst sich«, versicherte er, »der wird bestümmt nich jrößer wie'n Terrier.« Nachdem der Hund ein Seechen gemacht hatte, nahm er ihn wieder hoch. »Seine sechs Jeschwister ham wa gleich nach de Jeburt ersäuft. Von die wissen wa wenigstens, det se's jetzt jut ham.« Plötzlich aggressives Mißtrauen: »Sie woll'n ihm bestümmt nich für die Pfanne, Frollein?«

»Du hast doch ne Meise, Mensch!«

Das beruhigte ihn. »Aber wird er ooch satt bei Sie?«

»Nee.«
»Kriegt er wenigstens 'n Stücke Jrün?«
»Wir haben einen Garten in Wannsee.«
Da war der Junge erleichtert. »Jem Se mir Ihre drei Märker, und die Sache is jeritzt.«
Er drückte ihn mir in den Arm und war verschwunden, ehe ich es mir anders überlegen konnte. Da stand ich nun mit einem halbverhungerten Bastardwelpen im Arm, den ich eigentlich gar nicht haben wollte und nicht ernähren konnte, den ich nur vor der Pfanne hatte retten wollen.
Meine Mutter würde bei seinem Anblick die Hände über dem Kopf zusammenschlagen, mich beschimpfen und anschließend ihre paar erfrorenen Kartoffeln, die sie selber dringend nötig hatte, mit ihm teilen. Sein Herz klopfte schnell in meiner Hand.
Niemand im Zug fand ihn niedlich. Nur ein ausgemergelter Heimkehrer fragte, ob er ihn mal streicheln könnte. Weil er wohl schon lange nichts mehr zum Streicheln gehabt hatte. Was sollte ich jetzt bloß mit diesem Krepierling anfangen? Hätte ich mir das nicht früher überlegen können?
Als der Zug in Grunewald einfuhr, hatte ich plötzlich eine Idee. Ich trug das Hündchen zu Barris. Barris war gerade von einer Besprechung nachhause gekommen und hockte fluchend vor dem Herd, der ausgegangen war. Ich hatte den Hund die Treppen hinaufgetragen und ließ ihn jetzt frei. Er rollte auf Barris zu und krabbelte auf seinen Schuh. »Ist das dein Hund?«
»Nein. Ich such erst noch nen Platz für ihn. Aber keinen Kochtopf.«
Ich nahm Barris das Heizen des Ofens ab, damit er sich

mit dem Hund befassen konnte, der hinter ihm herlief, als ob er wüßte, worum es ging.
»Sie kennen doch so viele Alliierte. Vielleicht daß einer ihn haben möchte?« sagte ich. »Er ist keine Schönheit, aber ganz niedlich, oder? Fünf Wochen alt.« Und als Barris noch immer nichts sagte, fiel mir nur noch ein: »Er ist aus Pankow.«
»Pankow?« Barris hob den Hund auf. Die beiden sahen sich an.
»Vielleicht finden Sie jemand, der ihn nimmt?«
»Luischen«, grinste Barris, »tu nicht so scheinheilig. Du hast Pankow zu mir gebracht in der Hoffnung, daß ich auf ihn hereinfalle. Du willst ihn mir andrehen.«
»Sie haben ihn Pankow genannt«, war mir aufgefallen. »Damit hat er ja schon einen Namen.«
Trotzdem ging ich vierzehn Tage nicht zu Barris, aus Sorge, er könnte ihn mir zurückgeben.
Dann besuchte Jola ihre Mutter und berichtete mir anschließend: »Barris hat nen jungen Hund. Ein potthäßliches Vieh. Heißt Pankow. Saß mit ihm Hand in Hand auf dem Sofa, als ich kam. Aber ins Bett darf er ihn nicht mitnehmen. Hat Mami verboten. Nun kommt Pankow erst zu Barris ins Bett, wenn sie schon schläft.«

Als es endlich zu tauen begann und wir uns wie Maulwürfe in die ersten wärmenden Sonnenstrahlen hochbuddelten und die Fenster weit aufstießen, um die nassen Wände zu trocknen (die Tapeten kamen gleich mit der Feuchtigkeit herunter), als es nach der langen, lähmenden Froststarre in uns und um uns herum wieder lebendig wurde, als Schulen und Universitäten ihren Betrieb wiederaufnahmen, zog Jola in ihre Dachstube im Köckeritzschen Haus zurück. Wir schieden ohne Sentimentalität voneinander, denn wir hatten uns zwar in den Eisnächten aneinander gewärmt, aber auch im Schlaf gestört. Ich war froh, mein Bett nun wieder für mich allein zu haben. Und sie auch.

Ein Semester lang hatte ich auf der Kunstakademie kubistische Flaschen und halbverhungerten Altmänner-akt gemalt, ohne recht einzusehen, wie mir diese langwierige Ausbildung zu einer baldigen praktischen Ausübung des Illustratorberufes verhelfen könnte. Darum kehrte ich nicht auf die Akademie zurück.

Barris besorgte mir hie und da einen Aushilfsjob. Er gab mich ausländischen Korrespondenten als Dolmetscher mit, wenn sie Berliner Künstler kennenlernen wollten. So kam ich zu Malern, Bildhauern und Musikern. Ich fing an, mich mit der Malerei des 20. Jahrhunderts zu befassen, und hatte in Barris den besten Lehrer. Außerdem mußte ich unendlich viel auf literarischem Gebiet nachholen. Ich las den halben Tag, aber immer seltener zuhause, um den vorwurfsvollen Blikken meiner Mutter zu entgehen: Alles fängst du an, nichts führst du zu Ende. Was soll denn mal aus dir werden? Meine Pension reicht nicht für uns beide, und die vielen Reparaturen im Haus! Mein Porzellan geht auch zu Ende.

Ich türmte vor ihren Vorwürfen und meinem schlechten Gewissen (denn sie hatte ja recht) zu Barris. Da hockten wir dann in der Frühlingssonne auf der Terrasse der Steinbergschen Luxusruine, verkatert von der letzten Nacht, die ich auf einem Fest durchtanzt und er mit Freunden durchgeredet hatte. Neben uns schlief

Pankow, inzwischen groß wie ein Boxer und noch längst nicht ausgewachsen.

Wir lebten wie drei Stromer im verwilderten Garten, wobei das Behagen an unserem Zustand das schlechte Gewissen wegen versäumter Tüchtigkeit überdeckte. Um uns herum wurde emsig gehämmert, gebuddelt, gepflanzt, repariert, organisiert. Aber so untätig, wie wir auf andere wirken mochten, waren wir nun auch wieder nicht. Wir gingen zu Ausstellungen, organisierten selber Vernissagen. Für die warmen Monate planten wir Soireen im Steinbergschen Garten: Kabarettabende, Dichterlesungen, Serenaden, Jazztrios und Sommerfeste. Mit Eintritt natürlich, um die auftretenden Künstler bezahlen zu können.

Das alles machte mir sehr viel Spaß, nur brachte es nichts ein. Ich lag meiner Mutter auf der Tasche, welche, wie bereits geschildert, ziemlich leer war. Nun gut, wenn ich studieren würde, wäre es zwar nicht anders, aber wenigstens moralisch vertretbar gewesen, denn dann wäre ich eine Studentin und kein Nichtsnutz.

20

Als er zum erstenmal bei Barris durch die Tür kam, hatte ich das Gefühl, der Mensch bringt die ganze Welt mit herein. Ich konnte nicht sagen, warum, aber es war eben so. Es gibt ja auch Leute, die bringen ihre Provinz mit oder haben das Meer im Blick, an dem sie leben.
Er war etwa einsachtzig groß und breitschultrig, offensichtlich ein Südländer, aber keiner von der hübschen Sorte. In seinem Gesicht war nichts gefällig geraten. Seine Gesten waren lebhaft, sein Lachen herzlich, die Hände auffallend sensibel.
Noch nie hatte ich einen Mann auf Anhieb so sehr gewollt wie diesen, nicht einmal Kaspar Christ. Sein Spitzname war Cabo.
Zwei anwesende amerikanische Korrespondenten begrüßten ihn mit Schulterklopfen und lautem Hallo. Sie gehörten alle drei zu dem Haufen schreibender Globetrotter, die sich überall in der Welt wiedertrafen, schon seit der Zeit, als sie noch Kriegskorrespondenten waren. Zigeuner mit der Reiseschreibmaschine, im Augenblick für ihre Zeitungen in Westberlin akkreditiert.
Es war unmöglich, an Cabo heranzukommen. Als Neuerscheinung wurde er umringt. Seine starke Persönlichkeit zog Barris' übrige Besucher an wie Motten das Licht. Dabei machte er nicht viel aus sich. Er war einfach da. Faszinierend da.

Barris mußte mein Interesse für ihn bemerkt haben, denn irgendwann führte er Cabo auf mich zu, hakte mich unter und zog mit uns in die Küche, den einzigen Ort, an dem wir ein bißchen Luft hatten. Pankow trottete mit.

»Das ist meine Freundin Luise. Sie spricht gut englisch und kann vielleicht ganz informativ für Sie sein. Ich nehme an, Sie werden ja nicht nur über Politik berichten.«

»Hallo«, sagte Cabo und nahm mich zum erstenmal wahr.

Ich polierte meinen Charme auf Hochglanz. Wenn ich jemandem so sehr gefallen wollte wie diesem Mann, konnte ich originell und geistreich sein. Cabos Interesse an meinem Geplauder und ein Whisky steigerten mich zur Höchstform. Barris zwinkerte mir zu, ehe er zu seinen anderen Gästen zurückging. Selbst wenn Cabo ihm gerne gefolgt wäre, er konnte nicht, denn Pankow schlief auf seinen Füßen, und er war viel zu rücksichtsvoll, um ihn zu wecken. Wahrscheinlich war ich auch ein junger Hund für ihn, der ihn amüsierte.

Ab und zu kam jemand in die Küche, stieg über Pankow hinweg zum Küchenschrank, um Geschirr zu holen oder zum Ausguß, um welches abzuwaschen, nicht ohne uns dabei neugierig zu mustern: Na? Was spinnt sich da an?

Dann wurden auch wir geholt. Ich war gerade dabei, Cabo von den Verhältnissen im vergangenen Eiswinter zu erzählen. Er sagte, daß er sich freuen würde, mich wiederzusehen. Er hätte viele Fragen an mich.

Ich schrieb ihm meine Adresse auf einen Zettel, er steckte ihn in die Außentasche seines Sakkos aus weichem Rehleder, in dem schon andere Zettel und ein gerolltes Time-Magazin untergekommen waren.

In diesem Augenblick ahnte ich, daß er meinen Zettel verlieren würde.

Barris hatte mich als Volontärin bei einer der vielen neugegründeten Zeitschriften untergebracht. Leider ging dem Herausgeber nach der dritten Nummer das Geld aus und das Blatt wieder ein.
Ich nutzte die vorübergehende Arbeitslosigkeit, um mich auf meinen zukünftigen Beruf vorzubereiten. Ich wollte Journalistin werden und, sobald das für Deutsche möglich war, ins Ausland reisen. Dafür büffelte ich Sprachen und machte täglich schriftliche Fingerübungen.
Barris stellte mir Themen, ich schrieb darüber ein Feuilleton oder eine Reportage, die er anschließend korrigierte.
Er war ein unerbittlicher Lehrer. Manche Story mußte ich sechsmal umschreiben, bis sie ihm gefiel.
»Du schwätzt zuviel, Luise, komm aufs Wesentliche. Für diese Erklärung brauchst du eine halbe Seite. Das kann man auch in zwei Sätzen sagen. Vergiß nicht, du hast nur eine begrenzte Zeilenzahl zur Verfügung. – Die Pointe ist verfehlt, denk dir eine bessere aus. – O Gott! Hier bist du wieder neckisch geworden. – Merkst du nicht, wie dieser Satz holpert? Schreib rhythmischer. Nicht so viele Adjektive! – Du sollst nicht sagen, daß etwas spannend war, sondern dem Leser die Spannung in deiner Schilderung mitteilen. Sei nur nicht in deine Sätze verliebt. Hab Mut zum Streichen«, und so weiter.
Mehrmals flog mein Schulheft haarscharf an seinem Kopf vorbei gegen die Wand. »Mir reicht's!« schrie ich. »Dieses ewige Gemeckere! Ich hab die Nase voll!«
»Das glaube ich dir nicht«, sagte er, stand auf, holte mein

Heft, legte es vor mich hin. Lächelte mich an. Ich haßte ihn. Das störte ihn nicht. »Mach weiter, Luischen, es lohnt sich. Daß du begabt bist, ist kein Verdienst. Aber daß du so zäh an dir arbeitest, gefällt mir. Zumal du dich sonst gern vor Überanstrengung drückst, genau wie ich«, fügte er grinsend hinzu.
Jedesmal gab er mir Bücher mit. Tucholsky, Egon Erwin Kisch, Polgar, Auburtin, Egon Jameson . . . »Lies Zeitungen. Ich streich dir die wichtigsten Artikel an und erklär dir, warum sie für dich wichtig sind.«
Als er an meinen Erzeugnissen merkte, daß er mich überdrillt hatte, verlangte er: »Nun mach dich mal von allen Vorbildern frei, sonst verlierst du deine Ursprünglichkeit.«
Wäre er mein Deutschlehrer in der Schule gewesen, hätte ich ihm Reißnägel auf den Sitz gelegt. Aber jetzt lernte ich nicht für die Schule, sondern freiwillig für meinen zukünftigen Beruf – und außerdem hatte ich keine Reißnägel.
Eines Tages reichte mir Barris eine Berliner Tageszeitung. »Schlag mal die Feuilletonseite auf.«
Ich schlug und fand dort eine Geschichte über Berliner Balkons, auf denen heute Gemüse und Tabak statt Blumen blühten. Die Story hatte eine Luise Hartwig geschrieben.
Lieber Himmel! Ich sah Barris überwältigt an, er grinste. »Nu, wie is das Jefiehl, wenn man zum erstenmal seinen Namen jedruckt sieht, Luischen?«
»Das haben Sie gemacht – heimlich«, ich fiel ihm um den Hals. »Danke, danke, danke!«
»Aber nur einmal. Nun sieh zu, wie du allein weiterkommst. Ich helf dir nicht mit meinen Beziehungen.

Vorbedingung für den Journalistenberuf ist Durchsetzungsvermögen. Und ein dickes Fell. Anfangs werden die Redakteure dir zeigen, wie lästig du ihnen bist, wenn du dein Selbstgeschriebenes anbietest, später tun das die Prominenten, die du interviewen sollst. Gib nie auf, auch wenn du noch so gekränkt bist. Ich glaube, das wird dir noch schwerer fallen als das Schreiben, aber es gehört nun mal zu dem Beruf, den du dir ausgesucht hast. Und darauf müssen wir einen trinken. Prost, Luischen, auf deinen Erfolg! Aber merke dir eines: Erfolg ist kein Ruhekissen, im Jegenteil. Erfolg ist wie Seiltanz – schwer, sich oben zu halten, und abstirzen verdammt einfach. Schluder nie, mein Herzchen! So, und jetzt muß ich dir noch was sagen. Cabo hat mich angerufen. Er hat so viele Termine um die Ohren, daß er sich noch nicht wieder melden konnte. Und er wollte die Adresse ›of that girl Luisa‹ haben, weil er sie verloren hat.«

Barris borgte mir Geld, damit ich am Bahnhof zehn Exemplare der Zeitung kaufen konnte. Sieben davon wollte bestimmt meine Mutter haben, um sie all denen zu schicken, die geglaubt hatten, ich wäre ein Nichtsnutz; aber da käme sie kaum mit sieben Exemplaren aus, da mußte sie schon siebzig verschicken.
Auf dem Weg zum Bahnhof las ich meine gedruckten Balkons immer wieder und wieder, bis ich mit der Stirn gegen einen Laternenpfahl rannte.
Das Haus, in dem Cabo im Vorort Schlachtensee nahe dem Pressecenter wohnte, war ausgerechnet das, aus dem ich schon einmal hinausgeflogen war.
Die Haushälterin staunte, als sie mir die Tür öffnete.

»Nanu, Fräulein Hartwig! Sagen Sie bloß, Sie wollen Mr. Roth besuchen.«

»Nein, vielen Dank, lieber nicht.«

»Der ist auch vor einem Monat ausgezogen. Nach Frankfurt.«

»Na, gottseidank. Ich komme zu –«

»Luisa –.« Das war Cabo. Er hatte meine Stimme gehört und kam die Treppe heruntergeeilt, um mich zu begrüßen. Er bestellte Kaffee und führte mich dann in den ersten Stock.

»Schön, Sie zu sehen. Woher kennen Sie meine Haushälterin?«

»Ich habe hier mal kurzfristig bei einem Journalisten gearbeitet. Der hat mich beim Zuckerklauen erwischt und gefeuert. Das war im letzten Winter.«

»Brauchen Sie Zucker?« fragte er besorgt.

»Nein, nein, wirklich nicht.« Ich hatte alles, was ich wollte – einen beruflichen Anfang und Cabo mir gegenüber in einem engen Sessel mit hohen Armlehnen.

»Wenn Sie was brauchen, müssen Sie's mir sagen, Luisa.«

»Jaja, vielen Dank.«

Er hatte die Arme aufgestützt, vergebens nach Bequemlichkeit suchend, aber wenn er sie herunternahm, war der Sessel zu schmal für ihn. Seine Hand hielt sich am Kopf der erkalteten Pfeife fest. Er blickte mich aufmerksam an. Er sah ein junges, lebhaftes Mädchen in gepunktetem Kleid mit schulterlangen, frischgewaschenen, kastanienbraunen Haaren, die ihm in einer langen Welle ins Gesicht fielen. Große, dunkelblaue, neugierige Augen, dunkle Halbbögen darüber. Die Nase im Ansatz schmal und gerade, aber für meinen Geschmack zu kräftig.

Nachdem einmal jemand behauptet hatte, ich besäße einen sinnlichen Mund, schminkte ich ihn nicht mehr voll aus. Denn Sinnlichkeit, so offen im Gesicht zur Schau getragen, war mir peinlich.
Es war sowieso ein Gesicht, das nichts verbergen konnte. Jola hatte es besser als ich. Ihr sah man selten eine Gefühlsregung an. Sie besaß ein feines, helles, kühles, verschlossenes Gesicht.
»Erzählen Sie von sich«, forderte mich Cabo auf.
»Was wollen Sie hören?«
»Zum Beispiel, wo Sie die Beule auf Ihrer Stirn herhaben.«
»Von einem Laternenpfahl.« Und suchte aus meiner Tasche den zusammengefalteten, schon völlig abgegriffenen Artikel hervor.
»Deswegen. Mein erstes Gedrucktes. Ich hab's auf der Straße gelesen. Sehen Sie, hier steht Luise Hartwig.«
»Ich würde es gern lesen. Aber ich kann leider nur fünf Worte deutsch«, bedauerte Cabo.
»Was sind das für Worte?«
»Danke, bitte, Herr, Frau, Rittmeister.«
»Ausgerechnet Rittmeister!«
»Eine Freundin von mir in Rio hat es einmal benutzt, als sie sich deutsch unterhielt. Aus einer Flut von Sätzen fiel ausgerechnet dieses Wort mir auf. Es hat mich fasziniert. Es hat etwas Rasches, Mitreißendes.«
»Komisch. Als Kind hat mich das Wort auch verführt, weil es so männlich-romantisch klingt. Rittmeister!«
Cabo lachte.
»Sie sind Nordamerikaner, nicht wahr? Sie sehen gar nicht so aus.«
»Meine Mutter war Brasilianerin. Ich bin bei meinen

Großeltern in Minas Geraes aufgewachsen. Später in Rio. Erst mit neunzehn kam ich in die Staaten.«
»Ich habe mir auch gewünscht, ein Völkergemisch zu sein. Menschen, die internationales Blut haben, sind immer so stolz darauf. Ich hätte gern was Französisches abgekriegt und vielleicht noch ne spanische Großmutter und eine polnische.«
»Sie haben auch so genug abgekriegt«, versicherte mir Cabo.
»Vom Stammbaum her bin ich norddeutsch, arisch und protestantisch bis in die Puppen.«
»Für all das habe ich Sie nicht gehalten, als ich Sie zum erstenmal bei Barris sah.«
Es klopfte an der Tür. Die Haushälterin brachte den Kaffee, servierte, ohne ihre Neugier zu verbergen.
»Vielen Dank, Miß Kuhler«, sagte Cabo.
Sahne? Zucker?
Ich nahm alles in meine Tasse, bis ihr Inhalt überschwappte. Nun kam das Problem. Entweder trank ich das Zuviel aus der stehenden Tasse, aber ich hörte meine Mutter sagen: Kind, das kannst du doch nicht machen, was denkt der denn von dir! Oder ich hob die Tasse auf und führte sie zum Mund. Das tat ich denn auch und hatte den Schoß voll Milchkaffee.
Cabo zeigte mir sein Bad. Wir mußten dabei durch sein Schlafzimmer gehen, dann ließ er mich allein.
Nachdem ich meinen Rock ausgewaschen hatte, roch ich an allem, was an Flaschen und Dosen im Raum herumstand. Berauschte mich an herben Düften, fand Badezusätze auf dem Wannenrand. Nicht nur das Leitungswasser, selbst die Stangen für die Frottiertücher waren geheizt. Was für ein Luxus.

Einmal hier baden dürfen und anschließend mit diesen herrlichen Bürsten die Haut massieren, und danach einölen und duften, duften, duften!
Als ich das Bad verließ und durchs Schlafzimmer ging, sah ich das Foto einer Frau auf seinem Nachttisch. Ein leidenschaftliches Gesicht mit schräggeschnittenen, dunklen Augen, denen man sich nicht entziehen konnte. Die hohen Wangenknochen waren vom Fotografen raffiniert ausgeleuchtet.
Ich stand längere Zeit davor und mochte diese Frau, die Mitte dreißig sein mochte. Und es war nicht mal ein Schock für mich, auf Cabos Nachttisch das Bild einer Frau zu finden. Hatte ich denn erwartet, einem Junggesellen zu begegnen, der in beschaulicher Askese vor sich hinlebte, bis er mir begegnete? Doch nicht Cabo. Es hätte mich sogar enttäuscht ...
»Sie waren lange fort, Luisa«, sagte er ungeduldig, »und wir haben so wenig Zeit. Ich möchte Sie noch viel fragen.«
Das Foto, dachte ich, das reist immer in seinem Koffer mit, und nahm in dem Polsterungetüm Platz. »Ist das Ihre Frau da auf dem Bild im Schlafzimmer?«
»Eine Kollegin. Wir sind seit Jahren liiert, seit Anfang des Krieges«, sagte Cabo. »Babs ist Bombereinsätze mitgeflogen und sogar mit dem Fallschirm abgesprungen. Für eine Story hat sie alles riskiert.«
»Und sieht verdammt gut aus.«
»Ja, verdammt gut«, gab er gern zu.
»Wo ist sie jetzt?«
»In Paris. Sie ist für ihre Zeitung in Paris akkreditiert.«
Bevor ich das Foto sah, hatte ich geschwatzt wie ein verknalltes Ding, nun fiel mir nichts mehr ein. Ich saß da

und wedelte mechanisch mit meinem nassen Rock, damit er trocknete.
»Was ist, Luisa?«
»So naß«, sagte ich.
»Soll ich die Haushälterin fragen, ob sie einen Fön hat, mit dem Sie Ihr Kleid trocknen können?«
»Was nützt mir ein Fön bei Stromsperre?« Ich lachte, hatte mich endlich wieder im Griff. Begegnete seinem wissenden Blick. War sicher, daß er mich durchschaute.
Vor dem geöffneten Fenster zur Straße, das dichtes Kastanienlaub verdunkelte, hupte es, und eine Männerstimme schimpfte: »Verdammte Stromsperre. Die Klingel geht nicht.«
»Das ist mein Fahrer«, erinnerte sich Cabo aufstehend. »Ich bin mit Ihrem Oberbürgermister Reuter verabredet.«
Er suchte im Zimmer Papiere und Schreibzeug zusammen, stopfte alles in seine Sakkotaschen, dazu noch den Tabakbeutel und die Dunhillpfeife. Zog den handgewebten Schlips unterm Hemdkragen zurecht.
»Soll ich Ihnen auch einen Wagen bestellen?«
»Nein, danke, ich nehme die S-Bahn.«
Wir verabschiedeten uns vorm Haus. »Ich melde mich, wenn ich aus Paris zurück bin, Luisa.«
Er stieg in das wartende Auto. Während ich die Straße hinunterging, hörte ich, wie der Wagen anfuhr und in der entgegengesetzten Richtung verstummte.
Luisa nannte er mich. Liese, Lieschen, Lieserl, Lisa, Lieseken, Lou, Lulu, Luisa – jeder bog sich meinen Namen nach seiner Fasson zurecht.

Cabo mußte längst zurück sein, aber er meldete sich nicht bei mir. Da rief ich ihn eines Vormittags an.

»Luisa!« Er brauchte einen Augenblick, bis er sich auf mich eingestellt hatte. »O ja, Luisa. Nett, daß Sie anrufen. Wie geht es Ihnen?« Und ehe ich antworten konnte: »Hören Sie, ich bin jetzt in Eile, aber haben Sie heute nachmittag Zeit? So gegen drei?«

Er war offensichtlich nicht auf die Idee gekommen, mich anzurufen. Aber nun, da ich ihm in seinem Wohnzimmer gegenübersaß, freute er sich sehr, mich zu sehen. Ja, warum hatte er sich eigentlich nicht gemeldet, überlegte er selbst. »Es war soviel los, seit ich zurück bin, außerdem war ich in keiner guten Stimmung. Aber nun erzählen Sie, Luisa. Was haben Sie inzwischen gemacht?«

»Ich bin mit meinen Stories hausieren gegangen. So muß das sein, wenn man selbstgemalte Postkarten an der Tür verkaufen will. Am schlimmsten waren zwei Redakteurinnen. Sie haben mich behandelt, als ob ich ihnen etwas getan hätte. Nichts hat ihnen an mir gepaßt. Meine Schreibe nicht, meine Themen nicht, mein Aussehen glaube ich auch nicht. Außerdem hätten sie genug Autoren, mit denen sie zusammenarbeiten würden. Aber ich könnte ja mal in einem halben Jahr wieder hereinschauen. Die Redakteure haben mich freundlicher abgewimmelt, weil ich ein Mädchen bin. Einer hat mich zum Schnaps eingeladen, aber dabei hat er nicht auf meine Manuskriptmappe geschaut, sondern auf meine Beine.«

»Sie werden sich schon durchboxen,« tröstete er mich.

»Natürlich, Cabo. Wieso nennt man Sie eigentlich Cabo?«

»Oh, das ist lange her. Meine Kinderfrau hat mich zuerst

so gerufen. Seither blieb das mein Spitzname.« Er stand auf, um einen Whisky Soda für uns zu mixen. Dabei warf er mir ein portugiesisch-deutsches Lexikon zu. »Schlagen Sie selber nach, was es bedeutet.«

»Cabo – cabo –«, suchte ich und fand als Übersetzung: »Äußerste Spitze eines Kaps, Stiel, Heft, Handhabe, Schwanz, Schiffstau, Kabel, Anführer, Chef, Vollendung. Das ist aber ne ganze Menge.«

»Suchen Sie sich davon aus, was Ihnen am besten gefällt.«

»Es paßt alles, finde ich. Cabo paßt zu Ihnen.«

»Wieviel Soda?«

»Viel, bitte. Wie war eigentlich Paris?« fragte ich.

»Nicht sehr erfreulich.« Er reichte mir ein Glas, wollte sich wieder setzen, fluchte über die hohen Armlehnen. Nun hatte er wirklich genug von diesen Sesseln.

»Vielleicht sollte man sie mit dem Rücken auf den Boden legen«, überlegte ich.

»Habe ich schon probiert. Es bleibt eine Fehlkonstruktion.« Darum holte er sich einen Stuhl aus dem Schlafzimmer, setzte sich aber nicht darauf, sondern tigerte durch den Raum, seine Hosentaschen mit den Fäusten ausbeulend.

Ich wartete ab.

»Ja, Paris, Luisa –. Babs hat einen jungen französischen Filmregisseur kennengelernt. Er wohnte bereits bei ihr, als ich kam. Wir hatten lange Diskussionen zu dritt. Übrigens ein guter Typ. Witzig, sehr intelligent, voller Ideen. Ich nehme an, er hat eine Karriere vor sich. Babs ist ihm offensichtlich verfallen und er ihr auch. Was sollte ich machen? Den Othello spielen? Deswegen käme sie auch nicht zu mir zurück.« Er nahm die Hände aus den

Taschen und öffnete sie in einer Gebärde, die Bedauern und Nicht-mehr-ändern-Können gleichzeitig ausdrückte.
»Such is life, Luisa. Mir gefällt der Regisseur.« Aber sein großes Verständnis fiel ihm nicht leicht.
»Mir geht das nicht in den Kopf«, sagte ich.
»Was, Luisa?«
»Wie kann Babs einen Mann wie Sie verlassen?«
»Ach, so einfach ist es nicht mit mir. Ich bin schwierig. Und diese ewige Rumzieherei – manchmal haben wir uns Monate nicht gesehen. Kann sein, daß ich für ein ständiges Zusammenleben auch schon verdorben bin.«
»Vielleicht kommt sie zu Ihnen zurück«, versuchte ich ihn zu trösten.

Unser Zusammensein hatte Cabo für zwei Stunden am Nachmittag geplant. Aber dann wurde es Abend, und er rief im Presseclub an, um zu sagen, daß er erst später kommen würde.
»Wie alt sind Sie eigentlich?« fragte er mich einmal.
»Bald dreiundzwanzig.«
»Verdammt jung«, meinte er.
»Das hat mir bisher noch niemand vorgeworfen.«
»Ich kann mit jungen Mädchen nichts anfangen, weil man mit ihnen nicht reden kann.«
»Wir reden bereits seit fünf Stunden«, erinnerte ich ihn.
»Ja«, lachte er, »erstaunlich.«
So gegen neun Uhr bestellte er einen Wagen für mich, der mich nach Hause bringen sollte, während er in den Presseclub ging.
Beim Abschied nahm er meine Hände und sagte herzlich: »Luisa, ich weiß, du magst mich. Aber bitte, mag mich

nicht zu sehr. Ich werde nicht lange hier sein, und ich möchte dich nicht traurig zurücklassen. Keine Liebesgeschichte zwischen uns, okay?«

Von nun an sahen wir uns zweimal in der Woche. Sobald ich sein Apartment betrat, stieg ich als erstes in die Wanne und spielte, bis zum Hals in duftenden Schaum gehüllt, das Luxusweib. Wenn das Wasser abkühlte, ließ ich heißes zulaufen.
Eines Tages dauerten Cabo meine Badeorgien zu lange. Er kam herein und brachte Drinks mit, später auch seinen Notizblock. Ich erzählte ihm alles, was er über Jugend in der Nazizeit, bei Kriegsende und danach von mir wissen wollte.
Bald gab er mir seine Artikel zu lesen; sie klangen deutschfreundlicher als am Anfang. Er sagte, das wäre auch mein Verdienst.
Darüber freute ich mich.
Cabo erzählte mir eine kleine Geschichte, die ich nie vergessen wollte.
Es treffen sich zwei Männer. Der eine fragt den andern: »Magst du die Deutschen?« – »Nein.« – »Magst du die Russen?« – »Nein.« – »Magst du die Amerikaner?« – »Nein.« Und so fort. Nachdem der erste etliche Nationen durchgefragt hat und immer wieder »Nein« als Antwort erhält, wird er ungeduldig: »Ja, wen magst du denn eigentlich?« – »Ich mag meine Freunde.«

Cabos Bad wurde zum Wohnzimmer für uns. Auf einem hereingeholten Tischchen stand vom Aschenbecher bis zu den Salznüssen alles, was wir beim Erzählen benötigten.

Nicht einmal machte er den Versuch, sich mir zu nähern.
War ich ihm wirklich zu jung?
Hing er noch immer so sehr an dieser Frau in Paris? Hatte er eine Geliebte in Berlin, von der ich nichts wußte?
Dieser breitschultrige Mann mit seinem klugen, vom Leben gezeichneten Gesicht, in dem die Pfeife angewachsen zu sein schien, behandelte mich wie einen Freund.
Eines Tages hatte ich es satt, sein geschlechtsloser Gesprächspartner zu sein.
Während er mir einen Artikel vorlas, zog ich mit den Zehen den Stöpsel aus der Wanne. Das Wasser lief ab.
Als er aufschaute, war nur noch ich in der Wanne mit ein bißchen Schaum auf den Erhebungen meines Körpers.
Er schaute mich eine Weile an, nahm schließlich die Pfeife aus dem Mundwinkel und holte ein Badetuch.
»Steh auf«, sagte er.
Ich stand auf. Er wickelte meinen Körper in das Tuch und frottierte mich ab. Ich spürte seinen Mund in meiner Halsgrube.
»Okay, Luisa, you win.«

21

Als ich eines späten Nachmittags nach Wannsee kam, hockte Jola auf den Stufen vor unserer Haustür.

»Mensch, gibt's dich auch noch«, fiel mir bei ihrem Anblick ein.

Wir hatten uns seit Wochen nicht gesehen. Tagsüber war sie in der Uni, und danach lernte sie meist mit Kommilitonen, die in einem ehemaligen Luftschutzbunker zu sechst in einem Raum hausten.

»Wartest du schon lange?« Ich schloß die Tür auf. »Meine Mutter hat heute Bridge. Da kommt sie nicht vor acht nach Haus.«

»Wie geht's dir?« fragte Jola aufstehend.

»Och, danke. Ich bin jetzt bei ner Abendzeitung in der Lokalredaktion. Als Reporter.«

»Gratuliere.«

»Naja – ich hab's mir anders vorgestellt. Als Neuling kriegst du all jene Aufträge zugeschoben, die den andern zu uninteressant sind. Da renne ich mir wegen einer Meldung die Hacken schief, schreib meinen Bericht und finde ihn später im Blatt auf drei Zeilen zusammengestrichen. Cabo sagt, so haben sie alle mal angefangen.« Ich ging in die Küche, um Teewasser aufzusetzen.

Jola stand im Türrahmen und sah mir zu. »Alles okay mit Cabo?«

»O ja. Er ist nur viel zu selten da. Zur Zeit ist er in London. Und wie geht's deiner Großmutter? Ich wollte sie schon so lange besuchen, aber ich komme einfach nicht dazu.«

»Tante Henny ist aus Hannover zu Besuch.«

»Ach, du Schreck. Onkel Heinrich auch?«

»Nee. Einer muß sich ja um den Schrott kümmern. Ihr Handel floriert. Bei der Entnazifizierung sind sie als Mitläufer eingestuft worden.«

»Ausgerechnet Bodes!«

»Oma wundert sich, daß sie es nicht geschafft haben, als Opfer des Faschismus anerkannt zu werden.«

»Und Karl-Heinz? Hast du von dem was gehört?«

»Ja«, sagte Jola mit einem Seufzer in der Stimme, »er ist vor zwei Wochen aus dem Gefangenenlager entlassen worden und gerade in der Hornkaserne in Frankfurt-Oder eingetroffen.«

»Mensch, Jola, das ist ja – das ist doch toll! Dann kannst du jeden Tag mit ihm rechnen.«

»Ja.«

»Und das sagst du so nebenbei«, begriff ich nicht, »ja, freust du dich denn gar nicht? Wo du doch gedacht hast, es könnte noch Jahre dauern!«

»Natürlich freu ich mich, aber er ist sehr krank. Darum haben sie ihn auch so früh entlassen. Heute haben wir aus Frankfurt die Nachricht gekriegt, daß er mit Magenbluten ins Lazarett gekommen ist.«

»Fährst du hin?«

»Nein, meine Schwiegermutter. Ich kann zur Zeit nicht weg.« Jola wirkte sehr bedrückt. »Sobald er transportfähig ist, kommt er in ein hiesiges Lazarett.«

Sie stand neben mir und sah zu, wie ich Tassen und

Kandiszucker auf ein Tablett stellte. »Luise«, sagte sie plötzlich, »du bist doch meine Freundin.«
»Warum?« fragte ich, ahnend, daß nach dieser Feststellung ein größeres Anliegen auf mich zukommen würde.
»Schwör mir, daß du niemandem was sagst – schwör mir beim Leben deiner Mutter!«
Das hatte sie schon in unserer Kinderzeit von mir verlangt. Jetzt kam es mir zu albern vor. »Nun sag schon, was du willst!«
»Erst schwören!«
»Also gut, ich schwöre.«
»Kannst du mir einen Riesengefallen tun?«
Das hatte ich erwartet, verlangte dennoch mißtrauisch: »Sag erst, was es ist.«
»Du mußt zu Mami und Barris fahren und sie fragen – sie kennen doch genug Leute –, frag sie, ob sie nicht einen guten Arzt wüßten, der dir hilft, weil du schwanger bist.«
»Ich bin nicht schwanger!« protestierte ich laut.
»Aber ich.«
Mir fiel beinah der Teekessel mit dem kochenden Wasser aus der Hand. »Ausgerechnet du-!!«
»Na und?« ärgerte sie mein Staunen.
»Von wem?«
Ich merkte, wie schwer es ihr fiel, meine Fragen beantworten zu müssen – aber sie wollte ja etwas Ungeheuerliches von mir.
»Jonathan.«
»Jonathan Woodburger? Der aus dem Special Service?«
»Jadoch, welcher sonst«, sagte sie ungeduldig.
»Und der war hier? Ist er noch in der Army?«
»Aber nein, schon lange nicht mehr. Er hat zu Ende studiert und arbeitet jetzt in einer Bank in London.«

»Von Cabo habe ich dir gleich erzählt«, sagte ich gekränkt, »und du erzählst bloß, wenn du was von mir willst!«
»Mein Gott, Luise, wir haben uns ewig nicht gesehen. Außerdem kann ich meine Gefühle nicht so zeigen wie du.« Sie kaute an ihrem Zeigefingerknöchel wie immer, wenn in seelischer Not. »Er war zweimal hier. Jetzt ist er wieder in Boston. Sein Vater ist gestorben.« Sie sah mich an: »Er will mich noch immer heiraten.«
»Und du?«
»Am liebsten morgen, wenn ich könnte.«
»Das ist ja furchtbar«, sagte ich erschüttert. »Der arme Karl-Heinz.«
»Mach dir um ihn keine Sorgen, ich verlaß ihn nicht.« Das Herz schien ihr weh zu tun, so klang ihre Stimme. »Jonathan ist gesund und willensstark und hat eine gesicherte Zukunft. Mit der Zeit wird er schon darüber hinwegkommen und eine andere finden.«
Wir gingen mit dem Tablett auf die Terrasse hinaus, wischten den letzten Regen von den Stühlen und setzten uns. Ich schenkte Tee ein, Jola legte ein halbvolles Päckchen Camel auf den Tisch. »Wenn du magst ...«
Nach allem, was ich erfahren hatte, brauchte ich jetzt dringend eine Zigarette. Rauchte und wartete ab, bis sie bereit war, mehr zu sagen.
»In Karl-Heinz' letztem Brief war soviel Lebensangst zwischen den Zeilen. Er hat auch Bammel vor unserm Wiedersehn. Wir haben ja noch nie zusammengelebt. Alles in allem waren es nur 35 Tage Urlaub. Es war immer Urlaub, nie Alltag.« Sie trank einen Schluck Tee. »Erinnerst du dich noch an Löckchen aus dem Potsdamer Yachtclub? An das rothaarige, fröhliche Mädchen? Ich

hab ihn ihr ausgespannt, weil ich ihn unbedingt haben wollte – ihn und keinen andern. Dabei glaube ich heute, daß er Löckchen viel lieber gehabt hat als mich. Aber bei ihr stimmte die Assiette nicht, und bei einem Aktiven aus armer Offiziersfamilie war ne betuchte Braut von jeher erwünscht. So kriegte ich den Zuschlag. Tja«, sie nahm ihre Teetasse in beide Hände, »nun ist Karl-Heinz kein stolzer Panzeroffizier mehr und ich keine Partie. Wenn er zurückkommt, muß er ganz von vorn anfangen: Zivilistsein lernen in diesem korrupten Nachkriegsberlin. Er kann ja nichts außer Soldatsein.« Sie trank einen Schluck Tee. »Er schreibt, nur der Glaube an mich hat ihn die Gefangenschaft überleben lassen. Ich darf ihn nicht enttäuschen, verstehst du, Luise? Er hat ja nur noch mich und seine Mutter hier, aber die kann ihm nicht helfen. Wenn ich sie besuche, habe ich immer den Eindruck, ich störe sie aus ihren Erinnerungen ans stolze Potsdam der Kaiserzeit auf. Die will sich gar nicht mehr in der Gegenwart zurechtfinden. Sie hat es auch abgelehnt, Robby in Bayern zu besuchen mit der Begründung, nicht gewillt zu sein, sich von diesen Sepplhosenträgern als verarmte Saupreußin behandeln zu lassen.«

»Der kannste wirklich nicht helfen«, sagte ich.

Jola lenkte das Gespräch auf ihr derzeitiges Hauptproblem zurück: »Ich muß für Karl-Heinz da sein. Das ist meine verdammte Pflicht und Schuldigkeit.«

»Und aus Pflicht und Schuldigkeit machst du jetzt drei Menschen unglücklich«, entgegnete ich.

»Nur Jonathan. Und mich.«

»Und du glaubst, Karl-Heinz wird nicht merken, daß deine Gedanken bei einem andern sind?«

»Meine Gedanken werden eben nicht mehr bei Jonathan

sein, sondern ausschließlich bei ihm. Ich werde alles tun, um ihm wieder auf die Beine zu helfen. Aber dazu kann ich ihm schlecht sagen, daß ich ein Kind von einem Amerikaner erwarte. Verstehst du das?«

Die Vorstellung erschien auch mir wie ein Alptraum.

»Es mag Männer geben, die dafür Verständnis aufbringen würden – Karl-Heinz niemals. Der mit seinen Ehrbegriffen! Es würde ihn umbringen. Und nun sag nicht, ich hätte mir das früher überlegen müssen, Luise. Ich habe eben überhaupt nicht überlegt.« Zum erstenmal war ihr Gefühl stärker gewesen als ihr Verstand. »Jetzt sitze ich in der Tinte.«

»Weiß Jonathan, daß du schwanger bist?«

»Kein Sterbenswort. Er würde Himmel und Hölle in Bewegung setzen, um mich so schnell wie möglich zu heiraten.«

Ich rauchte bereits die zweite Zigarette vor lauter Ausweglosigkeit. »Und du glaubst wirklich, Mitleid und Pflichtgefühl sind die richtige Basis für eine Ehe mit Karl-Heinz?«

»Ich sagte dir schon, er wird nichts davon merken. Außerdem habe ich ihn sehr gern. Fährst du nun zu Mami und Barris und fragst sie?«

»Ich versteh nicht, warum du nicht selber zu ihnen gehst. Sie sind die verständnisvollsten Menschen der Welt.«

»Ich will nicht, daß sie es erfahren«, sagte sie hart.

»Und warum nicht? Weil du dann aufhören mußt, deiner Mutter vorzuwerfen, daß sie deinen Vater für Barris aufgegeben hat?«

»Aber ich verlasse Karl-Heinz ja nicht«, erinnerte sie aufgebracht.

»Nein, du kriegst bloß ein Kind von einem Ami. Und nun

hast du Angst, deine Mutter könnte sagen: Haha, jetzt ist meine fabelhafte, unfehlbare Tochter auch mal vom Sockel gefallen. Hältst du sie wirklich für so primitiv?«

»Okay«, sagte Jola und stand auf. »Es war ja nur ne Anfrage. Ich werde das Kind eben anderweitig los, und wenn ich selber mit draufgehe.« Sie war kein dramatischer Typ, und ihre Worte waren auch nicht als Erpressung gedacht, dafür kannte ich sie zu gut. Ich hatte plötzlich Angst, sie könnte sich einem Scharlatan ausliefern.

»Also gut«, sagte ich zähneknirschend, »ich fahr morgen in den Grunewald und red mit ihnen.«

»Danke.« Sie umarmte mich kurz. »Aber sag in deiner Schusseligkeit ja nicht, daß es sich um mein Kind handelt. Es handelt sich um *deins*, Luise!«

Ich stellte mir vor, ich würde dasselbe Ansinnen an Jola stellen. Aber weil ich von vornherein wußte, daß sie niemals so ein Opfer für mich bringen würde, käme ich erst gar nicht auf die Idee, unsere Freundschaft mit so einer Bitte zu belasten.

So ungern wie am nächsten Tag war ich noch nie zu Barris gefahren. Weil es regnete, fand ich ihn und Pankow gemeinsam auf dem Sofa. Barris tippte.

Pankow war keiner von diesen jungen Hunden, die sich vor Glück überkugelten, wenn ein Freund zu Besuch kam. Er begrüßte mich mit starkem Klopfen seines Kringelschwanzes und erwartete, daß ich mich zu ihm begab, um ihn zu kraulen.

Barris schien nicht übermäßig entzückt von meinem Besuch zu sein, er steckte in Terminnot, wie er mir klagend gestand.

»Dann warte ich solange«, sagte ich, erleichtert, nicht

sofort mein Anliegen vorstottern zu müssen, und nahm ein Blatt der »Neuen Zeitung« vom Tisch auf, ohne darin zu lesen. Hatte Magenflattern.
»Was ist passiert, Luischen?« fragte Barris, der mich beobachtet hatte.
»Ich will aber nicht stören«, sagte ich, »bloß eine Adresse. Von einem Arzt. Sie kennen doch so viele Leute.«
»Wieso? Bist du krank?«
Ich nahm Anlauf und sprang. »Im zweiten Monat.« (Hatte Jola gesagt.)
Barris schob seinen Artikel beiseite und staunte: »Luischen brietet.«
»Ja, und deshalb brauche ich einen ordentlichen Arzt. Wissen Sie einen?«
»Darf ich fragen, von wem?«
»Wie bitte?«
»Nu, wer der Vater ist.«
Auch das noch.
»Cabo«, sagte ich, »wer sonst?«
»Cabo?« freute sich Barris, stand auf, kam um den Tisch herum und nahm mich in die Arme. »Du und Cabo. Das wird ein feines Kindchen. Einen besseren Vater konntest du ihm kaum aussuchen.«
»Nein!« Ich war zutiefst erschrocken über seine Reaktion auf meine Ankündigung. »Er will ja gar nicht heiraten.«
»Macht nichts«, lachte er, »kriegst du Kindchen eben so. Was braucht es einen Vater, wenn es uns hat. Hanna wird sich freuen. Was sagt deine Mutter? Sie ist doch eine verständnisvolle Frau.«
»Es geht wirklich nicht«, beschwor ich ihn. »Wenn es zur Schule kommt und hat keinen Vater, dann wird es gehän-

selt – ich weiß doch, wie das ist – wir hatten ein uneheliches Mädchen in der Volksschule – was hat die unter uns leiden müssen, Kinder können so roh sein. Ich will auch meine Zukunft nicht belasten.«

Barris' spontane Freunde verlor ihr Strahlen, er ließ meine Hände los, rollte auf seinem Weg zur Küche aus einem Zeitungsblatt einen Fidibus, holte sich damit Feuer für seine Pfeife von der Herdglut, kam schmauchend zurück. »Luischen, du weißt, ich bin dein Freund. Aber da spiele ich nicht mit. Es ist genügend Leben getötet worden in diesem Krieg. Was sagt Cabo dazu?«

»Er weiß es nicht.«

»Dann werde ich mit ihm sprechen.«

»Bitte nicht, bitte, tun Sie mir das nicht an! Außerdem ist er in London.« Ich war kurz vorm Heulen.

»Dann spreche ich mit ihm, wenn er zurückkommt.«

»Wenn Sie das tun, sind Sie nicht mehr mein Freund!« warnte ich.

»Wenn du das Kind umbringst, bist du auch nicht mehr meine Freundin!« drohte er zurück.

»Aber ich will kein Kind in dieser Zeit – ich will überhaupt keins – dafür habe ich viel zu viele Mütter leiden sehen. Von mir kriegt der Staat kein Kanonenfutter!«

»Und außerdem willst du nicht Windeln waschen, sondern Karriere machen. Ich durchschau dich doch, Luise!«

»Wenn Sie mir nicht helfen, werde ich schon woanders Hilfe finden. Und wenn ich dabei draufgehe –.« Diesen Satz hatte ich von Jola übernommen.

Er verfehlte seine Wirkung auch bei Barris nicht. »Du bist fähig und gehst zu einem Kurpfuscher.«

»Ja.«

»Luise!« versuchte er es ein letztes Mal. »Wenn Hanna und ich das Kind adoptieren ...«
»Nein!« So hatte ich mir dieses Gespräch nicht vorgestellt.
»Warte wenigstens, bis Cabo zurück ist! Sprich mit ihm. Es ist ja auch sein Kind.«
»Nein!!«
»Es ist also von einem andern?«
»Nein, Herrgottnochmal –.« Ich raufte mir hysterisch die Haare.
»Also gut, ich besorge dir eine Adresse«, er sah mich ohne Sympathie an und kehrte zu seiner Schreibmaschine zurück.
»Vielen, vielen Dank«, sagte ich zu Barris, dessen Finger startbereit über den Tasten schwebten wie die Hände eines Pianisten kurz vor seinem Einsatz beim Klavierkonzert. Mir kam es wie eine Demonstration vor, mich endlich loszuwerden.
Ich war entlassen, aber hoffentlich nicht aus seiner Freundschaft, nein, nur das nicht!
Oh, diese unselige Schwangerschaft!
Bis zum Bahnhof Grunewald heulte ich, und erst im schmutzigen, nach kaltem Rauch und Schweiß stinkenden S-Bahnabteil mit dem Blick durch verregnete Scheiben auf den vorbeiziehenden Wald hatte ich endlich den rettenden lichten Moment: Ich war ja gar nicht schwanger, sondern Jola.

»Danke«, sagte sie, »das werde ich dir nie vergessen!«
»Ich dir auch nicht«, sagte ich bitter und gab ihr die Adresse einer Ärztin und den Termin bei ihr, den ich inzwischen von Barris erfahren hatte.

»Alles Gute, Luischen«, hatte er mir am Telefon gewünscht, »gib uns bald Bescheid.« Seine Stimme klang wieder freundlich, das erleichterte mich sehr. »Du brauchst nur zu sagen, daß du von Kaspar Christ kommst, sie ist eine Bekannte von ihm.«
»Aber du kommst doch mit, Luise«, sagte Jola, die Adresse lesend. »Es ist in der Zone. So weit kannst du mich nicht allein fahren lassen. Wenn mir hinterher mies ist und ich kippe um, was dann?«
Das sah ich ein. Außerdem handelte es sich ja inzwischen um »unser Kind«.

Die Ärztin wohnte zehn Minuten vom Bahnhof entfernt in einem spitzgiebligen Einfamilienhaus. Ihre Sprechstundenhilfe öffnete uns, führte uns auf die Terrasse, wo ein Kaffeetisch gedeckt war. Wir wurden als Besuch empfangen. Das erleichterte die Situation.
Dann kam die Ärztin. Ihr Gang war leicht, das Gesicht von anziehender Häßlichkeit und voll Trauer, trotz ihres Lächelns. »Luise Hartwig?«
»Ja«, sagte ich. Jola trat mich, daß ich ins Stolpern geriet, und streckte der Ärztin ihre Hand entgegen.
»Ich bin Luise Hartwig.«
»Jolande Genthin«, stellte ich mich vor. »Ich bin Jolas – ich meine, Luises Freundin.«
Jola sah mich streng an! Okay, okay, ich hielt ja schon den Mund.
»Kommen Sie mit, Fräulein Hartwig. Je eher wir es hinter uns haben ...«
Sie gingen ins Haus. Von diesem Augenblick an drückte ich meine Daumen durch.
Was für eine unbeschreibliche Erleichterung, daß nicht

ich, sondern Luise Hartwig, ich meine Jola, mit der Ärztin und ihrer Assistentin ins Sprechzimmer gehen und sich auf diesem entwürdigenden Marterstuhl anschnallen lassen mußte.
Ich hatte zwei Mädchen interviewt, die es hinter sich hatten. Es mußte ein entsetzlicher Schmerz sein, sie sagten beide, sie hätten geschrien wie ein Tier, das bei lebendigem Leibe abgestochen wird. Nie wieder! hatten beide gesagt. Um Jola nicht schreien hören zu müssen, ging ich in den Garten hinterm Haus.
Wo früher Rasen und Blumenbeete gewesen sein mochten, standen jetzt Tomaten und Bohnen und davor Kohlköpfe und Rübenkraut so akkurat wie zum Appell angetreten.
Unter einem Kirschbaum war ein länglicher, selbstgezimmerter Kastenwagen abgestellt. In ihm schlief ein etwa zehnjähriges Mädchen.
Wie Schneewittchen im Sarg, war mein erster Gedanke. Das Gesicht war eingefallen, die Lider tief in blaue Schatten zurückgesunken. Rote Flecken leuchteten wie schlecht verteilte Schminke auf den Wangen. Mir fiel ein, daß Barris am Telefon von dem lungenkranken Kind der Ärztin erzählt hatte. Seinetwegen nähme sie Abtreibungen vor und ließe sich in Naturalien und Medikamenten bezahlen, an die sie – weitab vom Schwarzmarkt der Großstadt – nicht herankam.
Ihr Mann war im letzten Kriegsjahr gefallen. Um ihr Kind zu retten, war ihr alles recht.
Jola hatte deshalb ihr goldenes Kettenarmband gegen amerikanische Medikamente und Vitamintabletten, Orangen, Butter, Kakao und Schokolade eingetauscht.

Nach der Ewigkeit von einer dreiviertel Stunde rief man mich endlich ins Haus.
»Fräulein Hartwig geht es gut. Sie ist gerade aufgewacht.«
In einem schmalen Gästezimmer lag Jola, bis zu den Schultern zugedeckt und noch etwas benommen. Ich setzte mich zu ihr.
»Ach, Luise«, sagte sie nach einer Weile, »nun ist unser Kind tot.«
»Hat's sehr weh getan?«
»Überhaupt nicht. Sie haben mir eine Evipanspritze gegeben, ich mußte zählen – bis zehn bin ich gekommen, dann fiel ich in ein schwarzes Loch. Hier bin ich wieder aufgewacht.«
»Und jetzt?«
»Nur ein bißchen Wundschmerz, aber nicht unangenehm.« Jola sah mich an – erleichtert, von einem unlösbaren Schicksal befreit, und gleichzeitig sehr verlassen. »Weißt du, das Gute ist, daß ich mir Jonathans Kind nie bewußt als Kind vorgestellt habe.«
»Dann fang um Himmels willen nicht jetzt damit an!«
»Ob's wohl ein Junge geworden wäre oder ein Mädchen?«
»Du mußt dir vorstellen, daß es ein kleiner Engel war, der seine Flügel behalten und nicht Mensch werden wollte, nachdem er gesehen hatte, wie schlimm es auf unserer Erde zugeht«, fiel mir ein.
Jola nahm meinen Gedanken ernsthaft auf. »Little John the angel«, sagte sie. »Was meinst du, Luise, wollen wir es so nennen?«
Dann kam die Ärztin herein, nahm Jolas Hand und fragte: »Alles in Ordnung, Fräulein Hartwig?«

»Ja, danke, vielen Dank«, sagte Jola.
»Jetzt trinken wir Kaffee auf der Terrasse.«
Jola wurde draußen auf einen Liegestuhl gebettet. Der Kaffee war vor allem schwarze Zichorie, dazu gab es selbstgebackene Kekse, die sich weder lutschen noch kauen ließen. Zahnausbeißer. Aber die Unterhaltung war herzlich, wie unter alten Freunden. Wir sprachen über Steinbecks »Straße der Ölsardinen«, die wir alle drei vor kurzem gelesen hatten. Die Ärztin sagte: »Sie sollten noch drei Stunden liegen, Fräulein Hartwig.«
Das ging leider nicht, weil wir den letzten Vorortzug nach Zehlendorf erreichen mußten. Und der fuhr in einer halben Stunde.
»Aber versprechen Sie mir, sich sofort hinzulegen, wenn Sie nachhause kommen, und möglichst zwei Tage absolute Bettruhe. Versprechen Sie mir das?«
Wir versprachen es.
Sie brachte uns zum Bahnhof. »Grüßen Sie Kaspar Christ. Er war ein sehr guter Freund meines Mannes. Sie waren zusammen Assistenzärzte bei Dr. Wieners in Bernau.« Und als wir in den Zug stiegen: »Ich würde so gern mal nach Berlin kommen, aber ich mag mein kleines Mädchen nicht alleinlassen. Ich weiß ja nicht, wie lange ich es noch habe.«

Das Abteil war leer.
»Leg dich hin«, sagte ich zu Jola und schob ihr unsere Tasche unter den Kopf.
»Die Ärztin war nett.«
»Ja, sehr.«
»Sie ist eine Bekannte vom Ommafamm. Hast du den mal wieder gesehen?«

»Ab und zu bei Barris. Mit seiner Frau. Aber das stört mich nicht mehr. Ich hab ja Cabo. Selbst wenn er fort ist, habe ich nicht das Gefühl, ein einsames Mädchen zu sein, sondern eines mit verreistem Freund. Geht's dir gut?«
»Ja, danke, alles prima«, versicherte sie.
Der Zug ruckte an, kam ins Rollen – Vorortzug mit Kohlegrus gefüttert – kaum faßte man irgendwohin im Abteil, hatte man schwarze, klebrige Finger.
Wir fuhren aus dem Ort hinaus in Kiefernwälder, am Bahndamm die gebeugten Rücken der grünzeugrupfenden Karnickelbesitzer.
»Eigentlich haben wir schon ne ganze Menge zusammen erlebt«, überlegte Jola.
»Ja, ne ganze Menge. Und bisher hatten wir immer Glück im Unglück.«
»Damals warst du mir voraus. Als ich noch völlig naiv war, zogst du bereits mit Jobst herum. Meine Großmutter hat mich vor dir gewarnt. Luise ist ein frühreifes Ding, hat sie gesagt.«
»He, was soll das? Wozu plötzlich diese Angriffe nach allem, was ich mit dir durchgestanden habe?«
»Ich meine ja nur«, sagte Jola einrenkend, »wenn Oma wüßte, daß nicht du, sondern ich ein Kind von einem Amerikaner –«
»Nicht du – ich«, erinnerte ich sie bitter. »Es geht ja alles auf meine Kappe. Auf meinen Namen.«
Jola blickte auf den vorüberziehenden bedeckten Himmel. »Little John the angel –«, sagte sie vor sich hin. »Kleiner John, der seine Flügel behalten wollte ...«
»Fang bloß nicht so an«, warnte ich sie. »Sonst kommst du nie drüber hinweg.«
»Will ich auch gar nicht«, sagte sie. »Das bin ich ihm

schuldig. Und außerdem hast du damit angefangen. Du hast gesagt –«
Im selben Augenblick hielt der Zug mit einem bremsenkreischenden Ruck, schleuderte zurück, ich hob von meiner Bank ab und flog wie ein Pfeil durch das Abteil.

Als ich wieder zu mir kam, lag ich auf der Bahnböschung, umweht von hohem Gras und Vogelmiere. Über mir kniete Jola mit einem blutigen Lappen in der Hand.
»Na, du –?« fragte sie ungewöhnlich sanft, fast zärtlich.
»Was war'n los?«
»Jemand ist im Zug überfallen worden und hat die Notbremse gezogen. Darauf sind die beiden letzten Wagen entgleist – kein Wunder bei den ausgeleierten Schienen.«
Ich richtete mich auf, erlebte schwarzen, kreisenden Schwindel mit kleinen weißen Blitzen. Legte mich wieder hin. Beim dritten Versuch sah ich endlich ein Stück entfernt die beiden letzten, aus den Gleisen gekippten Waggons (im vorletzten hatten wir gesessen) und überall wie betrunken herumkrabbelnde Menschen. Denen ging es wohl so wie mir.
»Hast du mich etwa allein hier raufgezogen?« fragte ich.
»Ein Mann hat mir dabei geholfen«, beruhigte sie mich.
Ich wischte benommen unter meinem Kinn entlang, hatte danach Blut auf dem Handrücken.
»Kannst du aufstehen?« fragte Jola. »Komm, ich helf dir. Halt dich an mir fest«, und als ich stehend an ihre Schulter sackte, erkundigte sie sich besorgt: »Na –?«
»Als ob ich Karussell fahre –«
»Wir müssen leider zur nächsten Station laufen, und die ist noch ziemlich weit«, bereitete sie mich schonend vor.
»Glaubst du, daß du das schaffst?«

»Klar –.« Bei den ersten tastenden Schritten lehnte ich mich auf sie.
»Na?«
»Es geht schon.«
»Glaubst du, du könntest meine Tasche nehmen?« fragte sie nach zehn Minuten Weg. »Mein Arm tut sehr weh.«
Ich blieb wie vom Donner gerührt stehen. Zum erstenmal kam durch den Nebel in meinem Kopf die Erinnerung an die letzten Stunden. Jola hatte ja nicht nur eine Prellung am Arm, sondern auch eine Abtreibung hinter sich.
»Mein Gott, natürlich. Komm, ich helf dir –«
Und so trabten wir, einer den andern stützend, neben diesen geraden, kein Ende nehmenden Gleisen entlang. Jolas Schritte wurden immer schleppender.
»Geht's dir nicht gut?«
Sie versuchte einen Scherz: »Der nächste Bahnhof kommt und kommt nicht näher.«
Ich ging darauf ein: »Bleib hier stehen, ich hole ihn.«
»Ach, das wär schön –«
»Große Schmerzen?«
»Nicht groß, bloß unangenehm, weißt du –«
»Die Ärztin hat gesagt, du sollst zwei Tage fest liegen.«
Jola stöhnte: »Vielleicht sollte ich bald damit anfangen –«
Wir waren ein jammervolles Team und wie ein greises, gehbehindertes Ehepaar umeinander besorgt: Wenn der andere ausfällt, was wird dann aus mir?

Es war schon spät, als wir endlich in Wannsee aus der S-Bahn stiegen.
Bei dem Gedanken an ihre einsame Dachkammer und das heulende Elend, das sie dort überfallen würde, ließ sich

Jola gerne überreden, mit zu uns zu kommen, obgleich es zwei Kilometer mehr Weg bedeutete. Sie setzte sich auf den Gepäckständer meines Rades, und ich trampelte uns stehend nach Haus. Wenn es aufwärts ging, hatte ich das Gefühl, mein Schädel bricht von der Anstrengung entzwei. Noch nie hatte ich solch brüllendes Kopfweh gehabt.

Ich brachte Jola in mein Zimmer. Sie setzte sich auf mein Bett, da war es mit ihrer Selbstbeherrschung vorbei. Ihre Zähne klapperten aufeinander, sie konnte keine Hand mehr rühren. Ich half ihr beim Ausziehen, stülpte ihr eines meiner drei fadenscheinigen Nachthemden über Arme und Kopf, den Rest mußte sie selber besorgen, weil mir plötzlich übel war. Ich rannte ins Bad und erbrach mich. Dabei hielt ich meinen Kopf mit beiden Händen fest, um den Schmerz zu vermindern, der in ihm dröhnte.

Als ich zurückkam, hatte sich Jola wie ein Embryo auf meinem Bett zusammengerollt und war eingeschlafen. Ich deckte sie zu.

»Was ist denn bloß los mit ihr?« fragte meine Mutter besorgt.

»Der Schock vom Entgleisen«, sagte ich.

»Sollten wir nicht lieber Dr. Henning holen? Vielleicht hat sie innere Verletzungen.«

»Bestimmt nicht«, wehrte ich erschrocken ab. Von Jolas innerer Verletzung brauchte unser biederer Hausarzt nun wirklich nichts zu wissen.

Wir hätten beide dringend einen Arzt nötig gehabt. Jola fühlte sich miserabel, sie hatte starke Schmerzen im Unterleib. Leider konnte ich die Ärztin in der Zone nicht

telefonisch erreichen. Was sollte ich machen? Penicillin auf dem Schwarzmarkt besorgen? Wer garantierte mir, daß es wirklich Penicillin war, was man mir dort andrehte? Und wo nahm ich das Geld dafür her?
Nach drei Tagen ließen die Schmerzen von selber nach, und Jola begann sich langsam zu erholen. Auch der Bluterguß an ihrem Arm verlor sein Dunkellila und färbte sich nun gelb und rot.
Meine Kopfschmerzen waren manchmal unerträglich. Jede Nacht verunglückte ich mit dem Zug.
Anfangs saß Jola auf meinem Bettrand, wenn ich aufwachte: »Geht's dir nicht gut? Du hast so furchtbar gestöhnt.«
Nach mehrmaligen Wiederholungen meiner Alpträume ließ ihre Besorgnis nach. Um nicht jedesmal aufstehen zu müssen, legte sie einen Regenschirm neben sich und klopfte mir mit der Krücke auf die Schulter, wenn ich zu stöhnen begann.
»Kannst du nicht endlich mal was anderes träumen? Ich will schlafen!!!«

Am Nachmittag des sechsten Tages, den Jola im Bett verbrachte, rief eine atemlose Altfrauenstimme »Hallo« vorm Gartentor. »Hallooooo!«
Ich guckte aus dem Fenster und sah einen schwarzen Männerschirm mit eingeknickten Rippen, darunter Großmutter Genthin.
»Oma«, freute sich Jola, aus dem Bett springend. »Mach ihr auf, ich komme gleich runter.«
Frau Genthin in einem ihrer gemusterten Seidenkleider, die sie nun im Alltag auftrug. »Ach, Luise«, fing sie bereits im Hausflur an zu lamentieren. »Ich bin fix und

fertig. Jola weiß doch, daß Henny hier ist, wieso läßt sie sich nicht sehen? Das geht doch so nicht, schließlich ist es ihre Tante, die einzige Schwester ihres Vaters – nimm mal meinen Schirm, ich brauche ein Taschentuch – wo habe ich denn mein Taschentuch –?«
»Im Ärmel«, sagte ich, ihren Schirm aufstellend. »Sie haben Ihr Taschentuch immer im Ärmel, Frau Genthin.«
Großmutter fand es und schüttelte es mit dem Vorwurf aus: »Warum besuchst du mich so selten, Luise?«
Und dann brauchte sie einen Stuhl. Ob ich was zu trinken hätte?
Ich brachte ihr gezuckerten kalten Pfefferminztee. Ja, das war gut.
»Aber wo ist Jola? Ich war schon im Köckeritzschen Haus. Da vermißt man sie seit Tagen. Habe ich mir gedacht, vielleicht ist sie bei Luise.«
»Jola ist hier«, beruhigte ich sie. »Es geht ihr schon wieder besser nach dem Zugunglück.«
»Was für'n Unglück?«
»Wir sind in der Zone mit nem Vorortzug entgleist.«
»Was habt ihr denn in der Zone gemacht?«
»Eh – Himbeeren gepflückt.«
»Ja, habt ihr denn auch Zucker zum Einkochen? Und wieso seid ihr entgleist?«
Da kam endlich Jola die Treppe herunter. Wir mußten Bericht erstatten. Jolas Armprellung machte ihr weniger Sorgen als meine Gehirnerschütterung.
»Paß nur auf, Luise! Damit ist nicht zu spaßen! Mein Bruder Otto stürzte auf einem Reitturnier am Birkenrick und fiel auf den Kopf. Er kümmerte sich nicht um seine Schmerzen. Nahm abends noch am großen Zap-

fenstreich teil. Und wie sie ›Wir treten zum Beten‹ bliesen, fiel er aus dem Sattel und war tot. Schädelbruch!«

Es war herrlich, Oma Genthin wiederzuhören. Sie machte einem soviel Mut!

»Wie geht's mit Tante Henny?« fragte Jola, um sie von Bruder Otto abzulenken.

Frau Genthin schlug die Hände um ihre durch Abmagerung plissierten Wangen, trug diese Geste bis ins Wohnzimmer und sank in einen Sessel. Guckte uns dramatisch an, konnte uns durch die verschmierten Gläser ihrer Brille kaum erkennen, weshalb sie sie abnahm und die Druckstellen auf ihrem Nasenansatz rieb. »Ich sage nur ein Wort: neureich! Daß Henny meine Tochter ist, mein eigenes Fleisch und Blut –! Und was hat sie für eine Erziehung genossen! Dagegen seid ihr wie Wilde aufgewachsen. Kinderfrau, Nurse, Mademoiselle, nach dem Abitur das beste Internat von Lausanne – und wofür die ganzen Investitionen? Damit sie auf einem Faschingsball Ingenieur Heinrich Bode kennenlernt, dieses Mißgeschick von einem Schwiegersohn. Sein Vater war zwoter Bergrat irgendwo im oberschlesischen Kohlenpott, aber der Lümmel trat auf wie Graf Koks von der Gasanstalt. Dein Großvater war ja so entsetzt, Jolakind. Lieber einen tüchtigen, anständigen Arbeiter als Schwiegersohn, als so einen bornierten Akademiker mit Monokel.«

»Nun erzähl mal von Tante Henny«, erinnerte Jola.

»Ja, also – Madame Neureich! Aufgetakelt und geschminkt wie eine Mère de Püff –! Einfach *ordinär*! Ich hab mich ja so vor den Nachbarn geschämt. Und weißt du, wie sie ihr Geld gemacht haben: in den Ruinen alles

abgeschraubt, was aus Metall war! So fing ihr Schrotthandel an.«
»Hat sich Onkel Heinrich etwa die Finger schmutzig gemacht?« staunte Jola.
»Wenn's ums Raffen geht, nimmt der sogar die Scherbe aus dem Auge.«
Wie erfrischend Großmutter ihren Schwiegersohn verachtete.
»Und mein Vetter Horst?« fragte Jola.
»Ist aus englischer Gefangenschaft zurück und arbeitet mit im Geschäft. Hat eine Bardame als Freundin. Von seiner Frau Ulla und seinem Sohn Bruno Answald will er nichts mehr wissen. Er will durch sie nicht an seine eigene SS-Vergangenheit erinnert werden, der Schubiack, der. Ab und zu schickt er Geld für Bruno Answaldchen.« Sie sah uns kopfschüttelnd an. »Warum will eigentlich keiner mehr Nazi gewesen sein? Da lob ich mir meinen Nachbarn, der steht zu seiner Vergangenheit. Hatte er schon nicht die richtige Partei, hat er wenigstens hinterher Zivilcourage ...«
Frau Genthin redete und redete, dabei die Hände zusammenschlagend, wieder öffnend, ihre Wange kratzend, zwischendurch ihre Ringe betrachtend, ohne sie wahrzunehmen.
»Oma«, erinnerte Jola, auf ihre Armbanduhr schauend, »in zehn Minuten geht ein Bus nach Nikolassee. Ich meine nur, bevor es dunkel wird ...«
Wir brachten sie gemeinsam zur Haltestelle.
»Ich besuch euch übermorgen«, versprach Jola, »ich komme bestimmt vorbei.«
Frau Genthin überlegte. »Übermorgen? Nein, da geht's nicht. Da muß ich zum Bahnhof. Es kommt ein Transport

von Kriegsgefangenen an. Vielleicht ist dein Vater diesmal dabei.«

»Ja, Oma, vielleicht –«

»Henny sagt, ich soll mich endlich damit abfinden, daß er nicht mehr wiederkommt. Aber was habe ich davon? Bin ich dann glücklicher? Mein Haus hat man mir genommen, meine Hoffnung gebe ich nicht her. Da kommt der Bus –!«

Sie stand auf dem Einstieg und winkte zurück, solange sie uns sehen konnte, erst dann nahm sie im Wagen Platz.

»Tante Henny, diese dumme Pute«, sagte Jola, als wir nach Hause gingen, »will Oma einreden, mein Vater sei tot. Dabei ist das Warten auf ihn ihre einzige Beschäftigung. Jede Nacht fünf nach zwölf hört sie den Kriegsgefangenen-Sonderdienst im RIAS, um halb eins den Suchdienst. Jede Woche fährt sie in die Polnische Mission in der Schlüterstraße und zum Amt für Erfassung der Kriegsopfer. Ich glaube, die Angestellten gehen schon unterm Tisch in Deckung, wenn Oma ansegelt. Außerdem hat sie mehrmals ans russische Rote Kreuz nach Moskau geschrieben.«

Vermißtsein bedeutete ja noch längst nicht tot. Wie oft hatte man schon von vermißt gemeldeten Heimkehrern gehört, die plötzlich vor der Tür standen und feststellen mußten, daß ihre Frau inzwischen mit einem anderen Mann lebte.

22

Wann immer ein Transport mit entlassenen Kriegsgefangenen gemeldet wurde, zog Frau Genthin ihr bestes Seidenkleid an und setzte das Hütchen aus dem Jahre 1940 mit dem noppenverzierten Schleier auf, von dem Achim einmal behauptet hatte, es stände ihr so gut. Dazu trug sie weiße Zwirnhandschuhe.
Die meisten Mütter, Väter und Ehefrauen von Vermißten, die sich zu diesen Transporten auf dem Bahnhof einfanden, kannte sie bereits von früheren Treffen. Sie standen abseits von den Glücklichen mit den frischondulierten Haaren und Blumensträußen, die vor lauter Nervosität ihre mitgebrachten Kinder anpfiffen, Kinder, die sich unter einem Vater nur ein Bild auf der Kommode, aber nichts Konkretes vorstellen konnten. Weil sie noch zu klein gewesen waren, als er das letzte Mal Urlaub gehabt hatte.
Familien, die gekommen waren, um ihren Heimkehrer vom Zug abzuholen.
Oma Genthins Bekannte erzählten von ihrem Willy, von Erwin, Bruno – keiner hörte dem andern zu, jeder lauschte seiner eigenen Geschichte. Manche blieben stumm, schon wie erloschen. Sie hatten das Hoffen bereits aufgegeben, aber nicht den Weg zum Bahnhof. Die Verbundenheit mit denen, die genauso vergebens warteten, war manchmal die einzige Gemeinschaft, die

sie noch kannten. Sobald der Zug schwarzqualmend und schweflig stinkend in den Bahnhof einfuhr, brach unbeschreibliche Erregung in Frau Genthin auf, das Herz tat ihr weh, klopfte im Hals, mit zittrigen Fingern holte sie aus der Tasche die stark vergrößerte Uniformaufnahme ihres Achim, die, auf Pappe geklebt, mit Namen, Dienstgrad, Truppeneinheit und letztbekanntem Aufenthaltsort versehen war.

Sie wurde mit der Masse der atemlos Wartenden vorwärts geschoben, auf diese ausgemergelten, humpelnden Gestalten zu.

Ich weiß das, denn ich habe sie einmal begleitet, um einen Bericht darüber zu schreiben.

Und ich werde nie den Aufschrei einer Mutter, »Hansi – mein Hansi«, vergessen, in dem Anspannung, angestaute Sorge, jahrelanges Sehnen zersprang. Die Frau breitete in einer unendlichen Gebärde die Arme aus, umschlang eine mit Lumpen bekleidete Jammergestalt, die »Mama« an ihrer Schulter heulte. Und so standen sie da, die Frau mit verrutschtem Hut, festhaltend und behutsam streichelnd, was sie von ihrem Jungen zurückbekommen hatte.

Es waren immer Ausflüge an den Rand eines seelischen Zusammenbruchs für Frau Genthin. Ihre Verzweiflung auf der Heimfahrt war grenzenlos. Jedesmal schwor sie sich, das tust du dir nicht noch einmal an. Aber nachdem sich ihr Herz beruhigt hatte, fuhr sie wieder hin.

Zwei Tage, nachdem sie uns besucht hatte, stand sie auf dem Perron und drängte sich, Achim Genthins Foto hochhaltend, um die Heimkehrer, um ein bißchen Hoffnung bettelnd: »Haben Sie meinen Sohn nicht gesehen?

Sind Sie ihm nirgends begegnet? Er war zuletzt in Kurland. Bitte, schaun Sie sich ihn genau an!«
»Nee, Omachen – leida – leida –!«
»Kenn ick nich –«
Also wieder nichts. Hatte sie denn wirklich etwas erwartet?
Als sie sich an diesem Tag zum Gehen wandte, wurde sie von einer müden Stimme angesprochen: »Frau Genthin –?«
Sie fuhr herum, sah einen jüngeren Mann mit gelbem, eingefallenen Gesicht in einem Rollstuhl sitzen, den eine Rotkreuzschwester zur Sperre schob.
»Haben Sie meinen Sohn auf dem Foto erkannt? Ja? Wann haben Sie ihn zuletzt gesehen?« überfiel sie ihn mit unbeschreiblicher Erregung. »Bitte sagen Sie mir – ob er noch lebt!«
»Frau Genthin, ich bin Jolandes Verlobter Karl-Heinz Kühnhagen«, sagte der Mann.
Und sie hatte ihn nicht erkannt.

Karl-Heinz wurde mit einem Sanitätsauto direkt in ein Spital im amerikanischen Sektor gefahren. Dort lag er mehrere Wochen.
Jola besuchte ihn täglich.
»Sobald er sich einigermaßen erholt hat, schicken wir ihn nach Garmisch. Robby studiert nahebei in München, und Burgl wird ihn schon aufpäppeln. Mit der Gesundheit wird auch sein Lebensmut wieder kommen. Ich bringe ihm täglich Zeitungen, damit er sich schon mal in unser Nachkriegsleben einlesen kann«, erzählte Jola, als sie an einem Wochenende vorbeigeradelt kam. »Sehr energisch war er nie, aber ich bin ja da, um ihn zu schubsen. Tja,

und dann müssen wir an seine Zukunft denken. Manchmal stelle ich mir mit Entsetzen vor, ich wäre noch schwanger. Das hätte sein letztes bißchen Glauben an die Menschheit zerstört. Er braucht mich, und ich hänge noch sehr an ihm. Mich rührt seine Willigkeit, sich auf die total veränderten Verhältnisse umzustellen.«

Eines Nachmittags zur Besuchsstunde stand ein kräftiger, graugelockter Mann an Karl-Heinz Kühnhagens Bett und stellte sich als Jolas Stiefvater Olrik Barris vor. »Jollichen weiß nich, daß ich hier bin. Aber ich hab mir gedacht, vielleicht mechten Sie mich kennenlernen, Herr Kühnhagen.«
Außer diesen einführenden Worten erzählten beide Männer später nicht viel von dieser ersten Begegnung, jedoch teilten sie ihren Eindruck voneinander mit.
Barris sagte zu Jola: »Er ist ein sehr anständiger Mensch. Ich wünschte, ich hätte ihn im Krieg als Vorgesetzten gehabt.«
Zu mir sagte er: »Der ist kaputt,Luischen, und zwar an der Wurzel, nur viel zu wohlerzogen, um zu klagen. Aber Jollichen hat Kraft für zwei. Die wird sie auch brauchen.«
Karl-Heinz zu Jola über Barris: »Das war doch nett von ihm, daß er mich besucht hat. Er hat mir Schokolade mitgebracht. Man faßt leicht Vertrauen zu ihm. Und weißt du, woran ich denken mußte, als ich ihn sah? An eine Episode aus Roberts und meiner Kinderzeit. Es war ein Wanderzirkus in Potsdam. Wir Jungs karrten heimlich Heu aus Onkel Willys Scheune ab, um es den Ponys und Zirkuspferden zu bringen. Dafür hatten wir jeden Tag Freikarten. Der Direktor – das war genauso ein fröhlicher, kräftiger Mann mit grauen Locken wie dein

Stiefvater.« Und als er Jolas erschrockenem Blick begegnete: »Faß das bitte nicht falsch auf, Jolande, ich habe es gewiß nicht abwertend gemeint. Im Gegenteil, diesen Zirkusdirektor haben wir Jungs verehrt. Am liebsten wären wir von zuhause ausgerissen und mit ihm weitergezogen. Nun ja, wir waren noch Kinder . . .«

Mitte September wurde Karl-Heinz aus dem Spital entlassen. Eine Woche später sollte die standesamtliche Trauung stattfinden. Jola – wie immer in Eile, wenn sie bei uns hereinschaute – lud meine Mutter und mich dazu ein.

»Ein Vetter von Karl-Heinz ist sein Trauzeuge, und ich möchte, daß du meiner wirst, Luise.«

»Das ist mal was Neues«, sagte ich. »Geheiratet haben wir noch nie zusammen.«

»Hinterher findet eine kleine Feier bei Barris im Garten statt. Ich konnte das schlecht ausschlagen, schließlich sind sie meine Mutter und mein Stiefvater. Es wird schon gutgehen, hoffe ich.«

»Deine Großmutter kommt auch?«

»Ja, stell dir vor, sie hat zugesagt.«

»Hat sie sich wirklich dazu durchgerungen, deiner Mutter und Barris die Hand zu reichen?«

»Ob sie das tut, weiß ich nicht. Auf alle Fälle nimmt sie an der Feier teil. Ich habe ihr gesagt, Oma, ich freue mich wahnsinnig, wenn du kommst, du bist ja doch viel mehr meine Mutter als meine Mutter. Aber wenn du es dir plötzlich anders überlegst – bei dir weiß man ja nie – und auf meiner Hochzeit Stunk machst – und das vor der Kühnhagenschen Sippe – !!! Also, sie hat mir hoch und heilig versprochen sich zurückzuhalten.«

»Wer kommt denn sonst noch alles?« fragte ich.
»Von meiner Seite nur deine Mutter und du. Von Kühnhagens treten mehrere Verwandte an, deren Zahl noch nicht feststeht.«
»Und wie fühlst du dich, Jola? Wie eine Braut?«
Sie zuckte die Achseln. »Wir gehen eben zum Standesamt. Aber später wollen wir uns zusammen mit Robby und Burgl in Garmisch kirchlich trauen lassen. Das wird bestimmt feierlicher. Karl-Heinz lasse ich anschließend drüben, damit er sich erholt. Ich komme gleich wieder zurück wegen der Uni.« Sie sprach von ihrem Mann wie von einem Kind, für das sie die Verantwortung übernommen hatte. »Also Freitag um halb zwölf auf dem Standesamt in Dahlem. Bitte, sei schon vorher da.«

Nun hieß sie Jolande Kühnhagen, geborene Genthin.
Der Standesbeamte hatte Stockschnupfen. Dem zweiten Trauzeugen fiel die Brille herunter und war kaputt, als er sie aufhob. Ein Drama für einen Kurzsichtigen. Er nahm nun nicht länger am Geschehen teil, sondern betrachtete die Trümmer in seiner Hand, soweit er sie erkennen konnte.
Karl-Heinz sah zum Erbarmen aus in seinem viel zu weiten Zivilanzug von 1938. Jola konzentrierte ihre Blicke auf den Rosenstrauß in ihrem Schoß.
Im Hintergrund saßen Frau Kühnhagen und Frau Genthin. Wie zwei Festungen – mit Schießscharten auf dem sorgsam gebürsteten Hut.
Frau Kühnhagen ließ nach Potsdamer Art keine Regung vom Stapel.
Omas Tränen rannen ohne Rührung die Wangen herunter: So schäbig schloß nun ihr geliebtes Jolakind den

Bund fürs Leben! Ach, was waren das früher für Hochzeiten gewesen im Hause Genthin. Polterabend auf der Wannseer Terrasse mit Feuerwerk; Trauung in der Gedächtniskirche, Empfang im Hotel Adlon mit zweihundert Personen. Anschließend die Hochzeitsreise nach Venedig... Und warum hatte sie sich bloß dazu bereit erklärt, bei diesem Zigeuner Barris am anschließenden Imbiß teilzunehmen? Allein der Fußmarsch vom Standesamt zur Bushaltestelle!

Sie schaute betreten auf ihre Füße, auf die schönen schwarzen Schuhe. Sie sahen noch wie neu aus, weil sie vom ersten Tag an geschont worden waren, denn sie drückten. Ich hatte ähnliche Marterwerkzeuge an den Füßen.

Die standesamtliche Feier war vorüber, wir traten ins Freie und staunten, denn uns empfing ein Leierkastenmann, der »Freut euch des Lebens« aus seiner Drehorgel kurbelte. Er hatte einen Zylinder auf mit Papierrosen. Über das Pflaster waren Blumen gestreut – na, sagen wir: viel Grünes mit Blumen dazwischen. Aber es sah schön aus. Wie Hochzeit.

Und dann die Autos, zu denen die Pflasterdekoration führte.

Omas und meine Füße schöpften Hoffnung: Warteten die Wagen etwa auf uns? Beim ersten handelte es sich um einen Armee-Chevrolet, beim zweiten um ein klappriges deutsches Taxi.

Zwischen den Autos stand Barris, der Initiator dieser Überraschung, in seinem guten, dunkelblauen Anzug für gehobene Gelegenheiten.

Frau Genthin sah ihn zum dritten Mal in dreiundzwanzig Jahren. Die erste Begegnung hatte auf der Hochzeit ihres

Sohnes Achim mit Hanna stattgefunden, als Steinbergs ihn uneingeladen mitbrachten, damals noch schwarzgelockt und sehr jung. Das zweite Mal waren sie sich aus Versehen auf dem Wannseer Friedhof begegnet, kurz nach dem Tod ihres Mannes und des alten Bankiers Steinberg. Und nun stand er vor ihr – stellvertretend als Brautvater für ihren armen vermißten Achim.

... und hatte Autos besorgt. Die Erleichterung, nicht laufen zu müssen, baute in Großmutter Genthin einen größeren Posten Ressentiments gegen ihn ab. Sie begegnete seinem abwartenden Blick mit einem Lächeln und streckte ihm die Hand hin.

Jola schaute sich kurz nach mir um: Hast du das gesehen?

Den Armeewagen samt Fahrer hatte ihm ein amerikanischer Freund für diese Fahrt geborgt, das Taxi hatte er selbst besorgt.

Jola und Karl-Heinz nahmen im Fond des Chevrolets Platz, Großmutter wurde von Barris zum Sitz neben dem Chauffeur geleitet.

Seit den Fahrten in Achims Horch hatte sie nicht mehr so komfortabel gesessen. Oma blühte auf. So ein Auto stand ihr zu. Das hob ihr Selbstwertgefühl. Sie schaute sich nicht einmal nach uns um, die wir uns zu fünft in das enge klapprige Taxi drängten, Frau Kühnhagen vorn, meine Mutter hinten zwischen Barris und dem anderen Trauzeugen Harro von – seinen Namen habe ich vergessen, jedoch nicht seine spitzen Knie, auf denen ich Platz nehmen mußte.

Bis zur Reifenpanne kurz hinterm Roseneck war es eine lustige Fahrt. Den Restweg von fünfzehn Minuten mußten wir laufen – ich barfuß, mit den scheuernden Pumps in der Hand.

Acht Kühnhagensche Verwandte warteten bereits auf unsere Ankunft und noch ungeduldiger auf das Buffet im griechischen Gartentempel. Barris mußte sich in tiefe Schulden gestürzt haben, um die Zutaten für Sandwiches und Salate auf dem Schwarzmarkt zu besorgen. Es gab auch Schokoladenpudding; die Platten waren mit Blumen und Weinlaub dekoriert.
»Mami – Barris – ich danke euch«, sagte Jola tief beeindruckt.
»Aber wer hat denn mit so vielen hungrigen Kühnhagens gerechnet?« seufzte Hanna. »Das reicht doch nicht hin und nicht her.«
Auf der Wiese vor dem Tempel standen festlich gedeckte Tische – Geschirr, Decken und Besteck aus der Nachbarschaft zusammengeborgt. Es gab Kaffee und Eierlikör für die Damen und Whisky für die anwesenden Kühnhagenschen Herren, die gegen vier Uhr nachmittags nur mit Mühe davon abzuhalten waren, vaterländische Lieder zu singen. Barris selbst trank kalten Tee, der im Glas wie Whisky aussah.
Frau Kühnhagen fragte ihn, da er aus dem Baltikum stammte, ob er zufällig ihre dort ansässigen Verwandten, die Soundsos, gekannt hätte. Barris, der sonst gerne erzählte, daß sein Vater vor seiner Heirat Hauslehrer auf baltischen Gütern gewesen war und immer frühzeitig entlassen wurde, weil er die kleinen Junker mit sozialistischen Ideen langweilte, sagte diesmal nur: »Ach, gnädige Frau, ich bin schon viel zu lange von zuhause fort.«
Großmutter Genthin rief mich an ihren Tisch. Sie hatte ihr Taschentuch verloren – ob ich ihr vielleicht aushelfen könnte?
Ich gab ihr mein Reservetuch.

Dabei raunte sie mir zu: »Also weißt du, Luise, dieser Herr Barris – vielleicht habe ich ihm Unrecht getan. Der hat ja Manieren! Und wie er die Hochzeit ausgerichtet hat –! Man darf ihm einen gewissen vornehmen Stil nicht absprechen.«

»Für einen ›versoffenen Kommunisten‹ benimmt er sich doch wirklich sehr zivilisiert«, konnte ich mir nicht verkneifen zu sagen. »Jedenfalls ist er nüchterner als die edle Sippe von Karl-Heinz.«

»Wer hat denn behauptet, daß er ein versoffener Kommunist ist?« entrüstete sich Oma.

»Sie, Frau Genthin. Solange ich Sie kenne.«

»Sei nicht so frech. Man kann sich ja mal irren, nicht wahr? Und was dich anbetrifft«, sie pochte mit dem Zeigefinger auf die geborgte Kreuzstichdecke auf dem Gartentisch, »du bist genau wie dieser Barris aus der Art geschlagen. Bei aller Sympathie für dich – du denkst nicht bürgerlich, Luise!« Danach beschaute sie den Rest Likör in ihrem Glas und erhob sich: »Ich möchte einen Toast aussprechen«, sagte sie laut. »Ich möchte die Anwesenden bitten, mit mir auf das Wohl meines vermißten Sohnes Achim, Jolas Vater, anzustoßen, auf meinen verstorbenen Mann – und auf Bankier Steinberg und seine liebe Frau Hedi, die früher hier gelebt haben.«

Darauf fühlten sich Kühnhagens angeregt, auf ihre Vermißten, Gefallenen und normal Verstorbenen sowie auf ihren verlorenen Besitz anzustoßen, und ein Onkel hielt eine Rede mit Hipphipphurra am Schluß.

»Ich glaube, wir brechen jetzt besser auf«, sagte meine Mutter zu Frau Genthin.

»Ja«, nickte Großmutter, »machen wir den Anfang.«

Den anderen Gästen blieb nichts anderes übrig, als sich

ebenfalls zu verabschieden. Der Weg zum Bahnhof Grunewald stand uns bevor.
Großmutter ging in Barris' Hausschuhen. Also das hätte sie sich nicht einmal in ihren schlimmsten Alpträumen vorstellen können, daß sie eines Tages in den Pantoffeln des Mannes, der ihren Sohn so unglücklich gemacht hatte, zum Bahnhof schluppen würde. Also nein! Aber was sollte sie machen, wenn sie in ihre eigenen Schuhe nicht mehr hineinkam? Und er war ja auch ein akzeptabler Mensch, doch, das mußte sie zugeben.
Wenigstens ihrer ehemaligen Schwiegertochter gegenüber blieb sie reserviert. Denn irgendwo mußten der Versöhnung Grenzen gesetzt werden, sonst artete sie in Charakterlosigkeit aus.
Während wir auf dem Bahnsteig auf den Zug warteten, standen Jola und ich nebeneinander.
»War doch schön«, sagte ich.
»Ja.«
»Alle sind begeistert.«
»Ja, es war wunderschön.« Und mußte lachen. »Was glaubst du, was Barris jetzt macht?«
»Er hat einen Urschrei ausgestoßen, seinen guten Anzug abgeworfen und sich einen doppelten Whisky eingeschenkt.«

In Nikolassee stieg Frau Genthin aus. In Wannsee verließen meine Mutter und ich das Abteil. Zum ersten Mal fuhr Jola weiter, denn sie war nun Frau Kühnhagen und wohnte von jetzt an in Steinstücken.
»Tschüs, du«, sagte sie.
Und ich: »Alles Gute –«
Dann schlossen sich die automatischen Türen. Ich sah

noch kurz ihr schmales Gesicht durch die schmutzige Scheibe.

Es war Abschied nicht nur für ein paar Tage oder Wochen. Abschied überhaupt von einer Freundschaft, die mehr als Freundschaft gewesen war – ein Ineinanderwuchern von zwei Schicksalen bis zum Austausch der Identität.

Wir hatten auf derselben Schulbank gesessen. Unsere Einsamkeiten als Einzelkinder zusammengetan. Wir hatten zusammen geträumt, gelacht und geheult. Wir hatten uns gezankt und gehaßt und getröstet. Wir hatten zusammen studiert, waren zusammen verschüttet, hatten das Kriegsende zusammen erlebt. Wir teilten einen Schreibtisch im Special Service und die Eisnächte des Winters 46/47 in einem Bett. Auf meinen Namen wurde ihr Kind abgetrieben, Little Jonny the angel. Wir waren zusammen verunglückt. Nun hatte sie geheiratet. Unsere enge Bindung war durchtrennt.

Bei allem Abschiedsweh stellte sich ein Gefühl der Erleichterung ein, von Freiheit. Denn im Grunde war es nur die Gewöhnung aneinander und immer wieder diese schicksalhafte Verzahnung unser beider Leben gewesen, die uns noch miteinander verband. Wir hatten uns längst auseinandergelebt.

Barris, dem wenig entging, hatte mich während des Essens gefragt, ob ich mich gut mit Karl-Heinz verstehen würde.

»Weder gut noch schlecht, überhaupt nicht. Über eine höfliche Konversation kommen wir nicht hinaus.«

»Das habe ich gemerkt«, nickte er. »Eigentlich schade. Oft gehen die besten, längsten Freundschaften kaputt, wenn einer heiratet und seine Frau, beziehungsweise der neue Mann nicht in den alten Freundeskreis paßt. Wir erleben gerade so etwas Ähnliches mit Kaspar Christ. Seine Frau lehnt Hanna und mich ab, und wir können auch nichts mit ihr anfangen. Somit kommt Kaspar nur noch selten zu mir.« Er legte die Hand auf meine Schulter. »Jollichen wird sich wohl erst wieder an dich erinnern, wenn sie Krach mit ihrem Karl-Heinz hat.«

Da kannte er Jola schlecht. Sie behielt ihre Gefühle meistens für sich. Nur in äußerster Not benutzte sie unsere Freundschaft.

Einen »Little John the angel« würde es nie mehr geben. Sollte sie wieder schwanger werden, würde das Kind – wenn es ein Junge war – »Joachim« nach ihrem vermißten Vater heißen und als legitimer Kühnhagen zur Welt kommen.

23

So wie Berlin-West eine Exklave der Bundesrepublik, eine Festlandinsel inmitten der sowjetisch besetzten Zone war, so war die kleine Wohnkolonie Steinstücken, südlich von Wannsee gelegen, eine Exklave von Westberlin im sowjetisch besetzten Zonenbereich.
Steinstücken bestand aus wenigen gepflasterten Straßen und sandigen Wegen, aus ein paar Villen, Einfamilienhäusern, kleinen bäuerlichen Anwesen, einem Gasthaus und einer großen, von Birken, Flieder und Kastanien umgebenen Wiese, die in späteren Jahren von amerikanischen Hubschraubern als Landeplatz benutzt wurde. Weil Steinstücken verwaltungsmäßig zu Großberlin gehörte, war es bei der Schlachtung der Stadt in vier Sektoren dem amerikanischen Sektor zugesprochen worden und entweder über einen 1,2 Kilometer langen Waldweg oder mit der S-Bahn zu erreichen.
Jeden Morgen fuhr Jola von der Station Ufastadt nach Berlin zur Universität, und Karl-Heinz – nach zwei Monaten Bayern sichtlich herausgefuttert – fand dank ihrer Rührigkeit einen Job in einem Maklerbüro am Kurfürstendamm. In seinem gut erhaltenen Flanellanzug, mit seinen tadellosen, wenn auch etwas zackigen Umgangsformen und der leicht abgehackten Redeweise wirkte er noch immer wie ein verkleideter Offizier.

Sein Chef war mit ihm zufrieden. »Unser Feiner aus Potsdam kann gut mit den Kunden. Sie vertrauen ihm. Außerdem ist er viel zu korrekt, um linke Sachen auf eigene Kappe zu machen.«

Bei diesem Makler handelte es sich um einen ehemaligen Großschieber, der – eine Währungsreform befürchtend – sein Vermögen in Ruinengrundstücken anzulegen versuchte.

Karl-Heinz Kühnhagen schickte er zu Vorbesprechungen vor allem alten Leuten ins Haus, von denen er wußte, daß ihnen der Sinn für Realitäten abhanden gekommen und sie in Not geraten waren.

»Du mußt bei denen auf dein eigenes Schicksal anspielen«, riet ihm Jola. »Ehemaliger Panzeroffizier mit Deutschem Kreuz in Gold, in Potsdam alles verloren, das Haus deiner Frau von Amis beschlagnahmt. Da sollen doch die Leute froh sein, wenn sie noch ein Grundstück zu verkaufen haben.«

»Das kann ich nicht«, wehrte sich Karl-Heinz. »Das bedeutet, die Notlage armer Menschen ausnützen.«

»Willst du Geschäfte machen oder nicht?«

»Aber für so was gebe ich mich nicht her, Jolande. Niemals.«

»Das ist weniger schlimm als Totschießen.«

»Das war Krieg. Eine Ausnahmesituation.«

»Und in was leben wir heute? Etwa in einem Normalzustand? Hör zu, wir haben kein Geld. Ich studiere. Wir können nicht länger meiner Großmutter auf der Tasche liegen. Was sie noch auf der Bank hat, braucht sie für sich selber. Aber wenn du den Maklerberuf mit deinem Ehrgefühl nicht vereinbaren kannst, dann geh zur Bahnhofsmission.«

Längst hatte Karl-Heinz aufgegeben, sich darüber Gedanken zu machen, was er gerne geworden wäre außer Offizier. Er beschwerte sich auch nicht, denn es ging ihm ja gut. Ohne seine tüchtige junge Frau, ohne ihre Zielstrebigkeit und ihren praktischen Verstand würde er noch immer am verlorenen Krieg leiden wie manche seiner ehemaligen Kameraden, für die das Nachtrauern zur ausfüllenden Tages- und Nachtbeschäftigung geworden war.

Jolande – er nannte sie nicht Jola, das klang ein bißchen wie Lola und somit anrüchig – war weder anschmiegsam noch fröhlich, aber sein guter Geist, der ihn nie enttäuschte. Ihre Ehe, voll tastender Scheu begonnen, hatte sich im Laufe der Gewöhnung aneinander gefestigt. Es gab keine Höhepunkte, aber auch keine unerfreulichen Szenen. Aber es gab Mutter Kühnhagen, die Abend für Abend auf ihre Rückkehr wartete, gierig nach Ansprache, weil bereits mit allen Nachbarn zerstritten. Karl-Heinz ertrug geduldig die langatmige Unzufriedenheit seiner Mutter. Jolande entging ihr, indem sie sich in ihrem Zimmer einigelte und für irgendeine Prüfung paukte oder nur so tat als ob.

Anfangs waren einige ihrer Kommilitonen am Wochenende herausgekommen, aber sie fühlten sich durch Frau Kühnhagen mißbilligend überwacht und in ihrem Wunsch, zu faulenzen und sich einen Sonnenbrand zu holen, gestört. Sie kamen nicht wieder.

Auch ich radelte nur selten von Wannsee hinüber und wenn, dann vor Einbruch der Dunkelheit zurück, denn die einzige Zufahrtstraße – ein sandiger, unbeleuchteter Waldweg – war nachts zum Fürchten.

»Warum zieht ihr nicht nach Berlin, damit du es näher

zur Uni hast?« fragte ich sie einmal, als sie mich besuchte.
»Es gibt ja keine Wohnungen, und selbst wenn, würde Karl-Heinz seine Mutter niemals allein da draußen lassen. Seine Mutter wird uns immer erhalten bleiben, Luise.« Jola sah mich geradezu ergreifend an.
»Robby ist ja auch ihr Sohn. Warum kann der sie nicht mal übernehmen?«
»Du glaubst doch nicht im Ernst, daß sie nach Bayern zieht. Das hieße ja, diese ›Gastwirtstochter‹ Burgl als Schwiegertochter anzuerkennen.«
»O je –«, sagte ich und hielt mir die Wange. Und sagte lieber nicht, was ich sonst noch dachte.
»Ich werde schon damit fertig werden«, versicherte Jola sich selbst und bereute bereits, zuviel erzählt zu haben. Nichts war ihr unangenehmer, als bemitleidet zu werden.
Sie verabschiedete sich bald und ließ wochenlang nichts von sich hören. Für mich ein Zeichen, daß sie nichts Erfreuliches zu berichten hatte.

24

Abschied von Cabo.
Wir hatten ein letztes Mal miteinander geschlafen.
Nun lagen wir nebeneinander und rauchten schweigend.
Ich sah mich im Zimmer mit den offenen Schranktüren um, sah Hemdenstöße auf der Kommode. Auf dem Boden standen seine abgewetzten Koffer und ein Seesack, der ihn den ganzen Krieg über begleitet hatte. Der bei der Landung der Alliierten in der Normandie im Juni 44 mit dabeigewesen war. Ich sah seine Pfeifensammlung auf dem Tisch, und dann verschwamm alles vor meinen Augen, obgleich ich mir fest vorgenommen hatte, nicht zu weinen, aber es ließ sich leider nicht vermeiden.
»Du bist so weit fort, Luisa«, sagte Cabo, »komm her«, und zog mich in seinen Arm.
Es war alles zwischen uns gesagt. Meine Enttäuschung über seinen Entschluß, Berlin zu verlassen und in Washington den Job eines Chefredakteurs anzunehmen. Sein Argument, daß er die ewige Herumzieherei satt habe und endlich seßhaft werden wollte. Meine Zweifel an seiner Fähigkeit zur Seßhaftigkeit... Du wußtest von Anfang an, daß ich wieder gehen würde, Luisa.
Ja, natürlich, aber wenn es dann so weit war...
Mein Kopf auf seiner Brust hob und senkte sich mit

jedem seiner Atemzüge. Sein nachdenkliches Streicheln über meine Haut, die ihn erregt hatte – nun schon beinah Erinnerung für ihn: »My little Berlin –«
Abreisen ist leichter als Zurückbleiben. Ohne Cabo nahm diese eingeschlossene Stadt plötzlich etwas Bedrohliches an. Vor einem Jahr hatte er die Welt mit hereingebracht. Nun nahm er sie wieder mit fort.
Unsere Leben trennten sich. Vielleicht würden wir uns wiedersehen. Irgendwann irgendwo. Dann werden wir uns riesig freuen wie alte, zärtliche Freunde, die einmal eine heftige Liebesgeschichte miteinander hatten.
Ich liege stumm vor unterdrücktem Schluchzen in seinem Arm. Noch ist Cabo spürbar da – er weiß nicht, was es für mich bedeutet, seinen Schutz zu verlieren und die Gespräche mit ihm, von denen ich viel gelernt habe. Er hatte auf all meine Fragen eine Antwort gehabt.
Auch Cabo hält mich fest, ohne zu reden. Auch Cabo macht dieser Abschied zu schaffen.
Irgendwann zieht er behutsam seinen Arm unter mir fort, um auf die Uhr an seinem Handgelenk zu schauen, reißt mich danach roh mit sich aus dem Bett. »Jesus, Luisa, in zwei Stunden geht meine Maschine, und ich habe noch nicht zu Ende gepackt.«
In den nächsten dreißig Minuten rennen wir uns gegenseitig um vor lauter Hast.
Dann bleiben noch zehn Minuten, in denen wir auf die beiden Wagen warten, die Cabo telefonisch bestellt hat. Einen zum Flughafen und einen für mich nach Wannsee.
Ich habe beinah so viel Gepäck wie er. Eine große Kiste voller Lebensmittel für meine Mutter und etliche Flaschen Schaumbad und Körperöle für mich, damit ich meine Badeorgien nicht vermissen muß, wenn er fort ist.

»Das heiße Wasser kann ich dir leider nicht mitliefern«, bedauert er.
Was soll ich mit dem Zeug, dessen Duft mich nur verzweifelt sehnsüchtig machen wird nach den langen Nachmittagen voller Gespräche in Cabos Bad und den Nächten danach in seinem Bett...
Zuletzt – ganz spontan – schenkt er mir seine graue, abgestoßene Reiseschreibmaschine.
»Sie hat mich durch Krieg und Nachkrieg begleitet. Hält bestimmt noch zehn Jahre«, versichert er mir und nimmt mich in seine Arme, nun schon im Mantel, den Hut im Nacken.
»Ich hab dich sehr geliebt, Cabo«, sage ich in den kühlen Stoff seines Trenchcoats.
»My little Berlin«, er nimmt mein verheultes Gesicht in seine Hände, »ich dich auch.«

25

Kurz nach Cabos Abreise, im Juni 1948, stand die Währungsreform bevor. Viele plünderten noch vorher ihr Bankkonto, um für die wertlos werdende Reichsmark zu kaufen, was es zu kaufen gab. Es gab bloß nichts, weil die Händler ihre Ware zurückhielten. Meine Mutter ließ sich an einem Tag gleichzeitig die Haare dauerwellen und färben, um »Geld anzulegen«. Bei dieser Prozedur wäre sie beinah verkahlt.
Die Mittellosen triumphierten über die Wohlhabenden, die verzweifelt versuchten, ihr Vermögen unterzubringen, das nach der Währungsreform eins zu zehn abgewertet werden würde.
Als Startkapital bekam jeder vierzig neue Deutsche Mark. Damit begann eine neue Zeit. Auf einmal waren die Läden mit Lebensmitteln und Textilien gefüllt.
Als Reaktion auf die Einführung der West-Mark riegelten die Sowjets die Zufahrtswege nach Westberlin ab, sämtliche Lebensmittel- und Kohlelieferungen aus der DDR, die Stromzufuhr sowie der Personen- und Güterverkehr von und nach der Stadt wurden eingestellt. Das bedeutete entweder den Hungertod für zweieinhalb Millionen Westberliner oder Abzug der westlichen Alliierten aus Berlin.
Wir »Insulaner« hatten dicke Köpfe, wenn wir an unsere Zukunft dachten.

Für mich gab's ein Glück im Unglück: Cabo kam zurück, um als Berlin-Kenner über die Lage zu berichten. Ich hatte das einfältige Gefühl: Wenn er da ist, kann mir nichts passieren.
Wir waren sicher, daß mancher westdeutsche Politiker uns gerne der DDR überlassen hätte, um mit Westberlin einen ständigen Krisenherd und ein Milliardenzuschußobjekt loszuwerden. Aber da war dieser amerikanische Stadtkommandant, General Lucius Clay, der auf die Wahnsinnsidee kam, zweieinhalb Millionen Menschen aus der Luft zu ernähren. Wenn er geahnt hätte, daß diese Blockade elf Monate andauern würde...
Es war nur wenige Jahre her, daß das Brummen amerikanischer und britischer Bomberverbände über unseren Köpfen Tod, Zerstörung, Feuerhölle bedeutet hatte. Nun brummten Tag und Nacht ihre schwerbeladenen Transportflugzeuge über uns hinweg und bedeuteten Nahrung, Licht, Medizin. Wenn der Himmel einmal vorübergehend verstummte, schauten wir besorgt in die Wolken: Naa –? Wo blieben unsere »Rosinenbomber«?
Elf Monate lang startete alle fünf Minuten eine Maschine Richtung Westberlin – mit Trockengemüse und Trockenkartoffeln, »Pom« genannt, mit Milch- und Eiweißpulver, Kakao, Rosinen, Mehl, Medikamenten und einem ganzen Kraftwerk in Einzelteilen.
Cabo war hingerissen von der »Coolness« der Berliner. Wir fanden uns selber fabelhaft. Da wurde geflucht, gehungert, gefroren, gezittert und eng zusammengehalten. Und Witze gerissen. Na ja, Galgenhumor...
In den wenigen Stunden, die er für mich Zeit hatte, fragte er mich einmal, ob ich mir nicht die Blockade von Westdeutschland aus anschauen wollte. Drüben konnte ich

mich frei bewegen und sattessen. Eine herrliche Vorstellung, aber nach spätestens vierzehn Tagen würde ich unruhig werden und zurückwollen, aus Sorge, nicht mehr dazuzugehören.
Ich merkte, er hatte keine andere Entscheidung von mir erwartet. Und wo fand ich zur Zeit so spannende Themen für Reportagen wie hier?
Nach einer Woche flog Cabo wieder ab. Ich brachte ihn diesmal zum Flughafen Tempelhof, sah die viermotorige Maschine in den Himmel steigen, hörte noch einen Augenblick ihr Brummen in den Wolken, fühlte mich verlassen und traurig – aber den großen, schmerzhaften Abschied hatten wir ein für allemal hinter uns.

26

Inzwischen war ich von der Lokalredaktion der Abendzeitung ins Feuilleton umgestiegen. Dort hatte ich endlich mehr Zeilen zur Verfügung, und meine Stories und Reportagen kamen bei den Lesern an. Man merkte sich meinen Namen. Ich wurde langsam ein gefragtes Mädchen. Meine Schreibe machte mich populär.
Von Jola hörte ich selten, meistens rief ich sie an.
Es fiel mir leichter als ihr, mich zu melden, weil ich auf einem aufsteigenden Ast krabbelte und nur Erfreuliches zu berichten hatte, während sie sich in ihr Studium vergrub, um nicht darüber nachdenken zu müssen, daß ihre Ehe mit Karl-Heinz zum wohlerzogen kaschierten Trauerspiel geworden war.

Als ich eines Abends nach Wannsee kam, empfing mich meine Mutter mit der Hiobsbotschaft: »Jola hat telefoniert. Ihre Großmutter ist schwer gestürzt. Du sollst sofort anrufen.«
»Ach du lieber Gott!« Ich war schon am Apparat, um ihre Nummer zu wählen.
»Luise?« sagte sie. »Stell dir vor, Oma ist über ihren Vorleger gestolpert. Oberschenkelhalsbruch. Das ist meistens der Anfang vom Ende. Sie liegt im Zehlendorfer Krankenhaus, Chirurgische, Zimmer Zwölf. Bitte besuch sie. Sie hat nach dir gefragt, als ich vorhin bei ihr war.«

Frau Genthin lag in einem Krankensaal mit acht belegten Betten und guckte weder rechts noch links, machte überhaupt nicht mehr die Augen auf, verschloß ihre Ohren gegen das Schwatzen und Jammern um sich herum. Hatte sich wie eine Schnecke in ihr Gehäuse zurückgezogen.

Ich mußte ihren Arm berühren, damit sie wahrnahm, daß ich an ihrem Bett saß.

»Ach, Luise, du –«, sagte sie, »ich will hier raus«, und nahm meine Hand in ihre weichen, fleischigen Altfrauenhände mit den eingewachsenen Ringen. »Die Frauen reden und benehmen sich so ordinär. Mit allem sind sie unzufrieden, dabei geben sich die Schwestern soviel Mühe. In diesem Hühnerstall möchte ich nicht mein Leben beenden.«

»Sie sterben noch lange nicht, Frau Genthin«, versicherte ich.

»Jaja, das sagt Jolakind auch. Aber meine Uhr ist abgelaufen. Weißt du, Luise, ich mach mir Sorge. Die Ehe mit Karl-Heinz – also wenn du mich fragst, Jola ist nicht glücklich. Sie sieht so verbittert aus. Und seit einiger Zeit schreibt sie sich wieder mit diesem Amerikaner, dem Woodburger, was mir gar nicht gefällt, und sie redet auch nicht drüber. Ich weiß davon bloß, weil seine Post zu mir kommt. Warum halten heutzutage keine Ehen mehr? Haben die Menschen keine Geduld miteinander, oder wird zu unüberlegt geheiratet? Ist niemand mehr bereit, Opfer zu bringen für die Beständigkeit? Denkt jeder nur noch an sich selbst? Mein Mann hat mir bei Gott genügend zugemutet in unserer Ehe – Scalagirls, Gouvernanten, auch Damen der Gesellschaft, beinah einen Bankrott –, aber auf die Idee, mich scheiden zu lassen, wäre ich nie

gekommen und er auch nicht. Unsere Auseinandersetzungen fanden hinter verschlossenen Türen statt. Das Familienleben durfte nicht darunter leiden. Wir haben immer den Schein gewahrt.«
»Und waren Sie glücklich dabei, Frau Genthin?« fragte ich.
»Nein. Aber was ist das schon? Ich glaube, Goethe oder irgendein anderer großer Dichter hat kurz vor seinem Tod gesagt, wenn er alle Glücksmomente seines Lebens zusammenzählt, kommt er auf zwei Minuten oder zwei Stunden – ach, ich hab das vergessen, auf alle Fälle war es sehr wenig Glück für ein langes Leben. Ich hatte auch keine glückliche Stunde mit meinem Mann, aber als der Hengst zu lahmen anfing, als aus seiner Abenteuerlust immer öfter Abenteuerlast wurde, als er Stalldrang kriegte, da hatten wir noch ein paar gute Jahre miteinander. Ihr jungen Frauen von heute habt nicht gelernt, geduldig zu sein und auf Zeit zu planen – aber wie sollt ihr auch nach diesem Krieg und dem, was danach kam? Für eine Leidenschaft von ein paar Wochen setzt ihr gedankenlos den soliden Alltag eurer Ehe aufs Spiel.«
»Jonathan Woodburger ist keine Leidenschaft für ein paar Wochen«, sagte ich. »Es ist eine tiefe Liebe, die Jola für Karl-Heinz geopfert hat.«
Sie sah mich überlegend an. »Ist das wirklich so?«
»Ja, Frau Genthin.«
»Das habe ich nicht gewußt. Aber das Kind erzählt ja auch nichts. Sie ist so verschlossen –«
Oma gähnte mit geschlossenen Augen, wobei Tränen zwischen den farblos bewimperten, faltigen Lidern hervorsickerten. »Ich möchte jetzt schlafen, Luise, aber komm bald wieder«, und fügte hinzu: »Zu schade, daß

ihr zwei Mädchen auseinandergekommen seid. Und dabei wart ihr doch mal so gute Freundinnen.« Danach schwieg sie für lange Zeit. Als ich meine Hand aus der ihren zu befreien versuchte, schlug sie die Augen auf und sagte: »Bevor ich sterbe, möchte ich noch einmal in mein Haus. In Gedanken bin ich immer dort – aber alles noch einmal mit wachen Augen sehen – ach, das wär schön. Ob sich das machen läßt? Frag doch mal Herrn Barris . . .«

»Ja, ich sag's ihm«, und beugte mich verabschiedend über ihre Hand.

»Mein Luisekind«, so hatte sie mich noch nie genannt, »du warst mir wie eine zweite Enkeltochter.«

»Danke, Frau Genthin.«

Bis in die Knochen gerührt verließ ich den Krankensaal und traf auf dem Flur mit Jola zusammen.

»Mensch, du«, sagte ich.

Sie sah elend aus – dünn, grau, wie erloschen, die Haare speckig. »Wie geht's ihr?«

»Oma redet vom Sterben und möchte vorher noch mal in ihr Haus. Ich soll mit Barris sprechen, vielleicht kann er was unternehmen, er hat doch Beziehungen zu den Amis.«

»Ich werde ihn auch anrufen«, sagte Jola.

»Wie geht's dir denn? Hast du noch viele Prüfungen vor dir?«

Sie zählte an den Fingern ab. »Pathologie, Pharmakologie, Innere, HNO, Haut, Kinderheilkunde, Augen: noch sieben.«

»Du Arme.«

»Ach, das geht auch vorüber«, sagte Jola. »Wenn bloß Oma sich wieder erholt. Das ist jetzt das Wichtigste.«

»Kann ich dir irgendwas abnehmen?«

»Tu mir einen Gefallen und besuche sie öfter.«
»Ja, natürlich. Sorge dafür, daß sie in ein kleineres Zimmer kommt.«
»Sobald was frei ist, wird sie verlegt.« Jola sah auf die Uhr. »Ich will noch den Arzt erwischen. Also, du, wir telefonieren.«
»Ruf mich täglich an!«
»Vielleicht komme ich mal abends bei euch vorbei.«
Wir gaben uns die Hand.
»Tschüs, Jola.«
Es war schon ein seltsam Ding mit unserer Freundschaft. Sobald es um Großmutter Genthin ging, war die alte Verbundenheit wieder da.

Das Wunder geschah. Frau Genthins Oberschenkelhalsbruch heilte so schnell wie bei einem jungen Menschen. Nach vier Wochen konnte sie entlassen werden.
»Aber leider, leider, liebe Frau Kühnhagen, hat Ihre Großmutter so gar keinen Lebenswillen mehr«, sagte der behandelnde Arzt zu Jola. »Da freut man sich, daß die Knochen wieder zusammenwachsen, aber anstatt daß die Patientin dankbar dafür ist, redet sie vom Sterben.«
»Keine Sorge, Herr Doktor, ich bringe sie auch seelisch wieder auf den Damm«, versicherte ihm Jola.
Karl-Heinz holte sie mit dem Firmenwagen ab. Sie fuhren die Potsdamer Chaussee hinunter Richtung Nikolassee, bogen aber nicht zu Omas Wohnung ab, sondern fuhren nach Wannsee.
Frau Genthin ahnte Schlimmes. »Warum bringt ihr mich nicht nachhaus? Warum fahren wir weiter? Wollt ihr mich etwa nach Steinstücken verfrachten? Aufs

Abstellgleis? Also das tut mir nicht an. Ich will nach Nikolassee. Da habe ich wenigstens nette Nachbarn.«
»Schimpf nicht, warte es ab«, beruhigte sie Jola.
Oma verstummte atemlos, als der Wagen vor dem Tor hielt, das zu ihrem Grundstück führte. Ein Wachmann stand davor und ließ sich ihre Aufenthaltsgenehmigung zeigen, öffnete das Tor, sie fuhren am Haupthaus vorbei zum Gästehäuschen, das früher als Kavaliershaus bezeichnet wurde.
»So, Oma, da sind wir«, freute sich Jola über die gelungene Überraschung und half ihr beim Aussteigen. »Hier kannst du dich drei Wochen lang erholen. Und ich bleibe bei dir. Du wirst mein erster Patient.«
Karl-Heinz lud ihr Gepäck aus, reichte ihr eine der beiden Krücken, die sie noch zum Gehen benötigte. Auf sie und seinen Arm gestützt sah sie sich lange um und stellte schließlich fest: »Sogar die Hecken sind geschnitten. Aber wieso dürfen wir hier sein?« Sie gab sich selbst die Antwort: »Das haben wir Herrn Barris zu verdanken, nicht wahr?«
Dann kam die deutsche Housekeeperin, eine gutaussehende Frau Anfang vierzig, von der Terrasse herüber, grüßte die Neuangekommenen mit kurzem Kopfnikken. Wandte sich an Großmutter: »Frau Genthin? Ihnen ist Zimmer Nr. Eins in der Dependance zugewiesen worden – und zwar für drei Wochen. Das Bad müssen Sie sich mit Nr. Zwo und Drei teilen. Ich bitte um Sauberkeit!«
Nr. Eins war das Zimmer mit dem Blick auf den See. Ein Doppelbett, ein Schrank, ein Tisch, zwei Stühle, ein Nachttisch mit der Bibel auf englisch im Schubfach.
Auf dem Tisch stand ein Blumenstrauß mit einem

Briefumschlag. Ehe Frau Genthin ihn öffnete, wußte sie: »Der ist von Herrn Barris, nicht wahr?«

»Begreifst du das?« ärgerte sich Jola, als ich wenig später zu Besuch kam. »Ich renne mir die Hacken ab für Oma, ich verschiebe ihretwegen meine Prüfung. Das ist alles selbstverständlich für sie. Aber wenn Barris, von uns angeheizt, seine Beziehungen zum Stadtkommandanten spielen läßt und mit ein paar Telefonaten erreicht, daß Oma in ihrem Anwesen noch mal drei Wochen verbringen darf, zerfließt sie vor Bewunderung für ihn. Zig Jahre war er der baltische Kommunist, der versoffene Habenichts, der Ehebrecher; am liebsten hätte sie ihn noch für meines Vaters Vermißtsein verantwortlich gemacht, aber das ging wohl zu weit, das sah sie selber ein. Seit meiner Hochzeit nun dieser Sinneswandel. Verstehst du das, Luise?«
»Ganz einfach«, sagte ich. »Sie hat ihn endlich kennengelernt.«
»Und weißt du, was ich inzwischen rausgekriegt habe? Oma hat sich öfters mit ihm in Berlin getroffen. Sie sind zusammen Kaffee trinken gegangen. Barris in einer Konditorei! Kannst du dir das vorstellen?«

Einmal fuhr Karl-Heinz gerade vom Hof, als ich kam. Jola stand noch am Eingang und winkte ihm nach. »Er ist so gut und verständnisvoll«, sagte sie, »so dankbar für jedes herzliche Wort. Aber er macht mich so nervös mit seiner Geduld und Güte. Sobald er fortfährt, habe ich ein schlechtes Gewissen, weil ich ungeduldig mit ihm war.«
»Wie geht's Oma?«
»Toi, toi, toi, sie erholt sich zusehends. Jetzt hat ihr auch

noch ein ehemaliger Nachbar einen alten Rollstuhl zur Verfügung gestellt. Sie ist überhaupt nicht mehr zu halten. Aber sie geht auch schon ganz gut mit den Krücken.« Jola lachte. »Barris war gestern hier. Dem wollte sie unbedingt ihr Grundstück zeigen. Selbst zum See mußte er sie runterfahren. Runter ging's ja, aber rauf–! Schieb mal diesen altmodischen Rollstuhl mit Oma drin die steilen Serpentinen hoch! Barris stand kurz vorm Herzanfall. Als sie ihm auch noch die Villa von innen zeigen wollte, protestierte die Housekeeperin. ›Kümmern Sie sich nicht um das Geschrei der ordinären Person‹, hat Oma zu Barris gesagt. ›Die ist bloß wütend, weil ich ihr auf die Finger schau und weiß, was hier verschoben wird! Außerdem ist die Person mit manchen Gästen intim. Orgien werden hier gefeiert –! Orgien! Das sollte man wirklich höheren Orts melden. Das hat es in diesem Hause früher nicht gegeben. Auf unseren Festen fiel niemand aus dem Rahmen, selbst die Trinker hatten Stil. Aber diese Amerikaner –!‹ So weit Oma. O Gott! Wenn ich bedenke, wie Barris mit Druck auf Tränendrüsen ihren Aufenthalt hier durchgesetzt hat! Arme, alte, kranke, hilflose Dame möchte vor ihrem Tod noch einmal auf ihrem Grundstück weilen. Und was macht arme, alte, hilflose, kranke Dame? Spielt die Sittenpolizei, kontrolliert das Personal... Jedesmal wenn ich fortgehe, um Besorgungen zu machen, zittere ich, daß sie wieder was anstellt.«

Als wir zu ihr gingen, saß Großmutter im Rollstuhl am offenen Fenster, über den Knien ein Plaid, im Schoß ihre gefalteten Hände.

»Luise, mein Herz«, begrüßte sie mich mit stillem Lächeln. »Wie schön, euch beiden Mädchen um mich zu

sehen. Und die wunderbaren Blumen! Sind die aus eurem Garten? Vielen Dank, mein Kind.«
»Oma, tu nicht so milde!« sagte Jola. »Das glaubt dir doch keiner.«
»Ich habe gehört, daß Sie sich hier unbeliebt machen«, sprang ich ihr bei.
»Ach, das ist doch alles dummes Gerede.« Und dann sah sie mich mißtrauisch an: »Wer hat das behauptet? Etwa Herr Barris?«
»Ja, der auch.«
»Das hätte ich nicht von ihm gedacht«, sagte sie pikiert.
»Wir wollen dich jetzt spazierenfahren, Oma. Damit du deine alte Gegend wiedersiehst.«
»Im Rollstuhl? Ich im Rollstuhl auf die Straße? Und wenn wir Nachbarn begegnen? Das kommt überhaupt nicht in Frage!« protestierte sie.
»Nun sei nicht so eitel! Was ist denn schon dabei. Wie viele junge Menschen müssen heute im Rollstuhl fahren.«
»Ich nicht.«
Und somit blieben wir in ihrem Zimmer am geöffneten Fenster mit dem Blick auf den See – Großmutter erzählte Geschichten von früher, die wir längst auswendig kannten und die alle viele Jahre zurücklagen in der guten alten Wannseer Zeit. Den Krieg hatte sie aus ihrem Gedächtnis gelöscht.

In der darauffolgenden Nacht wachte Jolande von einem heftigen dreistimmigen Geschrei auf. Das Bett neben ihr war leer, die Tür zum Flur angelehnt.
Frau Genthin war, ohne ihre Enkelin zu wecken, auf ihren Krücken zum Bad gehumpelt, hatte die Tür unab-

geschlossen und in der Wanne einen nackten Mann und eine nackte Frau gefunden, die Champagner tranken.
Beim Rückzug mußte sie ihrer sittlichen Empörung freien Lauf gelassen haben, denn ein Sektkelch flog ihr nach, zerbrach am Türholz, der Mann sprang aus der Wanne, um den Riegel vorzuschieben, trat in die Scherben. Blut floß in Strömen. Mitten in der Nacht mußte ein Arzt geholt werden...
Leider handelte es sich bei dem Blessierten um einen Colonel, der an höherer Stelle Beschwerde einlegte. Zum ersten: Wie kam eine alte deutsche Frau in ein amerikanisches Gästehaus? Zum zweiten hatte sie ihn und seine Begleiterin, einen weiblichen Lieutenant, die deutsch verstand, »amerikanische Sittenstrolche« genannt.
Und damit war das Maß voll.
Es erschien die triumphierende Housekeeperin mit einem Zivilbeamten der US-Behörde, um Großmutter Genthin mitzuteilen, daß sie und ihre Enkelin am nächsten Morgen Zimmer und Grundstück zu räumen hätten. Großmutter schaute die beiden hoheitsvoll an und tat kund, sie hätte sowieso die Absicht gehabt, dieses Sündenbabel zu verlassen. Und zu Jola gewandt: »Sei so gut und hol meinen Koffer vom Schrank.«
Sein Eigengewicht riß bereits im Leerzustand Jolas Arme in die Tiefe. Sie wischte den Staub vom Deckel mit den vielen ramponierten Aufklebern vom Grandhotel Pupp in Karlsbad, dem Negresco in Nizza, dem Sacher in Wien, dem Danieli in Venedig, Adressen, die Genthins als wohlhabende Reisende ausgewiesen hatten. Gepackt war der Koffer schwer wie Blei, aber wann je hatte man sich früher Gedanken über das Gewicht seiner Koffer gemacht? Für die waren schließlich Träger da und zu

Hause Dienstmädchen, die sich mit ihrem Gewicht herumzuplagen hatten.
»Soll ich dir beim Packen helfen?« fragte Jola.
»Nein, danke, ich habe ja nicht viel. Wenn du nur meine Kleider zusammenlegen würdest ...«
»Ich werde Karl-Heinz bitten, daß er uns morgen früh abholt«, sagte Jola.
»Hat nicht heute deine Schwiegermutter Geburtstag?« erinnerte sich Oma Genthin.
»Ja.«
»Fährst du nicht nach Steinstücken?«
»Und laß dich hier allein? Wer garantiert mir, daß du nichts anstellst, Oma?«
»Das ist nicht nett von dir, Jolakind, du behandelst mich wie eine Unmündige«, reagierte sie gekränkt.
»Du benimmst dich wie eine, Oma. Wenn du nicht solchen Stunk gemacht hättest, könnten wir noch eine Woche hierbleiben.«
Großmutter hob die Hände in einer Nebbich-Gebärde: »Eine Woche mehr oder weniger – kommt's darauf an? Hauptsache, ich war noch einmal hier. Und jetzt fahr nach Steinstücken. Du mußt dich sehen lassen. Bleib über Nacht, hörst du! Ich habe keine ruhige Minute, wenn du allein durch den dunklen Wald radelst.« Als Jola an ihr vorbeiging, hielt sie einen Augenblick ihren Arm fest. »Gib mir einen Kuß.« Und danach: »Ich weiß, ich hab dir viel Ärger gemacht.«
»Ja, Oma, leider.«
»Ich verspreche dir, ich halte mich zurück, niemand wird sich heute nacht über mich beklagen. Und selbst wenn – wir werden ja morgen sowieso aus unserm Haus vertrieben, zum zweitenmal. Für mich wird's der letzte Auszug

sein. Aber du, du kommst eines Tages hierher zurück. Und dann – das mußt du mir versprechen – läßt du das Haus von Grund auf renovieren. Damit es wieder das wird, was es einmal war – ein anständiges Haus.«

»Ja, Oma. Ich zieh mich jetzt um.«

»Jolakind!«

»Gleich, Oma –«

»Ich möchte, daß du meinen Rubinring trägst. Mir paßt er auf keinen Finger mehr, und er ist sehr schön.«

»Vielen Dank, Oma, ich freu mich riesig.« Sie küßte die kühle, weiche Wange.

Großmutter umarmte sie fest. »Er soll dir Glück bringen, mein Kind.«

Nanu, dachte Jola einen Augenblick mißtrauisch, Oma klingt so bewegt? Als ob sie Abschied von mir nimmt...

»Kann ich dich wirklich allein lassen?«

»Ich möchte sogar heute abend allein sein und mich zurückerinnern. Dabei stört mich jeder. Auch du. Wir sehen uns dann morgen früh.«

Am nächsten Morgen fuhren Karl-Heinz und Jola im Auto der Maklerfirma zum Haus am Wannsee, um Frau Genthin und das Gepäck abzuholen.

Großmutter lag angezogen auf ihrem Bett und lächelte. Sie war tot.

Auf der Beerdigung weinte Jola fassungslos, konnte sich gar nicht beruhigen. Karl-Heinz blickte mehrmals verstört auf das Elend an seiner Seite, Jolande nahm sich doch sonst so gut zusammen.

Mit Großmutters Tod hatte sie nun endgültig ihr

Zuhause verloren und in ihrer Ehe kein neues gefunden. Sie war Gast bei Kühnhagens geblieben.

Meine Mutter hatte Barris, Kühnhagens und die aus Hannover angereisten Bodes nach der Beerdigung zu einem Kaffee in ihr Haus gebeten, weil es dem Friedhof am nächsten lag. Bodes waren mit dem Auto gekommen, Tante Henny übrigens sehr erschüttert. Großmutters Tod traf mit dem großen Kummer zusammen, den ihr Bode mit seiner jungen Sekretärin bereitete, wie sie meiner Mutter in der Küche beim Kaffeefiltern gestand. Warum zeigen manche Leute erst dann eine menschliche Regung, wenn es ihnen selber an den Kragen geht!?
Jola war nach ihrem Zusammenbruch auf dem Friedhof nun sehr gefaßt. Als ich die restlichen Kuchenstücke herumreichte, sagte sie leise: »Können wir in dein Zimmer gehen? Ich möchte dir etwas zeigen.«

Sie sah sich kurz um, als sie den Raum betrat, in dem wir so viele Nächte miteinander verbracht hatten.
»Ich werde bald ausziehen«, sagte ich. »Ich hab ne Bude in der Stadt in Aussicht.«
»Und deine Mutter?«
»Sie will das Haus verkaufen, für sie allein ist es zu groß und zu kostspielig. Und ich hänge ja sowieso nicht dran. Setz dich.«
Jola nahm aus ihrer Handtasche einen Brief. Ich erkannte bereits auf dem Umschlag Großmutter Genthins kräftig ausholende Sütterlinschrift.
»Lies ihn«, sagte sie.

Mein liebes Jolakind!
Vor Tagen habe ich den Entschluß gefaßt, mein Anwesen nicht lebend zu verlassen. Nun ist der Zeitpunkt des Scheidens früher gekommen als vorgesehen. Vielleicht ist das gut so. Es kürzt den Abschied um Tage und viele Gefühle ab, die ihn gewiß erschwert hätten.
Sage Herrn Barris, wie dankbar ich ihm bin, daß er es mir ermöglicht hat, noch einmal an den Ort zurückkehren zu dürfen, an dem ich fast mein ganzes Leben mit meinen Lieben verbracht habe. Außer Henny und Dir lebt keiner mehr von ihnen, aber ich hoffe, ich werde sie bald wiedersehen.
Mein Testament liegt bei Dr. Norteny, ebenso die Summe für meine Beerdigung. Ich habe schon vor Jahren bestimmt, was der Pfarrer sagen soll. Nur kein Salbadern, das auf jeden Dritten paßt. Und bitte nur Orgel, keinen Gesang. Der hat mich immer im Namen des wehrlosen Toten gestört. Vor allem bei drei Strophen in einer ungeheizten Kirche. Alle wichtigen Unterlagen findest Du in meiner Kommode im obersten Fach in Nikolassee.
Nun zu Dir, mein liebes Jolakind. Eigentlich wollte ich Dich erst verlassen, wenn ich Dich versorgt weiß, womit ich nicht das Finanzielle meine, sondern die innere Geborgenheit. Jetzt möchte ich Dir einen Rat geben, der allem widerspricht, was ich dir bisher gepredigt habe.
Ich weiß, Ihr heutigen Mädchen wollt Euch nicht mehr geduldig in Euer Schicksal fügen, so wie wir dereinst. Wenn ich heute ein junges Mädchen wäre – aber es ist zu spät, darüber nachzudenken. Nicht zu spät habe ich begriffen, daß eine verheiratete Frau, die einen andern liebt, nicht immer gleichzusetzen ist mit einer gefallenen

Frau, ja, das war der Ausdruck für so eine zu meiner Zeit. Ich sah nur immer die Schande, nie das Glück und Leid der Liebe, die dazu geführt hatten. Leidenschaft blieb ein Leben lang für mich ein Begriff, den ich nie recht verstanden habe.
Deine Mutter ist damals ihrem Herzen gefolgt. Vielleicht solltest Du auch Deinem Herzen folgen. Du hast ja nur ein Leben. Wenn Du das opferst und Dir eines Tages Deines Opfers bewußt wirst –! Was nützt ein in Ehren verbitterter Mensch sich selbst und seinen Mitmenschen?
Es ist spät in der Nacht und die Finger sind mir klamm beim Schreiben, denn ich habe noch nicht das Fenster schließen mögen, weil ich sonst nicht den Wind und die Nachtigall höre. Auf meine Gesundheit muß ich ja nun nicht mehr Rücksicht nehmen. Dies ist meine letzte Nacht. Vor mir stehen die Fotos von all meinen Lieben. Du und Dein Vater, Ihr schaut mich so ernst an.
Grüß mir die Luise. Bleibt Freundinnen! Außer ihr und Herrn Barris darfst Du keinem Menschen sagen, woran ich wirklich gestorben bin. Dieser Arzt hier, dieser Trottel, wird es sowieso nicht merken. Aber sage es auch lieber nicht Herrn Barris, weil er mir die Schlaftabletten besorgt hat und sich Vorwürfe machen könnte.
Ich umarme Dich, mein liebes, tapferes Mädchen. Im Grunde genommen ist es verantwortungslos, Dich allein zu lassen. Andererseits bist Du nun auch eine Verpflichtung los. Du mußt nicht mehr Rücksicht nehmen auf mich. Ich wünsche Dir ein gutes, heiteres Leben, wie immer Du Dich entscheiden magst.
Am liebsten möchte ich diesen Brief noch einmal ins reine schreiben.

Deine Dich liebende Großmutter Genthin.

Ich ging zu Jola, die am Fenster lehnte. »Danke, daß du mich den Brief hast lesen lassen.« Und gab ihn ihr zurück.
»Ist schon gut«, sagte sie sich umwendend. »Was ich dir noch erzählen wollte: Ich war doch zu Schwiegermutters Geburtstag in Steinstücken. Kontrollen am Übergang, Stacheldraht, Hundepatrouillen. Nachts leuchtete der Scheinwerfer von einem Wachtturm direkt in unser Schlafzimmer... keine angenehme Atmosphäre. Das alles nimmt man hin, wenn man sein Zuhause liebt. Aber meine Schwiegermutter hat ein Mausoleum draus gemacht – zum Graulen. Du hast das Gefühl, überall stehen Sarkophage herum. In jedem liegt ein königlich preußischer Gardeoffizier – ihr Vater, ihre Brüder. Der alte Kühnhagen war bloß Artillerie und nicht ihre Kiste. Im Grunde genommen hat sie sich nie diese Heirat unter ihrem Stand verziehen. Aber es hat sich wohl kein anderer außer ihm um sie beworben. Ich kann ihre Geschichten nicht mehr hören, Luise, ich habe sie dick, dick, dick! Auch ihre Baldriantropfen. Die ganze häusliche Gruft stinkt nach Baldrian.«
»Und Karl-Heinz erträgt das.«
»Ja. An eine Ehe ohne seine Mutter ist nicht zu den –«, sie brach ab, denn er betrat das Zimmer.
»Entschuldigt, wenn ich störe, aber Mama möchte jetzt fahren.«
»Dann fahrt«, sagte Jola, »ich geh noch mal zum Friedhof.«
»Möchtest du, daß ich dich begleite?«
»Und Mama – willst du sie etwa so lange warten lassen?«
Gegen die helle Fensterfront sah ich sein Profil mit der vorspringenden Nase und dem leicht fliehenden, so

wenig energischen Kinn. Er soll als Offizier ein fairer Vorgesetzter gewesen sein und ein tapferer Soldat, ging es mir durch den Kopf. Tapfer ist er bestimmt, sonst würde er seine Mutter nicht so mannhaft ertragen.

Nachdem wir die Trauergäste verabschiedet hatten, gingen wir zum Friedhof.

»Tust du mir einen Gefallen?« fragte Jola, als wir die Sträuße und Kränze über dem frischaufgeschütteten Grabhügel verteilten.

»Ja«, sagte ich, ohne vorsorglich zu fragen, was sie diesmal von mir verlangte, denn ich konnte es mir denken. »Ich kümmere mich um Großmutter, wenn du nicht mehr da bist.«

»Danke, Luise.«

Leute mit Gießkannen kamen vorbei und betrachteten uns voll teilnehmender Neugier.

»Du wanderst bald aus, nicht wahr?« tastete ich mich vor.

»Woher weißt du?«

»Ich weiß bloß von Großmutter, daß du dich wieder mit Jonathan schreibst.«

»Er war sogar hier. Es ist ihm inzwischen auch keine Frau begegnet, bei der er mich hätte vergessen können. Jetzt, wo Oma tot ist, hält mich nichts mehr in Berlin.«

»Und dein Staatsexamen?«

»Was soll's«, sagte sie, »ich werde meinen Beruf sowieso nicht ausüben. Jonathan möchte mich so schnell wie möglich bei sich haben. Er sagt, es wird höchste Zeit, daß wir mit der Produktion kleiner Woodburger beginnen.«

»Wann wirst du es Karl-Heinz sagen?«

»Morgen. Wenn ich's bloß schon hinter mir hätte!«

»Ich beneide dich nicht«, sagte ich.

»Unsere Ehe ist doch sowieso keine Ehe mehr. Und er ist jung. Er wird wieder heiraten und Kinder haben ...«

»Glaubst du, er wird eine Frau finden, die bereit ist, mit seiner Mutter zu leben? Mit ihrem Dünkel, ihrem Mißmut und ihrem Baldrian?«

»Nein – aber ich auch nicht.«

Wir gingen langsam vom Friedhof nachhause.

»Kann ich heute nacht bei euch schlafen?« fragte sie, als wir das Gartentor erreichten.

»Ja, gern.«

Ich bot ihr das Gästezimmer an, aber sie wollte nicht alleine sein. Also holten wir das uralte Ziehharmonikabett aus dem Keller und bauten es in meinem Zimmer auf.

»Wie in alten Zeiten«, freute sie sich beim Hineinlegen. »Aber war das Ding immer so unbequem?« Und nach einer Weile: »Muß ich mir große Vorwürfe machen, wenn ich ihn verlasse, Luise?«

»Du hättest ihn gar nicht erst heiraten sollen«, sagte ich.

Drei Monate später brachte ich sie zum Flughafen.

Außer mir war niemand gekommen, um sie zu verabschieden. Die gesamte Sippe Kühnhagen hatte Jola als »Schande« aus ihrem Stammbaum gelöscht. Am schwersten erschütterte sie die Tatsache, daß Jola ihnen jahrelang verheimlicht hatte, ein »Amiliebchen« gewesen zu sein, sie, die Braut eines deutschen Offiziers. Selbst Robby sagte sich von ihr los, und weil ich Jolas Mitwisserin gewesen war, traf mich der Bann gleich mit. Wenigstens von Robby hätte ich ein wenig Verständnis erwartet.

Karl-Heinz hatte seit dem Tage, an dem sie ihn um die

Scheidung bat, kein Wort mehr mit ihr gesprochen. Durch seinen Anwalt ließ er ihr mitteilen, daß er ihrem Entschluß schweren Herzens zustimme, da er nach allem, was vorgefallen war, keinen Weg zu einer Versöhnung sehe. Er hatte nur eine Bitte an Jola: sie möge nie mehr versuchen, Kontakt zu ihm aufzunehmen.
»Sei froh, jetzt hast du's hinter dir«, tröstete ich sie, als wir vor dem Abflugbord standen. »Jetzt wird alles gut.«
Sie sah zum Erbarmen aus, wie jemand, der gerade eine schwere Krankheit überstanden hat. Wir umarmten uns und redeten dies und das – was man beim Abschied eben so sagt. Ich spürte, sie war mit ihren Gedanken schon weit fort.
Im letzten Augenblick kamen Barris und Hanna angehetzt, von denen sie sich bereits am Vortag verabschiedet hatte.
»Wir haben uns gesagt, ein Mensch, der dir nachwinkt, ist zu wenig bei so einer endgültigen Fahrt. Drei sind schon beinah ein Geleit. Vergiß Berlin nicht, Jollichen ...«
Wir liefen ins Restaurant im ersten Stock hinauf, um ihr von dort aus nachzusehen. Mir war zum Heulen zumute, auch Hanna hatte eine verschnupfte Stimme. Aber ich glaube, Jola hatte uns und ihre Heimatstadt bereits aus ihren Gedanken verdrängt, als sie sehr schmal, mit wehenden Haaren und wehendem Mantel, einen Kosmetikkoffer in der Hand, über das Flugfeld zur startbereiten Maschine ging.

Drei Wochen später kam ein Brief aus Santa Barbara in Kalifornien.

Liebe Luise,
es geht mir so gut. Jonathan hat mich in New York abgeholt, wir sind gleich hierher geflogen, damit ich mich erst einmal richtig erhole. Ein Freund von ihm hat uns sein Haus am Pazifik überlassen. Wir können es noch immer nicht recht glauben, daß wir nun endlich zusammen sind und uns nicht mehr trennen müssen. Wir bleiben noch eine Woche hier, dann starten wir zu einer Autofahrt quer durch die Staaten. Am liebsten möchte Jon mir alles auf einmal zeigen.
Er läßt Dich herzlich grüßen.
Wenn ich an Berlin zurückdenke, kommt es mir vor, als ob ich einem düsteren Alptraum entronnen wäre.
Schaust Du mal ab und zu nach Omas Grab? Danke. Grüße Deine Mutter herzlich von mir, ich schreibe ihr eine Karte. Viel Glück für Dich
Jola.

Ich las den Brief stehend am Küchenherd, auf das Kochen des Teewassers wartend. Sonne, Palmen, Ozean und dazu die große Liebe. War ich neidisch? Ja, ein bißchen schon. Aber das über Berlin hätte sie nicht schreiben dürfen an jemand, der in Berlin lebte.

Zwei Monate später erhielt ich ihre Hochzeitsanzeige und danach nur noch zu Weihnachten teure Schmuckkarten mit eigenhändiger Unterschrift.

27

Meine Mutter verkaufte ihr Haus und zog in eine Mansarde am Halensee. Ich selbst bewohnte nun das Atelier eines Malers, der die meiste Zeit des Jahres in Keitum auf Sylt lebte. Ich war selten zuhaus.

Seit ich für eine westdeutsche Illustrierte arbeitete, begann das Reisen. Man schickte mich überallhin, wo etwas los war. Ich schrieb über dreitägiges Marathontanzen, Fürstenhochzeiten, Kriegsbräute, die jitterbugsüchtige Jugend in ihren Jazzkellern, interviewte Filmstars, Wahrsager, Wunderdoktoren, Catcher und die Anhänger des angebrüteten Eis, das die Verjüngung fördern sollte, glossierte Bälle und den Protz der Neureichen. Mein Wunsch, auch einmal über die zu schreiben, die noch immer in Baracken lebten, an denen der wirtschaftliche Aufschwung bisher vorbeigegangen war, stieß auf taube Ohren.

»Gotteswillen, Fräulein Hartwig, bloß keine sozialen Themen. Dafür haben wir Schreiber genug. Wenn der Leser Ihren Namen liest, weiß er – aha, das is ne lustige, freche Story und kein Trauerfall. Also bloß keine Experimente. Der Leser will von Ihnen unterhalten werden, nicht belastet, kapiert? So. Als nächstes gondeln Sie mit nem Bus durch Oberitalien. Schildern Sie die Typen in so ner Reisegesellschaft, nehmen Sie se auf die Schippe, ohne sie madig zu machen, sonst fühlt sich Lieschen Müller auf den Schlips getreten.«

Als ich von dieser Reise zurückkam, eröffnete Hanna Barris, die sich mit einem potenten Geldgeber zusammengetan hatte, eine Kunstgalerie in einer Seitenstraße des Kurfürstendamms.
Bei der abendlichen Fete war vor lauter Gästen kein Kunstwerk zu sehen, aber darauf kam es bei einer Eröffnungsparty ja auch nicht an, Hauptsache, man wurde selber gesehen.
Ehe ich mich zu Barris oder Hanna durchdrängeln konnte, tippte mir jemand auf die Schulter. Ich sah mich um und erkannte Kaspar Christ.
»Der Ommafamm!« freute ich mich. »Wir haben uns ja ewig nicht gesehen.«
Er nahm meine Hände. »Wie geht es Ihnen, Luise? Wissen Sie, daß ich seit zwei Tagen an Sie denke?«
»Nein, warum?«
»Ich habe einen Artikel von Ihnen gelesen. Tippen Sie immer noch mit zwei Fingern?« Er spielte auf meinen Schreibeinsatz im neurologischen Reservelazarett an.
»Inzwischen habe ich noch zwei dazu angelernt, sonst schaffe ich die Produktion nicht.«
»Sagen Sie schnell – sind Sie verheiratet?«
Seine direkte Frage ohne Überleitung brachte mich zum Lachen. »Nein, warum?«
»Aber Sie haben einen Freund?«
»Eh – nein.«
Hoffnungsfrohes Verwundern. »Sie haben wirklich keinen Freund zur Zeit?«
»Nichts von Bedeutung.«
»Ach, das ist gut, das ist sehr gut!«
So ein verrückter Kerl. »Wie geht's Ihrer Frau? Ist sie auch hier?«

»Wir leben seit einem halben Jahr getrennt. Marianne und das Kind sind wieder in Hamburg.«
»Das habe ich nicht gewußt.«
»Sie erkundigen sich ja auch viel zu wenig nach mir«, bedauerte er. »Und Sie kommen kaum noch zu Barris. Ich habe immer gehofft, ich würde Sie dort treffen.« Und ehe ich antworten konnte: »Jaja, ich weiß, Sie sind jetzt ein vielbeschäftigtes Mädchen.«
»Ich mache mich eben.«
Es war noch dieselbe Spannung zwischen uns wie eh und je.
»Darf ich auch mal eine Frage stellen?«
»Jede.«
»Wie viele Freundinnen haben Sie zur Zeit?«
»Ab heute nur noch eine. Wenn Sie wollen, Luise.«
»Uii–« Ich versuchte meinen Kopf freizuschütteln, um logisch gegen meine Gefühle andenken zu können.
»Was ist?«
»Ich glaube, ich brauche jetzt was zu trinken«, sagte ich.
»Aber nicht hier. Unterwegs. Wollen wir gehen?«
Ohne zu fragen, wohin, sagte ich: »Ja.«
Wir hatten weder Barris noch Hanna begrüßt noch einen anderen Bekannten und kein Bild an den Wänden betrachtet. Wir gingen einfach und zum erstenmal miteinander fort.
Seine Hand lag dabei besitzergreifend auf meiner Schulter.

Die Havelchaussee führte durch den Wald, aber nah am Ufer entlang, das zwischen den Bäumen sichtbar wurde, sich breit öffnete und wieder durch Bäume ver-

schloß. Der Himmel schien hell auf die Seefläche, die so glatt war, daß sich die Sterne in ihr spiegelten.
Wir rollten langsam vor uns hin.
Vor Lindwerder hielt Kaspar den Wagen an, mit dem Kühler zum See. Schaltete das Licht aus. Stellte den Motor ab. Nun kam die nächtliche Stille mit ihren wispernden, raschelnden Geräuschen auf uns zu.
Er rieb seine Wange in meinem Haar. »Endlich, endlich, Luise...«
Endlich der Ommafamm.
»Wir haben verdammt lange aufeinander warten müssen.«
Haben wir wirklich aufeinander gewartet?
Wir hatten uns inzwischen vergessen. Es hatte ja auch so gar keinen Sinn mit uns beiden. Wir waren die beiden »Königskinder, die nicht zueinander kommen konnten«. Nun war es endlich so weit, und auf einmal ging mir alles viel zu schnell. Ich machte mich aus seinem Arm frei und stieg aus dem Wagen in die Dunkelheit. Zog die Schuhe aus, um den feuchten Sand unter den Sohlen zu spüren. Stieß mir die Zehen an Baumwurzeln. Er kam mir nach.
»Hör mal die Frösche«, sagte ich.
»Was interessieren mich die Frösche, wenn du da bist...« Er zog mich in seine Arme und begann mein Gesicht zu küssen. »Ich möchte dich endlich haben, Luise.«
»Laß mir ein bißchen Zeit. Bitte–«
Ich hatte plötzlich Angst, daß der Reiz für ihn vorbei sein könnte, wenn er mit mir geschlafen hatte. Er war ein *homme à femmes*. Und ich wollte nicht nur eine von vielen Affären für ihn sein, ein Mädchen, vor dem er

sich von seiner Sprechstundenhilfe verleugnen ließ, wenn ich in einigen Wochen bei ihm anrief.
»Fahr mich nach Haus«, bat ich ihn.
»Nur wenn ich bei dir bleiben kann.«
»Nein.«
»Aber ich seh dich morgen?«
»Das weiß ich noch nicht. Ich habe ne Reportage zu schreiben, aber nächste Woche klappt's bestimmt mal.«
Diese Ankündigung ernüchterte ihn. Er zog Arme und Sehnsucht von mir ab und ging zum Wagen zurück. Wir stiegen ein. Er startete und schoß aus dem feuchten Sand auf die Havelchaussee zurück.
Sagte irgendwann: »Hör zu, meine liebe Luise. Ich habe dich als ein sehr aufrichtiges Mädchen kennengelernt, das auch Mut zu seinen Gefühlen hat. Es gibt so viele Frauen, die mit Taktik und Raffinesse operieren, genau das habe ich nicht von dir erwartet. Warum nächste Woche? Warten wir nicht schon lange genug aufeinander?«
Ich antwortete nicht. Die Chausseebäume schossen im aufgeblendeten Licht haarscharf an meiner Seite vorüber.
Sollte ich ihm sagen, ich hätte Angst, daß mein Reiz für ihn in der jahrelangen Verhinderung läge? Lieber sollte er mich für eine Ziege halten, die sich wichtig machen wollte.

Kaspar setzte mich vor meiner Haustür ab, deutete einen Handkuß an.
»Lebwohl, Luise – bis nächste Woche oder in ein paar Jahren. Es kommt ja nun nicht mehr drauf an, nicht wahr?«

Und fuhr davon.
In dieser Nacht schlief ich nicht vor Reue. Da waren wir uns wiederbegegnet, waren endlich, endlich ungebunden, waren sehnsüchtig nacheinander, und dann setzte ich Termine. Wiedersehen erst nächste Woche. Was habe ich mir dabei gedacht?
Außerdem konnte ich gar nicht bis zur nächsten Woche auf ein Wiedersehen warten.
Um neun Uhr früh am nächsten Morgen rief ich in seiner Praxis an.
»Ich möchte bitte Herrn Dr. Ommafamm sprechen!«
»Tut mir leid«, sagte eine Frauenstimme. »Da sind Sie falsch verbunden«, und hängte ein.
Das verstand ich nicht. Ich hatte doch die richtige Nummer gewählt, und sie hatte sich als »Praxis Dr. Christ« gemeldet. Während ich noch vor dem Telefon saß, riß mich sein Läuten aus dem Grübeln.
»Hier spricht der Dr. Ommafamm«, sagte Kaspars Stimme voll zärtlichem Lachen. »Ich stand zufällig neben meiner Sekretärin, als sie ›falsch verbunden‹ sagte, und da habe ich gefragt, wieso falsch verbunden, als ob ich etwas geahnt hätte, und sie sagte, da wollte eine einen Dr. Ommafamm sprechen. Du liebe, verschusselte Person!«
Meine Erleichterung war unbeschreiblich.
»Hallo–?« fragte er. »Bist du noch dran?«
»Ich hab die ganze Nacht nicht geschlafen.«
»Ich habe mich betrunken vor Ärger und Enttäuschung«, sagte er. Dann mußte jemand in sein Sprechzimmer gekommen sein, ich hörte Geräusche, gleichzeitig versachlichte sich seine Stimme. »Wann sehe ich dich?«
»Am liebsten gleich.«
»Bei mir geht's nicht vor halb acht, ich hole dich ab.

Okay?« Und sehr leise, wie hinter vorgehaltener Hand: »Ich freue mich wahnsinnig.«
»Ich mich auch«, legte den Hörer auf und saß da mit dem Blick auf die Morgensonne vor meinem Fenster. Jetzt war es kurz nach neun. An den Fingern zählte ich ab, wie viele Stunden ich töten mußte, bis es halb acht Uhr abends war.
Zuerst beglückte ich meine Mutter mit einer strahlenden Laune. Erledigte alles, worum sie mich seit Wochen vergebens gebeten hatte. Fuhr auch nach Wannsee zum Friedhof, um meinen Vater zu begießen und Genthins, Steinbergs, Herrn von Köckeritz und fremde Gräber, um die sich keiner kümmerte. In der Kirche übte einer auf der Orgel.
So gegen vier fuhr ich nach Berlin zurück in meine Wohnung. Da war mein Schreibtisch mit dem angefangenen Artikel über diese italienische Busreise.
Na und? Die konnte warten. Und wenn sie nie fertig wird – ich sehe heute abend Kaspar Christ. Zum erstenmal war mir mein Beruf so egal.
Als ich mir die Haare wusch, ging das Telefon. Das geht ja gerne, wenn ich auf dem Klo bin oder unter der Dusche.
Ich tropfte zu meinem Schreibtisch, nahm den Hörer ab. Es war der Ommafamm.
»Du, ich hab zwei Termine abgesagt, die nicht wichtig waren. Ich fahr jetzt los und hol dich ab.«

Hinter unseren Sitzen in dem alten BMW-Sportwagen stapelten sich Tüten mit Lebensmitteln und Getränken. Sogar an einen Blumenstrauß hatte Kaspar gedacht.
Es war Freitagabend.

»Hast du irgendeinen Kanarienvogel oder eine Schildkröte zu versorgen?« fragte er mich.
»Nö, wieso?«
»Weil wir vor Montag früh nicht zurückkommen.«
»Wo fahren wir eigentlich hin?«
»In mein Bootshaus. Die Kneipenwirtin von schräg gegenüber hat den Schlüssel. Ich hab sie angerufen. Sie hat eingeheizt und das Wasser angestellt. Es wird leider kalt werden. Wir kriegen die Eisheiligen. Eisheilige und Steuernachzahlungen sind das einzige, worauf man sich immer verlassen kann.«
»Wir lassen sie aber nicht rein«, sagte ich.
»Wen?«
»Na, die Eisheiligen.«
»Niemand lassen wir rein«, sagte er an einer Ampel haltend und legte seine Hand auf meine.
»Fahr nicht zu schnell, fahr vorsichtig«, ermahnte ich ihn, »damit wir heil ankommen.«
Zur Antwort drückte er die Hupe durch. Es war ihm einfach danach und mir auch. Krach und Hupen und aus der Haut fahren. Und danach ein Händelkonzert im Autoradio.
Er parkte den Wagen am Zaun seines schmalen Havelgrundstücks. Wir trugen die Tüten zum Bootshaus.
Ich lief zum Steg.
Der See um diese kühle Abendzeit im Mai war noch leer und still – bis auf die Frösche. Trauerweiden rechts und links. Wasserglucksen. Und der Ommafamm, der mir gefolgt war und von hinten die Arme um mich legte.
»Bitte, Luise, sag jetzt nicht: Hör mal die Frösche.«
Ich spürte seinen Körper und war fast schwindlig vor

Sehnsucht nach ihm. Ich sagte: »Hör mal die Frösche, lieber Ommafamm . . .«

Wir blieben nicht nur an diesem Wochenende zusammen, sondern mehrere Jahre – mit Unterbrechungen. Kaspar war so eine Art Modearzt geworden – ein Wort, das er gar nicht gern hörte. Als Folgeerscheinung des vergangenen Krieges gab es genügend psychisch Gestörte, die sein Wartezimmer füllten. Aber es kamen auch diese Frauen mit Nerzstolen und großen Klunkern an den Fingern und Männern, die vor lauter Anschaffen keine Zeit für sie hatten; oder eine jüngere Freundin, eine dieser unausgelasteten, vernachlässigten, sich langweilenden, whiskytrinkenden Frauen.
Manche von ihnen verwechselten die Couch in seinem Sprechzimmer mit dem Bett in seinem Schlafzimmer, denn er genoß den Ruf eines hervorragenden Liebhabers. Für solche Irrtümer hatte Kaspar eine Klingel unter der Schreibtischplatte, die im Vorzimmer Alarm schlug.
Nein, mit Patientinnen ließ er sich nicht ein, aber ab und zu, wenn ich beruflich länger von Berlin fort war, nahm er schon einmal eine Einladung zu ihren großen Partys an und traf dort attraktive Mädchen . . . Tja.
Wenn ich dahinterkam, lief ich ihm fort.
Aber immer wieder begegneten wir uns: auf einem Fest, bei einer Vernissage, an einer Straßenkreuzung bei Rotlicht nebeneinander haltend. Wir gaben uns ein Zeichen, bogen in die nächste Nebenstraße ein, hielten, stiegen aus – und alles begann wieder von vorn. Wir kamen einfach nicht voneinander los.

Als mich meine Illustrierte zum erstenmal nach Amerika

schickte, traf ich Cabo wieder. Er kam gerade aus dem Koreakrieg zurück.
Daß ich nun seine Kollegin war, hob mein Selbstgefühl. Er lud mich in sein Apartment ein und schaute etwas dumm, als ich Zucker, Orangen, Kakao und Kaffee aus einer Tüte zog und auf seinen Küchentisch stellte.
»Diese Schätze hast du uns in den Hungerjahren mitgebracht. Nun bring ich sie dir . . .«
»Gute Idee«, lachte er. »Ich habe gerade festgestellt, daß weder Zucker noch Kaffee im Haus ist.«
Ich hörte auch seine Deutschkenntnisse ab. Rittmeister fiel ihm wieder ein, Luftbrücke, Oberbürgermeister. Nissenhütte. Viersektorenstadt. Dankeschön. Liebe fiel ihm ein. Das Wort hatte er von mir gelernt. Und es war noch immer Liebe zwischen uns. Und Tränen beim Abschied. Aber keinen Augenblick die Erwägung eines ständigen Zusammenlebens.
Cabo war der Typ, den man liebte, aber besser nicht heiratete, wenn man sich irgendwann einmal ein Familienleben wünschte. Ich flog aus der »Freien Welt« in unseren Dauerkrisenherd Berlin zurück.
Kaspar Christ holte mich am Flughafen ab. Als ich ihn da stehen sah in seinen ausgebeulten Manchesterhosen und dem formlosen Homespun-Jackett, mit einem Blumenstrauß, der ihm wie etwas Peinliches an der Hand hing – als er mich in den Arm nahm und sagte: »Diesmal warst du aber sehr lange fort«, wurde mir klar, daß er der Mann war, mit dem ich gern alt werden würde.
In seinem Bad fand ich einen Lippenstift, der mir nicht gehörte, aber ich sagte nichts, denn ich hatte ja auch nicht auf Kaspar Rücksicht genommen, als ich Cabo wiederbegegnet war.

28

– – – Das Schrillen des Telefons riß mich roh aus der Vergangenheit.
Ich stand von Barris' Sofa auf und ging zum Schreibtisch, um den Hörer abzunehmen.
»Hallo, Mami.« Das war Jux. Stimmt ja, ich hatte einen beinah erwachsenen Sohn und eine Tochter namens Friederike.
»Ja –«
»Was ist denn los?«
»Wieso?«
»Deine Stimme klingt so komisch. Als ob du aus dem Mustopf kommst.«
»Nicht direkt aus dem Mustopf, aber aus einer lang zurückliegenden Zeit. Ich habe mich in meiner Vergangenheit festgelesen.«
»Ach so.« Das interessierte ihn weniger.
»Wie spät ist es denn?«
»Kurz nach zwölf. Ich konnte nicht früher anrufen, weil ich eben erst nach Haus gekommen bin. Friederike ist noch nicht da. Mit Ludmilla geh ich jetzt noch ne Runde.«
Richtig, wir hatten auch einen Hund namens Ludmilla, versuchte ich mich in der Gegenwart zurechtzufinden.
»Und Hanna? Wie geht's ihr?« fragte er.
»Ach, danke, gut. Wir haben noch nicht viel miteinander

gesprochen, seit ich hier bin. Sie hat mich zum Lesen verdonnert. Ab und zu kommt sie herein, fragt, wie weit ich schon bin und ob ich was essen möchte.«

»Grüß sie von mir. Ich rufe am Geburtstag wieder an. Nacht, Mami, schlaf schön.«

Ich hängte ein. Auf dem Weg zum Bad sah ich die Tür zu Hannas Schlafzimmer geöffnet, ihr Bett zerdrückt und voller Zeitungen. Sie selbst stand im Morgenrock in der Küche. »Jux läßt Sie grüßen.«

»Danke«, sagte sie. »Ich hab gerade Tee gemacht – oder bist du etwa schon müde?«

»Nein, überhaupt nicht, nur geistig weggetreten. Das fiel auch Jux auf. Beim Telefonieren merkte ich plötzlich, was für ein gestörtes Verhältnis ich zur Gegenwart habe. Alles, was längst zugeschüttet war und in Frieden geruht hat, ist plötzlich wieder so greifbar nah ...«

»Jaja, die Geister, die man ruft ...«, nickte Hanna. »Seit ich in unserer Vergangenheit gelesen habe, verlieren alle Personen, die nichts mit ihr zu tun haben, an Bedeutung. Ihr Anspruch auf Beachtung ist mir geradezu lästig.«

»Naja«, sagte ich, »für ein paar Tage ist das ganz reizvoll, aber auf die Dauer ungesund.«

»Du hast ja auch noch eine Gegenwart, die dir wichtig ist. Übrigens die Handtücher auf dem Wannenrand sind deine«, rief sie mir nach, als ich das Bad betrat.

Im Spiegel über dem Waschbecken begegnete mir das Gesicht einer älteren Frau. »O weh –«

»Was ist los?« fragte Hanna von der Diele her.

»Vor einer Viertelstunde war ich noch ein junges Mädchen. Jetzt guckt mich eine alte Schachtel an.«

»Fishing«, sagte Hanna. »Du hast dich ganz gut gehalten.«

»Aber ein paar Abnäher am Hals täten nichts schaden.«
Als ich das Wohnzimmer betrat, saß sie auf dem Sofa, den Mamagei auf dem Kopf, der ihre grauen Strähnen sortierte.
Das Licht der Schreibtischlampe lag wie ein Scheinwerfer auf ihrem Gesicht, alle Runzeln ausleuchtend. Auf ihrer Wange hing eine helle Warze wie eine aufgehaltene Träne.
»Dreh das Licht auf Barris' Foto«, bat sie mich.
»In welchem Jahr ist er gestorben?« überlegte ich. »War das 67 oder 68?«
»1968. Am elften April. Als sie im Krematorium seinen Sarg hinunterließen, dachte ich, warum bin ich keine indische Witwe, die gleich mitverbrannt wird. Das hat man ja früher mit indischen Witwen gemacht. Ja, es war eine schlimme Zeit. Eine Zeit der totalen Auflösung. Barris hatte mich verlassen, und ich mußte unser Garagenhäuschen räumen. Das Steinbergsche Grundstück war an eine Baugesellschaft verkauft worden.«
Ich gab ihr Feuer.
»Barris hatte nie eine Altersversorgung abgeschlossen und immer mehr ausgegeben, als er verdiente«, erzählte sie. »›Unsere Lebensversicherung hängt an den Wänden‹, pflegte er zu sagen. ›Der Klee, der Heckel, der Beckmann, der Magritte und die anderen. Irgendwann werden wir uns von einem Bild trennen müssen.‹ Aber er schob die Trennung immer wieder vor sich her. An Wohlstandsemblemen lag ihm nichts. Er brauchte keinen Luxus. Nicht mal ein Auto haben wir besessen. 1967 zog er noch mit den Studenten auf die Barrikaden. Damals fing bereits seine Leberzirrhose an. Er arbeitete nicht mehr, aber er las den halben Tag. Er hatte die Philoso-

phen entdeckt. Für die hatte er früher keine Zeit gehabt. Ich gab die Galerie auf, um ständig in seiner Nähe zu sein. Denn wir wußten ja beide, daß er nicht mehr viel Zeit hatte. Tja, und dann kamen wir eines Abends nachhaus und fanden die Wände unserer Wohnung leer. Ratzekahl leer. Da war einer inzwischen dagewesen, der nicht gezögert hatte, die Bilder abzunehmen. Auch die Mappen mit Skizzen und Collagen waren vom Dachboden verschwunden. Von denen wußten nur die besten Freunde. Und ich glaube, das war für Barris der schwerste Schock. Nicht nur der Verlust unersetzlicher Werte, sondern die Vorstellung, ein Freund, dem er vollauf vertraut hatte, könnte der Initiator dieses Einbruchs gewesen sein. Darüber ist er nie hinweggekommen.« Sie schob mit ihrer Zigarette die Asche im Zinnbecher hin und her. »Das hat seine Krankheit sehr beschleunigt.«

»Aber wenigstens hat doch die Versicherung gezahlt –«

»Heute kann ich darüber lachen«, sagte sie, die Krallen ihres Mamageis vorsichtig aus ihren Haaren lösend und ihn auf der Sofalehne absetzend. »Mich hat damals auch der Gedanke getröstet, daß die Bilder versichert sind. Aber dann hat mir Barris gestanden, daß die Versicherung den Einbau einer teuren Alarmanlage von ihm verlangt hätte. Und er konnte weder diese noch die hohen Prämien aufbringen. Und so kam es zu keinem Abschluß.«

»Das ist ja entsetzlich! Das wage ich mir nicht mal nachträglich vorzustellen«, stöhnte ich.

»Es wurde eine internationale Fahndung nach den Bildern ausgelöst. Aber nicht ein einziges Stück ist je wieder im Kunsthandel aufgetaucht.«

»Jola haben Sie doch davon erzählt?«

»Gotteswillen! Sie wußte nicht, daß wir einen Millionenwert an den Wänden hatten. Und ihr das hinterher erzählen–? Damit sie eine Wut auf Barris kriegt? Er machte sich in den letzten Monaten seines Lebens genug Vorwürfe. Allein für den Klee hätte er damals das Steinbergsche Grundstück kaufen können. Aber was soll's? Wir hatten miteinander ein so reiches Leben ...« Sie unterdrückte ein Gähnen.

»Sie sind müde.«

»Ein bißchen. Und morgen kommt Jola ... Ich glaube, wir gehen jetzt besser ins Bett.«

»Wissen Sie, was ich mir nie verziehen habe? Daß ich auf Reisen war, als Barris starb. Daß ich von seinem Tod erst eine Woche später erfahren habe«, sagte ich.

»Er hatte dich sehr lieb.«

»Ich ihn auch, Frau Barris.«

»Aber ich war nicht einen Tag eifersüchtig auf dich, nicht einmal damals, als ich noch in der Messe bei den Amis arbeitete und daran dachte, daß die Luise und der Barris jetzt im Garten in der Sonne sitzen und fabulieren ...«

»Und Pankow ...«

»Tja–«

»Komisch, ich erinnere mich so selten an die Zeit des Wirtschaftswunders – an dieses schaffe, schaffe, Swimming-pool baue, protze, dann infarkte! Aber immer wieder fällt mir der verwilderte Garten ein mit Barris und Pankow – voller Bienensummen und Schmetterlingen. Ich habe heute kein Fernweh mehr – das habe ich zur Genüge abgereist. Ich habe bloß noch ab und zu Heimweh – nach dem Wannsee und nach dem Steinbergschen Grundstück.«

»Das hätten wir für die Bilder kaufen sollen und so lassen,

wie es war. Die kleinen Birken in der Hausruine wären jetzt schon große Bäume«, sagte Hanna.
Wir holten meine Betten ins Wohnzimmer und breiteten sie über die Gästeliege.
Hanna fiel dabei ein, daß wir noch gar nicht über Kaspar Christ gesprochen hatten. »Er war mir so ein guter Freund nach Barris' Tod. Wenn ich ihn nicht gehabt hätte . . .«
»Er war überhaupt ein hinreißender Mann.«
»Aber die Frauen«, sagte Hanna, »sie haben es ihm zu leicht gemacht. Als du den Peter Feiler geheiratet hast, ist ihm erst aufgegangen, was er aufs Spiel gesetzt hat. Aber da war es zu spät.«
»Und ich bin heute froh darüber«, sagte ich, »denn sonst hätte ich nicht meine Kinder.«
Ehe ich das Teegeschirr in die Küche trug, fragte ich Hanna: »Hat Ihnen Kaspar erzählt, daß wir uns noch einmal wiedergetroffen haben? Das ist auch schon wieder Jahre her . . .«

29

Es war auf einem Empfang im Schloß Charlottenburg am Vormittag. Eine Ausstellung wurde eröffnet. Meine Freundin Marga aus gemeinsamen, lange zurückliegenden Reporterzeiten hatte mich mitgenommen, aber keine Zeit, sich um mich zu kümmern.
So stand ich anfangs etwas verloren herum, nahm voll vom Tablett, stellte leer wieder drauf und schaute zu, wie sich die meisten um mich herum kannten und Sätzchen zuschmissen mit kurz aufflackernder, die Oberfläche nicht unterschreitender Sonnigkeit. Ihren Kurswert vom Tage berechneten sie nach der Anzahl der Hallos, welche ihnen von allen Seiten im zwanglosen Gedränge zuflogen. Und wie sie weitergingen, beglückt von ihrer eigenen Popularität!
Lauter fremde Gesichter für mich, ich war ja auch schon zu lange aus dieser Stadt fort. Aber dann traf ich doch ein paar Bekannte aus alten Zeiten. Ihre Umarmungen rochen nach Aal- und Lachshäppchen und nach den Zwiebeln im Tatar. »Lebst du immer noch in Bayern? Bei dem Föhn – ?« fragten sie mich.
Plötzlich fühlte ich mich herzhaft angefaßt.
»Ja, das darf doch nicht wahr sein! Luise!!« Vor mir stand eine plumpe, grauhaarige Frau in Bluse und Rock. Mit Jagdhundfalten im Gesicht, dicker Brosche vor der Kehle. Sah aus wie eine übriggebliebene BDM-Führerin, klang

auch so forsch. »Ja, kennst du mich nicht mehr? Ich bin Marietta, ein Kind aus deiner Klasse.«
Marietta. Ein Kind aus meiner Klasse. Dunkel kam es zurück. In Mathe eine Eins, aber sie ließ mich nicht abschreiben. Hatte sieben Geschwister. Fiel uns schon damals mit ihrem durch nichts zu trübenden Frohsinn auf den Wecker. Trug Zöpfe bis zum Abitur. War niemals BDM-Führerin gewesen. Sah heute mindestens acht Jahre älter aus als ich. Oder wirkte ich auf andere auch so alt wie Marietta? Was für ein Schock!
Sie leitete heute den Familienbetrieb, sagte sie, voraussetzend, daß ich noch wüßte, worum es sich dabei handelte, und ihr Mann war beim Senat. Den müßte ich unbedingt kennenlernen. Schon hatte sie mich im Griff, um mir ihren Mann vorzustellen, wo war er denn bloß, eben war er noch da, dann sah sie ihn endlich und rief Vatichen, komm doch mal her –!
Da bemüht man sich, seine Figur schlank zu halten, trägt sich sportlich schick, hat noch genug Chancen bei den Männern, und dann kommt so ein formlos auseinandergelaufenes »Kind aus meiner Klasse« mit zu engem Büstenhalter, die fliegende Hitze mit einem umhäkelten Taschentuch unter den Achseln beschwichtigend, und schleudert einen aus dem Selbstvertrauen.
Im selben Augenblick sah ich Kaspar Christ. Er stand mit einem blonden, jungen Hosenmädchen zusammen. Beim Sprechen neigte er sich zu ihr herab, denn er war sehr groß. Trug noch immer Manchesterhosen und eine locker fallende, grobgewebte Jacke, die so aussah, als ob er die Schafe kannte, die ihm die Wolle dazu geliefert hatten. Sein Haar war noch dunkel, wenn auch schütter. Mit jeder seiner Bewegungen kamen Erinnerungsfetzen zurück.

Ich beobachtete ihn eine Weile mit dem Mädchen. Ihr fielen die Zigaretten herunter, er bückte sich. Klappmesserbewegungen. Leichter Griff ins Kreuz beim Aufrichten. Breite Brust, wenig Hintern in der Hose. Ausgebeulte Knie. Und noch immer ein *homme à femmes*. Noch immer konnte er die Frauen nicht lassen. Noch immer ließen die Frauen nicht von ihm.
Ich überlegte, ob ich auf ihn zugehen sollte. Aber warum seinen Flirt mit dem blonden Mädchen stören? Ich hatte Zeit. Und es amüsierte mich, ihn zu beobachten und mich Stück für Stück an ihn zu erinnern.
Marietta hatte ihren Mann herangeschleift. »Luiiiise! Da ist er!«
Der Schrei war laut genug. Der Name saß wohl noch in irgendeinem Hinterstübchen seiner Erinnerungen. Der Ommafamm schaute von seiner Partnerin fort und sah mich an. Keine große Überraschung, nur ein Grinsen, das die Kerben in seinem Gesicht ein bißchen auseinanderzog. Eine leichte Verbeugung. Ich nickte zurück.
Marietta stellte mir ihren Mann vor, den sie aus einem Gespräch mit einem anderen Senatsmenschen gerissen hatte. Er zeigte genausowenig Ambition, mich kennenzulernen wie ich ihn. Sie führte die Unterhaltung. Ich sah mich nach Kaspar Christ um. Er war gegangen.
»Tut mir leid, Marietta, ich hab jetzt eine Verabredung.« Und ließ sie stehen.
Ihretwegen hatte ich nun den Ommafamm verpaßt. Aber warum? Warum ist er gegangen, ohne mich zu begrüßen? Gerade ein Kopfnicken –
Ich drängte mich suchend durch die smalltalkende Masse Mensch, jedoch ich fand ihn nicht. Ach, das war schon sehr ärgerlich.

Nun mochte ich auch nicht mehr bleiben, reichte der Garderobenfrau meine Marke, erhielt meinen Mantel. Er wurde mir von einem Mann übergeben, der hinter mir stand. Er half mir hinein, ich sagte danke, ohne mich umzusehen. Er sagte, die Hand auf meine Schulter legend: »Guten Tag, Luise ...«

Ich sah mich um und war erleichert. »Kaspar! Ich dachte schon, du wärst einfach fort, ohne auf mich zu warten ...«

Ein angedeuteter Handkuß. »Du dumme Gans, wie kannst du so was annehmen?«

Wir gingen zum Parkplatz. Schauten uns über das niedrige Dach seines Sportwagens zum erstenmal ausführlich an.

Ich merkte, seine Erinnerung an mich fand Anschluß an die Luise, die er vor vielen Jahren zuletzt gesehen hatte. Kein Erschrecken, kein Abfinden, einfach Anschluß an damals und Freude darüber.

»Mensch, Mädchen –«

Ich freute mich auch. Mein Gott, wie ich mich freute, den Ommafamm wiederzusehen. Er hatte nie aufgehört mir als Mann zu gefallen. Jetzt kannte ich ihn schon ein halbes Leben, und die Anziehungskraft war genauso stark wie früher. Dann erst sah ich: der Ommafamm war inzwischen ein alter Mann geworden. Ein großartig aussehender alter Mann. Und das machte ihm zu schaffen. Damit wurde er nicht fertig. Man sah es ihm an. Es tat mir so leid für ihn.

»Kann ich dich irgendwo absetzen? Ich habe jetzt eine Besprechung. Ab drei können wir uns irgendwo treffen. In einem Café?« schlug er vor.

In einem Café, wo lauter Rentner saßen, die so alt waren

wie er und Kuchen in ihre Einsamkeit stopften? Er sah nicht so aus wie sie, hatte mit ihnen nichts gemeinsam außer dem Alter. Sollte ihn ein Schock überkommen wie mich bei der Begegnung mit Marietta, dem Kind aus meiner Klasse?
»Wie wär's mit unserem Bootshaus? Gibt es das noch?«
Er sagte, er wäre seit August nicht mehr draußen gewesen und könnte für nichts garantieren. Es wäre bestimmt sehr kalt und ungemütlich. Und schlug mir seine Stadtwohnung vor. Aber ich wollte zum See.
Beim Einsteigen in sein arg niedriges Gefährt konnte ich mir ein Grinsen nicht verkneifen. »Du fährst also noch immer solche heißen Kisten.«
»Du meinst, ich bin inzwischen zu alt dafür? Bin ich auch. Aber sie machen mir solchen Spaß.«
Ich stieg also ein, fiel bis zum Boden durch in einen ledernen Schalensitz, von Federung keine Spur. Mein Hintern forschte vergebens nach ein bißchen Geborgenheit.
»Dann fahr mal«, sagte ich, »aber denk daran, ich habe Familie.«
Wir röhrten ab. Ich suchte nach einem Halt für die Hände, auch meine Füße fanden nichts zum Bremsen.
»Ist was?« fragte Kaspar.
»Nein, überhaupt nicht, es macht richtig Freude.«
Wir hielten am Kurfürstendamm, Ecke Uhlandstraße. Ich stieg aus, um in meinem Teeladen Vorräte fürs nächste halbe Jahr einzukaufen. Kaspar Christ fuhr weiter. Ich sah ihm nach.
An meinem dreißigsten Geburtstag hatte ich zu ihm gesagt: »Kaspar, ich möchte nicht eines Tages zu den alternden, forciert munteren Journalistinnen gehören,

denen der Nachwuchs auf den Fersen sitzt – und wenn sie von der Reise kommen, ist da nichts als ein einsames, ungelüftetes Apartment. Ich möchte rechtzeitig eine Familie gründen, nicht jetzt, aber in zwei, drei Jahren. Wirst du mich heiraten. Kaspar?«
Er darauf bedrückt: »Du weißt, Marianne läßt sich nicht scheiden.« Und das, obgleich sie sich schon seit Jahren nicht mehr gesehen hatten.
An diesem Tag hatte ich begriffen, daß er sich nicht scheiden lassen wollte, weil ihm sein Leben, so wie es war, gefiel.
Da habe ich mich endgültig von ihm getrennt.

Wir fuhren zur Havel.
Die Imbißbude schräg gegenüber hatte man mit Brettern zugenagelt, ein zusammengeklappter Gartenstuhl lehnte dagegen. Auf den Wegen häufte sich das Laub. Geruch nach Speisenwürze dort, wo Ahornblätter moderten. Es war ungemütlich still.
Ich wartete auf Kaspar, der den Wagen abschloß, und dachte fröstelnd, was für ein idiotischer Einfall, zur Havel zu fahren. Und ich glaube, er dachte dasselbe.
Das Grundstück zog sich schmal zu jenem Nebelgespinst hinunter, hinter dem sich der See verbarg.
Ich blieb vor einer Rose stehen, einer rosa Rose auf dunkelrotem Stiel, so vollkommen schön, wie sie kurz vor Einbruch des Winters blühend erstarrt.
»Schau mal, letzte Rose«, sagte ich zum Ommafamm, und schon fiel ihm unser altes Blödelspiel wieder ein.
»Letzte Hose, du entschwandest und mit dir mein Portemonnaie.«
»Schneematschchen und Rosenrot.«

»Das stolze Veilchen, das immer bewundert will sein.«
»Vergißmein.«
»Sah ein alter Knab ein Röslein stehn«, sagte der Ommafamm und seufzte.
»Wenn das unser Alter Fritz hören würde, wo er doch gesagt hat: Kerle, wollt ihr ewig leben? Kaspar, willste ewig jung bleiben mögen?«
»Ich mag den Alten Fritz nicht«, sagte er, den Arm um mich legend, während wir zum Ufer gingen.
Auf dem dunkelgrauen See schwammen Zweige und Weidenblättchen. Wir betraten den Steg. Er führte ins Nichts. Kein gegenüberliegendes Ufer, nur Nebel. Irgendwo in der Ferne vertuckerte ein Schleppkahn.
Nun war ich doch froh, mit Christ hinausgefahren zu sein. Für jemand, der seine Jugend und die meiste Zeit seines Lebens am See verbracht, der sich sein Rheuma und seine Melancholie von ihm geholt hat, bedeutet diese ziehende Nebeleinsamkeit nichts Unheimliches.
Das Wasser klatschte an den Steg, erweckte Sehnsucht nach trägen Sommerabenden.
Unvorstellbar, daß hier in der warmen Jahreszeit Betrieb herrschte wie auf einem Rummelplatz mit Kinderkreischen, lauten Außenbordmotoren, Musik und stechfreudigen Mücken bis spät in die Nacht.
Das Häuschen des Ommafamm war aus Holz auf den massiven Bootsschuppen gebaut, mit Veranda und einem Zimmer, über eine Holztreppe zu erreichen. Die Fenster der verglasten Veranda waren von innen erleuchtet.
»Wir scheinen Besuch zu haben«, sagte Christ.
Und ich fragte: »Hast du eigentlich eine Pistole?«
»Ja, zuhaus, im Wäscheschrank.«

»Das beruhigt mich«, sagte ich und blieb einen Schritt zurück, als er die Tür öffnete.
Wir würden nicht heizen müssen, denn trauliche Wärme und Zigarettenqualm schlugen uns aus der kleinen Veranda entgegen. Am Tisch saß ein bärtiger junger Mann zwischen Büchern.
Er schaute uns ebenso erstaunt an wie wir ihn.
»Guten Tag«, sagte der Ommafamm, und der junge Mann: »Was wollen Sie?«
»Nur mal nach dem Rechten sehen. Mir gehört nämlich der Schuppen.«
»Das kann jeder sagen!«
Kaspar Christ bedauerte: »Ich habe zufällig heute nicht den Grundbuchauszug bei mir.«
Sie maßen sich stumm mit Blicken. Dann klappte der junge Mann das Heft zu, in dem er geschrieben hatte, und stand ungern auf, wobei er die Stuhllehne in der Hand behielt. Und sagte langsam: »Finden Sie es nicht auch unzeitgemäß, daß Scheißkapitalisten Wohnungen besitzen, die sie nur saisonweise bewohnen, während wir Studenten keine Bude finden und wenn, zu Wucherpreisen?«
Christ sagte: »Da haben Sie vollkommen recht. Aber warum haben Sie mich nicht angerufen und gefragt, ob Sie hier wohnen können?«
»Können Sie sich an den Hut stecken, Ihre Erlaubnis!«
Damit nahm er seinen Parka vom Haken und verließ uns. Seine Schritte polterten die Holzstiege herab und verloren sich im Garten.
Kaspar Christ blätterte in den Büchern, die auf dem Tisch lagen. »Literatur des neunzehnten Jahrhunderts.«
»Was wird er jetzt tun?« überlegte ich.
»Bestimmt nicht im Nebel stehen und warten, bis wir

wieder gegangen sind. Sicher hat er Kommilitonen in den umliegenden Lauben, bei denen er sich inzwischen aufwärmen kann.«

In der Ecke lag eine zusammengerollte Matratze. Der junge Mann bewohnte nur die Veranda.

»Hast du Kapitalist vielleicht noch ne andere Bleibe, wo wir keinen stören, wenn wir unangemeldet auftauchen?« erkundigte ich mich.

»Du wolltest herkommen, nicht ich. Möchtest du jetzt lieber fahren?«

»Ich möchte einen Tee«, entschloß ich mich und ging in die kleine hölzerne Stube hinter der Veranda.

Abgestandene Luft. Bademäntel und Anzüge auf Haken. Badekappen, Jeans, Öljacken, Segelzeug. Heruntergebrannte Kerzen in Flaschenhälsen. Zeitungen mit dem Datum von August. Eine in Trockenheit erstarrte Topfpflanze. Luftlose Gummimatratzen. Reste eines längst verwelkten Sommers. Über der Sitzbank hing das gerahmte Foto eines Scherenkreuzers, an der Pinne der junge Kaspar Christ. Das Glas hatte einen Sprung.

»Mir fällt gerade auf, daß ich nichts von dir habe. Kein Foto, keinen Liebesbrief. Nicht mal ein Lied, das mich an dich erinnert«, sagte ich, in die Küche tretend, wo Kaspar aus einem krachenden Wasserhahn rostbraunes Wasser ablaufen ließ, bevor er den Teekessel füllte.

Ich betrachtete seinen Rücken, legte in Gedanken die Arme um ihn und mochte den alten Ommafamm noch immer sehr, sehr gern.

»Ich werde dir einen Liebesbrief schreiben«, sagte er, den Teekessel auf die Kochplatte stellend. »Hast du bestimmte Wünsche, was drin stehen soll?«

»Nun ist es zu spät dazu. Nun will ich keinen mehr.«

»Komm, laß uns reingehen, der Kessel pfeift schon, wenn's so weit ist.«
Er bot mir eine Zigarette an, ich dankte. »Ich rauche schon lang nicht mehr.«
Wir setzten uns. »Hast du eigentlich noch deine Praxis?«
»Nein. Die habe ich vor fünf Jahren verkauft.«
»Und deine Frau läßt sich noch immer nicht scheiden?«
»Grins nicht so dämlich, Luise. Ich bin längst geschieden.«
»Und hast du wieder geheiratet?«
»Wozu? Ich habe eine fabelhafte Haushälterin.«
»Und Freundinnen ...«
»Notgedrungen wird man ruhiger. Ach, Luise, es ist grausam, alt zu werden.« Und als ich protestieren wollte, schnitt er mir das Wort ab: »Jetzt komm mir bloß nicht mit: Jedes Alter hat seine schönen Seiten. Das Alter –. Aber das verstehst du noch nicht. Du bist zwanzig Jahre jünger als ich.«
»Ich habe dich heute auf dem Empfang beobachtet. Du im Gespräch mit einem blonden jungen Mädchen, das dich anhimmelte. Schon heute himmelt mich kein blonder junger Mann mehr an. Gleichberechtigung? Daß ich nicht lache. Dein Teewasser!«
Der Dampf pfiff schrill durch die Tülle. Kaspar Christ, der vor mir auf der Tischkante gesessen hatte, ging in die Küche. Goß auf. Brachte Tassen aus dem Schrank, die genauso verstaubt waren wie das Handtuch, mit dem er sie auswischte. Fand noch eine halbe Flasche Rum und Kandiszucker in der Tüte. Schenkte ein.
Ich sah ihm dabei zu. Seine sensiblen, langen Hände. Im Grunde hatten sich meistens Männer an mich verloren, die bei aller äußeren Männlichkeit wenig energisch

waren und Stärke bei mir suchten, ausgerechnet bei mir, die ihre eigenen Lebensängste vergebens an beschützenden Männerschultern unterzubringen versuchte. Sie haben mir nur Windschatten mit ihrem breiten Kreuz geboten, aber keinen Schutz. Keiner außer Cabo und Jobst, meinem ersten Liebsten, und der war stark vor lauter Unbedenklichkeit gewesen. Im Ernstfall stand ich meistens alleine da. So wurde ich notgedrungen eine emanzipierte Frau, und als solche war ich ständig überfordert, denn was man für Energie bei mir hielt, war nur Temperament und ein mit Schlägen angetriebenes Pflichtgefühl. Ein einziger Streß...

Kaspar Christ setzte sich noch immer nicht. Er drehte die Lampe niedriger, zündete einen Kerzenstummel im Flaschenhals an, holte den Heizofen näher, suchte im Radio nach etwas Gescheitem, fand aber nichts mit Gefühl, schob eine Kassette ein.

»Auch noch Musik!« staunte ich. »Was bedeuten all die Vorbereitungen?« Und klatschte die Hände um mein Gesicht. »Willst du mich etwa verführen?«

Er blieb leicht betreten im Zimmer stehen. Schaute mich an, sah mich lachen. »Wenn du es schon so genau ausdrückst – warum eigentlich nicht?«

Armer, liebster Ommafamm. Er tat mir plötzlich unendlich leid, wie er so dastand und an seinem Alter litt, mit dem er nicht fertig wurde. Und noch immer nach Selbstbestätigung suchte.

Und ich – soviel jünger als er, aber auch nicht mehr jung, öffnete meine Arme, und er klappte sich vor meinen Füßen zusammen und legte seinen Kopf in meinen Schoß. Ich streichelte sein schütteres Haar wie einen Kinderkopf. »Ist es denn so schlimm?«

»Es ist zum Kotzen, Luise. Diese Tochter, die ich kaum kenne, hat mir in kurzer Zeit drei Enkel hingeknallt. Ich bin dreifacher Großvater.«
»Also ich würde mich riesig darüber freuen«, sagte ich.
»Ja, du. Ich nicht.«
»Vielleicht solltest du versuchen mit Würde abzutreten, ehe du dich lächerlich machst.«
Er richtete sich auf und sah mich an. »Du warst immer verdammt ehrlich, Luise.« Stand auf und zündete sich eine Zigarette an, trank einen Schluck Tee. »Du bist geschieden, nicht wahr?«
»Ja.«
»Wie oft habe ich gedacht: Wenn die Luise nur mehr Geduld mit mir gehabt hätte, wenn sie noch ein bißchen gewartet hätte ...«
»Ja, vielleicht habe ich dich wirklich zu schnell aufgegeben. Aber ich glaube, es ist alles vorbestimmt. Du hättest keine Kinder gewollt, Peter Feiler wollte.«
»Und bist du jetzt glücklich mit deinem Leben?«
»Glücklich? Sagen wir, ich hab was aus meinen vielen Erfahrungen gemacht, so ne Art Komposthaufen, aus dem ich die Erde beziehe, in die ich immer wieder neue kleine Hoffnungen stecke – vor allem für meine Gören. Ich bin zufrieden. Und was Männer anbelangt – die wirklich entscheidenden habe ich im ersten Drittel meines Lebens getroffen. Was danach kam, war zuweilen hübsch, aber nicht so wichtig.« Ich legte meine Hand auf seine Hand und kam mir so überlegen vor, so reif im Vergleich zum Ommafamm.
»Luise, würdest du mich heute noch heiraten?«
»Soll das ein Angebot sein?« lachte ich.
»Ich meine es ernst.«

Ich horchte skeptisch, aber es war wirklich kein Funken Ironie in seiner Stimme.
»Du hast einmal zu mir gesagt: Du bist nicht die große Liebe meines Lebens. Aber wenn es einen Mann gibt, mit dem ich ein Leben lang zusammenbleiben möchte, mit dem ich mich nie langweilen würde und er sich nicht mit mir, mit dem ich alt werden möchte, dann bist du es, Ommafamm. Hast du damals gesagt.«
Stimmt. Aber das ist lange her. Ich war innerlich mit der Jugend viel zu jung geblieben, um mich heute noch auf einen alten *homme à femmes* einstellen zu können. Er würde gar nicht in unser Leben passen und die Kinder nicht in seines. »Im Fernsehen hat mal ein Reporter einen kleinen Jungen gefragt: Hast du Probleme? Der Junge überlegte einen Augenblick, dann sagte er: An sich brauche ich keine.«
»Du willst mir damit sagen, daß ich ein zusätzliches Problem für dich wäre.«
»Und wir eines für dich, lieber Kaspar. Du kriegtest ja nicht mich alleine, sondern einen Haufen Unruhe und Krach dazu – denk bloß mal an die vollaufgedrehte Stereoanlage meiner Brut.«
Er grinste. »Wie furchtbar! Trotzdem ist es schade, Luise«, und erhob sich. »Wollen wir fahren?«
Ehe wir das Haus verließen, schrieb er auf einen Zettel: »Sie können hier wohnen bleiben, aber den Scheißkapitalisten nehmen Sie gefälligst zurück.« Und legte ihn auf den Arbeitstisch des Studenten in der Veranda.

Ich habe den Ommafamm nie wiedergesehen, denn ein Jahr später ist er gestorben.

30

Als einer der letzten Passagiere der Frankfurter Maschine schob Jolande Woodburger ihren beladenen Kofferkuli in die Empfangshalle des Flughafen Tegel. Sie sah sich noch immer sehr ähnlich. Schlank, hochgewachsen, sehr dezent.
Trug Burburry über Flanell und Kaschmir, Hermèstasche, flache Pumps: die Uniform der wohlhabenden Konservativen oder der unsicheren Aufsteiger, die sich noch diktieren ließen, was sie zu tragen hatten, um internationale Seriosität zu demonstrieren.
Ohne Blick auf die in der Halle Wartenden – sie rechnete nicht damit, abgeholt zu werden – steuerte sie dem Ausgang zu. Ich ging ihr nach.
»Grüß dich, Jola.«
Nicht, daß ich überschäumende Wiedersehensfreude erwartet hätte, aber ein bißchen mehr schon als dieses leicht überraschte: »Oh – Luise – du? Ist das Zufall oder holst du mich ab?«
»Ich hol dich ab«, sagte ich.
Sie gab mir die Hand: »Das ist fein. Mami hat mir gar nichts von deinem Kommen gesagt. Aber so sehen wir uns wenigstens einmal wieder. Es ist lange her, nicht wahr?«
»Einunddreißig Jahre. Ich hab's ausgerechnet.«
»Jesus – was für eine Zeit!«

Kleine befangene Pause.
»Nehmen wir ein Taxi oder bist du mit dem Wagen da?« fragte sie.
»Ich habe gerade einen gemietet.«
»Oh, das ist gut.«
Ich brachte ihr Gepäck im Kofferraum unter, wir stiegen ein.
»Möchtest du ins Hotel?«
»Zuerst ins KaDeWe, wenn es dir nichts ausmacht.«
»Nein, nein, ich hab Zeit«, und startete.
»Bist du extra zu Mamis Geburtstag hergekommen?«
»Es wurde Zeit. Ich habe sie schon so lange nicht mehr besucht. Außerdem–« Aber wozu sollte ich dieser fremden Frau von meinen rohrbruchgeschädigten Aufzeichnungen erzählen?
Jola sagte: »Wir wollten sowieso nach Europa, da habe ich mir gedacht, ich fliege vorher zu Mami. Übermorgen treffe ich Jonathan in Paris. Dann fahren wir zu Freunden in die Provence.«
»Wie schön«, sagte ich.
»Ja, ich freu mich drauf.«
»Und Jonathan geht es gut?«
»Oh, danke. Er hatte im vorigen Winter eine schwere Hepatitis, aber jetzt geht es ihm wieder gut.«
Einen Kilometer lang schwiegen wir. Jola sah aus dem Fenster.
»Was findet eigentlich an Mamis Geburtstag statt? Hat sie irgendwas geplant?«
»Ich glaube, sie hat sich überhaupt keine Gedanken darüber gemacht.«
»Also keinen Empfang?« fragte sie.
»Wen soll sie denn noch empfangen? Höchstens die

Nachbarn. Die alten Freunde sind entweder tot oder verzogen.«

»Ja, natürlich.« Man merkte ihrer Stimme das Desinteresse an, den Geburtstag ihrer Mutter betreffend.

»Ich glaube, sie würde am liebsten den Tag nur mit uns beiden verbringen.«

»Dann werde ich im Hotel einen Tisch für abends bestellen. Sagen wir halb acht?«

»Ja, gut.«

Wir hielten an einer Ampel. Ich warf einen kurzen Blick auf ihr Profil – fein und ein wenig streng, ohne Durchhänger. Das Haar kurz, in einer langen Welle ins Gesicht fallend, sein Grau mit blonden Strähnen aufgehellt. Während ich weiterfuhr, spürte ich ihren prüfenden Blick auf mir ruhen, dasselbe optische Abtasten: Wie weit ist bei Luise das Altern fortgeschritten?

»Was macht deine Mutter?« fragte sie.

»Sie wohnt in München ganz in unserer Nähe. Während all der Jahre, in denen ich beruflich auf Reisen war, hat sie sich um meine Kinder gekümmert. Heute, wo sie groß sind, hütet sie den Hund und die Blattpflanzen in meiner Abwesenheit. Sie wird gebraucht, das erhält sie jung.«

»Ich hätte sie gern wiedergesehen«, sagte Jola. »Sieht sie noch so hübsch aus wie früher, oder ist sie auch so dick geworden wie Mami?«

»Nein, ganz zierlich.«

»Warum ist Mami so dick? Ißt sie soviel?«

»Ihr fehlt die Bewegung, die Barris in ihr Leben gebracht hatte.«

»Ah ja, das kann sein. Ich habe übrigens noch kein Geschenk für sie. Worüber, glaubst du, würde sie sich freuen?«

»Ihr größtes Geschenk ist, daß wir beide da sind.«
»Vielleicht sollte ich ihr ein anständiges Kleid kaufen, damit sie morgen nicht in einem ihrer schrecklichen Hänger auftritt, in denen sie aussieht wie ein greiser Hippie.«
»Es ist ihr Geburtstag. Laß sie anziehen, was sie gerne möchte«, sagte ich, meine Gereizheit mühsam unter Verschluß haltend.
»Das beste ist, ich gebe ihr einen Scheck, dann kann sie sich kaufen, was sie mag«, schloß Jola das Thema ab.
Wenn das in diesem Ton weiterging –! Ich bereute bereits schon jetzt unser Wiedersehen.

Aber dann, auf der Rolltreppe im Kaufhaus des Westens, schaute sie sich plötzlich nach mir um: »Bei Kriegsanfang haben uns deine Mutter und Oma mit viel Geld ins KaDeWe geschickt, damit wir warme Sachen und feste Schuhe auf Vorrat besorgen. Und was haben wir statt dessen gekauft?«
»Reizwäsche, Stöckelpumps und anderen Plunder«, fiel mir ein.
»Und danach der Ärger zuhause! So entrüstet habe ich Oma selten erlebt.«
Plötzlich war ein Anschluß da an lange zurückliegende Gemeinsamkeiten. Erinnerung an Freundschaft.
Während Jola Delikatessen in der Lebensmittelabteilung einkaufte, entdeckte ich in diesem Schlaraffenland ein Potsdamer Kommißbrot. Ich kaufte es und hielt es Jola unter die edle kleine Nase.
»Das gibt's doch nicht, daß es das noch gibt.« Im Krieg wurden wir bis zum Überdruß damit gefüttert. Nun schauten wir geradezu liebevoll auf diese Köstlichkeit.

»Fehlt bloß noch Leberwurst aus Hefe, Thymian und Salz. Das war damals Frau Schults Spezialität. Auf zur Wurstabteilung!«

»Luise–!« Jolande folgte mir besorgt. »Das kannst du doch nicht machen!«

Mir war ja selbst nicht wohl, als ich vorm üppigen holsteinischen Wurst- und Schinkenstand so seriös wie möglich nach Leberwurst aus Hefe, Thymian und Salz fragte. Jola stand hinter mir, gab zu verstehen, daß sie zu mir gehörte – feige war sie ja nie gewesen ...

Der Verkäufer sah uns verachtungsvoll an. Nur verachtungsvoll. Dabei hatte ich eine Schimpfkanonade erwartet, weil er sich durch meine Frage veralbert fühlen mußte. »Meine Dame«, sagte er, »da sind Sie hier falsch. Wir führen nur Spitzenprodukte aus eigener Schlachtung. Wenn Sie Wurst aus Hefe suchen, gehen Sie besser in einen Bioladen.«

»Vielen Dank für den Rat«, sagte ich.

Wir entfernten uns gemessen. Jola wollte wissen, was ein Bioladen ist.

»Der führt nur Obst und Gemüse aus biologischem Anbau ohne chemische Zusätze und Körner zum Selbermahlen und überhaupt Naturkost.«

»Und so einer hat Leberwurst aus Hefe?«

»Nicht mal der«, sagte ich.

In der Spirituosenabteilung tranken wir stehend ein Achtel Wein, von allen Seiten geschubst. Jola lauschte den Stimmen um sich herum. Schüttelte den Kopf.

»Dieses Berlinisch! Ich muß mich jedesmal erst wieder dran gewöhnen. Es ist doch ein ziemlich grober Dialekt.«

Sie sah mich an, und ich spürte, daß sie sich auch erst an mich gewöhnen mußte. Ich war ja schon so lange her – 31

Jahre. Und selbst früher, erinnerte ich mich, wenn wir uns Wochen nicht gesehen hatten, kostete es Mühe, mich an sie heranzutasten. Sie war nicht so mitteilsam wie ich und schon gar kein herzlicher Typ.

Ihr Panzer heute, mit dem sie ihre Mitmenschen auf Distanz hielt, war Smalltalk.

Vielleicht wäre sie mir auch nicht so vertraut gewesen, wenn ich nicht gerade die Aufzeichnungen über unser lange zurückliegendes gemeinsames Leben gelesen hätte.

»Warum haben wir uns eigentlich nie gesehen in all den Jahren?« wunderte sie sich.

»Ich habe mal angerufen, als ich in Boston war, aber da wart ihr gerade verreist.«

»Wie lange lebst du schon in München?«

»Seit ich einen Münchner geheiratet habe– das ist, warte mal, Jux ist dreiundzwanzig– das ist jetzt vierundzwanzig Jahre her.«

»So lange schon. Komisch, wir waren oft in München, aber ich habe nie realisiert, daß du dort wohnst. Schreibst du eigentlich noch?«

»Aber ja. Wovon sollte der Schornstein sonst rauchen? Ich bin froh, daß ich noch so gefragt bin– mit zwei Kindern in der Ausbildung. Das heißt, Jux hat jetzt endlich einen Job als Grafiker bei einer Werbeagentur gefunden. Das ist ja heute verflixt schwierig. Die Kinder hatten zwar eine herrliche Jugend ohne Krieg und Zwang, aber ihre Berufsaussichten sind mehr als traurig. Ihr Leben ist zwar bequemer als unseres damals, leichter nicht.«

»Und deine Tochter?«

»Studiert Mathematik und Physik.«

Jola sah mich fast erschrocken an. »Physik und Mathematik? Das hat sie bestimmt nicht von dir.«
»Nein, das hat sie nicht von mir.«
»Und sonst – machen sie dir keine Sorgen? Ich meine – Alkohol – Drogen?«
»Sie rauchen nicht einmal.«
»Wie schön für dich. Wenn ich an die Kinder unserer Freunde denke –! Also dann habe ich lieber keine.«
Ich hätte so gern mehr von Jux und Friederike erzählt, aber Jola stellte ihr geleertes Glas ab. »Wollen wir fahren?«
Ich spürte, sie mochte nicht mehr von meinen Kindern hören, schon gar nichts Erfreuliches.

Auf dem Weg zur Parketage entdeckte sie die Musikabteilung, deponierte ihre Tüten zu meinen Füßen und versprach mir: »Nur einen Augenblick.«
Es dauerte fünfzehn Minuten, bis ich sie wiedersah.
»Ich habe einen Walkman für Mami gekauft.«
»Was soll sie mit einem Walkman, wenn sie keine Rollschuhe hat?« gab ich zu bedenken.
»Damit sie auch nachts in voller Lautstärke ihre Kassetten abspielen kann.«
»Sie hat aber keine Kassetten.«
»Ah – wirklich nicht? Das hätte ich wissen müssen. Ich habe nur Kassetten für mich gekauft.«
»Und nun schenkst du deiner Mutter einen Walkman zum Geburtstag, damit du in ihm deine Kassetten abspielen kannst!«
Ich lachte ein bißchen zu laut. Zwei Matronen mit Preßglocken auf dem Kopf guckten sich mißbilligend nach mir um.

»Die sind bestimmt in unserem Alter«, sagte ich hinter ihnen her.
»Was haben sie nur für depressive Hüte auf dem Kopf«, wunderte sich Jola.
»Ein beliebtes Rentnermodell. Gibt's in allen verzweifelten Farben. Wollen wir uns auch welche kaufen und deine Mutter damit überraschen?«
»Erst morgen«, sagte Jola, »heute hat sie ja noch nicht Geburtstag.«
Noch vor anderthalb Stunden hätte ich mich am liebsten durch einen fingierten Telefonanruf vorzeitig nach München zurückholen lassen, um diesem unterkühlten Wiedersehen mit einer ehemaligen Freundin zu entgehen. Nun hüpften Glücksgefühle in mir wie früher, als wir noch kleine Mädchen waren, und eine neue Freundschaft begann.
Ich glaube, Jola ging es ebenso, wenn es – ihrem kühlspröden Temperament entsprechend – auch weniger in ihr hüpfen mochte. Jedesmal, wenn sich unsere Blicke begegneten, spürte ich ihre langsam zurückkehrende Sympathie für mich und gleichzeitig ein Verwundern darüber.

»Erzähl mir von deinem Mann, Luise«, forderte sie mich während der Fahrt vom KaDeWe zu Hannas Wohnung auf.
»Ich habe Peter Feiler in München auf einer verregneten Floßfahrt kennengelernt. Er war auch Journalist. Wir verstanden uns prächtig. Bereits nach drei Wochen hat er mich gefragt, ob ich ihn heiraten würde, und ich habe ja gesagt. Wir hatten viel Spaß miteinander, doch ja, die ersten Jahre waren sehr schön. Wenn er nur nicht so

leichtsinnig und unbedenklich gewesen wäre – schließlich hatten wir zwei kleine Kinder. Ich wurde notgedrungen die Strenge, die ihm ständig Vernunft predigen mußte, ausgerechnet ich. Eines Tages hatte ich das satt und habe mich von ihm getrennt.«

»Sorgt er wenigstens für die Kinder?«

»Er hat ihnen eine Lebensversicherung hinterlassen. Weißt du, der Feiler hatte ein Hobby – die Sportfliegerei. Einmal hat er vergessen zu tanken, ehe er aufstieg, und das fiel ihm erst über den Alpen auf. Da war es leider zu spät.«

»Du hattest wirklich kein Glück mit deinen Männern«, sagte Jola.

»Zumindest kein dauerhaftes. In der Liebe war alles von Anfang an in meinem Leben auf Abschied programmiert. Wenn ich etwas gründlich gelernt habe, so ist es Abschiednehmen. Aber solange etwas dauerte, war es wunderschön.«

»Du hast ja auch immer die Falschen geliebt, Luise.«

»Wieso?«

»Schon als Kind fehlte dir der Hang zum strebsamen Beamten mit Pensionsberechtigung«, erinnerte sich Jola. »Graf Wronski, Rhett Butler und alle Abenteurer haben dir imponiert. Und so ein Bohemien wie Barris. Und wenn ich an Jobst denke –!«

»Das war ein besonders leichtsinniger Vogel«, gab ich zu. »Wer weiß, was aus uns beiden geworden wäre, wenn er den Krieg überlebt hätte. Sein Traum war eine kleine Maschine, mit der er mit mir durch die ganze Welt fliegen wollte.«

»... ohne zwischendurch zu tanken.«

»Nee, Jola, das wäre Jobst nicht passiert.«

»Dafür hätte er dich mit anderen Überraschungen beglückt.«
»Davon bin ich überzeugt. Gelangweilt hat er mich nie.«
»Wer war eigentlich deine große Liebe?«
»Cabo«, sagte ich. »Auch kein Beamter – und ganz anders als der Ommafamm ...«
»Richtig, der Ommafamm«, sagte Jola. »Das war ein toll aussehender Mann.«
»Den wolltest du sogar mal heiraten, als du zwölf warst«, erinnerte ich sie.
Sie lachte. »Habe ich also außer Kühnhagen und Jonathan noch einen Dritten im Auge gehabt!«
»Aber jetzt erzähl mal von Bodes. Hörst du noch von ihnen?«
»Monokelheinrich hat das Zeitliche gesegnet, und Tante Henny reist von einer Kur zur andern. Zweimal im Jahr macht sie eine Kreuzfahrt. Von überallher schickt sie Ansichtskarten mit munteren Grüßen.«
»Und dein Vetter Horst?«
»Ist bereits zum viertenmal verheiratet, seine Frauen werden immer jünger. Übrigens sein Sohn aus der Ehe mit Ulla Wilke, um den er sich nie gekümmert hat –«
»Bruno Answald.«
»– ganz recht, Bruno arbeitet bei einer deutschen Firma in New York und besucht uns öfters. Ein netter Kerl. Jonathan fördert ihn sehr.«
Wir hielten vor dem Mietshaus, in dem Hanna Barris wohnte. Sie stand auf dem Balkon, über Blumenkästen mit wenig Geranien und sehr viel Unkraut gebeugt, nervös rauchend.
»Die Arme macht sich Sorge, ob das wohl gutgeht mit uns beiden nach so langer Zeit.«

»Warum Sorge?« wunderte sich Jola und winkte zum Balkon hinauf: »Hallo, Mami!« und zu mir: »Es geht doch gut.«
»Anfangs warst du zum Kotzen snobby.«
»Du weißt, Luise«, sagte sie, die Tüten aus dem Auto holend, »ich war nie der Typ, der andern um den Hals fällt. Aber jetzt findest du mich doch ganz nett, oder?«
»Seit dem KaDeWe habe ich das Gefühl, wieder zwanzig zu sein«, sagte ich und nahm ihr zwei Tüten ab.
»Du auch? Woran liegt das, Luise?«
»Vielleicht daran, daß wir nie zusammen erwachsen waren, sondern immer nur jung. Unsere gemeinsamen Erinnerungen sind jung.«
»Wenn das solche Wirkung hat, sollten wir uns vielleicht öfter sehen.«
»Kommt ihr endlich?« rief Hanna ungeduldig. »Unterhalten könnt ihr euch auch hier oben. Dann kriege ich wenigstens was mit.«

Nach dem Luxusbrunch aus dem KaDeWe war Hanna reif für ihren Mittagsschlaf.
Jola, die noch ihr Gepäck im Wagen hatte, suchte ein Paar Hosen und Sportschuhe aus ihrem Koffer, auch ich zog den neuesten Schick aus, mit dem ich ihr hatte imponieren wollen, und dafür Jeans an, denn wir hatten beschlossen, nach Wannsee zu fahren.
»Tut das, Mädels, um fünf gibt's Tee«, rief Hanna uns nach.
Diesmal setzte sich Jola ans Steuer.
Auf dem Rücksitz des Mietautos entdeckte ich die Tüten aus der Musikabteilung. Mich interessierten die Kassetten, die Jola für sich gekauft hatte, aber sie

wollte auf keinen Fall, daß ich sie herausnahm und ihre Titel las.
»Hast du Berliner Lieder mit Leierkastenbegleitung gekauft?« begann ich zu raten.
»Ja, auch.«
»Sag bloß, du hast Heimweh.«
Sie zögerte mit der Antwort. »Wie soll ich das erklären. Ich war beinah jedes Jahr einmal hier, habe Mami besucht, mich um das Mietshaus gekümmert, das ich hier noch habe, Töpfe auf die Gräber gestellt – reine Pflichtbesuche von drei, vier Tagen, danach war ich froh, wenn ich wieder abfliegen konnte. Manchmal hatte ich den Eindruck, Jonathan hängt mehr an Berlin als ich.« Wir fuhren durch den Grunewald zur Avus, Reiter begegneten uns und Radfahrer. »Vor einem halben Jahr fing ich plötzlich an, vom Wannsee zu träumen, nicht nur einmal – immer wieder. Verrückt, nicht wahr? Nach so langer Zeit auf einmal Heimweh. Ich habe mir gesagt, Jolande, jetzt wirst du alt. Das geht nämlich vielen Europäern drüben so. Wenn sie älter werden, zieht es sie an die Plätze ihrer Jugend zurück.«
Ich merkte, es war ihr gar nicht recht, daß es ihr nun auch so ging.
»Als ich damals zu Jonathan flog, hatte ich eigentlich abgeschlossen mit Berlin. Meine letzten Jahre hier waren ja wirklich nicht erfreulich.«

Wir hielten vor dem ehemaligen Genthinschen Grundstück.
Der Villa hatte man den spitzen Turm abgenommen, sie wirkte auf uns wie enthauptet. Einige Fenster im ersten Stock waren zu Panoramascheiben erweitert worden und

die lanzentragenden Ritter vorm Portal längst in Pension gegangen.
Da, wo die Gewächshäuser und Garagen einmal gestanden hatten, klammerten sich engbrüstige Einfamilienhäuser in verschiedenen Farben aneinander.
»Auf der Wiese unten stehen vier weitere Häuser«, erzählte Jola. »Als das Grundstück von den Amerikanern freigegeben wurde, habe ich es an einen Fabrikanten aus dem Ruhrpott verkauft. Für dreihunderttausend Mark. Er muß inzwischen ein paar Millionen dran verdient haben.« Reue über den zu billig verschleuderten Besitz hatte alle Nostalgiegefühle in ihr abgetötet. »Komm, laß uns weiterfahren«, sagte sie, »sonst rege ich mich bloß auf.«
»Jaja, das ist der Ärger der Begüterten. Ich habe nie etwas besessen, was ich zu billig verscherbeln konnte. Fahren wir jetzt zum Gärtner?«
Auf dem Weg dorthin fragte ich Jola, ob sie nie den Abbruch ihres medizinischen Staatsexamens bereut hätte.
»Es wäre drüben sowieso nicht anerkannt worden, außerdem wollte Jonathan keine berufstätige Frau, sondern eine ganz altmodische Familie haben mit vielen Kindern. Das ist uns leider nicht gelungen. Erinnerst du dich noch an Little John the angel, Luise?«
»Aber ja, das war ja auch mein Kind.«
»Wahrscheinlich ist der lange Marsch nach dem Zugunglück daran schuld, daß ich keine mehr bekommen konnte.«
»Glaubst du wirklich?«
»Wenn du wüßtest, bei wieviel Ärzten ich gewesen bin, was sie alles mit mir angestellt haben . . . nun ja.«

»Warum habt ihr keine Kinder adoptiert, wenn ihr euch so sehr welche gewünscht habt?«
»Du kennst die Woodburgers nicht«, sagte Jola. »Entweder eigene oder gar keine.«
Jetzt begriff ich, warum sie nichts von Friederike und Jux hören wollte. Ich besaß, wonach Jonathan und sie sich am meisten gesehnt hatten.
»Aber dafür hast du eine gute Ehe.«
»Ja, Luise, ich könnte mir keine bessere vorstellen. Und man kann wohl nicht alles haben.«
»Wenn du so viele Lebensläufe studiert und so viele Schicksale erlebt hättest wie ich in meiner langen Journalistenzeit, dann kämst du aus dem Dankbarsein für dein eigenes gar nicht mehr heraus, Mrs. Woodburger«, sagte ich.

Die Königstraße, über die wir fuhren, hatte man inzwischen seitlich mit Mietshäusern von erlesener Reizlosigkeit zugeblockt. Aber den Anspruch, eine schöne Chaussee zu sein, hatte sie ja nie mehr erheben können, nachdem man kurz vor Kriegsausbruch ihre alten Bäume – ich glaube, es waren Linden – gefällt hatte, um den Damm zu verbreitern.
Wir hielten vor einem Blumengeschäft.
»Wieviel Töpfe brauchen wir eigentlich?« überlegte Jola beim Aussteigen.
Ich fing an den Fingern an abzuzählen. »Mein Vater, die Großeltern Genthin, Frau Schult und die Gedenkplatte für deinen Vater – dann Barris auf dem Steinbergschen Erbbegräbnis – anstandshalber müssen wir für alle Steinbergs Töpfe kaufen, schließlich ist er ja ihr Untermieter.«

»Der alte Köckeritz kriegt auch einen«, beschloß Jola. »Glaubst du, daß ein Dutzend reicht?«

Es war schon eine größere Gesellschaft an Verwandten und Bekannten, die wir zu besuchen hatten.
»Willst du auch mal hier liegen?« fragte mich Jola, während wir anschließend – Grabsteine lesend – über den Friedhof wanderten.
»Das ist mir im Grunde genommen ziemlich wurscht. Hauptsache, ich kriege eine Wolke mit Seeblick.«
Als wir auf unserem Spaziergang am hinteren Teil der Kirche vorbeikamen, dem weniger frommen mit dem Toilettenanbau, blieb Jola – überwältigt von Erinnerungen – stehen. »Das Kirchenklo! Weißt du noch, Luise?«
»Klar. April 45. Kampf um Wannsee. Wir zwei hier auf dem Friedhof, plötzlich Trommelfeuer. Es war die Hölle.«
»Da haben wir uns hier hineingeflüchtet. Haben gedacht, nun ist alles aus, nun müssen wir sterben – ausgerechnet auf dem Kirchenklo, wo uns keiner vermutet. Ich schau mal rein, ja?«
Und als sie nach kurzer Besichtigung zu mir zurückkam, beim Weitergehen: »Du und ich – wir haben schon eine Menge miteinander erlebt.«
»Weiß Gott«, sagte ich. »Vor allem haben wir oft zusammen gezittert.«

Im Schatten hoher Linden erhoben sich die langen Reihen dunkler Holzkreuze. Viele trugen nur den Namen Unbekannt. Hier lagen unter einem dichten Efeuteppich Soldaten begraben, die in den letzten Tagen im Kampf um Wannsee gefallen waren.

Wir hatten sie damals nebeneinander liegen sehen mit ihren wachsgelben, stillen Gesichtern und nackten Füßen, denen man die noch brauchbaren Stiefel ausgezogen hatte.
»In zwei Jahren haben wir vierzigjährigen Frieden«, sagte ich, als wir ins Auto stiegen. »Stell dir mal vor, so langer Frieden im ehemals so kriegerischen Deutschland. Wenn er uns bloß erhalten bleibt!«
Jola startete den Wagen und fragte: »Wohin jetzt?«
»Zum See«, schlug ich vor.
Auf der Fahrt war sie auffallend schweigsam.
»Ist was, Mrs. Woodburger?« erkundigte ich mich.
»Ja«, sagte Jola. »Jonathan fühlt sich persönlich gekränkt durch diese plötzliche Antipathiewelle der Westdeutschen gegen die Amerikaner. Hat man denn hier völlig vergessen, was sie für Westdeutschland nach dem Krieg getan haben? Und für uns Berliner? Denk nur mal an die Luftbrücke!«
»Kann man den Deutschen übel nehmen, daß sie ein verdammt ungutes Gefühl bei dem Gedanken haben, im nächsten Krieg zwischen Amis und Russen Einschußbasis ihrer Raketen zu werden?« fragte ich dagegen. »Aber das wird sich dein Jonathan, der sicher in Boston, Maschasu–, Masa–«
»Massachusetts.«
». . . sitzt, nicht vorstellen können.«
Jola sagte darauf nichts mehr, um nicht die wenigen Stunden unseres Wiedersehens durch politische Diskussionen zu vergiften, und auch ich biß mir auf die Zunge.

Was früher ursprünglicher Schauplatz unserer Kinderspiele gewesen war, hieß heute Erholungsgebiet mit

Parkplatz: Verbotsschilder, ordentliche Gehwege, Toilettenwagen und Papierkörbe am Rand von Picknickplätzen; war durchorganisierte Uferlandschaft mit kilometerlangen Campingflächen, daran erinnernd, daß diese rasche, lebendige Noch-immer-Weltstadt seit 1961 von einer hohen Mauer eingeschlossen war, die ihren Bewohnern am Wochenende das Ausweichen in die stillen Seengebiete der Mark Brandenburg verwehrte.
Wir setzten uns gemeinsam auf einen Weidenstumpf in einer entschilften Uferbucht und schauten den müden Saltos kleiner Wellen zu, wie sie übereinander hinwegspülend den grauen Sand heraufleckten.
Vor uns der weite, leicht bewegte Wannsee mit seinen Trauerweidenufern, aus denen ab und zu Häusergiebel ragten.
Segler im Wind, noch Sommerwind, aber schon mit der Frische des nahen Herbstes ...
Jola neben mir nahm plötzlich eine Handvoll grauen Sand auf, überlegte kurz, wo sie ihn unterbringen könnte, fand aber nichts als die Tasche ihres Trenchcoats und ließ ihn geniert hineinrieseln.
»Lach ruhig«, sagte sie.
Mir fielen im selben Augenblick die Kassetten ein, die sie im KaDeWe gekauft hatte. Eine mit Berliner Liedern mit Leierkastenbegleitung. Aber was war auf der anderen?
»Nun sag schon«, drängte ich, als sie mit der Antwort zögerte.
»Preußische Märsche«, gestand sie schließlich ungern.
»Aua«, sagte ich, »wie das?«
»Wegen dem Hohenfriedberger.«
Ich erinnerte mich dunkel. Ein schwerfüßiger Marsch aus dem Siebenjährigen Krieg des Alten Fritz, der wie ein

Choral klang, bei dem die Soldaten in breiter Formation auf den Heldentod zumarschiert waren – ob sie wollten oder nicht.

»Karl-Heinz liebte ihn so sehr«, entschuldigte sie sich.

Nanu, was ging in Jola vor? Ich wartete ab.

»Seit die Alliierten sich wegen Steinstücken geeinigt haben, seit die Zufahrtstraße gebaut worden ist, bin ich öfter rübergefahren, wenn ich in Berlin war. Zuletzt vor anderthalb Jahren. Der Name Kühnhagen stand noch immer am Tor.«

»Aber geklingelt hast du nicht.«

»Nein, ich wollte mir eine Abfuhr ersparen.« Sie sah mich an. »Hast du je einen von ihnen wiedergetroffen? Robby oder Karl-Heinz?«

»Karl-Heinz mal im Café Bristol am Kudamm. Er saß alleine am Tisch, trank einen Kaffee und las Zeitung. Als ich auf ihn zuging, hielt er sich die Zeitung abwehrend vors Gesicht. Kaspar war bei mir. Er hat mich gefragt, wer ist das, und ich habe gesagt, das ist einer, dem man leider nicht helfen kann.«

»Glaubst du, daß er nach unserer Scheidung alleingeblieben ist?« fragte Jola besorgt. »Ach, das wäre schlimm.«

»Sag bloß, du machst dir nach dreißig Jahren darüber noch Gedanken!«

»Sag lieber, ich habe sie dreißig Jahre lang verdrängt. Vor einem halben Jahr, als ich anfing, vom Wannsee zu träumen, kam auch die Erinnerung an Karl-Heinz sehr intensiv zurück. Da habe ich beschlossen – was soll der Nonsens mit dem Ewig-böse-Sein, es ist inzwischen soviel Leben vergangen –, ich habe einen Brief an ihn geschrieben und um ein Wiedersehen bei meinem nächsten Berlinbesuch gebeten.«

»Ja und? Hat er geantwortet?«
Jola malte mit einem Stöckchen Kreise in den Sand. »Nach ungefähr drei Wochen kam der Brief zurück. Auf seiner Rückseite stand in Beamtenhandschrift: Empfänger verstorben. Unterschrift. Datum. Aus.« Sie warf das Stöckchen fort, richtete sich gerade auf. »Und darüber, Luise, komme ich so schnell nicht hinweg. Warum ist es mir nur zu spät eingefallen, ihn um Versöhnung zu bitten ...«
Zu spät ist eine bittere Erkenntnis.
»Er hätte dir auch in hundert Jahren nicht verziehen«, beruhigte ich sie. »Diese Sippe Kühnhagen war nachtragend wie ein Rudel Elefanten, selbst Robby, einmal unser bester Freund. Sogar mir gegenüber. Aber das hatte wohl auch noch einen anderen Grund Als ich damals 45 in Bayern war, wollte er Burgl meinetwegen verlassen. Er hatte mich wohl sehr gern und ich ihn auch, aber nicht genug und vor allem nicht auf Burgls Kosten. Darum bin ich damals so bald aus Bayern zurückgekommen.«
»Das hast du mir nie erzählt, Luise.«
»Woran du siehst, daß selbst ich manchmal den Mund halten kann.«
Sie sagte darauf lange nichts, auf den See blickend.
»Was ist? Wollen wir nach Steinstücken fahren – du bleibst im Auto, ich klingele und frage nach Herrn Karl-Heinz Kühnhagen ...«
»Nein, nein«, wehrte Jola ab. »Wozu? Wenn noch Familie von ihm dort lebte, wäre der Brief nicht so zurückgekommen. Bestimmt wohnen jetzt andere Leute im Haus.«
»Ich könnte bei den Nachbarn läuten.«
»Nein«, sie sah aufstehend auf ihre Armbanduhr. »Es

wird Zeit in die Stadt zurückzufahren. Ich habe ja noch nichts für Mamis Geburtstag.«

Ich stand ebenfalls auf. »Du hast sie nie sehr liebgehabt, nicht wahr?«

»Nein, nicht genug. Oma war meine Mutter.« Zwei Daumennägel vor den Jacketkronen, überlegte sie: »Was soll ich ihr bloß schenken?« Und hatte eine Idee: »Was hältst du davon, wenn wir einen Blumenstand für sie leerkaufen?«

»Seit wann übertreibst du?« wunderte ich mich. »Das paßt nicht zu dir. Außerdem hat sie nicht genug Vasen und Eimer für botanische Invasionen.«

»So what?« sagte Jola. »Sie soll einen Geburtstag haben, an den sie sich lange erinnert.«

Und ich begriff. Wenigstens an ihrer Mutter, für die sie in den letzten Jahrzehnten nur Schecks, aber keine Herzlichkeit übrig gehabt hatte, konnte sie noch rechtzeitig Versäumtes nachholen und ihr Gewissen entlasten.

»Warum schenkst du ihr nicht ne Reise, die ihr zusammen macht?« schlug ich vor. »Und lade sie einmal wieder nach Boston ein.«

»Wo liegt Boston?« fragte Jola interessiert.

»In Massachusetts«, sagte ich fließend.

»Schade, jetzt kannst du's.«

Auf dem Rückweg kam uns eine Schulklasse entgegen, ein laut schwatzender, kunterbunter Haufen Lebendigkeit. Vier Jungen mittendrin rempelten sich gegenseitig um. Ich kriegte im Vorübergehen noch einen Schubser ab und als Zugabe ein freches Grinsen.

Weit hinter der Klasse trödelten – wie nicht dazugehörig – zwei kleine Mädchen, die sich viel zu sagen hatten.

»Das sind wir«, lächelte Jola. »Du und ich – wir zwei bildeten meistens das Schlußlicht bei unseren Schulausflügen.« Und dann: »Weißt du eigentlich, Luise, daß ich außer dir nie eine Freundin hatte?«
Diese Feststellung machte mich anfangs betroffen, bis ich, darüber nachdenkend, begriff, daß Jola ohne Freundinnen geblieben war, weil sie keine vermißte. Auch mich hatte sie in den letzten Berliner Jahren nicht vermißt.
Und heute – was würde zwischen uns übrigbleiben, wenn wir unsere gemeinsamen Erinnerungen durchgesprochen hatten? Zwei Frauen, die in grundverschiedenen Welten lebten, ohne gleiche Interessen, und sich nur noch wenig zu sagen hatten.
»Im Grunde habe ich auch dich nicht als Freundin betrachtet, sondern als meine Schwester«, sagte Jola neben mir. »Wir waren ja auch so ungleich wie Schwestern.«

Ehe wir zum Parkplatz gingen, umarmte mein Blick noch einmal den See. Aufziehende Regenwolken hatten seine bewegte Weite grau übertuscht. Kein künstliches Gebiß von Hochhäusern zerragte den Horizont. Nur Wasser und grüne Ufer und weiße Segel und Ruderboote und ab und zu ein Dampfer – alles war hier noch genauso wie zu unserer Kinderzeit. An jedem See, an dem ich inzwischen gewesen bin, habe ich nach Ähnlichkeiten mit dem Wannsee gesucht.
»Nun komm schon«, drängte Jola, »du kannst ihn ja doch nicht mitnehmen.«
Wir liefen zum Parkplatz. Als sie die Autoschlüssel aus ihrer Tasche zog, waren sie sandig, auch ihre Finger voll

feuchtem Sand. Irritiert betrachtete sie Schlüssel und Finger – und dann erinnerte sie sich und konnte es nicht mehr verstehen, weshalb sie Wannseesand in ihre Trenchcoattasche gefüllt hatte. Lachte und schämte sich ein bißchen dabei. Wirkte in diesem Augenblick sehr mädchenhaft, meine ungleiche Schwester ...

»Entschuldige, Luise, aber ich muß vorhin sentimental gewesen sein.«

»Macht nichts«, beruhigte ich sie, »das passiert mir auch ab und zu, wenn ich hierher zurückkomme.«

»Dir schon, aber mir –?«